HEYNE BÜCHER

Das Buch

Roger Gordian, Chef von UpLink International, einem weltweit aktiven Unternehmen der Kommunikationstechnologie, vertritt als Repräsentant einer Generation, die durch den Kalten Krieg geprägt wurde, den Standpunkt, dass sich Freiheit nur durch den freien Zugang zu Informationen befördern lässt. Da bestimmte totalitäre Regime nach wie vor daran interessiert sind, den Zugang zu Informationen zu behindern, berät Gordian auf einer Jahreskonferenz mit seinen engsten Mitarbeitern darüber, wie sich Einrichtungen seines Konzerns vor Ort schützen lassen.

Zur gleichen Zeit wird verschiedenen potenziell interessierten Kunden per E-Mail ein tückisches Designer-Virus angeboten, durch das gezielt Menschen mit bestimmten genetischen Merkmalen attackiert werden können. Die Offerte wird von einigen zwielichtigen Individuen begeistert begrüßt, die hier eine Möglichkeit sehen, ihre Gegner durch kaum identifizierbare Krankheiten aus dem Weg zu räumen. Ganz oben auf ihrer Liste steht Roger Gordian …

Die Autoren

Tom Clancy, geboren 1947 in Baltimore, legte bereits mit seinem ersten Roman *Jagd auf Roter Oktober* einen Bestseller vor. Mit seinen realitätsnahen und detailgenau recherchierten Thrillern hat er Weltruhm erlangt. Tom Clancy lebt mit seiner Familie in Maryland.

Im Heyne Verlag sind erschienen: *Gnadenlos* (01/9863), *Befehl von oben* (01/10591), *Ehrenschuld* (01/10337), *Operation Rainbow* (01/13155) und zuletzt *Im Zeichen des Drachen* (43/174). Außerdem erscheinen als Heyne-TB die Serien *OP-Center, Net Force* und *Special Net Force.*

Martin Greenberg, Jahrgang 1941, studierte Politische Wissenschaften und unterrichtet an der University von Wisconsin, Green Bay.

JEROME PREISLER

TOM CLANCY'S POWER PLAYS 4 – *PLANSPIELE*

Nach einer Idee von
TOM CLANCY und MARTIN GREENBERG

Roman

Aus dem Amerikanischen
von Bernhard Liesen

WILHELM HEYNE VERLAG
MÜNCHEN

HEYNE ALLGEMEINE REIHE
Nr. 01/13248

Titel der Originalausgabe
TOM CLANCY'S POWER PLAYS:
BIO-STRIKE

Umwelthinweis:
Das Buch wurde auf
chlor- und säurefreiem Papier gedruckt.

Deutsche Erstausgabe 3/2001

Printed in Germany 2001
Die Bibelzitate auf Seite 28 f. stammen aus Psalm 51 (Einheitsübersetzung)
Umschlaggestaltung: Nele Schütz Design, München
Satz: Pinkuin Satz und Datentechnik, Berlin
Druck und Bindung: Elsnerdruck, Berlin

ISBN 3-453-17792-4

http://www.heyne.de

Danksagung

Ich möchte folgenden Menschen für ihre Mitarbeit danken: Marc Cerasini, Larry Segriff, Denise Little, John Helfers, Robert Youdelman, Esq., Tom Mallon, Esq.; den großartigen Leuten von Penguin Putnam Inc., einschließlich Phyllis Grann, David Shanks und Tom Colgan; Doug Littlejohns, Kevin Perry und den anderen Helfern des Teams von *Planspiele* sowie den fantastischen Mitarbeitern von Red Storm Entertainment und Holistic Design. Wie immer bedanke ich mich auch bei Robert Gottlieb von der William Morris Agency. Am wichtigsten ist jedoch, dass nun Sie, meine Leser, entscheiden, wie erfolgreich unsere gemeinsamen Bemühungen waren.

Tom Clancy

1.

Verschiedene Schauplätze
7. Oktober 2001

In amerikanischen Städten wird das Leben von der Uhr bestimmt. Das gilt besonders für die größten und geschäftigsten Metropolen, wo der Minutenzeiger die Menschen vor sich hertreibt, ohne dass ihnen Zeit zum Verschnaufen bliebe. Um fünf Uhr morgens werden sie vom Lärm der Müllabfuhr aus dem Schlaf gerissen, dann folgen die halsbrecherische Fahrt mit der U-Bahn, die dicht gedrängten Verpflichtungen eines vollen Terminkalenders, Geschäftsessen, am frühen Abend der Happy-Hour-Drink in einer Bar, dann wieder der Wettlauf der Pendler – Stationen eines rastlosen Tagesablaufs in der Großstadt, eines tagtäglichen Marathons von Termin zu Termin, wo es nur scheinbar ein Widerspruch ist, wenn man sagt, dass selbst das Unvorhersehbare zu vorhersehbaren Zeiten eintrete.

Hauptsächlich wegen dieses unausweichlichen Festhaltens an einem Zeitplan und der in die Stadt hinein- und aus ihr herausströmenden Menschenmassen war die New Yorker Börse zum Detonationspunkt an der nordöstlichen Küste der Vereinigten Staaten auserkoren worden, zum Epizentrum einer Explosion, die für Tausende von Betroffenen weder hör- noch fühlbar, aber verheerender sein würde als ein Atombombenangriff.

Der Mann in dem dunkelblauen Anzug wirkte genauso unverdächtig wie die Waffe, die er bei sich trug, als er an der George-Washington-Statue auf der Federal Plaza vorbei auf das beeindruckende, im neogriechischen Stil erbaute Gebäude in der Wall Street zuging. Er bewegte sich durch eine Menge von Wertpapierhändlern und Börsenangestellten, die noch pünktlich kommen wollten, bevor auf dem Parkett die Glocke geläutet wurde. Mit einem tabakbraunen Lederaktenkoffer in der rechten Hand stieg der Mann die breite Freitreppe hinauf, schritt an den Ziergiebeln mit den in Stein gehauenen Göttern der Finanzwelt und den Statuen genialer Erfinder vorbei und schlenderte schließlich durch die Eingangshalle in den großen Börsensaal. Dort ging er durch die Masse konservativ gekleideter Männer und Frauen, die auf die Kabinen der Broker, die Börsenstände und die langen Reihen mit Telefonen und Monitoren zuströmten, die die New Yorker Börse mit den nationalen und internationalen Finanzplätzen verbanden.

Als der Mann sich auf dem Parkett umblickte, sah er eine leere Telefonzelle. Unter Einsatz seines Ellbogens kämpfte er sich durch die Menschenmenge darauf zu, betrat die Kabine, stellte den Aktenkoffer neben sich auf den Boden und nahm den Hörer ab.

Die Hand auf die Gabel gelegt, wählte er aufs Geratewohl eine Nummer und tat, als würde er telefonieren.

Er hatte vor, hier zu warten, bis der richtige Zeitpunkt gekommen war.

Ein paar Augenblicke später läutete im Börsensaal die Glocke, und dann lief der Motor der mächtigsten Finanzinstitution des Landes auch schon auf vollen Touren. Das Stimmengewirr um den Mann herum steigerte sich zu einem enthusiastischen Gebrüll, und die Schreie der Aktienauktionäre, die die Bieter aufpeitschten, als würden sie mit Gold oder wertvollen Juwelen handeln, stiegen zur gewölbten Decke auf.

Der Mann war sicher, dass niemand ihm Aufmerksamkeit schenkte. Durch sein der Umgebung angepasstes Äußeres war er praktisch unsichtbar – in den Augen der anderen nur ein weiterer Wertpapierprofi, der nach Bekanntgabe der ersten Kurse Kontakt zu seinem Büro aufnahm.

Den Telefonhörer zwischen Kinn und Schulter geklemmt, beugte er sich vor, um auf einen Schnappverschluss neben einem der beiden Zahlenschlösser des Koffers zu drücken, der sich aber nicht öffnete. Doch das war auch nicht vorgesehen.

Während er sich über den Aktenkoffer beugte, begann durch dessen Seitenwand ein leises Geräusch zu dringen.

Ein Zischen, das dem einer Giftschlange glich.

Der Koffer war jenen umfunktionierten Attaché-Aktenkoffern nachgebildet, die die japanischen Behörden auf einem Grundstück der Aum-Shinrikyo-Terroristen gefunden hatten, jener gewalttätigen Extremisten, die 1995 für den Anschlag in der U-Bahn von Tokio verantwortlich gewesen waren. Dabei hatte es ein Dutzend Tote und fünftausend Schwerverletzte gegeben, die mit dem Nervengas Sarin in Berührung gekommen waren. Wie bei der ›Erfindung‹ der japanischen Terroristen gab es auch hier einen kleinen Aerosol-Behälter, einen batteriebetriebenen Miniventilator und eine Röhre, die zu einer getarnten Öffnung in der Seitenwand des Koffers führte. Die einzige Verbesserung gegenüber dem japanischen Original war der Schnappverschluss, der als Auslöser diente. Deshalb bestand keinerlei Notwendigkeit, den Deckel des Aktenkoffers zu öffnen. Dadurch verringerte sich das Risiko, ungewollt Aufmerksamkeit zu erregen.

Der Mann in dem dunkelblauen Anzug nahm den Koffer auf, hängte den Hörer ein und mischte sich wieder unter die Menschenmenge. Fast ohne ihn wahrzunehmen, drängte jemand an ihm vorbei, um den Platz in der Telefonzelle zu ergattern. *Gut*, dachte der Mann. In dem allgemeinen Tumult war das Austreten des Aerosols nicht zu hören. Er musste nur ein bisschen im Börsensaal herumspazieren, damit die Substanz sich gleichmäßig verteilte. Dann war sein Job erledigt. Den Rest würden seine Opfer übernehmen, wenn sie später von Termin zu Termin hetzten, sich um fünf Uhr abends mit anderen zum Cocktail trafen oder mit den vollen Zügen oder Bussen nach Hause fuhren. Wenn sie mit Mitarbeitern, Bekannten oder Freunden zusammenkamen, ihre Frauen küssten, ihre Kinder umarmten, sich rastlos und mit hoher Geschwindigkeit bei ihren täglichen Unternehmungen im Kreise drehten, war gewährleistet, dass sie den Job auf sehr effektive Art und Weise vollendeten.

Kurz darauf verließ der Mann die New Yorker Börse und bog in die Broad Street ein. Der Behälter in seinem Aktenkoffer, der den unsichtbaren Wirkstoff enthalten hatte, war jetzt leer. In Gedanken hörte der Mann noch immer das Zischen.

Die Erinnerung ließ ihm die Nackenhaare zu Berge stehen. Man hatte ihm versichert, dass es keinerlei Anlass zur Sorge gab, und der Auftrag war finanziell einträglich genug, um eine eventuell andauernde Unruhe zu kompensieren. Dennoch war er heilfroh, nicht mehr in der Börse zu sein. Selbst die dicke, für die Jahreszeit viel zu warme Herbstluft Manhattans erschien ihm angenehm, weil er wusste, dass er zwar eigentlich nichts zurückgelassen hatte, dass ihm der unsichtbare Wirkstoff aber überallhin folgen konnte.

Wenn das, was er freigesetzt hatte, nicht bereits jetzt bis auf die Straße gedrungen war, würde es mit Sicherheit gleich so weit sein.

Und sehr bald würde der Wirkstoff überall sein.

Der Air Tractor AT-802 ist ein Flugzeug mit Turbinen-Propeller-Strahltriebwerk, das im landwirtschaftlichen Sektor der Luftfahrtindustrie weit verbreitet und am Himmel über Mittelflorida ein vertrauter Anblick ist. Fast siebzig Prozent der landesweit produzierten Zitrusfrüchte werden hier angebaut. An Bord der Maschine befindet sich ein Vorratsbehälter mit einer Kapazität von etwa dreitausendfünfhundert Litern, der mit den unterschiedlichsten Düngemitteln, Herbiziden, Pestiziden und Fungiziden aufgefüllt werden kann. Unter dem Flugzeugrumpf angebrachte Pumpen befördern die Chemikalien aus dem Vorratsbehälter in an den Flügeln befestigte Tanks, die mit speziellen Öffnungen für flüssige oder trockene Substanzen versehen sind. Durch sie werden die Chemikalien auf die riesigen Orangen-, Grapefruit-, Zitronen- und Limonenplantagen gesprüht.

An diesem Morgen hob eine AT-802 von der Graspiste eines Flugplatzes westlich von Clermont ab, um eine Substanz zu versprühen, die Welten von den Produkten entfernt war, mit denen es Piloten landwirtschaftlich genutzter Flugzeuge normalerweise zu tun haben. Damit die Qualität des Materials während der Lagerung und des Transports unbeeinträchtigt blieb, war es zu einer extrem feinen, weißlichen Substanz lyophilisiert – gefriergetrocknet – worden, die man mit bloßem Auge für Puderzucker hätte halten können. Dann waren die Partikel in kleine, körnige Kügelchen aus biologisch abbaubarem, organischen Material eingeschlossen worden, das sie haltbarer machte und eine kontrollierte und gleichmäßige Verteilung ermöglichte. Perfekt geglättet und frei dahintreibend entstand bei diesen Mikrokapseln praktisch keinerlei Reibung, und sie würden sich auch nicht elektrostatisch aufladen. Sonst wären sie vielleicht an Objekten haften geblieben, was ein weiteres Ausströmen des Wirkstoffs zur Folge gehabt hätte, verursacht etwa durch Windböen, das Flügelschlagen eines Vogels oder die Reifen eines über die Interstate rasenden Sattelschleppers.

Der Hersteller war nur an dem bestmöglichen Resultat interessiert gewesen und hatte sein Ziel erreicht, weil er Millionen investiert hatte. Er wusste, dass auch seine Kunden das Produkt unwiderstehlich finden würden. Folglich war er zuversichtlich, dass sich seine Investition mehr als bezahlt machen würde.

Jetzt legte sich die AT-802-Maschine in gleich bleibend niedriger Flughöhe in die Kurve. Der Wind kam von vorne. Aus seinem Cockpit sah der Pilot unter sich die endlosen Baumreihen, die sich bis zum Horizont erstreckten, die dunkelgrünen Baumkronen mit den orangefarbenen und gelben Früchten, die bald geerntet, verpackt und von Küste zu Küste verschickt werden sollten. Vor ihm befanden sich hochmoderne GPS- und GIS-Displays, die das zu besprühende Gebiet in exakten Koordinaten erfassten, einen Strom von Daten über die äußeren Bedingungen in Echtzeit übermittelten und alle Funktionen des landwirtschaftlich genutzten Spezialflugzeugs überwachten. Nach den Informationen auf den Displays hatte eine meteorologische Inversion dafür gesorgt, dass sich heute in Bodennähe kühle Luft hielt. Das war ideal, weil so das Puder nicht durch wärmere, aufsteigende Luftströmungen von seinem Ziel weggetrieben werden würde.

Der Pilot flog über die Bäume, einmal, zweimal, noch einmal, wobei die Flügel des Flugzeugs eine dunstige Wolke hinter sich herzogen. Das Aerosol hing in der Luft, zeichnete vor dem Hintergrund des blauen Himmels breite weiße, parallele Streifen, bevor es sich nach und nach verteilte und einen schwachen, milchigen Dunst hinterließ.

Dann rieselte es sanft und langsam auf die Erde herab.

Ein Boeing-747-Jumbojet kann auf Auslandsflügen über vierhundert Passagiere befördern, die jeweils zu zehnt nebeneinander sitzen. Damit ist seine Kapazität weitaus größer als die anderer kommerziell genutzter Flugzeuge. Für Steve Whitford war ein Flug mit der 747 ein äußerst zweifelhaftes Vergnügen, so dass er sich jetzt auf den Zwischenstopp freute, als das Flugzeug in Sydney über die Landebahn rollte.

Whitford hatte in letzter Minute den einzigen noch freien Platz für diesen Flug gebucht und glaubte, dafür zu dankbar sein zu müssen, um sich über die quälende Enge und die fehlende Beinfreiheit beschweren zu können. Dennoch hatte er kaum Zweifel daran, dass das Flugzeug wie eine übervolle Tube mit Plätzchenteig geplatzt wäre, wenn man versucht hätte, auch nur einen weiteren Passagier hineinzuzwängen. Whitford war über einen Meter neunzig groß, dünn wie eine Bohnenstange und hatte extrem lange Beine. Deshalb gab er gern zu, dass er in dieser Hinsicht nicht objektiv war, was an seiner Haltung aber nicht viel änderte. Hieß es nicht: *Niemand kann aus seiner Haut heraus?*

Als guter Rechtsanwalt ließ Steve nie eine Gelegenheit aus, sich auf Präzedenzfälle zu berufen.

»Wir möchten allen, die Australien besuchen oder auf einen Anschlussflug warten, dafür danken, dass Sie sich für unsere Fluglinie entschieden haben. Diejenigen, die nach dem Zwischenstopp mit uns nach London weiterfliegen, sollten sich die Beine vertreten und die Restaurants, Geschäfte und sonstigen Annehmlichkeiten des Flughafens genießen ...«

Steve löste seinen Sicherheitsgurt und trat auf den Gang, um dem Rat der Lautsprecherstimme zu folgen. Er streckte sich und massierte sich mit den Händen das Genick. Wenn er seine schmerzenden Knochen und seine Beanstandungen ignorierte, musste er zugeben, dass es in diesem Leben Schlimmeres gab, als Schulter an Schulter mit dieser Nachbarin auf dem Fensterplatz dazusitzen.

Er blickte zu der ansprechenden, ungefähr dreißigjährigen Blondine hinüber, die dem wieder belebten Hippie-Look die Ehre gab: Sie trug ein Farmerhemd, oben eng geschnittene Jeans mit Schlag und große, runde rote Ohrringe mit Punktmuster. Mit seinen vierundvierzig Jahren konnte Steve sich an eine Zeit erinnern, wo diese Art von Klamotten sich noch nicht so *formvollendet* an den Körper angeschmiegt hatten, als wären sie direkt aus der angesagten Boutique eines Modedesigners gekommen.

Nicht, dass ihr die Sachen nicht gut gestanden hätten. Tatsächlich war ihm schon in Hongkong, als er das Flugzeug bestiegen hatte, sehr wohl aufgefallen, *wie* gut sie aussah, und er hatte sofort nach dem Start versucht, sie in ein Gespräch zu ziehen. Während der belanglosen Plauderei hatte er überprüft, ob sie einen Ehering trug. Ein schneller Blick hatte gezeigt, dass dies nicht der Fall war. Dann hatte er einzuschätzen versucht, ob sie vielleicht später an einer etwas vertrauteren Unterhaltung Interesse zeigen würde. Steve stellte sich vor und erzählte, dass er als Rechtsanwalt in Asien für einen in Massachusetts ansässigen Spielzeughersteller Patent- und Lizenzfragen erörtert hatte und jetzt im Begriff war, in London ein paar Tage auszuspannen, bevor die berufliche Schinderei wieder losgehen würde. Daraufhin stellte sie sich als Melina vor, nannte aber weder ihren Nachnamen, noch fragte sie nach seinem. Ihr Englisch hatte einen leichten Akzent, den er mit keiner bestimmten Nationalität in Verbindung bringen konnte. Der Name klang irgendwie exotisch, besonders ohne den dazugehörenden Nachnamen. Wie es für Alleinreisende bisweilen typisch ist, überlegte er, ob sie eine Schauspielerin oder ein Popstar war.

Auf jeden Fall war sie zwar zurückhaltend, aber doch freundlich. Sie antwortete auf seine Bemerkungen über das Wetter, die verspätete Landung und das lausige Essen im Flugzeug, gab dabei aber nicht viel über sich selbst preis. Wenn er darüber nachdachte, kam sie ihm fast verschlossen vor, obwohl er wahrscheinlich zu viele Tage mit juristischen Auseinandersetzungen hinter sich hatte, um noch ein vernünftiges Urteil fällen zu können.

Jetzt zog Whitford seine Reisetasche aus dem Gepäcknetz und nahm sich vor, ein Restaurant zu suchen, ein halbwegs anständiges Menü zu verzehren und sich dann auf der Toilette mit etwas Eau de Toilette für den nächsten langen Abschnitt der transkontinentalen Reise frisch zu machen. Noch immer spielte er unentschlossen mit dem Gedanken, Melina zum Essen einzuladen. Warum sollte er ihre Reserviertheit als Brüskierung auffassen? Es war doch verständlich, dass eine allein reisende Frau vorsichtig war, wenn ein Fremder sie ansprach. Außerdem war eine freundliche Einladung nichts Unanständiges.

Vom Gang aus blickte er sie an. Sie saß noch auf ihrem Platz und zog aus ihrer Handtasche einen Füllfederhalter und eine Papiertüte hervor, auf der in silbernen Buchstaben *Geschenkartikel* stand. Dann nahm sie ein paar Postkarten aus der Tüte. Es sah ganz so aus, als wollte sie während des Zwischenstopps im Flugzeug bleiben ... wenn er sie nicht vom Gegenteil überzeugen konnte.

Whitford atmete tief durch und beugte sich zu ihr vor. »Entschuldigen Sie, aber ich habe mich gerade gefragt, ob wir nicht zusammen eine Tasse Kaffee trinken und auf die Schnelle einen Happen essen könnten? Geht auf meine Rechnung.«

Ihr Lächeln war höflich, nicht mehr, aber auch nicht weniger. »Vielen Dank, aber ich muss ein paar Postkarten schreiben.« Sie legte die Karten vor sich auf den ausklappbaren kleinen Tisch. »Das gehört zu den Dingen, die man leicht vergisst.«

»Warum nehmen Sie die Postkarten nicht einfach mit? Vielleicht inspiriert sie ein kleiner Ortswechsel, und Sie können dann besser oder schneller schreiben.«

Ihr kühles, unverändertes Lächeln war schon an sich eine Zurückweisung, die ihre knappe Antwort eigentlich überflüssig machte. »Nein, ich bleibe hier.«

Steve beschloss, etwas zu unternehmen, um sein Gesicht zu wahren. Wenn die Maschine erneut gestartet war, würden sie ungefähr weitere sieben Stunden nebeneinander sitzen, und er wollte nicht in eine unangenehme Situation geraten.

Er wies mit dem Kopf auf die Postkarten. »Wahrscheinlich haben Sie einen ganzen Stapel davon.«

»Genau.« Melina blickte ihn an. »Sie wissen ja, wie das mit den Verpflichtungen so ist – sie sind unsere kleinen Plagen.«

Steve sah sie an. *Aber sicher, ganz wie Sie meinen*, dachte er.

Nachdem er sich verabschiedet hatte, reihte er sich auf dem Gang in die Schlange der anderen Passagiere ein, die zum Ausgang wollten.

Ihr Blick folgte ihm, bis er das Flugzeug verlassen hatte, dann machte sie sich eilig an die Arbeit.

Sie schraubte ihren Füllfederhalter auf und legte ihn dann neben die Postkarten auf das Tischchen. Die Tintenpatrone war aus Metall und oben über der Öffnung zum Nachfüllen mit einer kleinen Plastikkappe versehen. Sie bewegte die Kappe hin und her, um die Patrone zu lösen, zog sie dann aus dem Füller und legte dessen untere Hälfte zu den anderen Gegenständen.

Kleine Plagen, dachte sie. Ihr Boss, der zugleich ihr Liebhaber war, hätte diese Worte vielleicht zu schätzen gewusst, wenngleich er es mit Sicherheit nicht gemocht hätte, wenn sie sie laut aussprach.

Mit Daumen und Zeigefinger nestelte sie an der Kappe herum und zog sie dann geschickt aus der Patrone heraus.

Während sie sorgfältig darauf achtete, dass sie von niemandem beobachtet wurde, hielt sie die Patrone von ihrem Körper weg, drehte sich um und tippte mit einer Fingerspitze darauf. Sofort verteilte sich eine puderartige weiße Substanz in der zirkulierenden Luft. In neueren Passagiermaschinen hätten hochgradig effektive Filteranlagen vielleicht eine beträchtliche Menge des Verseuchungsstoffes geschluckt, aber sie wusste, dass die Lüftungssysteme der in die Jahre gekommenen 747-Flotte ihn einsaugen und mit der Sauerstoffversorgung des Flugzeugs ausspucken würden.

Wenn die mikroskopisch kleinen Kapseln in die Atemwege der Crewmitglieder und Passagiere eindrangen, würde der in ihnen schlummernde Wirkstoff freigesetzt und dann von Mensch zu Mensch, von Flughafen zu Flughafen und von Stadt zu Stadt übertragen werden, über Landesgrenzen und Kontinente hinweg. Da die Menschen nicht darauf vorbereitet waren, würde der Wirkstoff das Werk vollenden, um dessentwillen er erschaffen worden war.

Er würde immer mehr Menschen anstecken und in ihren Körpern schmoren, bis schließlich ein verheerendes, nicht mehr zu löschendes Feuer loderte und die ganze Welt erfasste.

Als die blonde Frau auf die Uhr blickte, beschloss sie, dass es am besten wäre, sich auf den Weg zu machen.

Sie zog eine Ersatz-Tintenpatrone aus der Handtasche, schob sie in den Füller und verstaute die unbeschriebenen Postkarten und die Papiertüte aus dem Geschenkartikelladen. Als sie diese mit dem Füller in ihre Handtasche gepackt hatte, versah sie die leere Tintenpatrone wieder mit der Kappe und verstaute sie in der Tasche ihres Sweaters, um sich ihrer später zu entledigen. Da bemerkte sie, dass etwas von der puderartigen Substanz auf das kleine Tischchen gefallen war, und blies die Rückstände weg. Die Partikel trieben in den künstlichen Luftstrom innerhalb des Flugzeugs.

Sie nickte befriedigt – ihr Job war erledigt.

Nachdem sie das kleine Tischchen hochgeklappt hatte, stand sie auf und betrat den Gang. Außer einer Hand voll Passagiere und einem männlichen Flugbegleiter war die Maschine verwaist. Er stand in der Nähe des Ausgangs, und sie lächelte ihm zu, als sie das Flugzeug verließ.

Der Flugbegleiter erwiderte ihr Lächeln, und in seinem Blick schien etwas Bewunderung mitzuschwingen.

Im Terminal blickte sie auf die Monitore, die die Start- und Landezeiten verzeichneten. Ihre nächste Maschine sollte in gut zwei Stunden starten. Es würde der siebte und letzte Flug sein. Sie wusste, dass es mit dieser Zahl keine zufällige Bewandtnis hatte. Nein, es war zweifellos eine dämonische Idee, der Einfall jenes teuflischen Menschen, dem sie sich freiwillig, ja zwanghaft mit Leib und Seele verschrieben hatte.

Kleine Plagen. Sieben, dann noch ein paar.

Die Flüge rund um die Welt hatten sie ermüdet, sogar erschöpft. Aber sie hatte sich fast des gesamten Wirkstoffs entledigt, und nach dem Flug nach Frankfurt wäre sie auch den Rest der gefährlichen Substanz los.

In der Zwischenzeit konnte sie einen Ort suchen, wo sie sich etwas entspannen und vielleicht eine Kleinigkeit essen konnte. Allerdings musste sie darauf achten, nicht ihrem Nachbarn aus dem Flugzeug zu begegnen.

Es blieb ihr noch genug Zeit, bevor sie erneut einchecken musste.

Weil das menschliche Auge nur sehen kann, vertraut es dem, was es sieht, und weil es stets bemüht ist, uns über einen nicht beschwerlichen Weg zu geleiten, wird es das Ungewöhnliche häufig ausblenden, um sich dem Vertrauten zuzuwenden. Deshalb ist das menschliche Auge leicht zu täuschen.

Ein Makler in einem Businessanzug im Finanzviertel von Manhattan, ein Flugzeug zum Versprühen von Chemikalien über dem offenen Land und der weibliche Passagier eines Flugzeugs, der während eines Zwischenstopps die Zeit damit totschlägt, ein paar Postkarten zu schreiben ... All das sind vertraute und alltägliche Anblicke, aber hinter dem äußeren Anschein kann sich etwas anderes verbergen, und die Tarnung soll unser gutgläubiges Auge betrügen.

Im kalifornischen San José versprühte ein Reinigungswagen der Stadtverwaltung mit einem zusätzlichen Tank an der schweren Karosserie das Aerosol im Zielgebiet. Er fuhr mit orangefarben flackernden Blinklichtern durch die Rosita Avenue, und während er mit sich drehenden Bürsten und Wasser die Rinnsteine und Bordsteinkanten säuberte, strömte aus seinem zweiten Tank die im Labor hergestellte Substanz.

Weil es nur eine Szene war, wie sie sich tagtäglich in irgendeiner beliebigen Stadt abspielt, schenkten die Passanten dem Wagen nur wenig Aufmerksamkeit. Er war nur eine kaum wahrnehmbare Störung, eine momentane Verzögerung bei ihren morgendlichen Verpflichtungen. Autofahrer wechselten die Fahrspur, um dem Verkehrshindernis auszuweichen, Fußgänger traten auf den Bürgersteig zurück, damit sie nicht von den rotierenden Bürsten erfasst wurden, und sie sprachen zwar etwas lauter, als der Wagen vorbeifuhr, ignorierten ihn sonst aber.

Als sie das unsichtbare Aerosol einatmeten, brachten sie das leichte Nasenjucken oder das Kratzen in der Kehle lediglich mit dem aufgewirbelten Straßenstaub in Verbindung. Sie verteilten die mikroskopisch kleinen Partikel mit ihren Schuhsohlen, trugen sie auf ihrer Haut und ihrer Kleidung mit sich herum und schickten sie auf zahllose weitere Übertragungswege, wenn sie ihre Zeitungen mit Geldscheinen bezahlten.

Ihre Augen sahen nichts Ungewöhnliches, es gab keinerlei nennenswerte Unterbrechung ihres geordneten und durchschnittlichen Lebens. Deshalb setzten sie den Weg zu ihrem Arbeitsplatz fort, ohne die geringste Ahnung, dass sie von einer gänzlich neuen und tückischen Infektion befallen waren. Viele von ihnen gingen durch die Rosita Avenue auf den hohen, schlanken Büroturm zu, in dem sich das berühmte Hauptquartier von UpLink International befand, dem weitaus größten Arbeitgeber der Stadt.

Und es war wohl kaum ein Zufall, dass der Reinigungswagen in dieselbe Richtung fuhr.

Als seine Tochter ihn auf dem Rückweg vom Gerichtsgebäude anrief, wusste Roger Gordian nicht, was er sagen sollte. Da spielte es auch keine Rolle, dass das Ergebnis der Verhandlung schon lange festgestanden und er monatelang Zeit gehabt hatte, sich auf die Neuigkeiten vorzubereiten. Und es half ihm auch nicht weiter, dass er daran gewöhnt war, sich mit Unternehmensbossen und Staatschefs aus der ganzen Welt zu unterhalten, und zwar häufig unter heiklen Bedingungen, wo man schnell denken und reden musste. Doch Julia war seine Tochter. Ihm fehlten die Worte zum Teil auch deshalb, weil sich alles, was er während der letzten paar Monate zu ihr gesagt hatte, als gänzlich falsch erwiesen hatte. Das hatte zu mehr als nur einem Scharmützel zwischen ihnen geführt. Erneut hatte Gordian dagegen ankämpfen müssen, sich wie der fürsorgliche Vater einer noch nicht erwachsenen Tochter zu gebärden, weil er wusste, dass seine Tochter den Spieß umdrehen und ihn jedes seiner Worte einholen würde. Hätte er der Versuchung nachgegeben, dann wäre das im Hinblick auf ihre Beziehung gedankenlos, unfair und fatal gewesen. Julia war eine bemerkenswert fähige dreiunddreißigjährige Frau, die bereits seit vielen Jahren ihr eigenes Leben lebte, und sie hatte etwas Besseres als abgestandene väterliche Ratschläge verdient, so schwierig das manchmal für ihn auch einzugestehen sein mochte …

»Es ist vorbei, die Scheidung ist über die Bühne«, unterrichtete sie ihn über Handy. »Die Papiere sind unterschrieben, und wahrscheinlich werde ich in zwei Wochen Kopien bekommen.«

Das hatte sie vor vier Sekunden gesagt.

Mittlerweile waren fünf verstrichen.

Gordian zog sich der Magen zusammen.

Er wusste nicht, was er entgegnen sollte.

Sechs Sekunden …

In seinem stillen Büro hörte er das Ticken der Uhr.

Von seinem Naturell her gehörte Gordian nicht zu den Menschen, die sich laufend selbst beobachteten. Seine Gedanken und Gefühle erschienen ihm als ziemlich unkompliziert. Er liebte seine Frau, seine beiden Töchter und seine Arbeit – die Arbeit etwas weniger. Dennoch hatte sie seit ein paar Jahren zu viel Zeit in Anspruch genommen, und seine Familie hatte sich ins Abseits gedrängt gefühlt, besonders seine Frau. Aber damals begriff er nicht, wie sehr sie sich vernachlässigt fühlte.

Es hatte so viel zu tun gegeben. Ein hartes Jahrzehnt lang hatte er gebraucht, um aus dem Nichts sein Elektronikunternehmen aufzubauen. Schon in frühen Jahren hatte man ihm beigebracht, dass es im Leben wichtig war, sein Brot zu verdienen und eine Familie ernähren zu können. Sein Vater starb, bevor der Begriff Qualitätszeit geprägt wurde, aber es war auch fraglich, ob Thomas Gordian in der Lage gewesen wäre, den dahinter stehenden Gedanken zu begreifen. Er war zu sehr damit beschäftigt, in einer Fabrik für Industriemaschinen zu schuften, bis er eine dicke Hornhaut an den Fingern hatte. Seit dem sechzehnten Lebensjahr verdiente er dort, nachdem er die Highschool verlassen hatte, um seine unter der wirtschaftlichen Depression leidende Familie zu unterstützen, ein bescheidenes, aber regelmäßiges Einkommen. In den Augen von Gordians Vater verlieh man der Liebe zu seiner Familie dadurch Ausdruck, dass man einen Lohnzettel nach Hause brachte, und diese Verbissenheit eines einfachen Arbeiters prägte sich seinem einzigen Sohn tief ein. Daran änderte sich auch nach dessen Rückkehr aus Vietnam nichts, als er mithilfe von Krediten und einer Hand voll weitsichtiger Investoren für den Schleuderpreis von zwölf Millionen Dollar eine ins Wanken geratene, von Schulden geplagte Firma namens Global Technologies kaufte, die in San José ansässig war.

Der Erfolg dieses gewagten Spiels übertraf Gordians Hoffnungen weit. In weniger als einem Jahrzehnt verwandelte er Global Technologies in einen Silicon-Valley-Giganten, der über eine große Anzahl von außergewöhnlich erfolgreichen Patenten auf dem Sektor der Verteidigungsindustrie verfügte. Er bekam einen Auftrag nach dem anderen und arbeitete härter als je zuvor, damit das auch so blieb. Er setzte die technologischen Innovationen, die die Entwicklung hochmoderner militärischer GAPSFREE-Systeme für lückenlose Aufklärung und Zielgenauigkeit mit sich brachten, sinnvoll ein, um sein Unternehmen im Bereich ziviler Satellitenkommunikation an die Spitze zu bringen. Dann taufte er die Firma auf den neuen Namen UpLink International.

Er verdiente viel Geld und ernährte seine geliebte Familie. Tatsächlich verdiente er sehr viel mehr Geld, als er je benötigen würde.

Und deshalb blickte er nach vorne und fand einen neuen Grund, auch weiterhin hart zu arbeiten.

Als Global Technologies im Jahr 1990 zu einem multinationalen Konzern geworden war und von *Fortune* zu den fünfhundert führenden Unternehmen gerechnet wurde, konzentrierte sich Gordian auf ein Ziel, das seine Frau ›Der Traum‹ nannte. Es basierte auf einer Idee, die genauso unkompliziert wie Gordians Persönlichkeit war: keine Freiheit ohne frei zugängliche Informationen. Das war zwar kein origineller Geistesblitz, aber seine Leistung bestand darin, wie er eine abstrakte Idee in konkrete Resultate verwandelte. Als Chef des weltweit größten zivilen Telekommunikations-Netzwerks war er in der Lage, Menschen den Zugang zu Informationen zu ermöglichen. So konnte er besser als mit jeder harten Währung Millionen zu einem besseren Leben verhelfen, und zwar besonders dort, wo sich totalitäre Regimes an der Macht hielten, indem sie das genaue Gegenteil taten. Sie schlossen ihre Untertanen von der Kommunikationstechnologie aus und enthielten ihnen jenes Wissen vor, das ihnen vielleicht helfen würde, den Würgegriff der Unterdrückung abzuschütteln. Die Geschichte hatte den Beweis erbracht, das dem radikalen Sturz einer Regierung fast immer eine leisere

Revolution des sozialen Bewusstseins vorausging, und die alte Weisheit, dass Demokratie ansteckend wirke, wurde dadurch nicht weniger wahr, dass sie häufig als populistische politische Parole missbraucht worden war.

Erneut übertrafen Gordians Triumphe seine Erwartungen bei weitem. Ironischerweise drangen Ashleys Signale, mit denen sie ihrem Leid Ausdruck zu verleihen suchte, wegen der Fülle von humanitären Zielen, die er verfolgte, nicht zu ihm durch. Zumindest so lange nicht, bis sie ihn mit Worten, an die er sich bis ans Ende seiner Tage erinnern würde, zum Zuhören zwang.

»Mir ist klar, dass das, was du auf dem Weltmarkt erreicht hast, für Menschen in aller Herren Länder sehr wichtig ist. Ich weiß, dass das deine Berufung ist und dass du ihr folgen musst. Allerdings weiß ich nicht, ob ich stark genug bin, um zu warten, bis du deine Aufgabe erfüllt hast.«

Ihre erschütternden und unvergesslichen Worte zwangen ihn, sich selbst ins Gesicht zu sehen und schwer akzeptierbare Wahrheiten zu erkennen. Weitaus wichtiger war, dass seine Selbsterkenntnis seine Ehe rettete.

Zu dieser Zeit hatte er noch nicht begriffen, wie viel Glück er gehabt hatte.

»Bist du noch dran, Dad? Ich bin auf der Autobahnauffahrt, und es ist ziemlich laut hier ...«

»Am Apparat, Honey.« Gordian versuchte, sich zu konzentrieren. »Ich bin einfach nur glücklich, dass der schlimmste Teil dieser schweren Prüfung hinter dir liegt und dass du jetzt ein neues Leben beginnen kannst.«

»Amen.« Sie lachte rau. »Weißt du, was passiert ist, nachdem wir den Gerichtssaal verlassen hatten? Nach all dem, was wir durchgemacht haben, nach den juristischen Auseinandersetzungen und den hässlichen Vorfällen, hat er mich gebeten, mit ihm essen zu gehen, und zwar in dem italienischen Restaurant, das wir früher manchmal besucht haben.«

Plötzlich schwieg Julia.

Gordian wartete, während er mit einer Hand den Hörer umklammerte. Das raue und humorlose Lachen hatte ihn alarmiert. Es war, als hätte er gehört, wie eine dünne Glasscheibe aufgrund extremer Kälte brach.

»Vermutlich«, sagte seine Tochter schließlich, »wollte er bei Wein und Pasta unsere Zukunft als Singles feiern.«

Als er seine Körperhaltung veränderte, hörte Gordian das Quietschen seines Bürostuhls. Statt des Gattungswortes *er* hatte Julia früher immer den Vornamen Craig benutzt. Sieben Jahre lang war Craig ihr Mann gewesen. Noch immer war unklar, weshalb sie sich getrennt hatten. In seiner Scheidungsklage hatte Craig von nicht mehr überbrückbaren Differenzen gesprochen, ohne weiter ins Detail zu gehen. Als sie während der letzten Monate bei ihren Eltern gewohnt hatte, sprach Julia gelegentlich davon, dass sie wegen seiner Karriere häufig voneinander getrennt gelebt hätten und dass sie sich einsam gefühlt habe. Obwohl Craig eigentlich freiberuflicher Bauingenieur war, arbeitete er in letzter Zeit für große Ölfirmen. Seine Spezialität war die Planung fest verankerter Offshore-Bohrplattformen, und er verbrachte häufig mehrere Wochen vor Ort, um den Bau zu überwachen – mal in Alaska, mal in Belize. Seine Abwesenheit trug zweifellos zu ihren Problemen bei, aber Gordian vermutete, dass das nicht alles war. Wenn Julia sich vernachlässigt gefühlt hatte, warum hatte dann Craig die Scheidung eingereicht?

Gordian hatte sie nicht zu Antworten genötigt, und Julia hatte von sich aus weder ihm noch Ashley gegenüber viel preisgegeben. Sie behauptete, dass es keine Seitensprünge gegeben habe, und ihre Eltern versuchten, ihr zu glauben. Aber warum war sie ihnen gegenüber so verschlossen? Waren die Gründe zu schmerzhaft, um anderen davon zu erzählen? Oder war Julia sich selbst noch nicht darüber im Klaren?

Erneut rutschte Gordian auf seinem Schreibtischstuhl herum. »Was hat du geantwortet?«

»Gar nichts. Ich konnte es nicht fassen. Aber warte nur, es kommt noch besser. Während ich ihn sprachlos anstarrte, versuchte er, mich zu küssen. Auf die Lippen. Sobald ich begriff, was er tat oder zu tun *versuchte*, wandte ich den

Kopf ab, und der Kuss landete auf meiner Wange. Ich musste mich schwer beherrschen, sie nicht abzuwischen. Wie ein Kind, das von irgendwelchen alten Verwandten abgeknutscht wird, die es kaum kennt.«

»Und dann?«

»Dann hat er den Rückzug angetreten und mir Glück gewünscht, bevor wir beide unserer Wege gingen. Mein Gott, es war so unangenehm und entwürdigend.«

Gordian schüttelte den Kopf. »Ein erster Versuch, die schlimmen Gefühle zu überwinden. Sein Verhalten war unbedacht und unangemessen, und er hatte keine Ahnung, wie du reagieren würdest. Aber ich nehme an, dass er gute Absichten hatte.«

»Im Scheidungsvertrag wollte er darauf bestehen, dass er die beiden Windhunde bekommt. Hätte ich damals nicht im Tierheim die Papiere unterschrieben, die schwarz auf weiß bestätigen, dass ich die Besitzerin der Hunde bin, hätte er mir Jack und Jill weggenommen. Und *das* werde ich ihm nie vergessen.«

Gordian versuchte, sich eine Antwort einfallen zu lassen. Schließlich konnte er nur wiederholen, was er schon zuvor gesagt hatte. »Jetzt ist es vorbei, Julia. Du kannst dein Leben in die eigenen Hände nehmen. Deshalb sollten wir glücklich sein.«

Es folgte eine weitere bedeutungsschwangere Gesprächspause. Vom anderen Ende der Leitung her hörte Gordian Autos hupen. Er wünschte, dass Julia nicht darauf bestanden hätte, allein in den Gerichtssaal zu gehen, wünschte, dass sie nicht allein im Auto säße, weil ihre Stimme so beunruhigend klang …

»Lass uns wegen der chaotischen Verkehrslage jetzt besser Schluss machen«, sagte Julia. »Ich werde rechtzeitig zum Abendessen zu Hause sein.«

Aber es ist noch nicht einmal neun Uhr morgens, dachte Gordian. »Bis dahin sind es noch ein paar Stunden«, erwiderte er. »Was machst du den ganzen Tag?«

Am anderen Ende der Leitung herrschte Schweigen.

Er wartete und fragte sich, ob sie ihn verstanden hatte.

Dann klang ihre Stimme plötzlich hart. »Soll ich dir einen detaillierten Terminplan durchgeben?«

Gordian runzelte irritiert die Stirn und umklammerte den Telefonhörer noch fester. »Ich meinte ja nur, dass …«

»Ich kann dir vom nächsten öffentlichen Fax eine Liste schicken und dich um deine Zustimmung bitten.«

In seinem leeren Büro winkte Gordian mit einer frustrierten Handbewegung ab. Seim Magen zog sich noch fester zusammen. »Julia …«

»Ich bin erwachsen und finde nicht, dass du im Voraus eine komplette Liste von den Dingen brauchst, die ich zu tun gedenke«, unterbrach sie ihn.

»Bleib dran, Julia …«

»Bis später.«

Damit war das Gespräch beendet.

Du hast es vermasselt, rügte Gordian sich selbst. *Irgendwie hast du es wieder mal geschafft, es zu vermasseln.*

Aber er konnte nicht sehen, was er falsch gemacht haben sollte.

Viele Stockwerke unterhalb seines Büros, auf der Rosita Avenue, fuhr ein Reinigungswagen an dem Gebäude vorbei, während Gordians Angestellte an ihrem Arbeitsplatz eintrafen. Doch er hätte die lauten Geräusche des Fahrzeugs auch dann nicht wahrgenommen, wenn sie bis zu seinem Büro hinauf und durch die schweren, vom Boden bis zur Decke reichenden Fenster gedrungen wären. Er saß allein an seinem Schreibtisch, noch immer den Hörer in der Hand haltend, aus dem niemand mehr zu ihm sprach …

Der Rest der Welt schien in eine unermesslich weite Ferne entrückt zu sein.

2.

La Paz, Bolivien
15. Oktober 2001

Im Zentrum von La Paz, auf dem großen Markt, der sich von den höher gelegenen Stadtteilen bis in das moderne Geschäftsviertel hinein erstreckt, kann man über die armseligen kleinen Hütten an den Abhängen hinweg drei der fünf schneebedeckten Hügel des Illimani sehen, die einen großen Teil des Anden-Himmels verdecken. Diesen Anblick wird kein Besucher der Stadt jemals vergessen. Selbst die einheimischen Aymara, denen die Erinnerungen an die blutige Invasion der Inkas noch präsent sind, betrachten die Gipfel mit Ehrfurcht und Respekt.

Ein von einer Motorradeskorte begleiteter Wagen der Staatspolizei fuhr in südöstlicher Richtung über die Avenida Villazón auf die breite Gabelung der Straße zu, die knapp einen Kilometer hinter der Universidad Mayor San Andrés liegt, und bog dann in die Avenida Anicento Arce ab, Richtung Zona Sur. In Calocoto und anderen Vorstädten, tief in der Schlucht verborgen gelegen, lebten die reichen Bürger der Stadt, vor den beißend kalten Höhenwinden geschützt, hinter hohen Toren in protzigen Landhäusern und herrschaftlichen Villen aus Adobeziegeln, die Gebäude aus Hollywood-Filmen imitierten.

Auf dem Rücksitz des Polizeiautos saß ein schlanker, asketisch wirkender Mann in einer Offiziersuniform, der fast die ganze Fahrt über zu Boden geblickt hatte, während eine seiner knochigen Hände neben ihm auf einer Tasche ruhte. Seine Lippen bewegten sich, weil er fast permanent vor sich hinflüsterte. Nur zweimal hatte er aus dem Fenster geblickt: zum ersten Mal rein zufällig, als der Wagen an der Calle Sagárnaga vorbeigekommen war, wo sich wie üblich die Kunden des Hexenmarkts drängten. Dort wurden unter freiem Himmel Talismane, Zaubertränke, Puder und – wegen ihrer angeblich Glück versprechenden Kräfte – mumifizierte Lama-Föten angeboten, bei denen sich verwesende Haut über die noch kaum ausgebildeten Knochen spannte. Ihr deformierter Zustand erinnerte an den Ausdruck des letzten Stadiums eines Todeskampfes, den er auch konservierte. Dort spazierten verarmte einheimische Mütter mit traditionellen Kopfbedeckungen und Schals neben wohlhabenden, nach der neuesten Pariser oder Mailänder Mode gekleideten Frauen einher. Diese Angehörigen unterschiedlichster sozialer Klassen einte vielleicht einzig und allein die Furcht vor oder ihre Verehrung für vorchristliche Gottheiten. Schamanistische Heiler, *Yatiri* genannt, hielten nach potenziellen Kunden Ausschau, wobei sie deren Vermögen in bolivianischen oder nordamerikanischen Dollars abschätzten und klug entschieden, wie viel sie verlangen konnten, wenn sie ihnen ihr Schicksal weissagten oder ihnen faule Zaubertricks vorführten.

Der Mann im Fond des Wagens hatte nur missbilligend die Stirn gerunzelt. Einen Großteil seiner Zeit verbrachte er unter den Ärmsten der Armen. Er wusste, dass sie sich aus Unwissenheit und Verzweiflung an den uralten Aberglauben klammerten. Aber die wohlhabende, gut ausgebildete Elite, was für Gründe hatte sie? Sie setzte auf verschiedene Glaubensrichtungen, wie man Geld bei verschiedenen Banken anlegte, teilte ihre religiösen Sympathien gleichsam in kleine Portionen auf. Glaubte diese Elite vielleicht, alle Götter für sich einnehmen zu können, wenn sie nicht ganz auf eine Gottheit setzte?

Die Eskorte hatte jetzt die Calle Sagárnaga hinter sich gelassen und fuhr über den Boulevard, der dem hier unterirdischen Verlauf des Choqueyapu-Flusses bis in die Außenbezirke der Stadt folgte. Als der Mann ein zweites Mal flüchtig aus dem Fenster schaute, sah er die Slums am Abhang des Berges. Auf den ersten Blick schien dies eine Beleidigung des göttlichen Plans zu sein. Himmel und Hölle waren praktisch vertauscht worden: Denen, die unten lebten, fehlte es an nichts, denen auf dem Berg an allem. Aber auf diese Weise ignorierte man die subtilere visuelle Botschaft des Illimani im Hintergrund, dessen spitze weiße Gipfel an Gottes Allmacht und daran erinnerten, dass auch Gott seine Zähne zeigen konnte.

Während er den Kopf senkte, bereitete sich der Mann innerlich auf die nächste halbe Stunde vor. Seine Finger lagen gespreizt auf der Tasche, als er aus dem Gedächtnis leise die vorgeschriebenen Verse zitierte.

Jetzt wechselte der Wagen auf die rechte Fahrbahn, verlangsamte das Tempo und bog dann in einen Kreisverkehr ein. Vor und hinter ihm verringerten die das Auto flankierenden Motorradpolizisten ihre Geschwindigkeit. Am Ende der Auffahrt sah er das große graue Krankenhaus, den gepflegten Rasen, die Wege mit den Steinplatten, die Bänke im Schatten und den glitzernden Springbrunnen, dessen Nieselregen vom Sonnenlicht in kleine Regenbögen verwandelt wurde.

Das Hospital de Gracia war die modernste und am besten ausgestattete medizinische Einrichtung in ganz Bolivien, und seine Ärzte hatten die besten Referenzen. Wie die luxuriösen Häuser in der Nachbarschaft war auch das Krankenhaus mit Geld gebaut worden, das aus dem illegalen Kokainhandel stammte. Erschwinglich war die Behandlung hier nur für die Mächtigen und Privilegierten.

Was für eine Ironie des Schicksal lag daher darin, dass der Patient, der unter absoluter Geheimhaltung vor zehn Tagen eingeliefert worden war, vor der ganzen Nation geschworen hatte, die Drogenkartelle auszumerzen und jenen mysteriösen Ausländer namens *El Tío* zu fangen und anzuklagen, der die Kartelle unter seine Kontrolle gebracht hatte.

Der Mann in der *Officiales*-Uniform versank noch tiefer in seine lateinischen Rezitationen:

»Averte faciem tuam a peccatis meis, et omnes iniquitates meas dele …

Verbirg dein Gesicht vor meinen Sünden, tilge all meine Frevel …

Cor mundum crea in me, Deus, et spiritum rectum innova in visceribus meis …

Erschaffe mir, Gott, ein reines Herz, und gib mir einen neuen, beständigen Geist …

Ne proicias me a facie tua, et spiritum sanctum tuam ne auferas a mei!

Verwirf mich nicht von deinem Angesicht, und nimm deinen heiligen Geist nicht von mir!«

Der Konvoi fuhr vor dem Haupteingang des Krankenhauses vor, wo ausreichend Parkraum reserviert worden war, und die Motorradpolizisten stellten ihre Maschinen ab. Einer der Fahrer ging zu dem Auto, um dem Uniformierten die Tür zu öffnen. Dieser griff nach seiner Tasche und ließ sich dann aus dem Wagen helfen. Es war fast spürbar, dass die Insassen anderer Autos auf dem Parkplatz ihn durch die getönten Scheiben anblickten.

Das war zu erwarten, dachte er. *Jede Menge Leute von der Geheimpolizei.*

Mit noch immer leicht geneigtem Kopf schritt er die Stufen vor dem Eingang des Krankenhauses hinauf, von seiner Eskorte flankiert, die sich unbehaglich zu fühlen schien, während er weiterhin die Verse des 51. Psalms vor sich hinflüsterte, Zeilen aus der *Bitte um Vergebung und Neuerschaffung,* einem der Bittgebete für die Sterbenden.

»Libera me de sanguinibus, Deus.

Befrei mich von Blutschuld, Herr …«

Eine feierliche Delegation, die sich aus den Leitern des Krankenhauses und Ärzten in weißen Kitteln zusammensetzte, erwartete die Besucher in der Eingangshalle und geleitete sie dann zu den Aufzügen. Auf Formalitäten wurde weitestgehend verzichtet. Am Kopf des Korridors waren zwei Soldaten in graugrünen Tarnanzügen postiert, die mit Maschinenpistolen bewaffnet waren und Abzeichen der Fuerza Especial de Lucha Contra el Narcotráfico (FELCN) trugen, der Eliteeinheit des Militärs, die den illegalen Drogenhandel bekämpfte.

Nachdem die Soldaten hastig die Ausweise der Besucher überprüft hatten, zeigten sie auf einen Aufzug, der von einem weiteren Wachtposten der Elitetruppe bedient wurde. Er drückte auf einen beleuchteten Knopf, und sie fuhren in den dritten Stock hinauf.

Ein paar Augenblicke später öffneten sich die Türen des Lifts wieder, und die Besucher gingen auf die Intensivstation zu.

In einem Vorzimmer wartete Humberto Marquéz, der designierte Vizepräsident. Er kam auf den Mann in der Uniform zu und begrüßte ihn mit einem festen Händedruck.

»Danke, dass Sie so schnell gekommen sind«, sagt er. »Und auch dafür, dass Sie die ungewöhnlichen Sicherheitsmaßnahmen ertragen haben, die erforderlich waren, um Sie hierher zu bringen.«

»Wenn es doch bloß nicht notwendig gewesen wäre.«

»Sie sagen es.« Marquéz bat ihn in den Raum. »Unsere Koalitionsregierung wird nur durch ein sehr dünnes Band zusammengehalten. Wenn die Gründe für Ihr Kommen durchsickern, bevor ich mich mit einigen alten Rivalen treffen kann, deren Differenzen erst kürzlich beigelegt worden sind …«

»Verstehe. Das dünne Band könnte reißen, bevor Sie Ihren Amtseid geleistet haben.« Der Mann legte seine Stofftasche auf einen niedrigen Tisch neben der Tür. Während die Leiter des Krankenhauses und die Ärzte gemeinsam mit ihm den Raum betreten hatten, wartete die Polizeieskorte in respektvollem Abstand außer Hörweite im Korridor. »Sagen Sie mir bitte, wie es ihm geht.«

Marquéz antwortete nicht sofort. Als früherer Anwalt verfügte er über jene Tugend verbaler Zurückhaltung, die ihm seit seinem Eintritt in die Politik zugute gekommen war. Seine Manieren waren formell und höflich, und der dunkelgraue Anzug passte dem schlanken Mann perfekt. Mit einer Bewegung des Kinns wies er auf einen der Ärzte. »Da Sie als Arzt für diesen Patienten verantwortlich sind, Dr. Alvarez, ist es vielleicht am sinnvollsten, wenn Sie die Fragen beantworten.«

Der Blick des Arztes wanderte von Marquéz zu dem Mann in der Uniform.

»Der Präsident ist halb bewusstlos und wird künstlich beatmet«, antwortete Alvarez. »Entschuldigen Sie mein unpassendes Verhalten, aber ich will Klartext reden: Verzichten Sie bitte auf alle überflüssigen feierlichen Riten – die Zeit ist knapp.«

Zwei oder drei Sekunden lang blickte der Besucher den Arzt an. Dann nickte er leicht. Was hätte er auch sagen sollen?

Er knöpfte die Uniformjacke auf, die man ihm gegeben hatte, damit niemand die schwarze Kleidung des Priesters sah, zog sie aus und hängte sie ordentlich über eine Stuhllehne. Seine anderen Kleidungsstücke befanden sich in der Tasche, zusammen mit dem, was er für die Letzte Ölung benötigte. Er öffnete die Tasche und breitete alles auf dem Tisch aus.

»Noch einen Augenblick, Pater Martín. Bitte.«

Über die Schulter blickte der Geistliche den Arzt an.

»Ja?«

»Es schmerzt mich, Sie stören zu müssen. Aber wir müssen die Sicherheitsstandards wahren. Auf der Intensivstation muss Schutzkleidung getragen werden.«

»Als da wären?«

»Latexhandschuhe und ein Kittel sind Vorschrift. Das Gleiche gilt für den Mundschutz.«

Martín runzelte die Stirn. »Ist die Krankheit des Präsidenten ansteckend?«

»Es gibt immer noch keine Diagnose.«

»Das beantwortet nicht meine Frage.«

Alvarez tauschte einen Blick mit dem Geistlichen aus. »Meines Wissens gibt es keine Berichte über weitere Infektionen«, sagte der Arzt.

»Dann werde ich die Prinzipien der Kirche befolgen. Und wenn Gott es so will, werde ich das Krankenhaus gesund verlassen.«

Alvarez hob die Hand, um dem Pater Einhalt zu gebieten, aber nicht diese Geste, sondern sein Blick ließ Martín innehalten.

»Hören Sie mir bitte zu«, sagte Alvarez. »Während all

der Jahre, die ich als Arzt tätig bin, habe ich viel menschliches Leiden gesehen, aber wenn ich zu meiner Familie zurückkehre, vergesse ich alles. Das ist meine Art, damit fertig zu werden. Zumindest war es bis jetzt immer so.« Er zögerte. »Präsident Colóns Krankheit ist mysteriös. Vor zehn Tagen wurde er eingeliefert, um sich einer Untersuchung zu unterziehen, weil er über Symptome klagte, die normalerweise bei einer gewöhnlichen Grippe auftreten: Gelenkschmerzen, etwas Fieber, leichte Appetitlosigkeit. Aber seine jetzige Erkrankung hat nichts Gewöhnliches. Ich habe beobachtet, was sie seinem Körper antut, wie schnell sie voranschreitet ... Es ist unmöglich, die Gedanken und Bilder zu verdrängen. Oft überkommen sie mich plötzlich, wenn ich meine Frau umarme oder meinen beiden Söhnen in die Augen blicke. Und dann habe ich Angst um sie. *Ich habe Angst.*«

Martín blickte den Arzt mit festem Blick an – er wusste seine Aufrichtigkeit zu schätzen. Anscheinend war es ihm schwer gefallen, die professionelle Distanz des Arztes aufzugeben. Aber der Pater hatte seine Meinung nicht geändert. »Unsere unterschiedlichen Bestimmungen bringen unterschiedliche Rätsel mit sich, mein Freund«, sagte er nach ein paar Sekunden. »Sie müssen mit Ihren Rätseln klarkommen, ich mit meinen. So wie jeder von uns es für richtig und notwendig hält.«

Eine Zeit lang schwiegen beide. Dann glitt Alvarez' Blick zu einem der Leiter der Klinik hinüber. Martín beobachtete, wie er dem Arzt kaum merklich zunickte. Dann wandte sich Alvarez seufzend dem Pater zu. »Nun gut«, sagte er resigniert. »Ich werde Sie zur Intensivstation begleiten.«

Das Krankenzimmer des designierten bolivianischen Präsidenten war vom Rest der Intensivstation abgetrennt und wurde ebenfalls von Soldaten der FELCN bewacht. Alvarez geleitete Pater Martín rasch durch die Sicherheitskontrolle, dann durch einen langen Flur zur Tür des Krankenzimmers.

Dort angekommen, glaubte Martín aus dem Raum Geräusche zu hören: Das Kratzen von irgendetwas, das sich an Stoff rieb, gefolgt von einer Reihe dumpf pochender, unrhythmischer Geräusche. Lauschend wartete Martín neben dem Arzt, dann vernahm er die Geräusche erneut.

Er warf Alvarez einen fragenden Blick zu.

»Die spasmodischen Zuckungen können ziemlich heftig ausfallen«, erklärte der Arzt mit durch den Mundschutz gedämpfter Stimme. »Wir haben ihn festgeschnallt, damit er sich nicht verletzt oder die künstliche Beatmung unterbricht.«

Als Alvarez nach der Türklinke griff, berührte Pater Martín sanft sein Handgelenk. »Warten Sie«, sagte der Geistliche. »Ich brauche noch einen Augenblick.«

Er trat vor den Mediziner und führte vor dem Eingang zum Krankenzimmer die Geste des rituellen Segens aus. Da ihm niemand antworten konnte, tat er dies mit leiser Stimme selbst. »Möge Friede über diesem Ort walten. – Er wird auf diesem Weg kommen.«

Nachdem er sein Gebet beendet hatte, öffnete Martín die Tür. Sein Messbuch und eine ordentlich gefaltete weiße Stola hatte er unter den Arm geklemmt. An einer Kordel um seinen Hals hing eine mit einem großen roten Kreuz verzierte Tasche, die eine Unterlage für den Hostienteller, die Pyxis und den Kelch enthielt, und über der rechten Schulter trug er die Stofftasche mit den Kerzen, dem Weihwasser und dem Kommunionstuch. Letzteres war für den Fall bestimmt, dass der Patient noch in der Lage sein sollte, die Hostie in Empfang zu nehmen.

Martín betrat das Krankenzimmer. Sauerstoff strömte durch die weichen Gummischläuche des Geräts für die künstliche Beatmung in die Nasenlöcher des Patienten, dann hinter der Zunge in die Rachenhöhle. Am Fußende des Betts stand eine Krankenschwester mit einem Block in der Hand. Auch sie trug Gummihandschuhe, des Weiteren eine Haube, eine Maske und einen Schutzkittel. Von ihrem Gesicht waren durch eine Schutzbrille nur die Augen zu erkennen, große, braune, hübsche Augen. Wie die des Arztes spiegelten sie jene Angst wider, die dieser im Vorzimmer eingestanden hatte.

Martín blickte sie eine Sekunde lang an und wandte sich dann dem Mann zu, wegen dem er gekommen war.

Der Patient war entweder bewusstlos, oder er schlief. Die Verletzungen seiner Augenlider, Wangen und Lippen hoben sich scharf von seiner wächsernen, bleichen Gesichtshaut ab. Über seinem rechten Unterarm war die Decke wegen der Schläuche für die intravenöse Infusion zurückgeschlagen worden. Die gespannte Haut seines knochigen Arms war mit rötlichen Pusteln übersät und erinnerte Martín in furchtbarer Weise an die mumifizierten Lama-Föten auf dem *Mercado del Hechicería*. Drei Finger steckten bis zum Ansatz in luftdurchlässigen Röhren, die mit einem Band am Rahmen des Betts befestigt waren. Auf den Handgelenken waren dunkle Flecke zu sehen, deren Form an Handschellen erinnerte.

»Weil wir ihm die Finger festgebunden haben, ist die Hautgeschichte nicht mehr so gravierend«, erklärte Dr. Alvarez, der hinter dem Pater stand. »Jeder Druck treibt Blut durch die Poren. Wir nennen diese punktförmigen Haut- oder Kapillarblutungen ›Petechien‹. Sie sehen ja die Stellen, wo wir ihn vorher auf die herkömmliche Weise festgeschnallt haben.«

Noch immer blickte Martín auf die verfärbte Haut an Colóns Handgelenken. »Ja«, sagte er dann. »Ich sehe es.«

Vor seiner Ankunft war der Nachttisch neben dem Bett leer geräumt worden, und der Geistliche trat jetzt daran. Nachdem er seine Stola umgelegt hatte, holte er die Kerzen aus seiner Tasche und überprüfte, ob sie fest in dem Ständer saßen. Dann stellte er sie auf den Nachttisch und zündete sie mit einem Streichholz an. Aus der Tasche an der Kordel zog er die Pyxis hervor, die er vor die Kerzen legte. Anschließend breitete er das Kommunionstuch darüber, dann kniete er nieder.

Nachdem er wieder aufgestanden war, griff Martín in die Tasche, um das Weihwasser herauszuholen, und ging dann zum Fußende des Betts, um den Sterbenden an vier

Stellen damit zu besprenkeln, die für die äußeren Punkte eines Kreuzes standen. Wie auf der Herfahrt bewegten sich seine Lippen im Gebet, während er mit dem Weihwasser weitere Teile des Raums mit der priesterlichen Segnung bedachte. Schließlich benetzte er auch die Krankenschwester und Dr. Alvarez mit dem Weihwasser.

Als er zu dem Nachttisch zurückging, wurde Colón von weiteren spasmodischen Zuckungen geschüttelt. Ganz plötzlich riss er mit entblößten Zähnen den Mund auf. Seine Halsmuskeln und sein Kiefer begannen zu zittern, und sein Brustkorb hob und senkte sich schwerfällig. Weil er mehr Sauerstoff brauchte, wurde das Zischen des Beatmungsgeräts lauter. Während sich sein Oberkörper aufrichtete, winkelte er unter der Decke das rechte Knie an. Sein Fuß bewegte sich wie der eines gefangenen Tiers von Seite zu Seite.

Martín presste sein Messbuch fester an die Brust und wandte sich Alvarez zu. »Können Sie nichts für ihn tun?«

Der Arzt schüttelte den Kopf. »Es ist nicht angenehm, seine Anfälle mit ansehen zu müssen, aber sie sind vorübergehender Natur.« Er beobachtete die Monitore an der Wand. »Wir verabreichen ihm Medikamente zur Entspannung der Muskulatur. Ansonsten wäre es weitaus schlimmer.«

Martín wollte sich abwenden, aber das wäre in seinen Augen ein Akt der Selbstsucht und somit eine Verfehlung gegenüber seinen priesterlichen Pflichten gewesen. In diesem Raum galt Nachsicht ausschließlich gegenüber dem Sterbenden.

Der Pater sah, wie Colóns rechte Hand über das Laken fuhr, ungelenk ein Stück weit in die Luft schoss und dann nachfedernd auf das Bett zurückfiel. Durch die ruckartige Bewegung hatte er die Schläuche für die intravenösen Infusionen über das Seitengitter des Betts gezerrt. Aber durch die Fesselung war seine Bewegungsfreiheit so eingeschränkt, dass er die Schläuche nicht herausreißen konnte.

Nach weniger als einer halben Minute ließen die spasmodischen Zuckungen nach, und sein faltiger Arm fiel über das Seitengitter und baumelte dort schlaff herunter, bis die Krankenschwester ihn wieder neben seinen Körper bettete.

Martín starrte auf den Todkranken hinab. Die Wangen des Paters fühlten sich wegen der Klimaanlage mal zu heiß, dann wieder zu kalt an. Über dem zischenden Geräusch des Sauerstoffgeräts hörte er sich selbst ein- und ausatmen.

Er musste sich zwingen, nah an das Bett heranzutreten. »Ich bin's, Señor Colón. Pater Martín.«

Nichts verriet, dass der Sterbende ihn erkannt hatte.

Der Priester beugte sich über das Totenbett. Die wunden Stellen in Colóns Gesicht waren mit gelblichem Eiter verkrustet. Martín roch die Salbe, aber auch den weitaus unangenehmeren Geruch der Infektion.

»Erinnern sie sich an unsere Gespräche?«, fragte er. »Wir haben uns oft unterhalten, über viele unterschiedliche Themen. Etwa über den Glauben und innere Stärke.« Er glaubte zu sehen, dass sich Colóns Pupillen unter den geschlossenen Lidern bewegten.

»Jetzt werden wir Gott um seine Gnade bitten und neue Kraft in der Einheit mit seinem Geist finden. Wir beide, gemeinsam ...«

Alvarez trat vor. »Bitte, Pater. Er ist viel zu schwach.«

Mit einer Geste bedeutete Martín dem Arzt, dass er schweigen solle. »*Mi presidente*«, fuhr er dann fort. »Können Sie die heilige Kommunion empfangen?«

Ein Augenblick verstrich. Colóns Augen schienen sich unter den geschlossenen Lidern schneller zu bewegen. Dann öffnete er eines und blickte den Pater an.

Das Auge war blutunterlaufen.

Martíns Wangen, eben noch heiß, wurden plötzlich kalt. Sie waren feucht vom Schweiß. »Sind Sie in der Lage, die heilige Kommunion zu empfangen?«, wiederholte er, während er zugleich versuchte, das Zittern in seiner Stimme zu unterdrücken.

Colón versuchte zu antworten, brachte aber trotz aller Anstrengungen nur ein Krächzen zustande.

»Das reicht jetzt«, protestierte der Arzt. »Er darf nicht ...«

Diesmal schwieg Martín, ohne den Arzt weiter zu bedrängen.

Durch ein schwaches, aber unmissverständliches Nicken hatte Colón seinem Wunsch Ausdruck verliehen. Sein blutunterlaufenes Auge blickte den Priester weiter an.

Martín wandte sich dem Nachttisch zu, kniete ein zweites Mal nieder und hob dann das Tuch von der Pyxis. Wenn Alberto Colóns Seele sündenbelastet war, würde er sich vor dem allmächtigen Gott selbst verantworten müssen. In seinem gegenwärtigen Zustand war er nicht in der Lage, die Beichte abzulegen.

Nachdem er sich wieder dem Krankenbett zugewandt hatte, schob der Pater dem Sterbenden das Kommunionstuch unter das Kinn, tat in seinem Namen Buße und bat mit den Worten aus dem *Confiteor* um die Absolution für seine weltlichen Sünden. *»Mea culpa, mea culpa, mea maxima culpa.«*

Dann nahm er die Hostie aus der Pyxis, segnete sie und hielt sie vor Colóns Gesicht.

»Versuchen Sie zu schlucken. Wenn Sie Schwierigkeiten haben, könnte vielleicht ein Schluck Wasser helfen.«

Aus seinem geöffneten Auge starrte Colón ihn an, und seine Iris wirkte auf unheimliche Weise strahlend, als ob ihn all die Leidenschaft und Willensstärke durchströmen würden, durch die er die Präsidentschaftswahl gewonnen hatte, eine freie Wahl, gegen den mächtigen Einfluss korrupter Elemente.

Er stöhnte angestrengt, dann öffneten sich seine Lippen langsam.

Der Geruch der Krankheit, den sein Atem verströmte, war noch strenger als der seiner Haut. Seine Zunge und sein Gaumen waren mit purpurfarbenen kleinen Wunden übersät, seine Vorderzähne vom Zahnfleischbluten rot verfärbt.

Mit der Hostie zwischen Daumen und Zeigefinger beugte sich Martín über seinen Mund – und erstarrte. Wie gelähmt stand er da, die Hand nur wenige Zentimeter vom Mund des Sterbenden entfernt.

Diese offenen Geschwüre auf Colóns Zunge, die Flüssigkeit absonderten …

Er war nicht fähig, sich zu bewegen.

Unfähig, den Todkranken zu berühren.

Was hatte Alvarez im Vorzimmer gesagt? *»Es ist unmöglich, die Gedanken und Bilder zu verdrängen … Ich habe Angst.«*

Der Priester empfand ein durchdringendes Gefühl der Scham. Seine resolute Zurückweisung der Ermahnung des Arztes kam ihm jetzt dumm vor.

Ich habe Angst.

Auf seiner Stirn standen Schweißperlen, und als er Colón die Hostie auf die Zunge schob, wandte er den Blick ab. Er konnte nichts dagegen tun, dass seine Hand zitterte und dass er sie so schnell wie möglich zurückzog. Während er die Viatikum-Gebete der Letzten Ölung sprach, schienen sie ihm plötzlich nichts mehr zu sagen. Nie zuvor in seinem Leben hatte Martín diese Erfahrung machen müssen. Es war, als würde er in ein dunkles Loch stürzen, in einen vergessenen Innenraum, wo alle Worte des Glaubens von einem leeren Schweigen zersetzt wurden.

Obwohl er lange versuchte, sich vom Gegenteil zu überzeugen, war Martín in diesem Augenblick von seiner Furcht verführt worden. Während er angsterfüllt betete, erfasste ihn die entsetzliche Gewissheit, dass sein Fall gerade erst begonnen hatte.

3.

Monterey Bay, Kalifornien 28. Oktober 2001

Rollie Thibodeau spürte das heftige Reißen an seiner Angel, als der riesige Seebarsch aus dem Wasser der Bucht hoch schoss. Die stachelige Rückenflosse erinnerte an ein

Großsegel, und von seinen gefleckten Seiten sprühte Gischt hoch.

Weil Thibodeau wusste, dass er dem Fisch an der Leine keinerlei Spielraum lassen durfte, stand er angespannt mit gespreizten Beinen da, die schwere Angelschnur straff gespannt. Die Angelrute bog sich, und er hatte ihr Ende gegen seinen Unterleib gestemmt. Er umfasste sie noch fester. Die Riemen schnitten in das Fleisch seiner Schultern, und seine Armmuskeln kämpften mühsam gegen das Zerren an der Leine an.

Dann versagte irgendetwas in ihm, und das lag weniger an einem Gefühl des Schmerzes als an einer plötzlichen Empfindung von Schwäche zwischen seinem Magen und seinen Lenden. Seine Füße rutschten über das Deck der *Pomona*, und er sah das Dollbord auf sich zuschießen. Die Leine hatte zehn, vielleicht knapp fünfzehn Zentimeter Spiel, aber das reichte dem Barsch. Er schoss aus dem Wasser, krachte wieder hinein und bäumte sich dann erneut auf, wobei sein breiter grauer Kopf wie wild hin- und herwirbelte. Die Leine vibrierte wie eine Bogensehne und riss dann direkt hinter der Drahtführung.

Der Barsch flatterte mit wild schlagenden Flossen und entfernte sich dabei vom Heck der Motorjacht. In seinem aufgerissenen Schlund steckte noch Thibodeaus Angelhaken. Einen Augenblick lang schwebte der Fisch in der Luft. Im Sonnenlicht schienen seine Schuppen stellenweise dunkler oder heller zu werden. Nach Thibodeaus Schätzung war das Tier etwa einen Meter fünfzig bis einen Meter achtzig lang.

Thibodeau fluchte laut, als der Barsch wieder ins Wasser eintauchte und mit seiner Rückenflosse eine kleine Fontäne aufwarf, bevor er mit großer Schnelligkeit außer Sichtweite schwamm.

Die Anstrengung hatte Thibodeaus Gesichtshaut über dem kurz gestutzten braunen Bart rot anlaufen lassen. Nachdem er die Angelrute wütend auf das Deck geschleudert hatte, lehnte er sich über die Reling.

»Verdammt«, grunzte er, während er zugleich gegen das Dollbord trat. »Verdammter Mist.«

Ein paar Sekunden lang starrte Megan Breen seinen Rücken an, bevor sie ihren Blick Pete Nimec zuwandte, der links neben Thibodeau stand. Beide waren zu ihm geeilt, um ihn nach dem Debakel mit dem Fisch wieder aufzumuntern.

Nimec tat so, als würde er Thibodeau einen Basketball zuwerfen. *Der Ball ist in deiner Hälfte.*

Megan blickte ihn noch einen Augenblick lang an, einen Daumen in die Vordertasche ihrer Levi's geklemmt, während die frische Brise ihr kastanienbraunes Haar von den Schultern ihrer Lederjacke blies.

Dann trat sie achzelzuckend näher an Thibodeau heran. »Kann passieren, Rollie. Jeder hat Geschichten von Niederlagen zu erzählen.«

Thibodeau wandte sich abrupt um. »*Non*«, keuchte er kopfschüttelnd. »Ich hatte ihn schon fertig gemacht.«

»Ich hatte eher den Eindruck, dass der Barsch noch sehr kampflustig war.«

»Das kannst du gar nicht wissen!« Seine Wangen und seine Stirn waren jetzt noch tiefer gerötet. »Es spielt keine Rolle, ob dieses Vieh wie der Teufel im Weihwasser um sich geschlagen hat. Es war erschöpft *und gehörte mir*!«

Megans Blick wurde härter. »Immer mit der Ruhe, Rollie«, sagte sie. »Nicht ohne Grund wird das hier *Sportfischen* genannt. Sollte ein entspannendes Hobby sein.«

Nachdem Thibodeau erneut den Kopf geschüttelt hatte, atmete er tief durch. *ça marche comme un papier de musique«*, sagte er. »Okay, alles in Ordnung, ich bin nur ein bisschen frustriert.« Sein Blick wirkte irritiert. »Wegen meiner großen Klappe wird es doch keinen Ärger geben, oder?«

Megan blickte ihn mit festem Blick an. »Nein«, antwortete sie dann. »Keinerlei Ärger.«

»Dann werde ich mal nach unten gehen, die verdammte Angelrute wegpacken und die luxuriösen Räumlichkeiten unseres Chefs genießen.«

Sie nickte.

Thibodeau bückte sich nach der Angelrute und schlenderte dann über das Deck der dreißig Meter langen Jacht, ohne Nimec eines Blickes zu würdigen.

Nimec trat zu Megan. »So habe ich ihn noch nie erlebt«, bemerkte er. »Sie etwa?«

»Nein«, antwortete sie, während Thibodeau die Treppe unter der Brücke hinunterstieg. »Und wir sind schon seit vielen Jahren befreundet.«

»Glauben Sie, dass ihn das Tauziehen mit dem Fisch so fertig gemacht hat oder die Meinungsverschiedenheit mit Ricci während der Konferenz?«

»Vielleicht beides. Ich bin mir nicht sicher.« Seufzend ließ sie den Blick zum Bug des Schiffs wandern. »Unser anderer Beauftragter für globale Sicherheit scheint ebenfalls schlechte Laune zu haben.«

Als Nimec sich umwandte, sah er das ernst dreinblickende Gesicht Tom Riccis im Profil. Ricci schaut aufs Meer hinaus. »Ich frage mich«, sagte er, »ob das unternehmensinterne Arrangement, das wir für die beiden ausgearbeitet haben, nicht doch misslungen ist.«

»Nach sieben Monaten scheint es mir etwas zu spät zu sein, um noch mal über unsere Entscheidung nachzudenken. Wir müssen dafür sorgen, dass es gut klappt.« Sie legte ihre Hände auf seine Schultern. »Jetzt sind Sie an der Reihe.«

Nimec ließ es zu, dass sie ihn in Riccis Richtung drehte und ihm einen Schubs gab.

Ricci war ein großer, schlanker und dunkelhaariger Mann, und die hart gemeißelten Züge seines eckigen Gesichts entsprachen nicht gerade dem gängigen Schönheitsideal. Während Nimec sich ihm näherte, starrte er durch die Gläser seiner Sonnenbrille weiter aufs Meer hinaus.

»Hat unser Landsmann französischer Abstammung wegen dem Riesenfisch so getobt?«, fragte er, ohne sich vom Fleck zu rühren.

Pete trat zu ihm und lehnte sich dann mit verschränkten Armen auf die Reling.

»Ich wusste gar nicht, dass du das mitgekriegt hast«, sagte er.

Noch immer stand Ricci reglos da. »Die Angewohnheit eines alten Polizisten. Ich beobachte alles.«

Beide schwiegen. Ein paar Meter hinter ihnen ließ sich Megan für ein nachmittägliches Sonnenbad in einem Liegestuhl nieder und streckte die langen Beine von sich. Ricci drehte seinen Kopf etwas in ihre Richtung, schien aber weiterhin das Meer zu betrachten.

»Zum Beispiel diese Levi's. Angeblich sind hautenge Jeans out, am Oberschenkel weit geschnittene in. Wer diese Ansicht vertritt, hat noch nie Megan Breen in engen Levi's gesehen.«

Nimec lächelte leicht. »Hab verstanden«.

Schweigend betrachteten sie das ruhige, blau schillernde Wasser der Bucht.

»Seit den Achtzigerjahren gibt's ein Verbot, Riesenbarsche zu fangen«, sagte Ricci nach ein paar Augenblicken. »Thibodeau hätte ihn also sowieso wieder freilassen müssen.«

»Es geht um den Fang, nicht darum, den Fisch behalten zu können.«

»Das solltest du mal den Fischern in Maine erklären, die ich kenne«, antwortete Ricci. »Es ist komisch, aber unter diesen Typen wirst du keinen finden, der vom Meer als etwas Wunderbarem spricht. Für sie verbindet sich mit dem Ozean, dass man in der Kälte vor dem Sonnenaufgang aufstehen und dann endlose Stunden lang auf nasskalten, undichten Pötten Netze auswerfen und einholen muss. Aber das Meer ist die Quelle ihres Einkommens, und deshalb sind sie ihm auf andere Art und Weise dankbar.«

Nimec blickte ihn an. »Mir ist nicht klar, worauf du hinauswillst.«

Ricci lehnte sich über die Reling.

»Genau weiß ich es selbst nicht«, erwiderte er achselzuckend. »Ich bin ein Kind der Ostküste und zehn Minuten Fußweg von den Bostoner Werften entfernt aufgewachsen, Pete. Für mich war der Atlantik immer der

Ozean der Arbeiter. Vielleicht hört es sich nicht besonders plausibel an, aber mit der Pazifikküste assoziiere ich Katamarane, blonde Surfer und noch blondere Mädchen à la *Baywatch*.«

»Und deshalb glaubst du, dass stillere Wasser nicht zu deiner Natur passen?«

Ricci wollte antworten, zögerte dann aber und wandte sich Nimec zu. »Es war nicht meine Absicht, bei der Konferenz mit Thibodeau aneinander zu geraten«, sagte er schließlich.

»Das hat auch niemand behauptet.«

Ricci schüttelte den Kopf. »Darum geht es nicht. Was irgendjemand gesagt oder nicht gesagt hat, interessiert mich nicht. Dieser Unsinn kann mir gestohlen bleiben.«

Nimec' Gesichtsausdruck wirkte nachdenklich. »In Ordnung. Die Frage ist, wie du damit umgehen willst.«

Ricci stand mit flatternden Hemdsärmeln in der Brise, und man sah seine sehnigen Unterarme. »Ich weiß es nicht«, sagte er. »Alle, die bei dem Treffen anwesend waren, arbeiten seit Jahren mit Gordian zusammen, außer mir ... Ihr alle habt ähnliche Vorstellungen, wie Sword funktionieren sollte, und ihr seid alle daran gewöhnt, gewisse Richtlinien zu beachten. Schließlich habt ihr sie ja entwickelt.«

»Hört sich so an, als ob du bereits entschieden hättest, dass du nicht zu uns passt«, sagte Nimec. »Oder ob du das nicht entscheiden kannst – oder willst.«

Ricci blickte ihn an. »Ich versuche nur, realistisch zu denken. Komm schon, Pete. Sag mir, dass du keine Zweifel hast nach allem, was heute passiert ist.«

Nimec dachte darüber nach. Sword war der für Beschaffung von Informationen und Sicherheit zuständige Bereich des weltumspannenden Unternehmens seines Arbeitgebers. Der Name war eine Anspielung auf die antike Legende vom Gordischen Knoten, der allen Versuchen, ihn zu lösen, widerstanden hatte, bis Alexander der Große alle Spitzfindigkeiten beiseite schob und den Knoten mit einem resoluten Hieb seines Schwerts durchschlug. Das illustrierte Roger Gordians nüchterne Einstellung gegenüber den Problemen der modernen Welt, die seine Interessen gefährden konnten. Unter Zuhilfenahme länderspezifischer politischer und wirtschaftlicher Analysen versuchte er, die große Mehrzahl dieser Probleme im Voraus zu erkennen, bevor sie sich zu handfesten Krisen entwickelten. Den verbleibenden unvorhersehbaren Notfällen, bei denen UpLink-Mitarbeiter in Gefahr geraten konnten, begegnete er mit der am besten ausgebildeten und ausgerüsteten Truppe, die er um sich herum hatte versammeln können.

Einmal im Jahr, vor der willkommenen Verschnaufpause durch die Thanksgiving- und Weihnachtsfeiertage, scharte Gordian die führenden Sword-Mitarbeiter an Bord seiner Jacht um sich, um bei einem informellen Jahresrückblick und offenen Diskussionen unter blauem Himmel die jüngsten Erfolge und Fehlschläge des Unternehmens zu besprechen, die Einsatzbereitschaft bei Krisen zu bewerten und Konsens über den künftig einzuschlagenden Weg zu erzielen.

Bei dem diesjährigen Roundtable-Gespräch war es allerdings nicht zu einem allgemeinen Konsens, sondern zu erbitterten Konfrontationen gekommen, zumindest zwischen zwei der wichtigsten Teilnehmer.

Die Runde hatte sich vor dem Mittagessen in dem mit dicken Teppichen und Mahagonimöbeln ausgestatteten großen Salon der *Pomona* versammelt. Außer Nimec, Megan, Ricci, Thibodeau und Gordian war Vince Scull zugegen gewesen, UpLinks Chef für Risikobewertung, der gerade von einem langen Aufenthalt im Südpazifik zurückgekehrt war, wo er vor Ort Mitarbeiter für neue Bodenstationen für Satelliten rekrutiert hatte. Er hatte deutlich zugenommen und eine kleine, aber fachmännisch angefertigte, spiralförmige Tätowierung auf seinem rechten Handrücken mit nach Hause gebracht, mit der ihm eine Frau des Malaitan-Stammes ein bleibendes Andenken an ihre Beziehung hatte mitgeben wollen.

Scull hatte damit begonnen, Französisch-Polynesien als potenziell exzellente Wahl für eine Monitoring- und Relaisstation zu empfehlen, wobei er kaum in seine umfangreichen Unterlagen blicken musste, um den anderen detaillierte Fakten und Zahlen über die natürlichen und industriellen Ressourcen des Landes, Handelsbilanzen, Regierungsstrukturen etc. mitzuteilen. Nach einigen Fragen hinsichtlich seiner Empfehlung war er dann zu einem umfassenderen Überblick über UpLinks internationale Position gekommen.

Angesichts seines nicht unverdienten Rufs, häufig schlechter Laune zu sein, war sein optimistischer Ton bemerkenswert. »Alles in allem können wir auf Holz klopfen«, sagte er zusammenfassend, während er zweimal mit der Faust auf den Tisch schlug. »Seit der hässlichen Sache im letzten Frühjahr war alles friedlich und ruhig. In den Gebieten, wo wir aktiv sind, hat es nicht einen einzigen territorialen oder ethnischen Konflikt gegeben, den wir nicht entschärfen konnten, bevor die Situation außer Kontrolle geriet. Das verdanken wir der Zugkraft unseres Unternehmens und diplomatischer Einflussnahme. In vielen Regionen, wo ich mir um die innere Stabilität Sorgen gemacht hatte, hat es weder Staatsstreiche noch Völkermord gegeben. Nicht einmal eins von den üblichen Scharmützeln, bei denen wir sonst so häufig auf die Schnauze fallen.« Er strich eine widerspenstige Haarsträhne über seinen zunehmend schüttereren Kopf zurück. »Nehmen wir zum Beispiel Russland. Nach dem Rücktritt unseres alten Freundes Starinow und dem Wiedererstarken der nationalistischen Opposition habe ich gedacht, dass es uns aufs Brot geschmiert wird, dass Starinow sich mit unserer Hilfe so lange in seinem Amt im Kreml halten konnte. Aber wegen der Jobs, die wir schaffen, und des Geldes, das wir ins Land bringen, scheinen wir nicht befürchten zu müssen, in die Abrechnungen mit einbezogen zu werden.«

»Und Ihre Prognose?«, fragte Gordian. »Ich meine nicht nur Russland, sondern auch andere Länder.«

Scull zuckte die Achseln. »Nichts währt ewig. Aber ich sehe auf meinem Monitor kein gefährliches Blinken und keine Schlaglöcher in der Straße. Suchen Sie sich die Metapher selbst aus. Nennen Sie einen Flecken auf der Landkarte, wo es ein UpLink-Büro oder eine Verbindung zu unserem Satcom-Netz gibt, und Sie werden sehen, dass die Menschen dort in den Genuss einer besseren Lebensqualität kommen. Und selbst der übelste Tyrann will nicht in dem Ruf stehen, die Prosperität zu gefährden. Das zeigt, dass die Demokratisierung durch die freie Marktwirtschaft funktioniert.«

»Und dass die Angst vor einem politischen Rückschlag bei den meisten Staatschefs ein guter Ersatz für das Gewissen ist«, sagte Megan. Sie blickte Scull an. »Wie Sie bemerkt haben werden, habe ich nicht ein einziges Mal den unteren Teil der menschlichen Anatomie erwähnt.«

Gordian lächelte dünn. »Ich bin auf jeden Fall zufrieden«, sagte er und nippte an seiner Coca-Cola.

Anschließend waren weitere Diskussionen über eine Vielzahl von Themen gefolgt. Wie lief die Rekrutierung von Sword-Mitarbeitern in Indien oder Südafrika? Wie stand es um die Tests der neuen Schusswaffe durch die Abteilung für die Entwicklung nichttödlicher Waffen? Wie um die Implementierung von Intranet-Software-Updates? Was war bei den Verhandlungen mit Polen herausgekommen? Und worin bestanden die möglichen Folgen des plötzlichen Todes des designierten bolivianischen Präsidenten Alberto Colón, einer Tragödie nicht nur deshalb, weil Colón noch jung gewesen war? Seine humanitären Wertvorstellungen und seine Kampfansage an die Kartelle hatten Hoffnungen geweckt, dass sie in der Region Nachahmer finden würden, und zu ersten Gesprächen mit UpLink über gemeinsame kommerzielle Initiativen geführt. Wie war es um die Zukunftschancen dieser Anstrengungen bestellt, wenn Colón nicht mehr an der Spitze der Regierung stand?

Und so weiter und so fort. Mittags legten sie eine Pause ein. Es gab kalten Räucherlachs mit Kapern und Gurkensalat, frisch in der Kombüse der *Pomona* zubereitet. Das Essen wurde standesgemäß von zwei Kellnern serviert und unter entsprechendem Lob verzehrt.

Es war kein Zufall, dass sie bis nach dem Mittagessen

damit gewartet hatten, den Sabotageakt dieses Frühjahrs zu besprechen, der einem NASA-Spaceshuttle mit Orbitaltechnologie von UpLink gegolten hatte. Und dann waren da noch, vermutlich im Zusammenhang mit dem Sabotageakt stehend, die Erfahrungen mit bezahlten Terroristen, die Sword-Mitarbeiter im südlichen Brasilien und in Kasachstan hatten machen müssen – jene ›hässliche Sache‹, auf die Scull angespielt hatte. Etliche wichtigen Fragen, die mit diesen Vorfällen zusammenhingen, waren immer noch nicht geklärt, und Gordian hatte darauf bestanden, zuerst alle anderen Punkte der Tagesordnung abzuhaken, damit sie die zweite Hälfte ihres Treffens ohne Ablenkung diesem Thema widmen konnten.

Nachdem die leeren Teller abgeräumt worden waren, heftete der Unternehmenschef den Blick seiner stechend blauen Augen auf Rollie Thibodeau. »Okay«, sagte er. »Gibt's irgendwelche Fortschritte zu vermelden?«

Thibodeau schürzte die Lippen. »Einige schon«, antwortete er. »Die Sache hat etwas mit *Le Chat Sauvage* zu tun.« Später sollte sich Nimec daran erinnern, dass Ricci irgendein Gefühl zwischen Nervosität und Zorn zu empfinden schien, als Thibodeau den Spitznamen erwähnte, auf den er in Ermangelung eines wirklichen Namens den Anführer der Terroristen getauft hatte. *Chat Sauvage* hieß ›Wildkatze‹. Gleich zweimal war ihnen dieser Mann entkommen, das zweite Mal nach einem erbitterten Kampf mit Ricci auf dem Baikonur-Weltraumflughafen.

»Bis vor ein paar Tagen hatten wir keinerlei gesicherte Anhaltspunkte«, sagte Thibodeau. »Aber es gab eine Menge Vermutungen, die auf dem basierten, was wir über diesen amerikanischen Botaniker wussten, der 1997 in Peru gekidnappt und gegen eine Zahlung von sieben Millionen freigelassen wurde. Er behauptet, dass der Typ, der bei den Narko-Guerilleros, die auch für die Entführung verantwortlich waren, das Sagen hatte, groß, blond und hellhäutig war und die Statur eines Gewichthebers hatte. Er hat befohlen, dass der Botaniker ohne Augen im Kopf zu seiner Familie zurückgeschickt werden soll.«

Gordian schüttelte entsetzt den Kopf. »Dann ist also fast ausgeschlossen, dass das Opfer der Entführung jemanden identifizieren kann, falls jemals einer der Kidnapper geschnappt wird. Diese kaltblütige Logik passt haargenau zu unserem Mann.«

Thibodeau nickte. »Und das war noch nicht mal das Schlimmste. Aus dem Sudan kam die Nachricht, dass jemand, auf den die Beschreibung passt, der Anführer mordender Söldnerbanden im Süden des Landes gewesen sein soll, in jener Region, die ›Dreieck des Todes‹ genannt wird. Das war vor zwei Jahren, als der Bürgerkrieg brutaler wurde. Er hat ganze Dörfer ausgelöscht, deren Bewohner den Radikalen in Khartum feindselig gegenüberstanden. Männer, Frauen, Kinder, Alte, Kranke – für ihn machte das keinen Unterschied.« Sein Blick war finster. »Der Hurensohn ist nicht nur kaltblütig, sondern ein wahres Monster.«

»Und er kommt viel herum«, sagte Nimec. »Erinnern Sie sich an die Air-Paris-Maschine, die letztes Jahr in Marokko entführt wurde? Erneut Geiselnahme, erneut Zahlung eines hohen Lösegeldes. Die Algerier, die die Verantwortung für die Aktion übernommen haben, haben damit gedroht, die Kinder zuerst zu töten, und es ist ihnen gelungen, die Behörden davon zu überzeugen, dass sie nicht bluffen. Als Gegenleistung für die Freilassung der Geiseln hat man ihnen einen Privatjet zur Verfügung gestellt, und sie haben sich, ohne Anhaltspunkte zu hinterlassen, mit zwanzig Millionen Franc aus dem Staub gemacht. Oder besser: *fast* ohne Anhaltspunkte zu hinterlassen.« Er beugte sich vor. »In diesem Fall gibt es einen Silberstreifen der Hoffnung am Horizont, Gord.«

Gordian wartete.

»Der Flugzeugentführer, der die Befehle gab, hat auf der Landebahn vor der Maschine nie seine Strumpfmaske abgenommen«, sagte Nimec. »Im Flugzeug war das anders, da weder Klimaanlage noch Lüftung funktionierten. Und jetzt raten sie mal, wie die Passagiere ihn beschreiben, die ihn ohne Maske gesehen haben.«

Gordian blickte ihn an. »Als blond und hellhäutig.«

»Die Statur eines Gewichthebers nicht zu vergessen«, sagte Nimec nickend. »Der Mann war definitiv *kein* Algerier und hatte einen Schweizer oder deutschen Akzent.« Nimec schwieg einen Augenblick lang. »Während dieses Vorfalls hatte ich eine Besprechung vorbereitet, aber da wir nicht in die Angelegenheit verwickelt waren, habe ich sie später vergessen. Dann ist mir die Sache wieder eingefallen, als ich die Daten für unsere eigene Untersuchung ausgewertet habe. Da kam mir die Idee, dass der blonde Typ vielleicht derselbe sein könnte, den wir suchen. Also habe ich in den alten Dateien nachgesehen, und schon stach mir das für uns wichtigste Detail ins Auge: Ein französischer Botschafter, eine der Geiseln an Bord der Maschine, hatte es geschafft, ein Foto des blonden Typen zu schießen, als dieser gerade nicht hinsah. Aber er war so traumatisiert, dass er sich erst nach Monaten an den Film erinnert und ihn zum Entwickeln gebracht hat.«

Gordian runzelte die Stirn. »Haben Sie einen Abzug des Fotos gesehen?«

»Damals nicht«, antwortete Nimec. »Aber später – dank Rollies Hilfe.«

Mit einer Handbewegung gab Thibodeau zu verstehen, dass sein Part nicht so wichtig gewesen war. »Pete hatte eine unschlagbare Informationsquelle, einen Einsatzführer des Kriseninterventions-Teams der Gendarmerie National auf dem Flughafen. Das Ärgerliche war nur, dass seine Informationen nicht aufgezeichnet wurden und bis heute nicht bestätigt sind. Aus zwei Gründen würde kein Offizieller des Kriseninterventions-Teams zugeben, dass ein solcher Schnappschuss existiert. Erstens sind sie angeblich die Besten, und es nervt sie, dass die Flugzeugentführer entkommen sind. Sie wollten ihr Gesicht waren, und deshalb machten sie anderen das Leben schwer, damit die die Geiselnehmer nicht vor ihnen schnappen. Zweitens bekam der Botschafter Angst. Er hat alle Hebel in Bewegung gesetzt, um das Foto verschwinden zu lassen. Vermutlich hat er befürchtet, dass die Terroristen sich an ihm oder seiner Familie rächen könnten, falls das Foto vor Gericht als Beweismittel verwendet werden würde und die Flugzeugentführer herausfänden, wer es geschossen hat. An seiner Stelle hätte ich genauso gedacht.«

»Erzählen Sie, wie Sie das Foto in die Finger bekommen haben«, sagte Gordian.

Thibodeau zuckte die Achseln. »Nicht nur der Botschafter hat Beziehungen. Ich habe jemanden von Europol kontaktiert, der in meiner Schuld stand, und er hat es mit einem seiner Bekannten genauso gemacht. Es hat eine Weile gedauert, bis etwas dabei herausgekommen ist. Aber als ich dann irgendwann letzte Woche morgens meinen Computer einschaltete, fand ich das Foto als Anhang einer verschlüsselten E-Mail. Ich habe den Mann von dem Flugplatz im Pantanal darauf wiedererkannt, aber mir noch das Hawkeye-I-Satellitenbild von ihm angesehen, um hundertprozentig sicher zu sein. Dann habe ich beide Aufnahmen Ricci gezeigt, weil er den Mann aus der Nähe gesehen hat.«

Gordian blickte Ricci an.

»Und?«

»Kein Zweifel – er ist es.«

Der UpLink-Chef wirkte nachdenklich.

»Ich habe noch etwas in der Mache«, brach Thibodeau das Schweigen. »Man wird abwarten müssen, aber es könnte sich als wichtig herausstellen.«

»Schießen Sie los«, sagte Gordian.

»Es war eher ein kleiner Gefallen, den mir mein Freund schuldete, aber mehr hatte ich nicht«, sagte Thibodeau. »Abgesehen davon, dass ich das Foto haben wollte, habe ich ihn auch gebeten, mich Europols Datenbank über bekannte Terroristen anzapfen zu lassen. Dafür brauchte er länger, aber er meint, dass es jeden Tag so weit sein könnte. Ich werde alles, was irgendwie auf *Le Chat Sauvage* hindeuten könnte, durch dieses Profiler-Programm jagen, dass die Techniker neu entwickelt haben, und sehen, ob wir irgendwelche Treffer landen.«

»Die Software ist entwickelt worden«, erklärte Nimec, »um Verdächtige zu erkennen, die sich hinter Gesichtsmasken verstecken, sich verkleiden oder sich einer chirurgischen Operation unterzogen haben. Das Programm vergleicht digitale Bilder miteinander und mit einer Checkliste nur schwer zu verändernder körperlicher Charakteristika. Als es so aussah, als würden die Europäer sich Rollie gegenüber öffnen, wurden Megan und ich etwas optimistischer, dass die hiesigen Sicherheitsbehörden mit uns zusammenarbeiten würden. Wir haben sie davon zu überzeugen versucht, dass es sinnvoll wäre, wenn sie uns ihre Datenbanken öffnen würden.«

»Hat's geklappt?«

»Die CIA ist der Klotz an meinem Bein«, antwortete Nimec. »Ich werde immer noch hingehalten.«

Gordian blickte Megan an. »Was ist mit dem FBI? Haben Sie zu Bob Lang in Washington Kontakt aufgenommen?«

Sie nickte. »Er steht meiner Bitte wohlwollend gegenüber, und ich scheine Fortschritte zu machen.« Ein Achselzucken. »Für Anfang nächster Woche haben wir ein Treffen vereinbart.«

»Versuchen Sie, ihn herumzukriegen«, sagte Gordian, der etwas auf einen gelben Notizblock kritzelte. »In der Zwischenzeit werde ich in Langley anrufen. Wir sollten bei unserem Planspiel bleiben, zumindest soweit es diesen Aspekt der Untersuchung betrifft ...«

»Das ist keine besonders gute Idee.«

Rückblickend erschien es Nimec jetzt so, dass ihn weniger überrascht hatte, dass Ricci Gordian ins Wort gefallen war, als vielmehr, dass er nicht schon sehr viel eher Einspruch erhoben hatte. Hinsichtlich dieser Untersuchung hatte er mit seinen Kollegen permanent im Streit gelegen und Nimec gegenüber mehrfach sein Leid geklagt.

Jetzt blickten alle Anwesenden Ricci an.

»Was passt Ihnen daran nicht?«, fragte Gordian mit ruhiger Stimme.

»Man hat mich gebeten, diesem Team beizutreten, weil Sie jemanden suchten, der dazu beitragen sollte, es umzugestalten, effektiver zu machen und nicht einfach nur am Status quo herumzubasteln. Zumindest hat man mir das bei meiner Einstellung gesagt. Und jetzt palavern wir über Telefonate mit den Europäern und Typen von der CIA und vom FBI.«

Einen Moment lang betrachtete Gordian ihn mit festem Blick. »Und Sie glauben, dass wir etwas anders machen sollten?«, fragte er.

»Jede Menge«, antwortete Ricci. »Meiner Ansicht nach brauchen wir eine spezielle Taskforce, die sich sieben Tage in der Woche rund um die Uhr um diesen Job kümmert. Das Team sollte über eine separate Befehlszentrale verfügen, die schnelle Eingreiftruppen auf die Leute ansetzen kann, die uns in Cuiabá und auf dem russischen Weltraumflughafen angegriffen haben. Wir müssen den festen Willen haben, sie um jeden Preis aus ihren Schlupflöchern herauszuzerren, wo immer sie sich auch verstecken mögen und wer immer ihnen auch Schutz gewähren mag. Sie haben ohne jeden Grund unsere Leute umgelegt, und wir haben Monate verplempert, die wir dazu hätten nutzen sollen, diese Leute zur Strecke zu bringen. Jetzt müssen wir in die Offensive gehen.«

Es herrschte Stille im Raum.

Gordian heftete seinen Blick auf Ricci, öffnete den Mund, als wollte er etwas sagen, schloss ihn dann wieder und kratzte sich am Kinn. »Da sind Sie mit Sicherheit nicht auf dem Holzweg«, antwortete er und kratzte sich erneut am Kinn. »Ich wünschte, dass Sie schon eher mit mir darüber geredet hätten.«

Ricci zuckte nur die Achseln, aber für Nimec war offensichtlich, warum er sich nicht früher direkt an Gordian gewandt hatte. In diesem Fall hätte er andere übergangen, und das hätte Riccis Gefühl für persönliche Loyalität nie zugelassen.

Nach einer kurzen Gesprächspause ließ Gordian seinen Blick über die Anwesenden wandern. »Möchte jemand etwas dazu sagen?«

Schnell meldete sich Thibodeau mit einer Handbewegung zu Wort. Vielleicht zu schnell, wie Nimec später rückblickend dachte.

»Wir müssen realistisch bleiben«, sagte er stirnrunzelnd. »Ganz abgesehen davon, dass eine solche Verfolgungsjagd unsere personellen Ressourcen erschöpfen würde, wird es schon schwierig genug sein, eine Genehmigung dafür zu erhalten, in fremden Ländern unsere Bodenstationen zu überwachen. Aber wer erlaubt es uns, bewaffnete Suchtrupps ins Ausland zu sticken?«

»Wir«, antwortete Ricci prompt.

Jetzt blickte Thibodeau noch finsterer drein. »Das mag ja funktioniert haben, als Sie noch Bulle waren und ein paar kleine Ganoven eingelocht haben, aber wenn man internationale Gesetze respektieren muss, zieht so ein Rezept nicht. Wir können nicht irgendwo auf der Welt das tun, wozu wir gerade Lust haben.«

Ricci hatte ihn mit einem scharfen Blick fixiert. »So wie Sie damals, als Sie in Brasilien Wyatt Earp gespielt haben und von Kugeln durchsiebt wurden?«

Plötzlich war die Anspannung im Raum spürbar. Thibodeau erstarrte und funkelte Ricci mit einem Blick an, der aus seiner Verstimmung und Feindseligkeit keinerlei Hehl machte.

»In Vietnam habe ich jede Menge Typen gekannt, die glaubten, harte Jungs mimen zu müssen«, sagte er mit zitternder Stimme. »Wenn sie ihre Meinung nicht geändert haben, ist ihnen das verdammt schlecht bekommen.«

Ricci antwortete nicht. Er saß völlig reglos da, mit ungerührtem Gesichtsausdruck, den Blick auf Thibodeau gerichtet.

Obwohl Nimec sich nicht sicher gewesen war, was zwischen den beiden schief gelaufen war, hatte er tief in seinem Inneren gefühlt, dass dies nur wenig mit Meinungsverschiedenheiten hinsichtlich der Untersuchung zu tun hatte. Aber es blieb ihm kaum ein Augenblick, darüber nachzudenken, weil er befürchtete, dass Thibodeau auf Ricci losgehen würde. Deshalb behielt er ihn genau im Auge und bereitete sich darauf vor, die Streithähne zu trennen, falls sie sich in die Haare geraten sollten.

Glücklicherweise kam es nicht so weit, weil Gordian

einschritt. Mit einem deutlich vernehmbaren Räuspern durchbrach er die angespannte Stille. »Meiner Meinung nach sollten wir eine Pause einlegen und ein bisschen frische Luft schnappen«, sagte er wohl bedacht.

Thibodeau wollte antworten, aber Gordian gebot ihm Einhalt.

»Die Besprechung wird unterbrochen.« Eilig stand er auf. »Wir sollten uns etwas zu entspannen versuchen.«

Und das war's gewesen – wenigstens waren die Feindseligkeiten vor dem Überkochen entschärft worden. Jetzt, zwei Stunden später, stand Nimec neben Ricci an der Reling, und die beiden Männer starrten gedankenverloren in die blaue Ferne.

Worin genau besteht Thibodeaus Problem?, dachte Nimec. Warum hatte Ricci so heftigen Zorn bei ihm provoziert? Von der Episode mit dem Fisch ganz zu schweigen. Er kannte Thibodeau als einen mit beiden Beinen fest auf dem Boden stehenden und grundsätzlich vernünftigen Mann, und das war nur schwer vereinbar mit seinen jüngsten plötzlichen Wutausbrüchen. Erneut dachte er, dass der wirkliche Grund für sein Verhalten noch immer nicht ausgesprochen war ... Aber das brachte ihn keinen Schritt weiter.

Nimec war sich nicht ganz sicher – aber das war in der letzten Zeit mehr oder weniger die Regel gewesen –, doch ihm war der Gedanke gekommen, dass die Antwort vielleicht teilweise in seiner Erinnerung an ein anderes Treffen gefunden werden konnte, das vor etwas über einem halben Jahr im UpLink-Hauptquartier stattgefunden, dessen Ende aber mit dem heftigen Missklang des heutigen Finales nichts zu tun gehabt hatte. Damals, etwa drei oder vier Tage nach Riccis Rückkehr aus Kasachstan, hatte er sich mit Nimec, Megan und Gordian getroffen, um sich mit ihnen über die ärgerlichen Ungereimtheiten zu unterhalten, mit denen sie sich herumschlagen mussten. Zu diesem Zeitpunkt waren sie alles andere als guter Dinge gewesen, und Riccis Gedanken über die Angelegenheit hatten sie wieder zuversichtlicher gestimmt.

Während er sich erinnerte, blickte Nimec seinen Freund an. »Kleine Schritte führen zum Erfolg«, sagte er leise. »Kommen dir diese Worte irgendwie bekannt vor?«

Ricci blieb noch einige Sekunden lang reglos stehen. Dann wandte er sich Nimec mit einem angedeuteten Lächeln zu. »Ja«, sagte er. »Klingt vertraut.«

»Das ist eine sehr gute Devise«, bemerkte Nimec. »Besser kann man nicht ausdrücken, dass man den Dingen Zeit lassen muss.«

Ricci grunzte und starrte dann erneut auf das Meer hinaus. »Nehmen wir mal einen Augenblick lang an, dass ich das beherzige«, sagte er. »Wenn Thibodeau von jetzt an ruppig wird, werde ich härter zurückschlagen. Beunruhigt dich das?«

Nimec zuckte die Achseln. »Ob es mich beunruhigt oder nicht, ich werde mich bemühen, es zu ertragen.«

Ricci gab keinen Kommentar, beugte sich nur etwas weiter vor, die Ellbogen auf die Reling gestützt. »Am späten Nachmittag ist die Bucht sehr schön«, sagte er nach einer langen Pause.

»Ja«, bestätigte Nimec. »Es ist das Licht auf der Dünung, wenn die Sonne am Horizont sinkt.«

Ricci blickte ihn an. »Ich bin weiter mit von der Partie«, sagte er. »Zumindest fürs Erste.«

Nimec nickte, und diesmal war er an der Reihe, Ricci zuzulächeln. »Mehr kann man nicht verlangen.«

Die Unterscheidung zwischen einer Tat und ihren Konsequenzen macht einem das Leben leicht. Hierfür muss man die Beispiele nicht erst bei Verbrechen und in der Politik suchen, sie dient uns schon im täglichen Leben als Entschuldigung. Die Nachbarin, die am Tag ihres Umzugs die Katze zurücklässt, wird sich sagen: »Der Möbelwagen ist da, ich hab's eilig, und wer hätte schon gedacht, dass das dumme Vieh so lange wegbleibt, nachdem ich es herausgelassen habe?« Oder der Familienvater, der nach der Arbeit mit seiner Sekretärin fremdgeht: »Für meine Frau ist gesorgt, letzte Woche habe ich ihr ein goldenes Armband gekauft, und die Kinder werden sich lieber mit ihren Computerspielen beschäftigen als mit ihrem langweiligen Alten.«

Wenn man die Dinge nicht in einem größeren Zusammenhang sieht, ist man unter Umständen bald davon überzeugt, dass sie bedeutungslos sind. Begreifen Sie, wie leicht so etwas passiert? Man muss nur die Augen vor den Gründen verschließen, die Auswirkungen ignorieren und weiter seines Weges gehen.

Don Palardy war allein in Roger Gordians Büro im UpLink-Gebäude in San José und sagte sich, das er ja nur ein paar Haare mitnahm.

Nur ein paar Haare – das war wohl kaum ein Verbrechen, oder?

Mit Baumwollhandschuhen an den Händen stand er vor Gordians offener Schreibtischschublade und zog mit einer Pinzette ein Haar aus dem Kamm, der in einem der ordentlich aufgeräumten Fächer lag. Dann verstaute er es sorgfältig in einem kleinen Plastikbeutel und wiederholte das Ganze mit zwei weiteren Haaren.

Als Chef des Security-Teams, das in den Büros der Führungskräfte und in den Konferenzräumen mit elektronischen Hilfsmitteln wöchentlich nach Abhöreinrichtungen für Industriespionage suchte, machte Palardy sich keine Sorgen, in einer kompromittierenden Situation erwischt zu werden.

Er wusste, dass Gordian sich anlässlich des Treffens mit seinen Mitarbeitern auf seiner Motorjacht aufhielt und ihn heute hier nicht überraschen würde. Und er wusste, dass er nicht von versteckten Überwachungskameras beobachtet wurde, nämlich deshalb, weil er oder einer seiner Untergebenen die Kameras angebracht hätten, wenn Gordian je darum gebeten hätte, aber dies war nie der Fall gewesen. Des Weiteren hatte Palardy den Breitband-Wanzendetektor dabei, den man in seiner Abteilung den ›Großen Schnüffler‹ nannte. Der Detektor war ein Gerät im Wert von zwanzigtausend Dollar und ähnelte in geschlossenem Zustand einem etwas größeren Aktenkoffer. Jetzt stand er aufgeklappt auf dem Boden. Dieses von einem Mikrocomputer gesteuerte System war zugleich ein Radio-, Audio- und Infrarot-Scanner, der den Output entweder auf einem LCD-Display oder auf Ausdrucken grafisch darstellte. Zu den hochmodernen Komponenten des ›Großen Schnüfflers‹ gehörte ein Receiver für extrem niedrige Frequenzen, mit dem auch die 15.75-Kilohertz-Frequenz erfasst werden konnte, die von den Horizontal-Oszillatoren von Videokameras ausgestrahlt wird. Dieser Low-Frequency-Receiver piepte nicht, und es flackerte auch kein Lämpchen, was bedeutete, dass keine Videokamera entdeckt worden war.

Geschützt vor ›geheimen Abhöraktionen‹, wie man das in seinem Beruf nannte, befand er sich ganz allein in Gordians Büro. Palardy schloss mit Daumen und Zeigefinger den Plastikbeutel, der normalerweise zur Aufbewahrung von Beweismaterial verwendet wurde, steckte ihn in eine Tasche seines Overalls und schob die Schublade in der Mitte des Schreibtischs wieder zu.

Nach getaner Arbeit steckte er das Kabel seines Geräuschdetektors in die Buchse an der Rückseite des ›Großen Schnüfflers‹, um sich sodann mit peinlicher Genauigkeit der routinemäßigen Überprüfung des Raums zu widmen. Er ging vorsichtig um die alte Schweizer Standuhr herum, die er so bewunderte, und bewegte die Antenne über die Wände des Büros. Palardy suchte nach jenen harmonischen Schwingungen, die Tonbandgeräte, Mikrofone und andere aktive oder passive Abhöreinrichtungen von sich geben. Wenn er irgendetwas gefunden hätte, dann hätte er das betreffende Gerät schnell ausgeschaltet und den Fund seinen Vorgesetzten von der Sword-Security gemeldet.

Don Palardy hielt sich für einen anständigen und sorgfältigen Mann, der aber natürlich auch nicht frei von menschlichen Schwächen war. Hätte er ein wertvolles Schmuckstück, einen Manschettenknopf oder eine mit Diamanten besetzte Krawattennadel auf dem Teppich gefunden, hätte er sie seinem Arbeitgeber überreicht, und zwar unabhängig davon, wie sehr ihm die wertvollen

Fundstücke geholfen hätten, mit seinen Schulden fertigzuwerden.

Aber er hatte ja nur ein paar – drei – Haare mitgenommen.

Seit der Sache in Brasilien hatte er es sehr gut gelernt, seine Vergehen ›rational‹ zu bagatellisieren.

4.

Baja-Halbinsel, Mexiko
31. Oktober 2001

Der Tunnel lag drei Meter unter der Erde und führte etwa drei Kilometer lang unter der mit nordamerikanischem Beifuß bewachsenen Wüste zwischen Tijuana und Mexicali auf die Grenze der Vereinigten Staaten zu. Den südlichen Einstieg erreichte man durch eine Falltür in einem Lagerschuppen eines Scheunenhofs. Die nördliche Öffnung war eine kleine Spalte im Abhang eines Trockentals in Blickweite der kalifornischen Grenze. Nach alter Überlieferung war der Tunnel von Jesuitenpriestern gegraben worden, die Teile ihres immensen Reichtums, der vermutlich durch illegalen Handel mit Piraten und Manila-Galeonen verdient worden war, verschwinden lassen wollten, nachdem die spanische Krone im Jahr 1767 seine Konfiszierung befohlen hatte. Über zweihundertdreißig Jahre später war der Tunnel immer noch ein häufig genutzter Weg für Schmuggeloperationen, wenngleich es bei den heimlichen Aktionen heute um Rauschgift und illegale Einwanderer ging, die in die Vereinigten Staaten gelangen wollten. »Gelegenheit macht Diebe«, hieß es auch in Mexiko.

In dieser Nacht parkten dort, etwa dreißig Meter von der nördlichen Öffnung des Tunnels entfernt und für die Grenzpatrouillen nicht sichtbar, zwei leichte Geländewagen und ein staubiger alter Chevrolet-Pickup hinter einem sorgfältig arrangierten Schutzvorhang aus Manzanita- und Chamiso-Büschen. Die Windschutzscheibe des Lastwagens war herausgeschossen worden, die Motorhaube und das Innere waren mit Glassplittern übersät, die beiden Insassen tot. Zusammengesunken saßen sie auf ihren Sitzen, deren Stoffpolster von Blut durchtränkt und – wie die beiden Opfer – in dem Kugelhagel zerfetzt worden waren. Die Hosen waren ihnen bis auf die Knöchel herabgezogen worden, bevor man ihnen die Genitalien abgeschnitten und sie ihnen in den Mund gestopft hatte. Die beiden Fahrer waren erschossen, verstümmelt und dann in identischer Sitzposition zurückgelassen worden.

Über dem schützenden Buschwerk um die Fahrzeuge herum waren etwa ein Dutzend Männer auf Sandstein-Felsplatten entlang der östlichen und westlichen Wände der Schlucht postiert. Die Wagen, in denen sie aus Tijuana gekommen waren, hatten sie in einiger Entfernung geparkt. Sie waren mit Mendoza-Maschinengewehren mit extrem leistungsstarken Zielfernrohren und daran angebrachten Lampen bewaffnet.

Auf einem Felsvorsprung, der der Tunnelöffnung am nächsten lag, wartete ein drahtiger, dunkelhäutiger junger Mann mit einem ordentlich gestutzten kleinen Kinnbart, der sein dunkles Haar aus der Stirn zurückgekämmt hatte. Er presste sich gegen den Felsen in die Schatten, die das trübe Licht eines Viertelmondes erzeugte. Neben ihm stand ein metallischer Gegenstand in Form einer Dose, der oben mit einer dünnen Teleskopantenne versehen war. Die Waffe gegen eines seiner in Bluejeans steckenden Beine lehnend, beobachtete er von seinem hoch gelegenen Beobachtungsposten aus den Ausgang des Tunnels, ohne zu ahnen, das auch er beobachtet wurde.

Weiter oben auf dem westlichen Abhang kauerte Lathrop hinter einem breiten Randfelsen. Er hatte den Mund leicht geöffnet und die Oberlippe hochgezogen und schien die Luft fast zu schmecken, während er konzentriert die Männer unter sich beobachtete. Sein Verhalten erinnerte auf seltsame Art an die Flehmen-Reaktion bei Katzen – die

Erkennung von in der Luft schwebenden Molekülen durch das Jacobsonsche Organ, ein zusätzliches, extrem empfindliches Wahrnehmungsorgan in der Form eines kleinen Zapfens am Gaumen der oberen Mundhöhle. Beim Menschen ist dieses irgendwo zwischen Geruchs- und Geschmackssinn angesiedelte Organ – wie das Steißbein – nur noch rudimentär ausgeprägt, aber bei der Katze gleicht es einem sechsten Sinn.

Seit seiner Kindheit hatte Lathrop ein Faible für Katzen; schon damals war er von ihrem Verhalten fasziniert gewesen. Er besaß drei Katzen, auch wenn dies aller Wahrscheinlichkeit nach nur in zufälliger Beziehung zu seiner Flehmen-Reaktion stand, die unbewusst ablief.

Ruhig, reglos und völlig konzentriert beobachtete Lathrop die Männer unter sich von seinem einsamen, versteckten Aussichtsposten aus. Sein Gesicht war mit Tarnfarbe eingeschmiert, und er trug einen leichten schwarzen Kampfanzug, an dessen Gurt sich ein Hüftholster mit einer 40-Kaliber-Beretta befand. Neben ihm auf dem Boden lag sein SIG-Sauer-SSG-2000-Scharfschützengewehr. Die Waffen waren eine reine Vorsichtsmaßnahme. Wenn er gezwungen sein würde, eine von ihnen zu benutzen, würde das bedeuten, dass er die ganze Sache verpfuscht hätte.

Während er durch das Kameraauge seines Mini-DVD-Camcorders blickte, schaltete er auf den Foto-Modus um und verstellte das Nachtsicht-Zielfernrohr, das mit den Linsen verbunden war, leicht.

Bevor er hier fertig war, würde er jede Menge zusätzliches Material aufgenommen und gespeichert haben. Aber das war immer noch besser, als das Risiko einzugehen, etwas Wichtiges zu verpassen. Außerdem konnte er überflüssiges Material herausschneiden, wenn er die Daten auf seinen brieftaschengroßen Computer an seinem Gürtel überspielte.

»Okay, Felix, dann wollen wir die Sache mal mit Gefühl angehen«, flüsterte Lathrop leise vor sich hin.

Er zoomte auf den Mann mit dem Bart und drückte die Aufnahmetaste.

Guillermo hasste dieses Loch, den Lagerschuppen mit dem Schweinefutter, die bei jedem Schritt quietschende Holztreppe, die in den Tunnel führte. Er hasste die erstickende Tageshitze und die elende nächtliche Kälte, die niedrige Decke, wegen der die größten Männer nur gebückt gehen konnten. Er hasste die engen Wände des schmalen Tunnels, die hier und da behelfsmäßig von Beton- oder Holzpfeilern gestützt wurden, aber immer noch so wirkten, als könnten sie jeden Augenblick ohne Vorwarnung zusammenbrechen. Er hasste die Nagetiere und Insekten, die man in der Finsternis über die Haut krabbeln spürte und die einen wie schwarzer Schlamm zu ersticken drohten. Mehr als alles andere hasste er aber den Gestank von Schweiß, dreckigen Kleidungsstücken und menschlichen Exkrementen, der den ganzen Tunnel erfüllte, wenngleich über dessen gesamte Länge Kühlgeräte frischen Sauerstoff durch die Lüftungsschächte bliesen.

Er hasste dieses Loch, jeden einzelnen Abschnitt des Wegs mit seinen engen und stinkenden Windungen, aber er wusste mit absoluter Gewissheit, dass er sich ohne diesen Tunnel niemals ein Jahrzehnt, ja sogar länger in einem Geschäft hätte halten können, das viele in einem Bruchteil dieser Zeit hinter Gitter gebracht hatte. Wegen dieses Loches war er mit beispiellosem Erfolg den Grenzpatrouillen entkommen, und deshalb war er im Vorteil gegenüber der Konkurrenz. Deshalb vertrauten die Salazar-Brüder ihm ihre immer blühenderen und vielfältigeren Geschäfte an. Auf dieser Halbinsel gab es Dutzende von Kojoten, denen *Los Reyes Magos de Tijuana* Segen und Schutz gewährten, aber Guillermo war sich sicher, dass die Brüder die jüngste, riesige Lieferung niemandem außer ihm anvertraut hätten – sechzig Kilogramm hochwertigen, reinen Heroins, das auf dem nordamerikanischen Markt ein Vermögen wert war. Zwar war dieser Job weitaus riskanter als andere, die er in der Vergangenheit übernommen hatte, aber auch mit weniger Arbeit verbunden. Bei einem Geschäft mit Armutsflüchtlingen hätte er erst Interessenten zusammentrommeln müssen, die in der Lage waren, eine Pro-Kopf-Gebühr von tausend Dollar zu bezahlen, die das Risiko eines illegalen Grenzübertritts für ihn lukrativ machten. Meistens war er bei seinen Jobs in Personalunion für die Anwerbung und die Führung durch den Tunnel zuständig. In dieser Nacht war die Kolonne schon vor seinem Einstieg vollzählig gewesen, und er musste den Trupp eigentlich nur noch ans Ziel bringen und dann aus den Händen Lucio Salazars das Geld in Empfang nehmen.

Un coyote, si, dachte Guillermo nachdenklich. Das war die beliebte Bezeichnung für Menschen- und Rauschgiftschmuggler. Er war sich nur zu gut der Tatsache bewusst, dass die Assoziationen, die sich mit dem Wort ›Kojote‹ verbanden, keineswegs alle schmeichelhaft waren. Das gleichnamige Tier war schnell, gerissen, gefährlich und ortskundig, aber auch ein Abstauber, der alles fraß, wo oder wie immer ihm seine Beute auch begegnen mochte. *Alles zugegeben, aber weshalb sollte man sich dafür schämen?* In Guillermos Milieu ertrug man Moralisten nur schwer, und ihm war sein eigenes Überleben weitaus wichtiger, als als aufrechter Mensch eines gewaltsamen Todes zu sterben.

Jetzt durchschnitt der Lichtstrahl seiner Taschenlampe die Finsternis des Tunnels, und er schritt vor den Indianern her, die das Heroin aus Sonoma auf dem Rücken trugen. Auf die Schnelle hatte er etwa fünfunddreißig Dorfbewohner gezählt, von denen keiner älter als zwanzig Jahre war. Die meisten waren Teenager, etwa ein Drittel Mädchen. Den jugendlichen Kurieren folgte mit gezückten Waffen ein halbes Dutzend *forzadores* der Salazar-Brüder. Über den Daumen gepeilt waren das etwa fünfzig Menschen, doppelt so viele wie bei seinen früheren Aufträgen, locker das Doppelte. *Madre dios*, er hoffte, dass die Wände der Erschütterung durch das Getrampel der vielen Füße standhalten würden.

Ob reine Fantasievorstellung oder nicht, die gewachsene Gefahr eines Einbruchs des Tunnels verstärkte Guillermos gewohntes Gefühl des Unbehagens. Vermutlich glich es dem Unbehagen der mit Gewehren bedrohten Kuriere.

Besonders ein vierzehn oder fünfzehn Jahre altes Mädchen hatte es ihm angetan, die ihn an seine engelhafte, ungefähr gleichaltrige Tochter erinnerte. Beide trugen das Haar lang, und es fiel dem Mädchen hier im Tunnel auf dieselbe unverwechselbare Art und Weise in die Stirn ... Dennoch ließ er sich durch diese Ähnlichkeit nicht zu übertriebenen Annahmen verleiten. Die Regierungspropaganda behauptete, dass die Salazar-Brüder abgelegene Dörfer in der Großen Wüste – *Gran Desierto* – oder weiter südlich davon, jenseits der Sierra Madre, in bewachte Camps verwandelt hatten, wo die Bewohner Zwangsarbeit verrichten mussten. Aber warum verschwieg die Regierung die grauenhaften Verhältnisse, in denen die Dorfbewohner vor der so genannten ›Besetzung‹ hatten leben müssen? Warum erwähnte sie nicht, dass die verhungernden Familien in Hütten aus Pappe gewohnt hatten, bevor die Salazars sie durch haltbarere Behausungen ersetzt hatten? Welche Alternative versprach ihnen ein besseres Leben? Guillermo wusste es nicht, und er verfügte nicht über genügend Informationen, um sich eine Meinung bilden zu können. Das Ganze ging ihn ja auch nichts an. Er musste sich nur um seine Angelegenheiten kümmern – diese Kolonne zum *Estación Lucio* führen und dann abkassieren.

Hinter einer plötzlichen Kurve des Tunnel verbreiterte Guillermo den einstellbaren Lichtstrahl seiner Taschenlampe. Auf dem Erdboden sah er zahllose, sich überlappende Fußabdrücke, von denen einige jüngeren Datums waren. Andere waren kaum mehr erkennbar und wahrscheinlich Generationen älter als er.

Dann sah er in dem sich verjüngenden Lichtstrahl einen Geröllhaufen, in dem er eine Art Wegweiser erkannte. Er näherte sich dem letzten Abschnitt des unterirdischen Marsches. Nach etwa fünfzig oder sechzig Metern würde der Weg ansteigen und zu dem Ausgang an der westlichen Seite des Tals führen, wo Lucios Männer ihn mit den Wagen für den Transport erwarten würden. Während sie aufluden, würde Guillermo eine kurze Verschnaufpause einlegen können. Dann musste er mit den *forzadores* und den

Dorfbewohnern den Rückweg antreten, was selbst für durchtrainierte Männer ermüdend war – die dicke Wampe über seinem Gürtel war der sichtbare Beweis dafür, dass körperliche Fitness noch nie zu seinen Stärken gezählt hatte.

Nach etwa einer weiteren Viertelstunde begann der Weg anzusteigen, und die stehende Luft in dem Tunnel wurde durch eine frische Brise von draußen erträglicher. Kurz darauf erblickte Guillermo Mondlicht durch die Spalte in der Felswand, die zu der ausgetrockneten Wasserrinne führte.

Trotz seiner Müdigkeit ließ ihn die Ungeduld schneller gehen.

Felix Quiros war geduldig gewesen und hatte jeder Versuchung widerstanden, vorschnell zu handeln. Nachdem Guillermo in der Öffnung des Tunnels aufgetaucht war, hatte er mit angehaltenem Atem noch einige Sekunden gewartet, bis die lange Reihe der dummen Esel diesem nicht weniger dummen *cabron* in die Trockenrinne gefolgt waren. Ja, er hatte sogar noch gewartet, bis fast alle Salazar-*forzadores* draußen waren, also so lange, bis er sicher war, dass sich die gesamte Heroinlieferung außerhalb des Tunnels befand. Dann hatte er nach dem Transmitter gegriffen, der über Funk die Detonation auslösen würde.

Nachdem er sich schnell vergewissert hatte, dass die Antenne ganz ausgezogen war, drückte er auf den Knopf.

Innerhalb des Tunnels jagte der Receiver einen Stromstoß durch die Drähte, die mit den TNT-Ladungen verbunden waren, welche Quiros und seine Männer auf den letzten Metern des Schachts deponiert und mit Steinen und Erde getarnt hatten.

Fast sofort auf den Knopfdruck folgte die Explosion. Das Krachen rollte durch das Trockental und erschütterte seine Felswände, während gigantische Flammenstöße und Rauchwolken aus dem Eingang des Tunnels drangen. Aus dem gezackten Rand des Feuerballs schossen Trümmer und trafen die *forzadores*, die den Tunnel erst verlassen hatten, als die Seitenwände bereits einstürzten. Der Schutt streckte einige von ihnen zu Boden.

Mit der Maschinenpistole zielte Felix auf Guillermo, drückte dann auf den Abzug. Der Kugelhagel schleuderte ihn zu Boden. Er lag auf dem Rücken da, mit zuckenden Beinen, seine Hände an der Brust, aus der das Blut sprudelte. Nachdem Felix noch ein paar Schüsse auf Guillermo abgegeben hatte, bis dieser sich nicht mehr bewegte, überzog er den Grund der Trockenrinne mit einem Kugelhagel. Die Schüsse wirbelten kleine Sandfontänen auf, während er seine Waffe feuernd hin- und herriss, genau wie seine Männer auf den anderen Beobachtungsposten. Vor Schmerz und Entsetzen schreiend, gingen die hilflosen jungen Kuriere da zu Boden, wo sie gerade standen. Einige machten noch vergebliche Versuche, mit ihrer Last in Deckung zu kriechen.

In der Zwischenzeit hatten die paar verdutzten *forzadores*, die noch auf den Beinen waren, blindlings auf die Felsvorsprünge zu feuern begonnen, aber für die im Hinterhalt lauernden Scharfschützen waren auch sie leichte Beute.

Die Männer auf den Abhängen schossen weiter, bis sich unter ihnen nichts mehr bewegte. Dann legten sie in dem von Rauch und Echos erfüllten Tal eine Pause ein, um ihre Waffen nachzuladen. Schließlich gab Felix ein Signal, und der Kugelhagel setzte erneut ein, bis die Scharfschützen sicher wussten, dass alle ihre Opfer tot waren.

Das Blutbad hatte keine zehn Minuten gedauert.

Lathrop ließ die Kamera noch etwas länger laufen, weil er filmen wollte, wie Felix und seine Männer in das Tal hinabstiegen. Schnell schnitten sie mit Klappmessern die Riemen an den Bündeln der Kuriere durch, rissen sie ihnen vom Rücken und schichteten die Leichen zu einem riesigen Grabhügel auf. Zugleich trennten sich ein paar von Felix' Leuten von ihren Kameraden, um auf das nördliche Ende der kleinen Schlucht zuzulaufen. Vermutlich wollten sie die Wagen holen, mit denen sie ihre Beute abzutransportieren gedachten.

Lathrop überlegte, ob er auf ihre Rückkehr warten und vielleicht noch eine Aufnahme machen sollte, wenn sie aufluden, aber er verwarf diese Idee sofort. Wegen der Morde und des Diebstahls hatte er Felix in der Hand. Er verfügte über ausreichend Beweismaterial. Warum sollte er sich übermäßig ins Zeug legen? Manchmal war man in Versuchung, zu viel aus einem Spiel herauszuholen. Er kannte seine Schwächen und musste vorsichtig sein, ihnen nicht nachzugeben. Das konnte er sich in seiner Lage auf keinen Fall erlauben.

Zumindest dann nicht, wenn er Guillermo und den anderen Leichen nicht bald Gesellschaft leisten wollte.

Nachdem er das Nachtsicht-Zielfernrohr behutsam von dem Camcorder getrennt hatte, verstaute er beide Geräte in ihren Schutzhüllen. Dann schulterte er sein Gewehr, um sich leise in die Finsternis zurückzuziehen.

5.

Verschiedene Schauplätze
2. November 2001

»Ist es Ihnen gelungen, Lang davon zu überzeugen, dass er seine alten Rechnungen begleichen muss?«, fragte Nimec, der einen Boxhandschuh hochhob.

»Allmählich reden Sie wie Roger.« Megans ungeschickter linker Haken berührte das gepolsterte Leder des Boxhandschuhs nur leicht. »Mist«, murmelte sie. Ihr Gesicht war schweißnass.

»Weiter, sonst verlieren Sie Ihren Rhythmus.«

»Wir sind schon eine Stunde bei der Sache, vielleicht sollten wir es langsam gut sein lassen.«

»Hm.«

»Ich bin völlig groggy, Pete. Heute Morgen läuft's bei mir nicht, und ich muss vor der Arbeit noch duschen.«

»Nach dem, was ich gehört habe, waren Sie in Kaliningrad groggy, nachdem sie einen bewaffneten Angreifer fertig gemacht hatten. Und das war, *bevor* Sie mit diesem Training begonnen haben.«

»Damals hatte ich keine andere Wahl.«

»Jetzt haben Sie auch keine«, sagte er, während er seitlich nach rechts auswich. »Tief durchatmen. Und bleiben Sie dran an mir.«

Mit geöffnetem Mund schnappte Megan nach Luft. Mit dem linken Fuß vor dem rechten schwenkte sie zu ihn herum und holte erneut aus. Dieser Schlag war etwas fester und landete dicht neben dem weißen Punkt auf dem Handschuh.

»Schon besser. Weiter.«

Erneut schoss ihre Faust vor, und diesmal berührte sie den Rand des Punkts.

»Noch mal! Und halten Sie den Arm parallel zum vorderen Fuß!«

Der nächste Schlag saß exakt auf dem Punkt.

»Gut«, sagte Nimec, der näher auf sie zukam und sie unter Druck setzte, bevor er mit dem Boxhandschuh neben ihrer Wange herfuhr. »Die Deckung nicht vernachlässigen, ich hätte Sie genau dort treffen können. Und was meinen Sie mit ›wie Roger‹?«

Megan hob die Arme und senkte gleichzeitig das Kinn. Ihr Haar war zu einem Pferdeschwanz zurückgebunden, und sie trug ein weißes Band um den Kopf, ein weißes T-Shirt, schwarze Radfahrerhosen und Adidas-Sportschuhe.

»Dass Sie beide annehmen, Bob glaube, in unserer Schuld zu stehen.«

Bob, dachte Nimec.

»Ist er uns etwa keinen Gefallen schuldig?«

»Meiner Ansicht nach glaubt er, dass wir quitt sind.«

»Und warum? Weil wir verhindert haben, dass ein Atom-U-Boot mit dem Präsidenten an Bord entführt wurde? Oder weil wir herausgefunden haben, wer für den Times-Square-Bombenanschlag verantwortlich war, nachdem sich seine Leute hinters Licht führen ließen?«

Megan antwortete nicht, sondern tänzelte auf und ab, um neue Energie aufzubauen. Sie befanden sich in einem Boxring im obersten Stock von Nimec' riesiger Eigentumswohnung in San José. Das gesamte Geschoss beherbergte eine weitläufige Erholungs- und Sportanlage, zu der eine Boxhalle, ein Kampfsport-Dojo und ein Schießplatz mit Schalldämmung gehörten. Und dann gab es da noch die – bis hin zum Gestank von in Bier schwimmenden Zigarettenkippen – detailgetreue Nachbildung jener Pool-Billard-Halle in South Philadephia, wo Nimec im Alter von etwa vierzehn Jahren unter dem harten, rötlich glühenden Licht der Neonröhren seine jugendliche Unschuld abhanden gekommen war. Megan hatte nie mit ihm über diese Phase seines Lebens gesprochen. Sie hatte nie wirklich begriffen, warum er damals Juniorpartner in einem Gaunerduo mit seinem Vater gewesen und als Jugendlicher straffällig geworden war. In ihren Augen glich das der Ausbeutung von Kindern. Wie sollte man es sonst nennen, wenn ein Jugendlicher von der Schule fern gehalten wurde, um in einer Spelunke voller Spielsüchtiger das Billardqueue zu schwingen? Sie konnte nicht genau sagen, ob ihr Unverständnis darauf zurückging, dass sie unter völlig anderen Umständen aufgewachsen war. Zwischen Ridgewood in New Jersey und diesem Stadtteil von Philadelphia lagen mit Sicherheit Welten. Während sie auf einer für das College vorbereitenden Privatschule Kurse für Alt- und Mittelenglisch belegt hatte, hatte korrektes Englisch in Nimec' Leben keine Rolle gespielt.

Jetzt konzentrierte sie sich wieder ganz auf das Training und testete Nimec mit mehreren leichten Jabs mit der Führungshand, während er weiterhin seitlich nach rechts wegtänzelte. Dabei schützte sie mit der anderen Hand den imaginären Verteidigungskreis, den sich vorzustellen er ihr beigebracht hatte.

»Zurück zum Thema Lang«, sagte er. »Wir sind auf die NCIC-Datenbank angewiesen, wenn wir an die nötigen Informationen herankommen wollen.«

»Und er ist bereit, den Direktor um seine Zustimmung

zu bitten«, antwortete Megan. »Bis zu den höchsten Geheimhaltungsstufen.«

»Bis zu?«

Sie nickte.

»Also ohne die höchsten Geheimhaltungsstufen.«

Megan nickte erneut.

»Das wird nicht reichen. Der durchschnittliche, uniformierte Bulle kann in seinem Streifenwagen die gesamte Datenbank einsehen, wenn er nur einen Computer dabeihat. Ich will, dass Lang dafür sorgt, dass wir unbeschränkten Zugang erhalten.«

Nimec hob beide Boxhandschuhe. Sie attackierte ihn mit einer Kombination, gefolgt von einer Linken, und wehrte dann einen weiteren harten Schlag ab, ohne auch nur einen Zentimeter Boden preiszugeben.

»Das wird kompliziert werden«, sagte Megan. »Für ihn kommt die nationale Sicherheit zuerst.«

Nimec wirkte irritiert. »Vertraut er uns nicht?«

»Das habe ich nicht gesagt.«

»Warum sollte es dann Komplikationen geben?«

»Im Moment möchte ich das lieber nicht erklären.«

Jetzt runzelte Nimec verständnislos die Stirn.

»Lassen wir das jetzt. In ein paar Tagen fliege ich wieder nach Washington. Dann werden wir sehen, was Bob zu sagen hat.«

Nimec blickte sie einen Augenblick lang an.

Schon wieder ›Bob‹, dachte er.

Dann zuckte er kaum merklich die Achseln und ließ seine Rechte sinken, um einen Uppercut abzuwehren, der ihn nur flüchtig streifte. »Noch mal.«

Megan hob den Arm, legte ihre ganze Kraft in den Schlag und empfand ein befriedigendes Gefühl, als ihre Faust krachend das Leder traf.

»Okay, das war perfekt. Entspannen Sie sich einen Augenblick«, sagte er, nachdem er seine tänzelnden Bewegungen eingestellt hatte. »Hören Sie jetzt gut zu – es ist wichtig.« Er klopfte mit seinem Handschuh gegen die Mitte seines Brustkorbs. »Wenn ein Typ Sie angreift, müssen

Sie ihn hier treffen. Wenn Sie ihn hart und sauber treffen, wird sein Zwerchfell übel mitgenommen, völlig unabhängig davon, wie groß er ist. Außerdem wird er das bei einer Frau nicht erwarten. Unerfahrene Kämpfer machen in der Regel dieselben Fehler. Sie zielen entweder auf die Nase oder das Kinn, die nicht so einfach zu treffen sind, oder auf die Eingeweide, die durch Muskeln, Fett oder sonst etwas geschützt sind.« Er hob den anderen Handschuh und hielt ihn an seinen Hals, direkt unter dem Ohr. »Wenn der Oberkörper keine Angriffsfläche bietet und Ihre Reichweite stimmt, versuchen Sie, ihn genau hier zu treffen, an diesem druckempfindlichen Punkt. Verstanden?«

»Zwerchfell oder Hals«, wiederholte Megan keuchend. Mit ihrem Handschuh wischte sie sich den Schweiß ab. »Das haben Sie mir schon dutzend Mal erzählt.«

»Meinen Schülern hat es noch nie geschadet, wenn ich etwas wiederholt habe.« Er wedelte mit dem Handschuh vor seinen Rippen herum. »Na los, machen Sie schon …«

»Pete …«

»Anschließend machen wir Schluss für heute.«

Sie schlug zu.

Zehn Minuten später hatten sie mit ihren Handtüchern über der Schulter den Ring verlassen. Die durchgeschwitzten T-Shirts klebten ihnen am Leib. Nimec ging zu seinem Spind hinüber, verstaute seinen Handschuh und half Megan dann, die Schnüre ihrer Boxhandschuhe zu lösen.

»Da gibt's noch ein weiteres geschäftliches Thema, über das wir reden müssen«, sagte er, während er die Handschuhe über einen Nagel in den Spind hängte.

»Und zwar?«

»Riccis Geistesblitz hinsichtlich der schnellen Eingreiftruppe. Ich habe darüber nachgedacht und bin zu dem Schluss gekommen, dass wir das in die Wege leiten sollten.«

Megan nahm ihre Bandagen ab. Ihre offene Sporttasche lag hinter ihr auf einer Bank. »Ich bin derselben Meinung – vorläufig.«

»Und wo liegen Ihre Vorbehalte?«

»Das Ganze müsste auf einer experimentellen Basis beruhen und permanent überwacht werden. Meiner Ansicht nach müssten alle mit an Bord sein, auch Gord und Rollie.« Sie blickte ihn an. »Sie wirken überrascht, Pete.«

Nimec zuckte die Achseln. »Am Anfang schienen Sie nicht besonders begeistert von dem Vorschlag zu sein. Ich hatte jetzt mit mehr Widerstand gerechnet.«

Megan überlegte, was sie antworten sollte. Sie machte sich weiter an ihren Leinenbandagen zu schaffen, rollte sie sorgfältig auf, wandte sich dann der Bank zu und ließ sie in ihre Sporttasche fallen. »Riccis Fähigkeiten stehen für mich außer Frage«, sagte sie schließlich, als sie sich wieder zu Nimec umwandte. »Nur seine Streitlust und sein Hang zu Alleingängen gefallen mir nicht. Manchmal muss ich mich eben woanders aufhalten als er, um damit klarzukommen.«

Nimec zuckte leicht die Achseln, während seine Hand auf der offenen Tür des Spinds ruhte.

»Für mich klingt das nach einer Art Entscheidung.«

»So kann man es auch nennen. Ich denke, dass ich so das große Ganze im Auge behalte.«

Er warf ihr einen fragenden Blick zu.

»Wer auch immer uns im letzten Frühling in Brasilien angegriffen haben mag – sie haben viele unserer Leute getötet und hätten noch mehr Zerstörungen verursacht und jedes Land auf dieser Welt erpressen können, wenn wir ihnen nicht in die Quere gekommen wären«, sagte Megan. »An Stelle unserer Feinde wäre ich ernsthaft sauer. Und der Gedanke, dass wir bei einer erneuten Attacke nicht vorbereitet sein könnten, jagt mir einen höllischen Schrecken ein, Pete.«

Einige Sekunden lang blickte er sie an, bevor er die Tür des Schranks zuwarf, die sich mit einem metallischen Geräusch schloss. »Ganz Ihrer Meinung.«

Vor einigen Monaten hatte er in Madrid das Villanueva-Gebäude des Prado aufgesucht, um sich ›Triumph des Todes‹ von Bruegel dem Älteren anzusehen. Selbst jetzt wusste er nicht genau, wie lange er vor dem Bild gestanden hatte. Es war ihm so vorgekommen, als hätte um ihn herum die Zeit stillgestanden, als wären seine tiefsten inneren Visionen auf die Leinwand vor seinen Augen projiziert worden.

Er hatte nicht gewusst, auf welchem Bildmotiv er seinen Blick verweilen lassen sollte. Auf der verschwommenen, orangefarbenen Landschaft mit den Feuern und ihren schwarzen, vulkanischen Rauchwolken? Auf dem mittelalterlichen Dorf, das von einer mordlustigen Armee von Skeletten belagert wurde, die über ihren totenkopfartigen Schädeln Kriegsflaggen schwenkten und deren leere Augenhöhlen mitleidslos nur ein Ziel auszudrücken schienen? Hier hackten sie mit breiten Schwertern auf die Lebenden ein oder durchbohrten Leiber mit Lanzen. Dort kniete ein ausgezehrter Plünderer über seinem auf dem Boden hingestreckten Opfer und hielt ihm das Messer an die Kehle, um ihm den Gnadenstoß zu versetzen. Im rechten Bildvordergrund war eine Bäuerin zu sehen, die auf einen Leichenhaufen gefallen war und als vergebliche Bitte um Mitleid ihren Arm hob, während das Skelett eines Soldaten bereits triumphierend einen Fuß auf ihren Körper gesetzt hatte, um jeden Augenblick mit der Axt zuzuschlagen. Wo sollte er seinen Blick verweilen lassen, auf welchem Motiv dieser Szenerie der Vernichtung? Auf dem Totenschiff, das über einen Sumpf von Blut und zertretenen Leibern dahintrieb, und dessen Besatzung, als Skelette dargestellt, bereits Totenhemden trug? Auf dem Städter, der mit erschlafften Gliedern an dem einzigen, gegabelten Ast eines zerschmetterten Baumes hing? Auf dem verendenden Hund, unter dessen Haut sich die Rippen abzeichneten und der hungrig war wie das Kind, das seine gefallene Mutter umarmte? Oder auf den Feiernden in den an Pfauenkleider erinnernden, reich verzierten Gewändern, die in hilfloser Panik an ihrem Esstisch saßen, während eine Horde von ausgezehrten Räubern um sie herum die Reihen schloss?

Ja, auf welchem Bildmotiv sollte er seinen Blick verweilen lassen?

Dieses Gemälde war bemerkenswert. Seine höllische Schönheit hätte Siegfried Kuhl fast glauben lassen, dass der Schöpfer des Kunstwerks über die Jahrhunderte hinweg seine Hand ausgestreckt und tief in seinem Inneren nach Inspiration gesucht hätte. Die Erfahrung einer tiefen Beziehung zu dem Gemälde war überwältigend gewesen. Es schien ihm gleichzeitig alle Energie zu entziehen und ihm neue zuzuführen.

Bis zu dieser unvergesslichen Erfahrung hatte noch nie ein Kunstwerk Kuhl berührt. Einzig und allein aus Neugier war er in das Museum gegangen, angelockt durch Harlan DeVanes Bemerkung, dass er das Bild vielleicht interessant finden werde. Das war vor einem halben Jahr gewesen, nach dem Debakel in Kasachstan, wo es ihm nur durch Zufall gelungen war, dem Sword-Mitarbeiter zu entkommen, mit dem er im Startkomplex des Weltraumflughafens gekämpft hatte.

Die Gesichtszüge dieses Mannes hatten sich seinem Gedächtnis mit fotografischer Detailtreue eingeprägt. Wenn er sich seine scharf hervorspringenden Wangenknochen oder seinen Mund vorstellte, wurde er von einem ruhelosen Verlangen nach Rache erfüllt, das kalt seine Eingeweide durchzuckte. Dieses Gefühl empfand er auch jetzt noch, sechs Monate später, auf einem anderen Kontinent, während er an einem Fenstertisch der Brasserie ›Les Pistou‹ in Québec saß, gegenüber dem Park Champs de Bataille. Er beobachtete den Eingang des Parks und wartete auf die Ankunft seines hübschen weiblichen Kuriers.

Sein Versagen auf dem Weltraumflughafen war ein schwerer Schlag für Kuhl gewesen. Er hatte abtauchen, seinen Verfolgern so weit wie möglich entkommen müssen. Durch gefärbte Kontaktlinsen, dunkel koloriertes Haar, Collagen-Injektionen in die Lippen und einen kurz gestutzten Bart hatte er sein äußeres Erscheinungsbild verändert. Während seiner Flucht über die Kontinente hatte er eine gewisse Zeit in Spanien verbracht. Jetzt begriff er, dass ihn nicht etwa der Zufall dorthin geführt hatte.

DeVane hatte erkannt, wie Kuhl auf Bruegels Meisterwerk reagieren würde, das das grimmige Lebensgefühl einer Epoche spiegelte, in der über Kontinente hinweg wahllos die Pest gewütet und alles der Vergänglichkeit preisgegeben hatte: einfache Menschen, Autoritäten, Institutionen der zivilisierten Welt. Einer Epoche, in der niemand gewusst hatte, ob er dem Himmel oder der Hölle die Schuld an dem Elend geben sollte.

Was für eine Macht hätte ein Mann ohne Gewissen und mit eisernem Willen in diesem Durcheinander anhäufen können? Bei gewalttätigen Auseinandersetzungen war Kuhl die Ruhe selbst, im Chaos fühlte er sich ganz und gar lebendig. Im Geschrei stürmischer Zeiten fühlte er sich am stärksten, und in dieser Stärke fand er seine Erfüllung.

Ja, DeVane hatte das begriffen. Und im Rückblick kam es Kuhl so vor, als wären seine Bemerkungen eine Offenbarung gewesen, durch wirkliche Einsicht geprägt – höchstwahrscheinlich hatte ein Plan dahinter gestanden. DeVane fand es amüsant, auf rätselhafte Weise Fäden zu spinnen, die andere entwirren mussten.

Auf jeden Fall musste sein Sleeper-Projekt zu diesem Zeitpunkt schon auf einem guten Weg gewesen sein. Kuhl war kein Wissenschaftler, aber seine Kenntnisse über die Grundlagen der Gentechnologie reichten aus, um zu wissen, dass es Jahre gedauert haben musste, einen pathogenen Wirkstoff jenen Typs zu entwickeln, wie er in dem Labor in Ontario hergestellt wurde. Die Beschaffung der für die DNA-Rekombinationstechnologie notwendigen technischen Ausrüstung und der biologischen Materialien musste ein schwieriges, kostspieliges Unterfangen gewesen sein. Das galt bestimmt auch für die Rekrutierung international renommierter Experten auf diesem Fachgebiet. Die Herausforderungen der Vorbereitungsphase waren sicher nichts gegenüber denen gewesen, die die späteren Entwicklungsstufen mit sich bringen würden.

Die Schwierigkeiten, die sich damit verbanden, die genetische Struktur eines Virenorganismus zu manipulieren, waren vielfältig. Durch die zusätzliche Erfordernis, die Infektion mit einem speziellen genetischen Merkmal zu verknüpfen – blaue Augen, Linkshändertum, familiär bedingte, erbliche Diabetes, ethnische und rassische Besonderheiten, die Möglichkeiten waren unerschöpflich –, wurden die mit dieser Aufgabe verbundenen Schwierigkeiten noch größer. Trotzdem standen die Experimente, die mit den Techniken zusammenhingen, eine solche Mikrobe zu entwickeln, in privat und öffentlich finanzierten Laboratorien der meisten Industienationen im Zentrum des Interesses.

Aber DeVane war noch einige Schritte weitergegangen und hatte seine Kriterien folgendermaßen formuliert: Der Sleeper-Virus musste *auf Befehl* auf eine Vielzahl von Erbeigenschaften reagieren können, aber so lange im Körper schlummern, bis er durch einen oder eine Reihe von Auslösern aktiviert wurde. Auf diese Weise konnte er, je nachdem, welche Auslöser aktiviert wurden, bei einzelnen Individuen bis hin zu ganzen Bevölkerungsgruppen die gewünschten Symptome ausbrechen lassen.

Also hatte er die erfolgreiche Entwicklung einer mikroskopisch kleinen Zeitbombe überwacht, die gleichsam maßgeschneidert werden konnte. Im einen Wirtskörper schlummerte sie harmlos vor sich hin, im nächsten löste sie eine bösartige Explosion aus. Diese Waffe konnte so zielgenau zuschlagen wie die Kugel eines Scharfschützen, aber sie konnte auch, wie einst die Pest, mit vernichtender Wirkung breite Kreise erfassen.

Jetzt dachte Kuhl, dass dies nichts weniger als die ultimative biologische Waffe war.

Als er aus dem Fenster blickte, sah er seine hübsche, bleiche Botin aus dem Park kommen, pünktlich wie immer. Sie schritt mit im Wind wehenden blonden Haaren über die Grande Allée auf die Brasserie zu. Den Kragen ihres dunklen, knielangen Mantels hatte sie wegen des unfreundlichen Wetters hochgeschlagen. Obwohl der Winter nach dem Kalender erst in einem Monat beginnen sollte, war die kalte Jahreszeit in dieser Region schon früher ausgebrochen, und aus einem dunkelgrauen Himmel fiel Schneeregen auf die kahlen, welligen Felder und die zerzausten Bäume westlich der Zitadelle.

Kuhl war darüber glücklich. In dem weitläufigen Naturpark, der an die Klippen über dem Saint-Lawrence-Fluss grenzte, hatte einst der Höhepunkt der Schlacht zwischen der französischen und der britischen Armee um die Vorherrschaft in dieser Region stattgefunden. Und doch wuchsen in den warmen Jahreszeiten Blumen auf dieser Erde, wo einst das Blut von Generälen vergossen worden war, und Spaziergänger sogen die wohlriechende Luft in dem friedlichen Landschaftsgarten ein.

Diese Blumen wurden jetzt durch den böigen Wind in alle Richtungen zerstreut, und die rauen Seiten der Natur kamen wieder zum Vorschein, was die steinerne Festung von Kuhls Herz angenehm berührte.

Sie sah ihn schon vom Bürgersteig aus, und ihre Blicke trafen sich. Ein Lächeln umspielte ihre Lippen. Dann betrat sie das Restaurant und kam sofort auf seinen Tisch zu, vor dem pedantischen Oberkellner, der sich ihr an der Tür genähert hatte. Durch Gesten gab sie ihm zu verstehen, dass sie ihren Gesprächspartner bereits entdeckt habe. Kuhl stand auf und küsste die weiche, weiße Haut unter ihrem Ohr. Dann half er ihr aus dem Mantel, und sie berührte mit ihren Fingerspitzen sanft seinen Handrücken. Er gestattete es sich, ihren Hals noch einmal zu küssen, bevor er dem Oberkellner ihren Mantel reichte.

Sie setzten sich. Kuhl hatte Mineralwasser getrunken, und jetzt winkte er mit einer schnellen Handbewegung nach dem Kellner. Sie bestellte einen amerikanischen Pinot Noir.

Während sie den Wein kostete, wartete der Kellner neben ihrem Tisch, und als sie ihm dann zustimmend zunickte, eilte er davon, weil ihm die Ungeduld in Kuhls Blick aufgefallen war und er die beiden Gäste allein lassen wollte.

»Hattest du eine angenehme Reise?«, fragte Kuhl.

»Ja.«

»Und dein Hotelzimmer?«

»Es ist komfortabel.« Ihr Englisch hatte den leichten, unbestimmbaren Akzent von Menschen, die in verschiedenen Gegenden der Welt gelebt hatten. »Ich habe dich vermisst.«

Er nickte schweigend.

»Kommst du heute Nacht zu mir ins Hotel?«, fragte sie, während sie mit ihrem Weinglas spielte.

Kuhl beugte sich etwas vor. »Nichts lieber als das. Aber wir haben andere Befehle zu befolgen.«

»Und das kann nicht aufgeschoben werden, nicht einmal für eine kleine Weile?«

»Noch vor Sonnenuntergang werde ich Québec verlassen«, antwortete er. »Und dein Flug in die Vereinigten Staaten geht am frühen Morgen.«

»Es waren so viele Flüge in letzter Zeit.« Sie zögerte. »Ich bin müde.«

Ihre Blicke trafen sich. Im Bett war sie eine empfängliche Partnerin, und in sexueller Hinsicht befriedigte sie ihn mehr als irgendeine seiner anderen Frauen. Ihren Körper zu erkunden und in sie einzudringen, war, als würde er – nach und nach, eine nach der anderen – Sicherungen ausschalten, als würde er ihre Leidenschaft mehr und mehr anfachen, bis sie ganz und ohne jede Hemmung sein war. Es war ein köstliches Gefühl der Macht, ins Zentrum dieser Lust vorzudringen und in der Lage zu sein, ihren orkanhaften Ausbruch zu kontrollieren. Und die Macht war immer eine Versuchung.

»Wir werden zusammen sein. Sehr bald schon. Aber ...«

»... die Befehle.« Sie schwieg, blickte auf ihr Glas. Nach ein paar Sekunden sah sie wieder Kuhl an. »Ich habe verstanden.«

Er nickte, griff in die Innentasche seines Sportsakkos und zog ein schwarzes, emailliertes Kästchen – wie für ein Armband – hervor, dann einen kleinen Umschlag für Briefkarten. Über den Tisch hinweg streckte er ihr beides entgegen.

»Ich habe hier etwas ganz Einzigartiges für dich«, sagte er. »Etwas sehr, sehr Seltenes.«

Jeder, der zufällig an dem Tisch vorbeikam, hätte sie lächeln gesehen, während sie ihm die Sachen abnahm und ihre Finger sich kurz berührten.

»Danke.«

Er beugte sich näher zu ihr und sagte leise: »In San Diego wirst du einen gewissen Enrique Quiros treffen.« Seine Lippen schienen sich kaum zu bewegen. »Alles Weitere erfährst du durch meine Notiz auf der Karte.«

Sie nickte und schob das Kästchen und den Umschlag in ihre Handtasche.

»Im Hotelzimmer werde ich sie sofort lesen.« Erneut blickte sie ihn an, und ihre Augen leuchteten. Jetzt wirkte ihr Lächeln auch für zufällige Zuschauer nicht mehr gekünstelt. »Ich wünschte, dass du bei mir sein könntest.«

Kuhl musste zugeben, dass er innerlich bewegt war. »Bald«, sagte er.

»Sag mir wann ...«

»Wenn dieser Job erledigt ist, ich verspreche es dir. Wir könnten nach Madrid fliegen, wenn du Lust hast.« Einen Augenblick lang zögerte er. »Für mich ist das ein besonderer Ort.«

Die Frau blickte ihn an. »Madrid«, sagte sie, während sie ihr Weinglas an die Lippen führte und noch etwas wartete, bevor sie einen Schluck trank. »Ja, das würde mir gefallen, weil ich möchte, dass es für uns beide ein besonderer Ort wird.«

Kuhl nickte. »Das wird es.«

»Und wie lange sitzen Sie schon auf dem Material?«, fragte Lucio Salazar. Mit seiner rechten Hand klammerte er sich an der Armlehne seines mit dunkelrotem Stoff bezogenen Sofas fest, in der anderen Hand hielt er den letzten Ausdruck der Digitalfotos, die Lathrop ihm gegeben hatte, damit er sie sich genau ansehen konnte. Auf dem Kaffeetisch vor Salazar lagen die restlichen Infrarotfotos.

»Was wollen Sie damit sagen?« Lathrop beantwortete Salazars Frage mit einer Gegenfrage, obwohl er verdammt gut wusste, was der andere meinte. Dieses Arschloch glaubte doch tatsächlich, *ihn* verhören zu können. Es war schon ziemlich komisch. »In der letzten Nacht wurde Ihnen Ihre Lieferung abgejagt. Heute bin ich hier.«

Salazar blickte ihn an. Er war ein großer Mann Ende fünfzig und trug einen beigen Tropenanzug, ein blassblaues, am Kragen offenes Hemd und Gucci-Slipper. Am rechten Handgelenk glitzerte eine Rolex mit einem protzigen, mit Diamanten besetzten Goldarmband, am kleinen Finger der linken Hand ein Diamantring, im rechten Ohrläppchen ein Diamantohrring. An seinem fetten Hals baumelte eine Kette mit einer goldenen Heiligenfigur.

»Ich will damit sagen, wann Sie herausgefunden haben, dass mir diese verfluchten *maricónes* in die Quere kommen wollen. Wenn ich früher Bescheid gewusst hätte, wäre ich in der Lage gewesen, etwas dagegen zu unternehmen.«

Lathrops Gesichtsausdruck war ruhig und geschäftsmäßig. »Jeder Spitzel von der Straße kann Sie mit faulen Informationen versorgen, und dann endet das Ganze damit, dass Sie wie ein Köter Ihrem eigenen Schwanz nachjagen.« Er beugte sich vor und tippte mit einem Finger auf einen der Schnappschüsse auf dem Kaffeetisch. Das Foto zeigte, wie Felix Quiros und seine Männer vor den rauchenden Trümmern des Tunneleingangs Salazars Indianerkurieren die Bündel abnahmen. »Wenn ich einen Tipp kriege, überprüfe ich das Ganze, bevor ich zu Ihnen komme. Das nennt man *gute Arbeit*, Lucio. Und die ist bei mir garantiert.«

»Gute Arbeit gegen gutes Geld, was?«

Lathrop grinste. »Das können Sie laut sagen.«

Erneut schwieg Salazar. Sein Gold- und Juwelenschmuck funkelte im Sonnenlicht, das durch die auf den Strand hinausgehende Glaswand fiel. Heutzutage, dachte Lathrop, betrug der Grundpreis für ein Del-Mar-Haus etwa sechs- bis siebenhundert Riesen, und das galt nur für ein Grundstück von der Größe eines Monopoly-Spielbretts, wo man sich auf Zehenspitzen auf das Dach stellen musste, um mit dem Fernglas einen Blick auf das Meer erhaschen zu können. Salazars Lustschlösschen hier war nach seinen persönlichen Wünschen auf einer Klippe errichtet worden und so weitläufig, dass er darin die gesamte Bevölkerung jenes mit Eselskacke voll geschissenen mexikanischen Dorfes hätte unterbringen können, aus dem seine stolzen Vorfahren stammten, die allesamt mordende Diebe, Straßenräuber oder Zuhälter gewesen waren. Das Anwesen musste Salazar mehr als drei Millionen gekostet haben.

Nach ungefähr zwanzig Sekunden beugte sich Salazar über den Tisch, um mit gedankenvoll gefurchter Stirn ein weiteres Foto zu studieren. Als er Guillermos Leiche erkannte, schüttelte er langsam den Kopf.

»*El muerto nada se lleva y todo se acaba*«, sagte er mit entschiedenem Unterton. Die Toten nehmen nichts mit, und alles findet ein Ende.

Er blickte wieder zu Lathrop auf. »Wissen Sie, ob Felix auf eigene Faust diese Dummheit begangen hat oder ob sie von oben angeordnet wurde?«

»Felix? Ich bitte Sie.« Lathrop bereitete sich darauf vor, ihm die Lüge unterzujubeln. »Er mag ja seine Jungs haben, die für ihn Laptops aus Autos klauen oder Bodegabesitzer erpressen. Dabei geht's um Pfennigbeträge – möglich, dass er das auf eigene Faust macht. Vielleicht kommt er sogar damit durch, etwas mehr für einen wichtigen Tipp zu berechnen, um selber ein bisschen abzukassieren, bevor er ihn weitergibt. Aber seine mächtigen Vettern lassen ihn gerade so weit von der Leine, dass er sich als kleiner Chef fühlen kann, der über den Ganoven steht. Und selbst Felix ist nicht dumm genug, als dass er nicht doch kapieren würde, wie weit er gehen kann, ohne sich um Kopf und Kragen zu bringen. Die Geschichte mit dem Tunnel – so etwas hätte er in seinem ganzen erbärmlichen *Leben* nicht ohne ihr Wissen riskiert.«

Lathrop beobachtete, wie die Sorgenfalten Salazars Stirn noch stärker zerfurchten. Innerlich kochte sein Gegenüber, und dafür gab es sehr gute Gründe. Wie die alten südamerikanischen Drogenbarone, die zu den Zeiten, als sein Vater noch Boss des Klans gewesen war, Rauschgift angepflanzt und weiterverarbeitet hatten, beförderte auch Lucios Organisation seit über einem halben Jahrhundert Schmuggelware über die amerikanisch-mexikanische Grenze. In den Fünfzigerjahren hatte er noch gestohlene

Autos verschoben. Hier in Kalifornien befand sich jetzt die Distributionszentrale für Drogen jeder Art an der Pazifikküste, die – von Chula Vista bis hinauf nach Los Angeles und San Francisco – Kokain, Haschisch, Marihuana und Methamphetamine lieferte, je nachdem, welches Gift der Kunde bevorzugte.

Die Quiros-Familie stand in der Hierarchie viel weiter unten. Ihre Transitrouten reichten vom nördlichen Sonora bis ins südliche Texas und in Teile New Mexicos. Bis in die jüngste Zeit hatten sie nichts unternommen, um das Salazar-Imperium herauszufordern, und sich mit einem relativ unbedeutenden Anteil am Kokainmarkt begnügt. Innerhalb des Rauschgiftgeschäfts hätte man den Quiros-Klan als ›neureich‹ bezeichnen können. Aber seit er sich vor ungefähr einem Jahr mit El Tíos Organisation eingelassen hatte – Lathrop konnte kaum glauben, dass er damals noch für die Spezialeinheit der Drogenfahndung von El Paso gearbeitet hatte, guter Gott, was hatte sich seitdem nicht alles geändert! –, gab es Anzeichen dafür, dass er Salazar Territorium streitig machen wollte. Was Lucio jetzt ernsthaften und berechtigten Kummer machte, war die Dreistigkeit der Tat – ihm waren nicht nur harte Drogen gestohlen worden, sondern er war zugleich auch dadurch gedemütigt worden, dass die Leichen seiner Kuriere tot herumlagen und dass seine Fahrer ermordet worden waren, denen man auch noch ihre Genitalien in den Mund gestopft hatte.

Wer so unverschämt mit einem Mann wie Lucio Salazar umsprang, verbreitete damit die laute, herausfordernde Botschaft, dass sehr einflussreiche Leute hinter einem standen.

Salazar schüttelte noch immer den Kopf, zugleich wütend und entsetzt. »Das kann ich nicht hinnehmen«, bemerkte er.

Da hat er, dachte Lathrop, *absolut Recht, wenn er im Geschäft bleiben will.*

»Die Sache muss geregelt werden«, sagte Salazar.

Nach Lathrops Meinung lief das auf ernsthafte Vergeltungsmaßnahmen hinaus.

Salazar blickte ihn an. »Finden Sie heraus, wie die Quiros den Zeitpunkt meiner Lieferung herausgekriegt und die Sache eingefädelt haben. Ich gebe Ihnen mein Ehrenwort, dass jede Menge Geld für Sie drin ist.«

Lathrop nickte. Nur mit Mühe konnte er ein Lächeln unterdrücken. Schon oft hatte er sich gefragt, ob Typen wie Salazar ihre Sprüche aus dem Fernsehen oder dem Kino übernommen hatten oder ob nicht doch die Filme die Wirklichkeit imitierten. Vielleicht war es auch ein ewiges Wechselspiel zwischen Realität und Fiktion.

»Ich will sehen, was sich machen lässt.« Lathrop stand auf, sehr mit seiner Vorstellung zufrieden und davon überzeugt, dass sie zu den gewünschten Resultaten führen würde.

Jetzt war Enrique Quiros an der Reihe.

»Ich neige dazu, Riccis Idee zuzustimmen«, sagte Gordian zu Nimec.

Er griff nach der Schachtel mit den kleinen Waffelröllchen, die vor ihm auf dem Schreibtisch stand, öffnete sie, nahm eins heraus und tunkte es in seinen Kaffee, damit dieser den Geschmack der Haselnussfüllung annahm. Mit diesem neuen morgendlichen Ritual gehorchte Gordian dem jüngsten Gebot seiner Frau: *Du sollst keinen Kaffee mit künstlichem Haselnussaroma trinken.* Das Verbot seines einstigen Lieblingsgetränks basierte auf ihrer Theorie, dass die versteckten Kalorien und Fettöle dafür verantwortlich waren, dass er fünf Pfund zugenommen hatte und dass bei der letzten ärztlichen Routineuntersuchung ein leicht erhöhter Cholesterinspiegel festgestellt worden war.

Mit dem Kaffee mit dem künstlichen Haselnussaroma, von dem er während des letzten Jahres täglich zwischen drei und fünf Tassen getrunken hatte, war es nun also vorbei. Stattdessen standen jetzt Waffelröllchen mit Cremefüllung auf ihrem Einkaufszettel, die er zweimal am Tag in seinen Kaffee tunken und dann verzehren durfte, um sein Verlangen nach Haselnussaroma zu befriedigen, so wie ein Raucher mit Nikotin versetzte Kaugummis kaut, wenn er sich von seiner Sucht zu befreien versucht.

Andererseits musste Gordian zugeben, dass die süßen Plätzchen sehr gut schmeckten und selbst süchtig machen konnten.

»Meine größten Vorbehalte betreffen das heikle Unterfangen, schnelle Eingreiftruppen in Gastländern einzusetzen, die sich durch solche Aktivitäten bedroht fühlen könnten, eventuell sogar mit Recht«, sagte Gordian und ließ das Waffelröllchen in seinem Kaffee stehen. »Noch verzwickter wäre es, wenn wir sie in feindlich gesonnenen Ländern einsetzen würden, von denen wir im Voraus wüssten, dass ihre Präsenz nicht willkommen ist.«

Nimec versuchte, sich nicht seine Freude darüber anmerken zu lassen, dass er schon zum zweiten Mal an diesem Tag eine – wenn auch mit Einschränkungen versehene – positive Antwort erhalten hatte, und zwar auf unerwartet einfache Weise.

»Ich kann Tom ja über Ihre Bedenken informieren, damit er sie in einem schriftlichen Vorschlag berücksichtigt«, sagte er.

Gordian zog das Waffelröllchen aus der Kaffeetasse und knabberte daran. »Das wäre ein sinnvoller Anfang.« Er wirkte glücklich, während er sein Plätzchen aß.

Nimec wollte gerade aufstehen, um den Raum zu verlassen, solange alles gut lief. Da hob Gordian eine Hand.

»Noch etwas.«

Nimec setzte sich wieder und wartete.

»Ich stimme mit Megan überein, dass Rollie Thibodeau dem Plan zustimmen muss, zumindest in der Theorie, bevor wir weiter daran arbeiten.«

Einen Augenblick lang dachte Nimec darüber nach. Dann nickte er. »Ich werde sie bitten, mit ihm zu reden.«

»Nein«, sagte Gordian.

Nimec blickte ihn an. »Wie bitte?«

Gordian schüttelte den Kopf. »*Sie* werden mit ihm reden.«

Nimec sah ihm weiterhin in die Augen. »Megan kommt

besser mit Rollie klar als ich, die beiden kennen sich schon ewig. Sie harmonieren gut miteinander.«

»Und aus genau diesem Grund werden Sie mit Rollie reden«, sagte Gordian, der das Waffelröllchen wieder in seinen Kaffee getunkt hatte. »Die Verstimmungen, die ich letzte Woche auf der Jacht miterleben musste, machen mir Sorgen. Wenn das so weitergeht, wird unsere Mannschaft in verschiedene Lager gespalten, und wenn das passiert, werden wir kein gut funktionierendes Team mehr sein. Denken Sie darüber nach, Pete. Damit muss Schluss sein.«

Nimec blies die Backen auf, atmete dann langsam wieder aus. »Dürfte ein interessantes Gespräch werden.«

Gordian lächelte. »Allerdings«, sagte er, bevor er den Rest seines heiß geliebten Waffelröllchens verzehrte.

6.

San José / San Diego, Kalifornien
4. November 2001

Es war doch jeden Tag dasselbe. Er musste sich durch den immer tiefer werdenden Sumpf von Papierkram hindurcharbeiten, zu beschließen versuchen, welche Entscheidungen zuerst gefällt werden mussten und welche auf später verschoben werden konnten. Überall auf seinem Schreibtisch lagen halb fertige Finanzberichte und Einsatzpläne, die danach schrien, dass er sich mit ihnen beschäftigte. Bewerbungsschreiben, Bewertungen des Personals und Anforderungsschreiben für Ausrüstungsgegenstände lagen auf der voll gestopften Ablage für die Eingänge und erinnerten an hilflose Menschen auf einem zusammenbrechenden Wolkenkratzer. Nur die daneben stehende Box für die Ausgänge war nicht überfüllt, und das war nun wirklich nicht gerade ermutigend. Der Kasten wirkte auf traurige Weise vernachlässigt, als würde er nur darauf warten, dass jemand etwas hineinsteckte.

Sechs Monate, nachdem er per Beförderung mit dem Posten betraut worden war, UpLinks globale Aktivitäten vor Ort aus dem Hauptquartier in San José zu überwachen, versuchte Rollie noch immer, sich auf die Führungsposition und die administrativen Aufgaben einzustellen, die bei einer so großen Organisation wie Sword anfielen.

Es war keineswegs so, dass er nichts von der Verantwortung gewusst hätte, die dieser Job mit sich brachte, als Megan Breen ihm die Stellung angeboten hatte. Ihm war auch klar gewesen, dass er hier sehr viel mehr Stunden in einem Bürosessel verbringen musste, als damals als Chef der Security auf dem Gelände der UpLink-Fabrik in Brasilien. Wenn man davon absah …

Verzweifelte Sorgenfalten furchten Thibodeaus Stirn.

Zu viel Sitzen ruiniert die Hose, dachte er. Das war ein altes Sprichwort aus den Sumpfgebieten von Louisiana, und Thibodeau erinnerte sich daran, dass seine Mutter ihn immer wieder damit nervte, wenn sie ihn dabei erwischt hatte, dass er sich vor der Hausarbeit drückte. Zu viel Sitzen ruiniert die Hose. Und man ruinierte seine Hose sehr schnell, wenn man zu viel auf dem Hintern saß und ehrenhafte Arbeit leistete. Aber vielleicht erfüllte sein Hintern noch am besten seinen Zweck, war er doch eins der wenigen Körperteile, die in Brasilien nicht von Kugeln durchbohrt worden waren.

Nicht, dass sich irgendjemand bisher auch nur ansatzweise über die Arbeit beschwert hätte, die er bis jetzt in seinem neuen Job geleistet hatte. Ganz im Gegenteil – Gordian, Nimec und Megan schienen damit zufrieden zu sein, wie er die Dinge handhabte. Seine Unzufriedenheit beruhte einzig und allein auf seinen eigenen Gefühlen.

»Was wirst du sagen, alter Junge?«, fragte er sich selbst laut. »Verdammt, was wirst du sagen?«

Achzelzuckend griff Thibodeau in seine Brusttasche. Wie so oft trug er – diese Vorliebe war auch anderen schon aufgefallen – das indigoblaue Hemd der Sword-Uniform, das normalerweise den aktiven Mitgliedern der Security zugedacht war, nicht aber Führungskräften im Büroturm von San José, wo Businessanzüge die Regeln waren. Er zog eine glänzende Montecristo No. 2 aus dem Lederetui in der Brusttasche, in dem zwei Zigarren Platz fanden. Es war eine der wenigen noch übrig gebliebenen Zigarren aus Cuiabá, die nur sehr schwer zu finden waren, und er hatte vorgehabt, sie heute Abend bei ein paar Drinks in seiner Stammtaverne zu genießen. Aber jetzt konnte er eine kleine Aufmunterung gebrauchen, und zwar verdammt gut.

Man hatte ihn auf einen der besten Posten bei Sword versetzt – tatsächlich war die Stellung eigens für ihn geschaffen worden. Durch die damit verbundene Gehaltserhöhung war er in eine Einkommensklasse katapultiert worden, die ihm vorher immer als unerreichbar erschienen war. Trotzdem konnte von einem Gefühl der Erfüllung oder Genugtuung keinerlei Rede sein, und genauso verhielt es sich mit der Zuversicht, dass er für diesen Posten geschaffen war. Musste er dabei nicht irgendwie aus seiner Haut schlüpfen?

Thibodeau schämte sich für seine Gefühle, weil er wusste, wie viel auf seinen Schultern lastete und wie viel Vertrauen Menschen in ihn setzten, die er respektierte und schätzte.

Und dann war da noch dieser Tom Ricci, einer der nervigsten und selbstsichersten Bastarde überhaupt, der ihn permanent unter Druck setzte. Thibodeau hasste es, den Job mit ihm teilen zu müssen, und das Ganze wurde noch dadurch verschlimmert, dass er sich über die Lage ärgerte, in die er Riccis wegen geraten war. Mit ihm stand oder fiel ein Vorhaben, das er schon energisch abgelehnt hatte, als es vorgeschlagen worden war. Noch immer hielt er dieses Vorhaben für hirnverbrannt, aber alle anderen, die bei der endgültigen Entscheidung ein Wort mitzureden hatten, hatten sich überzeugen lassen, dass die Sache einen Versuch wert war.

»Zuerst nur auf Versuchsbasis«, hatte Pete Nimec einschränkend gesagt, als er ihn eindringlich um seine Zustimmung bat. *»Alles wird permanent überwacht.«*

Während er Nimec zuhörte, fühlte Thibodeau sich zunehmend in die Enge getrieben, wenngleich Pete wiederholt versuchte, seine Bedenken zu zerstreuen. *Manchmal,* dachte er, *kann einen ein schlechter Zug die ganze Partie kosten.*

Jetzt schnitt er mit seinem Schweizer Armeemesser das Ende seiner Zigarre ab, ohne sich um den teueren Zigarrenabschneider mit der Doppelklinge zu kümmern, den sein Team in Brasilien ihm zum Abschied geschenkt hatte. Er lag in der hintersten Ecke einer Schreibtischschublade. Wegen der damit verbundenen Gefühle schätzte er das Geschenk sehr, aber andererseits war dieser Zigarrenabschneider viel zu extravagant, um ihm wirklich gefallen zu können.

Thibodeau riss ein Streichholz an und achtete sorgfältig darauf, die Montecristo am Rand der Flamme anzuzünden und sie in seiner Hand zu drehen, damit die Spitze gleichmäßig Feuer fing. Dann führte er sie zum Mund und begann zu rauchen.

Während er über seinen Schreibtisch auf den leeren Stuhl blickte, wo vor ein paar Minuten noch Nimec gesessen hatte, dachte Thibodeau erneut darüber nach, wie lässig Nimec ihm die Bälle zugespielt hatte. Das erinnerte ihn so an Megan, dass er sich fragte, ob sie Pete mit Ratschlägen geholfen hatte.

»Entweder gehen wir in dieser Angelegenheit gemeinsam vor, oder wir lassen es ganz bleiben«, hatte Nimec gesagt, nachdem er die Nachricht überbracht hatte, dass Gordian und die anderen für die Einrichtung einer schnellen Eingreiftruppe waren. »Bei einer so wichtigen Entscheidung brauchen wir Ihre Unterstützung.«

Thibodeau antwortete geradeheraus. »Sie kennen meine Meinung. Und gehen Sie nicht davon aus, dass ich Sie ändere, weil es dem Boss so gefällt.«

»Das verlangt niemand, Rollie. Ich bin gekommen, um zu sehen, ob ich Sie davon überzeugen kann, dieser Entscheidung zuzustimmen. Aber Sie sollen nicht unter Druck zustimmen.«

»Was ist mit Gordian?«

»Er teilt einige Ihrer Bedenken, speziell in der Frage, ob wir nicht die Gastfreundschaft der Länder überstrapazieren, in die wir eventuell Teams entsenden müssen. Über ein Jahr lang haben Sie in Brasilien mit der Regierung und den Behörden verhandelt …«

»Und ein paar Jahre davor habe ich ein einige Trips mit der Air Force gemacht, als Kommandeur eines Aufklärungstrupps in Vietnam«, unterbrach ihn Thibodeau. »Die Helikopter haben uns auf feindlichem Territorium abgesetzt, und wir haben zerstört, wonach wir gesucht hatten. Meine Einheit wusste, worauf es bei diesen Missionen ankam, und wir waren die Besten. Aber die größeren Operationen, von denen uns eine in den Krieg gestürzt hat, waren nicht so einfach, und wir wissen beide, welches Ende es genommen hat.« Er schnaubte angewidert. »Zumindest ich habe meine Lektion gelernt.«

Aber Nimec ließ sich nicht abschrecken. »Ich wollte nur sagen, dass wir hoffen, von Ihrer Erfahrung profitieren zu können, Rollie. Helfen Sie uns, die Umstände zu definieren, die den Einsatz einer schnellen Eingreiftruppe vor Ort rechtfertigen, und lassen Sie uns gemeinsam die Spielregeln und Einschränkungen formulieren, die die Truppe beachten müsste, um politische Komplikationen zu vermeiden. Arbeiten Sie einen umfassenden strategischen Rahmen für uns aus.«

Thibodeau schüttelte den Kopf. »Nehmen wir mal an, dass ich nicht dazu bereit bin. Was passiert dann?«

Nimec blickte ihm in die Augen. »Dann gehe ich sofort in Gordians Büro und teile ihm mit, dass der Plan eine Totgeburt ist. Ich habe ›gemeinsames Vorgehen‹ gesagt, und das war ernst gemeint.«

Thibodeau schwieg. Die Vernünftigkeit von Nimec' Argumenten war nur schwer in Frage zu stellen, aber er konnte der Versuchung nicht widerstehen, es trotzdem zu versuchen. »Und was für eine Rolle spielt Tom Ricci bei dem Plan? Was soll er tun, wenn ich die Strategie aushecke?«

Anscheinend war Nimec auf diese Frage vorbereitet gewesen. »Nach meinen Vorstellungen sollte Ricci sich auf taktische Fragen konzentrieren.«

»Taktische Fragen.«

»Und auf die Ausbildung der Leute«, fügte Nimec hinzu.

Thibodeau fragte sich, warum ihn das verletzte, aber er bemühte sich, es nicht zu zeigen.

»Haben Sie bereits mit ihm darüber gesprochen?«

»Nein, aber ...«

»Und woher wissen Sie dann, dass er es machen wird?«

»Meiner Ansicht nach wird er keine Einwände haben. Der konkrete Einsatz vor Ort – da kommen seine Talente am besten zum Zuge, da fühlt er sich am meisten zu Hause. Es wäre eine Art zweigleisiger Herangehensweise, und Megan und Sie würden eng zusammenarbeiten.« Einen Moment lang schwieg Nimec. »Ich weiß ja, dass Sie mit Ricci Ärger hatten, und im Augenblick scheint mir dies das ausgewogenste und effizienteste Arrangement zu sein.«

Erneutes Schweigen auf Seiten Thibodeaus. Wieder spürte er, dass er nach Gründen suchte, eine Kooperation abzulehnen.

Nimec beugte sich vor. Seine Hände lagen auf der Schreibtischplatte, und sein Blick war fest. »Kommen Sie, Rollie. Versuchen Sie es.«

Nachdem sich Thibodeau noch ein paar weitere Sekunden mit seiner Antwort Zeit gelassen hatte, seufzte er nachgiebig. »Machen Sie weiter, und sehen Sie es so, dass ich dabei bin. Aber ich habe meine Zweifel. Starke Zweifel.«

»Verstehe.«

Thibodeau schüttelte den Kopf. »Vielleicht, vielleicht auch nicht. Zwischen Ihnen und mir gibt's keine Probleme, aber ich will, dass meine Bedenken schriftlich festgehalten werden.«

Nimec reagierte mit einem eiligen Kopfnicken. »Ich werde sie in meinem Memorandum an Gordian wiedergeben und Ihnen eine Kopie zukommen lassen«, sagte er. »In Ordnung?«

Nach einem weiteren Augenblick des Zögerns stimmte Thibodeau zu. Das Gespräch endete im Großen und Ganzen mit einem Konsens. Doch das half ihm nicht, den inneren Konflikt zu lösen, den er zwar empfand, aber weiterhin nicht gänzlich verstand.

Er kehrte in die Gegenwart zurück und genoss den aromatischen Tabak, dessen milder Nachgeschmack auf der Zunge ihm behagte. Aber warum hatte das Rauchen diesmal nicht die gewohnte, beruhigende Wirkung? Warum verflogen mit den wohlriechenden Rauchwolken nicht auch seine Sorgen?

Thibodeau stemmte sich aus seinem Bürosessel hoch, weil er das plötzliche Bedürfnis empfand, hinter seinem Schreibtisch hervorzukommen. Bruchstücke seiner Unterhaltung mit Nimec wollten ihm nicht aus dem Kopf gehen, und das galt besonders für einen Satz, den er verzweifelt abzuschütteln suchte. Er wollte die chaotischen Ressentiments besänftigen, die wie Nebelwolken in seinem Inneren herumwirbelten, jetzt in seinem Magen anzuschwellen und Hitzestöße in seine Brust zu schicken schienen …

»Nach meinen Vorstellungen sollte Ricci sich auf taktische Fragen konzentrieren. Der konkrete Einsatz vor Ort – da kommen seine Talente am besten zum Zuge, da fühlt er sich am meisten zu Hause.«

Thibodeau schlenderte um seinen Schreibtisch herum und begann dann, mit hinter dem Rücken verschränkten Händen im Büro auf- und abzurasen, die Zigarre fest zwischen die Lippen gepresst, während der Rauch aus seinen Mundwinkeln quoll.

Dann blieb er abrupt stehen, weil er begriff, dass er auf den überquellenden Kasten für die Eingänge starrte.

Sein grimmiger Blick schien vor Zorn und Frustration zu brennen.

Ricci. Taktische Fragen. Der konkrete Einsatz vor Ort – da fühlt er sich am meisten zu Hause.

Mit einer plötzlichen, heftigen Handbewegung fegte er den Kasten vom Schreibtisch, der krachend gegen eine

Wand knallte. Der Fußboden war mit Papieren übersät. Thibodeau empfand das Bedürfnis, mit einem Riesenschritt auf den Kasten zuzugehen, ihn wie einen Fußball durch den Raum zu kicken, ihn zu zertreten … Und dann wollte er auf den Knien die auf dem Boden verstreuten Papiere zerfetzen, die kleinen Schnipsel in die Luft werfen, die dann wie Konfetti auf die Büromöbel niederrieseln würden …

Aber dann hatte er sich wieder im Griff. Die blinde Wut verflog, und er blickte auf die durcheinander liegenden Dokumente aus dem Eingangskasten, zugleich verwundert und entsetzt, kaum in der Lage, seinen Augen zu trauen.

Was hatte er getan?

Was in Gottes Namen stimmte nicht mit ihm?

Thibodeau stand da, als würde er auf eine Antwort warten.

Als er eine lange Weile vergeblich gewartet hatte, kniete er nieder und begann, die Papiere aufzusammeln.

In seinem marineblauen Blazer, dem olivfarbenen Golfhemd und der lässigen dunklen Khakihose hätte Enrique Quiros ein typischer Repräsentant einer bestimmten Art zeitgenössischer Führungskräfte sein können: Einer dieser Männer um die Dreißig mit dem Abschluss einer Elite-Universität, der vielleicht Gründer eines Internet-Unternehmens war. Sein welliges dunkles Haar war kurz geschnitten und ordentlich frisiert, und seine intelligenten Augen blickten durch eine leichte Schildpattbrille mit Drahtbügeln auf die Welt. Seine schlanke Figur verriet, dass er ein vorsichtiger Esser und passionierter Sportler war.

Er war tatsächlich Absolvent der Cornell Business School. An der Tür zu seinen Büroräumen im dritten Stock eines Gebäudes in der Innenstadt von San Diego stand in vielfarbigen Lettern ›Golden Triangle Services‹. Dieser Name sollte auf das Gebiet nordöstlich von La Jolla anspielen, wo Quiros' Geschäft zusammen mit vielen anderen jungen Hightech-Firmen der Stadt angesiedelt war.

Das Büro wirkte hell und offen mit seinen glatten Plexiglasflächen, dem beigefarbenen Teppichboden, einigen moderat abstrakten Drucken an den Wänden und der geräumigen Gesprächsecke, wo jetzt zwei Bodyguards auf einem hellgelben Ledersofa saßen. Sie wirkten seriös und höflich und betrachteten Quiros' Besucher eher aus den Augenwinkeln, so wie es vielleicht wilde Wölfe tun mochten, wenn sie Friedfertigkeit signalisieren wollten, ohne ihre Vorsicht aufzugeben. Die sanften, durch die verborgenen Waffen unter ihren Sportsakkos verursachten Wölbungen wären jedem durchschnittlichen Beobachter entgangen, aber Lathrop hatte sie sofort erkannt. Er war überhaupt nicht beunruhigt. Diese Pistolen waren nur für den Schutz von Quiros vorgesehen, und Lathrop hatte nicht vor, diesen zu bedrohen. Außerdem war er selber bewaffnet und zuversichtlich, dass er die beiden Männer – für den Fall, dass es ein Problem geben sollte – aus dem Verkehr ziehen konnte, bevor sie ihre Finger auch nur in die Nähe ihrer Knarren gebracht hatten.

»Ein hübsches neues Büro, Enrique«, sagte er, während er sich dem Schreibtisch näherte. »Offensichtlich sind Sie auf dem Weg nach oben.«

Quiros lächelte und zeigte auf den Stuhl vor dem Schreibtisch. »Die Wirtschaft steht unter Dampf«, antwortete er. »Wie viele andere versuche ich, allem immer einen Schritt voraus zu sein, wenn's geht auch zwei.«

Lathrop nahm Platz. Er konnte sich an eine Zeit erinnern, als Enriques Englisch noch jenen breiten Akzent gehabt hatte, den man auf der Halbinsel ›Spanglish‹ nannte. Aber damals hatte er seine Heimat noch nicht wegen der Schule verlassen, und sein Vater hatte noch gelebt und alle Unternehmungen geleitet. Jetzt klang Enriques Sprache wie die eines Nachrichtensprechers aus dem Fernsehen. Sie hatte die farblose Artikulation und den Tonfall jenes Idioms, das in College-Kursen ›General American Dialect‹ genannt wird und aus dem alle Spuren ethnischer und regionaler Zugehörigkeit ausgemerzt wurden – das Resultat einer höheren Bildung.

Quiros schüttelte seine Armbanduhr unter dem Ärmel

seines Jacketts hervor und überprüfte die Zeit. »Sie haben gerade im richtigen Augenblick angerufen, Lathrop«, sagte er. »Eine halbe Stunde später wäre ich wegen einer Verabredung bereits nicht mehr hier gewesen.«

»Es wird nicht lange dauern.«

»Ehrlich gesagt war ich überrascht, überhaupt von Ihnen zu hören. Weil Sie viel für die Salazars gearbeitet haben, hatte ich mich schon gefragt, ob Sie Ihre freiberufliche Tätigkeit zugunsten einer festen Anstellung aufgegeben hätten.«

Lathrop schüttelte den Kopf. »Freiberufliches Arbeiten ist angenehmer. Man spielt nach seinen eigenen Spielregeln und muss die Tage nicht rationieren, an denen man krankfeiert.«

Erneut lächelte Quiros. »Ich hätte gedacht, dass Lucio und seine Brüder das vielleicht etwas lockerer als Ihre früheren Chefs gesehen hätten.«

Lathrop zuckte die Achseln. »Das Leben wird verwirrend, wenn die Menschen über Dinge Bescheid zu wissen glauben, von denen sie keine Ahnung haben.«

Quiros blickte ihn an. »Was haben Sie mir anzubieten?« Damit war das neckische Geplänkel zu Ende.

»Informationen, die sehr viel wertvoller sind als jeder Preis, den ich in Dollar verlangen kann.«

Quiros' Blick wurde lebendig. »Wenn ich mich auf Ihre Korrektheit verlassen kann, dürfen Sie mit einer lukrativen Entlohnung rechnen.«

Lathrop nahm sich einen Augenblick Zeit, um sich die letzte Version seiner Geschichte noch einmal in Erinnerung zu rufen. Allmählich wurde es etwas kompliziert, und er musste aufpassen. Dann kam er direkt zur Sache: »Vor vier Tagen hat Ihr Neffe Felix mit seinen Freunden nachts eine Lieferung für die Salazars aus Mexiko abgefangen. Ich rede von sechzig Kilogramm, vielleicht sogar mehr, eine Riesenladung. Sie haben ein paar von Salazars Männern aus dem Verkehr gezogen und zwei kastriert, um ihm eine Botschaft zu übermitteln.«

Sofort hatte Quiros verneinend den Kopf zu schütteln

begonnen. »Sie müssen sich irren«, sagte er. »Früher hat Felix Ärger gemacht, aber zu so etwas ist er nicht fähig.«

Wieder zuckte Lathrop die Achseln. »Ich werde Ihnen erzählen, was passiert ist. Wenn Sie es nicht hören wollen, ist es mir auch recht.«

Einen Augenblick lang betrachtete Quiros ihn. Schließlich seufzte er. »Dann will ich es mir mal anhören.«

Lathrop hatte keine andere Antwort erwartet. »Seit Sie mit dem hohen Tier aus Südamerika Geschäfte machen, höre ich, wenn ich meine Quellen anzapfe, dass Felix agiert, als wäre er unberührbar. Als er einen Tipp bekam, dass etwas über die Grenze geschafft werden sollte, hat ihn das so aufgeputscht, dass er der Versuchung nicht widerstehen konnte, in den Vorgarten der Salazars zu pinkeln, um sein Territorium zu markieren.«

»Wollen Sie damit sagen, dass Felix die Sache auf eigene Faust und ohne meine Zustimmung durchgezogen hat, weil er wusste, dass ich gegen eine solche Aktion gewesen wäre?«

Lathrop nickte. »Damit Sie ihm nicht in die Quere kommen.«

Noch immer wollte Quiros es nicht wahrhaben. »Felix ist impulsiv und handelt manchmal nicht sehr clever, aber er hat genügend Grips, um sich darüber im Klaren zu sein, dass ich alles über den Diebstahl herausfinden würde. Seine Loyalität bezweifle ich nicht. Wenn Sie behaupten, dass er mir nichts erzählt hat, weil er den Profit für sich behalten will ...«

»Das habe ich nicht gesagt, Enrique. Vielleicht hat er vor, einen schnellen Reibach mit dem Stoff zu machen und Sie mit einem Überraschungs-Jackpot zu beeindrucken. Ich weiß nur, *dass* er dieses Ding gedreht hat, aber nicht, warum er es getan hat. Und ich bin nicht hier, um über seine Motive zu spekulieren oder mich in Ihre Familiengeschichten einzumischen.«

Quiros legte unglücklich die Stirn in Falten. »Okay.« Jetzt seufzte er noch länger als beim ersten Mal. »Was können Sie für mich tun?«

Lathrop bereitete sich darauf vor, den Betrug durchzuziehen, den Sack zuzumachen. »Wie ich bereits sagte – Felix hat alle am Tatort niedermachen lassen, aber nach dem, was ich so höre, hat einer von Salazars Männern noch lange genug gelebt, um auszuspucken, wer für das Ganze verantwortlich war.« Die Lüge kam Lathrop glaubwürdig über die Lippen. »Lucio macht Sie für die Geschichte verantwortlich. Er kann nicht glauben, dass Felix genug Mumm hat, so ein schweres Ding durchzuziehen, ohne dass Sie es befohlen oder ihm zumindest seinen Segen gegeben hätten.«

Quiros war sichtlich erregt und schwieg ungefähr eine volle Minute lang. Die gespreizten Finger seiner beiden Hände lagen vor ihm auf dem Schreibtisch, als würde er auf einem Klavier spielen, aber er übte so viel Druck aus, dass sich die Haut um seine Nägel herum weißlich verfärbt hatte.

Lathrop wartete ab – er war sicher, dass Enrique ihm seine Story abgekauft hatte, und sah förmlich, welche Frage sich in seinem Kopf zu bilden begann. Der Trick bestand jetzt darin, sich nicht anmerken zu lassen, dass er alles kommen sah.

»Ich würde gern herausfinden, wie Felix von der Lieferung erfahren hat«, sagte Enrique schließlich. Offensichtlich begriff er, dass er mit schrecklichen Gegenmaßnahmen Salazars rechnen musste, wenn dieser wirklich davon überzeugt sein sollte, dass er die Tat gebilligt hatte, und wenn er nicht schnell reagierte, um diesen Eindruck Salazars zu korrigieren. »Wissen Sie etwas darüber?«

Lathrop schüttelte überzeugend den Kopf und dachte an das Treffen, dass er mit Felix vereinbart hatte, um dafür zu sorgen, dass Enrique es *nie* erfahren würde. »Soll ich Nachforschungen anstellen?«, fragte er.

»Das wäre hilfreich.« Quiros blickte erneut auf die Uhr und stand dann abrupt auf. »Wir sollten jetzt für heute Schluss machen, ich muss gehen.«

Lathrops Kopf kippte etwas nach hinten, sein Kiefer entspannte sich, und er öffnete die Lippen, als wollte er die Luft schmecken. So aufgeregt Enrique noch vor einer Sekunde gewesen sein mochte, er hatte es geschafft, sich wieder in den Griff zu kriegen, zumindest äußerlich, und dafür musste Lathrop ihm Respekt zollen. Aber die Art und Weise, wie er fast aufgesprungen war, als er auf seine Uhr geblickt hatte, war sehr aufschlussreich gewesen. Wenn seine Verabredung so wichtig war, dass er dafür dieses Gespräch abbrach ... Nun, dann musste sie *sehr* wichtig sein.

Lathrop gab sich alle Mühe, kein bisschen neugierig zu wirken. Nachdem er Quiros versichert hatte, dass er sich wieder melden werde, wandte er sich um, ging an den beiden Bodyguards vorbei und verließ das Büro.

Was hier in der Luft lag, wollte er unbedingt herausfinden.

7.

Verschiedene Schauplätze
4. November 2001

Ganz gleich, ob er damit nun schlechter gefahren war oder nicht – Lathrops Wesen hatte es schon immer entsprochen, auf die dunkle Seite der Dinge zu blicken. Wahrscheinlich war er mit dieser Veranlagung geboren worden, dem Hang zur ›unerträglichen Düsterkeit‹ ... Wurde dieses Phänomen nicht in einer Erzählung von Poe so genannt? Schon immer hatte er den Zwang empfunden, den Teppich hochzuheben und zu sehen, was für geheime, unangenehme Sachen man darunter gekehrt hatte.

Während er zwischen den Joggern und Spaziergängern den Weg entlangschlenderte, der um das Karussell im Balboa-Park herumführte, erinnerte Lathrop sich an etwas, das ihm in einem Buch aufgefallen war. In seiner Freizeit verschlang er massenhaft Bücher, so wie andere Leute Kartoffelchips. Irgendwo hatte er nun gelesen, dass das französische Wort *carrousel* ›Turnier‹ oder, früher, ›Ringelspiel‹ bedeutete, das italienische *carasello* ›kleiner Krieg‹. Hier lag die Herkunft des englischen Wortes *carousel*, das aus der Zeit stammte, als eine aus Rittern und Söldnern aus ganz Europa zusammengewürfelte Armee sich zu einem Kreuzzug aufgemacht hatte, um durch reichlich Blutvergießen ihre Langeweile zu zerstreuen. Sie hatten erlebt, dass die osmanischen und türkischen Kavalleristen ihre Fertigkeiten mit der Lanze dadurch zu trainieren suchten, dass sie zu Pferde auf einen Baum zuritten, um ihren Speer durch einen Ring zu bohren, der von einem Ast herabbaumelte. Die emsigen europäischen Krieger brachten diese Idee nach Hause mit – zumindest die, die nicht abgeschlachtet worden waren, weil Alkohol und sonstige Ausschweifungen sie zu jeder Gegenwehr unfähig gemacht hatten. Doch daheim verwandelte sich der Baum in einen rotierenden Pfosten, und aus lebenden Pferden wurden Holztiere an Ketten. Aber der Zweck des ganzen Unsinns war immer noch eine militärische Übung.

Die Erfindung des Karussells verdankte sich also eigentlich dem Ziel, Soldaten in die Lage zu versetzen, ihre Gegner mit tödlicher Genauigkeit aufzuspießen. Lathrop wusste das schon seit seiner Grundschulzeit. Andere Kinder streckten die Hand nach dem Messingring aus, um eine freie Fahrt auf dem Karussell zu gewinnen, aber er hatte geglaubt, dass ihm irgendjemand den Ring in seine zarten, jungen Eingeweide bohren würde, wenn es ihm nicht gelang, ihn zu packen. Und mit allem anderen war es dasselbe. Wenn andere Kinder sahen, wie ihre Kätzchen mit den Tatzen quietschendes Gummispielzeug durch die Gegend wirbelten, dann glaubten sie, dass Minka, Tiger oder Weißpfote die cleversten und niedlichsten Talente der Baseball-Liga für Katzen waren. Lathrop hingegen holte sich ein Buch aus der Bibliothek und lernte, dass diese Bewegungen der Katzen Bestandteil ihres Jagd- und Killerinstinkts waren und dass wilde Katzen Fische aus einem Fluss zerrten, bevor sie sie fraßen.

Die Lektion, die er damals gelernt hatte, bestand darin,

dass immer alles auf dem Spiel stand, welches Spiel man auch spielen mochte. Bei genauerem Nachdenken war dies definitiv eine unschätzbar wichtige Einsicht gewesen, weil er ohne sie niemals immer mit heiler Haut davongekommen wäre.

Ah, die glorreichen alten Tage, als er noch verdeckter Ermittler war, auf der Suche nach heißem Stoff …

Jetzt blieb Lathrop am Rande des Wegs stehen. Von hier aus hatte er einen guten Blick auf das Karussell und brauchte deshalb nicht weiter darauf zuzugehen. Es war ein altmodisches, vielleicht ein Jahrhundert altes Karussell, komplett mit Leierkasten, mehreren Reihen alter Holztiere und Gondeln an der Außenseite. Obwohl heute ein Werktag war, hatte das warme, sonnige Wetter scharenweise Besucher in den Park gelockt, und das Karussell war voll besetzt.

Lathrop hatte sich gebückt und tat so, als würde er seinen Schnürsenkel zubinden. Dabei beobachtete er verstohlen durch seine Brille mit dem schwarzen Gestell das sich drehende Karussell. Einen Augenblick später drückte er mit einer Fingerspitze auf einen winzigen Knopf am Gelenk des linken Bügels des Brillengestells, und dann erschien auf dieser Seite in dem Brillenglas ein Fenster mit einem vergrößerten Ausschnitt der Wirklichkeit. Das Bild schien gut sechzig Zentimeter vor ihm zu schweben, aber tatsächlich wurde die AR-Wiedergabe auf die obere Hälfte seines Plastik-Brillenglases projiziert, und zwar durch die in dem Brillengestell verborgenen mikroelektromechanischen optischen Systeme.

Durch eine Drehung des Kontrollknopfes ließ sich das Bild in der Linse fokussieren, während die Ränder verschwammen.

»Profiler«, flüsterte Lathrop in ein kleines, in seinem Kragen verstecktes Mikrofon.

Dieser Sprachbefehl wurde durch ein dünnes, unter seiner Windjacke verborgenes Kabel an seinen – ebenfalls unsichtbar angebrachten – tragbaren Computer weitergegeben, dasselbe Gerät, das er in jener Nacht bei dem Vorfall am Tunnel an seinem Gürtel getragen hatte. Der Befehl startete eine Raubkopie von UpLink Internationals Programm zur Identifizierung von Gesichtern, das ihm Enrique Quiros verkauft hatte. Das konnte man wirklich eine faszinierende Drehung des Schicksalsrades nennen.

Während das Programm lief, wartete Lathrop. Er hatte eine verkleinerte Version des Programms installiert, die einen Suchindex für zehntausend Terroristen, Kriminelle und deren Verbündete enthielt. Die zwanzig ähnlichsten Gesichter würde er auf dem AR-Display sehen können. Auf seinem Desktop-Computer daheim hätte ihm die Vollversion des Programms mit seiner Vielzahl von Optionen wesentlich mehr Vergleiche angeboten, und Lathrop wusste, dass er auch durch seine kabellose Network-Verbindung Zugang zu den Ressourcen der Datenbank des Programms hatte. Aber bei einem Einsatz vor Ort war das eine zeitaufwendige Ablenkung von seinem eigentlichen Job. Die winzige Digitalkamera in dem Bügel zwischen den beiden Brillengläsern würde ein Bild der Zielperson aufnehmen, das er später nach Belieben überprüfen konnte.

Immer noch beobachte er das Auf und Ab des sich zu der Leierkastenmusik drehenden Karussells. Die meisten der jüngeren Kinder waren auf ihren Holztieren angeschnallt, aus denen die inneren Reihen des Karussells bestanden: gepunktete Schweine, Märchenfrösche und strahlend bunte Vögel mit langen, gebogenen Hälsen, die als fantasievoll abgeänderte Kraniche oder Strauße erscheinen mochten. Auf den großen Königspferden hinter den Gondeln saßen die älteren Brüder und Schwestern, und neben manchen standen die Eltern, um sie festzuhalten. Auf den restlichen bemalten Ponys hampelten leichtsinnige Teenager herum, und Lathrop erkannte sofort, dass sie bekifft waren.

Aber all das ging ihn nichts an.

Seiner Schätzung nach blieb ihm etwa eine Minute, in der er an seinen Turnschuhen herumnesteln konnte, ohne dabei Aufmerksamkeit erregen. Er konzentrierte sich auf die beiden Karussellfahrer, die in einer Gondel am Rand saßen und die man vielleicht für ein Liebespaar halten konnte. Doch Lathrop wusste, dass es sich hier nicht um ein zärtliches Intermezzo handelte.

Der Mann war Enrique Quiros. Die scharfe Blondine neben ihm kannte Lathrop nicht, aber er hatte in seinem Leben schon genügend Leute beschattet, um die Körpersprache von Zielpersonen interpretieren zu können. Er war sicher – was immer hier auch ablaufen mochte, es war rein geschäftlicher Natur.

Dieser Nachmittag versprach sehr viel interessanter zu werden, als er es je hatte voraussehen können.

Nachdem er das Gebäude in La Jolla verlassen hatte, in dem Quiros' Golden Triangle Services residierte, hatte Lathrop seinen Volvo aus dem Parkhaus um die Ecke geholt. Dann war er zu dem Bürogebäude zurückgefahren, um dort ein Stück die Straße hinab in der zweiten Reihe zu parken. Von hier aus hatte er einen guten Blick auf den Haupteingang. Von den Lieferanteneingängen und Notausgängen abgesehen, konnte man das Gebäude nur durch diese Tür betreten oder verlassen, und Quiros hatte keinen Grund, durch die Hintertür zu verschwinden.

Fünf Minuten später tauchte Quiros allein auf dem von Menschen überfüllten Bürgersteig auf. Er wandte sich – von Lathrop aus gesehen – in die entgegengesetzte Richtung und ging einen Häuserblock weit auf eines der Parkhäuser zu, die hier überall zu finden waren.

Lathrop folgte ihm und hielt in der Nähe des Parkhauses. Es dauerte nicht lange, bis Quiros in seiner Sonderanfertigung des Porsche Carrera 911 herauskam, dem Lieblingsauto aller protzsüchtigen, dreckigen Drogenhändler. Wahrscheinlich hatte er den Wächter des Parkhauses angerufen und ihm gesagt, dass er den Wagen startklar machen solle.

Lathrop ließ Quiros etwa zwei Autolängen Vorsprung und fädelte dann in den Verkehrsfluss ein. Der Porsche bog nach rechts auf die A Street ein, fuhr dann nach Norden auf die Twelfth Avenue und folgte ihr bis dahin, wo sie zum Park Boulevard wurde. Mit mäßiger Geschwindigkeit glitt der Wagen auf den Balboa Park zu. An der Kreuzung hinter der Überführung musste Quiros vor einer roten Ampel warten und bog dann nach links ab. Kurz darauf fuhr er rechts auf den Schotterparkplatz hinter dem Spanish Village Art Center.

Hier gab es jede Menge Parklücken. Lathrop parkte fünf oder sechs Stellplätze neben Quiros ein, zwischen einem Ford Excursion, in dem man einen ganzen Familienklan hätte unterbringen können, und einem nur geringfügig kleineren Minivan. Während er beobachtete, wie Quiros aus dem Porsche stieg und in nördlicher Richtung auf das Karussell und den Eingang des Zoos zuging, nahm er Jogging-Klamotten aus der Sporttasche, die auf dem Beifahrersitz lag, und zog sich um. Das Sakko, die Tuchhose und die Schuhe aus Korduanleder stopfte er anschließend in die Tasche.

Durch die getönten Fensterscheiben seines Autos und die großen, leeren Fahrzeuge daneben geschützt, glaubte Lathrop, dass niemand ihm zusehen konnte. Aber er bezweifelte, dass irgendjemand auch nur die Stirn gerunzelt hätte, falls er ihn beobachtete. In Autos konnte man seltsamere Sachen machen, als sich umzuziehen. Für jeden Neugierigen wäre er nur ein gestresster Mann gewesen, der sich von seinem Schreibtisch weggeschlichen hatte und jetzt bei diesem frühlingshaften Wetter die Arbeit schwänzte.

Während er Quiros im Auge behielt, strich Lathrop seine Haare zurück, um die schwarze Nike-Baseballkappe aufzusetzen, die auf dem Armaturenbrett lag. Seine erste Regel war, dass eine Baseballkappe ein perfekter Bestandteil einer Verkleidung war, aber nur dann, wenn nicht das Logo einer Mannschaft darauf prangte, das sich eventuell jemandem ins Gedächtnis einprägen konnte. Künstliche Bärte, Perücken, Gesichtsprothesen und ähnliche Hilfsmittel waren großartiges Zubehör seines Geschäfts, aber man brauchte Vorbereitungszeit, um sie effektiv einzusetzen, und genau die hatte er nicht gehabt.

Schnell setzte er die Spezialsonnenbrille auf und verband sie mit dem an seinem Gürtel befestigten Mikrocomputer.

Innerhalb weniger Minuten, nachdem Quiros seinen Porsche verlassen hatte, stieg auch Lathrop aus, um ihm zu dem Karussell zu folgen, wo die scharfe Blondine in der Nähe des Kartenschalters gewartet hatte.

Jetzt beobachtete er die beiden auf dem Karussell, die sich so schnell unterhielten, als müsste alles gesagt sein, wenn die fünfminütige Fahrt zu Ende war. Lathrop hoffte, dass er in der Lage sein würde, sich ihr Gespräch zusammenzureimen, wenn er später die Videoaufnahme ablaufen ließ und ein Computerprogramm einsetzte, das die Lippenbewegungen beim Sprechen erkannte. Die Software verfügte über eine kontextsensitive Funktion, um Lücken aufzufüllen, die dadurch entstanden, dass sich die Gesichter der Zielpersonen von der Digitalkamera abwandten oder dass durch die Drehung des Karussells das Bild verwischt wurde. In einem gewissen Ausmaß kam das Programm auch mit den Überlappungen zurecht, die dann entstehen, wenn bei einem Gespräch beide gleichzeitig reden.

Das Karussell drehte sich weiter, und das Profiler-Programm übermittelte ein Dutzend möglicher Treffer. Unter den Porträts der Kriminellen wurden ihr bekannter oder angenommener Name, Alter, Nationalität und die wichtigsten Vergehen aufgelistet.

Lathrop war etwas enttäuscht. Die Blondine hätte er gerne vor Ort identifiziert, aber es war eindeutig, dass sie nicht zu den Kriminellen gehörte, deren Bild auf dem Display aufgetaucht war. Dennoch war er entzückt, dass er Zeuge dieses netten kleinen Rendezvous gewesen war und genug Material aufgezeichnet hatte, das er später studieren konnte.

Weil er glaubte, allmählich lange genug an seinem Schnürsenkel herumgefummelt zu haben, richtete er sich auf. Außerdem würde das Karussell bald stehen bleiben, und möglicherweise würde Enrique in seine Richtung kommen. Vielleicht vermutete er nicht, dass er beschattet wurde, aber er war auch kein selbstvergessener Narr.

Als Lathrop gerade im Begriff war, den Weg hinabzugehen, bemerkte er etwas, dass es ihm das Risiko wert zu sein schien, noch ein paar Sekunden zu warten. Während der letzten langsamen Umdrehung des Karussells öffnete die Blondine ihre Handtasche, zog einen kleinen Gegenstand hervor und reichte ihn Enrique. Es war ein dunkles, glänzendes Kästchen, das Lathrop an die exklusiven Juwelierläden am Rodeo Drive denken ließ.

Er beobachtete die Szene mit gespannter Neugier. Die schnelle Übergabe ließ ihn jeden Gedanken daran vergessen, dass es sich um ein Geschenk zwischen Liebenden handelte. Nicht einmal besonders freundschaftlich hatte das Ganze gewirkt. Kein Lächeln, kein Kuss auf den Mund oder die Wange. Mehr noch – Enrique schien das Kästchen nur zögernd entgegengenommen zu haben, fast nervös. Jetzt stopfte er es in die Innentasche seines Sakkos, als wäre es extrem gefährlich, es zu berühren.

Lathrop hob das Kinn, öffnete die Lippen und sog die Luft ein. Diese Übergabe – das war der Grund des Treffens gewesen. Und er hatte den Augenblick auf der Speicherkarte seines tragbaren Computers festgehalten.

Hatte er?

Aufgeregt gab Lathrop dem Bedürfnis nach, das zu überprüfen.

»Profiler beenden, Video starten«, sagte er in sein Mikrofon, während die Gondel sich von ihm entfernte.

Nach zwei weiteren Sprachbefehlen lief die Szene auf dem Display in seinem Brillenglas ab.

Ein erregendes Gefühl schoss von seiner Wirbelsäule aus in seine Arme und Finger.

Seiner Meinung nach hätte er noch weiter in der Menschenmenge herumhängen und beobachten können, wohin Quiros und seine Begleiterin gingen, wenn sie von dem Karussell abgestiegen waren. Aber die Erfahrung riet ihm, dass es an der Zeit war, sich aus dem Staub zu machen. Außerdem war er sicher, dass sie sich trennen und verschiedene Wege einschlagen würden.

Enrique hatte das erhalten, weshalb er gekommen war.

Und Lathrop ebenfalls.

Mit dem Gedanken im Kopf, dass er über die Arbeit dieses Nachmittags nicht glücklicher hätte sein können, wandte er sich von dem Karussell ab und ging zum Parkplatz zurück.

»Three Dog Night. Jefferson Airplane. The Troggs«, las Ricci laut vor, über die Schildchen mit den Plattentiteln gebeugt. Er stand vor einer betagten Jukebox in Nimec' Billardraum. »Ich muss schon zugeben, Pete, du bist wirklich ...«

»... ›a wild thing‹?« Nimec schnippte mit den Fingern. »Groovy.«

»Das ist dasselbe Modell, das in der Billardhalle stand, in der ich den Sommer 1968 mit meinem Vater verbracht habe – eine Wurlitzer 2600.« Er tätschelte das Holzimitat der Seitenverkleidung der Jukebox. »Es sind auch dieselben Platten drin. Drei Hits für fünfundzwanzig Cents, zehn für fünfzig.«

Ricci blickte ihn an.

»Muss ein denkwürdiges Jahr gewesen sein.«

»Wir hatten eine Siegessträhne und zur Abwechslung mal das Gefühl, dass alles bestens lief«, sagte Nimec. »Pausenlos haben wir die Spielkugel an der richtigen Stelle getroffen. Meiner Ansicht nach hätte es keinerlei Rolle gespielt, wenn wir gefesselt gewesen wären oder Augenbinden getragen hätten. Und dieser Täuschung hatten sich diese Ganoven auch hingegeben, bevor wir ihre Hoffnungen zunichte gemacht haben. Glaub mir, dass waren verdammt abgebrühte, harte Hurensöhne.«

»Und weshalb haben sie sich gut benommen?«

»Weil mein Alter noch abgebrühter und härter war.«

Ricci nickte.

Nimec ging um die weiße, mit der Abbildung eines roten Coca-Cola-Deckels verzierte Bar herum, die oben von einer Chromleiste gesäumt war. Davor standen ein halbes Dutzend weiße Barhocker. Alles wirkte ein bisschen schmuddelig. Die Chromleiste war verkratzt und hatte stellenweise den Glanz verloren. Oben auf der Theke waren Brandspuren von Zigarettenkippen zu sehen. Durch einen Riss in der Sitzfläche eines Barhockers quoll etwas von der gelblichen Schaumgummipolsterung.

»Möchtest du was trinken?«, fragte Nimec, der hinter den Zapfhähnen stand. »Die Cola ist genau richtig, genügend Kohlensäure, nicht zu süß. Außerdem habe ich eiskalt vorgekühlte Becher. Du kannst aber auch ein Bier haben, falls dir das lieber sein sollte.«

Ricci setzte sich auf einen Barhocker. Die Luft roch nach abgestandenem Zigarettenrauch und billigem Eau de Cologne. »Lieber Cola«, antwortete er. »Wenn ich mal ein Glas Alkohol vor mir stehen habe, geht das immer so weiter, und drei Stunden später muss ich kämpfen, um aufzuhören. Das ist wie in dieser Erzählung in der Bibel, wo Christus in der Wüste mit dem Satan ringt.«

Nimec blickte ihn an. »Wenn man davon absieht, dass du nicht Jesus bist.«

Riccis Gesichtsausdruck war leicht amüsiert. »Die Wahrheit kann befreiend wirken.«

Nimec zapfte zwei Becher Cola, und aus den eiskalten Gläsern stiegen kleine Kondenswölkchen auf. Dann reichte er Nimec einen Becher.

Schweigend tranken sie. Ricci gab ein befriedigtes Ahhh von sich. »Gut«, sagte er. »Nicht zu viel Kohlensäure, nicht zu süß.«

Nimec lächelte.

Ricci kratzte mit dem Daumennagel einer Hand an der dünnen Eisschicht an der Außenseite des Bechers herum. »Erzählst du mir, warum du mich hierher eingeladen hast?«

Nimec nickte. »Dein Vorschlag hinsichtlich der schnellen Eingreiftruppe ist abgesegnet worden, aber zuerst einmal nur auf Versuchsbasis. Ich habe angenommen, dass dich das freuen würde, und ich wollte lieber persönlich als am Telefon gratulieren.«

Einen langen Augenblick sah Ricci ihn an. »Danke, Pete. Und nicht nur für die guten Wünsche.«

Nimec schüttelte den Kopf. »In dieser Angelegenheit verdiene ich keinen Dank. Es war deine Idee, und du hast Gordian und die anderen dafür erwärmt. Einige haben nur länger gebraucht, um sich überzeugen zu lassen.«

»Aber vielleicht hätten sie sich nicht überzeugen lassen, wenn du nicht Druck gemacht hättest.«

Nimec zuckte die Achseln und schwieg.

»Ist der aufgebrachte Thibodeau auch unter den Erleuchteten?«, fragte Ricci nach einem Augenblick.

»Um der Wahrheit die Ehre zu geben – begeistert ist er nicht gerade. Aber er ist bereit, dem Projekt eine faire Chance zu geben.«

»Ich hätte gar nicht gedacht, dass Fairness eine seiner starken Seiten ist.«

Nimec stellte seinen Becher ab und beugte sich etwas über die Bar. »Thibodeau ist etwas eigensinnig. Vielleicht macht er im Moment gerade eine schwierige Zeit durch – ich habe keine Ahnung. Aber er ist ein guter Mann und durch und durch aufrichtig.«

»Und?«

»Deine Bemerkungen auf der *Pomona* über die Umstände, unter denen er angeschossen wurde, waren ein Tiefschlag für ihn. Vielleicht hatte er es damals verdient, dass du ihm die Meinung gesagt hast, aber er hat in Brasilien nicht sorglos oder töricht gehandelt. Er hat sich heroisch und angemessen verhalten, viele Menschenleben gerettet und dabei fast sein eigenes aufs Spiel gesetzt. Hoffentlich erkennst du das an.«

Einen kurzen Augenblick lang schwieg Ricci. »Nehmen wir mal an, dass es so war«, sagte er. »Nehmen wir außerdem an, ich respektiere ihn deshalb. Bittest du mich darum, das außer dir noch jemandem einzugestehen?«

Nimec schüttelte den Kopf. »Mehr erwarte ich nicht.«

Sie tranken ihre Cola in dieser absichtlich schäbig gehaltenen Poolbillard-Halle, deren Einrichtung sich fünfunddreißig Jahre alten Erinnerungen und Eindrücken verdankte.

»Also – wann kann ich damit beginnen, die neue Abteilung einzurichten und mich um Bewerber zu kümmern?«, fragte Ricci nach einer Weile.

Nimec blickte auf die Uhr. »Jetzt haben wir Punkt drei Uhr. Ist fünf nach drei früh genug?«

Lächelnd hob Ricci seinen Becher. Das mittlerweile geschmolzene Eis hatte glänzende Tröpfchen hinterlassen. »Dann wollen wir mal mit dem Hintern hochkommen.«

Offiziell verdiente Felix Quiros seine Brötchen mit dem familieneigenen Schrottplatz, der am Stadtrand von San Diego beheimatet war. Aber sein eigentliches Einkommen verdankte sich dem Handel mit heißen amerikanischen Autos, die er über Mexiko in die ganze Welt verschob.

Diese Wagen wurden, manchmal am helllichten Tag, meistens aber nachts, von den Straßen oder aus Garagen gestohlen und direkt auf den riesigen Hof gefahren. Die gefragten Modelle wurden in lange Aluminium-Lastwagen verfrachtet, die sie an bestimmten Stellen illegal über die Grenze brachten. Die weniger begehrten Modelle wurden auseinander gebaut, das Diebesgut anschließend in Felix' Laden als Ersatzteile verhökert.

Während er in der Dunkelheit dieser kühlen, mondlosen Novembernacht zwischen den Reihen zusammengepresster Autorwracks entlangblickte, sah Lathrop eine dunkle Reihe von vielleicht fünf oder sechs Wagen durch den geöffneten Maschendrahtzaun verschwinden. Sie bewegten sich auf die Stelle zu, wo mit ausgefahrenen Rampen die Lastwagen warteten. Ein paar andere Fahrzeuge rollten über einen Kiesweg auf die Kräne, Transportbänder und Kompressionsmaschinen in der Recycling- und Abwrackzone zu.

Fast schien es, als würden die Autos hübsch ordentlich in eine Waschstraße gleiten.

»Also, wollen Sie mir nicht sagen, warum ich mir hier die Eier abfrieren soll, wo wir uns doch genauso gut drinnen im Warmen unterhalten könnten?«, fragte Felix, der mit Lathrop zwischen den ausgeschlachteten und zusammengepressten Autos stand. Wegen der Kälte hatte er seine Schultern mit den Händen umfasst und rieb sie. »Worum zum Teufel geht's?«

»Um ein Gespräch unter vier Augen.«

Mit dem Kopf wies Felix auf einen Wohnwagen am hinteren Ende des Platzes. »Das da hinten ist mein Privatbüro, *comprende*?«

Lathrop blickte ihn an. »Du hast ein loses Mundwerk, Freundchen«, sagte er. »Vielleicht solltest du mal darüber nachdenken, die Schule zu Ende zu bringen. Bei Enrique hat das wahre Wunder bewirkt. Wegen ihm bin ich übrigens auch hier.«

Felix machte einen unzulänglichen Versuch zu kaschieren, wie sehr das sein Interesse geweckt hatte. »Sie müssen nicht gleich unhöflich werden. Ich sage doch nur, dass wir beide Gentlemen sind und uns auch so verhalten sollten. Und was ist mit meinem Onkel?«

»Für dich ist hauptsächlich wichtig, dass ich ihn heute getroffen habe, und er hat erwähnt, dass er aufgebracht ist, weil du ohne seine Zustimmung Salazar attackiert hast.«

Felix' Pose gespielter Zurückweisung dieser Behauptung hätte direkt aus einem HipHop-Video von MTV stammen können: zurückgeworfener Kopf, vorgereckte Brust. »Wie will er herausgefunden haben, dass ich irgendetwas damit zu tun habe?«, fragte er. »Und warum hätte er mit *Ihnen* darüber reden wollen?«

Lathrop seufzte. »Okay, jetzt reicht's mit dem Unsinn, du Klugscheißer. Ich habe nicht gesagt, dass ich mich wegen dir mit ihm getroffen habe. Enrique hat eine Bemerkung fallen gelassen, und ich dachte, dass es dich vielleicht interessieren würde, worum es dabei ging. Ich habe nicht die geringste Ahnung, wer ihm den Tipp gegeben hat, dass du die Lieferung abgefangen hast. Vielleicht hast du dein großes Angebermaul in Gegenwart von jemandem aufgerissen, der noch eine größere Schnauze hat.«

Felix schüttelte energisch den Kopf. »Völlig unmöglich, absolut unmöglich«, erwiderte er. »Und nebenbei, wenn Enrique deshalb sauer ist, warum haben Sie dann kein gutes Wort für mich eingelegt? Schließlich haben Sie mir erzählt, wann Salazars Lieferung eintrifft, und behauptet, dass Enrique es mir nicht zutrauen würde, dass ich den Job erledigen kann. Sie haben mir doch geraten, die verdammte Sache erst mal geheim zu halten, bis die Ware abgesetzt ist. Dann sollte ich den Profit hinterher mit ihm teilen, damit er mich endlich *respektiert*. Das alles geht auf Ihre Kappe, Lathrop.«

»Das heißt noch lange nicht, dass ich dein Guru oder dein Rechtsanwalt bin. In Familienstreitigkeiten mische ich mich nicht ein. Ich habe dir vorher meinen Ratschlag gegeben, tue es auch jetzt. Und zwar ohne zusätzliche Kosten. Rede mit Enrique. Sag ihm die Wahrheit und mach ihm klar, dass du nicht vorhattest, ihm etwas zu verheimlichen. Vergiss einfach zu erwähnen, dass ich dich über die Lieferung informiert habe.«

Felix warf den Kopf zurück und trat schlecht gelaunt mit der Schuhspitze in den Dreck. »Vergessen«, murmelte er. »Und woher weiß ich, dass *Sie* mich nicht bei meinem Onkel verpfiffen haben?«

Erneut seufzte Lathrop lang auf. Dann blickte er sich schnell um, um sich zu vergewissern, dass niemand in der Schlucht zwischen den Schrottautos lauerte, in die er Felix gelockt hatte. Er wollte nicht, dass der Wohnwagen zu viel abbekam. Dort hätte er alle Spuren beseitigen müssen, bevor er sich wieder auf den Weg machte. »Du hättest besser zuhören sollen«, sagte Lathrop. »Ich habe dich davor gewarnt, weiter Unsinn zu reden.«

Plötzlich stand Felix reglos da. Er schluckte. Sein Gesichtsausdruck verriet, das ihm klar war, dass er das Maul diesmal zu weit aufgerissen hatte. »Was soll das heißen, Mann?«, fragte er.

In Lathrops Hand erschien wie aus dem Nichts die schallgedämpfte Glock 9mm. »Das heißt, dass du erledigt bist, Felix.«

Er hob die Waffe, drückte auf den Abzug und hatte Felix bereits zweimal mitten in die Stirn getroffen, bevor dieser wusste, wie ihm geschah.

Hier waren die Spuren einfach zu beseitigen. Nachdem Lathrop seine Handschuhe übergestreift hatte, ließ er die Leiche in einem Autowrack verschwinden, dessen Kofferraumhaube zwar rostig war, aber noch funktionierte. Es gelang ihm sogar, den Kofferraum wieder zu schließen.

Dann ging er zurück, um etwas Erde über die Blutflecken und die Splitter von Felix' Schädel zu streuen.

Lathrop war nicht übertrieben gründlich darum bemüht, alle Spuren restlos zu beseitigen. Es spielte keine Rolle, ob Felix' Leiche von irgendeinem von Quiros' Spitzeln entdeckt oder von hungrigen Nagetieren gefressen wurde. Zumindest solange ihm keiner etwas anhängen konnte.

Zehn Minuten später verließ er den Schrottplatz unbemerkt. Er hatte es eilig, nach Hause zu kommen. Wenngleich er sehr müde war, wollte er noch einen genaueren Blick auf die Videobilder werfen, die er von Onkel Enrique und der Blondine auf dem Karussell aufgenommen hatte.

Ganz davon zu schweigen, dass er vor dem Schlafengehen noch seine Katzen füttern und ihnen etwas Zärtlichkeit zukommen lassen musste. Schließlich waren die drei seit dem frühen Morgen allein.

8.

Verschiedene Schauplätze
6. November 2001

Margaret René Doucette lebte allein in einem dreigeschossigen, von ihren Vorfahren erbauten Stadthaus im Herzen von New Orleans, umsorgt von einer langjährigen Dienerin, einer Kreolin namens Elissa, die in der abgetrennten ehemaligen Sklavenunterkunft hinter dem Haus wohnte. Sie war von Margaret Renés Eltern eingestellt worden, als ihr einziges Kind erst neun oder zehn Jahre alt gewesen war, und blieb auch, nachdem Margaret René das Gebäude nach dem vorzeitigen Tod ihrer Eltern als Teil einer größeren Erbschaft zugefallen war.

Zur Zeit des Autounfalls ihrer Eltern im Jahr 1990 war Margaret René zweiunddreißig Jahre alt, frisch verheiratet und im dritten Monat schwanger gewesen. Ihr Mann hatte als Finanzberater in einer Maklerfirma für das Transportgewerbe gearbeitet. Obwohl sie und ihr Ehemann ein neues Anwesen am Fluss in Jefferson Parish erworben hatten, entschlossen sie sich, das Grundstück zu verkaufen und in die Vicus-Carré-Residenz zu ziehen.

Trotz ihrer Trauer fand Margaret René in dem Wissen Trost, dass ihre Familie sich in dem Haus wohl fühlen würde, das für sie mit so vielen Erinnerungen verbunden war. Noch immer schienen die Geister ihrer Vorfahren die hohen Schlafzimmer und Salons zu bewohnen, desgleichen den anmutigen Innenhof mit seinen Terrakottafliesen und den üppigen, tropischen Grünpflanzen, die sie mit einer heilenden und wohltuenden Wärme umgaben.

Aber seit diesen Tagen, die mittlerweile ein Jahrzehnt zurücklagen, waren die Hoffnungen auf eine innerliche Erneuerung, die Margaret René mit ihrer Trauer verknüpft hatte, verflogen, Stück für Stück, wie blutige Hautstreifen, die einem ein Folterer mit dem Messer vom Leibe zieht.

Ihr Sohn, nach seinem Vater auf den Namen Jean David getauft, hatte während der ersten sechs Monate seines Lebens den Eindruck eines normalen, wenn auch zu Koliken neigenden Kleinkinds gemacht. Doch bald hatten sich unheilvolle Krankheitssymptome eingestellt, die weitaus schlimmer als einfache Krämpfe waren. Das Kind hatte Schwierigkeiten mit dem Schlucken gehabt und häufig das Essen erbrochen. Dazu kamen Schwankungen der Körpertemperatur, die nicht gewöhnlichen Kinderkrankheiten zugeschrieben werden konnten. Als er zehn Monate alt war, fielen Margaret René seltsam ruckartige Bewegungen und der allmähliche Verlust zuvor erworbener körperlicher Fähigkeiten auf. Selbst wenn sich ihr Sohn an den Stangen seines Laufstalls festhielt, verlor er das Gleichgewicht, und er war nicht in der Lage, gerade auf einem Kinderstuhl zu sitzen. Die Spielsachen fielen ihm aus den Händen, und seine Finger umklammerten häufig seine Daumen wie bei einem gerade erst geborenen Kind. Die Faust war fest zusammengepresst, die Fingernägel bohrten sich ins Fleisch, bis sich die Haut verfärbte, und einmal entstand sogar eine ernsthafte Blutung.

Als Vorsichtsmaßnahme empfahl der Kinderarzt, eine Blutprobe zu nehmen, und schickte diese an ein Labor, das auf die Entdeckung lysosomaler Defekte spezialisiert war. Bis dahin war dieser medizinische Terminus Margaret René und ihrem Gatten unbekannt gewesen. Er bezeichnete – grob gesagt – eine Reihe von Defekten in einem Typus von Zellorganellen. Als den Ärzten in dem Labor ein fast völliger Mangel an Galaktocerebrosid-ß-Galaktosidase auffiel, einem Enzym, das für die Entwicklung des Gehirns und des Nervensystems von entscheidender Wichtigkeit ist, sandten sie die Probe für weitere Tests an ein medizinisches Institut nach Philadelphia. Noch beängstigender war, dass während der angespannten Wartezeit den Eltern gegenüber Termini wie *Leukodystrophie, DNA-Mutation* und *Myelinscheide* geäußert wurden. Während Margaret René sich angestrengt bemühte, ihre Bedeutung zu begreifen, hatte sie oft das Gefühl, den unverständlichen, gebetsmühlenhaften Beschwörungen von Voodoo-Priestern zu lauschen, die zur Zeit ihrer Kindheit angeblich noch durch die engen Straßen des Viertels gezogen waren.

Die endgültige Diagnose war verheerend: Jean David litt an *Leukodystrophia cerebri progressiva hereditatria*, einer angeborenen, progressiv fortschreitenden Erkrankung des Hirn- und Nervengewebes. Bei dieser seltenen, rezessiv vererbten Krankheit, dem so genannten Krabbe-Syndrom, müssen *beide* Elternteile diese Veranlagung in ihrer Erbsubstanz weitergegeben haben, also genoptypisch krank sein, ohne dass sie womöglich selbst Symptome aufweisen. Bei Jean David waren die Enzyme um die Nervenfasern herum zersetzt, wie bei einem Kabel, dessen Isolierung zerfressen ist, und die Nerven selbst degenerierten und starben dann ab. Zwar konnte man die Symptome der

Krankheit behandeln und ihren Verlauf verlangsamen, aber eine Heilung gab es nicht, auch kein Mittel, um ihr Fortschreiten zu verhindern – bei Kindern verlief sie praktisch immer tödlich. Ungewiss war einzig und allein die Länge des Leidens.

Für Jean David vollzog sich der Niedergang rasch. Als sich sein erster Geburtstag näherte – für die Eltern gesunder Kinder ein erfreulicher Tag –, führte ein Zusammenbruch des motorischen Systems zu Lähmung und fast völliger Erblindung. Wund gelegene Stellen öffneten sich bis auf den Knochen, und er hatte tagelang hohes Fieber und wurde mit jedem längeren Zwischenfall schwächer. Bald schon konnte er keine feste Nahrung mehr zu sich nehmen und musste durch intravenöse Infusionen ernährt werden.

Als die psychische Belastung für Margaret René immer größer wurde, versuchte sie, bei ihrem Mann Hilfe zu finden, aber dessen eigenes Leiden hatte ihn bereits selbst in den Abgrund zu ziehen begonnen. Er wurde immer wortkarger, trank immer mehr. Wegen beruflicher Probleme hatte man ihn in seinem Büro gegen seinen Willen gezwungen, Urlaub zu nehmen. Mitten in der Nacht stand er manchmal auf, um ohne Nachricht das Haus zu verlassen. Seine rätselhaften Ausflüge konnten ein paar Minuten, aber auch ein paar Stunden dauern. Manchmal blieb er bis nach Anbruch des Morgengrauens weg. Als er nach dem ersten Ausflug dieser Art wieder zu Hause war, sagte er, er sei lange mit dem Auto durch die Gegend gefahren, um wieder einen klaren Kopf zu kriegen. Danach gab er sich keine Mühe mehr, etwas zu erklären.

Margaret René dachte später, sie hätte darauf kommen müssen, dass er Affären hatte. Aber sie war in Gedanken völlig mit ihrem kranken Sohn beschäftigt gewesen. Sie wollte ihm sein Schicksal so weit wie möglich erleichtern, alles andere war ihr nebensächlich erschienen.

Schließlich zog sich Jean David eine ernsthafte Lungenentzündung zu, von der er sich aller Wahrscheinlichkeit nach nicht mehr erholen würde. Jetzt galten Margaret Renés Gebete nicht mehr einem Wunder, durch das Gott ihren Sohn verschonte. Mittlerweile flehte sie ihn nur noch darum an, dass er Jean Davids schwerer Prüfung ein Ende bereiten und ihn durch sein Mitleid erlösen möge.

Ihr Flehen wurde nicht erhört – Jean David musste noch wochenlang leiden.

Als er endlich starb, war er gerade sechzehn Monate alt.

Margaret Renés Ehe überdauerte den Tod ihres Sohnes nicht einmal um ein Jahr.

War es möglich, dass man wegen eines biologischen Defekts im eigenen Körper Scham empfand? Und dass dieses Schuldgefühl auf den Menschen übertragen wurde, mit dem man durch ein zufälliges Zusammentreffen genetischer Defekte einen der Verdammnis preisgegebenen, gequälten Sprössling gezeugt hatte? Margaret René wusste nicht, wie sie sich sonst den Groll und die Aversion erklären sollte, die ihr Mann ihr gegenüber mittlerweile an den Tag legte. Im Bett wandte er ihr den Rücken zu, den Besuch bei einer Eheberatung hatte er abgelehnt. In der aufgeheizten Atmosphäre eines Streits gab er zu, eine andere Frau kennen gelernt zu haben. Er erklärte, sie zu lieben, mit ihr einen neuen Anfang machen und sich scheiden lassen zu wollen.

Dann verließ er sie.

Das war mittlerweile zehn Jahre her.

Seit einem Jahrzehnt zog sich Margaret René in die Einsamkeit zurück. Elissa, mit ihren siebzig Jahren noch immer eine energische Frau, konservierte eine Atmosphäre altmodischer Eleganz. Sie kümmerte sich darum, dass die teueren Seidenbezüge und die Schoner auf den Sesseln und Sofas ordentlich und gepflegt waren, sie polierte die alten Rosenholzmöbel auf Hochglanz, sie staubte die Kristallkronleuchter, die Elfenbeinstatuetten und die alten Porzellannippsachen ab. Wenn erforderlich, wurde für Dienstleistungen und Reparaturen professionelle Hilfe bestellt. Aber für Margaret René war das Stadthaus zu einer kalten, traurigen Festung geworden. Nach der Rückkehr von den Trauerfeierlichkeiten anlässlich des Todes ihres Sohns hatte sie die Urne mit seinen sterblichen Überresten auf die Kaminverkleidung im großen Salon gestellt. Dann hatte sie den goldgerahmten Spiegel darüber mit einem schweren Tuch verhängt, weil sie ihr vom Schmerz gezeichnetes Antlitz nicht sehen wollte. Deshalb hing es heute noch dort. Jetzt schienen die Ölporträts ihrer Vorfahren, die sie einst getröstet hatten, ernst von den Wänden auf sie herabzublicken, während sie durch die stillen Räume und Korridore wanderte und an ihre vergiftete Hoffnung dachte, an die Liebe, von der nichts geblieben war.

Sehr selten nur trat Margaret René auf den Balkon, der auf die Royal Street ging. Dann lehnte sie sich auf das schmiedeeiserne Geländer, um die Einwohner der Stadt zu beobachten, sich ihre Gespräche vorzustellen und zu überlegen, wer von ihnen bereits die bitteren Lektionen des Lebens hatte lernen müssen und wem sie noch bevorstanden. Sie verließ das Haus kaum. Elissa hatte die Aufgabe, Lebensmittel zu bestellen und sich um ihre diversen Bedürfnisse zu kümmern.

Dennoch glaubte Margaret René nicht, völlig den Kontakt zur Welt verloren zu haben. Ihre Eltern hatten ihr den über Generationen angehäuften Reichtum vermacht, und für die Erbschaft musste gesorgt werden. Periodisch hatte sie weiterhin Kontakte zu Rechtsanwälten, Grundstücksmaklern, Investmentberatern und einigen anderen Menschen. Altes Geld war mit alten Geheimnissen verbunden, manchmal mit ziemlich dunklen. Das hatte Margaret René schon früh begriffen, genau wie ihre Eltern und Großeltern. Durch all die Jahre hindurch hatte sie sich mit Männern getroffen, die bestimmte Dinge arrangieren, gewisse Dienstleistungen übernehmen und bestimmte Bitten erfüllen konnten, die gewöhnliche Menschen vielleicht für illegal oder verboten halten mochten. *Leute, die einem das Leben erleichtern,* hatte ihr Vater diese hilfsbereiten Menschen genannt. Ihre Namen wurden weder öffentlich ausgesprochen noch jemals vergessen, und Margaret René hatte sorgfältig darauf geachtet, die Verbindungen zu ihnen nicht abreißen zu lassen, speziell zu einem von ihnen nicht.

Weil sie persönlichen Begegnungen lieber auswich und

sich bei Telefonaten unbehaglich fühlte, hatte sie sich einen PC gekauft, sich schnell den Umgang damit beigebracht und schon bald routiniert mit ihren Ansprechpartnern über das Internet kommuniziert. Spät nachts saß sie an ihrem Schreibtisch, um E-Mails zu lesen und zu beantworten, und wenn sie damit fertig war, blieb sie online, um sich einem anderen, zunehmend zeitaufwendigeren Projekt zu widmen.

Mit Hilfe ihres Browsers hatte sie ein umfängliches Verzeichnis von Websites erstellt, die sich mit genetisch bedingten Krankheiten befassten. Die meisten waren mit Hyperlinks zu verwandten Sachgebieten versehen, viele mit schwarzen Brettern und E-Mail-Adressen, durch die die Familien der Betroffenen Informationen teilen und auf der Grundlage ihrer persönlichen Erfahrungen Ratschläge geben konnten.

Neugierig durchsuchte Margaret René die Listen über Pflege und Behandlungen, experimentelle Therapien und Fortschritte in der Genomforschung, die eines Tages vielleicht zur Heilung führen konnten. Während sie diese Botschaften mit ihrem überwiegend schwärmerisch-optimistischen Inhalt las, hatte sie bald einen bitteren Geschmack im Mund.

Dann dachte sie an ihre eigene vergiftete Hoffnung.

Oder an ihre Liebe, von der nichts geblieben war.

Und so redete sie sich ein, dass Anteilnahme und guter Wille sie dazu motivierten, ihr Schweigen zu brechen und E-Mails an diejenigen zu schicken, die ihre Meinung nach durch falsche Ermutigung betrogen wurden.

Weil sie begriff, dass ihre Motive eventuell falsch interpretiert und vielleicht sogar feindselige Gefühle hervorrufen könnten, arrangierte sie ein Abkommen mit einem Verschlüsselungs-Remailer, der ihre Botschaften anonym versandte, ohne jegliche Daten, die die Empfänger benutzen konnten, um ihr zu antworten oder ihre Identität herauszufinden.

An die Mutter einer kleinen Tochter, die an *Leukodystrophia cerebri progressiva hereditatria* erkrankt war, schrieb sie etwa anlässlich einer beginnenden Behandlung mit einem Medikament, das noch im Experimentierstadium steckte: *Töten Sie das Kind jetzt. Ihr Zustand wird sich nie bessern.*

Den Eltern eines jungen Erwachsenen, die nach Spendern für eine – angeblich den Verlauf der Krankheit aufhaltende – Knochenmarkstransplantation suchten, weil ihr Sohn an einer verwandten neurologischen Funktionsstörung litt, teilte Margaret René mit: *Die Operation wird vergeblich sein. Ersparen Sie sich selbst unnötigen Schmerz und fügen Sie sich in das unausweichliche Schicksal.*

Und den Eltern eines Kindes im fortgeschrittenen Stadium einer weiteren Leukodystrophie-Variante riet sie: *Bereiten Sie sich auf das vor, was nach dem Tod Ihres Kindes auf sie zukommen wird. Sie haben gesehen, was mit der erschreckenden Frucht Ihrer Leidenschaft passiert ist, und sie wird einen Keil der Abscheu zwischen Sie treiben. Trennen Sie sich in aller Freundschaft, bevor der Glaube gebrochen ist.*

Einem Arzt, der schmerzlindernde Ratschläge anbot, schrieb sie: *Ihre Lügen sind durchschaubar. Sie sind ein dreckiger Vampir, der aus den Leiden anderer Kapital zu schlagen versucht.*

Zuerst schickte sie solche E-Mails nur hin und wieder ab und reservierte diese Beschäftigung für jene Nächte, in denen die Erinnerungen in ihr brodelten und sie keine Ruhe fand. Aber in den letzten Monaten war Margaret René zunehmend davon besessen gewesen. Sie schrieb bis in die frühen Morgenstunden, in einem Zustand, der fast an Trance grenzte. Erst wenn das helle Morgenlicht durch die Vorhänge fiel und durch die fächerförmigen Blätter der Samtpalme hinter ihr Schatten auf die Wand warf, ging sie ins Bett. Weil sie im Lauf der Zeit gemerkt hatte, dass sie immer weniger Schlaf benötigte, wachte sie bereits kurz vor Mittag wieder auf. Nachdem sie ein leichtes, von Elissa zubereitetes Frühstück zu sich genommen hatte, begann sich in ihrem Inneren schon wieder die Vorfreude auf die nächste Sitzung am Computer aufzubauen.

Margaret René hatte es sich zur Gewohnheit gemacht, nach Anbruch der Dunkelheit zuerst jene E-Mails zu studieren, die ihre finanziellen Angelegenheiten betrafen, und sie – falls nötig – zu beantworten. Dann stellte sie die Verbindung zu ihrem Versender anonymer Mails her und tippte die Nachrichten des ›Mitleids‹, die sie sich tagsüber ausgedacht hatte.

So sahen ihre Nächte aus – zumindest bis heute.

Was heute Nacht geschehen war, hatte alles geändert.

Mit offenem Mund starrte Margaret René auf den Computermonitor. Erst vor einigen Minuten hatte sie die gewohnte Kommunikation mit dem Server hinter sich gebracht, der ihre anonymen E-Mails versandte. Dann war ihr aufgefallen, dass eine verschlüsselte E-Mail eingetroffen war, und sie hatte die Augen vor Überraschung weit aufgerissen. Nur ein einziger Mensch kannte den digitalen Schlüsselcode, der es erlaubte, ihr über den Server eine Nachricht zu schicken. Er gehörte zu den *Leuten, die einem das Leben erleichtern,* und verfügte über konkurrenzlose Fähigkeiten. Schon ihr Vater und ihr früherer Mann hatten mit ihm in geschäftlichem Kontakt gestanden.

Mit vor Aufregung zitternden Fingern hatte sie den Text entschlüsselt.

Die E-Mail lautete schlicht und einfach:

WECKEN SIE DEN SLEEPER. GEBÜHR: 50 MILLIONEN. ANWEISUNGEN FOLGEN INNERHALB EINER WOCHE.

Margaret Renés Puls ging schneller. Etwa vor einem Jahr hatte ihr der Verfasser dieser E-Mail in einem Chatroom über eine verschlüsselte Verbindung eine Frage gestellt, auf die sie offen geantwortet hatte, wenngleich sie sie eher als hypothetisch interpretiert hatte.

Sie konnte sich genau daran erinnern.

»Was würden Sie darum geben, wenn alle Kinder mit Leukodystrophie schon im Mutterleib sterben würden?«

»Alles.«

»Und was wäre, wenn auch die Mütter dabei ums Leben kommen würden?«

»Das wäre die beste Lösung.«

»Und wenn es auch Ihren eigenen Tod bedeuten würde?«

»Noch besser.«

Das war's gewesen. Der Gesprächspartner hatte die virtuelle Verbindung abgebrochen, und für eine beträchtliche Weile hatte Margaret René nichts mehr von ihm gehört. Aber seine Fragen waren ihr immer wieder durch den Kopf gegangen. Was für Gründe hatte er gehabt? Wenngleich sie eine Erklärung sehr interessiert hätte, war sie klug genug, keine zu verlangen, weil sie wusste, dass er sie zu gegebener Zeit informieren würde.

Monate vergingen, bevor als Anhang einer E-Mail eine erstaunliche Information über das Sleeper-Projekt eintraf. Nachdem Margaret René den Text mit einer Mischung aus Eifer und Ungläubigkeit gelesen hatte, begriff sie zumindest, worauf der Absender bei dem vorigen Gedankenaustausch hinausgewollt hatte.

Was er seiner Behauptung nach bewerkstelligt hatte, schien jenseits aller Vorstellungskraft zu liegen, auch jenseits ihrer sehnsüchtigsten Hoffnungen.

Margaret René wurde angewiesen, eine zukünftige Mitteilung über das genaue Datum und die Bedingungen des Angebots abzuwarten und bis dahin jeden Kontakt zu vermeiden, damit die Offerte nicht hinfällig wurde. Irgendwie fand sie die Willensstärke, diesen Anweisungen zu gehorchen. Als aus Tagen Wochen wurden, ohne dass eine weitere Nachricht gefolgt wäre, war sie schon fast davon überzeugt, dass die Erfolgsmeldung voreilig gewesen war. Obgleich der Mann bei Diensten, die er ihrer Familie geleistet hatte, noch nie versagt hatte, begann sie sich zu fragen, ob er sich diesmal nicht vielleicht übernommen hatte.

Doch dann, heute Nacht …

Heute Nacht …

Ihr abgemagertes Gesicht wurde von dem geisterhaften Licht des Computermonitors beleuchtet, ihr Herz pochte. Und Margaret René fühlte sich, als würde sie an der Schwelle der Erfüllung eines Traums stehen.

Ja, in dieser Nacht hatte sich alles geändert.

Wecken Sie den Sleeper. Gebühr: 50 Millionen. Anweisungen folgen innerhalb einer Woche.

Der Verstand eines Arabers tendiert dazu, sich pragmatisch und konkret auszudrücken. Als Arif al-Ashar, der sudanesische Innenminister, auf seinem Computerbildschirm den Anhang der E-Mail las, kam ihm deshalb sofort das unzweideutige Sprichwort in den Sinn: »Bei allen wichtigen Dingen ist der Weg das Entscheidende.«

Sein Dilemma bestand darin, dass es für jeden der sich ihm bietenden Wege fabelhafte Gründe gab, als wären diese sämtlich mit Sterling-Silber gepflastert.

Auf welchem Weg sollte er also voranschreiten?

Seit Jahrzehnten schon war die in Khartum ansässige Regierung in einen Bürgerkrieg mit den Rebellen im Süden des Landes verstrickt. Deren Widerstand wurde durch Angehörige des Dinka-Stamms angeheizt, die sich als Schwarzafrikaner gegen die Scharia – des strengen islamischen Gesetzes – wehrten, welche nach der Revolution eingeführt worden war. Stattdessen klammerten sich diese Ungläubigen weiterhin an den barbarischen Geisterglauben ihrer Vorfahren oder waren Anhänger des Christentums, das Missionare in den vergangenen Jahrhunderten verbreitet hatten. Sie forderten eine weit gehende Autonomie oder gar die völlige Loslösung vom Sudan, je nachdem, welcher der vielen Splittergruppen man Gehör schenken wollte. Deren Forderungen schienen sich genauso häufig zu ändern wie die Besetzung des Postens des Rebellenführers.

So lange al-Ashar zurückdenken konnte, war die Situation völlig verfahren. Es hatte eine Zeit gegeben, als die Dinkas eine Allianz mit den Nuer gebildet hatten, einem Nachbarstamm, mit dem sie – wenn sie nicht gerade darum kämpften – das Weideland und die Wasserressourcen der Flussebenen am Weißen Nil teilten. Khartum hatte am Boden und in der Luft zu strengen militärischen Maßnahmen gegriffen, um die Aktivitäten der Guerilla zu unterdrücken. Somit war die Gegend für UN-Beobachter und Repräsentanten dieser so genannten humanitären Hilfsorganisationen nicht zugänglich, die ja alle nur Werkzeuge der amerikanischen CIA waren. Diese Menschen aus dem Westen waren aufgrund ihrer Unwissenheit, Überheblichkeit und Schwäche nur allzu schnell bereit, eine Nation zu verdammen, die nur auf ihrem Recht bestand, die innere Sicherheit zu schützen und eine kulturelle Säuberung durchzuführen, deren Resultat eine politisch geeinte Gesellschaft sein würde.

Tatsächlich hatte al-Ashar das Gefühl, dass seine Regierung den Aufständischen aus dem Süden gegenüber nachgiebiger gewesen war, als sie es ihres anarchistischen Verhaltens wegen verdient gehabt hätten. Wenn ganze Dörfer ausgemerzt wurden, deren Bewohner die Rebellen unterstützten, wurden Frauen, Kinder und ältere Menschen bei den Exekutionen verschont. Man ließ Gnade walten: Sie wurden aus ihren primitiven Strohhütten herausgezerrt, die sie *kashas* nannten, und in Umsiedlungslager geschickt, in denen man sich um ihr Wohl kümmerte. Die Jungen wurden in getrennte Einrichtungen gebracht. Sie wären mit Sicherheit durch Indoktrination in die Rebellenbanden getrieben worden, wenn sie den Lügen und verzerrenden Darstellungen von Familienmitgliedern ausgesetzt gewesen wären, die mit den Aufständischen sympathisierten. Diese jungen Männer – von den Anhängern der Rebellen, die nach Äthiopien, Eritrea oder Kenia geflohen waren, als Opfer von *Entführungen* oder *Kidnapping* bezeichnet –, erhielten dort angemessene arabische Namen und Unterricht über die heiligen Wege des Islam. Außerdem wurden sie zu loyalen Mitgliedern der Miliz erzogen, wenn sie das Alter erreicht hatten, in dem sie dienen konnten.

Trotz Khartums Bemühungen, Ordnung zu schaffen, leisteten die Rebellen Widerstand. Aber zwischen den Befehlshabern der Dinka und der Nuer war ein politischer Streit aufgeflammt, der die Sudanesische Volksbefreiungsarmee (SPLA) gespalten und geschwächt hatte. Alte Stammeskonflikte, bei denen es um Land und Wasser ging, waren wieder aufgelebt, und schon bald schossen die früheren Verbündeten mit ihren Kalaschnikows aufeinander. Daraus schlugen die Regierungstruppen Kapital, indem sie wichtige feindliche Städte einnahmen, wo die Truppen der Opposition in Auflösung begriffen waren. Während Dürre und Hunger auf dem Land die Rebellen weiter schwächten, war bei Sudans rechtmäßig regierender Nationalen Kongresspartei, deren Mitglied auch Arif al-Ashar war, Hoffnung aufgekeimt, den Widerstand der Aufständischen vielleicht endgültig brechen zu können. Um die internationalen Aufschreie der Entrüstung zum Verstummen zu bringen – Resultat der Propaganda von Dinka-Flüchtlingen, die mit leichtgläubigen Medienvertretern aus den Vereinigten Staaten und Europa gesprochen hatten –, hatte man im südlichen Teil des Landes den Abwurf von Wasser, Getreide und Medikamenten aus Flugzeugen gestattet.

Aber es gab noch einen zweiten, taktisch vorteilhaften Grund dafür, humanitäre Hilfsmaßnahmen zu genehmigen.

Das Nuba-Gebirge im Norden, das gleichfalls von der Dürre erfasst worden war, stellte schon seit Jahren für die Regierung ein gravierendes Problem dar. Auf den hohen Pässen hatten sich SPLA-Banden in kleinen Festungen in der Nähe abgelegener Dörfer verschanzt, die von Nubiern bewohnt wurden. Diese ethnische Gruppe hatte sich im Großen und Ganzen einer Beteiligung am Bürgerkrieg enthalten, weil sie das Unabhängigkeitsverlangen der Stämme aus dem Süden nicht teilte, aber auch mit dem islamischen Glauben der arabischen Bevölkerung nichts anzufangen wusste. Indem die Regierung zugelassen hatte, dass Lebensmittel und andere Hilfsgüter in die Ebenen gelangten, hatte sie darauf gesetzt, dass die Not leidenden Rebellen in den Bergen aus ihren Verstecken gelockt wurden, um ihre Vorräte aufzufüllen. Während die Nubier zwar keine militärische Bedrohung darstellten, waren ihre Ablehnung der Scharia und ihre rassische Verwandschaft mit den SPLA-Kämpfern doch wenig wünschenswerte Tatsachen und potenziell destabilisierend. Khartum hatte darauf gehofft, dass die Nubier ebenfalls in die Umsiedlungslager und die von der Regierung gehaltenen Städte gelockt werden würden.

Der Einsatz von Angriffshubschraubern und Militärrazzien hatten im Sinne der Regierung beachtliche Resultate hervorgebracht.

Aber dann hatte Allah gewollt, dass weitere Komplikationen auftraten.

Im Verlauf der letzten drei Jahre hatten eine Reihe von Treffen, die von den Stammesältesten der Dinka und Nuer initiiert worden waren, zu einer Versöhnung zwischen den verfeindeten Splittergruppen der Rebellen geführt. Zugleich hatten die Vereinigten Staaten und ihre Verbündeten in der UNO zunehmenden diplomatischen Druck auf Khartum ausgeübt – sowohl auf direktem Weg als auch durch arabisch-afrikanische Unterhändler –, um den Abwurf von Hilfsgütern im Nuba-Gebirge zu erreichen und ein Friedensabkommen mit den Aufständischen aus dem Süden zu vermitteln, deren Forderungen sie durch die Drohung mit Handelssanktionen unterstützten. Besonders Ägypten, das eine lange Grenze zum Sudan hat und dessen kommerzielle Schifffahrt und Landwirtschaft vom Wasser des durch beide Nationen fließenden Nils abhängig sind, war nicht erpicht darauf, dass der südliche Sudan zu einem nicht-arabischen, potenziell feindlichen, souveränen Staat wurde. Aber Ägypten konnte es auch nicht riskieren, die wirtschaftliche und militärische Unterstützung der Vereinigten Staaten zu verlieren. Folglich hatte Kairo ein Kompromissabkommen hinsichtlich des Bürgerkriegs im Sudan unterstützt.

Vom jahrzehntelangen Kampf und Naturkatastrophen zermürbt, konfrontiert mit einer erstarkten Rebellenbewegung, die den Kampf in einem Schwebezustand halten wollte, und geplagt von Rissen zwischen religiös orientierten Konservativen und eher säkularistisch ausgerichteten Reformern im eigenen Parlament, hatte die Regierung in Khartum vor den immer größeren Forderungen kapituliert und einen Friedensdialog mit den Aufständischen begonnen, an dessen Ende den südlichen Provinzen ein bis jetzt noch nicht näher bestimmtes Maß an Selbstbestimmung gewährt werden sollte.

Weil sie mit dieser Aktion der Regierung nicht glücklich waren, hatten Arif al-Ashar und eine kleine Gruppe anderer Konservativer beschlossen, heimlich nach einer zufrieden stellenderen Alternative zu suchen. Arif al-Ashar selbst hatte zu einem ihm seit langem bekannten Mann Kontakt aufgenommen, der Waffen vom Schwarzmarkt, technologische Ausrüstung und Personal für bestimmte Missionen besorgen konnte. Das Resultat war die Nachricht, die gerade auf seinem Computerbildschirm erschienen war.

Al-Ashar sah sich immer noch mit der Frage konfrontiert, welchen der verlockenden Wege er einschlagen sollte.

Ohne die offizielle Zustimmung der Regierung mussten die finanziellen Mittel für seine Unternehmung auf geheimen Wegen besorgt werden, und er konnte nur in Grenzen Gelder aus bestehenden Budgets abzweigen, weil das Ganze sonst aufgeflogen wäre. Die wohlhabenden Parlamentsmitglieder aus al-Ashars Verschwörergruppe innerhalb des Parlaments würden mit Sicherheit zusätzliches Geld spenden, aber der hohe Preis des Produkts blieb ein Problem, und es mussten schwere Entscheidungen getroffen werden.

Al-Ashar schnalzte mit der Zunge und beobachtete, wie der Dateianhang auf dem Computerbildschirm sich wieder auflöste. Ein einzelner Krankheitsauslöser, der die Dinka und die Nuer ausschalten konnte, ohne dass die Völker ganz Schwarzafrikas von einer Epidemie erfasst wurden, musste doch an ein nur diesen Stämmen eigenes Gen – oder einen Genstrang – gebunden sein, oder etwa nicht? Selbst wenn man davon ausging, dass ein Austausch solcher genetischen Merkmale erfolgt war, etwa durch Abstammung oder generationenlanges Zusammenleben auf engem Raum – die Heirat zwischen Mitgliedern verschiedener Stämme war aus traditionellen Gründen nicht die Regel. Die Anzahl von Individuen mit einem einzigen identischen genetischen Merkmal, die wahrscheinlich anfällig waren, war nicht so groß, wie al-Ashar es für wünschenswert hielt. Mindestens zwei Krankheitsauslöser – zu einem Preis von hundert Millionen Dollar – würden deshalb erforderlich sein, um befriedigende Resultate zu gewährleisten.

Aber was war, wenn nur einer der beiden Stämme, etwa die Dinkas, extrem infektionsgefährdet war? Al-Ashar runzelte nachdenklich die Stirn. Das könnte sich als der größte Vorteil herausstellen. Die Infektion würde trotzdem in beträchtlichem Maße um sich greifen und die Bevölkerungszahl dezimieren, während sie unter blutsverwandten Nuern beträchtliche Opfer fordern würde. Kurzfristig würde das die Auswirkungen des Abkommens lindern, das dem Süden volle oder zumindest teilweise Unabhängigkeit garantierte: Durch ihre Verluste würden die Überlebenden zu geschwächt sein, um noch eine machtvolle Bedrohung des Nordens darzustellen. Zugleich würde sich das Regime in Khartum der Welt von seiner gemäßigten Seite präsentieren, weil es seine Bereitschaft unter Beweis gestellt hatte, eine Lösung des Bürgerkriegsproblems durch Verhandlungen zu erreichen. Und solange die Krankheitsauslöser erhältlich waren, gab es die Option, die Nuer getrennt ins Visier zu nehmen.

Der dritte Weg, den al-Ashar sah, schien auf den ersten Blick weniger verheißungsvoll zu sein, aber er wollte ihm nicht spontan eine Absage erteilen. Wenn die Infektion unter den Nubiern ausbrach, wäre der Norden des Sudans in einem akzeptablen Ausmaß von ethnischer und kultureller Unreinheit befreit. Man könnte ausländische Hilfslieferungen für die schwer geprüfte Bergbevölkerung zulassen, um den neuen Sinn der Regierung für Wohltätigkeit zu demonstrieren und die Kritik zu entkräften, dass das Regime den Menschenrechten gegenüber gleichgültig sei. Im Verlauf der Gespräche mit dem Süden würde man den internationalen Vermittlern taktisch geschickt zu verstehen geben, dass eine einseitige Parteinahme für die Rebellen dazu führen könnte, dass die Hilfslieferungen wieder eingestellt werden müssten. Das Thema humanitäre Hilfe, mit dem der Westen Khartum politisch unter Druck gesetzt hatte, würde sich als zweischneidiges Schwert erweisen.

Die Stirn unter seiner weißen Kopfbedeckung – *emma* – in sorgenvolle Furchen gelegt, griff al-Ashar nach dem Becher mit einem Gewürztee namens *shai-saada,* der neben seinem Computer gestanden hatte. Mit geschlossenen Augen inhalierte er den aus dem Becher aufsteigenden Dampf, bevor er den ersten Schluck nahm. Er genoss die feuchte Wärme auf seinen Wangen, das Minze- und Gewürznelkenaroma, das angenehme Gefühl in den Nebenhöhlen.

Sicherheit gründet auf der Vorsicht, das Bedauern auf der Hast, dachte er. Ihm blieb Zeit, um mit seinen Brüdern im Ministerium zu sprechen und dann eine Entscheidung zu fällen.

Jetzt würde al-Ashar erst einmal das Gefühl genießen, dass ihm alle Möglichkeiten offen standen, silbern glänzende Wege, die zu bislang unbekannten, mit noch helleren Hoffnungen verbundenen Kreuzungen führten.

Wer immer ihn auch auf seinem Weg leiten mochte, es würde eine denkwürdige Reise werden.

9.

Codename des Landes: Cape Green
6. November 2001

Vor fünf Tagen war er in das Hotel eingezogen, und er würde vielleicht noch zwei weitere Tage bleiben müssen, bevor das Diamanten-gegen-Waffen-Geschäft über die Bühne gegangen war. In diesem Teil der Welt war das Feilschen gleichsam eine Freizeitaktivität, und gewöhnliche, einfache Arrangements waren mit unnötigen und endlosen Komplikationen verbunden. Aber es war ein Vermögen in Form von wertvollen Steinen zu machen, und er erledigte stets jeden Auftrag, den er übernommen hatte.

Außerdem konnte er nicht behaupten, dass er nicht gewusst hätte, was ihn hier erwartete.

Antoine Obeng, sein Geschäftspartner, war ein Krimineller, ein Warlord der Rebellen, der sich durch arglistige Manipulationen einen offiziellen Regierungsposten verschafft hatte, nachdem die durch den Bürgerkrieg entstandenen Risse notdürftig gekittet worden waren. Jetzt war er Polizeichef in der Hauptstadt des Landes, ein Titel, der seinem Ego schmeichelte und seine Macht legitimierte, die ihm über alles ging. Aber hinter den Kulissen war er weiterhin der Führer der illegalen Milizen, die nach Belieben durch die Stadt streiften und mit Waffengewalt die unschätzbar wertvollen Diamantminen auf dem Land unter ihrer Kontrolle hielten.

Es war eine lange Geschichte, wie Obeng überlebt hatte in diesem Land, in dem die politische Macht oft und unter Blutvergießen in andere Hände überging und in dem der Tod durch ein Attentat das Schicksal der meisten miteinander konkurrierenden Warlords war.

Trotzdem hatten nur der Komfort des erstklassigen Hotels und der außergewöhnliche Service für Reisende, die in diplomatischer oder geschäftlicher Mission unterwegs waren, den Ärger des Fremden über die unendlichen Verwicklungen bei dem Geschäft in Schach gehalten.

Als Mann, der selbst auf strenge Disziplin hielt, bevorzugte er feste Gewohnheiten. Seit er in diesem Hotel eingezogen war, ging er jeden Morgen um sechs Uhr im Hallenbad schwimmen. Um diese Zeit hatte er die besten Chancen, im Schwimmband allein zu sein. Außerdem war dies die einzige Zeit, wo er sich nach etwas Einsamkeit sehnte und sich ohne Bodyguard wohl fühlte.

Nachdem er mit dem Lift in den Erholungsbereich im zwölften Stock hinaufgefahren war, zog er sich in dem Umkleideraum zwischen der Sporthalle und dem Solarium seine Badehose an, um zu duschen und dann durch einen kurzen Verbindungsgang in das Schwimmbad mit den Glaswänden zu gehen. Dort schwamm er für genau eine Stunde seine Bahnen.

Am ersten Tag hatte ein geschwätziger niederländischer Banker seine Ruhe gestört und ihn gefragt, ob er nicht nach dem Schwimmen mit ihm im Restaurant des Hotels frühstücken wolle. Weil er den Umgang mit Fremden scheute, hatte er die Einladung kurz und bündig abgelehnt und den Mann dann so lange ignoriert, bis er sich zurückzog.

Während der folgenden drei Tage hatte er den Pool für sich gehabt, ohne dass ihn jemand gestört hätte.

Doch heute hatte er im Umkleideraum erneut unerwünschte Bekanntschaften gemacht.

Aus Gewohnheit wachsam, hatte er seinen Blick über die beiden Männer schweifen lassen. Sie waren sportlich und Mitte dreißig. Einer war blond, der andere braunhaarig. Beide trugen Sportkleidung und unterhielten sich in amerikanischem Englisch mit der Vertrautheit enger Freunde oder Kollegen. Das Haar des Blonden wirkte zerzaust, und er war unrasiert. Er hängte gerade seine Straßenkleidung ordentlich in den Schrank, und sein Begleiter zog Gegenstände aus einer Sporttasche. Neben ihm auf der Bank lagen ein zusammengefaltetes Handtuch und eine Wasserflasche.

Auf den ersten Blick wirkten sie wie Männer, die auf einer als Geschäftsreise deklarierten Vergnügungstour unterwegs waren. Folglich interessierten sie ihn nicht besonders, wenn man davon absah, das sie ihn in jenen Räumen störten, die er mittlerweile als seine Privatgemächer ansah.

Aber er vertraute seiner eher unbewussten, gleichsam instinktiven Wahrnehmung der Umgebung. Und hier lag irgendetwas in der Luft, das ihm riet, wachsam zu sein.

Während er im Türrahmen stand, nickten ihm die beiden Männer höflich zu. Ohne ihren Gruß zu erwidern, ging er zu dem nächsten freien Spind neben der Tür, wobei er mit einem Ohr ihrem Gespräch lauschte.

»Mein Gott, diese Taxis hier ... Auf dem Weg vom Flugplatz habe ich etliche blaue Flecken davongetragen. Außerdem sind wir zweimal nur knapp einem Unfall entkommen«, sagte der Mann, der sich seit vierundzwanzig Stunden nicht mehr rasiert hatte. Er gähnte. »Ich habe schon geglaubt, ich komme nie mehr zu der Konferenz.«

Der Mann auf der Bank wirkte amüsiert. »Sie hätten meinen Rat befolgen und ein Taxi mit einem *Taxameter* nehmen sollen. Die Fahrer müssen eine Lizenz besitzen und sich ausweisen können.«

»Als ob das etwas nützen würde. Oder glauben Sie wirklich, dass die Versicherungsgesellschaften hier zahlen? Wenn wir mal davon ausgehen, dass es überhaupt Versicherungsgesellschaften *gibt*.«

»Vielleicht nicht, aber dann wissen Sie wenigsten, wen Sie beschimpfen müssen, weil er Sie in einen Gipsverband gesteckt hat.«

Der unrasierte Mann grinste und griff in den Schrank, um seine Hose auf dem Bügel zu richten. Der andere machte sich wieder an seiner Tasche zu schaffen.

Ohne einen weiteren Augenblick verstreichen zu lassen, ließ der einsame morgendliche Schwimmer plötzlich von seinem Schrank ab und schlenderte hinaus.

Die beiden Männer wechselten einen Blick.

Der Mann auf der Bank zog eine 22er-N.A.A.-Black-Widow aus seiner Sporttasche, sprang auf und steckte den fünfschüssigen Minirevolver in den Hosenbund unter seinem Sweatshirt.

Im gleichen Moment drehte sich der Stoppelbärtige vor dem Schrank um, wobei er die Tür weit offen ließ. Aus der Tasche seiner Hose hatte er eine in einem Holster steckende halbautomatische Beretta-950-Bs hervorgezogen, seine Lieblingswaffe. Er stopfte das Holster in die Tasche seiner weit geschnittenen Trainingshose.

Die beiden Männer eilten zur Tür und verlangsamten dann im Gang ihren Schritt, wobei sie nach links und rechts blickten.

Keiner sah auch nur irgendeine Spur von dem Schwimmer.

Sie trennten sich, gingen in entgegengesetzte Richtungen. Beide mussten sich beherrschen, sich nicht zu schnell zu bewegen. Wenn der Schwimmer aus einem Grund kehrtgemacht hatte, der nichts mit ihrer Anwesenheit zu tun hatte – und beide hofften, dass das der Fall war –, machte es keinen Sinn, jetzt seinen Verdacht zu erregen.

Als sie die drei Aufzüge erreicht hatten, blickte der Braunhaarige auf die Anzeigen über den Türen, die verrieten, wo sich die Lifts gerade befanden. Die Zahlen über dem ersten und dem letzten Lift waren dunkel. Der zweite Aufzug fuhr nach unten, und die ›11‹ und der Abwärts-Pfeil leuchteten. Per Knopfdruck überprüfte er, ob die Kabinen der anderen Lifte nicht noch in ihrem Stockwerk waren – vielleicht hatte sich der Schwimmer ja darin versteckt, um seinen Verfolgern zu entgehen und ihnen zu suggerieren, dass er einen anderen Lift genommen hatte, damit sie ihm über die Treppen nachjagten, während er an Ort und Stelle blieb.

Aber sie hatten kein Glück.

Beide Aufzüge kamen aus der Hotelhalle im Erdgeschoss nach oben, offensichtlich ohne Fahrgäste.

Erneut richtete der Mann seinen Blick auf die Anzeige über dem mittleren Lift.

Jetzt war die ›8‹ erleuchtet.

›7‹, ›6‹, ›5‹ …

Der Aufzug hielt im vierten Stock, und das Licht erlosch.

Stirnrunzelnd blickte der Mann seinen Partner an. Dann schüttelte er den Kopf.

»Scheiße«, murmelte er.

Die Wildkatze hatte sich in ihre Höhle zurückgezogen.

»Ich sehe nicht, was wir falsch gemacht haben sollen«, erklärte der blonde Mann über sein Funkgerät. »In einem Augenblick kommt er durch die Tür spaziert, geht zu seinem Schrank im Umkleideraum, und dann ist er auch schon wieder verschwunden. Herein, heraus …«

»Machen Sie sich nichts draus«, sagte Tom Ricci in sein Headset. Er hatte das Geplauder über die im Umkleideraum installierten Abhörmikrofone mitgehört. *Sie hatten eine wasserdichte Tarnung, der Plan war einfach, und trotzdem hat es nicht geklappt*, dachte Ricci.

Eine Zeit lang schwieg der Mann am Funkgerät. »Wie sollen wir jetzt vorgehen?«, fragte er dann.

Ricci atmete tief durch. Zusammen mit zwei Abhörtechnikern namens Gallagher und Thompson befand er sich in einem Hotel auf der anderen Straßenseite in einem hastig angemieteten Büro, das während der letzten paar Tage als Überwachungszentrale gedient hatte.

»Bleiben Sie in dem Hotel«, sagte er. »Sie hören von mir.«

Erneut Schweigen am anderen Ende. Der Blonde hatte begriffen, was Riccis Befehl bedeutete. Für ihn und seinen Kumpel war der Job beendet. Mit dem weiteren Verlauf der Aktion würden sie nichts mehr zu tun haben, und man würde sie bald aus der schnellen Eingreiftruppe entfernen. *Auf Wiedersehen, passen Sie gut auf sich auf, man sieht sich.*

»Okay«, antwortete er. Sein Bedauern und seine Enttäuschung waren offenkundig, trotz des digitalen Zerhackungsprozesses, der der menschlichen Stimme so viel von ihrem Klang raubt.

Ricci unterbrach die Verbindung und gab Thompson das Headset zurück. Er stand den beiden, die die Zielperson festnehmen sollten, durchaus nicht ohne Mitgefühl gegenüber, aber ihre verletzten Gefühle gehörten keinesfalls zu seinen vorrangigsten Sorgen. Wegen der verpatzten Chance würden die Dinge für ihn und den Rest der Taskforce sehr viel komplizierter werden.

Fast von dem Augenblick an, als der Terrorist in diesem Land eingetroffen war, hatten sie *Le Chat Sauvage* permanent überwacht. Ein Spitzel aus Antoine Obengs engstem Kreis von Vertrauten hatte einen verlässlichen Tipp gegeben. Im Prinzip glich der Plan der Vorgehensweise des Mossad, als dieser Adolf Eichmann vor einem halben Jahrhundert aus seinem vermeintlich sicheren Exil in Argentinien entführt hatte: Unkomplizierte Planung und Durchführung hatten den Erfolg des israelischen Geheimdienstes garantiert. Ein kleines Team observiert jede Bewegung der Zielperson, überwältigt sie, wenn sich eine gute Gelegenheit ergibt, bringt sie dann außer Landes.

Keine Zeugen, kein Wirbel, kein Durcheinander.

Allerdings gab es einige schwer wiegende Unterschiede zwischen den Szenarien der Gegenwart und denen der Vergangenheit. Die israelischen Agenten hatten ihre Zielperson monatelang ohne Intervention durch argentinische Offizielle beschattet, die ihrer Regierung wohlwollend gegenüberstanden. Sie waren sich der Aktivitäten in ihrem Land bewusst gewesen und hatten sie mit einer Art passiver Duldung hingenommen. Im Gegensatz dazu konnte Riccis Team nicht in einem so gemäßigten politischen Klima agieren, und dennoch musste die kurzfristig geplante Mission durchgeführt worden. Die schnelle Eingreiftruppe war personell unterbesetzt und verfügte nicht über die notwendigen Ressourcen. Außerdem musste sie in einem Land agieren, das prekäre diplomatische Beziehungen zu den Vereinigten Staaten hatte und erst kürzlich von der Liste des Außenministeriums gestrichen worden war, auf der Staaten verzeichnet waren, die Terroristen unterstützten. Der Polizeichef der Hauptstadt war ein betrügerischer, korrupter Hurensohn, der bei seiner schamlosen Machtausübung mit Banden Khat kauender Diebe und Plünderer unter einer Decke steckte. Am wichtigsten aber war, dass die Wildkatze auf seine persönliche Einladung in der Stadt weilte und Protektion durch die Polizei und die kriminellen Milizen genoss, die Obeng mit derselben Unverfrorenheit kommandierte.

Für Ricci und seine Männer war dies eine schwierige und potenziell gefährliche Situation. Wenn sie in die Klemme gerieten, würde sie keine Institution der Vereinigten Staaten aus dieser Situation retten. Sie waren ganz und gar auf sich allein gestellt.

Du hast es so gewollt, dachte er, *jetzt hast du den Salat.*

Thompson hatte sich von seinem Multifunktions-Transmitter abgewendet und blickte Ricci an. »Und jetzt?«, fragte er.

Ricci lehnte sich zurück. Die Antwort auf diese Frage

hing von seiner Einschätzung ab, ob und was für einen Verdacht die Wildkatze geschöpft hatte, des Weiteren davon, wie stark dieser Verdacht ausgeprägt sein mochte. Und das bedeutete, dass er in die Haut eines mordenden Söldners und international gesuchten Flüchtigen schlüpfen musste. Unheimlich war, dass ihm das leicht fiel. So leicht, dass er fast nicht mehr nützlich gewesen war, als er als verdeckter Ermittler für die Polizei von Boston gearbeitet hatte. So leicht, dass er schließlich aus psychologischen Gründen um seine Entlassung aus der Spezialeinheit gebeten hatte.

Und jetzt war er in einer ähnlichen Lage, in einer dieser Situationen, in die er nicht mehr hatte hineingeraten wollen. Er konnte sich in seinen Feind hineinversetzen, die Welt gleichsam mit seinen Augen sehen, in seine Haut kriechen. Es war eine natürliche Neigung, ein müheloses Eintauchen in die Dunkelheit seines eigenen Inneren.

Also: Wenn er die Wildkatze wäre, wie würde er sich verhalten?

Wenn es bei der Plauderei in dem Unkleideraum um das Wetter oder das Essen im Hotel gegangen wäre, wenn die beiden Männer über Vaterschaft, Hausreparaturen oder Termine geredet hätten, über *gewöhnliche* Themen, hätte eine Chance bestanden, dass die Wildkatze ihrem Gespräch kaum Aufmerksamkeit geschenkt hätte und dass sie in der Lage gewesen wären, ihren Job zu erledigen, während er sich aufs Schwimmen vorbereitete. Stattdessen hatten sie sich über die hiesigen Taxis unterhalten, und das war selbst Ricci nicht als überzeugend erschienen. Ein Amerikaner, der wegen einer geschäftlichen Konferenz in dieses Land reiste und in einem teuren First-Class-Hotel wohnte, war für seinen Arbeitgeber kein kleiner Fisch. Deshalb war es viel wahrscheinlicher, dass er aus Höflichkeit mit einem Wagen abgeholt wurde und von dem Fahrer, der in Diensten der Gastgeber seiner Firma stand, wie eine königliche Hoheit behandelt wurde.

Nun gut. Die beiden Männer hatten bei ihrem Smalltalk einen falschen Ton angeschlagen, und ihre Beute hatte das bemerkt. Aber nicht alle Gastgeber waren gleichermaßen gastfreundlich. Es war durchaus vorstellbar, dass sie mit Taxen vom Flughafen gekommen waren, und es verhielt sich durchaus nicht so, dass sie sich auf offenkundige oder entscheidende Art und Weise selbst verraten hätten. Das wäre der Fall gewesen, wenn sie zu schnell ihre Waffen gezeigt hätten. War ihre Ungeschicklichkeit für die Wildkatze Anlass genug gewesen, sich aus dem Staub zu machen und ein profitables Geschäft sausen zu lassen, das bereits kurz vor dem Abschluss stand? Oder würde der Mann stattdessen zusätzliche Vorsichtsmaßnahmen ergreifen, seine Gespräche schneller über die Bühne bringen und den Deal abschließen, bevor er das Land verließ?

Ricci starrte an die Decke und dachte schweigend noch eine Weile nach. Er stellte sich das Gefühl vor, die Diamanten in seinen Händen zu halten, ihr Gewicht und ihren Schliff zu fühlen, wenn sich seine Finger fest um die Edelsteine schlossen.

Dann beugte er sich vor und blickte Thompson und Gallagher an. »Wir halten uns an die besprochenen Optionen«, sagte er. »Für alle Fälle behalten die Überwachungsteams den Flughafen und die anderen Abreisewege genau im Auge. Aber ich wette darauf, dass unser Typ nirgendwohin verschwindet, bevor er nicht Obeng einen weiteren Besuch abgestattet hat.«

Ricci gewann die Wette.

Am späten Nachmittag tauchte *Le Chat Sauvage* wieder auf. Zwei seiner Leibwächter hatten ihn aus dem Hotel geleitet, nach links und rechts gesehen, nach Anzeichen für eine Bedrohung Ausschau gehalten. Dann hatte einer von ihnen mit einer Geste zu verstehen gegeben, dass alles in Ordnung war, und die Wildkatze tauchte auf dem Bürgersteig auf, mit zwei weiteren Bodyguards im Schlepptau.

Einige Augenblicke später waren mehrere Polizeiwagen vor dem Hoteleingang vorgefahren. Auf zwei gewöhnliche Streifenwagen war ein komplett gepanzerter Lion-I-

Diesel südafrikanischer Herkunft gefolgt. Als die große Limousine am Bürgersteig vorgefahren war, waren vier Uniformierte aus dem Wagen gestiegen, die sich dann mit vor der Brust verschränkten Armen gegen die schweren Flanken des Fahrzeugs gelehnt hatten.

Die aus dem Hotel kommende Gruppe schritt direkt auf den Lion-I zu. Einer der Uniformierten öffnete den hinteren Schlag, und die Wildkatze nahm zwischen zwei Leibwächtern im Fond Platz. Die beiden anderen Bodyguards warteten, bis die Tür geschlossen war, und stiegen dann in den ersten Polizeiwagen.

Hinter den zugezogenen Jalousien des Büros auf der gegenüberliegenden Straßenseite beobachteten Ricci und seine beiden Techniker auf einem LCD-Bildschirm, wie der Autokonvoi auf die zweispurige Straße einbog, die erst durch die Innenstadt führte und dann in östlicher Richtung verlief. Die Bilder lieferten um einhundertachtzig Grad drehbare Kameraaugen, die mit Saugnäpfen an der Fensterscheibe befestigt waren.

Ricci blickte auf den Stadtplan an der Wand. Richtung Osten – dort lag das Hauptquartier der Polizei, Obengs gleichsam offizielle Korruptionszentrale. Auf dem Plan war das Gebäude mit einem roten Stift umkringelt worden. Sein inoffizieller Unterschlupf lag westlich der Innenstadt. Über den blauen Kreis, der diesen Ort markierte, hatte Ricci ›Gang Central Station‹ geschrieben.

In der Mitte seiner Stirn zeichnete sich eine vertikale Furche ab. Irgendetwas an dem, was er gerade gesehen hatte, war nicht ganz koscher. Hier stimmte einiges nicht. Wenn die Wildkatze glaubte, beschattet zu werden, warum spazierte der Mann dann durch den Vordereingang des Hotels, warum ließ er sich für alle sichtbar zum Hauptquartier der Polizei chauffieren und das auch noch in Begleitung eines gottverdammten Konvois?

»Alarmieren sie das Einsatzteam an der ›Gang Central Station‹, dass sie gleich Gesellschaft kriegen«, sagte er abrupt zu Thompson.

Der Techniker wirbelte auf seinem Stuhl herum und

blickte ihn an. »Wird gemacht«, antwortete er irritiert. Sein Blick glitt zu der Wandkarte. »Aber …«

»Ich sehe es genauso wie Sie«, sagte Ricci. »Das Schauspiel vor dem Hotel war eine Täuschung, eine Bauernfängerei. Sobald die Wildkatze das Hauptquartier der Polizei erreicht, wird sie durch die Hintertür verschwinden und sich in ein anderes Fahrzeug setzen.« Einen Augenblick schwieg er, während seine Gedanken rasten. »Wir werden einen unserer Verfolgerwagen auf ihn ansetzen. Die anderen warten vor der Polizeistation und verhalten sich gerade so auffällig, dass unser Mann sich sicher fühlt, weil er uns angeblich an der Nase herumgeführt hat.«

Thompsons Gesichtsausdruck verriet, dass er allmählich begriff. Er nickte kurz und wandte sich dann seinem Transmitter zu.

Während er weiterhin angestrengt nachdachte, biss Ricci auf seiner Zunge herum. Dann stand er auf und griff nach dem Schulterholster mit der FN-Five-Seven-Pistole, das über der Rückenlehne hing. »Sagen Sie Simmons und Grillo, dass sie den Wagen mit der Einsatzzentrale herbringen sollen«, sagte er, während er das Holster anlegte. Den Rest würde er unterwegs erledigen. »Ich bin auf dem Weg zu ihnen.«

Vor dem Bürgerkrieg hatte Antoine Obeng aus einem fünfstöckigen Geschäftshaus heraus über seine Verbrecherbanden regiert, das etwas abseits der Straße auf einem niedrigen Hügel in einem der Vororte der Stadt lag. Über eine um das Haus herumführende, asphaltierte Straße erreichte man den Haupteingang und die Ein- und Ausfahrt der Tiefgarage. Dahinter fiel das Gelände ab: Nach ein paar Metern mit terrassenförmig angelegtem Rasen und gepflegten Büschen folgten wild wuchernde, dornige Sträucher, die sich etwa drei Meter weit bis zum Fuß des Hügels erstreckten, wo flaches, schlammiges Ödland begann.

Im Erdgeschoss residierten zwei Firmen, die Obeng gehörten und die er durch gehorsame Handlanger kontrollierte: Hier befanden sich die Hauptsitze eines Transport-unternehmens und eines Reisebüros. Beide waren nützliche Tarnfirmen für einen Warlord, die ihm die Möglichkeit gaben, einen Teil seiner kriminell erworbenen Einkünfte rein zu waschen, gefälschte Dokumente zu vertreiben und eine Vielzahl von Schmuggeloperationen zu dirigieren, zu denen der Transport von gestohlenen Luxusautos, Raubkopien von Tonträgern und Videos, von illegalen Waffen, Rauschgift sowie von Fleisch, Fellen, Geweihen und Hufen exotischer Tiere gehörte, die von Wilderern in Reservaten in ganz Zentral- und Westafrika getötet worden waren.

Wie alle anderen in der Stadt wussten auch die ungefähr dreißig Angestellten von Obengs Tarnfirmen, dass er die Milizen kommandierte, und es konnte ihnen auch kaum entgangen sein, das hier ständig seine Lakaien aus dem Gangstermilieu ein- und ausgingen. Aber nur ein paar Angestellte waren in die kriminellen Machenschaften involviert oder profitierten davon. Die meisten dieser Männer und Frauen trafen jeden Morgen ein, um ihre tägliche, ehrenwerte Arbeit zu erledigen und am Feierabend zu ihren Familien zurückzukehren, denen sie am Wochenende einen bescheidenen Lohnzettel präsentierten.

Das waren die Leute, die Tom Ricci immer als ›anständige Bürger‹ bezeichnet hatte, als er noch Detective gewesen war.

Aber sie waren auch willkommene menschliche Schutzschilde für Obeng.

Und das fand Ricci gar nicht gut.

Ricci kroch, fast in Kauerstellung, durch einen stinkenden unterirdischen Entwässerungskanal. Seine Stiefel waren mit bräunlichem Schlamm verschmiert, seine Arme, Beine und der kugelsichere Helm mit feuchtem Dreck, der in nassen Klumpen wie frischer Schorf von der gewölbten, niedrigen Decke und den Seitenwänden des Kanals abblätterte. Ihm war klar, dass er mit schlimmen Konsequenzen rechnen musste, wenn bei dieser Aktion etwas schief ging: Unschuldige Zivilisten konnten als Geiseln genommen, verletzt oder gar – und das war für Ricci undenkbar – ums Leben kommen.

Moralisch falsch, in operationeller Hinsicht falsch, politisch falsch. An Bord der *Pomona* hatte Rollie Thibodeau mit gutem Recht darauf hingewiesen, dass die bloße Präsenz seiner schnellen Eingreiftruppe auf fremden Territorium gleich mehrfach internationales Recht verletzte. Zweifellos würde die Aktion, auf die sie sich jetzt eingelassen hatten, auch die restlichen Paragrafen des Gesetzestextes missachten.

Aber Ricci hatte bereits einen langen Weg zurückgelegt, um die Wildkatze zur Strecke zu bringen. Mit allen ihm zur Verfügung stehenden Mitteln hatte er diesen Mann verfolgt, und er würde diese Operation nicht erfolgreich abschließen, indem er an Obengs Tür klopfte, um ihn zu bitten, seinen Gast der Justiz auszuliefern.

Und er würde auch nicht vor einem kalkulierbaren Risiko zurückscheuen.

Wenn sich die beste Gelegenheit bot, den Mann zu verhaften, war Ricci entschlossen, sie beim Schopf zu ergreifen, und falls die Sache in die Hose ging, war er bereit, die Konsequenzen zu tragen. Dann konnte seine verehrte Bewunderin Megan Breen ihr verärgertes Lächeln aufblitzen lassen, während er gevierteilt wurde.

Ricci verdrängte diesen unangenehmen Gedanken.

Schließlich hatte er heute schon zweimal richtig getippt.

Wie erwartet, war die Fahrt der Wildkatze zum Hauptquartier der Polizei ein klassisches Täuschungsmanöver. Direkt nach seiner Ankunft verließ er das Gebäude in anderer Kleidung, aber nicht durch den Hinterausgang, sondern durch eine Seitentür. Nur in diesem einen Detail hatte sich Ricci bei seiner Vorhersage geirrt. Dann ließ sich die Wildkatze auf dem Beifahrersitz einer unauffälligen Limousine in westlicher Richtung mit mäßiger Geschwindigkeit durch die Stadt chauffieren, um nicht allzu sehr aufzufallen zwischen den verbeulten Kisten, mit denen der durchschnittliche Autofahrer in diesem Land unterwegs war.

Eine halbe Stunde später tauchte die Limousine in der Garage der ›Gang Central Station‹ auf.

Gut vorbereitet hatte Ricci mit seinem Einsatzteam auf dem sumpfigen, grasbewachsenen Feld hinter dem Gebäude gewartet.

Jetzt kroch er durch den Überlaufkanal unter dem Hügel auf das Gebäude zu, und der Lichtstrahl der an seinem Helm befestigten Lampe bohrte sich scharf durch die Dunkelheit. Wie die Männer in seinem Schlepptau trug er einen gesprenkelten Tarnanzug mit Knie- und Ellbogenpolsterung und einem extrem dünnen, kugelsicheren Zylon-Futter. Neben der Five-Seven in dem Holster hatte er ein kleineres Modell von UpLinks VVRS-Maschinenpistole dabei, ein Fabrikat der zweiten Generation dieser Waffe, nur noch halb so groß und halb so schwer wie das Original. Sie war mit einem integrierten Schalldämpfer versehen, und die Schüsse waren akustisch nicht wahrnehmbar. Der drehbare Handregler, mit dem bei dem Vorläufermodell der Druck im Lauf der Waffe reguliert werden musste, falls der Schuss nicht tödlich sein sollte, war durch eine MEMS-Platine ersetzt worden, durch die sich das per Knopfdruck schnell und leicht erledigen ließ.

Ein mittels eines Druckknopfes unterhalb des Laufs angebrachtes Zusatzgerät glich optisch einer Laser-Zielvorrichtung, mit der es auch technologisch verwandt war, aber es hatte eine ganz andere Funktion. Zwar störte Ricci, dass dieses Zusatzgerät die Balance der Waffe gefährdete, aber es war für das Ziel des gesamten Teams von entscheidender Bedeutung.

Außerdem hatten sie noch andere Waffen dabei, von denen einige eher defensiver Natur waren.

In seiner linken Hand hielt er einen tragbaren Gasdetektor, der auf seltsame Art den Super-8-Kameras ähnelte, die er aus seiner Kindheit kannte. Jetzt untersuchte das Gerät die Luft, wobei es durch Abwässer freigesetzte, toxische Methan-, Nitrogen- und Sulfurgase erkannte, Wirkstoffe chemischer und biologischer Waffen, schließlich auch die kleinsten, in der Luft schwebenden Bestandteile von Minensprengstoff. Wenn das Gerät mit einem Piepen Alarm schlug, konnte man auf einem beleuchteten LCD-Display die Bedrohung genau identifizieren, und die Pieptöne folgten immer schneller aufeinander, je mehr man sich der Gefahrenstelle näherte. Sollte die Bedrohung entweder von chemischen oder biologischen Waffen oder von Produkten organischer Verwesung herrühren, würde jedes Mitglied des Einsatzteams die Tasche, die es über der Schulter trug, in eine Maske mit Atemschutz und künstlicher Luftzufuhr verwandeln, indem es einen Reißverschluss aufzog. Sollte der Detektor eine Bombe entdecken, würde es ihnen hoffentlich gelingen, nicht auf den Auslöser zu treten.

Dann gab es weitere Ausrüstungsgegenstände, von denen einige für gewalttätige Auseinandersetzungen gedacht waren. Von Sicherheitsbehörden, die die Tendenz haben, ständig neue Euphemismen auszubrüten, wurden sie gerne als ›Waffen zur Aufrechterhaltung der öffentlichen Ordnung‹ bezeichnet.

Wie immer man diese Waffen auch nennen mochte – ihr grundsätzlicher Zweck bestand darin, die Zielpersonen außer Gefecht zu setzen, ohne sie ernsthaft zu verletzen.

Riccis vorrangiges Ziel – nur der Verhaftung der Wildkatze untergeordnet –, war es, keinen der unschuldigen Arbeiter in dem Gebäude zu verletzen. Das stand von vornherein außer Frage. Aber er war zugleich entschlossen, weder das Leben von Obengs korrupten Polizisten noch das des Warlords selbst aufs Spiel zu setzen, da sie alle behaupten konnten, nur aufrechte Bürger zu sein. Wenn möglich, sollte selbst den Milizen kein dauerhafter Schaden zugefügt werden, wenngleich Ricci seinen Männern im Umgang mit ihnen etwas mehr Freiheit lassen würde, weil es unwahrscheinlich war, dass die Machthaber des Landes, die an einer Verbesserung der Beziehungen zu den Vereinigten Staaten interessiert waren, wegen des Todes einiger ewig Unzufriedener einen Skandal provozieren würden. Außerdem bedrohten die Plünderungen und das brutale Verhalten der Milizen die Stabilität der

Regierung, und folglich konnte sie gut ohne sie auskommen.

Mit schmerzenden Knien führte Ricci die Gruppe noch etwa zehn Minuten durch den engen unterirdischen Entwässerungskanal. Dann erleuchtete der Strahl seiner Lampe ein paar Meter vor ihm die kreisförmige Öffnung am Ende des Tunnels. Als er sich noch ein Stück vorwärts bewegte, sah er, dass der Kanal etwa einen Meter über dem Boden eines weiteren Tunnels mit Betonwänden endete und so hoch war, dass man darin stehen konnte.

Mit geballter Faust gab er das Zeichen für eine Pause und blickte dann über die Schulter Grillo an. »Hier geht's etwa einen Meter bergab«, sagte er leise. »Vorsicht – es sieht so aus, als ob wir knöcheltief durch Wasser waten müssten. Die Strömung ist nicht stark, aber der Boden wird glitschig sein.«

Grillo nickte und sagte seinem Hintermann Bescheid, der sich dann an den Nächsten in der Reihe wandte.

Ricci bewegte sich vorsichtig auf die Öffnung zu und sprang dann nach unten.

Als er landete, spritzte Wasser auf. Der Grund unter dem stehenden Wasser war mit einer Schlammschicht bedeckt, aber er hatte ein gutes Gleichgewichtsgefühl, und außerdem kam ihm das Profil seiner Gummisohlen zugute.

Nacheinander sprangen die anderen Mitglieder des Einsatzteam aus der Röhre und formierten sich hinter Ricci zu einer Reihe.

Ricci blickte sich um. Im Vergleich zu dem engen ersten Tunnel war dieser hier fast geräumig. Andere Tunnel mit vergleichbarem Durchmesser zweigten in verschiedene Richtungen ab.

Sie hatten einen wichtigen Knotenpunkt des Entwässerungssystems erreicht.

Ohne den Plan der Kanalisation zu studieren, wusste Ricci, welche Abzweigung sie nehmen mussten. Er hatte sich das Kanalsystem vor dem Beginn der Aktion eingeprägt, wie zuvor schon das Ende des Entwässerungstunnels. Aufgrund der High-Resolution-GIS-Bilder, die die Sword-Abteilung für Satellitenaufnahmen geliefert hatte, war das kein Problem gewesen.

Mit einer weiteren kurzen Geste wandte Ricci sich dem finsteren Loch des Tunneleingangs direkt zu seiner Linken zu. Er betrat die Röhre und stapfte durch den Schlamm.

Ohne Zögern folgten seine Männer.

»Okay«, flüsterte Rosander. »Ich sehe einen einzigen Bediensteten, glaube aber nicht, dass er zu Obengs Verbrecherbande gehört oder Probleme machen wird.«

»Sitzt er in einer Kabine?«, fragte Ricci.

Rosander spähte durch ein schlankes Fiberoptik-Periskop, das er durch eine Öffnung des Kanaldeckels über sich geschoben hatte. In dem etwa einen Meter hohen Raum zwischen dem Boden der Tiefgarage und dem Grund des Tunnels, in dem sie kauerten, hätte ein Sechsjähriger mit Schwierigkeiten aufrecht stehen können, aber nicht die ausgewachsenen Männer von Riccis Team.

»Nein«, sagte er. »Der Typ ist auf seinem Stuhl an der Wand eingeschlafen.«

Ricci nickte.

»Ist noch jemand da, um den wir uns Sorgen machen müssten?«

»Lassen Sie mich nachsehen.« Rosander drehte das Periskop mit dem Daumen und Zeigefinger seiner linken Hand, während er mit der anderen das Okular justierte, um die farbigen Videobilder scharfzustellen. »Keine Menschenseele zu sehen.«

»Und wie viele Fahrzeuge?

»Etwa ein Dutzend, würde ich sagen, inklusive der Klapperkiste, in der die Wildkatze gebracht wurde.«

Ricci nickte erneut. Er nahm eine Ladung Sprengstoff aus seiner Tasche, zog die Plastikfolie von der selbstklebenden Rückseite ab und drückte das dünne Päckchen C2, der genauso zerstörerisch, aber haltbarer als C4 war, so lange gegen die Decke, bis es fest haftete. Dann zog er die

Sprengkapseln des ›Lippenstift-Zünders‹ aus einer anderen Tasche und setzte sie ein. Bevor sie ihr Mausloch in den Boden der Tiefgarage sprengen würden, würden er und sein Team sich durch den Abflusskanal zurückziehen, damit sie in sicherer Entfernung die Explosion abwarten konnten und dem herabfallenden Mauerwerk entgingen.

Nach einem Augenblick wandte sich Ricci Simmons zu und reichte ihm den Gasdetektor.

»Ich gehe zuerst rein und knöpfe mir den Angestellten vor«, flüsterte er. »Bleiben Sie in der Nähe, und vergessen Sie die Spielregeln nicht.«

»Okay.«

Aus einem Futteral an seinem Gürtel zog Ricci sein Funkgerät hervor.

Die Explosion, die er auslösen würde, würde klein und von begrenzter Wirkung sein, aber jede Explosion war ihrer Natur nach laut, und deshalb würden sie auch die Menschen in dem Gebäude hören, wenn sie nicht durch etwas anderes übertönt werden würde.

Und deshalb hatte Ricci Vorbereitungen getroffen, um einen noch größeren Krach auszulösen.

Ein paar Häuserblocks weiter östlich, an der Straße, die durch die ganze Stadt führte, hatten zwei Männer in Notarztkitteln geduldig in einem in der zweiten Reihe geparkten Krankenwagen gewartet.

Nachdem sie Riccis Stichwort empfangen hatten, schaltete der Fahrer sein Funkgerät aus und wandte sich seinem Partner zu. »Los geht's.«

Mit flackerndem Blaulicht und voll aufgedrehter Sirene, deren Heulen dem von tausend gequälten Wölfen glich, rasten sie in Richtung ›Gang Central Station‹.

Die Wildkatze saß Obeng am Schreibtisch in dessen Büro im zweiten Stock gegenüber, als er das laute Heulen des sich schnell nähernden Krankenwagens hörte. Er wandte seinen Kopf dem Fenster zu. »Sind das Ihre Leute?«, fragte er mit lauter Stimme, um den ohrenbetäubenden Lärm der Sirene zu übertönen.

Obeng schüttelte den Kopf. »Ein Krankenwagen.«

Die Wildkatze warf ihm einen fragenden Blick zu. »Sind Sie sicher?«

»Ja«, beruhigte ihn der Warlord, der fast schreien musste, um verstanden zu werden. »Selbst hier erkranken Menschen.«

Ricci sprang durch das kleine Loch im Boden der Tiefgarage, ohne zu wissen, ob der dösende Mann auf dem Stuhl durch die C2-Explosion oder das ohrenbetäubend schrille Heulen der Sirene des Krankenwagens aufgeschreckt worden war.

Aber das war ihm auch völlig egal.

Jetzt sprang der Angestellte auf, und der Stuhl krachte auf die Rückenlehne. Mit vor Erstaunen weit aufgerissenem Mund blickte er auf die Männer in den Tarnanzügen und mit den Helmen mit Visier, die in einer Staub- und Rauchwolke durch das Loch strömten, das vor einem Sekundenbruchteil noch nicht existiert hatte.

Ricci beugte sich schnell über den Mann und drückte mit einer behandschuhten Hand auf das Sprühventil einer Dose mit Dimethyl-Sulfoxid.

Reflexhaft versuchte der Mann, sein Gesicht mit den Händen zu schützen, aber das geruchs- und farblose Dimethyl-Sulfoxid ...

Es war ein chemischer Wirkstoff mit zahllosen nützlichen Eigenschaften, der ursprünglich zufällig als Nebenprodukt bei der Zubereitung von Pulpe in der Papierherstellung entdeckt worden war und seit vierzig Jahren in der Medizin als Heilmittel für Organe und Gewebe verwendet wurde, außerdem als Palliativ gegen Schmerzen und vorbeugendes Mittel gegen Infektionen. Vor etwas weniger als dreißig Jahren war die Substanz mit Einschränkungen zugelassen worden ...

Während des letzten Jahrzehnts hatte die Chemikalie verstärkt die Leute interessiert, die sich mit der Entwicklung nicht tödlicher Waffen beschäftigten, weil sie sofort durch die menschliche Haut drang und eine Person sofort und ohne Nebenwirkungen einschläferte, wenn man sie in ausreichender Konzentration anwandte.

Der chemische Wirkstoff rann über die Handfläche und Finger des Angestellten, und er krümmte sich zusammen wie die Schaumstoff-Dummys, die Ricci manchmal im Nahkampftraining benutzte.

Ricci packte die Arme des Mannes, um ihn aufzufangen, bevor er ihn sachte zu Boden gleiten ließ. Dann richtete er sich schnell auf, um herauszufinden, wie man am besten in das Erdgeschoss des Gebäudes gelangte.

Etwa zehn Meter zu seiner Rechten gab es einen Aufzug, aber seine Männer würden sich nicht in diese Todesfalle zwängen.

Weit links, auf der gegenüberliegenden Seite der Garage, erblickte er die Tür zum Treppenhaus.

Er wandte sich seinen Männern zu, die jetzt Schulter an Schulter einen Kreis gebildet hatten und mit ihren Waffen alle Stellen der Tiefgarage ins Visier nahmen, während sie aus den Augenwinkeln auf Ricci blickten, ob er ihnen ein Zeichen gab.

Ricci wollte sie gerade zum Treppenhaus winken, als er das deutlich vernehmbare Geräusch eines startenden Aufzugs hörte. Also blickt er auf die Anzeigetafel über der Tür des Lifts.

Er kam vom Erdgeschoss nach unten.

Und zwar schnell.

Auch Grillo hatte sich dem Aufzug zugewandt, und hinter dem Visier seines Helms verengten sich seine Augen zu Schlitzen.

Sekunden nachdem sich der Lift in Bewegung gesetzt hatte, beobachtete er, wie sich die Türen öffneten. Er taxierte die beiden Menschen im Lift mit einem Blick.

Vergessen Sie die Spielregeln nicht, dachte er. Aber er musste eigentlich nicht daran erinnert werden. Der Mann und die Frau in dem Aufzug waren so anständige Menschen, wie man sie sich nur denken konnte, wahrscheinlich Kunden eines der nur vermeintlich legalen Unternehmen oben im Gebäude.

Sie traten aus dem Lift und erstarrten, als sie die Männer von Riccis Team, den bewusstlosen Parkplatzwächter und das von Trümmern umgebene Loch im Boden sahen.

Grillo ließ ihnen keine Chance, sich von ihrer Verwirrung zu erholen.

Er zog eine Spezialpistole aus dem Holster an seinem Gürtel und drückte zweimal auf den Abzug.

Die dünnwandigen Geschosse schlugen direkt vor den Füßen der beiden Fahrstuhlinsassen auf dem harten Betonboden auf, wo sie wie Eierschalen zerbrachen und erstaunlich laute Geräusche und blendend grelle Lichtstöße produzierten.

Die beiden gerieten ins Taumeln. Während die Frau mit beiden Händen ihre Augen bedeckte, stolperte der Mann in Schräglage nach hinten. Sein Oberkörper befand sich schon wieder im Aufzug, aber er hatte die Beine noch draußen. Die Türen des Lifts begannen sich wieder zu schließen, trafen mit der Gummipolsterung seine Hüften, glitten dann automatisch zurück, wollten sich erneut schließen. Dieses Schauspiel wiederholte sich wieder und wieder, während der Mann sich mittlerweile am Boden krümmte.

Zufrieden mit ihrer Wirkung steckte Grillo die Spezialpistole weg. Der Ärmste würde ein paar Quetschungen davontragen, die von seinem unerwarteten Abenteuer zeugten, aber was konnte man machen?

Er blickte Ricci an.

Der deutete auf die Tür zum Treppenhaus.

Sein Team raste quer durch die Garage darauf zu.

Als kompakte Einheit stiegen sie die Treppen hoch, wie sie es geübt hatten. Ihre Körper waren durch synthetische Materialien gepanzert, ihre Waffen wirkten wie tödliche Stachel.

Ein paar Stufen vor dem ersten Treppenabsatz blieben

sie stehen, damit Rosander mit seinem ausziehbaren Suchspiegel um die Ecke spähen konnte: kein Hightech-Gerät, sondern ein verlässlicher, einfacher Gegenstand. Hier kam Riccis vorrangigste Maxime zur Anwendung: Das Fiber-Optik-Periskop musste man einsetzen, wenn man um keinen Preis entdeckt werden durfte, aber wenn der Einsatz erst einmal begonnen hatte und Schnelligkeit von entscheidender Bedeutung war, wollte man sich nicht mit diesen technischen Finessen wie flexiblen elektronischen Spiralen und den Linsenöffnungen von Videokameras herumschlagen.

Da niemand in Sicht war, stürmten sie auf den Treppenabsatz. Ricci gab Seybold und Beatty ein Zeichen, sich von den anderen zu trennen und sich den ersten Stock vorzunehmen. Die Einheit ließ sich nach Belieben teilen und wieder zusammenfügen.

Auf der nächsten Treppe waren aus zehn Männern acht geworden. Ricci und Rosander gingen voran.

Auf halben Weg zum zweiten Stock, auf dem Treppenabsatz, spähte Rosander erneut um die Ecke. Diesmal sah er drei Männer auf der konvexen Oberfläche seines Spiegels.

Schnell gab er den anderen ein Zeichen. Mit zwei Fingern zeigte er auf seine Augen: *Feind in Sicht.* Dann hielt er drei Finger in die Luft, um die Anzahl der Gegner anzuzeigen, die auf dem Weg nach unten waren.

»*Milizen*«, flüsterte er Ricci sehr leise zu, der neben ihm kauerte.

Ricci nickte.

In den wenigen verbleibenden Augenblicken bereiteten sich seine Männer auf das Kommende vor. Diesmal würden sie es nicht mit einem verschlafenen Garagenwärter zu tun haben, auch nicht mit einem verblüfften Paar, das auf dem Rückweg zu seinem Wagen förmlich erblindete, nachdem es in dem Reisebüro im ersten Stock einen Urlaub im Paradies gebucht hatte.

Mit gezückten Waffen warteten sie.

Die Soldaten näherten sich dem Treppenabsatz.

Ricci hatte seine Hand etwas über Schulterhöhe erhoben, aber sie hing reglos in der Luft. *Nicht schießen.*

Dies war seine Show – seine und Rosanders. Sie konnten es sich nicht leisten, eventuell von den eigenen Teamkameraden hinter ihnen durch Zufallstreffer erwischt zu werden.

Die Milizen waren mit russischen AK-Sturmgewehren bewaffnet. Einer von ihnen erblickte das Einsatzteam.

Während er seinen Kameraden eine Warnung zugrunzte, hob er seine Waffe.

Ricci drückte auf den Abzug des kleineren Modells der VVRS-Maschinenpistole, deren elektronische Kontrolle so eingestellt war, dass er den stärksten Rückschlag zu spüren bekommen würde. Tödlicher ging's nicht, leiser auch nicht.

Mit blutbefleckter Brust fiel der Mann auf den Treppenabsatz. Dann wurde von oben eine kurze Salve abgegeben.

Der reglose Körper des getroffenen Mannes drückte sich schwer gegen Riccis Schienenbeine, aber er behauptete die Stellung und zielte auf die verbliebenen zwei Männer. Den Spiegel in der einen Hand, hatte Rosander die andere mit der Waffe gehoben und feuerte. Ein zweiter Mann brach zusammen, rollte die Stufen hinab. Seine olivfarbene Uniform verfärbte sich rötlich. Der Dritte war noch auf den Beinen und erwiderte das Feuer. Ricci hörte Rosander grunzen, als ihm der Spiegel aus der Hand flog und auf den Treppenabsatz aus Stahl krachte.

Indem er sich gegen das Treppengeländer presste, brachte sich Ricci aus der direkten Schusslinie. Erneut drückte er ab, auf die Beine des dritten Mannes zielend, und als diese nachgaben, erledigte er den Milizionär mit mehreren Schüssen in die Brust.

Stille. Ein Dunst blassgrauen Rauchs.

Ricci blickte sich zu Rosander um.

Das Visier seines Helms war blutverschmiert, so dass Ricci sein Gesicht nicht erkennen konnte.

Kopfschüttelnd blickte er auf die anderen hinter ihm.

In diesem engen Treppenhaus konnten sie nicht bleiben – sie mussten sich auf den Weg machen. Wahrscheinlich war der kurze Schusswechsel jenseits der Betonwände der Feuertreppe nicht besonders weit zu hören gewesen. Aber falls jemand in der Nähe war, konnten die Schüsse seine Aufmerksamkeit erregt haben.

Auf das Ziel der Mission konzentriert, befahl Ricci seiner Einheit, ihren schnellen Vormarsch wieder aufzunehmen.

Als sie an den Leichen vorbeikamen, hob Grillo den Suchspiegel auf.

Später würden sie ihn noch brauchen.

Das Einsatzteam stürmte durch die Tür zum Flur im zweiten Stockwerk. Jeder Einzelne war mit dem Verlauf des Korridors vertraut und wusste genau, wo im hinteren Teil des Gebäudes sich Obengs Büro befand.

Aber niemand hatte eine Ahnung, mit welchen Hindernissen sie auf dem Weg dorthin rechnen mussten.

Soweit sie sehen konnten, war der zu beiden Seiten von geschlossenen Bürotüren gesäumte Flur verwaist. Aber etwa zehn Meter vor ihnen machte der Korridor eine Biegung. Dann ging es wieder ein kurzes Stück geradeaus, bevor die nächste Ecke kam. Und dann würden sie am Ziel sein.

Leicht gesagt.

Sie rannten vorwärts, die Waffen in Hüfthöhe, die Seiten des Flurs beobachtend.

Ricci sah, wie sich eine Tür einen Spalt weit öffnete, die dritte vor ihnen, auf der rechten Seite. Er blieb stehen und zeigte auf die Tür. Seine Männer schwärmten aus, dicht an die Wände gepresst, um die Deckung nicht zu vernachlässigen.

Sie warteten, ihre Waffen auf die Tür gerichtet.

Der Türspalt wurde breiter, noch etwas breiter, und dann kam eine Mündung zum Vorschein.

Die Sekunden schienen sich eine Ewigkeit hinzuziehen. Jetzt war schon mehr von der Waffe zu sehen, einer halbautomatischen Pistole. Der Lauf bewegte sich zögernd weiter vor.

Diese Waffe, diese Vorsicht – Ricci hätte gewettet, dass sie es mit einem Polizisten zu tun hatten.

Er blickte in das Auge, dass durch den Türspalt spähte.

»Waffe fallen lassen!«, sagte er.

Die Hand bewegte sich zwar nicht mehr, hielt aber immer noch die Pistole fest.

Der Mann hinter der Tür konnte sehen, wie Riccis Team ausgerüstet war, was für schwere Waffen es mit sich führte. Vielleicht hatte er Grips genug, um zu begreifen, dass er hoffnungslos unterlegen war.

»An Ihnen und den anderen Polizisten haben wir kein Interesse«, sagte Ricci. »Lassen Sie die Knarre fallen, und kommen Sie mit erhobenen Händen heraus. Dann passiert Ihnen nichts.«

Erneut geschah ein paar Augenblicke lang nichts.

Ricci konnte es sich nicht leisten, sich noch länger mit diesem kleinen Fisch aufzuhalten.

»Das ist Ihre letzte Chance. Geben Sie auf.«

Der Spalt zwischen der Tür und dem Rahmen verbreiterte sich.

Ricci hob seine Waffe, den Finger am Abzug.

Der Mann ließ die Pistole auf den Boden fallen und trat mit erhobenen Händen aus dem Büro.

Natürlich – ein Uniformierter.

Nachdem er die Waffe zur Seite gekickt hatte, packte Ricci den Polizisten an der Schulter und stieß ihn gegen die Wand, um ihn zu filzen.

Als er ihn von oben bis unten abtastete, fand er in einem Holster am Fußknöchel einen Revolver, den er Newton reichte, einem Neuling in seinem Team. Ansonsten hatte der Polizist keine weiteren Waffen.

Ricci zerrte seinen Gefangenen von der Wand weg, hielt sich hinter ihm und presste ihm seine Waffe in den Rücken. Seinen freien Arm schlang er um die Kehle des Mannes, um ihn als Deckung zu benutzen, falls irgendjemand in dem Büro auf dumme Gedanken kommen sollte.

Auf sein Nicken hin bauten sich Grillo und Simmons zu beiden Seiten der halb geöffneten Tür auf, die Waffen schussbereit in den Händen.

Dann trat Ricci die Tür ganz auf.

Das Büro war fast unmöbliert: ein paar Stühle, ein Stahlschreibtisch mit einem Tastentelefon, daneben ein Abfalleimer.

In dem Raum befanden sich zwei weitere Uniformierte, die beide bereits die Hände erhoben hatten.

Ricci blickte Newton an. »Werfen Sie alle Waffen, die Sie finden, da rein.« Mit dem Kinn wies er auf den Mülleimer. »Auch das Telefon. Dann bringen Sie den Eimer in den Flur.«

Newton befolgte seinen Befehl.

Nachdem er einen Moment nachgedacht hatte, fiel Riccis Blick auf die Telefonbuchse an der Wand, aus der jetzt das Kabel herausgezogen war. Noch immer hatte er den ersten Polizisten im Würgegriff. »Haben Sie Ihrem Boss am Telefon mitgeteilt, dass wir hier sind?«, sagte er in sein Ohr.

Der Polizist reagierte nicht.

»Ich brauche nur auf die Wahlwiederholung zu drücken und abzuwarten, wer antwortet«, sagte Ricci. »So kann ich auch selbst herausfinden, was ich wissen muss. Aber es wäre allen gedient, wenn Sie mir die Zeit ersparen würden.«

Der Mann antwortete immer noch nicht.

Ricci presste ihm die Mündung der Waffe nachdrücklicher in den Rücken. »Ich meine es ernst.«

Nachdem er eine weitere Sekunde gezögert hatte, nickte der Polizist endlich.

Eine halbe Minute später hatten Ricci und Newton sich in den Flur zurückgezogen und die entwaffneten Männer in dem Büro zurückgelassen.

»Eine halbe Stunde warten Sie noch hier, dann können Sie verschwinden«, sagte er von der Tür her. »Und sollten Sie das Bedürfnis verspüren, etwas anderes zu tun, erinnern Sie sich bitte daran, dass wir Ihrem Boss nichts antun wollen und dass es die Sache nicht wert ist, dass Außenstehende dabei ums Leben kommen.«

Nachdem er die Tür geschlossen hatte, wandte er sich seinen Männern zu. »Obeng und sein Ehrengast wissen Bescheid. Aber wir befinden uns zwischen ihnen und den Aufzügen und den Treppen, den einzigen Fluchtwegen, wenn sie nicht aus dem Fenster springen wollen, und Obengs Büro liegt ganz schön hoch. Also müssen sie an uns vorbei oder da bleiben, wo sie sind.«

Er blickte von einem zum anderen. Alle Augen waren auf ihn gerichtet. »In die Enge getriebene Tiere kämpfen verzweifelt«, sagte er. »Kapiert?«

Alle nickten.

Ricci atmete tief durch.

»Okay. Auf geht's.«

Durch den Korridor gingen sie auf Obengs Büro zu.

Vor der letzten Biegung des Korridors streckte Grillo den gebogenen Stab mit dem Spiegel aus, blickte aber kaum eine Sekunde hinein, bevor er ihn wieder zurückzog und sich dann den anderen zuwandte.

»Vier von Obengs Leuten kommen mit AK-Gewehren auf uns zu«, flüsterte er Ricci zu. »In der Mitte des Flurs, sie sind nur noch gut drei Meter entfernt.«

»Zieht sie aus dem Verkehr«, sagte Ricci. »Und zwar blitzschnell.«

Das Einsatzteam stürmte um die Ecke und feuerte dabei kurze, präzise gezielte Salven ab.

Zwei der Wachen gingen zu Boden, bevor sie das Feuer erwidern konnten, und ihre Waffen wurden aus ihren Händen geschleudert. Die anderen zwei Männer trennten sich, scherten nach rechts und nach links aus.

Ricci hörte nur den Luftzug der lautlosen Munition aus der kleineren VVRS-Waffe und sah dann, wie der Mann auf der linken Seite mit gespreizten Armen und Beinen zu Boden fiel.

Blieb noch einer.

Der Mann, der zur Wand auf der gegenüberliegenden

Seite des Flurs gerannt war, kniete dort an einer geschlossenen Tür und presste sich dagegen, wobei ihm der Türrahmen ein Minimum an Deckung bot. Wie wild feuerte er in den Korridor.

Auch Ricci presste sich an die Wand, zielte, drückte ab, aber er konnte den Mann nicht richtig ins Visier nehmen. Der Schuss traf den Türrahmen. Zwar hatte er den Scharfschützen verfehlt, aber der Mann war gezwungen, sich zu ducken, und musste deshalb kurz den Finger vom Abzug nehmen.

Ricci kniete neben der Wand. Aus dem Augenwinkel sah er, dass Grillo und die anderen aus der kurzen Feuerpause ihres Gegners Kapital schlugen und durch den Flur auf Obengs Büro zustürmten.

Seine Waffe bewegte sich nicht ein bisschen. Der Mann musste sich nur zwei, drei Zentimeter hinter dem Türrahmen herauslehnen, zwei, drei gottverdammte Zentimeter …

Weiter vorne untersuchte Simmons den Eingang zu Obengs Büro mit dem Gasdetektor, weil er überprüfen wollte, ob vielleicht Sprengstoff mit einem Stolperdraht oder einer ähnlichen Spielerei verbunden war. Alles in Ordnung. Die anderen hatten bereits für den Sturm des Büros Position bezogen. Auf der einen Seite der Tür standen Grillo und der Neuling Harpswell, auf der anderen Nichols, ein weiterer Anfänger, der die Handramme hielt, hinter ihm Barnes und Newton.

Plötzlich bewegte sich der kauernde Milizionär. Den Rücken immer noch an die Tür gepresst, hob er die Arme und richtete sich langsam auf. Jetzt kam die Mündung seiner Waffe zum Vorschein.

Mit zusammengebissenen Zähne atmete Ricci tief durch.

Das war seine Chance.

Während der Scharfschütze auf den Flur hinaushastete und dabei aus allen Rohren feuerte, erwischte ihn Ricci mit einem einzigen Schuss in die Brust. Der Mann wurde zu Boden geschleudert, und sein grünes Uniformhemd färbte sich rot.

Ricci stieß sich von der Wand ab und rannte um die Leichen herum zu seinen Männern. Er sah, dass Simmons gerade mit seiner Untersuchung fertig war und zur Seite trat …

Dann riss er die Augen weit auf. Nichols hatte die Handramme plötzlich auf die Tür zubewegt, riss sie jetzt wieder zurück, um Schwung zu holen und sie dann dagegen zu knallen, ohne sich der Tatsache bewusst zu sein, dass Barnes den Arm ausstreckte, um ihm Einhalt zu gebieten.

»Stopp!«, brüllte Ricci. »Halt, verdammt!«

Aber Nichols registrierte die Warnung einen Augenblick zu spät – er hatte bereits das Gewicht seines ganzen Oberkörpers in die Vorwärtsbewegung hineingelegt.

Die Handramme knallte gegen die Tür, die krachend aufflog. In diesem Moment kamen die Kampfhunde herausgesprungen, fünf stumme, bösartige Pitbulls, denen man die Kehlköpfe herausoperiert hatte. Die SWAT-Leute, die Ricci aus seiner Zeit bei der Polizei kannte, hatten sie ›schweigende Welpen‹ genannt. Sie wurden häufig bei Crack-Razzien eingesetzt. Gewöhnliche waren diese Pitbulls von den Hundehaltern durch Medikamente, Quälerei und Nahrungsentzug so abgerichtet worden, dass das Ergebnis bestialische Brutalität war.

Mit angespannten Muskeln, aufgerissenen Mäulern und gierig gefletschten, weißen Gebissen sprangen sie in den Flur hinaus, um sich Riccis Männer vorzuknöpfen …

»Stopp!«, rief eine Stimme aus Obengs Büro. »Sitz!«

Sofort gehorchten die Pitbulls dem energischen Befehl. Sie bleiben wie angewurzelt stehen und setzten sich auf die Hinterbeine.

»Das war's, das war's, gute Hunde«, sagte die Stimme. Jetzt kam sie von einer Stelle direkt hinter dem Türrahmen.

Eine Hand tauchte auf, mit etlichen glänzenden, klappernden goldenen und silbernen Armbändern am Gelenk unter dem farbenfrohen, handbestickten Hemdsärmel.

Einen Augenblick später trat ein Mann in den Flur, der seine Rolle perfekt spielte und sich sogar wie ein echter Warlord gekleidet hatte.

Er beugte sich über den erstbesten Hund, kraulte ihn hinter dem Ohr und suchte dann in seiner Hosentasche nach Keksen, die er an die gehorsamen Hunde verteilte.

Mit wedelnden Schwänzen zermalmten die Pitbulls die Kekse, wobei die Krümel durch die Gegend flogen.

Dann blickte er zu Ricci auf. »Ich hasse es, Ihnen das sagen zu müssen, aber …« Der Sword-Mitarbeiter, der während des einwöchigen Einsatztrainings den Part der Wildkatze übernommen hatte, trat weiter vor, um seinen Satz zu beenden. »Im Ernstfall hätten die Köter ihren Männern jetzt die Eier abgebissen«, sagte er. »Und wahrscheinlich noch ein paar andere Körperteile.«

Ricci stieß den Atem aus, wandte sich dann verärgert ab.

Weiter unten im Flur stand der ›Milizionär‹ auf, den er mit seiner Übungsmunition ›niedergestreckt‹ hatte. Er zog das mit Farbe besudelte Hemd aus. »Das Dreckszeug klebt«, murmelte er. »Und es ist *kalt*.«

Ricci blickte Nichols an.

Mit solchen Leuten konnte er sich schon mal darauf freuen, dass ihm bald die Eier abgebissen werden würden.

Nämlich dann, wenn es mit der Schauspielerei vorbei war.

10.

Verschiedene Schauplätze
6. November 2001

WECKEN SIE DEN SLEEPER. GEBÜHR: 50 MILLIONEN. ANWEISUNGEN FOLGEN INNERHALB EINER WOCHE.

Ein Mann namens Lance Jefferson Freeman, früher als Ronald Mumphy bekannt, in irgendeiner Vorstadt irgendwo in Illinois …

Seine alte Identität hatte er aufgegeben, nachdem er aus dem Staatsgefängnis entlassen worden war, weil seine

Verurteilung wegen Investmentbetrugs aufgehoben worden war, und zwar wegen eines so genannten juristischen Formfehlers. Zögernd hatte der Berufungsrichter einen Irrtum bei der Vorlage der staatsanwaltlichen Untersuchungsakten eingeräumt …

Im Büro seines Hauses im wohlhabenden Hanscom in Illinois saß also der wieder geborene und unter einem neuen Namen lebende Lance Jefferson Freeman, von den treuen Hörern seiner Internet-Radiosendung liebevoll L. J. genannt, seines Zeichens Gründer und selbst ernannter Kirchenoberster der White Freedom Church. In vielerlei Hinsicht waren seine Gedanken denen des Sudanesen Arif al-Ashar ähnlich. Das war erstaunlich, wenn man an den riesigen Abgrund dachte, der diese Männer voneinander trennte, die geografisch weit voneinander entfernt lebten, in einer völlig anderen Kultur, völlig unterschiedlichen Ideologien anhingen und einen nicht vergleichbaren persönlichen Werdegang hinter sich hatten. Noch bemerkenswerter war, dass auch L. J.s Gedanken sich um eine Redewendung rankten, zwar um eine typisch amerikanische, aber doch auch verallgemeinerbare.

»Wie ein Kind in einem Süßigkeitenladen …«, murmelte er. »Genau so fühle ich mich …«

Mit anderen Worten: L. J. begriff langsam, dass er Prioritäten zwischen den vielen ethnischen Gruppen setzen musste, die seiner Meinung nach vom Erdboden verschwinden sollten – wie jetzt auch die knappe, vierzeilige elektronische Mitteilung auf seinem Computermonitor verschwand.

L. J. nahm einen Bleistift von seinem Schreibtisch und begann, mit seinen großen, weißen, vollkommen gleichmäßigen Schneidezähnen auf dem Radiergummi am oberen Ende des Stifts herumzukauen. Aber dann erinnerte er sich an die Warnung seines Zahnarztes, dass dieser nervöse Tick die kosmetische Gebisskorrektur gefährden konnte, die er kürzlich hatte vornehmen lassen. Und wenn man in der Arena der Öffentlichkeit stand, als eine Art Medienpersönlickeit, glich das Lächeln einer Visitenkarte. Also musste er die Marotte mit dem Bleistift vergessen. Aber man musste ja auch nicht permanent auf etwas herumkauen, wenn man versuchte, einen Plan auszubrüten …

Jetzt hatte L. J. zwar den Bleistift aus dem Mund genommen, aber statt ihn zur Seite zu legen, hämmerte er nun damit auf die Schreibtischplatte. *Nun, das schadet nicht weiter,* dachte er. Wenn sein Gehirn auf vollen Touren arbeitete, musste er irgendein Ventil finden, um Dampf ablassen zu können.

L. J. klopfte weiter mit dem Stift auf den Schreibtisch. Wo war er? Ah ja, die Juden. Die Juden. Sie würden weit oben auf seiner Liste stehen, wahrscheinlich ganz oben. Aus Büchern, die ihm ein Zellengenosse im Gefängnis gegeben hatte (die Titel der einflussreichsten darunter waren *Weisheit und Prophezeiungen Adolf Hitlers, Die Protokolle der Weisen von Zion* und *Satans Saat* gewesen), hatte er die Wahrheit über das Zionist Occupied Government erfahren, eine Organisation, die den von Gott erwählten Gründungsvätern Amerikas heimlich die Kontrolle über das Land entwunden hatte … Diese Zionisten hatten die obersten Finanzinstitutionen infiltriert, sie in ihrem multinationalen Neuen Imperium aufgehen lassen und Papiergeld ohne Deckung benutzt …

Mit anderen Worten, die gesetzlichen Zahlungsmittel der Federal Reserve Bank, von den Penny-Münzen bis hin zu den Banknoten unterschiedlichsten Werts …

Wertloses Papiergeld sollte die Gold- und Silbergewichte und -maße eines ehrlichen Umtauschsystems ersetzen und es wucherischen jüdischen Geldverleihern ermöglichen, die Zinsen zu manipulieren und wie Blutsauger die Guthaben der Angelsachsen, Teutonen und verwandter weißer Rassen zu vernichten, die in ihrer natürlichen Überlegenheit doch die einzigen gesegneten und legitimen Erben von Gottes Reich waren, also der Vereinigten Staaten. Und so hatten die Juden auch das deutsche Volk kräftig geschröpft, bevor die heroischen Märtyrer der Nationalsozialistischen Partei tapferen Widerstand geleistet hatten.

Jetzt klopfte L. J. noch schneller mit seinem Bleistift auf den Schreibtisch. Die Juden, absolut, sie mussten dran glauben. Es würde kein Problem sein, die fünfzig Millionen zusammenzukratzen, die notwendig waren, um das Land von der Vorherrschaft der Juden zu befreien, wenn man an die Wohlhabenderen unter seinen Anhängern dachte, einen harten Kern von Patrioten und treuen Gefolgsleuten, die im Sinne der guten Sache schon ihre Brieftaschen zücken würden. Tatsächlich dachte er gerade über zusätzliches Geld nach, mit dem die Gesellschaft gleichzeitig von einem weiteren korrumpierenden rassischen Element gesäubert werden konnte. Das schwer wiegende Problem war nur, für welche ethnische Gruppe er sich entscheiden sollte.

L. J. vermutete, dass seine Vorentscheidung auf seine Lektüre über die Wahrung rassischer Vorrechte im Gefängnis zurückging, wo er jede Menge Bücher von genialen Computergehirnen gelesen hatte, die sich auf die Arbeiten anderer Koryphäen beriefen, darunter auch der weltweit führende Phrenologe, ein zweiundachtzigjähriger wissenschaftlicher Pionier, der schon vor dem Zweiten Weltkrieg in Österreich sein eigenes Institut geleitet hatte. Wie auch immer, L. J.s Lektüre hatte ihm Klarheit darüber verschafft, dass die Schwarzen die zweitgrößte Bedrohung für Adams Kinder verkörperten, also für Menschen mit heller Hautfarbe, genauer gesagt: *Weiße*. Das ging schon aus einem biblischen Geheimcode hervor, den ein anderer seiner Lieblingsautoren entschlüsselt hatte.

Die Schwarzen standen auf seiner Liste an zweiter Stelle, weil sie sich gemeinsam mit anderen nichtweißen Minderheiten zu einer satanischen Verschwörung mit den Juden verbündet hatten, um einen Genozid zu begehen …

Ein Wort, das eigentlich die Zerstörung einer Bevölkerungsgruppe durch Rassenvermischung meinte und nicht Massenvernichtung, wie es von den von Juden geleiteten Verlagen für Nachschlagewerke behauptet wurde, in deren Lexika versucht wurde, das Wort ›Genozid‹ umzudefinieren, indem der Mythos vom Holocaust fortgeschrieben wurde, für den es keinerlei Beweise gab. Diese fehlenden Beweise waren durch einen Haufen von Lügen und manipulierten Fotos ersetzt worden, die das Secret Disinformation Bureau von Eisenhowers verräterischer Expeditionary Force produziert hatte, aber das war schon wieder ein anderes Thema …

Also, die zweite Bedrohung – die Schwarzen. Sie wollten den Genozid an Adams Kindern dadurch bewerkstelligen, dass sie gegen Gottes Willen Weiße heirateten und Kinder mit ihnen zeugten.

»Und das bedeutet, dass sie von der Bildfläche verschwinden müssen«, resümierte L. J. laut. »Sofort, in einem bodenlosen Abgrund.«

Noch immer klopfte er mit dem Bleistift auf den Schreibtisch. Jetzt hatte er sich einen Aktionsplan zurechtgelegt, und er fühlte sich ziemlich gut dabei. Zuerst die Juden und die Schwarzen. Und dann? Nun, er würde Zwischenbilanz ziehen, überprüfen, wie es um die Finanzen stand, und anschließend die gesellschaftliche Gefährdung durch die anderen ethnischen Minderheiten abschätzen. Dann würde er wissen, welche von ihnen die größte und aktuellste Gefahr repräsentierte. Auf Anhieb hielt er die Asiaten für die vordringlichsten Kandidaten – man wusste nie, was für heimtückische Machenschaften sie gerade im Schilde führten. Und dann waren da natürlich noch die Hispanics, die einen hinterhältigen Plan schmiedeten, den südwestlichen Teil der Vereinigten Staaten an Mexiko anzugliedern …

So sah es also im Kopf von L. J. Freeman aus, dem Kirchenobersten der White Freedom Church, der im Büro seines Hauses in Hanscom in Illinois saß. Seine Gedanken kreisten um die einzementierte Achse seines Hasses wie die Ringe eines dunklen und feindseligen Planeten.

Das Hauptquartier des Black Exclusivist Movement lag im ersten und zweiten Stock eines Mietshauses in Manhattan, das Reverend Nate Grover, der Chef der Organisation, bar bezahlt hatte. Finanziell war er dazu in der Lage gewesen, weil er eine seiner Vortragstouren, die ihm jährlich ein paar Millionen Dollar Honorar einbrachten, um ein Dutzend Termine erweitert hatte. Einem jener Weißen, die ihn im Fernsehen anpöbelten, mochte das vielleicht als ein Riesenverdienst erscheinen, einem dieser Typen, die immer von seinem ›extravaganten Lebensstil‹ schwafelten und mit diesem Ausdruck jedes Mal seine Integrität in Frage stellen wollten, wenn nur sein Name erwähnt wurde. *Reverend Nate Grover pflegt einen extravaganten Lebensstil und nennt ein mehrere Millionen teueres Haus mit etlichen Angestellten in East Hampton auf Long Island sein Eigen, zudem eine Sammlung von dreißig Oldtimern, außerdem eine Kunst- und Antiquitätensammlung im Wert von …* Und so weiter und so fort. Als ob ein Mann afrikanischer Abstammung im beginnenden einundzwanzigsten Jahrhundert nicht das Recht hätte, genauso viel Geld zu verdienen wie irgendein Politiker im Ruhestand oder irgendein unverkäuflicher weißer Schreiberling, der nicht einmal halb so viele Leute anzog wie er, wahrscheinlich nur ein *Drittel*, und irgendwelchen weißen College-Studenten, die wie bleiche, geklonte Schweine aussahen, Unsinn erzählte.

Vor ein paar Monaten, als Grover gerade seinen jährlichen Liberty-Uprising-Protestmarsch auf Washington organisierte, hatte eine Redakteurin von einem dieser TV-Nachrichtenmagazine einen Mitarbeiter beauftragt, ihn anzurufen – man konnte darauf wetten, dass *sie* nie dafür kritisiert wurde, wenn sie ihre Untergebenen nach ihrer Pfeife tanzen ließ. Wie auch immer, schließlich rief diese unterwürfige Person an, um ein Interview mit ihm zu arrangieren. Warum nicht, dachte er, kostenlose Publicity durch die Medien … Er gab sein Einverständnis.

Keine weiße blonde Journalistin von einem großen Nachrichtensender, von der Grover je gehört hatte, hatte sich so weit nach Harlem vorgewagt. Rockefeller Center Nr. 50 lag ungefähr so weit *uptown*, dass sie sich gerade noch ohne Begleitschutz dorthin trauten. Sonst war aber immer ein riesiges Kamerateam dabei, und wahrscheinlich sagten sie auch dem gottverdammten New York Police Department Bescheid, wo sie hingingen, für den Fall, dass die Bullen eine bewaffnete Eskorte zur Verfügung stellen wollten.

Er ließ ihr also ausrichten, dass sie kommen solle, und zwei Tage später schneite sie auf Pfennigabsätzen in einem Barbie-Puppen-Outfit mit vielen Accessoires und allem Drum und Dran in sein Büro hinein. Sie sagte, dass sie Grovers geräumiges Büro beeindruckend finde und wünschte, sie hätte auch so ein schönes und großes Arbeitszimmer im Rockefeller Center. Da hätte Grover schon ahnen können, was als Nächstes kommen würde.

Dann wurde die Kamera eingeschaltet, das Videoband lief, und ob man es glaubte oder nicht, die Barbie-Puppe verwandelte sich vor seinen Augen in eine aggressive weibliche Kreatur, die mit der Bemerkung den Nahkampf eröffnete, dass er das Haus ›für ein Butterbrot‹ erstanden und Bauunternehmer beauftragt habe. »Und deren Arbeiter«, sagte sie dann, »haben in den unteren Stockwerken alles herausgerissen und sie für Ihre Büros renoviert, aber in den etwa dreißig verfallenden Wohnungen im dritten, vierten und fünften Stock, in denen zum großen Teil arme schwarze Arbeiterfamilien leben, alle Renovierungsarbeiten auf unbestimmte Zeit verschoben.« Während sie dies sagte, lächelte sie ihn an wie ein Hai.

Dann holte sie zum Todesstoß aus. »Begreifen Sie jetzt, warum man Sie von verschiedenen Seiten des Opportunismus und der Heuchelei bezichtigt hat?«

Einen Augenblick lang war Grover versucht, sie zu fragen, was sie erwartet hatte – einen Typ in einem Zuhälteranzug, der in einem nach Pisse und Scheiße stinkenden Loch herumhing, wo Junkies sich ihre Spritzen setzten? Dann wollte er sie bitten, ihm doch liebenswürdigerweise zu erklären, was sie mit dem Ausdruck ›von verschiedenen Seiten‹ meinte. Aber obwohl sie ihn etwas verstört hatte, erinnerte sich Grover daran, dass dies seine Chance war, durch die Medien in der Öffentlichkeit Wirkung zu erzielen und sich dem Mainstream-Publikum zu präsentieren. Also atmete er tief durch. Sein Plan war, sich der breiten Masse der weißen Amerikaner leicht konsumierbar von der moderaten Seite zu zeigen, damit es nicht wieder nur bitterböse Reaktionen gab.

»Wenn man sich zu viel auf einmal vornimmt, kriegt man gar nichts in die Reihe«, begann er. »Die Renovierungsarbeiten für den Rest des Gebäudes sind nur zeitweilig aufgeschoben worden, und ich unterstreiche das Wort *zeitweilig*, weil ich als Chef einer schwarzen Bürgerbewegung immer wieder gezwungen war, auf verschiedene grundlose Akte der Brutalität durch die autoritäre Macht zu reagieren, die weiterhin auf die permanente Unterdrückung meiner schwarzen Brüder aus ist.«

Grover glaubte, seine Sache gut gemacht zu haben. Er hatte ihr die Meinung gesagt, war aber vor laufender Kamera cool geblieben. Trotzdem war dieses Weibsbild entschlossen, weiter in der Offensive zu bleiben.

»Ich würde Ihnen gerne die Chance geben, einige Ihrer jüngsten Statements zu erklären, die, wie Meinungsumfragen belegen, die große Mehrheit der Weißen *und* der Afroamerikaner aufhetzend und beunruhigend finden. In verschiedenen Reden haben Sie die Regierung beschuldigt, ganze Stadtteile mit Rauschgift und automatischen Waffen zu überschwemmen und dabei besonders Kinder im Highschool-Alter im Auge zu haben. Und jetzt zitiere ich Sie wörtlich: ›Das ist ein verdecktes Programm der Anstachelung zum massenhaften Selbstmord oder Mord durch Abhängigkeit und Gewalt.‹ Zugleich haben Sie die Afroamerikaner aufgerufen, alle Transaktionen mit Unternehmen von Weißen zu unterlassen und so lange nicht an den demokratischen Wahlen teilzunehmen, bis eine politische Partei entstanden ist, die nur schwarze Kandidaten und Mitglieder hat und die – ich zitiere wieder wörtlich – ›sich die Freiheit nimmt, unseren Feinden den Krieg zu erklären und ein antikapitalistisches Wirtschaftssystem zu etablieren‹. Die Polizei bezeichnen Sie als ›eine dämonische Armee von Drangsalierern, die mit allen erforderlichen Mitteln in die Knie gezwungen werden muss‹, und damit scheinen Sie für genau die Gewalt zu plädieren, deren verheerende Auswirkungen unter den schwarzen Jugendlichen in den Innenstädten Sie beklagen. Noch kontroverser wird diskutiert, dass Sie angeblich mit der separatistischen Politik aus der Frühzeit der Black Panther liebäugeln und diese ausdrücklich befürworten …«

Die Abspaltung verschiedener Staaten zu einem unabhängigen schwarzen Territorium, möglicherweise im Süden – davon hatte er bei seinen Vorträgen an den Universitäten gesprochen, obwohl ihm natürlich klar gewesen war, dass das ungefähr so realistisch war wie ein Massenexodus ins Paradies auf einem riesigen fliegenden Teppich. Aber sehr oft, wenn er vor einer Menschenmenge stand, rutschte ihm irgendetwas heraus, das Aufmerksamkeit erregte, das Publikum aufrüttelte. Wenn das passierte, begann er zu improvisieren und dem Auditorium noch mehr einzuheizen. Er glaubte, dass es auch zu seinem Job gehörte, als Redner und Einpeitscher das Publikum am Einschlafen zu hindern, und dass es nicht wirklich eine Rolle spielte, wenn einige seiner Ziele abseitig erschienen, solange er seiner grundsätzlichen Botschaft treu blieb. In Gedanken fühlte er sich wie ein Kind, das einen Wunschzettel schreibt, sich zwanzig, fünfzig oder hundert Geschenke zu Weihnachten wünscht und glücklich ist, wenn es dann eines oder zwei davon unter dem Baum findet. Aber er glaubte auch, dass es nicht schaden konnte, um die Geschenke zu bitten, weil man nie wusste, was letztlich, in glänzendes Geschenkpapier verpackt, unter dem Baum lag. Darum ging's im Leben – man wusste nie etwas mit Sicherheit.

Und dennoch, als Grover vor der laufenden Kamera des zur besten Sendezeit ausgestrahlten, preisgekrönten Nachrichtenmagazins saß und sich der Tatsache bewusst wurde, dass dieses Interview in Tausenden von Haushalten im ganzen Land gesehen wurde, kam ihm der Gedanke, dass er vielleicht doch einige seiner Positionen etwas moderater formulieren und seine früheren Bemerkungen abschwächen sollte. Also atmete er erneut tief durch und erinnerte sich daran, dass er sich publikumswirksam und nicht so radikal präsentieren wollte.

Doch dann, als er gerade antworten wollte, bemerkte er den blutrünstigen Blick dieses Weibsbilds, das bereit war, ihm erneut ins Gesicht zu springen, völlig unabhängig davon, was er auch sagen würde. Ganz plötzlich errötete er vor Wut. *Zum Teufel,* dachte er, *dann kriegt sie eben zu hören, was sie hören will.*

»Ich bin zu der Ansicht gelangt, dass eine Koexistenz zwischen Schwarzen und Weißen innerhalb einer Gesellschaft unmöglich ist«, hörte er sich plötzlich antworten. »Und zugleich bin ich der Meinung, dass alle meine schwarzen Brüder bis zu dem Tag weiter ihre Sklavenketten tragen werden, in denen sie an die verfluchten Gestade dieses Landes gebracht worden sind, an dem sie sich aus dieser bösartigen Nation verabschieden und einen eigenen nordamerikanischen Staat gründen, der von ihnen und für sie regiert wird. Es ist meine feste Überzeugung, das alles andere als *totale Rassentrennung* vergebliche Liebesmüh ist und weiterhin auf beiden Seiten Gewalt hervorbringen wird. Und was meine Äußerungen angeht, die Sie zitiert haben – ich stehe dazu und habe nicht die Absicht, mich für irgendetwas zu entschuldigen.«

Die einzige Modifikation seiner Thesen, die Grover spontan durch den Kopf schoss, bestand darin, dass er darüber nachzudenken bereit war, New Jersey und Teile von Pennsylvania und Ohio als Komponenten eines ausschließlich schwarzen Staats zu beanspruchen, wenn sich herausstellen sollte, dass sein Plan mit den südlichen Staaten nicht zu verwirklichen war.

Es verstand sich von selbst, dass durch Grovers Interview die Zuschauerquoten in die Höhe schossen, und man musste auch keine weiteren Worte darüber verlieren, dass er Mainstream-Amerika jetzt vergessen konnte. Und mögliche Koalitionsangebote, die er irgendwann vielleicht erhalten hätte, wenn er sein Temperament gezügelt hätte, konnte er abschreiben. Aber er weigerte sich, darüber nachzudenken, was eventuell passiert wäre, wenn er anders gehandelt hätte, weil er seine Worte nicht wieder rückgängig machen konnte.

Und überhaupt, man musste nur sehen, wohin ihn diese Entwicklung gebracht hatte.

Er musste nur *hinsehen*.

Am Tag nach der Ausstrahlung des Nachrichtenmagazins, direkt am nächsten Morgen, um genau zu sein, war die E-Mail eingetroffen. Mit dem Mann, der sie geschickt hatte, hatte er mittlerweile schon seit Ewigkeiten keine Geschäfte mehr gemacht. Damals hatte er zugestimmt, gegen eine prozentuale Beteiligung über die steuerfreien Wohltätigkeitskonten seiner Bewegung etwas schmutziges Geld zu waschen, und dann damit seinen ersten Liberty-Uprising-Protestmarsch finanziert. Davor hatte es diesen Ecstasy-Deal für den Raum Los Angeles gegeben ... Aber die Sache mit den Drogen lag jahrelang zurück, für Grover fast ein ganzes *Leben* lang. Damals hatten ihn nur ein paar Schritte vom Knast getrennt, und er brauchte das Geld, um nicht auf die Schnauze zu fallen. Heute lebte er das, was er predigte, ja, er hielt sich verdammt genau daran. Nie wieder – unter keinen Umständen – würde er dazu beitragen, die Körper junger Schwarzer mit Rauschgift voll zu pumpen.

Unter keinen Umständen.

Dennoch hatte er die E-Mail aus reiner Neugier geöffnet, bevor es einer seiner Mitarbeiter tat.

So hatte Reverend Nate Grover von dem Sleeper-Virus erfahren.

Wenn die E-Mail von einem anderen Absender gekommen wäre, hätte Grover sie für einen schlechten Scherz gehalten. Aber er wusste, dass dieser Mann keine Scherze machte und dass es etwas auf sich haben musste mit dieser Nachricht über den Supervirus, bei dem die Zufriedenheit des potenziellen Kunden garantiert war. So abwegig das Ganze auch zu sein schien, man musste es ernst nehmen.

Seitdem hatte Grover auf die konkrete Offerte gewartet und seinen Computer immer voller Vorfreude eingeschaltet.

Heute war sie endlich gekommen.

WECKEN SIE DEN SLEEPER. GEBÜHR: 50 MILLIONEN. ANWEISUNGEN FOLGEN INNERHALB EINER WOCHE.

Plötzlich konnte Grover um die hundert Geschenke auf seinem Wunschzettel bitten.

So abwegig es auch klingen mochte, er brauchte nur zu fragen.

Der Norden, der Süden, der Mittlere Westen ... Zum Teufel mit den *kleinen Stücken* vom großen amerikanischen Kuchen, wenn doch alles zum Greifen nah war, in glänzendes Geschenkpapier verpackt, wie das beste und größte Präsent unter dem Weihnachtsbaum.

Fünfzig Millionen Dollar – das hielt Murdock Williams geradezu für ein Sonderangebot. Ein Erstklässler konnte mit Leichtigkeit die Gewinn-Verlust-Relation ausrechnen, hier ging's nicht etwa um Quantenphysik, sondern um simple Scheckbuch-Kalkulationen.

Williams' Rechtsanwälte hatten dem älteren Ehepaar von der Upper East Side bereits zwei oder drei Millionen für den Auszug aus ihrer Wohnung geboten und ihnen irgendwo anders in der Stadt eine neue Unterkunft mit zwei Schlafzimmern garantiert. Das war weitaus mehr, als die anderen Bewohner des Hauses bekommen hatten – nur einer von ihnen hatte eineinhalb Millionen Abfindung eingestrichen –, aber die hatten sich alle begeistert auf das Angebot gestürzt. Man gab ihnen ein Heidengeld und somit die Chance, nach gewöhnlichen Maßstäben reich zu werden. Wer würde sich darauf nicht einlassen?

Nun, ganz offensichtlich diese beiden Fossilien namens Mr. und Mrs. Bognar. Der Mann war ungefähr achtzig Jahre alt, seine Frau nur ein paar Jahre jünger, und sie lebten seit einem halben Jahrhundert in der Wohnung in der York Avenue. Eigentlich hätte man glauben sollen, dass sie noch einmal Lust auf eine Ortsveränderung hatten, bevor Gott sie endgültig abberief. Stattdessen klebten sie dort fest wie alte Tapeten.

Nicht, dass Williams persönlich feindselige Gefühle gegen sie gehegt hätte – hätte er dann den Preis für den Auszug aus der Wohnung erhöht? Tatsächlich empfand er sogar ein gewisses Mitgefühl und Verständnis für sie. Seine Urgroßeltern stammten aus Russland, waren dort vor den Progromen geflüchtet und fast ohne Habe in Amerika angekommen. Williams war sicher, dass in irgendeinem seiner Häuser noch eine Fotografie – oder Daguerreotypie – von Fred und Erna Waskow hing. So hatte der Name seiner Familie vor ihrer Ankunft auf Ellis Island gelautet. Die Bognars waren 1956 beim Einmarsch der Russen in Budapest geflüchtet, und deshalb empfand Williams eine Art verwandtschaftliche Sympathie für sie. Aber Sympathie hin, Verständnis her – kein wirklicher Grundstücks- und Immobilienmakler konnte so erfolgreich sein wie er, wenn er die Summe vergaß, die unter dem Strich erscheinen musste.

Die East-Side-Wohnhäuser mit den großen Innenhöfen wurden ›The Mews‹, ›Stallungen‹, genannt und waren im späten neunzehnten Jahrhundert gebaut worden. Williams begriff, warum geschichtsvernarrte Typen sie ansprechend fanden, obwohl ihm persönlich die Geschichte nicht reichte. Die Gebäude lagen am Flussufer und hatten ursprünglich als Sanatorien gedient, in die reiche Tuberkulosepatienten wegen der damals noch guten Luft gekommen waren. Dreißig oder vierzig Jahre später waren sie in Wohnhäuser für die wachsende Mittelklasse der Stadt umgebaut worden – hier zogen hauptsächlich deutsche oder ungarische Immigranten ein, die vor diesem oder jenem Konflikt in Übersee geflohen waren. In den Achtzigerjahren war die Gegend in Mode gekommen und hatte von überall her Schwärme von Yuppies angezogen, aber eine beträchtliche Anzahl der alten Europäer war trotz der Veränderungen in der Nachbarschaft in ihren Wohnungen mit den stabilen Mieten geblieben.

Als Williams dem früheren Besitzer die Grundstücke abkaufte, bezahlte er sehr gut dafür, wenngleich ihm klar war, dass der Kaufpreis nur einen Bruchteil seiner gesamten Ausgaben ausmachen würde. Aber seine Finanzberater schätzten, dass er auf lange Sicht Profite in Höhe von vielen hundert Millionen Dollar einstreichen würde, möglicherweise sogar eine Milliarde, weil der wahre Wert in dem Luftraum über den Gebäuden lag.

Diese waren gerade mal sechstöckig – eine absolute Verschwendung von erstklassigem Wohnraum. Weil die Reihe von vier aneinander grenzenden Gebäuden auch ein Eckgrundstück einschloss, erlaubten es die in Manhattan gültigen Vorschriften, alle Häuser niederzureißen und sie durch einen einzigen, gigantischen Wolkenkratzer zu ersetzen, der fast einen ganzen Häuserblock einnehmen und mindestens fünfundneunzig Stockwerke hoch sein würde. Und damit höher als der Wohnturm, den Williams berühmter Rivale gegenüber dem Hauptquartier der Vereinten Nationen hochzog, derselbe Rivale, der die Konkurrenz vernichten wollte, dessen Bild immer auf den Titelseiten prangte und der die Penthouse-Wohnungen seines Gebäudes schon ab zehn Millionen Dollar aufwärts verhökert hatte, bevor auch nur der erste Beton für das Fundament angemischt worden war.

Deshalb stand ein Schwindel erregender Batzen Geld auf dem Spiel, aber auch der Ruhm, den Williams erwerben würde, weil ihm das größte Wohngebäude in New York City gehörte, also das Land, die *Welt*.

Seine Eigentumszertifikate waren unanfechtbar, und Williams hatte keine Zeit verloren, den Bewohnern der Gebäude großzügige Angebote für den Fall ihres Auszugs zu machen. Etwa fünfundsiebzig Prozent nahmen die Offerte glücklich an. Ein kleinerer Teil der Mieter wartete darauf, dass er ihnen den Auszug weiter versüßte. Also stockte er den Geldbetrag auf und organisierte in einigen Fällen kostenlos den Umzug.

Es dauerte nicht lange, bis die verbliebenen Mieter das Feld räumten – außer den Bognars, die aus sentimentalen Gründen an dem Haus hingen. Diese Bognars! Die ihre Meinung einfach nicht ändern wollten, unabhängig davon, wie viel Geld man ihnen über oder unter dem Tisch anbot. Die trotz ihres fortgeschrittenen Alters gesund genug zu sein schienen, um noch jahrelang in ihrer Wohnung zu bleiben, bevor sie endlich den Löffel abgäben.

Doch Williams hatte nicht vor, jahrelang zu warten.

Nachdem sie sein letztes Angebot abgelehnt hatten, wies er seine Anwälte an, eine Räumungsklage gegen die Bognars anzustrengen. Aber selbst die popligen Rechtsberater, die das alte Ehepaar vertraten, waren clever genug, ihn zu zwingen, Farbe zu bekennen. Die Mietgesetze waren eindeutig. Sie bestätigten den gegenwärtigen Mieterstatus der Bognars und räumten ihnen eine Verlängergungsoption ein, wenn der Mietvertrag auslief. Ja, mehr noch: Als in der Wohnung lebende Mieter berechtigte sie dasselbe Gesetz, ihn bis in alle Ewigkeit zu verlängern.

Vor Gericht unterlegen, vor dem Gebäude von der Bürgerinitiative für die Rechte von Senioren attackiert, denen das Wasser im Munde zusammenlief wegen der Chance, aus dem Fall Bognar einen großen Rechtsstreit zu machen, wandte sich Williams in seiner Verzweiflung an gewisse zwielichtige Leute, die mit Mitteln operierten, die man als *außergesetzlich* bezeichnen konnte. Diese Leute mischten, wie viele andere in der Stadt, in der Bauindustrie mit, und kontrollierten aus dem Hintergrund heraus die Gewerkschaften, die Fasergipsplatten-Lieferanten, die Installations- und Elektrounternehmen. Er glaubte, dass sie vielleicht in der Lage waren, dem alten Ehepaar Angst einzujagen – irgendetwas in der Art. Aber als er einem dieser Leute beim Dinner in Little Italy sein Anliegen vortrug, erfuhr er, dass die Sache einen unangenehmen Haken hatte, weil die Bürgerinitiative für die Rechte von Senioren in den örtlichen Medien so viel Krach geschlagen hatte.

»Denken Sie darüber nach«, sagte Williams' Bekannter. »Angesichts der schlechten Presse, die Ihnen dieser Fall eingetragen hat, müssen diese klapprigen alten Säcke nur von einer Wespe gestochen werden und *autsch* schreien, und schon wird irgendjemand behaupten, dass Sie die Wespe trainiert und losgeschickt haben.«

Williams bedachte ihn mit einem scharfen Blick. »Leute wie Sie sind doch bekannt dafür, Experten der Überzeugungskunst zu sein, und ich sehe nicht, warum dies ein besonders schwieriger Fall sein sollte«, insistierte er. »Außerdem gehöre nicht nur ich zu den Verlierern, weil diese alten Säcke auf einem Vermögen sitzen. Verstehen Sie denn nicht, wie viel Ihre Organisation von diesem Vermögen einstreichen könnte?«

»Ich habe sehr wohl verstanden und nur gesagt, dass es Probleme gibt, nicht, dass wir sie nicht lösen könnten. Sie warten in Ruhe ab. Ich muss mit jemandem Kontakt aufnehmen. Weil er in einer anderen Liga spielt als alle anderen, muss ich das erst absegnen lassen. Wenn er glaubt, Ihnen helfen zu können, wird er sich bei Ihnen melden.«

Und er meldete sich. Eine Woche später kam die verrückte E-Mail. Der Absender behauptete, einen Designer-Virus liefern zu können. Hunderte andere Vorschläge hätte Williams nicht für einen Moment in Erwägung gezogen. Aber er begriff, das sein Bekannter sich in einer Sphäre bewegte, die jenseits seiner persönlichen Erfahrungen lag. Doch die Sache klang verdammt weit hergeholt, und er hatte Schwierigkeiten, dem Angebot Glauben zu schenken.

Dennoch setzte sich in seinem Kopf nach und nach die Bereitschaft durch, die Behauptung für fundiert zu halten. Irgendetwas an der Art und Weise, wie sein Kontaktmann in Little Italy über den Unbekannten gesprochen hatte, hatte ihn beeindruckt. Dieses Cyberspace-Phantom nötigte selbst ihm Hochachtung ab.

Aber das war noch nicht alles. Er hatte sich von seinem Broker beraten lassen und finanziell stark in den Genom-Futures-Markt investiert, aber nicht, ohne zuvor seine Hausaufgaben gemacht zu haben. Projekte, die die Entschlüsselung menschlicher und nichtmenschlicher DNA einschlossen, waren die Avantgarde einer wissenschaftlichen Revolution, die sich in ihren Konsequenzen für die Gesellschaft mit dem Anbruch des Industriezeitalters, der Nutzung der Atomenergie und dem Aufkommen des Mikrochips vergleichen ließ. Die Genomforschung versprach rapide Durchbrüche bei der Prävention und Diagnose von Krankheiten, bei Medikamenten und der Entwicklung von Körperteilen im Labor zu Transplantationszwecken ... Niemand konnte sagen, was für Fortschritte zu erwarten waren, man konnte ja nicht einmal mit den bereits erreichten Schritt halten. Fast jeden Tag wurden neue Anwendungen der Biotechnologie angekündigt, warum sollte er also daran zweifeln, dass heimlich ein auf den Kundenbedarf zugeschnittener Virus entwickelt worden war? Je länger Williams darüber nachdachte, desto eher erschien ihm die Vorstellung weit hergeholt, dass jemand es noch *nicht* getan haben sollte.

Tatsächlich, dachte er, würde er seine Investitionen in die Biotechnologie gefährden, wenn er die Wahrscheinlichkeit der Entwicklung des Virus anzweifelte. Und Murdock Williams spielte nie gegen sich selbst.

Auf die E-Mail antwortete er, dass man ihm Bescheid geben solle, wenn das Produkt lieferbar sei. Dann gab er sich Mühe, sich auf seine anderen Geschäfte zu konzentrieren. Wenn er gerade nichts zu tun hatte, stellte er sich den Wolkenkratzer am Fluss vor, als bleibenden Beweis dafür, wie meisterhaft er sein Geschäft beherrschte. Was das alte Ehepaar anging – wie viel Zeit blieb ihnen denn noch bis zum Tod? Krebs, Herzinfarkt, Schlaganfall – früher oder später musste jeder dran glauben. Williams war der Ansicht, dass er nur das Unausweichliche beschleunigen würde.

Während er immer mehr Gefallen an der Eleganz dieser Lösung fand, wurde sein Verlangen unerträglich, seine Energie auszutoben und seine Ambitionen zu verwirklichen. Wenn das Cyberphantom noch länger für eine Antwort gebraucht hätte, wäre er von seiner Ungeduld verzehrt worden.

Aber jetzt war Gott sei Dank alles vorüber. Er hätte zehnmal so viel wie den verlangten Preis bezahlt, um das quälende Warten zu beenden.

Wecken Sie den Sleeper, Gebühr fünfzig Millionen, Anweisungen folgen innerhalb einer Woche, dachte er jetzt. Endlich war die Botschaft in seiner Online-Mailbox aufgetaucht, und sie verfolgte ihn wie die Entwicklung des NASDAQ.

Eine Woche, noch eine Woche – dann konnte er endlich loslegen.

Williams wusste, dass er bis dahin die Stunden zählen würde.

11.

San Diego, Kalifornien
8. November 2001

»Ich kann nicht tun, worum Sie mich da bitten. Das ist keine Alternative.«

»Tut mir Leid, wenn Sie das so sehen, Palardy«, sagte Enrique Quiros. »Tatsache ist aber, dass Sie keine Wahl haben.«

»Nennen Sie nicht meinen Namen. Hier sind wir nicht sicher …«

Kopfschüttelnd zeigte Quiros auf den tragbaren Wanzendetektor zwischen ihnen. »Da irren Sie sich erneut. Dies ist mein *Sicherheitswagen*. So nenne ich dieses Auto, so wie andere Leute ihre Fahrzeuge mit Kosenamen wie Bessie, Marie oder sonst wie belegen.«

Palardy seufzte. Der ›Sicherheitswagen‹, in dem sie saßen, war ein Fiat Coupé, den Quiros auf dem Parkplatz vor der Anlegestelle der Kreuzfahrtschiffe am Harbor Drive abgestellt hatte. Es war sechs Uhr abends, die Sonne sank am Horizont über der Bucht von San Diego, und der Bereich vor der Anlegestelle war mit dämmrigen Schatten schraffiert. Seinen Dodge Caravan hatte Palardy etwas abseits geparkt, nachdem er zögernd Quiros' Aufforderung gefolgt war, sich hier einzufinden.

»Diese Taschengeräte sind nicht besonders verlässlich«, sagte er. »Die Bandbreitenempfindlichkeit ist eingeschränkt. Und bestimmte Arten von Abhörgeräten arbeiten in Bereichen, die sich damit nicht scannen lassen. Es gehört zu meinem Job, auf diesem Gebiet Bescheid zu wissen, zu meinem gottverdammten *Job* … Haben Sie das etwa verges…«

»Beruhigen Sie sich, ich habe überhaupt nichts vergessen«, unterbrach ihn Quiros. »Normalerweise parkt dieses Fahrzeug auf meinem Grundstück, das permanent mit Videokameras überwacht wird. Außerdem gibt's da Alarmanlagen und Hunde. Wenn ich nicht, so wie jetzt, in diesem Auto sitze, wird es nie irgendwo anders geparkt.«

Als sie sich anblickten, sah Palardy in den dunkelgrünen Gläsern von Quiros' Brooks-Brothers-Sonnenbrille sein Spiegelbild. Immer schon hatte er es ungehörig gefunden, wenn sich ein Mann mit getönten Brillengläsern mit jemandem unterhielt, der keine Sonnenbrille trug, so wie er jetzt. Wenn man seine Augen verdeckte, hatte man offenkundig im Sinn, Distanz herzustellen und Überlegenheit zu gewinnen. Polizisten, Paranoiker, egoistische Filmstars – so unterschiedlich ihre Persönlichkeiten auch sein mochten, sie alle hatten das Bedürfnis, dunkle Gläser zu tragen und sich dadurch von anderen zu distanzieren.

»Offene Bereiche sind schwer zu sichern, damit hat selbst das Militär Probleme. Mir ist es egal, wie viele Alarmanlagen oder Wachhunde Sie haben.« Erneut seufzte Palardy schwer. »Hören Sie, ich will mich nicht mit Ihnen streiten. Mir geht's nur darum, dass es nicht schaden kann, vorsichtig zu sein.«

Quiros hatte von diesem Thema die Nase gestrichen voll. Er griff in die Innentasche seines Sportsakkos und zog ein Lederetui mit Reißverschluss hervor. »Dann wollen wir die Sache mal schnell hinter uns bringen, damit wir beide unserer Wege gehen können«, sagte er, während er Palardy das Etui hinhielt. »Da ist alles drin, was Sie benötigen.«

»Ich habe doch gesagt, dass ich das nicht tun kann. Es ist zu gefährlich, *zu viel* für mich.«

Ein paar Augenblicke lang sah Quiros ihn schweigend

an. Dann nickte er, blickte geradeaus und lehnte sich zurück. »Okay.« Noch immer hielt er das Lederetui in den Händen. »Okay, dann wollen wir mal Klartext reden. Es ist mir völlig egal, was Sie mir zu erzählen haben. Als Sie Geld brauchten, um in Cuiabá ihre Spielschulden zu bezahlen, haben Sie vertrauliche Informationen über den Plan und die Sicherheit einer Anlage verkauft, die Sie von Berufs wegen eigentlich hätten schützen müssen. Als Sie in die USA zurückversetzt wurden, haben Sie erneut Schulden gemacht, bis Ihnen die Kredithaie im Nacken saßen. Und dann waren Sie mehr als nur scharf darauf, sich heimlich in das Büro Ihres Arbeitgebers zu schleichen und das Material für einen genetischen Fingerabdruck zu besorgen. Und Sie wussten, dass ...«

»Bitte, ich fühle mich scheußlich, wenn Sie darüber ...«

Quiros hob eine Hand. Es war eine gemächliche Geste, die keinerlei Zorn verriet, Palardy aber sofort verstummen ließ.

»Wenn ich in Ihrer Haut steckte, wäre mir auch unbehaglich zumute. Sie haben Schlimmeres getan, als das Vertrauen Ihres Arbeitgebers und Ihrer Kollegen zu missbrauchen. Tatsächlich sind Sie an Mord und Sabotage mitschuldig. Und wenn das herauskommt, könnten Sie lebenslänglich hinter Gitter wandern.«

Es entstand ein kurzes Schweigen. Palardy wollte schlucken, aber sein Mund war wie ausgetrocknet.

»Es ist eine Entscheidung gefallen, was Sie zu tun haben«, sagte Quiros. »Für eine Weigerung ist es zu spät. Ich gebe Ihnen den Rat, ab sofort nicht mehr daran zu denken. Ansonsten werden Sie es bereuen, das verspreche ich Ihnen.«

Erneut versuchte Palardy zu schlucken. »In so etwas will ich nicht hineingezogen werden«, sagte er mit heiserer Stimme.

Quiros starrte auf den Anlegeplatz in der zunehmenden Dunkelheit am Rand des Hafens. »Gut möglich, dass es mir ähnlich geht«, sagte er leise. Dann schwieg er einen Augenblick. »Sie werden tun, was Sie tun müssen.« Zum zweiten Mal hielt er Palardy das Lederetui hin, ohne den Blick von der Windschutzscheibe abzuwenden.

Jetzt nahm Palardy es entgegen.

In einem gemieteten Lieferwagen begann Lathrop auf der dem Parkstreifen gegenüberliegenden Seite damit, sein Laser-Abhörsystem in dem schwarzen Kamerakoffer zu verstauen. Zuvor hatte er aus dem hinteren Fenster des Wagens den unsichtbaren Strahl des Infrarotlichts aus der Laserdiode des Geräts in einem rechten Winkel durch das Heckfenster des Fiats auf dessen Rückspiegel gerichtet.

Ein fundamentales Gesetz der Optik besagt, dass bei einer Reflexion Einfallswinkel und Ausfallswinkel identisch sind. In der Praxis bedeutet dies, dass ein Strahl kohärenten Lichts – bei dem alle Lichtwellen in Phasen schwingen, was per definitionem eine Eigenschaft von Laserlicht ist – im gleichen Winkel zu seiner Quelle zurückgelenkt wird, in welchem er auf eine reflektierende Oberfläche trifft. Wenn allerdings die Oberfläche den Strahl irgendwie moduliert oder Interferenzen verursacht, die Phasenverschiebungen bei Lichtwellen bewirken, so kommen einige unter einem anderen Winkel zurück als andere Teilstrahlen. Infinitesimal kleine Vibrationen des Fensterglases, die durch das Gespräch im Fiat hervorgerufen wurden, und seien es auch nur einige Hundertstel Millimeter und weniger bei jeder Äußerung, bewirkten entsprechende Fluktuationen im reflektierten Strahl. Diese Fluktuationen wurden in dem Empfänger des Lauschgeräts in elektronische Impulse umgewandelt, aus dem Hintergrundrauschen herausgefiltert, verstärkt und digital aufgezeichnet.

Lathrop hatte jedes einzelne Wort aufgezeichnet, das in dem Wagen gesprochen worden war, und wenn er auch über den Inhalt des Gesprächs noch nichts sagen konnte, war ihm doch eines völlig klar. Nachdem er Enrique Quiros tagelang in verschiedenen Mietwagen und Verkleidungen gefolgt war, war seine Geduld schließlich belohnt worden.

Nie hatte er sich auch nur vorstellen können, einen so tiefen kriminellen Morast zu entdecken, aus dem sich jede Menge Geld herausholen ließ.

12.

San José, Kalifornien
11. November 2001

In dem Augenblick, als Palardy Roger Gordians Büro betrat, überkam ihn ein seltsames Gefühl. Alles wirkte wie zuvor, aber doch anders, wie in einem dieser Träume, die der Realität so ähnlich waren, dass man verwirrt aufwachte und sich fragte, ob die Ereignisse aus dem Traum tatsächlich passiert waren. Der Schauplatz eines solchen Traums konnte der Ort sein, wo man aufgewachsen war, das Haus, in dem man lebte, oder der Park auf der anderen Straßenseite – es spielte keine Rolle. Man wusste, dass man sich an einem vertrauten Ort befand, aber irgendwie war nicht alles so, wie es sein sollte. In einem und außerhalb von einem.

So fühlte er sich an diesem Morgen. Alles wirkte wie zuvor, aber doch anders.

Während er über den Teppich auf Gordians Schreibtisch zuging, versuchte er, dieses verschwimmende, irritierende Gefühl abzuschütteln.

Sie werden tun, was Sie tun müssen, hatte Quiros nachdrücklich gesagt, und Palardy glaubte jetzt, dass er dazu imstande war.

Er konnte es tun.

Dies war der Tag nach seiner routinemäßigen Untersuchung, bei der er überprüft hatte, ob Abhörgeräte installiert waren oder der Raum sonst wie überwacht wurde. Aber weil Palardy den Big Sniffer und seine sonstige Ausrüstung heute nicht dabei hatte, war er ein bisschen misstrauischer als sonst. Nachdem Enrique Quiros ihm diesen Job aufgezwungen hatte, war ihm klar gewesen, dass er die Sache so schnell wie möglich hinter sich bringen wollte. Das Etui mit dem Reißverschluss, das Quiros ihm gegeben hatte, lag so schwer in seiner Hand, lastete so schwer in seiner Hosentasche wie ein Stück Blei, das vom Magnetismus im Inneren der Erde angezogen wurde und ihn mit herabzog. Und mit jedem Augenblick war dieser Sog nach unten schwerer zu ertragen. Palardy musste alles über die Bühne bringen, bevor er im Erdboden versank.

Kurz vor sieben Uhr morgens war er an seinem Arbeitsplatz eingetroffen. Das war die übliche Zeit für das Security-Personal, das vor dem allgemeinen Arbeitsbeginn alles überprüfte, damit die Geschäfte nicht gestört wurden. Dann war er unverzüglich in Gordians Büroräume gegangen. Für den Fall, dass jemand anwesend sein sollte, hatte er sich eine Ausrede zurechtgelegt. Und tatsächlich war er nicht allein. Obwohl der Chef selbst nie vor halb oder Viertel vor acht eintraf, kam, wie Palardy wusste, seine Assistentin Norma häufig früher, um sich auf ihre Ablage, die Terminplanung oder ihre sonstigen Pflichten zu stürzen. Und natürlich saß sie heute in dem äußeren Büro an ihrem Schreibtisch, als Palardy aus dem Lift trat.

Zum Glück hatte er eine gute Geschichte parat.

»Guten Morgen, Norma«, sagte er, erstaunt darüber, dass er ein Lächeln zustande brachte, während er das Gefühl hatte, in ein tiefes Loch zu fallen.

Sie blickte von ihrem Computermonitor auf und sah ihn etwas überrascht an. »Hallo, Don. Erzählen Sie mir nicht, dass das Ihr Zwillingsbruder war, den ich hier gestern mit dieser verrückten Trickkiste gesehen habe.«

»Nein, tut mir Leid. Mich gibt's nur einmal.«

»Was für ein vernichtender Schlag für die gesamte Damenwelt«, antwortete sie mit einem gespielt finsteren Blick. »Also – weshalb statten Sie uns schon wieder einen Besuch ab?«

»Ich glaube, dass ich eines dieser verrückten kleinen Spielzeuge verlegt habe, das ich gestern dabei hatte, als ich meine Runde gedreht habe.« Palardy schien seine eigenen Worte vom anderen Ende des Raums her zu hören. »Bei den Fundsachen ist es nicht dabei, also bin ich zurückgekommen.«

Zum Teil hatte er damit gerechnet, dass Norma misstrauisch sein, ihn mit ihren Blicken durchbohren und vermuten würde, dass irgendetwas nicht stimmte. Aber dem anderen Teil seines Bewusstseins war klar gewesen, dass das eine irrationale Befürchtung war. Die Begründung, die er für sein erneutes Auftauchen geliefert hatte, musste völlig normal und plausibel klingen.

Und so war es dann auch. Sie winkte ihn zur Tür von Gordians Büro durch.

»Fühlen Sie sich ganz als mein Gast.«

Dann stand Palardy mit dem Rücken zur Tür vor Gordians großem Mahagonischreibtisch und streifte hastig die weißen Baumwollhandschuhe über, die er in der Hosentasche mitgebracht hatte. Direkt rechts neben dem Tintenlöscher stand eine Dose mit Waffelröllchen. Vor etwa einem Monat war Palardy bei seinem Rundgang hinter seinem Zeitplan zurückgeblieben, und der Boss war hereingekommen und hatte hinter seinem Schreibtisch gewartet, bis Palardy mit der Überprüfung fertig war. Sein Chef hatte mit einem dieser Waffelröllchen den Kaffee umgerührt, den er sich selbst eingeschenkt hatte, und sich halb scherzhaft darüber beklagt, dass er auf Befehl seiner Frau den Kaffee mit dem künstlichen Haselnussaroma aufgegeben habe und ihm stattdessen zweimal am Tag die Waffelröllchen gestattet seien.

Während des Treffens in Quiros' Wagen hatte Palardy sich deutlich an diese Begebenheit erinnert, und jetzt war es nicht anders, als er nach der Dose mit den Waffelröllchen griff, den Plastikdeckel entfernte und ihn auf den Schreibtisch legte. In der Dose befand sich nur noch etwas weniger als ein Viertel des ursprünglichen Inhalts, vielleicht zehn Röllchen. Er kramte das Lederetui aus der Tasche seines Overalls hervor, zog den Reißverschluss auf, griff nach der Einwegspritze und legte sie dann neben den Deckel der Dose. Die Spritze hatte er bereits mit der Lösung aus der Ampulle aufgezogen, die er daraufhin weggeworfen hatte. Diese Sache hier sollte ihn eine Minute kosen, maximal zwei.

Bring's hinter dich, dachte er. *Tu es einfach.*

Mit der rechten Hand fischte er eins der Waffelröllchen aus der Dose, und mit der Linken führte er die Nadel ein, um eine winzige Dosis zu injizieren. Farblos, geruchlos, geschmacklos – der Inhalt der Ampulle würde sich unerkennbar in der Cremefüllung des Waffelröllchens verteilen.

Nachdem er die Nadel herausgezogen hatte, legte Palardy das Waffelröllchen wieder in die Dose und wiederholte das Ganze drei weitere Male.

Das sollte reichen, das musste reichen. Es war noch mehr Inhalt in der Spritze, aber er konnte es nicht ertragen, noch länger in dem Büro zu bleiben. Sein Magen fühlte sich wie ein Eisklumpen an.

Palardy schloss die Dose, verstaute die Spritze in dem Lederetui und steckte es in die Tasche.

Als er gerade die Handschuhe auszog, hörte er, dass hinter ihm die Türklinke gedrückt wurde.

Einen Augenblick lang setzte sein Herzschlag aus.

»Haben Sie es gefunden?«

Normas Stimme.

Dies war der bisher schlimmste Augenblick seines Lebens, noch schlimmer als das fürchterliche letzte Treffen mit Quiros. Zwischen Schuldgefühlen und Entsetzen hin- und hergerissen, erstarrte sein ganzer Körper, und sein in Wallung geratenes Blut drohte ihn erröten zu lassen.

Irgendwie schaffte er es, absolut reglos stehen zu bleiben, so dass sein Körper seine Hände verbarg, bis er die Handschuhe abgestreift und sie in die Tasche gestopft hatte.

Dann wandte er sich Norma zu, die sich durch die offene Tür in den Raum lehnte.

»Nein«, antwortete er. Nervös bemerkte er, dass er seine äußere Erscheinung nicht überprüft und sich nicht vergewissert hatte, dass die Handschuhe nicht aus seiner Tasche hervorlugten. Er fragte sich, ob sie sie sehen konnte. »Ich habe nichts gefunden.«

Eine Sekunde lang studierte die Sekretärin seinen Gesichtsausdruck. Dann zuckte sie die Achseln. »Tut mir Leid, mein Guter. Gucken Sie nicht so beunruhigt drein. Ich bin sicher, dass sich Ihr Dingsbums schon wieder finden wird.«

Sie hat nichts gemerkt, dachte er, *danke, Gott, sie hat nichts gemerkt.*

Er nickte. »Ja. Wahrscheinlich komme ich fürs Erste auch ohne das Ding aus.«

Da zirpte das Telefon auf ihrem Schreibtisch. »Besser, wenn ich den Anruf entgegennehme«, sagte sie, während sie ihren Kopf bereits wieder zurückzog. »Hoffentlich macht es Ihnen nichts aus, dass ich Sie nicht hinausbegleiten kann. Ich werde den Leuten von der Reinigungskolonne sagen, dass sie die Augen offen halten sollen.«

Palardy atmete auf und strich mit schwitzenden Handflächen seinen Overall glatt. Die Handschuhe waren nicht zu sehen – Norma hatte nichts mitgekriegt. Alles war in Ordnung.

Einen Augenblick später ging auch er ins Vorzimmer und winkte Norma lächelnd zu, als er an ihrem Schreibtisch vorbeiging. Dann fuhr er mit dem Lift nach unten.

Auf wackligen Beinen bewegte er sich durch eine Welt, die für ihn nie wieder dieselbe sein würde wie früher.

»Hallo, Ash«, sagte Gordian in den Hörer des Telefons auf seinem Schreibtisch. »Bist du sicher in Los Angeles gelandet?«

»Ja, alles in Ordnung«, bestätigte sie. »Ich rufe über mein Handy aus dem Ankunftsterminal an, damit du nicht weiter auf deinen Fingernägeln herumkauen musst.«

Gordian lächelte. Seit fast vier Jahrzehnten flog er selbst, von Air-Force-Bombern bis hin zu seinem privaten Learjet. Diese langjährige Erfahrung hatte aus ihm einen fast unerträglichen, besserwisserischen Kopiloten gemacht, und er war noch gereizter, wenn seine Frau oder seine Kinder mit einem Flugzeug flogen, in dem ein anderer Pilot im Cockpit saß.

Erwachsene Kinder, ermahnte er sich selbst.

»Hattest du einen angenehmen Flug?«

»Hätte nicht angenehmer sein können«, antwortete Ashley. »Wie geht's im Büro zu?«

»Nicht ganz ohne Turbulenzen«, sagte Gordian. »Ich

komme gerade in mein Büro zurück, nachdem ich von einer dieser Turbulenzen aufgehalten worden bin. Kennst du Mark Debarre, den Marketing-Vize?«

»Na klar. Ein netter Mann.«

»Normalerweise schon. Aber du hättest sehen sollen, wie er heute auf der Verkaufskonferenz die Zähne gefletscht hat. Fast hätte er einen dieser Typen aus der Werbeabteilung gebissen. Sie haben darüber gestritten, ob diese Computerkioske zum Herunterladen von Informationen *Infopods* oder *Datapods* genant werden sollten.«

Sie lachte.

Selbst aus einer Entfernung von mehreren hundert Meilen wärmte ihn ihre Stimme. Es war, als könnte man einen Sonnenstrahl hören.

»Und für welchen Namen hat Mark plädiert?«

»Für den Ersteren.«

»Und du?«

»Ich bin hin- und hergerissen.«

»Hm. Ich werde über das Wochenende darüber nachdenken und dir dann meine Meinung mitteilen, falls sie dich interessieren sollte.«

»Das tut sie.«

»Dann werde ich mir die Sache durch den Kopf gehen lassen«, antwortete sie. »In der Zwischenzeit werden Laurie, Anne und ich unsere eigene Marketingkonferenz abhalten, während wir auf unser Gepäck warten. Wir wollen unbedingt die leichtgläubigsten und beeinflussbarsten Konsumenten überhaupt werden.«

Lächelnd griff Gordian in die Dose mit den Waffelröllchen, fischte eins heraus und ließ es in die Kaffeetasse auf seinem Schreibtisch gleiten. Ashley verbrachte noch vor dem Thanksgiving-Feiertag gemeinsam mit ihren Schwestern ein Shopping-Wochenende in Los Angeles, und dieses luxuriöse Spektakel fiel jedes Jahr größer und kostspieliger aus – offensichtlich mit Absicht.

»Habe ich da etwas von *Gepäck* gehört?«, fragte Gordian. »Da du nur für zwei Tage weg bist, war ich der Meinung, dass ein Handkoffer ausreichen würde.«

»In den Koffern wird die Beute nach Hause verfrachtet, mein Liebster.«

»Dann warte ich wohl doch besser, ob die Kreditkarten überzogen sind, bevor ich an das Achte Gebot und Ehebruch denke.«

»Das wäre ratsam.« Erneut lachte sie.

Wie ein Sonnenstrahl, der die Flügel eines Schmetterlings berührt, dachte Gordian. *Und zwar am strahlendsten Sommertag mit dem blauesten Himmel.*

»Ich sollte jetzt besser Schluss machen«, sagte Ashley nach einem Augenblick. »Wir sehen uns am Sonntagnachmittag bei Julia, okay?«

»Warum soll ich dich nicht am Flughafen abholen?«, fragte Gordian. »Wir könnten anschließend zusammen zu ihr fahren.«

»Wirklich, Gord, du brauchst dir keine Sorgen zu machen. Für mich ist es leichter, einen Wagen zu nehmen.«

»Okay ...«

»Nebenbei – es könnte dem Verhältnis zu deiner Tochter nicht schaden, wenn du etwas Zeit allein mit ihr verbringen würdest. Und ich weiß, dass du gerne den Hundezwinger für Jack und Jill zu Ende bauen möchtest.«

»Ja ...«

»Dann verausgabe dich mal schön. *Ich* werde es auf jeden Fall so halten.«

Gordian zog das Waffelröllchen aus dem Kaffee, betrachtete es ruhig und tauchte es wieder in die Tasse. »Du hast gewonnen«, sagte er dann. »Amüsier dich gut. Grüße an deine kaufwütigen Schwestern.«

»Wird gemacht. Ich liebe dich.«

»Ich dich auch, Ash.«

Gordian legte auf, griff nach der Tasse, nippte und beschloss, dass der Kaffee jetzt ausreichend Haselnussaroma angenommen hatte. Das Resultat war nicht ganz so befriedigend wie jener Kaffee, der aufgrund des künstlichen Aromazusatzes einen hohen Fettanteil hatte und ihm von Ashley untersagt worden war, aber es war ein gewisser

Trost, das Waffelröllchen zu dem heißen Getränk knabbern zu dürfen.

Er biss ein Stück von dem Ende ab, das er in den Kaffee getunkt hatte, ganz wie ein Mann, der russisches Roulette spielt, aber nicht die leiseste Ahnung hat, dass er einen gespannten und geladenen Revolver in der Hand hält.

Dieses Waffelröllchen, das zweite heute, gehörte nicht zu denen, die Palardy mit der Spritze präpariert hatte.

Drei Stunden später genehmigte sich Gordian ein Waffelröllchen über seine Tagesration hinaus, als kleinen Muntermacher, weil er sich erneut das Geschrei und die Klagen seiner streitenden Führungskräfte hatte anhören müssen.

Und diesmal hatte er die Kugel erwischt.

»Haben Sie eine Idee, warum ich Sie gebeten habe, so spät an einem Freitagnachmittag hierher zu kommen?«

»Nun, Sir ...«

»Tom reicht auch«, sagte Ricci. Nach sieben Monaten ununterbrochener gemeinsamer Arbeit glaubte er, sich nicht mehr darüber klar werden zu müssen, wie er von seinen Untergebenen angeredet werden wollte.

»Jawohl, Sir.« Nichols räusperte sich nervös. »Tom.«

Ricci blickte den jungen Mann über seinen Schreibtisch hinweg an. »Also, haben Sie?«

Der Gesichtsausdruck des Jungen wirkte verwirrt.

»Eine Idee, warum ich Sie hergebeten habe«, sagte Ricci.

»Oh.« Nichols räusperte sich erneut. »Nun, es ist Freitagnachmittag und schon spät ...«

»Wie ich bereits festgestellt habe ...«

»Ja, haben Sie. Tut mir Leid, Tom ...«

Ricci rang die Hände.

»Meine Annahme war, dass Sie bis zum Ende dieser Woche gewartet haben, um zu einer Bewertung meiner Aktionen während der Trainingsübung in der letzten Woche zu kommen. Ich glaube, dass Sie mich vor Montag aus der schnellen Eingreiftruppe entlassen wollten.«

Ricci blickte ihn an. »Der Gedanke ist mir durch den Kopf gegangen«, antwortete er.

Einen Augenblick lang herrschte Stille in dem Raum. Tatsächlich war es *toten*still. Es war Freitagnachmittag, und fast alle hatten sich schon ins Wochenende verabschiedet. Selbst der Korridor vor dem Büro war verwaist.

Ricci blickte auf den Federhalter, der neben seinem linken Ellbogen auf dem Schreibtisch lag, fand, dass er weiter weg liegen müsste, schob ihn zur Seite und kam dann zu der Ansicht, dass ihm die ursprüngliche Position doch besser gefiel. »Wir wissen, was bei der Stürmung des Büros schief gelaufen ist«, sagt er dann. »Wissen Sie jetzt, im Rückblick, wie wir hätten vorgehen sollen?«

Nichols nahm sich ein paar Sekunden Zeit zum Nachdenken und schien sicherer und weniger nervös zu werden. Der junge Mann hatte kurz geschnittenes blondes Haar, und mit seinen glatten Wangen hätte er auch dann keinen Ärger gekriegt, wenn er sich eine Woche lang nicht rasiert hätte. Aber unter dem Äußeren eines Schuljungen verbarg sich Härte, Konzentration. Außerdem hatte er den Körperbau eines Mannes, der mit Intelligenz trainierte, nicht nur auf körperliche, sondern auch auf geistige Fitness aus war und eher Ausdauer als Muskelprotzerei im Sinn hatte. Diese Qualitäten waren Ricci zuerst aufgefallen, als er kurzzeitig in Kasachstan mit ihm zusammengearbeitet hatte, und auch jetzt wieder, während der Ausbildung der schnellen Eingreiftruppe.

»Unsere Zielpersonen waren in dem Raum eingeschlossen«, sagte Nichols schließlich. »Außer der Tür gab es keinen weiteren Ausgang, was wir wussten. Das war ein Nachteil für sie. Ihr Vorteil bestand darin, dass sie von unserem Kommen wussten und mit der Tür einen engen und leicht zu schützenden Bereich hatten, von dem aus sie uns beobachten und unter Feuer nehmen konnten.« Er schwieg für einen Moment. »Vor und während unseres Eindringens hätten wir viele Ablenkungsmanöver starten können. Wir hätten im Nebenraum Sprengstoff platzieren oder sie mit chemischen Substanzen außer Gefecht setzen können.

Vielleicht hätten wir Zeit gehabt, von draußen Verstärkung anzufordern, und diese Teams hätten Gasgeschosse durch das Fenster feuern können. In erster Linie hätte ich aber Ihre genauen Befehle, Anweisungen und den Countdown abwarten sollen, statt vorzeitig zu versuchen, die Tür aufzubrechen.«

Der junge Mann saß kerzengerade auf seinem Stuhl und schien sich extreme Mühe zu geben, seine Verlegenheit zu kaschieren.

Das machte auch Ricci verlegen. »Bis zu dem Augenblick, als Sie mit der Handramme losgelegt haben, waren Sie einsame Spitze«, sagte er. »Als uns diese Typen überrascht haben, die die Treppe herunterkamen, haben Sie alles richtig gemacht. Bei dem Feuergefecht im Flur ebenfalls. Das waren zwei brenzlige Situationen. Was ist danach mit Ihnen passiert? Hat Sie der Adrenalinstoß überwältigt?«

Nichols errötete ein wenig. »Das stimmt nicht ganz, Sir ... Tom, Sir ...« Er schüttelte den Kopf.

»Reden Sie weiter«, sagte Ricci. »Spucken Sie's aus.«

Der junge Mann atmete tief durch. »Als Sie uns den Befehl gegeben haben, die Männer in dem Korridor zu neutralisieren, habe ich Sie sagen gehört, dass wir alles *blitzschnell* erledigen sollten.« Erneut atmete er tief durch und blickte dann Ricci an. »Das habe ich so verstanden, dass wir sofort zum nächsten Schritt übergehen und unsere Zielpersonen so schnell wie irgend möglich festnehmen sollen. Im Rückblick denke ich ... Nein, ich *weiß* es ... Ich war zu scharf darauf, es Ihnen recht zu machen und den neuen Rang zu erwerben.«

Eine Zeit lang schwieg Ricci. »Ich habe meine eigene Theorie über Fehler«, sagte er dann. »Immer lauern sie uns auf, wie versteckte Minen oder Falltüren. Bei jedem Schritt müssen wir Entscheidungen treffen, und die besten sind in der Regel diejenigen, die uns ein kleines Stück voranbringen. Schlechte Entscheidungen haben die miserable Eigenschaft, dass sie endgültiger sind und uns in die Falle führen. Das sind keine erfreulichen Aussichten.«

Ricci beäugte seinen Federhalter, schob ihn nach rechts, dann nach links, dann mehr in die Mitte des Schreibtischs. »Ich war Soldat, und ich war Bulle.« Er blickte Nichols an. »Beim Militär und bei der Polizei habe ich Typen kennen gelernt, die nicht zwischen Gehorsam und blindem Gehorsam unterscheiden konnten. Vielleicht sollte dieser Unterschied mal stärker betont werden. Man müsste den Männern zeigen, wo die Grenze zwischen beiden verläuft. Es kann eine schmale Grenze sein, scharf wie eine Rasierklinge, glitschig. Aber wenn man leben will, sollte man das Terrain genau kennen.« Er schwieg einen Augenblick. »Ich bin ihr Vorgesetzter, und meine Befehle sollten klar und deutlich sein. Sie sagen, dass meine Worte bei Ihrem Patzer eine Rolle gespielt haben. Ich werde darüber nachdenken und Ihnen eine zweite Chance geben. Aber eine dritte Chance wird es nicht geben, weil wir hier über Leben und Tod reden. Über Ihr Leben und das Ihrer Kameraden. Und in *meinem* Team reicht es als Entschuldigung nicht aus, dass man nur Befehle befolgt hat. Sie müssen Ihren Grips benutzen. Ihre ganze Urteilskraft, alles, was Sie gelernt haben, Ihr Verständnis, worum es bei dieser Mission geht. Was der Sinn unserer Truppe ist. Und Sie müssen die Grenze im Blick behalten.«

Nichols saß still auf seinem Stuhl. »Danke«, sagte er nach ein paar Sekunden unbeholfen. »Ich weiß zu schätzen, was Sie für mich getan haben. Und es tut mir Leid, dass …«

Ricci unterbrach ihn mit einer Handbewegung und blickte auf die Wanduhr. »Gehen Sie nach Hause«, sagte er. »Es ist Freitagnachmittag, das Wochenende ruft.«

»Jawohl, Sir.«

Ricci blickte ihn an, öffnete den Mund, schloss ihn wieder. Dann sah er wieder auf seinen Federhalter, um ihn erneut über den Schreibtisch zu schieben.

Nichols stand auf und verließ das Büro.

13.

Kalifornien / Virginia
13. November 2001

Am Sonntagmorgen erwachte Roger Gordian mit dem Gefühl, gegen eine üble Erkältung ankämpfen zu müssen.

Sicherlich war er gestern nicht ganz auf dem Damm gewesen, aber er hatte das der Ermüdung durch die Arbeit zugeschrieben. Im Büro hatte er während der letzten Woche mehr als üblich zu tun gehabt, aber das war der vorhersehbare Stress, mit dem man rechnen musste, wenn man Chef eines in siebenundzwanzig Ländern auf fünf Kontinenten aktiven Unternehmens war. Und dann war am Freitag noch die schwierige Marketingkonferenz hinzugekommen. Außerdem hatte er Tom Ricci genau im Auge behalten müssen, der im Trainingscamp in New Mexico seine Kriegsspiele dirigierte. Wenngleich ihre endgültige Entscheidung in dieser Frage Ricci frustriert hatte, hielt Gordian die Leistungen seiner Männer doch für außergewöhnlich. Dass am Schluss etwas schief gelaufen war, erschien Gordian angesichts ihrer gesamten Arbeit und der Tatsache, dass sie aus dem Irrtum Lehren ziehen würden, als nicht so wichtig. Warum hielt man vorbereitende Manöver ab, wenn nicht aus dem Grund, Fehler zu finden und zu korrigieren?

Es war eine lange, erschöpfende Woche gewesen. Und jetzt, während Ashley in Los Angeles an den Kassen der Geschäfte Geld verprasste, kam ihm die Woche unvollständig vor, als würde an ihrem Ende etwas fehlen. Wenn sie weg war, war das Haus kein richtiges Zuhause, es wirkte stiller, die Zimmer erschienen ihm größer und leerer. Manchmal konnte Gordian gar nicht glauben, wie viel Zeit sie voneinander getrennt gelebt hatten, bevor ihm die Schwierigkeiten in ihrer Ehe vor ein paar Jahren die Augen geöffnet hatten.

Außerdem hatte er sich – trotz der häufigen Spannungen – zugegebenermaßen daran gewöhnt, Julia in der

Nähe haben. Aber jetzt schien sie mit ihrem neuen Zuhause sehr zufrieden zu sein, und das erfreute auch ihn, wenngleich er es auf etwas eigensüchtige Weise vermisste, sie übertrieben väterlich behandeln zu können und nicht mehr ihre liebenswert lästigen Windhunde im Schlepptau zu haben.

Nachdem er am Freitag zeitig ins Bett gegangen war, hatte Gordian den größten Teil des Samstags mit einem Kriminalroman verbracht, weil er für irgendeine andere Tätigkeit nicht die nötige Energie aufbringen konnte. Als er sich das von Ashley vorgekochte Chili aufwärmte, das sie für ihn in den Eisschrank gestellt hatte, vermochte dessen Duft seinen Appetit nicht anzuregen, und er stellte sich selbst die Diagnose, dass er sich so erschöpft und einsam wie ein von seinem Schwarm getrennter Vogel fühlte. Es war niemand da, der ihm Aufmerksamkeit schenkte. Keine gefräßigen Hunde, die an seinem Teller herumschnüffelten. Nicht einmal seine Tochter, deren bohrende Blicke ihm sonst immer zu verstehen gaben, dass er nichts richtig machte.

Nachdem er ohne Begeisterung einen halben Teller Chili gegessen hatte, nahm er sich wieder seinen Krimi vor. Um herauszufinden, wer wen aus welchem Grund ermordet hatte, wollte er noch die letzten zwei Kapitel lesen, dann duschen und anschließend ins Bett gehen. Aber nach etwa zehn oder fünfzehn Minuten waren seine Augen ermüdet, und er beschloss, seine zweite wilde Nacht als Junggeselle sofort mit der Dusche und dem Gang ins Bett einzuläuten. Er hatte ja sowieso vor, am nächsten Morgen zu Julia zu fahren, um den Hundezwinger weiter zu bauen. Obwohl er die Posten bereits gesetzt hatte und die Bretter schon auf dem Holzplatz zurechtgeschnitten worden waren, würde es anstrengend werden, auch nur eine Seite des Zauns mit den Bastmatten fertig zu stellen. Insgeheim hoffte er, am Nachmittag eine zweite Schicht einlegen zu können.

Als er aus dem Sessel in seiner Bibliothek aufstand, verspürte Gordian einen Anflug von leichter Benommenheit.

Nach ein paar Augenblicken war alles wieder vorbei, aber er dachte erneut nur daran, dass er von einer harten Woche erschöpft war, wenn auch vielleicht stärker, als er vermutet hatte. Ein paar zusätzliche Stunden Schlaf würden ihm gut tun.

Aber er schlief nicht tief, sondern nur unruhig. Wann immer er sich mit einem unbehaglichen Gefühl bewegte, um auf die Uhr mit der beleuchteten Anzeige auf seinem Nachttisch zu blicken, war nur eine kurze Zeitspanne verstrichen, seit er zum letzten Mal die Augen geschlossen hatte. Zwanzig Minuten, vierzig, nie mehr als eine Stunde.

Ungefähr um zwei Uhr morgens wachte Gordian dann frierend und schwitzend auf. Wenn er schluckte, tat seine Kehle weh, und er empfand einen dumpfen Schmerz hinter den Augen. Seine Arme und sein Rücken waren steif. Was auch immer nicht mit ihm stimmen mochte – um Erschöpfung schien es sich nicht zu handeln.

Er setzte sich auf, das Kopfkissen im Rücken, und zog seine Knie an die Brust, in der Dunkelheit zitternd. Sein Mund war ausgetrocknet, die Steifheit seiner Muskeln hatte sich in einen pochenden Schmerz verwandet, und auch der Magen tat ihm weh. Nach einer Weile ging er ins Badezimmer, um ein Glas Wasser zu trinken. Das plötzlich aufflackernde, grelle Licht verstärkte den Schmerz hinter seinen Augen, und er musste mit dem Dimmer die Helligkeit regulieren, bevor er sein Glas füllte.

Während er so vor dem Waschbecken stand, kam ihm die Idee, dass ihm vielleicht zwei Aspirin helfen könnten. Er griff nach der Flasche mit den Tabletten, die im Medizinschrank stand, schüttelte zwei in seine Hand und spülte sie mit Wasser hinunter. Dann fiel sein Blick auf das Thermometer. Er sollte seine Temperatur messen. Wenn Ashley zu Hause gewesen wäre, hätte sie darauf bestanden. Aber wenn er Fieber hatte, musste er seinen Besuch bei Julia wahrscheinlich absagen, und er hatte sich darauf gefreut, sie zu sehen und mit dem Hundezwinger voranzukommen. Außerdem würde er dort Ashley mit ihren von Einkäufen überquellenden Koffern treffen, von denen jeder fraglos eine Tonne wiegen würde. Sie zählte darauf, dass er die Einkäufe in den Kofferraum verfrachten und sie nach Hause chauffieren würde. Das fehlte gerade noch, dass er krank und für alle anderen nutzlos war.

Gordian beschloss, seine Temperatur zu messen, wenn sich sein Zustand am Morgen immer noch nicht gebessert hatte. Nun, *später* am Morgen, dachte er angesichts der Uhrzeit.

Und tatsächlich fühlte er sich langsam besser, als er sich wieder ins Bett legte. Er fror nicht mehr so stark, und die Muskelkrämpfe ließen etwas nach. Vielleicht hatte er sich einen Vierundzwanzig-Stunden-Bazillus eingefangen, dessen Wirkung jetzt den Höhepunkt überschritten hatte. Oder es lag an den Aspirin-Tabletten.

Ungefähr um halb drei schlief Gordian ein. Er wachte erst vier Stunden später wieder auf, als der Wecker ging.

Der Sonntag war ein warmer und strahlend klarer Tag. Das goldene Sonnenlicht, das durch das Schlafzimmerfenster strömte, fiel auf sein Gesicht, und Gordian kam der Gedanke, dass er das Fieberthermometer vielleicht gar nicht benutzen musste. Zwar tat ihm der untere Rücken noch weh, und er hatte auch leichte Schluckbeschwerden, aber es gab keinerlei Anzeichen von Fieber oder Übelkeit.

Er stand auf, ging in die Küche, um die Kaffeemaschine zu füllen, und beschloss dann, dass es vielleicht klüger wäre, Tee zu trinken. Mit der Teetasse setzte er sich auf die verglaste Veranda, von wo aus er Ashleys Obstgarten am Hang sehen konnte. Er schlürfte seinen Tee, sog den nach Rosen duftenden Wind ein. Das war das perfekte Wetter, um im Freien zu arbeiten. Er würde den Tee austrinken und abwarten, wie er sich dann fühlte. Anschließend konnte er entscheiden, ob er bei seinen Plänen bleiben würde.

Was immer ihn auch in der letzten Nacht heimgesucht haben mochte, um acht Uhr glaubte Gordian, sich davon erholt zu haben. Es machte keinen Sinn, wenn er sich selbst als Kranken sah. Er würde an dem Hundezwinger bauen, langsam und ohne Hektik. Vielleicht würde er etwas weniger schaffen, als ihm recht gewesen wäre. Schon immer war er der Ansicht gewesen, dass maßvolle körperliche Betätigung ein besseres Heilmittel gegen Erkältung war, als zu Hause im Bett zu liegen.

In der Küche spülte Gordian Tasse und Untertasse ab und dachte daran, dass er vielleicht einen Happen essen sollte, bevor er sich auf den Weg nach Pescadero machte. Aber er hatte keinen Appetit. Während er auf das Badezimmer zuging, um ein weiteres Mal schnell unter die Dusche zu springen, riet ihm eine innere Stimme, dass ein Mann, der sich noch vor ein paar Stunden ziemlich krank gefühlt und einen langen, aktiven Tag vor sich hatte, nicht das Frühstück ausfallen lassen sollte. Aber er war sicher, dass sich der Appetit schon einstellen würde, wenn er erst einmal bei Julia war. Dort konnte er sich Toasts machen und ihren Zorn auf sich ziehen, indem er Jack und Jill ein paar Bissen abgab. Ganz wie in den alten Zeiten.

Jetzt wollte er nur schnell duschen und sich dann anziehen. Er konnte es kaum abwarten, dass es endlich losging – und was die Krankheit anging, so schien er das Schlimmste tatsächlich überstanden zu haben.

»Ich frage mich, ob es richtig ist, dass wir unter diesen Umständen Angelegenheiten des FBI diskutieren, Megan.«

»Stört dich meine Nähe? Ich kann mich ja auf die andere Seite setzen. Keine strafbaren Handlungen mehr.«

»Es ist nicht die Nähe an sich …«

»Was findest du dann so fragwürdig? Dass wir zusammen ein heißes Bad nehmen? Die Vorstellung, dass man Geschäftliches nur in steril eingerichteten Büros besprechen kann, ist antiquiert, und das ist nicht nur meine Meinung. Eine Million wissenschaftlicher Studien *beweist* – und zwar auf empirischer Grundlage –, dass eine entspannende und stimulierende Umgebung der richtige Ort für geschäftliche Besprechungen ist …«

»Komm schon, hilf mir hier raus …«

»Ich versuch's, Bob. Was hat das FBI deiner Meinung

nach vor, wenn wir einmal von dieser Überschneidung von Regierungs- und Privatangelegenheiten absehen?«

»Vergiss das FBI. Wir sind beide *nackt*, oder ist dir das noch nicht aufgefallen? Und ich habe nicht die Absicht, das Thema zu erörtern, wie sich in den letzten paar Tagen unser Berufs- und Privatleben überschnitten hat.«

Megan lächelte. »Erörtere es, so lange es dir gefällt.« Ihre smaragdgrünen Augen trafen seine grauen.

Lang blickte sie sprachlos an.

Sie saßen Schulter an Schulter auf der gewundenen Bank des heißen Wannenbads, und der Dampf stieg in Fetzen und Schnörkeln in die kühle Luft des Shenandoa-Tals auf. Über und hinter dem Sichtschutz, der den Balkon ihres Zimmers und ihre nackten Körper in der Badewanne vor den Blicken ihrer Gastgeber und der anderen Wochenendurlauber des Hotels in Virginia abschirmte, erstreckte sich jenseits des Tals die bewaldete Allegheny-Berglandschaft mit ihren herbstlich gefärbten Laubbäumen, deren zimtfarbene Brauntöne sich von den hier vorherrschenden dunkelgrünen Kiefern abhoben.

»Bob?«

»Ja?«

»Du wirkst abwesend.«

Lang seufzte. »Das ist mein Problem.« Dann schwieg er eine Zeit lang. »Meiner Ansicht nach könnte es unziemlich sein, dass du eine wichtige berufliche Frage an mich richtest, während wir hier doch sehr stark von unserer außerberuflichen Beziehung in Anspruch genommen sind. Du fragst mich in meiner Eigenschaft als Chef des Washingtoner FBI-Büros. Und ich versuche, die bestehenden Sicherheits- und Geheimhaltungsstufen zu vergessen oder sie großzügiger zu interpretieren, um UpLink International Zugang zu Dateien mit Untersuchungsergebnissen zu verschaffen, die nur bestimmten Leuten zugänglich sind.«

Sie zuckte die Achseln. »Als ich dich darum gebeten habe, waren wir beide vollständig angezogen. Keiner von uns hatte den anderen zu diesem Zeitpunkt jemals nackt gesehen. Um der Wahrheit die Ehre zu geben – ich hatte noch nicht einmal darüber nachzudenken begonnen, dass es eines Tages so sein könnte, obwohl mich diese Vorstellung einst in einer dunklen und einsamen Nacht heimgesucht hat.«

Lang schüttelte den Kopf. »Sei ehrlich«, sagte er. »Das scheint mir doch zumindest einen Anflug von Unschicklichkeit zu haben.«

»Natürlich«, antwortete sie. »Aber glaubst du wirklich, dass ich mit dir geschlafen habe, um deine Objektivität zu benebeln, deine Integrität zu kompromittieren oder um die nationale Sicherheit zu gefährden? Welche Vorstellung dich auch immer beunruhigen mag …«

»Das ist lächerlich …«

»Und glaubst du etwa, dass ich nicht mehr mit dir schlafen würde, falls du uns den Zugang zu der Datenbank verwehren würdest?«

»Nein, natürlich nicht …«

»Warum hilfst du mir dann nicht, die Sache auf die Reihe zu kriegen?«, fragte Megan. »Gib mir eine rationale Erklärung dafür, dass du immer weniger geneigt warst, den Zugang zu den Datenbanken freizugeben, je näher wir uns kennen gelernt haben. Und da wir beide wissen, wer wir sind, sehe ich nicht, warum einer von uns wegen einer Nummer im Bett seine Prinzipien verletzen sollte.«

»Oder wegen einer Planscherei in den Badewanne«, sagte Lang. »Ich weiß es nicht. Vielleicht habe ich keine klare und vernünftige Antwort für dich parat. Aber ich habe mein Privatleben und meine Verantwortung gegenüber dem FBI immer voneinander getrennt. Die Vermischung dieser Sphären ist neu für mich. Das steht nicht mehr im Einklang mit meiner Maxime.«

»Würdest du lieber deine Kontakte zu Frauen aus Bars und Nachtklubs einschränken?«

Er blickte sie an. »Das ist jetzt ein bisschen unfair.«

Megan schüttelte den Kopf, und ihr Gesichtsausdruck war todernst. »Unfair ist, dass du unserer Beziehung Grenzen setzt, weil du Angst hast, irgendeine künstlich konstruierte Maxime in Frage zu stellen«, sagte sie. »Erwachsene Menschen begegnen sich nun einmal während der Arbeit, dort lernen sie sich näher kennen, und zwar ohne Rücksicht auf abgedroschene Grundsätze. Ich sehe nicht, was daran falsch ist, und ich begreife auch nicht, warum unsere enge Beziehung plötzlich eine Mata Hari und einen Benedict Arnold aus uns machen sollte.«

Er schwieg. Sie saßen reglos nebeneinander, während der vom Sonnenlicht durchströmte Dampf in die kühle Luft aufstieg.

Dann legte Megan den Kopf in den Nacken und blickte zum Himmel auf. »Zum letzten Mal«, sagte sie nach einiger Zeit. Noch immer starrte sie in den Himmel. »Meine Gefühle dir gegenüber basieren nicht darauf, ob du UpLink International den Weg zu den Datenbanken freimachst. Aber ich habe meine eigenen beruflichen Verpflichtungen. Gordian wird sich mit einer negativen Antwort nicht zufrieden geben, und er hat die besten Beziehungen, vom Präsidenten an abwärts. Mir wäre es lieber, wenn wir dich nicht umgehen müssten. Und wenn es doch so sein sollte, hoffe ich, dass du das verstehst und dass uns das nicht auseinander bringen wird. Das wäre überflüssig und würde mich trauriger machen, als ich es im Moment auch nur ausdrücken kann.«

Schweigen.

Lang blickte auf die braunen und grünen Bäume der Berge in der Ferne. »Sag Gordian, dass ich ihm meine Entscheidung bis zum Ende der Woche mitteilen werde«, sagte er schließlich.

Megan nickte, ohne ihren Blick vom Himmel abzuwenden.

Er wandte sich zu ihr, beobachtete ein paar Sekunden lang ihr Gesicht. »Manchmal muss es schwer sein, eine starke Frau zu sein«, sagte er.

Jetzt blickte sie ihn wieder an. »Manchmal schon.«

Lang beugte sich vor, küsste ihre Schulter, strich dann mit seinen Lippen über ihren Hals, ihr Kinn, das weiche Fleisch unter ihrem Ohr. Er liebkoste ihr Gesicht, strich mit den Fingerspitzen ihr Haar zurück, sah ihre helle Gänsehaut.

»Bleiben wir noch eine Weile«, flüsterte er, während er seinen Arm um ihre Taille schlang, um sie näher an sich heranzuziehen. Dann küsste er ihre Wangen, ihre Mundwinkel. »Ich bin zu allem bereit.«

Megan stöhnte leise, öffnete ihre Lippen. »Lass es uns tun«, antwortete sie heiser. »Jetzt sofort.« Sie küsste ihn und lächelte, während sich ihre Lippen und Zungen trafen. Ihre Hand glitt unter Wasser über seinen Körper, fand, was sie suchte, streichelte ihn immer schneller. Langs Hand bewegte sich über ihre Hüfte, den Ansatz ihres Oberschenkels, rutschte tiefer, und dann berührte er sie und passte sich ihrem Rhythmus an. Noch immer blickten sie sich an, pressten ihre Körper aneinander, im Einklang ihrer Bewegungen vereint …

Sie vergaßen alles um sich herum, hier, auf dieser Terrasse, in dem heißen Wasser, unter dem grenzenlosen blauen Himmel.

In gewisser Weise hatte Gordian Recht, dass der Bau des Hundezwingers eine therapeutische Wirkung auf ihn hatte. Ihm war klar, das ein Arzt ihm dies nicht gestattet, ja vielleicht sogar strikt verboten hätte. Aber er fühlte die Wärme der Sonne auf dem Rücken und roch den wunderbaren Duft des gemähten Grases und der umgegrabenen Erde. Die harte körperliche Arbeit half ihm, den größten Teil des Tages gut zu überstehen.

Jetzt stand Gordian im Garten des Hauses seiner Tochter, beobachtete seine Arbeit und nickte anerkennend. Er hatte etliche technologische Durchbrüche vorbereitet und sich seine Erfindungen patentieren lassen, war ein Pionier der Kommunikationstechnolgie, die Regierungsstrukturen und Wirtschaftssysteme verändert hatte. Aber sein Stolz auf diese Errungenschaften war nie so groß gewesen wie die Befriedigung, die er empfand, wenn er irgendetwas aus Holz gebaut hatte, mit ein paar Nägeln, Schrauben und Werkzeugen.

Dieses Gefühl war heute noch genauso stark ausgeprägt wie damals, als er als Dreizehnjähriger in Racine in Wisconsin ein Baumhaus zusammengezimmert hatte. Es entspannte ihn, Werkzeuge und Baumaterialien vorzubereiten – das gab ihm die Möglichkeit, seine Gedanken zu ordnen. Er genoss es, wenn einem guten Plan eine Reihe sorgfältig und methodisch bedachter Arbeitsschritte folgten, die innerhalb einer relativ kurzen Zeitspanne zu sichtbaren Ergebnissen führten. Und er genoss die direkte Verbindung zwischen aktiver handwerklicher Arbeit und dem Resultat, besonders dann, wenn die Arbeit einem geliebten Menschen gewidmet war.

Zwar war es ein gewisser Dämpfer, dass er in diesem Fall dieser speziellen Person auf unerklärliche Weise auf die Nerven ging, aber er hatte das schon fast als unumstößliche Tatsache akzeptiert.

Gordian nahm seine Schutzbrille ab, befestigte sie an seinem Gürtel für die Werkzeuge und wischte sich dann mit seinem T-Shirt den Schweiß von der Brust und aus den Achselhöhlen. Er war eindeutig nicht hundertprozentig fit. Er atmete schwer, seine schmerzende Kehle beunruhigte ihn, und während der letzten paar Stunden hatte ihm ein rauer Husten zu schaffen gemacht. Häufig hatte er einen Schmerz zwischen den Schulterblättern und weiter unten am Rücken gespürt, der ihn daran erinnerte, es besser nicht zu übertreiben. Aber die warme Sonne war großartig. Und die leichte Benommenheit und das Zittern, die ihn in der letzten Nacht heimgesucht hatten, waren nicht wieder aufgetreten. Um Ärger zu vermeiden, hatte er Julia nichts davon erzählt. Mit Sicherheit hätte sie überreagiert und ihn in einen Gartenstuhl verfrachtet, wo er dann den restlichen Nachmittag damit verbracht hätte, Fliegen und Moskitos totzuschlagen.

Nein, danke, dachte Gordian. Er konnte selbst entscheiden, wann er genug gearbeitet hatte. Das war das Vorrecht eines Vaters.

Nachdem er sich den Schweiß von der Stirn und aus den Augenwinkeln gewischt hatte, steckte er den kabellosen, leistungsstarken Bohrer in das Holster an seinem Gürtel und betrachtete mit vor der Brust verschränkten Armen seine bisherige Arbeit. Die Konstruktion der Seitenwände mit den Zwischenräumen zwischen den Brettern war arbeitsaufwändiger, aber so strömte der Wind zwischen den Brettern hindurch, und der Zwinger würde selbst den schlimmsten Küstenwinden standhalten. Und es gab Öffnungen, durch die die Hunde hinausspähen konnten.

Der rechteckige Hundezwinger sollte gut dreieinhalb mal zwei Meter groß sein, die horizontal angebrachten Sperrholzbretter etwa einen Meter zwanzig lang – wenn sie länger wären, wäre die Stabilität des Ganzen gefährdet. Gordian hatte mit der ersten Seitenwand begonnen, indem er im Abstand von etwa einem Meter zwanzig vier Pfosten eingesetzt hatte. Nachdem er bei seinem letzten Besuch die Maße des Hundezwingers mit einem Maßband überprüft, dann provisorische Pfähle gesetzt und eine Schnur gespannt hatte, hatte er heute die erste Reihe von Löchern für die Posten gegraben, ihren Boden mit Kies gefüllt und dann mit einem schweren Holzhammer die Pfähle in die Erde getrieben. Wiederholt hatte er mit einer Wasserwaage seine Arbeit überprüft und zur Korrektur Erde in die Löcher gefüllt. Das alles war anstrengend gewesen, und er war ins Schwitzen geraten und dreckig geworden. Trotz der Handschuhe hatte er zwei oder drei Blasen davongetragen. Aber das hatte ihn alles nicht gestört, weil er von Anfang an gewusst hatte, dass dies keine leichte Arbeit war.

An diesem Morgen hatte Gordian die Arbeit dort wieder aufgenommen, wo er beim letzten Mal aufgehört hatte. Von unten nach oben und von links nach rechts hatte er die horizontalen Bretter an den Pfosten angebracht. Jetzt blickte er auf die Lücke zwischen den letzten beiden Pfosten. Wenn diese geschlossen war, wäre eine ganze Seite des Hundezwingers fertig und das erreicht, was er sich für diesen Nachmittag vorgenommen hatte. Nun, zumindest fast, aber der Rest würde ihm leicht von der Hand gehen, und er konnte Julia bitten, ihm dabei zu helfen, bevor er nach Hause fuhr.

Nach einem weiteren kurzen Hustenanfall räusperte Gordian sich, aber es stieg kein Sekret in seine Mundhöhle. Danach war er etwas außer Atem. Es war eine seltsame Erfahrung, diese Kurzatmigkeit, der ausgetrocknete Mund. Aber es gab keinerlei Anzeichen von Flüssigkeits- oder Schleimbildung, den üblichen Symptomen einer Erkältung. Nicht einmal seine Nase lief. Es war, als ob er Gipsstaub geschluckt hätte und ihn nicht mehr aus seinen Lungen herauskriegen würde.

Weil er Angst hatte, dass Julia seinen letzten Hustenanfall gehört haben könnte, warf er verstohlen einen Blick über die hintere Terrasse des Hauses. Glücklicherweise war sie mit den Thunfisch- und Schwertfischstücken auf dem Gasgrill beschäftigt. Als Ashley am Telefon mitgeteilt hatte, dass ihr Wagen am Flughafen eingetroffen war, hatte Julia hektisch begonnen, das Abendessen vorzubereiten. Vielleicht zu hektisch. Bei leichtem Verkehrsaufkommen würde die Fahrt vom San José International Airport ungefähr eine Stunde dauern. Aber am Sonntagabend standen die Autos der Kunden der Einkaufszentren auf dem Highway I gewöhnlich Stoßstange an Stoßstange. Kurz vor Thanksgiving konnte man sogar darauf wetten. So sehr er sich auch auf das Wiedersehen mit seiner Frau freute – bis zu ihrer Ankunft würde es nach Gordians Schätzung noch gut vierzig Minuten dauern. Wie jeder andere wusste auch Julia über die Verkehrssituation im Bereich der Bucht Bescheid. Außerdem würde Ashley sich vor dem Abendessen noch eine Weile entspannen wollen.

Gordian seufzte. Vielleicht war er ja überempfindlich, aber er glaubte, dass Julias Konzentration auf das Barbecue eine Entschuldigung dafür war, dass sie ihn – vorsätzlich – ignorierte. Was immer seine Tochter auch beunruhigen mochte, ihr Gefühlszustand offenbarte sich stets am ehesten durch ihre Versuche, ihn zu verbergen. Dann schien sie sich ruhig nur ihren Pflichten und Plänen zu widmen, sich nur mit sich selbst zu beschäftigen und alle und alles um sich herum an den Rand zu drängen. Das war eine entnervende Eigenschaft, die Gordian mühelos erkannte, da Julia ja seinen Namen trug und sie von ihm geerbt hatte.

Unglücklicherweise verhalf ihm diese Erkenntnis aber nicht im Mindesten zu einer Vorstellung, wie er mit dem Verhalten seiner Tochter umgehen sollte. Einerseits gefiel es ihm überhaupt nicht, auf diese Art und Weise ignoriert zu werden, weil er auf eine Chance gehofft hatte, das Verhältnis zu Julia wieder etwas enger zu gestalten. Das hatte auch Ashley angedeutet. Andererseits wollte er nicht, dass Julia ihn zu genau beobachtete und merkte, dass er nicht gerade bei bester Gesundheit war. Gab es keinen Mittelweg, der alle zufrieden machte?

Gordian blickte über den Hof auf das Haus, und nach ein paar Sekunden merkte er, dass Jack und Jill ihn anscheinend dafür entschädigen wollten, dass seine Tochter ihm die kalte Schulter zeigte. *Gute Hunde.* Sie waren am Geländer der Veranda angebunden, in gebührender Entfernung von allem Essbaren. Jetzt fixierten sie ihn mit ihren braunen, neugierigen Augen auf ihre nervöse und fragende Weise, die Ohren wie drehbare Antennen zu ihm gewandt. Gordian hatte einmal gehört, dass man bei Windhunden ›nur auf den Knopf zu drücken‹ brauche, um sie aus ihrem Phlegma zu reißen. Das war eine Anspielung auf ihre Angewohnheit gewesen, stundenlang reglos und still dazuliegen und mit einem komisch beunruhigten Blick ihre Herrchen zu beobachten, dann aber blitzartig aufzuspringen und loszurennen, wenn es an der Zeit fürs Futter oder einen Spaziergang war. Gordian hatte betrübt erfahren müssen, dass dieses spezielle Verhalten daher stammte, dass solche Hunde jahrelang in den bei Hunderennen üblichen Hütten eingekerkert wurden, in denen sie kaum stehen oder sich drehen konnten, von Kontakten zu Artgenossen ganz zu schweigen. Die Folge war, das sie gleichsam zu sozialen Außenseitern wurden, die sich ihrer eigenen Stellung unsicher waren und nie wirklich wussten, was von ihnen erwartet wurde oder wie sie sich verhalten sollten.

Deshalb waren sie permanent wachsam, ganz unterdrückte Energie. Und immer warteten sie darauf, dass sie jemand beruhigte.

Eine traurige Geschichte, dachte Gordian. Aber dank seiner Tochter und der Bürgerinitiative für die Befreiung der Windhunde hatte sich für diese Tiere sehr viel geändert. Und für diese beiden speziellen Exemplare würde sich noch mehr ändern, wenn ihr neuer Zwinger fertig war und sie draußen nach Herzenslust herumtollen konnten.

Er wandte sich um, um sich wieder mit dem Hundezwinger zu beschäftigen. Von den vierzig Brettern, die er heute Morgen bereitgelegt hatte, lagen nur noch etwa zehn ordentlich auf dem Rasen. Jetzt zeichnete sich definitiv das Ende des Tagwerks ab, und er konnte es kaum abwarten, die restlichen Bretter anzubringen.

Aber als er sich gerade bückte, um ein paar Bretter hochzuheben, überkam ihm wieder diese Benommenheit, und ihm wurde abwechselnd heiß und kalt. Sein Herz flatterte unregelmäßig und begann dann heftig zu pochen.

Er atmete ein paar Mal tief durch, und das raue Rasseln in seiner Kehle war alles andere als angenehm, aber er fühlte sich bald wieder etwas besser und bemerkte, dass das Pochen seines Herzens nachließ.

Nach ein paar Sekunden war der Anfall vorbei. Gordian kniete sich auf den Rasen. Jetzt war sein Kopf wieder klar. Trotzdem konnte es so nicht weitergehen, er musste sich untersuchen lassen. Morgen früh würde er den Arzt anrufen und versuchen, noch am selben Tag einen Termin zu bekommen. Er war so zuversichtlich wie eh und je, dass ihn nichts Ernsthafteres als eine Erkältung plagte, vielleicht auch eine Grippe. Trotzdem musste er sich ein wenig mehr darum kümmern.

Als er über die Veranda blickte, sah er, dass Julia noch immer die Fischstücke auf ihrem Grill wendete. Die kleine Episode war ihr entgangen. Umso besser. Gordian hatte sich erholt und glaubte, die restlichen Bretter in höchstens zwanzig Minuten anbringen zu können. Er würde die Lücke schließen und dann Feierabend machen. In einem Gartenstuhl würde er entspannt die Sonne genießen und auf Ashley warten.

Er hievte die Hälfte der Bretter hoch, schleppte sie zu den Posten und kauerte sich nieder, um das unterste zu befestigen.

Dann griff er nach dem Bohrer, überprüfte, ob der Schraubenzieheraufsatz fest in der Spannvorrichtung saß, setzte die Schutzbrille auf und kramte in seiner Hosentasche nach einer Schraube.

Das leistungsstarke Werkzeug rammte die Schraube mühelos in das Holz, und der laute Motor schreckte die Vögel in den nahen Bäumen auf. Dieses Brett ließ sich problemlos anbringen, aber als Gordian nach dem nächsten griff und gerade wieder auf den Knopf des Bohrers drücken wollte, hörte er seine Tochter rufen: »Dad!«

Über die Schulter sah er, dass sie über den Rasen auf ihn zukam. Sie trug eine schwarze Capri-Hose, Sandalen und eine ärmellose blaue Bluse, die die Taille frei ließ und perfekt zu ihrer Augenfarbe passte – und zu Gordians Augen, wenn ihm das in diesem Augenblick auch nicht auffiel.

Was ihm auffiel, war ihr angespannter, aber kontrollierter Gesichtsausdruck und die übertriebene Lässigkeit ihres Gangs.

Er kreuzte die Arme vor der Brust, als sie bei ihm ankam.

»Zeit für eine Pause. Wir werden gleich essen«, sagte sie in entschiedenem Tonfall.

»He, Dad, das ist ja fantastisch!«, dachte Gordian. *»Ein Profi-Zimmermann hätte das nicht besser hingekriegt!«*

Er schob die Schutzbrille hoch und betrachtete sie aus seiner Kauerstellung. »Mit dieser Seite des Zwingers bin ich fast fertig«, sagte er. »Noch ist deine Mutter nicht hier …«

Sie zuckte die Achseln. »Ich dachte, dass du dich vor ihrer Ankunft vielleicht waschen willst.«

»Du bist der Größte, Dad! Ich liebe dich! Jack und Jill lieben dich auch! Wir alle lieben dich wie verrückt! Ich weiß wirklich nicht, was ich ohne dich machen würde!«

Gordian spürte ein Kratzen in der Kehle und räusperte sich, um ein Husten abzuwenden.

»Ihr Wagen hat vor einer halben Stunde den Flughafen verlassen, und du kannst dir ja vorstellen, wie es heute auf den Straßen aussieht«, sagte er. Er fragte sich, ob seine Stimme genauso schwach und krächzend klang, wie es ihm schien. »Wir haben noch jede Menge Zeit ...«

Ihr Blick war vernichtend. »Okay. Wie du meinst.«

Verblüfft beobachtete Gordian, wie sie sich umdrehte und zum Haus zurückging. Er hatte den Impuls, sie aufzuhalten, damit sie ihm erklärte, worin sein ›Vergehen‹ bestand. Aber er glaubte, dass das nur einen Streit provozieren würde. Deshalb dachte er, dass es am klügsten wäre, wenn er sich auf seine Arbeit konzentrierte, sich von seiner Tochter fern hielt und den zerbrechlichen Frieden wahrte, bis Ashley eintraf.

Er erledigte seine Aufgabe mit Bravour. Nachdem er die restlichen Bretter, die er bereits angeschleppt hatte, befestigt hatte, ging er zu dem geschrumpften Stapel und trug die fünf verbliebenen zu dem Hundezwinger. Die ganze Zeit über fand er keine Begründung für Julias unerklärliches Verhalten.

Dann kam das letzte Brett an die Reihe, und als er es zwischen den Pfosten ausrichtete, erfasste in eine Woge der Vorfreude. Er schaltet den Bohrer an, der zu heulen begann ...

Und da überkam ihn ein Schwindel, der ihn fast von den Beinen geholt hätte. Er taumelte wie ein Betrunkener, und die Galle stieg ihm widerlich und brennend in die Kehle. Sein Blickfeld wurde an den Rändern grau, und dann war das Grau überall. Er fühlte, wie sein ganzer Körper erschlaffte und der Bohrer in seiner Hand zuckte. Dann spürte er in der anderen Hand einen heißen, stechenden Schmerz, nur einen Augenblick, bevor er den Finger vom Knopf des Werkzeugs nahm. Als sich das Grau in schwarze Finsternis verwandelte, sah er etwas Grellrotes aus dem brennenden Loch strömen, das der Bohrer gerissen hatte.

»Dad!«

Julia rief ihn irgendwo aus der Ferne, und ihre Stimme klang so anders als noch vor ein paar Minuten.

»Dad, Daddy, nein! *O mein Gott, Daddy!*«

In der Dunkelheit verloren, in dieser rotierenden Finsternis umhergewirbelt, fühlte er, wie jeder Teil von ihm dahinschmolz, flüssig wurde, im Boden versank.

Es ist alles in Ordnung, hab keine Angst, glaubte Gordian sich sagen zu hören.

Aber er hatte keine Chance mehr, diese Worte auszusprechen.

14.

San Diego, Kalifornien
14. November 2001

Felix Quiros' Leiche fiel doch nicht ganz den Nagetieren zum Opfer, aber sie wurde auch nicht sofort von anderen Mitgliedern des Quiros-Klans entdeckt.

Sein Mörder sollte später amüsiert zur Kenntnis nehmen, dass sie sich auf halbem Wege geeinigt zu haben schienen.

Cesar und Jorge waren Vettern ersten Grades und Vettern dritten Grades von Felix, der aus dem anderen Zweig der Familie stammte. Sie arbeiteten als Vorarbeiter auf dem Schrottplatz und waren in niedrigen Positionen an den kriminellen Machenschaften der Familie beteiligt. Cesar und Jorge waren weit davon entfernt, sich vorschnell zu dem Schluss verleiten zu lassen, dass Felix etwas zugestoßen war, weil er sich drei Tage lang nicht auf dem Schrottplatz hatte blicken lassen. Und noch weiter waren sie von der Annahme entfernt, dass sein Verschwinden irgendetwas mit den kratzenden Geräuschen zu tun haben könnte, die aus einem der Schrottautos kamen.

Felix fuhr oft genug spontan über die Grenze, um in bestimmten Bars von Tijuana ein paar junge Prostituierte aufzureißen, von denen man drei zum Preis von einer haben konnte. Felix schleppte sie in ein Hotel, machte sie mit etwas Dope oder Ecstasy scharf und amüsierte sich mit ihnen. Dann war er tagelang von der Bildfläche verschwunden. Cesar und Jorge fühlten sich bei solchen Gelegenheiten für die tägliche Arbeit auf dem Schrottplatz verantwortlich. Das war schon immer so gewesen, seit Enrique Felix den Schrottplatz übergeben hatte, damit er eine klare Aufgabe hatte und nicht laufend Ärger machte. Aber daran hatte sich sowieso nichts ändern lassen. Felix musste nur etwas Bargeld in die Finger kriegen, und man konnte darauf wetten, dass er so lange verschwand, bis er auf der Suche nach seinen abartigen Kicks auch den letzten Cent verschleudert hatte.

In gewisser Hinsicht war Felix also anwesend, in anderer aber auch wieder nicht. Cesar und Jorge glaubten nicht, dass das irgendeinen Unterschied machte – sie kannten ihre Verpflichtungen. Sie hatten Schlüssel, kannten die Zahlenkombination jedes Schlosses auf dem Schrottplatz, und in der Regel fanden sie, dass sich die Dinge ohne das hochnäsige, unsinnige Geschwafel von Felix problemloser regeln ließen. Als er sie gefragt hatte, ob sie bei dem Job mit Salazars Ware aus Mexiko dabei sein wollten, hatten sie ihm zu verstehen gegeben, dass er verrückt sei, und das Angebot abgelehnt. Weil Felix der uneheliche Sohn von Enriques Schwester war, erzählten sie niemandem, was sie von ihm hielten. Zwar hatten sie den Eindruck, dass das, was sie über diesen Trottel dachten, auch seinem Onkel schon hundertmal durch den Kopf gegangen sein musste und dass niemand es ihnen allzu übel genommen hätte, wenn sie ihre Meinung laut ausgesprochen hätten. Aber man musste gewisse Anstandsregeln beachten.

Als Cesar etwa um die Mittagszeit herum die Geräusche bemerkte, erregten sie sein Interesse nicht. Auf einem Schrottplatz wie diesem war jedes Fleckchen Erde mit Autowracks übersät, in denen halb verzehrte Hotdogs, Burritos, Schokoriegel, Twinkies, Eisbecher, Getränkedosen und all die anderen Abfälle herumflogen, die die Besitzer liegen gelassen hatten. Folglich tummelten sich hier auch alle nur denkbaren Tiere. Und noch ein paar mehr. Nach einer Weile brauchte man diese Tiere gar nicht mehr zu sehen, um zu wissen, welche gerade in der Nähe waren. Man konnte sie aufgrund der Geräusche identifizieren.

Und bei diesem kratzenden, raschelnden Geräusch wusste Cesar sofort, dass es von Ratten stammte. Manche Leute, die nicht über so viel Erfahrungen mit Ratten verfügten wie Cesar und die nicht einen Großteil ihres Lebens in ihrer Nähe verbringen mussten, glaubten, dass sie hauptsächlich nachts auftauchten. Aber auf dem Schrottplatz musste man zu jeder Tages- und Nachtzeit mit ihnen rechnen. Man gewöhnte sich daran, das man sie zwischen den Wracks herumsausen sah und hörte, wenn sie ihr Fressen suchten. Sie krochen durch zerbrochene Fenster oder Löcher in der Karosserie, ja sie kletterten sogar in die Kofferräume und fraßen sich durch die Polster der Rücksitze in den Teil der Autos, wo der Abfall lag. Man musste sich nur ein mit Ei belegtes Sandwich aus der Imbissbude mitbringen, und prompt tauchte eines dieser großen grauen Viecher auf. Den Ratten musste nur etwas in die Nase steigen, schon kamen sie aus ihren Löchern hervorgekrochen und eilten in den Wohnwagen oder den Schuppen, wenn es nur eine Lücke gab, die groß genug war, um sich hindurchzuzwängen. Dann starrten sie einen mit ihren glänzenden Äuglein an, als würden sie erwarten, dass man ihnen das Sandwich anbot.

Irgendwann hatten Cesar und Jorge begonnen, mit leeren Bier- oder Mineralwasserdosen nach den Ratten zu werfen, um sie zu verscheuchen. Aber einige waren so dreist, dass sie ungerührt an Ort und Stelle hocken blieben, wenn man sie nicht gleich am Kopf traf. Sie richteten sich auf den Hinterbeinen auf und fletschten ihre weißen, nadelscharfen Zähne, als würden sie einen bitten, noch mal zu werfen, und zwar mit voller Wucht. Schließlich schoss Jorge auf sie, wenn sie ihm zu nahe kamen, und das keinesfalls mit einem Luftgewehr … Er feuerte mit seiner 9mm-Knarre auf die Viecher und behauptete, dass er eines Tages mit einer Uzi auftauchen und diese widerlichen Kreaturen in Stücke schießen würde.

Also wirkten diese Geräusche zuerst nicht außergewöhnlich. Es war kurz nach zwölf Uhr mittags und für einen Tag im November sehr warm. Die Sonne knallte auf die Autowracks und wärmte das darin herumliegende verdorbene Essen und den Abfall auf. Deshalb stank es so stark, dass den Ratten das Wasser im Maul zusammenlief. Man konnte den ganzen Tag damit verbringen, sie zu jagen und mit Schlagstöcken und Brechstangen neue Beulen in die bereits ramponierten Autos hämmern. Aber wenn man nicht vorsichtig war, riskierte man dabei, von den Viechern gebissen zu werden. Also, was hatte das für einen Sinn?

Deshalb ignorierte Cesar das Kratzen ihrer Klauen und das Nagen ihrer Zähne. Er war auf den Wohnwagen zugegangen, der als Büro diente, um die Telefonnummer dieses Kerls zu holen, der die schweren Maschinen reparierte. Weil ein Gabelstapler defekt war, wollte er ihn anrufen.

Aber dann zögerte er und wandte sich der Quelle der Geräusche zu. Keine Frage, heute hatte er es mit einem ganzen Haufen Ratten zu tun, einem großen Haufen. Es lief ihm kalt den Rücken hinab, wenn er daran dachte, dass sie gerade außer Sichtweite hinter den ramponierten Autos herumwimmelten. Vielleicht war irgendein anderes Tier auf dem Schrottplatz verendet, ein Vogel, eine Katze oder ein Kojote. Gott allein wusste es. So etwas war auch früher schon passiert. In solchen Fällen wollte er den Schweinestall am liebsten ausmisten, indem er das Auto abfackelte. Ansonsten würde es bald auf dem ganzen Schrottplatz von Parasiten wimmeln. Würmer, Fliegen, Maden – eine widerwärtige Situation.

Also griff Cesar nach seinem Handy und rief Jorge an, der gerade im Recycling-Bereich arbeitete, und sagte, dass er seinen Arsch in Bewegung setzen solle, aber nicht ohne seine Knarre.

Nach ungefähr zehn Minuten tauchte Jorge mit einer Brechstange in der Hand auf. Seine Pistole steckte in einem Holster am Gürtel, das von seinem Hemd verdeckt wurde. Er stimmte zu, dass Cesars Bedenken berechtigt waren.

»Hört sich ganz so an, als ob da hinten jede Menge Ratten herumhängen«, sagte und reichte Cesar die Brechstange. »Wenn wir die Sache nicht bereinigen, wird es zu einer wahren Heimsuchung ausarten.«

Das entsprach haargenau Cesars Gedanken.

Die Geräusche wiesen ihnen den Weg, der zwischen verbeulten Kühlerhauben, verbogenen Stoßstangen, teilweise aus ihren Angeln gerissenen Türen und herabgefallenen Radkappen verlief. Hier war es so heiß wie in einem Ofen, und die Hitze ließ die Luft über den Autowracks flimmern. Die kratzenden Geräusche waren sehr laut, und man konnte das begeisterte Quieken der Ratten hören. Und dann dieser *Gestank*, guter Gott, dieser Gestank des aufgeheizten Abfalls, der einem Übelkeit verursachte!

Plötzlich packte Jorge Cesars Schulter und schob ihn nach rechts. In der anderen Hand hielt er die Pistole und zielte auf die Hinterseite einer alten Buick-Limousine.

Aber Cesar hatte die Ratten bereits gesehen – es mussten Dutzende sein. Fette Viecher mit bleichen, herabhängenden Bäuchen. Dann kleinere, kaum größer als Mäuse. Überall wimmelten sie um den Kofferraum herum. Sie saßen auf dem geschlossenen Deckel, krochen auf den Rücken ihrer Artgenossen, wie in wahnsinniger Konfusion. Die beiden Männer schienen sie gar nicht zu bemerken. Vielleicht waren sie auch zu sehr in Anspruch genommen, um sich Gedanken zu machen.

Jorge stöhnte entsetzt und angewidert, zielte und gab drei Schüsse auf die Ratten auf dem Boden ab. Cesar sah, wie eine in der Luft in Stücke gerissen wurde. Die restlichen Tiere, die sich an den Hinterrädern und unter der Stoßstange zusammengerottet hatten, liefen davon, aber ein paar blieben auf dem Kofferraumdeckel und kratzten an dem abblätternden Lack herum.

Jorge hob die Pistole und feuerte, und sie sahen erneut ein Durcheinander von Fellen, Blut und Eingeweiden. Irgendetwas Warmes streifte Cesars Wange, und er zuckte angeekelt zusammen. Dann sprangen die Ratten von dem Kofferraumdeckel und zerstreuten sich in alle Richtungen.

»Wir müssen nachsehen, was da drin ist!«, rief Jorge. Sein Gesicht war verschwitzt, und er zeigte mit seiner Waffe auf den Kofferraum.

Zögernd ging Cesar mit der Brechstange in der Hand auf den Buick zu. Er sah einen haarlosen Schwanz unter dem Auto verschwinden, erschauerte und hielt dann inne.

»Komm schon, mach den verdammten Kofferraum auf!«

Cesar nickte schweigend. Dann presste er das flache Ende der Brechstange unter den Kofferraumdeckel, zwischen den Schnappriegel und das bereits zerfetzte Gummi. Anschließend drückte er mit beiden Händen auf die Brechstange und setzte dabei sein ganzes Körpergewicht ein, um die maximale Hebelkraft zu erreichen.

Lange brauchte er nicht, um das verrostete Schloss aufzubrechen. Dann sprang der Deckel quietschend auf.

Der Gestank, der mit der feuchten, warmen Luft aus dem Kofferraum aufstieg, war furchtbar. Cesar würgte und bedeckte Mund und Nase mit den Händen. Dann öffnete Jorge den Kofferraum ganz.

Sie starrten hinein, während erneut ein fauliger Gestank aufstieg.

Die Leiche war mit einem Gebräu von Blut und anderen Körpersäften verschmiert. Die Kleider des Toten waren klebrig und der Stoff, mit dem der Kofferraum ausgelegt war, fleckig. Cesar und Jorge sahen eine bleiche Hand und einen aufgequollenen Magen unter der zerfetzten Jacke und dem zerrissenen Hemd.

Irgendwie hatten es zwei große Ratten geschafft, sich mit den Zähnen einen Weg in den Kofferraum zu bahnen. Sie zogen ihre verschmierten, klebrigen Schnauzen aus den Überbleibseln des Schädels und schossen dann ins helle Tageslicht davon.

Wenn nicht die Kleidungsstücke gewesen wären, hätte man den Toten nicht erkennen können. Es waren dieselben Klamotten, die er getragen hatte, als sie ihn zum letzten Mal gesehen hatten.

Mit weit aufgerissenen Augen blickten sich Cesar und Jorge an.

Jetzt wussten sie, wo Felix Quiros abgeblieben war.

Nicht in Tijuana.

Blut gegen Blut – so musste es seiner Ansicht nach sein.

Enrique Quiros saß allein in seinem Büro in San Diego, an dessen Außentür das Schild mit der Aufschrift ›Golden Triangle Services‹ prangte. Seine Designerbrille steckte in der Brusttasche. Er hatte die Ellbogen auf den Schreibtisch gestützt, die Hände vors Gesicht geschlagen und presste die Handballen gegen die geschlossenen Lider.

Noch nie in seinem Leben hatte er sich so müde gefühlt.

Vor einer Stunde war er vom Schrottplatz zurückgekehrt, wo er die in den Kofferraum geworfenen, Grauen erregenden sterblichen Überreste seines Neffen gesehen hatte. Und dann dieser Geruch, der Enrique jetzt noch in der Nase zu hängen schien und der so streng war, dass er ihn hinten auf der Zunge fast schmecken konnte. Auf dem Rückweg hatte er in seinem Auto eine noch nicht angebrochene Rolle Pfefferminzbonbons gefunden, eins nach dem anderen in den Mund gesteckt und jedes innerhalb von Sekunden mit den Zähnen zermalmt. Aber das hatte auch nicht geholfen. Etwa eine Minute lang hatte er vorher neben seinem Wagen gestanden und daran gedacht, dass der Gestank von Felix' verwesendem Fleisch ihn noch lange Zeit begleiten würde.

Den Kopf in die Hände gestützt, rieb er sich die Augen. Auf dem Schreibtisch, neben seinem rechten Arm, lag ein kleines Lederetui, das er aus einem versteckten Safe in seinen Büroräumen geholt hatte. Darin befanden sich eine Plastikampulle und eine verpackte, sterile Einwegspritze – ein Geschenk El Tíos, weil er ein identisches Etui mit identischem Inhalt an Palardy übergeben hatte. Und ein sicheres Mittel, um an dem Mann Rache zu nehmen, der am Tod seines Neffen die Schuld trug.

Wenngleich Enrique kein Wissenschaftler war, reichte sein einigermaßen fundiertes Laienwissen aus, um zu verstehen, was El Tío ihm da hatte zukommen lassen. Die klare Flüssigkeit in der Ampulle war ein neutrales, harmloses Medium für den Transport und die Verabreichung der darin herumschwimmenden, mikroskopisch kleinen Kapseln. Aber ein einziger Tropfen enthielt eine Konzentration von Hunderten, wenn nicht Tausenden von Mikrokapseln. Und weil jede dieser kleinen Kapseln eine kleine Bombe war, voll gepackt mit als Auslöser fungierenden Proteinen, die es dem Sleeper-Virus erlauben würden, jedes menschliche Wesen zu infizieren, war dieser Tropfen machtvoll genug, die Zielperson eines Anschlag gleich mehrfach zu töten. Damit er zu seiner tödlichen Form mutieren, sich an eine bestimmte genetische Eigenschaft ankoppeln und seine Wirkung verstärken konnte, musste das Opfer nur einen Schluck Wasser trinken oder etwas essen, das mit dem Trigger versetzt war ... Oder, dachte Enrique düster, eines jener Pfefferminzbonbons essen, die er in seinem Wagen verzehrt hatte.

Aber die Verwendung des flüssigen Mediums war nur eine von vielen Methoden, den Krankheitsauslöser in den menschlichen Körper zu schleusen. Wenn einem der Sinn danach stand, ein einzelnes Individuum aus dem Verkehr zu ziehen, konnte man ihn in jeder beliebigen Mahlzeit unterbringen, und wenn man gleich die ganze Familie loswerden wollte, musste man den Virus nur rechtzeitig in den Thanksgiving-Truthahn implantieren. Sollte das Ziel eine größere Gruppe von Menschen sein, konnte man den Trigger auf verschiedenen Wegen in Umlauf bringen. Man konnte die Nahrung einer ganzen Bevölkerung kontaminieren, ihn über Ackerland versprühen, in Trinkwasserreservoirs unterbringen, ihn über die Atemluft verbreiten. Man konnte die gesamte Umwelt als Waffe nutzen.

Nach Enriques Meinung war die Puder- oder Aerosolvariante die beste Möglichkeit, viele Menschen dem Wirkstoff auszusetzen. Und tatsächlich hatte er gehört, dass El Tío den Sleeper-Virus genau auf diese Weise eingesetzt hatte. Außerdem war ihm – wenn auch nur im Flüsterton – das Gerücht zu Ohren gekommen, dass Alberto Colón, der im letzten Monat an einer mysteriösen Krankheit gestorben war, das erste Opfer eines von El Tío geplanten präzisen Mordes mit einer biologischen Waffe gewesen war.

Enrique zweifelte nicht daran, dass die Gerüchte über die Verbreitung des Virus stimmten. Ob auch das Gerücht über Colón, wusste er jedoch nicht. Aber es schien ein ungewöhnlicher Zufall zu sein, wenn man bedachte, dass der designierte Präsident Boliviens bereit gewesen war, die südamerikanischen Koka-Pflanzer und -Lieferanten unter Druck zu setzen, von denen El Tíos Distributionsring – zu dem auch die Quiros-Familie gehörte – einen Großteil seiner Ware bezog.

Aber im Moment beschäftigten Enrique andere Gedanken – eine sehr persönliche Sache musste bereinigt werden. Und wenngleich er geneigt war, bei seinen ursprünglichen Gefühlen zu bleiben, wie die Sache aus der Welt zu schaffen war, wollte er doch weiter darüber nachdenken, um sicher zu sein, dass er sich keinen gefährlichen Schnitzer leistete.

Das Problem bestand nun darin, dass er daran gewöhnt war, in geschäftlicher Hinsicht klug kalkulierte, rationale Entscheidungen zu treffen. Aber in seinem Geschäft war nicht immer alles so klar. Handlungen konnten rational und emotional geprägt sein, ohne dass sich das widersprochen hätte. Gewalt konnte definitive Botschaften aussenden, die sich zugleich an das Herz und an den Verstand wendeten. Und dann gab es da noch Traditionen, die nicht verletzt werden durften – Angelegenheiten der Ehre und Loyalität.

Vor seinem geistigen Auge sah er Felix in dem Kofferraum liegen, mit zerschossenem Kopf, von den Ratten angenagt, in seinem eigenen Blut.

Das war tatsächlich eine sehr wirkungsvolle Botschaft.

Enrique hob den Kopf, streckte sich und setzte seine Brille wieder auf. Er saß reglos da und starrte die Wand an. Dieser arme, dumme Junge war zu weit gegangen, und sein Bravourstück hatte die Salazars da getroffen, wo es wehtat. Was für eine Wahl war Lucio außer der Rache denn geblieben? Enrique und seine Leute waren aggressiv in seinen Markt eingedrungen, und weil Lucio wusste, dass El Tíos internationale Organisation hinter ihnen stand, hatte er das akzeptieren und sich an sinkende Profite gewöhnen müssen. Erfolg brachte Konkurrenz mit sich – das war ein fundamentales Gesetz des Handels. Aber wie auch immer, Lucio würde sich nicht an die Seite drängen lassen; er konnte nicht zulassen, dass alles erobert wurde, was er aufgebaut hatte. Er musste seine Interessen schützen. Und wenn Lucio glaubte, dass Enrique Felix' Aktion stillschweigend geduldet hatte, wie Lathrop behauptete, stand er noch stärker unter Druck, weil er zeigen musste, dass die Kalkulation nicht aufging. Er musste deutlich machen, wo für ihn die Grenze lag, und dass ein hoher Preis zu bezahlen war, wenn sie überschritten wurde.

Enrique verstand das, und er erkannte auch an, dass Felix durch seine Tat sein Schicksal selbst besiegelt hatte. In gewisser Weise hatte er auch die Schritte vorgegeben, die Enrique jetzt ergreifen musste. Ihn unwiderruflich einer Kettenreaktion von Handlungen und Konsequenzen ausgeliefert, deren Ende nicht voraussehbar war. Selbst in seiner Trauer über Felix' Tod nahm Enrique ihm das übel, und er vermutete, dass sich daran nie etwas ändern würde. Ohne seine Tat wäre diese ganze Entwicklung nicht losgetreten worden.

Aber Felix war sein Neffe gewesen, und er durfte nicht zulassen, dass Lucio Salazar mit dem Mord davonkam. Es hätte den Quiros-Klan schwach und verletzbar erscheinen lassen und weiteren Ärger provoziert, trotz der Verbindungen von Enrique. Und in einer Familie kümmerte man sich um die Verwandschaft.

Als Enrique auf das Lederetui auf dem Schreibtisch blickte, erinnerte er sich an die Nacht, als er sich mit Palardy im Hafen getroffen hatte. In einen Anschlag auf einen so berühmten Mann wie Gordian verwickelt zu sein, selbst wenn dies nicht nachweisbar war ... Das war einfach Wahnsinn ... Aber auch da waren ihm die Hände gebunden gewesen. Er hatte El Tíos Spiel mitspielen müssen, weil ihm nur zu bewusst war, dass sich sein allmächtiger Freund sonst in seinen Furcht erregendsten Feind verwandeln würde.

Enrique Quiros blickte finster drein. Vielleicht waren alle Handlungen in größerem oder geringerem Ausmaß vorherbestimmt. Er wusste es nicht, schließlich war er kein Philosoph. Aber er wusste, dass der Mord an Felix die Rache unumgänglich machte und dass der Inhalt der Ampulle sie ermöglichte. Ein Tropfen, nur ein einziger Tropfen in dem Essen oder den Getränken, die Lucio Salazar bekanntermaßen mit grenzenloser Leidenschaft konsumierte, und der Sleeper-Virus würde in seinem ganzen Körper zu wüten beginnen. Die Krankheit würde seine Zellen und sein Gewebe vernichten, ganz wie diese hungrigen kleinen Kreaturen in dem alten Pac-Man-Spiel. Angesichts seiner Leiden würde der Tod eine herbeigesehnte Erlösung sein. Und Enrique würde keinerlei Verdacht treffen. Nur wenige Menschen würden überhaupt vermuten, dass Lucio ermordet worden war.

Aber wie konnte er auf diese Weise eine Botschaft übermitteln? Wie konnte er so demonstrieren, dass Enrique Quiros, der auf dem College studiert hatte und immer nur mit sanfter Stimme sprach, tatsächlich über die Qualitäten verfügte, das Imperium zu kontrollieren und weiter aufzubauen, das er von seinem Vater geerbt hatte? Dass er ein Mann war, der auf Ehre und Loyalität bestand und durchaus auch Härte zeigen konnte?

Blut gegen Blut – in seiner Welt musste das so sein. Das war ein Prinzip, das Lucio Salazars Brüder und Söhne verstanden, die seine Nachfolge antreten würden. Alle würden es verstehen, bis hinab zu den Rauschgifthändlern auf der Straße.

Lucio durfte nicht an irgendeiner unerklärlichen Krankheit im Bett sterben.

Wenn Enrique sich Respekt verschaffen wollte, musste Blut an seinen Händen kleben.

Nachdem er tief durchgeatmet hatte, wandte er den Blick von dem Lederetui ab und griff nach dem Telefon auf dem Schreibtisch.

Lucio Salazars Armbanduhr zeigte zehn Minuten nach zwei, als er einen unerwarteten und verblüffenden Anruf von Enrique Quiros erhielt.

Ihr Gespräch dauerte nicht einmal eine Minute.

Mit einem nachdenklichen Gesichtsausdruck legte Salazar den Hörer auf die Gabel des Telefons, das neben seinem Sofa auf einem Beistelltisch stand. Dann lehnte er sich zurück und drehte den Kopf, um auf die leichte blaue Brandung weit unter ihm zu blicken, während sich seine Hand von dem Telefonhörer zu dem großen goldenen Amulett an seiner Halskette bewegte.

Er dachte darüber nach, dass dies vielleicht das dritte Mal gewesen war, dass er mit Enrique geredet hatte, seit dieser die Familiengeschäfte von seinem Vater übernommen hatte. Ihr letzter persönlicher Kontakt hatte im vergangenen Jahr stattgefunden, als sie sich getroffen hatten, um Streitereien über Territorien auszuräumen, die sich zwischen einigen ihrer Stellvertreter ergeben hatten. Damals hatte er erwartet, dass Enrique ein paar Zentimeter über dem Boden schweben würde, weil er dieses erstklassige College besucht hatte, aber er hatte sich vernünftig und respektvoll verhalten. Gut, vielleicht etwas affektiert, aber er hatte sich schließlich auch nicht mühsam auf der Straße hochgearbeitet wie sein Vater, der die Bullen auf beiden Seiten der Grenze mit ganzen Wagenladungen geschmuggelten Whiskys und geschmuggelter Zigaretten zum Narren gehalten hatte.

Für Lucio war aber am wichtigsten gewesen, dass er sich anständig benommen und Integrität gezeigt hatte, und zwar vorher und nachher. Sie hatten einen Kompromiss gefunden, der alle Beteiligten zufrieden stellte, das Ganze mit einem Handschlag besiegelt, und Enrique hatte sich daraufhin peinlich genau an ihr Abkommen gehalten. Und seitdem – das Treffen lag über ein Jahr zurück – hatte es keinerlei Probleme zwischen ihnen gegeben, wenn man einmal von ein paar kleineren Zwischenfällen absah, die sie über Mittelsmänner geregelt hatten. Bis zu dem Zeitpunkt, als dieses Arschloch von Felix Lucios Heroinlieferung abgefangen und seine Leute vor diesem verdammten Tunnel niedergemetzelt hatte.

Salazar fingerte an seinem Talisman herum, der den Heiligen Joseph darstellte, den Beschützer der Arbeiter und der Familienoberhäupter, was er sehr schätzte, weil es in einem umfassenderen Sinn auch seine Stellung charakterisierte.

Am Telefon hatte Enrique gesagt, dass er an einem persönlichen Treffen interessiert sei, damit sie ihre Probleme lösen könnten, bevor sie noch weiter außer Kontrolle gerieten und sich zu einer Krise ausweiteten, die ihre Beziehungen irreparabel beschädigen würde. Das Treffen sollte in der übernächsten Nacht an dem künstlichen Teich im Balboa-Park von Spanish City stattfinden, auf neutralem Territorium, an einem öffentlichen Ort, wo sie sich unterhalten konnten, ohne sich um Wanzen und unsichere Telefonleitungen kümmern zu müssen. Er hatte vorgeschlagen, dass sie ihre Bodyguards als Aufpasser mitbrachten, dies aber nicht weiter ausgeführt, was taktlos gewesen wäre. Die Leibwächter wären eine Vorsichtsmaßnahme gegen eine Überwachung durch die Bullen, aber der wichtigste Grund für diesen Vorschlag lag darin, jede Sorge Salazars zu zerstreuen, dass es sich bei diesem Treffen um eine Falle handelte.

Und das war's schon gewesen. Enrique hatte nicht erwähnt, warum er plötzlich den Kurs auf einen Krieg hin revidieren wollte, den er selbst eingeschlagen hatte, und er hatte auch kein Wort darüber verloren, wie er die Salazars für ihre Verluste entschädigen wollte. Und das ließ Lucio die Stirn runzeln. Selbst wenn Enrique davon ausging, dass der Grund für das Treffen offensichtlich war, und er es vorzog, erst bei dem persönlichen Gespräch ins

Detail zu gehen, wäre doch eigentlich eine Erwähnung fällig gewesen, dass es einen schwer wiegenden Vorfall gegeben hatte. Obwohl er diese Unterlassung nicht kommentiert hatte, hatte Lucio sich das doch eingeprägt, während er auf Enriques Vorschlag einging.

Übernächste Nacht, Balboa Park, Punkt elf Uhr.

Mit mittlerweile nachdenklich gerunzelter Stirn blickte Lucio weiterhin auf das glänzende Wasser jenseits der an den Strand grenzenden Klippen von Del Mar, während er an dem Talisman herumfingerte.

Die Verabredung im Park würde er zweifellos einhalten. Er hatte sein Wort gegeben, dass er kommen würde. Ihre Familien würden davon profitieren, wenn sie zu einer Übereinkunft kamen und ihre Aktivitäten wieder aufnehmen konnten, ohne sich gegenseitig zu bekämpfen. Aber dass hieß nicht, dass er sich zu einer Zielscheibe machen würde. Wenn Enrique ein Messer im Ärmel hatte, würde er vorbereitet sein und selbst ein paar Überraschungen parat haben. Bis zu dem Treffen blieben ihm noch zwei Tage, in denen er ein paar Nachforschungen anstellen konnte, um herauszufinden, was in Enriques Lager vorging. Er musste die ganze Wahrheit darüber erfahren, ob Enrique eventuell geheime Pläne hatte. Da war es nur logisch, zuerst einmal Kontakt zu Lathrop aufzunehmen.

Er griff erneut zum Telefon, stellte es auf seine Oberschenkel, nahm den Hörer ab und drückte auf die Kurzwahltaste, die ihn mit Lathrop verbinden würde.

15.

Verschiedene Schauplätze
14. November 2001

Am späten Montagnachmittag lag Roger Gordian schlafend in seinem Zimmer im San José Mercy Hospital. Zuvor hatte man ihn gründlich untersucht, Bluttests vorgenommen und Herz und Lunge geröntgt. Er war am Sonntagnachmittag um sechzehn Uhr in Begleitung seiner Tochter Julia Gordian Ellis mit einem Notarztwagen ins Krankenhaus gebracht worden, nachdem er im Garten ihres Hauses in Pescadero das Bewusstsein verloren hatte. Julia hatte hektisch die Notrufnummer gewählt. Als der Krankenwagen eintraf, hatte Gordian über vierzig Grad Fieber. Er litt an Dehydration und hatte aufgrund einer Wunde an der linken Hand, die er sich mit dem Bohrer zugefügt hatte, ziemlich viel Blut verloren.

Die Krankenpfleger in der Ambulanz schafften es, die Blutung unter Kontrolle zu bekommen und die Wunde zu verbinden. Außerdem führten sie ihm Sauerstoff und Elektrolyte zu, wodurch er während der Fahrt zum Krankenhaus das Bewusstsein wiedererlangt hatte. Als sie die Notaufnahme erreichten, war Gordian hellwach und geistig voll da. Hier wartete bereits seine Frau auf ihn, die Julia über das Funktelefon unterrichtet hatte, während sie vom Flughafen nach Pescadero unterwegs war.

Zu diesem Zeitpunkt hatte Gordian immer noch erhöhte Temperatur und litt an Atemproblemen, einer schmerzenden Kehle, Übelkeit und Magen- und Muskelschmerzen. Außerdem fror er. Bei einer ersten Untersuchung durch Dienst habende Medizinalassistenten wurde eine vorläufige Diagnose gestellt: Grippe und Stress infolge übermäßiger Anstrengung. Obwohl Gordian wiederholt erklärte, dass er fit genug sei, um aus dem Krankenhaus entlassen zu werden und sich zu Hause zu erholen, veranlassten die Symptome die Ärzte zu dem Vorschlag, dass er sich routinemäßigen Kontrollen und Tests unterziehen solle. Schließlich gab Gordian dem starken Druck seiner Frau und seiner Tochter nach.

Innerhalb einer Stunde nach seiner Ankunft in der Notaufnahme wurde Gordian in ein Einzelzimmer im fünften Stock des Krankenhauses gebracht. Wie bei bekannten Persönlichkeiten üblich, hatte man ihm angeboten, ihn unter einem falschen Namen einzutragen, um keine Aufmerksamkeit bei sensationsgierigen Reportern zu wecken. Obwohl Gordian selbst nicht geneigt war, diese Vorzugsbehandlung zu akzeptieren, bedrängten ihn seine Frau und seine Tochter, noch einmal darüber nachzudenken. Schließlich gelang es ihnen, ihn zur Kapitulation zu bewegen, indem sie ihn daran erinnerte, dass er früher schon unter den Medien gelitten hatte. Damit trafen sie einen wunden Punkt: Sie erwähnten die völlige Verzerrung der Fakten durch einen gewissen Reynold Armitage, seines Zeichens Finanzkolumnist und Fernsehkommentator, der eigene Interessen verfolgte und in reißerischer Weise vor einem Jahr verkündet hatte, dass UpLink International sich in einer bedrohlichen Aktionärskrise befinde. Von diesem Mann konnte man erwarten, dass er sich auf die Chance stürzte, vorzeitig Gordians Nachruf zu schreiben, wenn bei den Presseleuten etwas von seiner Krankheit durchsickerte.

Ashley schlug vor, dass auf dem Namensschildchen neben Zimmer 5C ›Frank Hardy‹ stehen sollte.

Am Montagmorgen hatte Gordians Fieber deutlich nachgelassen, und er fühlte sich wieder kräftiger, wenngleich er immer noch Probleme mit dem Atmen und kaum Appetit hatte. Auf dem Standardformular für ärztliche Behandlung wurde sein Zustand als stabil bezeichnet. In der Zeile darunter, wo die ›Aktivitäten‹ des Kranken bestimmt wurden, konnte der Arzt vor dem Wort ›Bettruhe‹ in einem Kästchen ein Kreuz machen. Unter dem Stichwort ›Labor‹ konnten Blut- und Sputumproben angefordert werden. In der Rubrik ›Medikamentation‹ in der letzten Zeile wurde in Gordians Fall eine alle vier Stunden zu verabreichende, moderate Dosis von Acetaminophen angeordnet, abhängig von den Resultaten der Laboruntersuchungen, von denen nicht erwartet wurde, dass sie auf etwas Ernsthafteres als eine Grippe hinwiesen.

Um Punkt halb neun kamen Ashley und Julia zu Besuch. Gordians Tochter ging um zehn Uhr wieder, weil sie an einer Sitzung eines Modedesign-Unternehmens teilnehmen wollte, das sie kürzlich als Public-Relations-Beraterin eingestellt hatte. Ashley hingegen blieb, bis Gordian sie gegen Mittag mit der Versicherung nach Hause schickte, dass es ihm gut gehe. Im Gegenzug versicherte sie ihm, dass er – und zwar unabhängig von seinem Zustand – damit rechnen müsse, dass sie zum Abendessen wiederkomme.

Ungefähr um drei Uhr nachmittags kam der Krankenpfleger, um Gordians Temperatur zu messen, seinen Puls zu fühlen und den Blutdruck zu messen. Dann gab er ihm die verordneten Tylenol-Tabletten und schrieb etwas auf sein Formular. Ein paar Minuten danach fühlte Gordian sich groggy und gestattete sich ein kleines Nickerchen.

Um vier Uhr nachmittags, als Gordian in seinem Zimmer im fünften Stock schlief, verließ eine Stationsschwester zwei Etagen weiter unten ihren Schreibtisch, um auf die Toilette zu gehen. In diesem Moment betrat ein Mann, der neben einer Kammer zur Materiallagerung gewartet hatte, in einem makellos weißen Krankenpflegerkittel auf leisen Kreppsohlen die Station.

Während er nach der Krankenschwester Ausschau hielt, klickte er sich in ihrem Büro durch mehrere Menüs auf dem Computermonitor, um an Informationen über die Bettenbelegung heranzukommen. Ihn interessierten die Patienten, die während der letzten vierundzwanzig Stunden eingeliefert worden waren. Er hätte wahlweise jeden der untereinander vernetzten Computer auf jeder Station und in jedem Teil des Krankenhauses benutzen können. Dies war einfach eine bequeme Lösung – in der permanenten Geschäftigkeit eines großen Krankenhauses hätte er auch keinerlei Probleme gehabt, eine andere zu finden.

Sekunden später erschienen die Daten über den Patienten in Zimmer 5 C auf dem Bildschirm, allerdings ohne den falschen Namen.

Nachdem er zu dem Anfangsmenü zurückgekehrt war, verließ der Mann das Büro und schlenderte durch den Korridor in einen kleinen, verwaisten Aufenthaltsraum für Patienten. Dort zog er ein Handy aus der Tasche und wählte eine Nummer für eine digital verschlüsselte Verbindung.

»Er liegt hier«, sagte er.

Der Aufzug, der aus dem obersten Untergeschoss nach oben fuhr, öffnete sich mit einem pneumatischen Seufzen. Er trat auf den Gang, wandte sich nach rechts und ging an Hochsicherheitstüren vorbei, die mit Schildern für die Laboratorien in den Korridoren dahinter versehen waren. Auf manchen prangte in Augenhöhe das weltweit übliche, rotschwarze, an ein dreiblättriges Kleeblatt erinnernde Symbol für Biogefährdung, das sich auffällig von der grauen Umgebung abhob.

Für einen Mann mit seinem muskulösen Körperbau bewegte er sich leichtfüßig, und das erklärte teilweise die tödliche Stille, die herrschte, als er den Flur hinabging. Aber so wie das grelle Licht der Neonröhren alle Schatten verschluckte, so schienen auch die dicken Betonwände alle Geräusche und Farben zu dämpfen, alles aufs rein Funktionale einzuschränken.

Während die meisten Mitarbeiter, die Tag und Nacht von der Außenwelt isoliert waren, sich in unterschiedlichem Ausmaß an die graue eintönige Arbeitsumgebung akklimatisieren mussten, war sie Siegfried Kuhl sympathisch. Sie vermittelte eine Art unerschütterlicher Bedeutung und Strenge, die ihm zusagte. Aber er empfand noch etwas, das jenseits davon lag – eine unsichtbare Macht. Gelegentlich legte er seine Hände gegen eine Wand, und dann fühlte er den starken, vibrierenden Puls der Maschinen dahinter, die die Druckluft für die ›Raumanzüge‹ der Wissenschaftler und die unterirdischen Stufe-vier-Labors lieferten, in denen für Laminarströmung gesorgt werden musste. Dann stellte sich Kuhl vor, eine Gebärmutter aus Stein zu betasten, in der sich wie bei einer Schwangerschaft etwas Lebendes bewegte.

Während er den Korridor hinabging, eilten einzelne Menschen – oder auch ganze Gruppen – in an Chirurgen erinnernder Schutzkleidung auf die Eingänge der Laboratorien zu. Durchaus dem Los Alamos der frühen Jahre vergleichbar, war dies die einzige Einrichtung ihrer Art auf der ganzen Welt, an der vordersten Front der Entwicklung und Massenproduktion biologischer Waffen angesiedelt. Im Moment stand die Produktion des Sleeper-Virus in voller Blüte, die jede Stufe der Kreation des Krankheitserregers umfasste: Genom-Analyse, DNA-Splitting und Kultivierung, Stabilisierung des Pathogens und chemische Ummantelung. Der Auslösermechanismus der Mikrobe erforderte darüber hinaus die gleichzeitige und koordinierte Anwendung von Protein- und Molekular-Engineering-Prozessen. Unabdingbar waren auch Experimente zur permanenten Verfeinerung des Virus, damit die tödliche Wirkung beschleunigt wurde, die dieser im Wirtskörper des oder der Opfer entfalten sollte. Außerdem musste die Resistenz des Virus gegenüber potenziell denkbaren Heilmitteln gesteigert werden, und es musste der Notwendigkeit Rechnung getragen werden, mittels verschiedener verfügbarer Erbanlagen den Kunden mehr Optionen zu bieten, damit sie unter verschieden Kombinationen von Symptomen wählen konnten.

Bevor alles perfekt ausgereift war, gab es noch jede Menge Arbeit.

Jetzt erreichte Kuhl eine zusätzlich verstärkte Stahltür ohne Schild, die den Korridor vom Rest des Gebäudes trennte. Er legte eine Hand auf die intelligente Druckplatte und wartete, bis seine subkutane Gefäßstruktur von dem Infrarotscanner registriert und mit dem in einer Datenbank abgelegten Bild verglichen worden war.

Einen Sekundenbruchteil später flackerte ein grünes Licht auf, und die an einen Tresor erinnernde Tür öffnete sich geräuschlos, als der Stromfluss zu dem elektromagnetischen Schloss kurz unterbrochen wurde.

Kuhl betrat einen kurzen Durchgang. Hier war er allein. Links und rechts nackte Wände. Die Tür zu dem einzigen Büro am anderen Ende des Gangs war aus dunklem, schwerem Holz, die Klinke aus glänzendem Messing.

Vor der Tür wartete er – es bestand keine Notwendigkeit, sich bemerkbar zu machen. Der biometrische Scanner, der ihm den Zugang zum Flur gestattet hatte, hatte ihn für den Insassen des Büros längst identifiziert, und außerdem war er bestimmt mit versteckten Kameras überwacht worden.

Einen Augenblick später öffnete sich die Tür, und Harlan DeVane stand auf der Schwelle. Seine Hand lag auf der polierten Türklinke aus Messing. Er trug ein weißes Hemd, eine weiße Krawatte und einen maßgeschneiderten, perfekt geschnittenen schwarzen Anzug, der wie angegossen saß.

»Treten Sie ein, Siegfried«, sagte er, während er ihn mit einer Bewegung seiner blassen, dünnen Hand hereinwinkte. »Die Neuigkeiten über Roger Gordian werden Sie mit Freude vernehmen.«

Als er Lucio Salazar in dessen Luxushaus am Meer gegenübersaß, fühlte sich Lathrop verdammt gut.

Er beobachtete Lucios Gesichtsausdruck, der nacheinander Erstaunen, Verstehen und Zorn verriet, und hätte nicht sagen können, ob sich Salazars Zustand eher dem Respekt vor seinen geschickten geheimen Ermittlungen verdankte oder der Reaktion, die er dadurch hervorgerufen hatte.

Gehüpft wie gesprungen, dachte Lathrop.

Während er darauf wartete, dass Lucio verdaute, was er ihm gerade mitgeteilt hatte, genoss er den atemberaubenden Ausblicks aufs Meer.

»Okay«, sagte Salazar schließlich. »Helfen Sie mir, damit ich sicher sein kann, dass ich das alles richtig verstanden habe. Ein Schritt nach dem anderen. Sie haben mich ganz durcheinander gebracht, und es hängt sehr viel davon ab, dass ich Sie nicht missverstehe.«

Lathrop nickte.

»Um ganz am Anfang zu beginnen – Sie behaupten also, dass Felix tot ist. Sind Sie sich völlig sicher, dass seine Leiche in dem Kofferraum gefunden wurde?«

»Sicherer könnte ich mir gar nicht sein«, antwortete Lathrop mit unbewegtem Gesichtsausdruck.

»Dann zur zweiten Frage – können Sie bestätigen, dass Enrique ihn getötet hat ...«

»… den Auftrag gegeben hat, ihn umzulegen«, berichtigte Lathrop.

»Er hat also den Auftrag gegeben, seinen eigenen Neffen kaltzumachen. Weil Felix ihm den Profit vorenthielt, den er mit *meiner* Lieferung gemacht hat.«

»Etwas komplizierter liegen die Dinge schon«, antwortete Lathrop. »Jeder toleriert, dass jemand etwas für sich selbst abzweigt, aber Felix war gierig. Er hat behauptet, dass er das Ding vor dem Tunnel gedreht und alle Risiken auf sich genommen hätte. Folglich verdiente er seiner Meinung nach jeden einzelnen Cent des Profits, und das hat er lauthals kund getan. Aber das war nur der Tropfen, der das Fass zum Überlaufen gebracht hat. Er hat permanent betrogen, und es war allgemein bekannt, dass er abkassierte. Er wurde immer verrückter und entwickelte sich zu einem riesigen Ärgernis.«

Lucio zuckte die Achseln. »Hätte ich die Konkurrenz ausschalten und ihr die Ware abjagen wollen, hätte ich dem Jungen nicht den Job anvertraut. Aber an Enriques Stelle hätte ich es vielleicht getan und dann hören müssen, dass er meinen Anteil durchbringt. Weil er zur Familie gehört, hätte ich persönlich mit ihm geredet und ihn wissen lassen, dass er einen großen Fehler macht und sich besser wieder an die Spielregeln halten soll.«

»Das hat Enrique etliche Male getan. Letzte Woche hat er Felix herbeizitiert, um ihm noch eine Chance zu geben. Aber statt sich bei Enrique zu entschuldigen und ihm einen prozentualen Anteil von dem Profit aus dem Heroinraub anzubieten, hat Felix gesagt, dass er ihn am Arsch lecken könne.«

»Was für eine Dummheit«, kommentierte Lucio kopfschüttelnd.

»Allerdings.«

»Trotzdem erforderte sie Mumm.«

»Ja. Aber Dummheit und Kühnheit sind eine gefährliche Mischung.«

Lucio dachte nach. »Dann kommen wir zur nächsten Frage«, sagte er, während er seinen schwerfälligen Körper auf dem weinroten Sofapolster bewegte. »Genug ist genug, sagt sich Enrique. Er sieht, dass der Junge keine Angst vor ihm hat und sich nicht disziplinieren lässt. Also muss er verschwinden. Stimmt meine Vermutung?«

Lathrop nickte.

»Eine elende Situation«, fuhr Salazar fort. »Felix war schließlich sein Neffe.«

»Und genau aus diesem Grund hat er behauptet, dass *Ihre* Familie Felix erledigt hat«, erläuterte Lathrop. »Wie ich schon sagte – seiner Schwester hat Enrique erzählt, dass die Heiligen Drei Könige aus Tijuana jenseits der Grenze darüber gesprochen hätten, wie sie mit dem Problem des Überfalls vor dem Tunnel umgehen sollen. Nach seinen Worten hatten Sie den Mord bereits geplant, um an Felix ein Exempel zu statuieren, aber angeblich wollten Sie vor der Tat noch eine vertrauliche Zusage Ihrer Brüder einholen.«

Lucio wirkte beleidigt. »Das macht doch überhaupt keinen Sinn«, antwortete er. »Hätte ich den Jungen aus dem Verkehr ziehen wollen, dann hätte ich schon dafür gesorgt, dass seine Leiche für alle Ewigkeit verschwindet. Angesichts von Felix' Lebensstil hätte es Wochen dauern können, bis jemand auf die Idee gekommen wäre, dass er diesmal nicht auf einer seiner üblichen Sauftouren durch die Bordelle war.«

Lathrop blickte aus dem Fenster und genoss den Blick über das endlose Meer. »Enrique ist das Familienoberhaupt, und seine Schwester bewundert ihn«, sagte er. »Sie glaubt, was er ihr erzählt.«

»Aber ich wäre doch ein Idiot, wenn ich einen Mord an Felix anordnen und es dann zulassen würde, dass seine Leiche auf Enriques eigenem Schrottplatz liegen bleibt.«

»Seine Schwester lebt außerhalb der Realität. Wahrscheinlich weiß sie nicht, wie die Dinge laufen. Und wenn sie es doch wissen sollte, ist sie vielleicht so von ihrer Trauer überwältigt, dass sie nicht klar denken kann. Ich kann Ihnen nur versichern, dass Enrique seine Schwester davon überzeugt hat, dass Sie für den Mord verantwortlich sind, und jetzt verlangt sie Rache.«

Erneut schüttelte Lucio den Kopf. »Wenn es nicht so unglaublich wäre, wäre es lustig«, sagte er. »Enrique ordnet an, dass Felix meinen Stoff klaut und meine Leute umlegt. Dann streiten sie sich wegen des Profits. Enrique erledigt Felix und erklärt mich bei seiner Schwester zum Sündenbock. Und die erzählt ihm dann, dass ich kaltgemacht werden muss, weil ich ihren Sohn erledigt habe. Dann ruft mich Enrique an und teilt mir mit, dass er sich mit mir treffen will, damit wir gemeinsam unsere Probleme lösen können. Und ich sage zu, weil ich glaube, dass er vielleicht begriffen hat, dass er einen Fehler gemacht hat, und jetzt die Schwierigkeiten bereinigen will. Aber sein Ziel ist es, jetzt *mich* um die Ecke zu bringen.« Salazar klopfte an seine Brust. »Ich gehe meinen Geschäften nach, ohne irgendjemandem auf die Zehen zu treten, und Enrique versucht gleich zweimal, mich aufs Kreuz zu legen.«

Lathrop blickte ihn an. Seine weitgehend erfundene Geschichte war eine ziemlich harte Nuss, die Salazar erst einmal knacken musste.

»Hier geht's nicht nur darum, dass Enrique seine Schwester zufrieden stellen will«, sagte er zum krönenden Abschluss. »Sie müssen sich an den Ausgangspunkt dieser ganzen Geschichte erinnern. Der Raub vor dem Tunnel war eine Botschaft. Enrique will Sie mit Sicherheit vom kalifornischen Markt verdrängen, und er weiß, dass El Tío hinter ihm steht. Als er noch am Leben war, war Felix eine Marionette, und jetzt, wo er tot ist, benutzt er ihn immer noch als Stütze für sein Spiel.«

Lucios finsterer Blick verriet Verachtung. »El Tío«, sagte er. »Seit er hier mitspielt, ist alles ein Chaos, ein verdammtes *Chaos*.«

Lathrop schwieg.

Eine Zeit lang saugte Lucio an seinen Vorderzähnen. Als er sich dann auf seiner Couch vorbeugte, nahm Lathrop amüsiert zur Kenntnis, wie sich die Polsterung das Sofas unter seinem schweren Gewicht durchbog.

»Haben Sie mir sonst noch etwas mitzuteilen?

»Das war's.«

Wieder saugte Lucio an seinen Schneidezähnen. »In Ordnung, Lathrop, Sie sind der Beste«, sagte er dann. »Und Sie können darauf zählen, dass dieser Tipp einen hübschen kleinen Bonus wert ist. In der übernächsten Nacht werden wir bei dem Treffen im Park ja sehen, wer der verdammte Idiot ist, Enrique oder ich.«

Lathrop nickte.

Alles deutete darauf hin, dass es tatsächlich zu einem interessanten Showdown kommen würde, und er freute sich schon darauf, direkt neben dem Boxring zu stehen.

»Schon seltsam, wie wir unsere Vollkommenheit messen«, sagte Harlan DeVane. »Hinter mir liegen schon viele Erfolge, und für die Zukunft rechne ich mit weiteren. Umfassende Unternehmungen, die riesige Profite versprechen. Und dennoch empfinde ich jetzt eine unvorstellbare Genugtuung. Ein einzelner Mensch ist erledigt, ein Problem gelöst. Mir war gar nicht bewusst, dass mir die Erfahrung mit Roger Gordian so tief unter die Haut gegangen war.«

Kuhl saß schweigend auf der anderen Seite des Schreibtischs. Hinter DeVane, etwas links von seinem Stuhl, befand sich eines der wenigen Fenster des Gebäudes, eine fest montierte Scheibe aus mehreren Glasschichten, die auch einer Bombenexplosion oder einem Schuss aus einem extrem leistungsstarken Scharfschützengewehr standgehalten hätte. Die Fensterscheibe war quadratisch und geräuschundurchlässig, was einem irgendwie noch mehr als eine Wand das Gefühl vermittelte, von den Wäldern draußen abgetrennt zu sein. Kuhl sah im Schnee Hirschspuren auf die weißen Fichten zulaufen, und verstand das wilde Verlangen im Zoo eingesperrter Raubtiere, gegen die Wände anzurennen, ein blutrünstiges Verlangen, das älter als jedes Mittel war, es zu unterdrücken. Und ihn konnte DeVane nicht zum Narren halten. Sein manierliches Verhalten glich einer trügerischen Hülle, war so ordentlich wie sein teuerer Anzug. Aber auch er kannte den raubtierhaften Impuls, Blut zu riechen.

»Hat man Ihnen etwas über Gordians Gesundheitszustand erzählt?«, fragte Kuhl.

»Bis jetzt liegt er inmitten anderer Kranker, und das bedeutet, dass er sich noch im Anfangsstadium der Erkrankung befindet«, antwortete DeVane. »Aber die Symptome werden sich schnell weiterentwickeln.«

Kuhls Gesichtsausdruck war unbewegt. »Wir sollten jederzeit zu zusätzlichen Maßnahmen greifen können«, sagte er.

DeVane lächelte mit leicht geöffneten Lippen, und man sah seine kleinen weißen Zähne.

»Ihr Sinn für Präzision ist immer willkommen. Ja, ich stimme Ihnen zu, wir sollten auf alles vorbereitet sein.«

Es entstand eine kurze Pause. Dann zeigte DeVane auf den Computer an der Wand rechts neben ihm, auf dessen Monitor eine Liste ungeöffneter E-Mails zu erkennen war.

»Lauter eingehende Bestellungen. Selbst jetzt, während wir hier sitzen, treffen neue ein«, sagte er. »In einigen Fällen gleich mehrere auf einmal. Nicht weiter überraschend, dass unser sudanesischer Freund mich informiert hat, dass er eine reich sprudelnde Geldquelle gefunden hat. So wie viele seiner Nachbarn in der Wüste. Meine Kunden sind schon verblüffend eifrig: Die, die in der lauten öffentlichen Arena stehen, die, die einsam leben, aber auch die, die ethnische Vielfalt fürchten. Sie wollen größeres Prestige, größeren Reichtum oder durch ihren Einfluss die Welt verändern. Oder sie wollen ihre inneren Wundmale, ihre gestorbenen Lieben und Leidenschaften der ganzen Menschheit aufbürden. Unter den Personen, denen ich meine Offerte unterbreite, ist kaum einer, der nicht auf der Suche ist. Und in drei Tagen haben sie alle die Möglichkeit, sich gegenseitig aus dem Weg zu räumen.« Erneut der Anflug eines Lächelns. »Das Geld ist unser, Siegfried. Und ich bin zuversichtlich, dass das angesichts dieser Menschheit auch so bleiben wird.«

Durch das dicke, künstliche Glas starrte Kuhl auf einen großen Vogel, der von einem der Nadelbäume aufflog.

»Unter den Käufern haben viele an tödlichen Konflikten Interesse«, sagte er. »Sie repräsentieren titanische, polarisierende Mächte. Die Sleeper-Trigger werden ihnen eine Waffe gegenseitiger Vernichtung an die Hand geben, für die es in der Geschichte keinerlei Vergleich gibt.«

»Und das macht Ihnen Sorgen?«

»Die Aussicht auf einen brutalen Wandel versetzt mich nicht in Angst.«

DeVane blickte ihn an. »Ah«, sagte er dann. »Sie fragen sich, wie ich das einschätze.«

Kuhl nickte. Durch das Fenster sah er, wie der Flügelschlag des Vogels Muster von Licht und Schatten auf den gekräuselten Schneeteppich warf.

DeVane bildete mit seinen Fingern eine Art Käfig. »Es gibt da eine Geschichte, eine sehr alte Sage, die von einem Kind Gottes erzählt, das den Wagen der Sonne über den Himmel steuerte«, sagte er. »Sie illustriert, wie ich die Dinge sehe.«

Während Kuhl abwartete, starrte DeVane auf den durch seine Finger geformten Käfig, als wollte er seine Gedanken darin fangen. »Die Geschichte erzählt, dass ein Sohn von seinem großen, himmlischen Vater verstoßen wurde und mit seiner Mutter einen harten Lebenskampf auf der Erde durchstehen musste«, sagte DeVane schließlich. »Bis zu dem Alter, als er fast schon ein Mann war, erfuhr er von seiner Abstammung väterlicherseits nichts. Und dann wurden seine Behauptungen ins Lächerliche gezogen. Die Zurückweisung und Verneinung all dessen, was er war, des gesamten Potenzials, das er in sich trug, das war eine unerträgliche Demütigung. Also ging er zum Wohnsitz seines Vaters, dem Palast der Sonne, um ihn um eine Chance zu bitten, seine Geburtsrechte beweisen zu dürfen, indem er ihm die Fahrt mit dem Wagen für einen einzigen Tag gestattete.« Einen Augenblick lang schwieg DeVane. Die Haut über seinen Wangenknochen war gespannt, sein Blick fixierte seine Finger.

»Die erste Reaktion des Vaters bestand darin, dass er ihn verhöhnte und ihm die Bitte abschlug. Wir können uns vorstellen, dass er seine Vaterschaft bezweifelte und sich anzuerkennen weigerte, dass der Junge von seinem Blut war. Aber der Sohn besaß eine angeborene Willensstärke und behielt die Oberhand. Vielleicht hat er Gewalt eingesetzt, ihn erpresst oder damit gedroht, die Affäre öffentlich zu machen, die er vor seinen hochgeborenen Gleichrangigen so lange verborgen hatte. Wer kann das schon wissen? Der junge Mann hat das Notwendige getan, um das zu kriegen, was er wollte. Eine Chance. Unter tausend Warnungen bestieg er den Wagen. Fliegt er zu hoch, wird die Erde frieren, sinkt er zu weit nach unten, wird sie brennen. Lenkt er zu weit nach links oder rechts, werden ihn die Ungeheuer des Abgrunds mit ihren Klauen krallen, ihn in die große Finsternis ziehen. Aber alle Versuche, ihn von seinem Vorhaben abzubringen, stachelten den jungen Mann nur noch mehr an, die Zügel zu ergreifen und sich zum Himmel aufzumachen.« Jetzt sah DeVane mit einem kalten, stahlhart glänzenden Blick Kuhl an. »Unglücklicherweise war er letztlich nicht in der Lage, die Pferde zu zügeln. Sie waren ursprüngliche Mächte, Sie verstehen, und er war auf der Erde aufgezogen worden und hatte Dreck unter den Fingernägeln. Wo immer am Himmel er auch herumdonnerte, er zog eine Spur des Chaos hinter sich her. Auf dem Land gingen alle Pflanzen in Flammen auf, und das Schmelzwasser des Eises überflutete die großen Städte. Ozeane verwandelten sich in Dampfsäulen. Sein wilder Ritt erschütterte die Welt. Chaos.

Als ihn schließlich der mächtigste Gott mit einem Blitz niederstreckte und seinen brennenden Körper im Erdboden versinken sah, nahm der Sohn seinen Tod ohne Bedauern hin. Indem er sein Ziel verfolgt hatte, hatte er sich über die Begrenztheit seiner Herkunft erhoben. Darüber, was alle für ihn vorhergesehen hatten. Über diejenigen, die ihn demütigen wollten. Er hatte Kühnheit bewiesen, und Kühnheit hat häufig Folgen. Ihm war das von Anfang an bewusst gewesen. Und dennoch – was für eine Fahrt, Siegfried. *Was für eine Höllenfahrt.*«

DeVane verstummte. Er atmete tief durch, löste seine verschränkten Finger und lehnte sich dann langsam zurück. Als er erneut das Wort ergriff, war seine Stimme ruhig und leise. »Ist Ihre Neugier befriedigt?«, fragte er.

»Ja.«

»Dann zurück zum Geschäftlichen.« DeVanes Hände lagen auf dem Schreibtisch. »Gibt's sonst noch etwas, worüber wir reden sollten?«

Kuhl nickte. »Über unseren Mann bei UpLink, der Gordian den Krankheitsauslöser verabreicht hat«, antwortete er. »Er ist schwach und pessimistisch.«

DeVane zuckte die Achseln. »Ein kleiner Fisch, der aus den Tiefen nach oben steigt und mit den großen Fischen zusammen vergiftet wird.«

»Was ihm mittlerweile wohl klar geworden sein muss«, erwiderte Kuhl. »Ich frage mich: Was ist, wenn er uns bei seinen letzten Zuckungen zu beißen versucht?«

DeVane hob die Augenbrauen. »Verstehe. Sie schlagen vor ...«

»... dass El Tío Enrique Quiros beauftragt, diese unbedeutende Kreatur von seinem Elend zu erlösen. Und zwar so schnell wie möglich.«

DeVane betrachtete ihn mit einem kalten, stahlharten Blick. »Ihr Ratschlag ist gut«, sagte er. »Ich werde zu Enrique Kontakt aufnehmen.«

Kuhl nickte erneut und stand dann auf. Der große schwarze Vogel war weggeflogen, und durch das Fenster sah man in der weißen Leere zwischen dem Gebäude und dem Wald nichts außer den Spuren der Hirsche im Schnee.

Er wandte sich um und ging zur Tür.

»Siegfried.«

Kuhl blickte über die Schulter. Noch immer war DeVanes Blick fest auf ihn gerichtet.

»Jetzt wissen Sie sehr viel über mich«, sagte er.

»Ja.«

»So viel wie kein Lebender jemals über mich wissen wird.«

»Ja.«

Nachdem er seinen Gast noch einen Augenblick lang angesehen hatte, nickte DeVane.

Kuhl griff nach der Türklinke und verließ das Büro.

Krank.

Er fühlte sich so krank.

Palardy kauerte vor der Kloschüssel, und wegen der harten Badezimmerfliesen schmerzten seine Knie. Er hatte einen säuerlichen und metallischen Geschmack im Mund, und sein Magen tat weh, weil er sich bereits mehrfach übergeben hatte. Seit Sonntagnacht ging das jetzt so, als er würgend sein halb verdautes Abendessen erbrochen hatte. Und nachdem sich keine feste Nahrung mehr in seinem Magen befunden hatte, war alles nur noch schlimmer geworden. Bis zum Morgen hatten ihn Magenkrämpfe gequält, und die aufsteigenden Säfte hatten einen säuerlichen und ranzigen Geschmack in seiner Kehle hinterlassen. Als dann keine Galle mehr übrig geblieben war, hatte dieses trockene Würgen begonnen.

Um etwa drei Uhr morgens hatte er sich angezogen, um in einem Laden, der vierundzwanzig Stunden am Tag geöffnet hatte, Ginger Ale zu kaufen. Vielleicht half das ja. Zwei- oder dreimal hatte er während des kurzen Wegs anhalten und sich an einem Laternenpfahl festklammern müssen, um sich überhaupt weiter auf den Beinen zu halten. Seine Magenkrämpfe waren unerträglich gewesen. Und dann dieses Schwindelgefühl, der Bürgersteig, der bei jedem Schritt unter ihm hinwegzugleiten schien. Es hatte eine halbe Ewigkeit gedauert, bis er den Laden erreicht, die Ginger-Ale-Flaschen gefunden und bezahlt hatte. Der Angestellte hatte ihn angeblickt, als wäre er ein Säufer oder ein Drogensüchtiger, der die Kasse stehlen wollte. Palardy war sicher, dass der Mann nach etwas unter der Theke getastet hatte – einem Alarmknopf, einer Waffe …

Und dann die qualvolle Rückkehr zu seiner Wohnung, die wieder eine kleine Ewigkeit in Anspruch genommen hatte. Er hatte sich auf seinem Sofa zurückgelehnt und das Ginger Ale ungekühlt getrunken, in kleinen Schlucken, weil er dachte, dass sein Körper immer nur winzige Portionen vertrug.

Palardy glaubte, dass ihm zu diesem Zeitpunkt zum ersten Mal aufgefallen war, dass seine Kehle wehtat. Möglich, dass sich der Schmerz nach und nach in dieser Nacht entwickelt hatte. Vielleicht wäre es ihm schon eher aufgefallen, wenn er nicht diese permanenten Magenkrämpfe gehabt hätte. Aber seine Kehle fühlte sich ziemlich entzündet an, und er bezweifelte, dass es auf einen Schlag so schlimm hatte werden können. Seine Mandeln schienen so dick wie Daumen zu sein, und er litt unter Schluckbeschwerden. Er spürte zwei Knoten im Hals, seiner Meinung nach geschwollene Drüsen.

Es war eine Qual, das Ginger Ale zu trinken, und es war sowieso alles umsonst gewesen. Der Gang zum Geschäft, die kleinen, vorsichtigen Schlucke, alles umsonst. Bevor er es bis zum Badezimmer geschafft hatte, kam ihm auch das Ginger Ale wieder hoch und spritzte über seine Hände, die Polster und den Teppich. Ginger Ale, vermischt mit Spucke und Schleim.

Danach versuchte Palardy nicht mehr, irgendetwas zu sich zu nehmen, weder flüssige noch feste Nahrung.

Er litt erbärmlich. Vor ein paar Minuten hatte er geglaubt, dass es ihm die Eingeweide zerreißen würde, dass er sie in blutigen Fetzen erbrechen müsste. Dieses trockene Würgen, er spürte es am ganzen Körper, und sein Rücken und seine Seiten schmerzten genauso wie sein Magen. Guter Gott! Und wie sein Herz jetzt schlug, hart gegen sein Rippen pochte – schnell und unregelmäßig.

Keuchend über die Kloschüssel gebeugt, umfasste Palardy seine Brust. Er wartete ab, ob die Attacke vorbei war oder ob er erneut mit Krämpfen rechnen musste.

Nach einer Weile glaubte er, dass ihm eine Pause vergönnt war. Er stand auf, hielt sich aber zur Sicherheit am Waschbecken fest. Nachdem er sein Gesicht mit kaltem Wasser benetzt hatte, spülte er sich den Mund und spuckte aus. Der ekelhafte Geschmack war nicht verschwunden, aber damit hatte er ohnehin nicht gerechnet.

Mit schwerem Kopf, frierend und zittern, taumelte Palardy zur Badezimmertür. Im Flur holte er eine Wolldecke aus dem Wandschrank und legte sie sich um die Schultern. Dann ging er ins Wohnzimmer zurück und ließ sich auf die Couch fallen.

Was ging hier vor? Was geschah nur mit ihm?

In seine Decke gehüllt, versuchte er, sich aufzuwärmen. Er wünschte, er könnte sich entspannen. Aber in seinem Kopf hatte sich ein entsetzlicher Gedanke festgesetzt. Vielleicht noch nicht zu Beginn seiner Krankheit, aber kurz danach hatte er sich zu fragen begonnen, ob das Ganze vielleicht etwas mit dem Inhalt der Ampulle aus dem Lederetui zu tun hatte, das Enrique Quiros ihm gegeben hatte. Nur ein einfältiger Trottel hätte diese Möglichkeit nicht in Betracht gezogen. In jener Nacht, als er sich mit Enrique Quiros am Hafen getroffen hatte, war ihm der Gedanke gekommen, dass jeder, der das Risiko einging, die Verletzung oder Ermordung einer so wichtigen Persönlichkeit wie Roger Gordian anzuordnen, auch in der Lage sein musste, für alle Fälle seine Spuren zu verwischen. Er musste jeden verschwinden lassen können, der ihn mit dem Verbrechen in Verbindung bringen würde. Auch Quiros schien es damals unangenehm gewesen zu sein, dass er in die Sache verwickelt war, und er hatte alles so schnell wie möglich hinter sich bringen wollen. Palardy konnte sich nicht genau an seine Worte erinnern, aber Quiros hatte angedeutet, dass er kein persönliches Interesse an einem Anschlag auf Gordian habe, dass irgendein einflussreicher Mann im Hintergrund die Fäden ziehe und dass er genauso auf sich aufpassen müsse wie Palardy.

Das war eine erschütternde Offenbarung gewesen. Palardy hatte sich selbst nie für einen Kriminellen gehalten und geglaubt, völlig anders als Quiros zu sein. Jetzt feststellen zu müssen, dass sie etwas gemeinsam hatten und beide gleich weit gehen würden, um sich selbst zu schützen …

Eine erschütternde Einsicht.

Palardy war sich der Tatsache bewusst, dass er das einzige Verbindungsglied zwischen Quiros und Roger Gordian war. Wenn er eliminiert wurde, gab es diese Verbindung nicht mehr. Das war ihm schon damals auf dem Parkplatz am Hafen bewusst geworden. Bevor sie sich getrennt hatten, hatte er Quiros gegenüber indirekt seiner Angst Ausdruck verliehen und ihn gefragt, wie er sicher sein könne, dass der Inhalt der Ampulle ihm nicht gefährlich werden könne. Daraufhin hatte Quiros ihm minutenlang erklärt, dass die Flüssigkeit an sich harmlos und nur die letzte Ingredienz eines biologischen Rezepts sei, das nur für jenes genetisch speziell ausgestattete Individuum Folgen haben würde, dem es verabreicht würde. Wenn irgendeine dieser Ingredienzen in der genetischen Veranlagung fehle, bestehe kein Grund zur Sorge. Laut Quiros konnte man einen halben Liter davon konsumieren, ohne dass das irgendeine Wirkung hatte.

Es bereitete Palardy keine Mühe, das dahinter stehende Konzept zu begreifen. Die Entwicklung der Genforschung hatte er in den Nachrichten und etlichen Zeitschriftenartikeln verfolgt. Außerdem hatte UpLink International bis zu der Verschlankung des Konzerns vor ungefähr einem Jahr eines der großen Gentechnologie-Unternehmen besessen. Noch immer hielt UpLink einen Anteil an der Firma, und Palardy hatte unter ihren Mitarbeitern ein paar gute Freunde. Deshalb wusste er genug über die gentechnologische Forschung, um zu begreifen, dass Quiros' Beruhigungsversuche nichts galten, weil das Rezept nur so individuell war, wie es nach dem Willen der Person, die es zusammenbraute, individuell sein sollte. Man musste sich nur einmal vorstellen, dass er alle Menschen mit braunem Haar oder einer ähnlich weit verbreiteten Eigenschaft loswerden wollte. Wie würde sich das auf die Sterblichkeitsrate derer auswirken, die seiner ›letzten Ingredienz‹ ausgesetzt waren? Wäre das nicht eine Art Endlösung?

Und dann war da noch etwas an Quiros' Erklärung, das Palardy seiner Meinung nach gezielt in die Irre leiten sollte. Wenn er behauptete, dass der Wirkstoff speziell auf die ererbten genetischen Merkmale einer bestimmten Person zugeschnitten war, mochte das ja stimmen. Aber wie konnte Palardy sicher sein, dass Quiros nicht genau aus diesem Grund jemanden beauftragt hatte, *seinen* genetischen Fingerabdruck zu besorgen? Mit ein paar Haaren aus *seinem* Kamm, etwas toter Haut von *seinen* Badezimmerfliesen? Wie konnte er wissen, ob nicht jemand in seine Wohnung eingedrungen war und seinen Orangensaft, sein Mineralwasser oder seinen Aufschnitt mit einem Krankheitsauslöser versetzt hatte, der genau auf die genetischen Charakteristika Don Palardys abgestimmt war?

Er sank in die Sofakissen zurück und lauschte dem Geräusch seiner mühseligen Atemzüge. An diesem Morgen, als er sich telefonisch an seinem Arbeitsplatz krankgemeldet hatte, hatte er die Absicht gehabt, den Arzt anzurufen. Aber wegen dieser Gedanken, die in seinem Kopf herumwirbelten, hatte er sich dagegen entschieden. Sie hatten ihn gelähmt. Bei einem gewöhnlichen Virus wäre die Sache bald ausgestanden. Wenn seine Symptome aber durch einen im Labor produzierten Virus oder künstlich hergestellte Bakterien verursacht worden waren, durch eine Mikrobe, die der Arzt nicht identifizieren konnte, bestand seine einzige Überlebenshoffnung darin, dass er auspackte. Falls es ihm irgendwie gelingen sollte, die Herkunft seines Wissens zu verschweigen, würde er dennoch Fragen beantworten müssen, wenn die Krankeitsdiagnose mit der Gordians übereinstimmte. Dann wäre er in einen Mord verwickelt, den ersten dieser Art, und ungefähr so berüchtigt wie Lee Harvey Oswald. Und bald auch genauso tot.

Palardy schloss die Augen, bleich, schwitzend, von Schmerzen gepeinigt. Er musste irgendetwas arrangieren. Falls man ihn betrogen, ausgenutzt und dann fallen gelassen hatte, musste es doch möglich sein, eine Spur zu Quiros zu legen. Vielleicht steigerte er sich ja in etwas hinein, und bald würde sich alles richten. Aber falls dem nicht so war, musste es *irgendeine* Möglichkeit geben…

Dann kam ihm plötzlich eine Idee.

16.

Verschiedene Schauplätze
15. November 2001

Als Roger Gordians persönlicher Arzt, Dr. Elliot Lieberman, am Dienstagmorgen die Krankenakte studierte, ließ ihn die Lektüre verwirrt und bestürzt zurück.

Ganz ohne Zweifel war Gordian krank, aber der Grund seiner Krankheit war ein Rätsel. Die grippeähnlichen Symptome vom Sonntagnachmittag hatten sich nach seiner Einlieferung spürbar gebessert. Auch am Montag hatte diese positive Entwicklung angehalten. Aber während der letzten Stunden hatte sich unerwartet eine rapide Verschlechterung seines Zustands eingestellt. Um Mitternacht hatte Gordian die Dienst habende Schwester gerufen, weil er erneut Schwierigkeiten beim Atmen hatte, fror und von einem stechenden Kopfschmerz gepeinigt wurde, der so stark war, dass er ihn aus dem Schlaf gerissen hatte. Wieder hatte er über vierzig Grad Fieber gehabt, die höchste Temperatur seit seiner Ankunft in der Notaufnahme, und auch bei der letzten Messung war das Fieber noch nicht gesunken.

Auch wenn sich seine respiratorischen Probleme durch eine Sauerstoffmaske lindern ließen, hatte Lieberman vor ein Paar Stunden, als er Gordian mit dem Stethoskop abgehorcht hatte, ein flaches Ausatmen festgestellt, das ihn sofort veranlasst hatte, den Patient röntgen zu lassen. Die Aufnahmen zeigten Schatten auf der Lunge, die bei den Röntgenbildern vom Vortag nicht sichtbar gewesen waren, ein typisches Anzeichen dafür, dass sich in den Lungen Flüssigkeit gebildet hatte. Lieberman hatte darum gebeten, Gordian nach zwei Tagen erneut zu röntgen und ihn über den Gesundheitszustand des Patienten auf dem Laufenden zu halten. Bei einer weiteren Verschlechterung der Lage musste Gordian wahrscheinlich auf die Intensivstation verlegt werden. Dann kehrte Lieberman in sein Büro zurück, um die Tabellen und die Laborergebnisse zu studieren.

Irritierend war, dass die ursprüngliche Vermutung, Gordian könnte an einer Grippe erkrankt sein, ausgeschlossen werden musste, ebenso Viruspneumonie, die ernsthafteste damit verbundene Komplikation. Ein Abstrich aus dem Nasenraum zur Anlage einer Schnellkultur, mit der Grippe-Antigene des Typs A und B identifiziert werden konnten, also molekulare Komponenten der Virenstränge, die die Abwehrreaktionen des Körpers stimulieren, hatte einen negativen Befund ergeben. Bei einer zweiten schnellen Diagnosemethode, der Untersuchung einer Schleimprobe aus Gordians Kehle, waren innerhalb von zwanzig Minuten identische Resultate herausgekommen. Beide Methoden galten in neunundneunzig Prozent aller Fälle als zuverlässig und versprachen daher eine fast völlige analytische Gewissheit.

Frustriert aufseufzend, blättert Lieberman die Papiere auf seinem Schreibtisch zum dritten Mal durch auf der Suche nach irgendwelchen Hinweisen, die ihm vielleicht entgangen waren. Seine Großmutter – möge ihre Seele in Frieden ruhen – hätte Gordians Symptome durch eine Berührung seiner Stirn und durch einen Blick mit der Taschenlampe auf seine entzündete, geschwollene Kehle katalogisieren könnten. Vor dem letzten Schritt hätte sie ihn auf Jiddisch gebeten, den Mund weit zu öffnen. Trotz der gerahmten Diplome und Urkunden an den Wänden seines Büros war Lieberman zum gegenwärtigen Zeitpunkt mit seinen Erkenntnissen über Gordians Zustand kaum weiter. Bei Blutuntersuchungen waren auch die üblichen, bakteriell bedingten Lungenentzündungen ausgeschlossen worden, die in erster Linie durch Streptokokken ausgelöst wurden, aber auch durch Staphylokokken und die noch selteneren Legionella-Stäbchenbakterien, die für die Legionärskrankheit verantwortlich waren. Auch gab es keine Anzeichen für Chlamydien und Mykoplasmen. Die serologische Analyse hatte eine erhöhte Zahl von Lymphozyten ergeben, jenen weißen Helferzellen im Blut, die auf den Angriff fremder Mikroben reagieren. Das war eine grundsätzliche Bestätigung von Großmutters Heimdiagnosemethoden – der klinische Beweis dafür, dass eine Entzündung vorlag und dass das Immunsystem gleichsam Spürhunde losschickte, die nach Antigenen suchten, wie die Tests mit den Abstrichen. Aber während die Lymphozyten zwar einen Beweis dafür lieferten, dass bei Gordian eine Virusinfektion vorlag, konnten sie nicht erklären, um was für einen speziellen Virus es sich handelte.

In den Datenbanken des San José Mercy Hospital hatte Lieberman überprüft, ob während der letzten zwei Tage ähnliche Fälle ohne definitive Diagnose aufgetreten waren, aber seine Suche war erfolglos geblieben. Auch die Ausweitung seiner Computerrecherche auf die letzte Woche und die letzten Monate blieb ohne Resultat. Dann hatte er Kollegen aus benachbarten Krankenhäusern angerufen, um in Erfahrung zu bringen, ob diese kürzlich mit einem Fall zu tun gehabt hatten, der Gordians Krankheit ähnelte. Erneut Fehlanzeige. Aber wie auch immer – irgendetwas musste unternommen werden, um herauszufinden, an was für einer Krankheit Gordian litt. Sein Körper kämpfte mit einem geheimen Eindringling und ermüdete dabei sichtbar. Solange die Krankheit nicht identifiziert war, war eine effektive ärztliche Behandlung unmöglich.

Lieberman atmete tief durch. Eigentlich sollte er wissen, womit er es zu tun hatte, aber er wusste es nicht, und das beunruhigte ihn sehr. Er musste einen Experten konsultieren, der über Spezialistenwissen verfügte.

Er nahm den Telefonhörer ab, um den Chef der Virologie-Abteilung anzurufen, aber dann dachte er, dass dieses Telefonat noch etwas warten konnte. Also legte er wieder auf, ohne die Verbindung herzustellen. Es gab da jemanden, mit dem er zuerst reden wollte, einen seiner ältesten Freunde und Kollegen. Eric Oh arbeitete als Epidemologe im kalifornischen Gesundheitsministerium und war in der Grundlagenforschung über die Methoden der Identifikation unbekannter und neu auftretender Krankheitserreger aktiv gewesen. Außerdem war er bei den Centers for Disease Control ein gefeierter Virenjäger gewesen, bevor er ein Mädchen aus seiner Heimatstadt geheiratet hatte.

Seine Frau bestand darauf, dass er nicht länger mit den gefährlichen BL4-Pathogenen herumspielte, sondern in den Westen zurückkehrte und sich dort niederließ.

Es war ein direkter Verstoß gegen das übliche Prozedere, zuerst mit Eric zu reden, bevor er einen Abteilungschef in seinem Krankenhaus konsultierte. Und die Kriterien, die einen Anruf im Gesundheitsministerium erfordert hätten – mehrere aktenkundige Fälle mit ähnlichen Symptomen wie bei Gordian oder Daten, die auf einen umfassenden Ausbruch einer Infektionskrankheit hinwiesen –, waren in diesem Fall nicht gegeben. Ein einzelner Patient mit einer Krankheit, die einen kleinen Allgemeinmediziner irritierte, und das noch nicht einmal zwei Tage lang, war keine Gefahr für die öffentliche Gesundheit, selbst wenn es sich um einen so prominenten Patienten wie Roger Gordian handelte.

Aber Lieberman hatte ein seltsames Gefühl im Magen, eines jener Gefühle, denen man mit zunehmendem Alter und wachsender Erfahrung immer mehr Vertrauen schenkte. Seiner Meinung nach konnte ein informeller Gedankenaustausch mit Eric kaum als inkorrektes Verhalten ausgelegt werden.

Er hatte die Lippen so fest zusammengekniffen, dass sie kaum noch als Strich auf seinem langen, von Sorgenfalten zerfurchten Gesicht zu erkennen waren. Dann blickte er auf seinen Organizer, um Erics Telefonnummer herauszusuchen, bevor er erneut den Hörer abnahm.

»Ich kann gar nicht glauben, dass ich so gedankenlos war, so *dumm* … Drei Sonntage nacheinander hat er damit verbracht, einen Zwinger für meine Hunde zu bauen, und ich habe ihm nur das Leben zur Hölle gemacht …«

Als ihn Julias Worte aus dem Schlaf weckten, bewegte sich Gordian und öffnete dann die Augen. Gemeinsam mit Ashley saß seine Tochter am Fußende des Krankenbetts, um nicht an die Schläuche und Monitore zu stoßen, an die Gordian angeschlossen war.

Schwach hob er einen Arm, um die lose sitzende Sauerstoffmaske über sein Kinn zu ziehen. Als die Frauen bemerkten, dass er aufgewacht war, wandten sie sich ihm zu und sprangen dann auf. »Ist alles vergessen, gebt mir lieber ein Glas Wasser«, brachte er mühsam hervor. Das Innere seines Mundes fühlte sich trocken und belegt an.

Sofort stand Julia neben ihm, dahinter ihre Mutter. »Ich weiß nicht, ob du die Maske abnehmen solltest, Dad …«

Er bewegte seine Hand. »Mit dem Atmen gibt's im Moment keine Probleme«, krächzte er. »Ich bin nur durstig.«

Ashley hob bereits den Wasserkrug von dem fahrbaren Servierwagen, schenkte einen Papierbecher halb voll und reichte ihn an Julia weiter. Dann drückte sie auf den Knopf, um den oberen Teil des Betts anzuheben.

Während Ashley die Kissen richtete, griff Gordian nach dem Becher, aber seine Tochter schüttelte den Kopf.

»Lass mich den Becher halten«, sagte sie. »Trink langsam. Nur kleine Schlucke, okay?«

Gordian nickte, benetzte seine Lippen und ließ dann das Wasser über seine klebrige, belegte Zunge sickern. Dann schluckte er. Die kühle Flüssigkeit tat seiner heißen, wunden Kehle unglaublich gut. »Ich dachte, ihr wolltet einen Happen essen gehen«, sagte Gordian.

»Haben wir getan«, antwortete Ashley, die näher trat und seine Wange berührte. »Als wir wieder hier waren, warst du eingeschlafen.«

Er blickte sie an. »Wie lange habe ich denn geschlafen?«

»Eine Weile … Ich bin nicht ganz sicher …«

Gordian drehte sich um und blickte auf die Uhr auf seinem Nachttisch. Es war fast zwei Uhr mittags. Er war überzeugt, nur für eine Viertelstunde, höchstens für zwanzig Minuten eingenickt zu sein, nicht für ein paar Stunden.

Erneut blickte er seine Frau an, die ›ihr Gesicht aufgesetzt‹ hatte, wie sie sich auszudrücken pflegte – Make-up. Nicht, dass sie es benötigte. Nach so vielen Jahren sah sie immer noch wie auf jenen Fotos aus, die kurz nach ihrer Hochzeit aufgenommen worden waren. Aber er sah die dunklen Ringe unter ihren Augen und kleine Fältchen in den Augenwinkeln, die vorher nicht da gewesen waren.

»Hast du Lust auf ein kleines Mittagessen?«, fragte sie, während sie auf den Servierwagen zeigte. »Die Krankenschwester hat etwas zu essen hier gelassen, ein Puten-Sandwich und Wackelpudding …«

Gordian schüttelte den Kopf. »Später«, antwortete er. »Meine Beine sind kalt. Ist die Klimaanlage zu weit aufgedreht?«

Ashley warf Julia einen kurzen Blick zu. *Wohl nicht*, dachte er.

»Ich werde im Schwesternzimmer nach einer zusätzlichen Decke fragen«, sagte Ashley.

»Ich werde schon nicht abhauen.«

Sie lächelte schwach und ging hinaus.

Nachdem Gordian noch etwas Wasser getrunken und Julia gedankt hatte, ließ er seinen Kopf wieder auf die Kissen sinken. Die Jalousien waren zwar zugezogen, aber das Tageslicht, das durch die Lamellen sickerte, erschien ihm zu grell. Eine Sekunde lang schloss er die Augen.

Als er sie wieder öffnete, betrachtete Julia ihn.

»Du bist nicht in die Arbeit gegangen?«, fragte er.

»Also wirklich!«

»Du hast den Job noch nicht lange, und es würde mir ganz und gar nicht gefallen, wenn du Ärger kriegst.«

Vorsichtig setzte sie sich auf den Rand des Betts. »Schon in Ordnung. Ich habe die alte Mein-Vater-liegt-im-Krankenhaus-Masche benutzt.«

»Eine gute Masche. Dann wollen wir das auch voll ausnutzen.«

Sie betrachtete ihn angespannt, ergriff dann seine Hand.

»Hast du von Dr. Lieberman was Neues gehört?«, fragte er.

»Seit heute Morgen nicht mehr. Er wollte deine Unterlagen studieren und dann herkommen, wurde aber wegen eines Notfalls weggerufen.«

Gordian nickte. Er spürte die Schwellungen unter seinen Kiefern, und das Gefühl erinnerte ihn daran, wie er als Kind Mumps gehabt hatte.

»Dad …«

Als er seine Tochter anblickte, sah er, dass ihre Augen plötzlich feucht geworden waren.

»Honey? Ist irgendwas?«

Sie schüttelte den Kopf, aber das Kopfschütteln galt einem unausgesprochenen Gedanken, nicht seiner Frage.

»Was du mich sagen gehört hast, als du aufgewacht bist ... Es tut mir Leid, wie ich dich behandelt und wie ich mich verhalten habe, als du vorgestern bei mir warst.« Sie drückte seine Hand fester, wischte sich mit der anderen eine Träne ab. »Seit der Scheidung war ich so mit mir selbst beschäftigt ... Mein Gott, Daddy ... Ich weiß nicht, warum ich meine Probleme an dir auslasse ...«

»Vielleicht, weil wir vom selben Schlag sind.«

»Wir sind gut darin, mit unseren Gefühle nicht umgehen zu können.« Jetzt drückte Julia seine Hand noch fester, und ihre Augen glänzten. »Es ist, als würde ich meine Gefühle für mich behalten, bis ich ganz davon erfüllt bin.«

»Ich weiß.«

»Als würden sie alle zusammenhängen, und ich habe keine Ahnung, wie ich damit umgehen soll, und versuche, sie *noch weiter* nach innen zu drängen. Ich versuche, mich selbst davon zu überzeugen, dass sie schon verschwinden werden. Und dann wird der Druck nur noch schlimmer ...«

»Ich weiß.« Gordian lächelte seine Tochter an. »Das macht es nicht gerade einfach für die Menschen, die wir lieben. Frag deine Mutter.«

Einen Augenblick schwiegen beide, während sie sich weiter bei den Händen hielten.

»Du wirst schon eine Lösung finden«, sagte er schließlich. Seine Kehle brannte. Die zeitweilige Erleichterung, die ihm das Wasser verschafft hatte, war längst wieder verschwunden. »So was braucht Zeit. Du hast schwierige Veränderungen durchgemacht ...«

Ein sanftes Klopfen an der offenen Tür unterbrach ihn.

Sie wandten sich beide Dr. Lieberman zu, der vor der Türschwelle stand.

»Julia, Gord.« Das Gesicht des Arztes wirkte mitgenommen. »Hoffentlich entschuldigen Sie meine Verspätung, es war einer dieser Tage ...«

»Erzählen Sie, Elliott«, sagte Gordian mühsam.

Als Lieberman eintrat, schweifte sein Blick schnell durch den Raum. »Ich hatte gehofft, dass Ashley ...

»Steht direkt hinter Ihnen.«

Der Arzt blickte über die Schulter und sah sie mit einer gefalteten Decke über dem Arm im Flur stehen. Um ihr Platz zu machen, trat er zur Seite. »Gut«, sagte er dann. »Ich bin froh, Sie alle drei anzutreffen.«

Sie blickten ihn an, und allen schoss gleichzeitig der Gedanke durch den Kopf, dass weder Liebermans Tonfall noch sein Gesichtsausdruck besonders glücklich wirkten, von seinen etwas gestelzten Worten ganz zu schweigen.

Nachdem der Arzt die Tür geschlossen hatte, schwieg er – sehr lange, wie es Gordian schien.

»Wir müssen über das reden, was ich herausgefunden habe«, sagte er dann. »Und zwar sehr ernsthaft.«

»Also, hier sind meine spärlichen Informationen«, begann Megan. »Seit heute Morgen hat sich der Zustand unseres Chefs nicht gebessert, und die Untersuchungen haben nicht gezeigt, was nicht mit ihm stimmt. Sein Arzt, ich glaube, er heißt Lieberman, hat einen Epidemologen im Gesundheitsministerium in Sacramento angerufen.«

Sie blickte Pete Nimec und Vincent Scull an, die mit ihr in Nimec' Büro im Hauptquartier von UpLink International saßen. Ihr Treffen war hastig einberufen worden, nur einige Minuten, nachdem Ashley Gordian aus dem Krankenhaus angerufen hatte, um Megan auf dem Laufenden zu halten.

Nimec sah sie mit einem festen Blick an. »Das war's?«

Sie nickte.

»Das macht doch keinen Sinn«, bemerkte Scull. »Wenn der Fall plötzlich ans Gesundheitsministerium weitergereicht wird, heißt das entweder, dass es eine Menge solcher Fälle gibt, oder aber, dass der Verdacht besteht, dass

Gord eine ansteckende Krankheit hat und das öffentliche Wohl bedroht ist.«

Megan schüttelte den Kopf. »Das habe ich auch angenommen. Aber Ashley meint, dass es sich nur um eine inoffizielle Kontaktaufnahme gehandelt hat. Lieberman hat einen Freund im Gesundheitsministerium, und der wird sich erkundigen.«

Eine Zeit lang schwiegen alle.

»Was zum Teufel sollen wir tun?«, fragte Nimec. »Erzählen Sie mir jetzt nicht, dass wir abwarten und beten sollen, dass altes bestens läuft.«

Megan blickte ihn ernst an. »Manchmal kann man nicht anders«, erwiderte sie.

Nimec stieß dem Atem aus. »Verdammt, *gottvertdammter* Mist.«

Wieder herrschte Schweigen im Raum.

Scull runzelte die Stirn und strich mit seiner Hand immer wieder über seine Glatze. Dann blickte er Megan an. »Vielleicht sollten wir die Sache selbst untersuchen.«

»Was denn?«

»Dasselbe tun wie die Typen in den weißen Kitteln«, antwortete Scull. »Man sieht jede Menge Punkte und sucht die Verbindungslinie. Eigentlich ist das nichts anderes als das, was in meinem Job zu den üblichen Prozeduren gehört.«

»Ich kann nicht ganz folgen.«

Erneut kratzte sich Scull am Kopf. »Okay. Also, ich bin in einem fremden Land und erstelle aus der Sicht des Unternehmens eine Risikoanalyse. Zuerst tue ich so, als würde ich vom Mars kommen – ich verwerfe alle Vorstellungen und sauge alles auf wie ein Schwamm. Bis jetzt klar?«

Megan nickte.

»Wenn ich dann lange genug in dem Land bin und ein Gefühl dafür entwickelt habe, was dort läuft, erkenne ich ein potenzielles Problem. Politischer Natur, wirtschaftlicher Art oder auch soziale Instabilität, die für unser Unternehmen bedrohlich werden kann. Dann analysiere ich den Grund oder die Gründe, führe sie auf ihre Ursprünge zurück. Das kann kompliziert sein. Es gibt immer verborgene Aspekte und geheime Pläne, aber ich konzentriere mich auf das Sichtbare und verfolge alle Spuren. Meistens führen sie zu anderen, die nicht so offensichtlich sind. Dann verfolge ich die weiter. Wenn ich dann innerhalb des vorgegebenen Zeitrahmens alles irgend Mögliche in Erfahrung gebracht habe, spinne ich die Fäden weiter, um ein regionales Profil und einen Plan für ein Szenario zu entwickeln. Anschließend formuliere ich meine Empfehlungen, wie unsere Investitionsstrategie aussehen sollte.«

»Okay, immer noch alles klar«, sagte Megan. »Und jetzt helfen Sie bitte meinem chronisch fantasielosen Geist mit dem Rest auf die Sprünge.«

Einen Augenblick lang dachte Scull nach. »Nehmen wir mal an, Sie wären auf medizinischem Gebiet eine Art Detektiv«, sagte er. »Es gibt da eine Krankheit, die Sie nicht identifizieren können, und Sie wollen *deren Ursprünge* herausfinden, so wie ich es mit irgendeiner radikalen Bewegung in irgendeinem obskuren Land mache. Also untersuchen Sie zuerst, wie sich die Person, die Sie behandeln, die Krankheit zugezogen hat. Wo hat sich der Patient zuletzt aufgehalten? Zu wem hatte er Kontakt? Vielleicht fällt ihnen ein anderer Fall auf, der mit Ihrem in Verbindung gebracht werden kann. Dann können Sie mit ziemlicher Sicherheit vermuten, dass die Krankheit ansteckend ist. Mit dem nächsten Schritt versuchen Sie herauszufinden, wie sich die Krankheit verbreitet. Etwa, ob sie von Nagetieren auf Menschen überspringt. Oder von Nagetieren auf Insekten und dann auf Menschen, wie bei der Beulenpest. Oder ob sie direkt von Mensch zu Mensch übertragen wird. Die Hauptsache ist Folgendes: Wenn Sie die Information erst einmal haben, sind Sie auf dem besten Weg, den Krankheitserreger zu finden. Und dann können Sie vielleicht damit fertigwerden. Sie begreifen, *wie* das Problem angegangen werden muss.« Er blickte erst Megan, dann Pete an. »Sehen Sie worauf ich hinaus will?«

Die beiden nickten, Megan mit gerunzelter Stirn.

Erneut herrschte nachdenkliches Schweigen.

»Und wo beginnen wir?«, fragte Nimec nach einer Weile.

Scull drehte sich in seinem Stuhl zur Seite und schlug mit der Faust an die Wand. »Genau hier, Pete. Im Hauptquartier von UpLink International. Wo zum Teufel sollen wir sonst anfangen, wenn nicht im zweiten Zuhause unseres Chefs?«

Palardy träumte, er läge im Krankenhaus. Zumindest glaubte er, dass es ein Traum war. Manchmal war es schwierig, das Wirkliche und das Unwirkliche auseinander zu halten. Wie an dem Tag, als er mit der Spritze in Gordians Büro gewesen war. Auch das war ihm damals wie ein Traum erschienen. Er erinnerte sich daran, wie er im Raum zu schweben geglaubt hatte, nachdem er durch die Tür getreten war, wie irreal ihm alles erschienen war. Einerseits war er es selbst gewesen, andererseits hatte er gleichzeitig praktisch neben sich gestanden. Und auch jetzt hatte er wieder dasselbe Gefühl. Vielleicht spielte sich alles nur in seinem Kopf ab. Nicht nur die üblen Dinge, die ihn kürzlich heimgesucht hatten, und das, was er getan hatte, sondern alles, was seit Brasilien passiert war. Das Glücksspiel, der Verkauf der Pläne, um seine Schulden zu bezahlen, seine Frau, die ihn verlassen hatte … Dann die Rückkehr in die Vereinigten Staaten, wieder Glücksspiel, erneut Ärger mit Kredithaien, erneut Betrügereien, die man von ihm verlangt und die er ausgeführt hatte. Alles war nur ein Traum, jede einzelne Minute. Jede Stunde, jeder Tag, jede Woche, jeder Monat, bis zu dem Zeitpunkt, als er krank geworden war. Aber glücklicherweise, glücklicherweise war das Leben …

… das Leben.

Das Leben. Oder irgendetwas in der Art.

In dem Traum, den er mit Unterbrechungen in der letzten Nacht immer wieder geträumt hatte, in dieser jüngsten Ausformung seines Traums vom Leben oder des Lebens eines Traums lag er in sauberen Laken in einem Krankenhausbett und fühlte sich sehr viel besser. Das Fieber war verschwunden, und seine Drüsen waren auch nicht mehr zur Größe von Golfbällen angeschwollen. Es lag hinter ihm, das mühsame Atmen, der Husten und das Blut, das er beim Husten gespuckt, das seinen Schleim rot gefärbt hatte, das Waschbecken, als er seinen Auswurf hineingespuckt hatte, die verschmutzte Toilette …

Es war vorbei, alles vorbei. Der Schmerz und die Schluckbeschwerden. Die Ärzte hatten ihn behandelt, und die Krankenschwestern waren zärtlich und aufmerksam. Ihm ging es gut, er war auf dem Weg der Besserung. Aber wann immer er die Augen öffnete, fand er sich in seiner Wohnung wieder, allein in seinem Bett liegend, ganz allein, vor Schmerzen in den nassen, stinkenden Laken zusammengekrümmt. Das Kopfkissen war von dem blutigen Auswurf aus seinem Mund und seiner Nase befleckt.

Dann zwang sich Palardy in jene Traumwelt zurück, in der er sich behaglich fühlte, in diese Welt, wo die Ärzte erfahren und die Schwestern zuvorkommend waren, in diese Sphäre, wo es ihm besser, ach so viel besser ging, in diesem warmen, sauberen Bett. Dann beunruhigten ihn einzig die Gedanken an die Flaschenpost mit dem Rätsel, die er an sich – und doch nicht an sich – gesandt hatte, damit man später herausfinden würde, was passiert war, falls ihm etwas Schlimmes zustieß.

Die Botschaft, die Rache, das harte ›Leckt mich am Arsch‹, mit dem er es denen zeigen würde, die ihn betrogen hatten – das konnte ihn wieder einholen und sich zu einer Katastrophe entwickeln, wenn sich herausstellte, dass alles in Ordnung war und es ihm wirklich besser ging. Wenn man es herausfand, bevor er aus den Krankenhaus entlassen wurde.

Dieser Gedanke drohte ihn aus seinem Traum zurückzubringen in das einsame, reale Apartment, in dem er zusammengekrümmt lag und womöglich starb. Der Zeitpunkt hätte nicht unpassender sein können. In seinem Traum sorgte man für ihn, er wurde gesund, gerade wollte sich eine Krankenschwester um ihn kümmern, die leise das Zimmer betreten hatte und an sein Bett gekommen war … Obwohl er ihr Gesicht nicht sehen konnte, war sich Palardy sicher, dass sie wunderschön war, so wie seine Frau während der Flitterwochen, als sie ihr erstes Kind gezeugt hatten, so wunderschön wie seine Frau, und er wollte sie nicht verlassen, wollte einfach nicht …

Verwirrt öffnete Palardy die Augen. Jetzt schien er sich wieder in seiner Wohnung zu befinden, in seinem feuchten und zerwühlten Bett. Manchmal fiel es einem schwer, sich über das Aufwachen zu freuen. Die Jalousien waren zugezogen, damit sich nicht das Sonnenlicht in seine Augen bohrte. Aus dem gleichen Grund, diesem furchtbaren Augenschmerz, war auch das Licht ausgeschaltet. In dem Raum war es so düster, dass er sich nicht sicher war, aber er glaubte, sich in seiner Wohnung zu befinden. Obwohl er jetzt wach war, hatte er immer noch das Gefühl, dass jemand bei ihm war, neben seinem Bett …

Er blinzelte schnell. Wenn das hier seine eigene Wohnung und der Traum vorbei war, durfte sich hier niemand außer ihm aufhalten.

Wer konnte …?

Plötzlich wurde Palardy von Angst gepackt. Er stützte sich mühsam auf die Ellbogen und blickte von links nach rechts.

Anfangs glaubte er, dass der Mann zu seiner Linken entstellt, dass sein Gesicht zerschlagen und plattgedrückt war. Dann glaubte er wieder, dass sein Blick wegen des Schlafs noch verschwommen war, und blinzelte erneut.

Und dann begriff er, dass der Mann eine Maske trug.

Eine Strumpfmaske.

Während seine Angst schlagartig wuchs, nahm Palardy das bisschen Kraft zusammen, das ihm noch geblieben war, und stemmte sich etwas weiter hoch.

Aber eine schwarz behandschuhte Hand stieß ihn auf die Matratze zurück.

Die Hand packte ihn.

Hart presste sie sich gegen seine Rippen.

Er konnte sich nicht rühren.

Als Palardy zu sprechen versuchte, drang nur ein Stöhnen durch seine zusammengepressten, bläulich verfärbten Lippen. Dann versuchte er es erneut, während der Mann mit seiner freien Hand in eine Tasche an seinem Gürtel griff und etwas herauszog, das ihn schließlich die Sprache wieder finden ließ …

»Wer ist da?«, stieß er mühsam hervor. »Warum …?«

Palardy sollte sterben, ohne dass seine erste Frage beantwortet wurde.

Doch die Antwort auf die zweite Frage kannte er bereits.

17.

Verschiedene Schauplätze
15. November 2001

REUTERS ONLINE MELDET:

Unternehmenssprecherin erklärt, Roger Gordian habe keinen Schlaganfall erlitten

Web-Veröffentlichung 1:14 Uhr Pacific Standard Time (21:14 Uhr Greenwich Mean Time) SAN JOSÉ – Heute Nachmittag wurden von einer Unternehmenssprecherin von UpLink International Berichte dementiert, nach denen Roger Gordian, Chief Executive Officer des Konzerns, am letzten Sonntag mit einem schweren Schlaganfall ins Krankenhaus eingeliefert wurde. »Es hat jede Menge unzutreffende Spekulationen gegeben, die ich entkräften möchte. Mr. Gordian wird gegenwärtig gründlich untersucht, nachdem er am Sonntag, als er im Garten eines Familienmitglieds arbeitete, von Schwindelanfällen geplagt wurde und sich körperlich unwohl fühlte«, erklärte die langjährige UpLink-Führungskraft Megan Breen gegenüber Reuters. Sie las ein vorformuliertes

Statement ab. »Er ist ein sehr aktiver Mann und könnte sich eventuell überanstrengt haben, aber ich kann Ihnen versichern, dass die Ärzte keinen Schlaganfall vermuten.«

Miss Breen machte keine genauen Angaben über Gordians Gesundheitszustand und schwieg sich auch über seinen gegenwärtigen Aufenthaltsort aus. Allerdings fügte sie hinzu, dass er bei vollem Bewusstsein sei und seinem Wunsch Ausdruck verliehen habe, die Arbeit möglichst schnell wieder aufzunehmen.

Erste Gerüchte, nach denen es dem Milliardär, der sein Geld in der Verteidigungsindustrie und der Kommunikationstechnologie verdient hat, gesundheitlich nicht gut gehe, waren aufgetaucht, als gestern Informationen durchsickerten, nach denen er unerwartet mehrere Treffen mit hohen Senatsmitgliedern und führenden Unternehmern abgesagt hatte …

Nachdem er am Telefon Liebermans Zusammenfassung über Roger Gordians Gesundheitszustand und die Ergebnisse der Laboruntersuchungen gehört hatte, war Eric Oh, Liebermans Kollege vom Gesundheitsministerium, besorgt genug, um darum zu bitten, ihm die Krankenakte sofort nach der Beendigung des Telefonats durchzufaxen.

Oh wartete vor dem Faxgerät und zog jede Seite einzeln heraus. Schon die erste schnelle Lektüre veranlasste ihn zu einem unverzüglichen Rückruf.

Seine Eindrücke entsprachen den Liebermans, und auch sein Magen sandte heftige Signale aus. Er bedrängte Lieberman, eine neue Blutprobe zur Untersuchung an das renommierte Virologie-Laboratorium der Stanford Medical School im nahe gelegenen Palo Alto zu schicken. Außerdem empfahl er, dass Lieberman die üblichen Richtlinien für eine potenzielle Bedrohung durch Biogefährdung befolgen und eine zweite, diesmal tiefgefrorene Blutprobe an die Centers for Disease Control in Atlanta senden solle.

»Zusätzlich sähe ich es gerne, wenn Sie ein weiteres Röhrchen mit Blutserum an das Forschungsinstitut in Berkely schicken würden«, sagte er. »Mit den Wissenschaftlern dort habe ich ziemlich häufig Kontakt, und wir arbeiten gut zusammen.«

»Dann muss ich die Sache offiziell bekannt machen, die Chefärzte der verschiedenen Abteilungen informieren und ihre Genehmigung einholen«, bemerkte Lieberman.

»Glauben Sie, dass Sie sie heute Nachmittag zusammentrommeln können?«

»Ich werde mein Bestes versuchen.«

»Noch etwas, bevor ich es vergesse – Gordians Röntgenbilder. In den Berichten steht, dass Sie ihn alle zwölf Stunden geröntgt haben. Kann ich sie sehen, von den ersten bis zu den letzten Aufnahmen? Morgen früh schicke ich sie sofort zurück.«

»Kein Problem.«

»Großartig. Dann kann ich mir wahrscheinlich ein besseres Bild von der Entwicklung machen«, sagte Oh. »Innerhalb einer Stunde ist das Material in Stanford. Ich werde hinfahren, die Röntgenbilder persönlich in Empfang nehmen und mich an die Arbeit machen.«

»Hatten Sie nicht erwähnt, das sie heute Abend mit Cindy essen gehen wollten?«

»Seit dem Ende unserer Flitterwochen ist sie daran gewöhnt, dass ich mit meinen Proben vor dem Elektronenmikroskop hängen bleibe.«

Am späten Nachmittag trat Pete Nimec aus dem Lift und sah, dass Gordians Sekretärin auf die Bürotür ihres Chefs starrte.

»Wie schaffen Sie's, Norma?«, fragte er.

»So gut ich kann, Pete. Hat Mrs. Gordian wieder mit Ihnen telefoniert?«

Er schüttelte den Kopf. »Wir rechnen damit, wenn die Epidemologen vom Gesundheitsministerium sich die Sache angesehen haben.«

Norma schwieg. »Ich möchte nicht daran denken müssen, dass er nicht da drin ist«, sagte sie schließlich. Mit einem freudlosen Blick zeigte sie auf Gordians Büro. »Aber irgendwie kann ich an nichts anderes denken.«

Nimec blickte sie an. »Ich weiß.«

»Nichts scheint in Ordnung zu sein«, fuhr Norma fort. »Es ist so seltsam. Er ist einer von den Menschen, bei denen ich es als selbstverständlich angesehen habe, dass sie immer bei uns sein werden. Ich kann mir nicht vorstellen, dass er ernsthaft krank ist. Er ist um so vieles *größer* als dic meisten anderen ...« Einen Augenblick lang schwieg sie. »Tut mir Leid, dass alles macht natürlich keinen Sinn.«

Er streckte seine Hand aus und berührte ihre Schulter. »Vielleicht nicht. Aber Sie sind nicht allein. Alle, die sich um ihn sorgen, empfinden ein bisschen ähnlich.«

Sie legte ihre Hand auf seine und ließ sie dort einen Moment lang verweilen. »Danke.«

Nimec nickte schweigend.

»Es ist unglaublich, wie viel Arbeit Mr. Gordian bewältigen kann«, sagte Norma dann. »Ich habe die letzten beiden Nachmittage damit verbracht, seine Termine abzusagen. Das Mittagessen mit den Senatoren Richard und Bruford vom Armed Services Committee, die Treffen mit den Vorstandsmitgliedern, das Gespräch mit einem Repräsentanten der Silicon Valley Business Alliance, und ich weiß nicht, wie viele Termine noch.«

»Gab's viele Fragen seitens der Presse, nachdem diese Geschichte mit dem Schlaganfall publiziert worden war?«

»Reichlich«, antwortete Norma. »Ich habe mich wortwörtlich an Megans offizielle Erklärung gehalten. Schwindel, vielleicht Überarbeitung, ärztliche Routineuntersuchungen.«

»Das sollte für eine Weile reichen«, sagte Nimec.

»Hoffentlich wird es keine Gründe geben, darüber hinauszugehen.«

»Hoffentlich.« Nimec schwieg einen Moment. »Wo wir gerade über Gords Terminplan reden, Norma. Sie müssen mir einen Gefallen tun. Vince Scull hatte einige Ideen, die für die Ärzte wichtig sein könnten. Könnten sie eine Liste mit den Namen der Menschen aufstellen, mit denen er sich in den letzten zwei, drei Wochen nachweislich getroffen hat? Persönlich getroffen, meine ich natürlich.«

Sie blickte ihn an. »Ja. Ich gebe alle Verabredungen in einen elektronischen Terminplaner ein. Wenn ich morgens den Computer einschalte, erscheint automatisch der Terminkalender auf dem Monitor. Dann gebe ich ein, ob ein Termin eingehalten, verpasst oder verlegt wird. Gelegentlich lässt Mr. Gordian mich vorab eine Liste von Gesprächsthemen eintippen. Oder seine handschriftlich formulierten Eindrücke, wie ein Treffen verlaufen ist.«

»Um Gordians private Notizen werde ich nicht bitten. Mir geht's nur um die Namen der Leute, mit denen er sich getroffen hat. Außerdem interessiert mich der Name ihrer Arbeitgeber. Vielleicht wäre noch wichtig, wo das Treffen stattgefunden hat. Können Sie das sofort erledigen?«

»Ich tue alles, was irgendwie hilfreich sein könnte, Pete, sofort oder später. Zögern Sie nicht, mich nach allen Informationen zu fragen, die Sie benötigen.« Der Gedanke, dass sie sich nützlich machen konnte, hatte Norma neues Leben eingehaucht. »Hätten Sie lieber einen Ausdruck oder eine CD-ROM?«

»Von beidem ein Exemplar.«

»Kriegen sie.« Norma legte sofort eine beschreibbare CD-ROM in ihr Laufwerk und begann zu tippen.

»Es tut mir Leid, sehr sogar, aber mit dieser Information kann ich Ihnen nicht behilflich sein«, sagte Carl VanDerwerf, der hinter seinem Schreibtisch saß. Er war UpLinks Managing Director für alles, was mit dem Personal des Unternehmens zusammenhing.

»Und ich sage Ihnen, dass ich diese Informationen haben muss«, erwiderte Rollie Thibodeau, der VanDerwerf gegenübersaß.

Die beiden Männer starrten sich an – ganz offensichtlich steckten sie in einer Sackgasse.

»Wir müssen die Privatsphäre unserer Mitarbeiter

schützen«, beharrte VanDerwerf. »Außerdem gibt es staatliche und bundesstaatliche Gesetze. Vielleicht haben Sie keine Ahnung von den Strafen, mit denen wir rechnen müssen. Durchaus möglich, das jemand klagen wird, weil Sie in seiner Akte nach vertraulichen Details gesucht haben ...«

Thibodeau hob eine Hand, um ihn zu unterbrechen. »Mir geht's nicht darum, wie alt diese Leute sind, welche berufliche Erfahrung sie haben oder ob sie in ihrer Freizeit dem Stabhochsprung frönen oder auf Stelzen herumlaufen. Es ist mir auch schnuppe, ob jemand Kleptomane, Nymphomanin, Single, verheiratet oder Bigamist ist. Oder ob er eine Tante Emma in der Klapsmühle hat. Nennen Sie mir einfach die Namen der in diesem Gebäude beschäftigten Mitarbeiter, die in den letzten zwei Wochen krank waren, außerdem die Abteilungen, in denen sie tätig sind. Das muss doch in Ihren Unterlagen stehen.«

VanDerwerf seufzte genervt. »Natürlich, schon wegen der Lohnabrechnung und den Versicherungen. Aber wenn Sie mir gestattet hätten, den Satz zu beenden, den ich eben begonnen habe, wüssten sie mittlerweile, dass das Gesetz verlangt, dass detaillierte medizinische Daten vertraulich behandelt werden.«

»Von *detaillierten* medizinischen Daten ist ja nicht die Rede«, entgegnete Thibodeau. »Was riskieren Sie denn schon? Lassen Sie mich einfach wissen, wer sich in letzter Zeit krankgemeldet hat. Ob der Mitarbeiter dafür Gründe angegeben hat oder nicht, ist seine Sache.«

VanDerwerf seufzte erneut. »So wie Sie für die Sicherheitsoperationen unseres Unternehmens zuständig sind, muss ich alles überwachen, was mit dem Personal zusammenhängt, und zwar von den obersten Führungskräften bis hin zum Angestellten der Postabteilung. Meine Entscheidungen müssen UpLinks unternehmensinternen Richtlinien und Verhaltensweisen und den Regierungsvorschriften entsprechen.« Er schürzte die Lippen und strich mit einem Finger über seinen ordentlich gestutzten, grau melierten Schnurrbart. »Ich streite ja gar nicht ab, das manchmal unvorhergesehene Situationen eintreten, die besondere Entscheidungen erfordern. Wenn Sie mir also bitte die Gründe Ihrer Bitte erklären würden und weiterhin in Betracht ziehen, dass ich wissen muss, ob Ihr Anliegen etwas mit den Gerüchten über Roger Gordians Gesundheitszustand zu tun hat ... Ich bin sicher, dass wir unsere Differenzen auf verantwortliche Weise und mit gesundem Menschenverstand beilegen können.«

Thibodeau blickte finster drein. »Wollen Sie damit etwa sagen, dass es nicht in Ordnung ist, wenn ich einen Typ direkt frage, ob er letzte Woche erkältet war oder sich einen Knöchel verstaucht hat, dass aber alles in Butter ist, wenn Sie mit Hilfe eines Dritten ihre Nase in die persönlichen Angelegenheiten unseres Chefs stecken?«

»Das ist eine unzulässige Vereinfachung und beleidigend. Zu meinen Aufgaben gehört auch die Aufsicht über UpLinks Kosten für die Gesundheitsfürsorge, und unsere diesbezügliche Unternehmenspolitik schließt auch Mr. Gordian ein. Weil über den Grund seiner Abwesenheit nur geschwiegen wird, bin ich in einer schwierigen Position. Deshalb schlage ich vor, dass wir unser Gespräch abbrechen ...«

»Jetzt reicht's mir, Sie aufgeblasener kleiner Idiot.« Thibodeau stand auf und beugte sich über den Schreibtisch. »Wenn wir schon von Beleidigungen reden – wie würden Sie es nennen, wenn Sie meine Zeit vergeuden und angeblich um die Rechte unserer Mitarbeiter besorgt sind, wo es Ihnen doch nur darum geht, Unsinn zu faseln ...«

»Das war nicht meine Absicht ...«

»Jetzt hören Sie mal gut zu!«, brüllte Thibodeau, während er mit einem Finger auf ihn zeigte. »Wenn Sie nicht fix mit den Informationen rüberkommen, werden Sie bald wissen, wie sich eine Wanze fühlt, wenn sie von einem Stiefelabsatz zermalmt wird.«

VanDerwerf blinzelte und strich sich dann hektisch über den Schnurrbart. Seine Stirn und Wangen waren gerötet. Dann seufzte er ein drittes Mal, und diesmal war es ein sehr in die Länge gezogenes Seufzen. »Okay.« Er kapitulierte, ziemlich aus der Fassung gebracht. »Mein Team wird sich heute damit beschäftigen. Morgen früh lasse ich die Namensliste in Ihr Büro bringen.«

Thibodeau schüttelte den Kopf und nahm wieder Platz. »Am besten erledigt *Ihr* Büro das, und zwar in einer Viertelstunde.« Er blickte auf seine Armbanduhr. »In der Zwischenzeit mache ich es mir hier bequem und warte.«

Eric Oh hielt sein Versprechen und fand sich gerade rechtzeitig im Stanford-Labor ein, um die Röntgenbilder und Proben in Empfang zu nehmen, die Lieberman geschickt hatte.

Beides wurde kurz nach fünf Uhr von einem Kurier gebracht. Das Serum war getrennt verpackt, in Übereinstimmung mit den international gültigen Richtlinien für den Transport von Körperflüssigkeiten, Gewebe, Kulturen und anderen Substanzen, die ätiologisch relevante Wirkstoffe enthalten konnten – lebende Mikroben-Organismen, die bei Menschen potenziell Infektionskrankheiten auslösen konnten.

In den Vorschriften wurden sie allgemein als ›Gefährliche Güter‹ bezeichnet.

Der Verschluss war mit wasserdichtem Klebeband umwickelt, und die beschriftete Ampulle befand sich in einem röhrenförmigen Plastikbehälter, der mit so viel Watte umhüllt war, dass jeder Tropfen Blutserum aufgesaugt werden würde, falls das Gefäß zufällig undicht sein oder zerbrechen sollte. Der zweite Behälter war verschlossen, mit wasserdichter Folie umwickelt, mit dem Namen, der Adresse und der Telefonnummer des Absenders im San José Mercy Hospital beschriftet und befand sich in einer weiteren Verpackung für den Versand. Neben einem Duplikat des Aufklebers mit dem Absender und der Telefonnummer war dieser dritte Behälter auch mit dem üblichen Schild für biomedizinisch-ätiologische Materialien versehen, der vom Gesundheitsministerium vorgeschrieben war. Außerdem waren das grellrote, an ein dreiblättriges Kleeblatt erinnernde Symbol für Biogefährdung und die

Telefonnummer der Centers for Disease Control aufgedruckt, die benachrichtigt werden mussten, falls die Sendung beschädigt werden sollte.

Die gleichen Prozeduren waren auch beim Transport der Probe nach Berkely beachtet worden. Bei der Luftpostlieferung nach Atlanta waren noch die schwarzweißen Aufkleber hinzugekommen, die die Internationale Verkehrsvereinigung verlangte, wenn Behälter mit tiefgefrorenen, infektiösen Substanzen befördert wurden.

Bevor Eric Schutzkleidung anzog und das Päckchen in den Biosafety-Raum des Virologie-Labors brachte, in dem er die nächsten ein oder zwei Stunden zu verbringen gedachte, teilte er Lieberman telefonisch mit, dass ihn die Lieferung sicher erreicht hatte. Dann ging er in ein nahes Fastfood-Restaurant, wo er zwei Cheeseburger bestellte und sie mit viel Ketchup hinunterschlang. Dabei versuchte er sich vorzustellen, dass das Ketchup die Tomatensauce wäre, auf die er sich bei dem ursprünglich geplanten Abendessen so gefreut hatte.

Natürlich wusste er, dass das Selbstbetrug war. Es bestand nicht die geringste Chance, dass die Cheeseburger ihn für die unerfüllte Sehnsucht nach Tintenfischen entschädigen konnten.

Angesichts seiner Vermutungen über Gordians Fall musste er damit rechnen, das Labor für lange Stunden nicht mehr verlassen zu können.

»Nach dem, was ich hier sehe, haben sich in den letzten drei Wochen vierunddreißig in diesem Gebäude tätige Mitarbeiter krankgemeldet«, sagte Thibodeau.

»Und sieben, nein, acht Leute sind im Moment nicht hier«, fügte Megan hinzu.

»Keiner von ihnen seit mehr als drei Tagen«, ergänzte Ricci.

»Die restlichen Mitarbeiter haben im Durchschnitt zwei Tage gefehlt«, sagte Nimec. »Mir fällt hier ein gewisser Michael Ireland auf, der fünf Tage lang …«

»Mike hat sich beim Bergsteigen ein Bein gebrochen«,

unterbrach ihn Megan. »Mit ihm und seiner Verlobten bin ich befreundet.«

»Streichen Sie den Namen von Ihren Listen«, sagte Scull, der es mit seiner Kopie der Unterlagen sofort so machte.

Es war Viertel vor sieben Uhr abends, und die offizielle Arbeitszeit war längst zu Ende. Einmal mehr war Nimec' Büro zur Strategiezentrale des engsten Kreises der Sword-Führungskräfte geworden, abgesehen von Vince Scull, der offiziell kein Mitglied der Sicherheitsabteilung des Unternehmens war. Sie hatten an alle möglichen Stellen Stühle gezogen und brüteten über Fotokopien der Computerausdrucke, die Nimec und Thibodeau besorgt hatten. Während sie alles genau überprüften, hofften sie, eine Spur zu finden, die sie vielleicht zu dem Menschen führen konnte, der Roger Gordian infiziert hatte.

»Glaubt irgendjemand, dass es Sinn macht, mit den Leuten auf Rollies Liste zu reden, die krankgefeiert, aber die Arbeit bereits wieder aufgenommen haben?«, fragte Nimec.

»Meiner Ansicht nach ist das nicht der Mühe wert, vielleicht mit einer Ausnahme«, antwortete Ricci. »Dieser Virus hat den Boss total erledigt, wie ein Knock-out. Jemand, der nach ein paar Tagen wieder auf den Beinen ist, ist aller Wahrscheinlichkeit nach nicht die Person, die ihn angesteckt hat.«

»Das setzt voraus, dass es jeden auf die gleiche Weise trifft, und das ist eine verwegene Annahme«, sagte Scull. »Bestimmte Menschen können über natürliche Widerstandskräfte verfügen und sich nur eine harmlose Infektion zuziehen. Oder sogar völlig resistent sein. Oder sie können einen dieser so genannten asymptomatischen Wirtskörper haben, der den Virus trotzdem weiter verbreitet. Unser Übermittler des Krankheitserregers könnte selbst nicht betroffen sein, aber einen Bekannten oder Verwandten haben, der tödlich erkrankt ist …«

»Schon klar«, unterbrach Nimec. »Aber meiner Ansicht nach sollten wir zunächst dicht am Ball bleiben, damit wir uns nicht verirren.«

Thibodeau nickte. »Wenn uns der direkte Weg zu keiner Spur führt, werden wir die Zielgruppe erweitern.«

Megan blickte Ricci an. »Sie erwähnten eine Ausnahme ...«

»Ja, ein gewisser James Meisten. Nur sein Name steht auf beiden Listen.« Er blickte auf die vor ihm ausgebreiteten Ausdrucke. »Gestern war er noch krank, heute ist er wieder hier. Außerdem hat er am letzten Freitag den Boss getroffen.«

»Ich kenne ihn ein bisschen«, sagte Megan. »Er war auf der Marketing- und Promotionkonferenz, wo es um die elektronischen Info-Kioske ging.«

»Dann sollen wir ihn also anrufen, obwohl er heute wieder hier war?«

»Meiner Meinung nach kann das nicht schaden.« Megan runzelte die Stirn. »So eine Masse von Kandidaten haben wir nun auch wieder nicht, oder? Und wenn ich bedenke, was Vince gesagt hat ... Es wird dann alles so verwirrend. Ich kann mir so viele Möglichkeiten einer Infektion vorstellen. Selbst wenn wir davon ausgehen, dass der Überträger der Krankheit ein Mensch und nicht etwa ein Insekt oder ein Käfer war, muss es sich nicht um eine Person handeln, die einen Termin mit Roger hatte. Es könnte sich um jemanden handeln, der im Flur oder im Aufzug mit ihm geplaudert hat, oder um einen Mitarbeiter, in dessen Büro er spontan den Kopf hineingesteckt hat. Oder um jemanden, der ihm während einer dreißig Sekunden langen Vorstellung die Hand geschüttelt hat. Und damit sind wir noch nicht einmal bei den Leuten aus seinem Terminkalender angelangt, die *nicht* für unser Unternehmen arbeiten – Geschäftsleute, Politiker oder Bekannte, von denen wir nicht die geringste Ahnung haben. Er hat Freunde, Familie ...«

Megan beendete den Satz nicht.

»Ich dachte, dass wir zuerst die nahe liegenden Spuren verfolgen wollten«, sagte Ricci. »Wir haben diesen Meisten, und das ist besser als nichts. Und was die nicht geplanten Begegnungen unsres Chefs betrifft, sollten wir auf

Thibodeaus Liste blicken und die Mitarbeiter heraussuchen, die wahrscheinlich ohne Verabredung im Verlauf eines normalen Arbeitstages seinen Weg gekreuzt haben. Vielleicht hilft uns das weiter.«

»Alles bereits erledigt«, verkündete Nimec. »Da kommt nur Donald Palardy in Frage.«

»Palardy ist der Boss von einem unserer Security-Teams«, erklärte Thibodeau, »und ungefähr zur gleichen Zeit wie ich aus Brasilien zurückgekehrt.«

Nimec nickte. »Am Montag hat er sich krankgemeldet.«

Ricci blickte ihn an.

»Einen Tag nach Gordians Zusammenbruch.«

»Genau. Und er steht immer noch auf der Liste der Erkrankten.«

Eine Zeit lang schwiegen alle.

»Ich sehe nicht, warum wir da zu viel hineininterpretieren sollten«, sagte Scull. »Die Sicherheitsüberprüfungen finden doch früh morgens statt, stimmt's? Bevor die meisten von uns mit der Arbeit beginnen. Es besteht keinerlei Grund zu der Annahme, dass Gordian sich jemals mit ihm im selben Raum aufgehalten hat.«

»Das Gegenteil ist genauso gut vorstellbar«, wandte Ricci ein.

»Ich weiß mit Sicherheit, dass Palardy im Büro des Chefs war«, sagte Thibodeau. »In diesem Gebäude gibt's vier Security-Teams, und alle sind für bestimmte Bereiche des Gebäudes eingeteilt. Die Büroräume der obersten Führungskräfte gehören zu Palardys Bereich.«

Ricci tauschte einen Blick mit ihm. »Im Ernst?«

»Allerdings.«

Erneut herrschte Schweigen.

»Ich glaube, wir sollten ihn mal anrufen«, sagte Ricci schließlich.

Lathrop verließ die CNN-Website, nachdem er keine aktualisierten Nachrichten über Roger Gordians Gesundheitszustand gefunden hatte. Dann kehrte er zu seinem Profiler-Computerprogramm zurück.

Auf dem Monitor vor ihm erschien wieder das Bild der knackigen Blondine, eine Vergrößerung des digitalen Videos, das er im Balboa-Park in der Nähe des Karussells aufgenommen hatte. Er war nicht weiter überrascht, dass das Programm ihre Identität noch nicht herausgefunden hatte. Der einzige Grund dafür, dass er ihr Bild erneut hatte überprüfen lassen, bestand darin, dass ihm einer seiner Informanten eine Hand voll neuer Ermittlungsdateien zugespielt hatte, wenngleich dieser spezielle Informant in jüngster Zeit nicht gerade tief schürfende Erkenntnisse geliefert hatte und bald wertlos sein würde. Das liegt in der natürlichen Ordnung der Dinge, dachte Lathrop. Wie Ebbe und Flut. Sie stiegen auf, gingen wieder unter. Irgendwo fanden sie Zugang, dann verloren sie ihn wieder. Aber er hatte an jeder Menge verschiedener Orte andere Quellen zur Verfügung. Und es gab immer Zukunftsaussichten, mit denen man die Gierigen und die Desillusionierten ködern konnte.

Lathrop ließ seinen PC eingeschaltet, drehte sich in seinem bequemen Lederschreibtischstuhl herum, lehnte sich zurück und sah einer seiner schlauen Katzen zu, die mit ihrem Lieblings-Garnknäuel spielte. Sie trieb das Knäuel mit ihren Vordertatzen vor sich her, um es ins Rollen zu bringen, und kauerte dann mit hin- und herschlagendem Schwanz da, um darüber herzufallen.

»Okay, Missus Frakes«, sagte er zärtlich. »Dann wollen wir mal sehen, wie du dich darüber hermachst.«

Als die Katze seine Stimme hörte, schnurrte sie. Dann sprang sie auf das aufgewickelte Garnknäuel und wälzte sich auf den Rücken, während sie das Knäuel mit ihren Vorderbeinen gegen die Brust drückte und zugleich mit ihren scharfen hinteren Klauen danach trat und daran zerrte.

Lathrop lächelte schwach. Die Katze würde das Knäuel bearbeiten, bis es abgewickelt war und lose auf dem Teppich lag.

Auch er hatte ein Knäuel zu entwirren. Das größte, auf das er je gestoßen war.

Er saß da und dachte darüber nach, was er tatsächlich wusste, welche Vermutungen er daraus ableiten konnte und was für Alternativen und Gelegenheiten sich ihm insgesamt boten.

Seine Beobachtungen im Balboa-Park und auf dem Parkplatz am Hafen fügten sich zu einer ziemlich erstaunlichen Geschichte. Wer immer sie auch sein mochte, es war sicher, dass die Blondine ein Kurier El Tíos war, und sie hatte sich mit Enrique Quiros getroffen, um dem obskuren Drogenhändler das Schmuckkästchen zu geben und ihn zu instruieren, es an den Typ weiterzureichen, mit dem er sich am Hafen getroffen hatte. Dieser Mann hieß Palardy und gehörte zu UpLinks Security-Team, womöglich direkt zu den Wanzenschnüfflern. Wegen seiner Spielschulden, die ihm über den Kopf gewachsen waren, hatte er sich mit Leuten eingelassen, die einen Teil seiner Schulden übernommen und dafür Palardys geheime Informationen über UpLinks Verteidigungssysteme weitergegeben hatten, die in einer Fabrik in Brasilien produziert wurden. Über El Tíos Verwicklung in den terroristischen Anschlag auf diese Produktionsstätte war Lathrop sich nicht im Klaren, aber wahrscheinlich spielte das in diesem Stadium der Angelegenheit keine besonders große Rolle, und Lathrop hatte sich dadurch nicht beunruhigen lassen.

Die Hauptsache war, jetzt auf dem Laufenden zu bleiben, weil sich alles schnell entwickelte, und er hatte das Gefühl, dass bald ein atemberaubendes Tempo entstehen würde.

Es war interessant, dass leichtgläubige Trottel wie Palardy, die völlig am Ende waren, so absolut blind gegenüber den Fallen waren, die man ihnen stellte. Nie begriffen sie, dass die Männer, die sie ausnutzten, nicht locker lassen würden, bis sich ihr Nutzen erschöpft hatte. Am Hafen hatten Palardy und der Mann, der ihn im Augenblick ausnutzte, über genetische Fingerabdrücke und Krankheitsauslöser gesprochen, Themen, zu denen sich Lathrop hinterher hatte kundig machen müssen. Er hatte noch längst nicht alles herausgefunden. Aber wenn auch noch ein oder zwei Fragezeichen blieben, hatte er doch grundsätzlich begriffen, worum es bei dem Treffen gegangen war. Wenn man seine Erkenntnisse auf das Wichtigste reduzierte, lief es auf Erpressung und Mord hinaus. Quiros hatte Palardy einen biologischen Wirkstoff gegeben, irgendetwas Neues unter der Sonne, und dann hatte er den Befehl erhalten, Roger Gordian damit aus dem Verkehr zu ziehen.

Lathrop lehnte sich weiter in seinem Stuhl zurück und beobachtete noch etwas länger, wie Missus Frakes erbarmungslos mit ihren Zähnen und Klauen das Knäuel auflöste.

Das ist die richtige Methode, dachte er. *Bearbeite den Bastard.*

In dem so genannten ›Sicherheitswagen‹ – was für ein Witz – hatte Palardy verständlicherweise Widerstand geleistet. Durch Quiros' Auftrag würde er vom Informanten zum Mörder werden, und er hatte nie so weit gehen wollen. Aber Quiros hatte ihn unter Druck gesetzt, ihm alle dreckigen Geschichten vorgesetzt, über die er Bescheid wusste, und schließlich hatte Palardy den Mund gehalten und sich zur Zusammenarbeit bereit erklärt. Es war die Variation eines Themas, das Lathrop aus seinem Metier zur Genüge kannte. Ein bemerkenswerter Unterschied zu diesem Stück mit den Darstellern Quiros und Palardy bestand allerdings darin, dass keiner der beiden eine Neigung gezeigt hatte, in den Mordanschlag auf Roger Gordian hineingezogen zu werden. Quiros war selbst in die Geschichte hineingestoßen worden. Das war durch seinen Protest gegenüber der Blondine offensichtlich geworden, aber auch durch ein paar verklausulierte Bemerkungen, die er Palardy gegenüber fallen gelassen hatte. Aber diese Bekundungen des Mitleids und der Anteilnahme hatten Lathrop nicht gerade das Wasser in die Augen treten lassen. Er hielt sich jedoch für einen zynischen Beobachter, weil er vielleicht einmal zu oft mit angesehen hatte, wie sich der Plot solcher Geschichten entfaltete.

Nach dieser Nacht am Hafen hatte sich Lathrop auf das

Filmscript konzentriert, das er ohne deren Wissen für Quiros und Lucio Salazar entworfen hatte. Das Duell – der Höhepunkt des Films – versprach, ein erfrischendes Vergnügen zu werden. Aber in vierundzwanzig Stunden musste er um eine Kurve biegen, sich auf unbekanntes Terrain begeben.

Wenn es irgendeines Anreizes bedurft hätte, ihn auf seinem Weg voranzutreiben, hätte gar nichts besser geeignet sein können als die Meldungen über Gordians Einlieferung ins Krankenhaus.

Lathrop blickte auf die hübsche Frau auf seinem Computermonitor und erinnerte sich an jenen Nachmittag, als er Enrique Quiros zu seinem Rendezvous mit ihr gefolgt war, an das sich langsam drehende Karussell, an die Hintergrundmusik – ›An der schönen blauen Donau‹ – und an die rüpelhaften, bekifften Teenager, die sich aus dem Sattel erhoben und nach den Silber- und Messingringen über ihnen gegriffen hatten, wobei es nur für Letztere einen Preis gab.

Erneut umspielte Lathrops Mundwinkel ein Lächeln.

Der Messingring.

Er hatte ihn in der Hand, ohne je das Karussell bestiegen zu haben. Wenngleich er bei seiner unablässigen, einsamen Suche nur an der Peripherie – sozusagen um das Karussell – herumgeschlichen war, hatte er den Ring gepackt. Und deshalb musste er jetzt zwei wichtige Entscheidungen treffen.

Zu entscheiden war, wann er den Preis einfordern und wie er am besten mit dessen unbeschreiblichem Wert spekulieren sollte.

»Jetzt habe ich schon dreimal bei ihm angerufen, aber es meldet sich immer nur der Anrufbeantworter«, sagte Ricci in Nimec' Büro. »Wo zum Teufel steckt dieser Palardy?«

»Wer weiß? Vielleicht ist er einkaufen gegangen.«

»Angeblich ist er doch krank.«

»Das muss ja nicht unbedingt heißen, dass er bettlägerig ist. Jeder muss essen, wie lausig es ihm auch gehen mag. Wenn man keine Lebensmittel im Haus hat und allein lebt, muss man wohl oder übel einkaufen gehen.«

»Zum dritten Mal in einer *Stunde*, Pete. Wenn ich nicht in Form bin und Orangensaft oder sonst irgendetwas brauche, gehe ich rasch zum Laden an der Ecke, aber ich mache keine ausgedehnte Einkaufstour …«

Megan hob eine Hand. »Meiner Ansicht nach seid ihr etwas voreilig.«

Sie blickten Megan an.

»Und warum?«, fragte Nimec.

»Es wäre doch möglich, dass er die Klingel seines Telefons abgestellt hat, um etwas Schlaf zu finden. Vielleicht hört er sie auch nicht, oder er hat keine Lust zu antworten.«

»Vielleicht geht's ihm auch ein bisschen besser, und er ist frische Luft schnappen gegangen«, bemerkte Scull. »Nach allem, was wir wissen, hatte der Mann eine Mageninfektion. Vielleicht ist er wieder gesund.«

»Wenn das so ist – warum ist er dann heute nicht zur Arbeit erschienen?«

Scull zuckte die Achseln. »Vielleicht hat er sich bis heute noch nicht wieder gesund gefühlt. Ich stimme Megan in dem Punkt zu, dass …«

»Haben Sie nicht mitgekriegt, dass ich vor zehn Minuten diesen Abteilungsleiter angerufen habe? Erinnern Sie sich an unser Gespräch?«

»Natürlich …«

»Er hat behauptet, dass seit seinem gestrigen Anruf niemand mehr etwas von Palardy gehört und dass seine Stimme geklungen hat, als ginge es ihm hundsmiserabel. Heute sollte er wieder anrufen, um über seinen Gesundheitszustand Bericht zu erstatten. Hat er aber nicht getan.«

»Ich habe doch gesagt, dass ich mich an das Telefonat erinnere …«

»Der Abteilungsleiter – er heißt Hernandez – hat außerdem gesagt, dass er es merkwürdig fand, dass Palardy nicht angerufen hat. Tatsächlich bin ich mir sogar ziemlich sicher, dass er das Wort ›unverantwortlich‹ aussprechen wollte, sich dann aber eines Besseren besonnen hat.«

»Wahrscheinlich will er nicht, dass Palardy es mit uns zu tun kriegt«, sagte Thibodeau.

»Ganz meine Meinung«, sagte Nimec. »Aber das ändert nichts. Die Sicherheitsüberprüfungen sind keine willkürlichen Maßnahmen. Wenn dort Desorganisation herrscht, werden wir mit einer Gegenüberwachung beginnen müssen.«

»Genau«, sagte Ricci. »Die Typen aus diesen Teams kommen zwischen halb sechs und sechs Uhr morgens zum Dienst. Und solange sich nicht einer von ihnen nach dem Aufwachen so krank fühlt, dass er nicht kommen kann, so wie es bei Palardy am Montag der Fall war ...«

»... oder es nicht in letzter Minute einen Zwischenfall gibt, etwa eine Panne auf der Autobahn oder eine Fiebererkrankung des Kindes ...«

»... was hier nicht der Fall war ...«

»... dann *müssen* Hernandez' Leute ihm am Tag davor Bescheid geben«, beendete Thibodeau Riccis Satz. »Er muss einen Ersatzmann aus einem anderen Team organisieren und dafür sorgen, dass alle Bereiche des Gebäudes von der Security überprüft werden.«

Ricci nickte. »Und zwar gerade dann, wenn der Chef eines Teams fehlt«, sagte er. »Solange er nicht alles weiß, steht Hernandez zu seinem Mann, und ich würde es an seiner Stelle nicht anders machen. Aber wenn Palardy im Dienst fehlt, ist das keine Kleinigkeit, und er will das uns gegenüber nicht an die große Glocke hängen.«

Megan schüttelte den Kopf. »Ich bin mir immer noch nicht sicher, ob ich euch verstanden habe.«

»*Ich* sage, dass Palardy vielleicht zu krank ist, um anrufen zu können. Vielleicht ist er genauso kollabiert wie der Boss.« Ricci schnippte mit den Fingern. »Genau – das wird's sein.«

»Ein ziemlich gewagter Gedanke«, sagte Megan. »Möglich, dass wir hier eher auf ein Problem mit der betriebsinternen Disziplin als auf eine Verbindung zu Gordian gestoßen sind.«

»Megan hat Recht«, stimmte Scull zu. »Morgen früh erscheint Don Palardy wieder topfit an seinem Arbeitsplatz, und die ganze Diskussion war überflüssig. Wie bereits gesagt, ich sehe nicht ein, warum man – zumindest zu diesem Zeitpunkt – so viel in seine Abwesenheit hineininterpretieren sollte.«

Ricci blickte ihn an. »Vielleicht haben Sie Recht«, sagt er dann. »Aber eines sage ich Ihnen, Scull. Wenn er morgen nicht rechtzeitig und munter wieder auftaucht, will ich seine Adresse haben. Wo immer er auch wohnen mag, ich werde hinfahren, um zu sehen, was los ist.«

Was er unter dem Elektronenmikroskop sah, erinnerte Dr. Eric Oh an Wasserlilien.

An Gruppen wunderschöner, vollkommen geformter Wasserlilien, die über die Oberfläche eines stillen Teichs trieben.

Diese simple, perfekte Struktur war das wesentliche Merkmal eines Virus, der als lebende Form erfolgreich überdauerte. Das war auch der Grund, warum sich solche Viren ideal für vergleichende Studien unter dem Elektronenmikroskop eigneten. Jedes Virion eines Typus war identisch. Ein Virus in einer perfekt erhaltenen Blutprobe eines Patienten aus Mosambik würde das identische Spiegelbild eines Virus derselben Familie, derselben Gattung und desselben Strangs repräsentieren, der in einer Kultur in einem kalifornischen Forschungslabor gezüchtet worden war. Natürlich durfte auch dieser nicht beschädigt sein. Für einen erfahrenen Forscher sah es dann so aus, als wären beide Viren in einer Fabrik produziert worden, und zwar am selben Fließband. Hatte man einen in Augenschein genommen, hatte man alle gesehen.

Um drei Uhr morgens hielt sich Eric noch immer in dem Stanford-Labor auf und studierte die Fotos, die er mit einer ultramoderen Hitachi-Kamera gemacht hatte. Er verglich sie mit den Aufnahmen aus der riesigen Datenbank mit Elektonenmikroskop-Bildern, die von medizinischen und biologischen Forschungsinstituten auf der ganzen Welt gemeinsam zusammengestellt und genutzt wurde.

Wie bei jeder Art von Fotografie war auch hier vor dem Druck auf den Auslöser die Vorbereitung die schwierigste Phase. Dann war das Schlimmste überstanden. Nach der Lektüre von Gordians Krankenakte hatte Eric in Gedanken sofort das Wort *Virus* vor sich hingeflüstert, und nachdem er die zeitlich ersten der von Lieberman geschickten Röntgenaufnahmen studiert hatte, hatte sich dieses Flüstern zu einem eindringlichen Schrei gesteigert. Aber das Problem bei der fotografischen Aufnahme von Viren bestand darin, dass sie gleichsam kamerascheu waren. Die kleinsten Viren wurden selbst durch die gewöhnlichsten Bakterien verdeckt. Wissenschaftler berechneten ihre Größe in Nanometern, dem *Milliardstel* eines Meters. Und so wurde ein winziges Blutströpfchen gleichsam zu einem riesigen, unbekannten Ozean mit Wellenkämmen und Wellentälern, wo sich die Viren unentdeckt verstecken konnten, wenn sie nicht in großen Mengen auftraten. Je größer ihre Anzahl war, desto schlimmer war die Infektion. Deshalb war es, wenn man gehäuft auftretende Pathogene suchte, bei diesen tödlichen Virenerkrankungen einfacher, bei einer Autopsie gewonnene Proben von bereits Verstorbenen oder von Patienten zu verwenden, die bereits das letzte Stadium der Krankheit durchlitten.

Aus diesem Grund hatte Eric von Anfang an gehofft, dass Roger Gordian es ihm nicht so leicht machen würde. Als er bei seiner Überprüfung eines normalen Tropfens des Blutserums nach etwa zwei Stunden noch keine Viren festgestellt hatte, hielt er das für einen Durchbruch. Auch wenn jetzt ein zusätzlicher Arbeitsschritt auf ihn wartete, war das immer noch besser, als wenn ihm sofort eine riesige Virenpopulation ins Auge gesprungen wäre. Nun musste er noch eine Probe in eine Zentrifuge füllen, um so viele Organismen wie möglich in einem Konzentrat zu versammeln. Viren waren schonungslos, gleichsam mechanisch vorgehende Parasiten, die bei ihrer Vermehrung die lebenden Zellen eines Wirtskörpers vernichteten. Angesichts von Erics Sorgen in Bezug auf das Wesen von Gordians Infektion wäre eine von Viren wimmelnde Probe Anlass für eine trostlose Diagnose gewesen.

Nach dem Zentrifugieren hatte Eric mit Filterpapier das runde Gitter getrocknet, in dem sich seine konzentrierte Probe befand, und sie dann mit einer Lösung begossen, die zwei Prozent Phosphotungstate enthielt, ein für Elektronen leitfähiges Material. Ihm war klar, dass dieser Vorgang alle denkbaren Viren beschädigen und dass das durch die ionisierende Wirkung des Strahls des Elektronenmikroskops noch schlimmer werden würde. Zwar gab es Kryogenik-Verfahren, bei denen die Kältetechnik garantierte, dass der Verlust der strukturellen Unversehrtheit einer Probe weniger gravierend ausfiel, wenn nicht gar vermieden wurde. Aber diese Techniken waren kompliziert und zeitaufwendig, und Erics Ziel war es, Gordians Infektion zu diagnostizieren und eine Behandlung einzuleiten, nicht, ihn zu obduzieren. Also musste er praktisch denken. Nachdem er die beiden Möglichkeiten gegeneinander abgewogen hatte, war er zu dem Entschluss gelangt, bei dem konventionellen Verfahren mit dem Elektronenmikroskop zu bleiben. Es würde noch genügend Material von der Probe übrig bleiben, das die regulären Angestellten des Labors später für eine Kryogenik-Analyse nutzen konnten, wenn das nach seiner Untersuchung ratsam erschien.

Jetzt nahm Eric seine Brille ab und rieb sich die Augen, die nach viel zu vielen langen, schlaflosen Stunden vor dem Elektronenmikroskop schmerzten. Die einzige Erinnerung daran, dass sein Magen noch nicht völlig leer war, war ein gelegentliches Aufstoßen, ausgelöst von den Cheeseburgern mit zu viel Ketchup. Ihm war klar, dass er eigentlich nach Hause fahren, einige Antazida-Magentabletten nehmen und sich dann ins Bett legen sollte. Aber die Aufnahmen würden ihn nicht loslassen.

Nachdem er seine Brille wieder aufgesetzt hatte, blickte er auf seine Aufnahmen, dann auf die Bilder aus der Datenbank auf seinem Computermonitor. Sein Blick wanderte permanent hin und her.

Wasserlilien. Auf einem stillen Teich.

Mitte der Neunzigerjahre hatte Eric Oh als Epidemologe für die Centers for Disease Control gearbeitet und war einer der ersten Forscher gewesen, die sich um die Identifizierung einer rätselhaften Krankheit bemüht hatten, die erst das Four-Corners-Reservat der Navajo-Indianer im Südwesten heimgesucht und sich dann nach und nach in östlicher Richtung weiterverbreitet hatte. Mehr als die Hälfte der Infizierten waren innerhalb der ersten Tage nach dem Auftreten der Symptome gestorben, unter ihnen viele junge, ansonsten gesunde Menschen. Am Beginn der Infektion standen leichte, an eine Grippe erinnernde respiratorische Probleme, die sich mit rapider Geschwindigkeit zu einem völligen körperlichen Zusammenbruch weiterentwickelten. Die Kapillargefäße in den Lungen waren mit winzigen Löchern übersät, durch die Blut drang, das das sie umgebende Gewebe überspülte, welches daraufhin manchmal auf die doppelte Größe anschwoll. In vielen der Fälle mit tödlichem Ausgang war ein ähnlicher Zusammenbruch bei den Magenmembranen zu beobachten. Die äußerlich sichtbaren Anzeichen dafür, dass die Krankheit in ihr tödliches Stadium getreten war, waren besonders entsetzlich: Die Zersetzung der Blutgefäße in den Schleimhäuten und den subkutanen Geweben führte zu Petechien, kleinsten, punktförmigen Haut- oder Kapillarblutungen aus den Augen oder dem Mund. In der Frühzeit der Ausbreitung der Infektion hatten die Einwohner des Four-Corners-Reservats die Epidemie, wie Eric sich mit einem Frösteln erinnerte, einfach als *sin nombre* – Krankheit ›ohne Namen‹ – bezeichnet. Dieser Name blieb auch dann, als intensive wissenschaftliche Detektivarbeit schließlich zu dem Ergebnis führte, dass es sich um eine neue Variante eines Hantavirus handelte, dem Auslöser eines tödlichen Hämorrhagischen Fiebers, das in Nordamerika zuvor noch nie aktenkundig geworden war.

Das mulmige Gefühl, das Eric bei der ersten intensiven Lektüre von Gordians Krankenakte empfunden hatte, war durch die Kombination von respiratorischen Problemen und ungewöhnlich hohen Lymphozytenwerten bei ständig fallender Thrombozytenzahl ausgelöst worden. Diese so genannten Blutplättchen waren für die Blutgerinnung unverzichtbar: Die winzigen Thrombozyten schoben sich zusammen, um Blutungen zu stoppen und Verklumpungsfaktoren zu bilden. Bei einer normalen Thrombozytenzählung wurden durchschnittlich etwa hundertfünfzig- bis dreihundertfünfzigtausend Blutplättchen pro Mikroliter Blut festgestellt. Bei Gordian wurden hundertzwanzigtausend Thrombozyten pro Mikroliter registriert, nachdem er ins San José Mercy Hospital eingeliefert worden war. Schon das war ein bedenklich niedriger Grenzwert gewesen, aber bei der Thrombozytenzählung am Montagmorgen war er auf neunzigtausend gefallen, bei der letzten sogar auf fünfzigtausend pro Mikroliter Blut.

Fast dieselben Resultate hatte Eric zur Kenntnis nehmen müssen, als bei seinen *Sin-nombre*-Patienten die Krankheit bereits ein Stadium erreicht hatte, in dem sie an Lungenödemen litten. Und die Veränderungen auf den Röntgenbildern von Gordians Lungen waren ihm auch auf eine unangenehme Weise vertraut erschienen. Die nur vage sichtbaren Schatten auf der Lunge, die auf den Röntgenbildern vom Sonntag zu sehen waren, hatten sich innerhalb von vierundzwanzig Stunden zu undurchsichtigen Streifen entwickelt, die an kurzen weißen Strängen an ihrem Beginn zu erkennen waren. Am Dienstagnachmittag hatten sich bereits längere Streifen entwickelt, die vom Lungenhilus ausgingen, jener Eintrittsstelle der Hauptbronchien zu den Lungen, wo sich auch viele Blutgefäße und Nerven befanden.

Sin nombre, dachte er.

Krankheit ohne Namen.

Die von ihrer Form her an Wasserlilien erinnernden Viren, die Eric jetzt auf dem Computermonitor sah, waren Aufnahmen, die er mit seinen Kollegen von den Centers for Disease Control vor acht Jahren gemacht hatte … Jene Bilder, die er heute Nacht aus dem Entwicklungsraum für Elektronenmikroskop-Aufnahmen erhalten hatte, waren von einer verblüffenden Ähnlichkeit.

Wie auf den alten Aufnahmen waren die Organismen auch hier kreisförmig, und ihre Umhüllung war mit schützenden Proteinen besetzt, durch die sie sich an die äußeren Membrane einer Wirtszelle ankoppeln konnten. Aber die Struktur ihrer Nukleokapsiden – des Virenkerns innerhalb der Umhüllung, der den genetischen Code für die Virenvermehrung und ihren Eingang in die Wirtszelle enthielt – zeigte eine subtile Veränderung.

Aber als er die Aufnahmen studierte, die er aus Roger Gordians Blutprobe gewonnen hatte, sah er nicht jene gerundete Form, die für die Nukleokapside der *Sin-nombre*-Infizierten typisch war, desgleichen für die in der Alten Welt aufgetretenen Hantaviren, die er während seiner wissenschaftlichen Laufbahn kennen gelernt hatte. Stattdessen waren die Stränge hier lang und gerade, selbst in der vergrößerten Computerdarstellung fast fadenartig.

Ob diese Anomalie auf eine Unterschiedlichkeit in der genetischen Struktur bei den verschiedenen Proben hinwies, darüber konnte Dr. Eric Oh so lange nur Vermutungen anstellen, bis er die Ergebnisse einer Polymerasen Kettenreaktion vor sich hatte, nach der die RNA-Sequenzen mit denen aller bekannten Hantaviren verglichen werden konnten. Aber mittels eines Immunfluoreszenz-Verfahrens, das in den späten Achtzigerjahren entwickelt worden war und innerhalb von drei oder vier Stunden Resultate hervorbrachte, hatte er schwache positive Anzeichen für verschiedene bekannte Stränge dieser Krankheiten identifizieren können. Das hellste Grün auf seinem Objektträger konnte auf *sin nombre* hindeuten. Zwar war auch dieses Grün noch relativ blass, aber zusammen mit den restlichen medizinischen Indizien machte die Sache Eric doch verdammt nervös.

Mit schmerzenden Augen und leerem Magen saß er noch immer angespannt am Computer, als vor den Fenstern bereits langsam der Morgen zu dämmern begann. Mit absoluter Gewissheit konnte er nur sagen, dass Roger Gordian ernsthafte gesundheitliche Probleme hatte. Aber selbst wenn er nicht an der *Sin-nombre*-Infektion litt, glaubte Dr. Eric Oh tief in seinem Inneren, dass er sich eine sehr ähnliche Krankheit zugezogen hatte.

Diese Virusinfektion war eng mit der ›Krankheit ohne Namen‹ verwandt und bisher unbekannt.

Doch jetzt war sie ans Tageslicht gekommen.

Die Damhirschkuh schlich leise in die dichte Baumgruppe, und ihre Hufe hinterließen im Schnee Abdrücke, die an gebrochene Herzen erinnerten. Hier war genügend Fressen zu finden – an den niedrigen Kiefernzweigen hingen jede Menge Tannenzapfen, und die Nadeln der jungen Bäume waren noch saftig und begannen gerade erst, sich wegen des kalten Wetters bräunlich zu verfärben.

Als die Hirschkuh einen Augenblick lang nach Raubtieren Ausschau hielt, sah und hörte sie nichts Verdächtiges, nur das leise Flüstern des Winds. Dann senkte das Tier den Kopf, um mit seinen flachen, stumpfen Zähnen an den jungen Bäumen zu zerren, da es keine Schneidezähne hatte, um hineinbeißen zu können.

Hinter dem dunklen Schutz eines Asts schoss ein Messer hervor, das sich bis zum Heft in die weiche Kehle der Hirschkuh bohrte und dann immer wieder brutal hin- und herbewegt wurde. Aus den Arterien und Venen spritzte Blut, das den Schnee um die Vorderhufe des Tiers in verschiedenen Rottönen färbte. Dann brach die Hirschkuh mit einem bereits starren, erloschenen Blick zusammen.

Kuhl kniete nieder, um das Messer aus der Wunde zu ziehen. Von der nassen Klinge stieg etwas Dampf auf.

Zum ersten Mal seit Wochen fühlte er sich befreit.

Als Gordian aufwachte, schnappte er keuchend nach Luft.

Fiebernd und ohne jedes Orientierungsgefühl konnte er sich zuerst nicht daran erinnern, wo er war. Er war sicher, dass ihm jemand eine Hand auf Nase und Mund presste. Dann begann er sich wieder zurechtzufinden. Er lag in einem Krankenhauszimmer, die trübe Morgendämmerung zog herauf, und die Nachttischlampe war ausgeschaltet.

Durch die Ritze unter der Tür sickerte ein schwacher Lichtstreifen aus dem Korridor ins Zimmer.

Luft.

Er brauchte Sauerstoff.

Als er mühsam einzuatmen versuchte, bäumte sich von der Anstrengung sein ganzer Oberkörper auf. Aber seine Lungen reagierten nicht. Sie fühlten sich geschwollen und verklebt an. Er stieß ein gedämpftes Gurgeln hervor. Luft. Unter seinem Kinn suchte er nach der Sauerstoffmaske, fand sie aber nicht. Dann tastete er nach seiner Brust, aber auch da war sie nicht, ebenfalls nicht vor dem Sicherheitsgitter, gegen das sie manchmal fiel.

Die Sauerstoffmaske … Er brauchte sie … Wo war sie?

Mit weit aufgerissenem Mund griff er nach dem Luftschlauch, der über seinem Kopf aus der Wand kam, und tastete erleichtert nach der Maske an seinem Ende …

Aber die Erleichterung verwandelte sich schnell in Verwirrung.

Die Sauerstoffmaske …

Er hatte sie bereits aufgesetzt.

Gordian legte seine Hand über die gewölbte Plastikoberfläche, drückte die Maske gegen sein Gesicht, versuchte angestrengt zu atmen. Luft zischte durch den Schlauch. Er hörte sie, trotz der würgenden Geräusche, die er von sich gab. Er hörte die Luft in die Maske fließen, aber dann schien nichts mehr zu funktionieren. Seine Kehle und seine Lungen waren verstopft.

Verzweifelt würgend glaubte Gordian, dass sein Brustkorb explodieren würde, und tastete nach dem Klingelknopf, um die Krankenschwester zu rufen. Er hoffte inständig, dass eine in der Nähe war …

18.

Kalifornien
16. November 2001

Die Wohnung, in der Donald Palardy zur Untermiete wohnte, gehörte zu einem Gebäudekomplex, von dem UpLink International einen großen Teil erworben hatte, um seine mittleren Angestellten in einem der Neubaugebiete von Sunnydale unterzubringen, einer Vorstadt, die sich in ihrem Dünkel für eine Großstadt hielt und ungefähr fünfzehn Meilen südlich von San José lag.

Als Ricci am Mittwochmorgen in seinen Wagen gestiegen war, um nach Sunnydale zu fahren, hatte er sich gefragt, ob Megan und Scull nicht vielleicht Recht gehabt hatten mit ihrer Vermutung, dass er Palardys Abwesenheit überbewertete. Vielleicht hatte Palardy am Montag in seinem Telefonat mit Hernandez nur so getan, als wäre er krank. Gut möglich, dass er in einer Bar eine heiße Braut getroffen und beschlossen hatte, mit ihr eine Fahrt ins Blaue zu machen. Vielleicht hatte er den Stecker aus der Telefonbuchse gezogen, und jetzt lag er mit einer Tüte Kartoffelchips im Bett und glotzte Gameshows oder Sitcoms aus den Sechzigerjahren, die im Kabelfernsehen wiederholt wurden. Im Rückblick erschien selbst ihm seine These, dass Gordian und Palardy dasselbe Schicksal erlitten haben könnten, etwas lächerlich. Trotzdem waren alle der Ansicht, dass mit Palardy etwas nicht stimmte, weil er drei Tage ohne Benachrichtigung der Arbeit ferngeblieben war, und dass es zumindest einen Versuch wert wäre, die Sache zu überprüfen.

Diese Gedanken beschäftigten ihn, bis er Palardys Wohnung fand. Zuvor hatte er sich mehrfach verfahren und war an immer gleichen, stuckverzierten Zweifamilienhäusern vorbeigefahren. Die Straßen hießen nach einheimischen Blumen, deren Namen für ihn alle ähnlich klangen.

Jetzt hörte Ricci auf, sich weiter mit seinen Selbstzweifeln zu beschäftigen, und nahm die Dinge um sich herum wieder wahr. Er sah die Realität mit extremer Objektivität, durch die jeder gute Bulle sofort wieder mit beiden Beinen fest auf der Erde stand, wenn er erst einmal den Ort erreicht hatte, wo er mit der Untersuchung beginnen konnte. Und Ricci bezweifelte, dass selbst die hohen Tiere vom Boston Police Department, die ihn einst aus politischen Gründen geopfert hatten, je in Frage gestellt hätten, dass er einer der besten ihrer Männer gewesen war.

Als er seinen Jetta auf die Auffahrt steuerte, fiel ihm auf, dass Palardys Wagen auf seinem Parkplatz stand. Dann bemerkte er, dass Palardy seit ein paar Tagen seine Zeitung nicht hereingeholt hatte – drei in Plastikfolie eingeschweißte Exemplare lagen auf dem Weg. Das konnte bedeuten, dass er zwar zu Hause, aber zu krank war, um sich um die Zeitungen zu scheren. Es konnte aber auch heißen, dass er ohne sein Auto verschwunden war. Vielleicht besaß er ja einen Zweitwagen.

Ricci ging zur Tür, klingelte und wartete. Dann drückte er etwas länger auf die Klingel. Immer noch keine Reaktion. Schließlich klopfte er, wieder ohne Erfolg. Nach ein paar Sekunden spähte er durch die Glasscheiben zu beiden Seiten der Tür, aber die Jalousien waren vollständig herabgelassen, genau wie am Vorderfenster.

Nachdem er erneut geklingelt hatte, ließ Ricci eine weitere Minute verstreichen. Er hörte etwas aus dem Inneren der Wohnung, lauschte und begriff, dass es das Läuten einer Kuckucksuhr gewesen war. Palardy tauchte nicht an der Tür auf.

Ricci versuchte es mit dem Türknopf. Abgeschlossen. Aus alter Gewohnheit bückte er sich, um das Schloss in Augenschein zu nehmen. Es war ein typisches Zylinderschloss. Mit einer Kreditkarte konnte er den Bolzen in zehn Sekunden zurückschieben. Tatsächlich war die Tür bereits auf diese Art geöffnet worden, was man an den Kratzspuren am Rand und am Türrahmen sah. Sie schienen jüngeren Datums zu sein.

Einen Augenblick lang dachte er nach. Vielleicht hatten die Kratzer nicht die geringste Bedeutung. Ricci hätte angestrengt nachdenken müssen, um sich daran zu erinnern, wie häufig er sich selbst schon versehentlich ausgesperrt und dann die Tür mit einer Kreditkarte geöffnet hatte. Wenn man den Dreh erst mal raus hatte, war das ein Kinderspiel. Jeder konnte das, zumindest jeder Bulle, den er gekannt hatte. Und da Palardy ein Mann von der Security war, musste man wohl davon ausgehen, dass er keinen Schlüsseldienst bestellen würde, wenn er seinen Schlüssel vergessen hatte. Nicht für ein lächerliches Problem wie dieses. Andererseits war er auf unerklärliche Weise von der Bildfläche verschwunden, und Ricci konnte nicht ausschließen, dass sich jemand anderes Zugang zu der Wohnung verschafft hatte.

Er dachte daran, mit der Kreditkarte die Tür zu knacken, ließ den Gedanken aber wieder fallen. Genau diese Taktik hatte es seinen Kritikern einst erleichtert, ihm das Etikett des draufgängerischen Bullen anzuheften. Und bei UpLink begann er sich gerade wohl zu fühlen.

Während er vor der Tür stand, versuchte er sich an die Straße zu erinnern, wo sich die Wohnungsverwaltung befunden hatte. In der Fuchsien- oder in der Manzanitastraße? Weil er sich nicht sicher war, kehrte er zu seinem Auto zurück und suchte eine Weile.

Eine Viertelstunde später, nachdem er sich erneut mehrfach verfahren hatte, fand Ricci die Wohnungsverwaltung in der Lupinenstraße. Der Hausmeister war ein Mann namens Perez, dessen Vorbehalte, einen Fremden in Palardys Wohnung zu lassen, erst in dem Moment schwanden, als Ricci seinen Ausweis von der UpLink-Security zeigte. Kein Wunder, schließlich gehörte dem Unternehmen die Hälfte des Gebäudekomplexes.

»Wir machen uns ziemliche Sorgen«, sagte Ricci, den Ausweis in der Hand. »Seit Tagen hat niemand mehr etwas von ihm gehört.«

Das Sword-Emblem schien Perez zu faszinieren. »In Ordnung, aber ich muss dabei sein, wenn Sie in der Wohnung sind«, sagte er mit schwerem mexikanischem Akzent.

»Wie Sie wollen.«

Perez nickte. »Lassen Sie mich eben meinen Schlüsselbund holen. Wir treffen uns drüben.«

Aber Ricci bot ihm an, ihn in seinem Wagen mitzunehmen, weil er sich erneut zu verfahren fürchtete. Wenn Perez auf dem Beifahrersitz saß und ihm den Weg zeigte, würden sie in weniger als fünf Minuten vor Palardys Wohnung stehen.

Als sie angekommen waren, fummelte Perez kurz an seinem Schlüsselbund herum, fand den richtigen und schloss auf.

Das Wohnzimmer war verwaist. Außer dem Ticken der Kuckucksuhr war absolut nichts zu hören.

»Mr. Palardy?«, fragte Ricci von der Tür her. »Sind Sie zu Hause?«

Schweigen. Stille.

Ricci ging an dem Hausmeister vorbei auf eine angelehnte Tür zu. Er blickte über die Schulter. »Ist das sein Schlafzimmer?«

Perez nickte.

Ricci klopfte. Erneut keine Antwort. Dann griff er nach dem Türknopf und trat ein.

Hinter ihm sog Perez mit einem scharfen Geräusch die Luft ein, als er die Leiche sah.

Riccis Erinnerung an das Foto aus der Security-Personalakte bestätigte, dass der Tote Palardy war. Er lag mit weit aufgerissenen Augen auf dem Rücken in seinem Bett, bis zur Brust in eine Decke gehüllt. Seine Gesichtshaut war grau, und er hatte dunkle, purpurfarbene Wunden auf Wangen und Stirn. Sein Mund ließ das Gesicht wie eine schmerzverzerrte Grimasse wirken, die Hand, die unter der Decke hervorlugte, war zusammengeballt, und der sichtbare Teil seines nackten Arms wies gleichfalls Verletzungen auf.

»Bleiben Sie besser, wo Sie sind«, sagte Ricci zum Hausmeister.

Der musste nicht eigens dazu ermuntert werden. »*Si*«, sagte er mit zitternder Stimme. »Ich sollte die Polizei anrufen …«

»Haben Sie ein Handy dabei?«

Perez nickte.

»Gut.« Ricci beugte sich über das Telefon auf dem Nachttisch. »Ich glaube nicht, dass Sie diesen Hörer hier vor Ihren Mund halten wollen.«

Nachdem Perez erneut genickt hatte, bekreuzigte er sich, während er weiter in den Raum starrte.

Nachdem Ricci eine Visitenkarte und einen Stift aus der Innentasche seines Sportsakkos gezogen hatte, kritzelte er hastig eine Telefonnummer auf die Karte und reichte sie dem Hausmeister. »Tun Sie mir einen Gefallen. Rufen Sie den Mann an, dessen Namen und Telefonnummer ich aufgeschrieben habe. Pete Nimec von UpLink. Erzählen Sie ihm, wen wir hier gefunden haben. Wenn's Ihnen nichts ausmacht, wäre es meiner Meinung nach besser, wenn er der Polizei Bescheid sagt.«

Perez nickte ein drittes Mal und zog dann sein Handy aus der Tasche.

Ricci wandte sich um, zog eine Gesichtsmaske über und Gummihandschuhe an. Dann ging er zu dem Toten, um ihn sich genauer anzusehen.

Hinten an seinem Hals war die Haut aufgeraut.

Was immer sich auch in seinem Magen befinden mochte, sein Bauch war aufgequollen. Die weit geöffneten, bläulich verfärbten Lippen und das Gesicht waren mit Erbrochenem verkrustet, das auch das Kopfkissen, die Laken und die Decke mit gelblichen Flecken verunreinigt hatte.

Ricci untersuchte den Nachttisch. Neben dem Telefon standen eine kleine Leselampe und ein halb volles Glas, in dem sich Apfelsaft oder ein anderes alkoholfreies Getränk befinden mochte. Das Glas stand zwischen Bett und Telefon auf einer Untertasse. Ricci runzelte nachdenklich die Stirn. Jetzt beschäftigte er sich mit einem Gedanken, der tief in seinem Unterbewusstsein heranzureifen begonnen hatte. Wenn Palardy Angst gehabt hatte, von einer Herzattacke oder einem Anfall heimgesucht zu werden, hätte er mit Sicherheit versucht, Hilfe zu rufen, und mit hoher Wahrscheinlichkeit beim Griff nach dem Telefonhörer das

Glas umgeworfen. Wenn er es überhaupt geschafft hätte, den Hörer in die Hand zu bekommen, hätte er ihn wohl fallen gelassen. Aber alles befand sich an Ort und Stelle. Außerdem war er so ordentlich in seine Decke gehüllt, als wäre er, ohne sich zu bewegen, im Schlaf gestorben.

Aber die verzerrten Gesichtszüge und die Hand wiesen darauf hin, dass Palardys Tod weder friedlich noch schmerzlos gewesen war.

Riccis Stirnrunzeln wurde stärker. Bis jetzt fügte sich das alles für ihn noch nicht zu einem zusammenhängenden Bild.

Er blickte sich in dem Zimmer um. Die beiden Fenster zur Linken des Betts waren geschlossen. An der rechten Wand hing eine altmodische, mit dem Vereinsabzeichen der Brooklyn Dodgers versehene Uhr, wie man sie früher in den Unterständen für Trainer und Ersatzspieler beim Baseball benutzt hatte – ein ziemlich rares Sammlerstück. Ansonsten war die spärliche Einrichtung im Gegensatz dazu unspektakulär. Auf einer kleinen Frisierkommode gegenüber dem Fußende des Betts stand ein Fernseher. Ein Schreibtisch, davor einer dieser billigen Bürostühle. Neben dem Schreibtisch, auf einem Wagen mit Rollen, ein Computerdrucker. Auf dem Schreibtisch sah Ricci nur einen kleinen Stapel Rechnungen, an die mit Büroklammern Zahlungsbelege geheftet waren, ein paar Kugelschreiber und Bleistifte in einem Souvenir-Kaffeebecher und eine Schachtel mit Papiertüchern. Das war alles.

Ricci ging hinüber, rollte den Stuhl zurück und kauerte sich dann nieder, um unter den Schreibtisch zu blicken. Die beiden bidirektionalen Kabel für Datentransfers waren an seinem Ende nicht angeschlossen. Eines war mit einem Stecker für eine parallele Schnittstelle versehen, das andere mit einem, wie er bei Telefonbuchsen üblich ist. Ricci sah, dass das erste Kabel zur Rückseite des Druckers führte, das andere zu einem Modem, das sich gut einen Meter weit entfernt befand. Das glühende grüne Lämpchen zeigte an, dass das Modem eingeschaltet war. Von dort lief ein weiteres Kabel am Rande des Teppichs entlang auf das Bett zu, dann hinter dem Kopfbrett auf eine kleine Metallplatte unter dem Fensterbrett. Und von dort führte ein Kabel zum Fernseher.

Palardy hatte einen High-Speed-Kabel-Internet-Anschluss, und das machte auch Sinn – wahrscheinlich wurde er von UpLink bezahlt.

Ricci stand wieder auf und wandte sich dem Eingang zu, wo Perez gerade sein Handy wegsteckte.

»Ich habe mit Ihrem Kollegen gesprochen«, sagte der Hausmeister. »Er will sofort die Polizei anrufen und sagt, dass Sie hier auf ihn und die Bullen warten sollen.«

Ricci nickte. »Ich will mich noch ein bisschen umsehen«, sagte er durch seine Schutzmaske hindurch. »Wenn Sie immer noch glauben, mich im Auge behalten zu müssen – mir soll's recht sein. Aber ich könnte mir vorstellen, dass Sie lieber draußen warten wollen.«

Perez blickte auf die Leiche, sah dann wieder Ricci an. »Ja. Vielleicht warte ich doch besser draußen.«

Ricci nickte erneut. »Noch eine Frage«, sagte er. »Wissen Sie, ob Palardy einen Computer hatte? Ist Ihnen jemals einer auf dem Schreibtisch aufgefallen, zum Beispiel, als Sie hier was repariert haben?«

Perez zuckte die Achseln. »Daran kann ich mich nicht erinnern. Vorher war ich vielleicht zwei- oder dreimal in dieser Wohnung. Das war's. Warum fragen Sie?«

Ricci schüttelte den Kopf. »Reine Neugier.«

Ashley Gordian war allein mit ihrem Mann. Etwas so Wichtiges, Grundlegendes … Eine Frau und der Mann, den sie liebte, ein Mann, mit dem sie tausend intime Geheimnisse teilte. Aber sie hatte gegen eine kleine Armee von Ärzten und deren Einwände ankämpfen müssen, um überhaupt zu ihrem Mann zu dürfen. Natürlich verstand sie die Gründe der Mediziner, und sie wusste um ihre Verantwortung und ihre Verpflichtung, eine Übertragung von Rogers Infektionskrankheit zu verhindern. Sie wusste, dass ihnen ihr Wohlergehen am Herzen lag. Und sie hatte den Auflagen der Ärzte zugestimmt, als diese endlich nachgegeben und es ihr gestattet hatten, das neue Krankenzimmer zu betreten, in dem Roger jetzt von den anderen Patienten des Krankenhauses isoliert war … Sie hatte gehört, dass einer dieses Zimmer nicht als ›heiße‹, aber doch als ›warme Zone‹ bezeichnet hatte …

Sie war von Kopf bis Fuß in Schutzkleidung eingehüllt. Kapuze, Maske, Handschuhe, ein Kittel über ihrer Straßenkleidung, Überzieher über ihren Schuhen. Jeder Millimeter ihres Körpers musste bedeckt sein. Während der Viertelstunde, die man ihr zögernd zugestanden hatte, war keinerlei Körperkontakt gestattet. Sie durfte ihren Ehemann nicht berühren.

Seit drei Jahrzehnten waren sie verheiratet, und jetzt keine Berührung.

Sie blickte auf ihren Gatten, diesen großen und durchtrainierten Mann, der in so unglaublich kurzer Zeit so hinfällig geworden war. Aus einem mechanischen Beatmungsgerät führten Schläuche in seine Nase, durch die Luft strömte, um seine Lungen offen zu halten, Sauerstoff in sie zu pressen und zu verhindern, dass seine Körperflüssigkeiten in sie drangen …

Mehr als alles andere wünschte Ashley sich, diese Handschuhe ausziehen und seine Stirn streicheln zu dürfen. Aber ihr war klar, dass das unmöglich war und dass sie die Schutzschichten aus Kunststoff, Gummi und Synthetikgewebe, die sie voneinander trennten, nicht entfernen durfte.

Aber ihre Herzen …

Sie atmete durch ihre Schutzmaske tief durch und trat näher an das Bett heran.

Unsere Herzen, dachte sie, lassen sich nicht trennen.

»Gord«, sagte sie. »Ich bin's, Ashley …« Weil sie ihre Stimme zittern hörte, schwieg sie eine Weile, um wieder etwas ruhiger zu werden. *Komm schon, das kannst du besser. Du musst stark sein. Für ihn.*

»Ich weiß, dass ich wie ein eingepackter Fisch aussehe, aber du musst mir glauben, dass ich mich für dich schick angezogen habe«, sagte sie. »Unter diesem elenden

Schutzkittel trage ich die blaue Seidenbluse, die dir so gefällt.«

Noch immer lag er mit geschlossenen Augen reglos da, während das Sauerstoffgerät Luft in seine Lungen pumpte.

»Heute kommt Hannah mit dem Flugzeug aus Connecticut. Meiner Ansicht nach hat sie es satt, dass du deiner Tochter Julia deine ganze Aufmerksamkeit schenkst. Während sie hier ist, wird Brian nicht zur Arbeit gehen und zu Hause auf die Kinder aufpassen. Du hättest mir die ganzen Jahre über glauben sollen, dass er ein guter Ehemann ist …«

Mit ihren behandschuhten Fingerspitzen strich sie sanft über seine Wange – näher konnte sie ihm im Augenblick nicht kommen.

Das Sauerstoffgerät pumpte.

»Die Ärzte tun alles, um dir zu helfen, und auf ihre spezielle Art versuchen sie auch, zu mir nett zu sein. Heute Morgen hat man mir Dr. Eric Oh vorgestellt, einen Spezialisten. Er beschäftigt sich mit deiner Krankheit, analysiert Proben … Vielleicht hat er eine Idee, was dir fehlt. Er hat mich gefragt, ob du in letzter Zeit mit *Nagetieren* in Berührung gekommen bist. Und ich sitze da, krank vor Sorge um dich, und muss mir diese Fragen anhören. Ich möchte alles tun, um dir zu helfen, und plötzlich habe ich dieses verrückte Bedürfnis, ihm ins Wort zu fallen, weil er unterstellt, dass es bei uns zu Hause nicht sauber ist.«

Einen Augenblick lang schwieg sie.

»Na, ich hab's geschafft, mich wieder zu beruhigen und mir eine Bemerkung zu verkneifen, die ich vielleicht hinterher bedauert hätte. Vielleicht ist es ja denkbar, dass sich irgendeine Feldmaus in unserem Keller eingenistet hat … Vielleicht auch in Julias Garten, bei der Arbeit am Hundezwinger … Jetzt schicken sie Leute los, die auf beiden Grundstücken nach Ausscheidungen suchen sollen, wie sie sich ausgedrückt haben.« Sie zuckte die Achseln. »Mäusescheiße, Schatz, in meiner Küche. Kannst du das glauben? Vielleicht hätte ich dem Arzt *doch* Bescheid sagen sollen, was?«

Roger bewegte sich nicht.

Kein Flackern unter seinen Augenlidern.

Ashley lauschte auf die Geräusche des Beatmungsgeräts.

»Es gibt gute Neuigkeiten«, sagte sie. *Du musst stark sein, stark …* »Mittlerweile reden alle davon, dass die Packers ins Super-Bowl-Endspiel kommen. Die ganze Woche über habe ich es in den Nachrichten gehört. Am Sonntag spielen sie zu Hause. Ich glaube, gegen diese Mannschaft aus Florida, über die du immer so meckerst. In Wisconsin war's so kalt, dass es bereits geschneit hat, und ich weiß, dass du glaubst, dass deine Jungs dann im Vorteil sind, weil sie mit Frost klarkommen …«

Plötzlich spürte sie, dass sie schluchzen musste, und sie biss die Zähne zusammen und unterdrückte es.

»Wie auch immer, hier spielen Megan und Pete auf eigene Faust ein bisschen Detektiv. Sie bemühen sich, jemanden zu finden, der dich mit dem Virus infiziert haben könnte. Du kennst sie ja, immer wollen sie alles so gut wie möglich machen. Ich schwör dir, für dich würden sie dem Universum den Krieg erklären. Und ich weiß, dass Pete jetzt rot werden würde, wenn er mich gehört hätte … Vince natürlich auch, ja, *besonders* Vince … ich glaube, das sie dich genauso lieben wie ich. Sie lieben dich wirklich, Gord.«

Als sie die Bewegung hinter sich wahrnahm, blickte Ashley über die Schulter.

Von der Tür her gab ihr eine Krankenschwester ein Zeichen.

Ashley nickte und hob dann einen Finger.

Die Krankenschwester erwiderte ihr Nicken und zog sich zurück.

Ashley beugte sich über das Bett. »Ich mache mich auf die Socken«, sagte sie leise. »Die Ärzte gestatten mir immer nur ein paar Minuten. Du weißt ja, wie sie sind. Aber bevor ich es vergesse, das Beste kommt noch, von den Football-

Prognosen natürlich abgesehen. Also, bevor ich es vergesse, will ich verkünden, dass ich mich entschlossen habe, das Verbot für Kaffee mit Aromazusatz aufzuheben. Du hast es überstanden, es ist vorbei. Wenn du dieses Krankenzimmer verlässt, kannst du es dir aussuchen … Haselnussaroma, Vanille, Mokka … Was immer du willst. Also halt durch, okay? *Halt durch.*«

Ashley seufzte tief und hörte, wie die Beatmungsmaschine für ihren Mann atmete.

Dann wurde sie sich wieder der Krankenschwester an der Tür bewusst.

Schweigend berührte sie mit ihrem Gummihandschuh ihr Herz, dann sanft das ihres Mannes und stand auf.

Unsere Herzen, dachte sie, *lassen sich nicht trennen.*

Schließlich verließ sie das Krankenzimmer.

19.

Verschiedene Schauplätze
16. November 2001

Einige Minuten nach Riccis Rückkehr aus Sunnydale führte Paul Hernandez, der Chef der interen Sicherheitsabteilung von UpLink, Nimec und Ricci in Palardys Büro. Ashley Gordian hatte telefonisch von der rapiden Verschlechterung des Gesundheitszustands ihres Mannes und von seiner Isolierung von den anderen Patienten berichtet, und die beiden Sword-Führungskräfte konnten es sich nicht leisten, weitere Zeit zu verlieren.

»Kennen Sie jemanden, der mit Palardy befreundet war?«, fragte Nimec Hernandez. »Kollegen, Bekannte, Freundinnen …?«

Hernandez schüttelte den Kopf. Er war Ende vierzig, ein solide gebauter Mann mit ergrauendem Haar, sonnenverbrannter, ockerfarbener Haut und intelligenten braunen Augen. »Don blieb lieber für sich. Bis mir der

Schnappschuss da drüben aufgefallen ist und ich ihn danach gefragt habe, hat er nicht einmal erwähnt, dass er früher verheiratet war.« Mit dem Kopf wies er auf einen kleinen Bilderrahmen auf Palardys Schreibtisch. Auf dem Foto war eine mollige Frau mit einem hübschen Gesicht und einem lebhaften Lächeln zu sehen, die zusammen mit zwei kleinen Kindern auf einer Stranddecke kauerte. Der Junge und das Mädchen hätten Zwillinge sein können, waren aber mit Sicherheit altersmäßig nicht weit voneinander entfernt.

»Don hat erzählt, dass seine Ehe vor ein paar Jahren geschieden wurde. Das Sorgerecht für die Kinder hat seine Frau. Ich glaube, dass sie irgendwo im Osten lebt.« Diesmal wurde sein Kopfschütteln von einem Seufzen begleitet. »Guter Gott, ich sollte besser nachfragen, ob mir jemand von der Personalabteilung ihre Adresse geben kann. Irgendjemand muss seine Familie benachrichtigen.«

Ricci nickte. »Wenn Ihnen ein Arschloch namens Van-Derwort Scherereien macht ...«

»VanDer*werf*«, korrigierte Nimec.

»... dann überlassen Sie ihn uns«, fuhr Ricci fort. Er blickte sich in dem Büro um. Es war ein kleiner, fensterloser Raum, genauso unspektakulär wie Palardys Wohnung. An einer Wand befand sich ein Computerarbeitsplatz, und auf einem Sideboard auf der anderen Seite lagen ein Kopfhörer und andere, meist kleinere Ausrüstungsgegenstände für die Suche nach Wanzen und Abhörgeräten. Schwere Geräte wie der Big Sniffer wurden in einem speziellen Lagerraum mit elektronischem Schloss aufbewahrt.

Nimec blickte Hernandez an. »War Palardys Verhalten in letzter Zeit irgendwie ungewöhnlich?«

»In Bezug auf seine Gesundheit?«

»Zum Beispiel, aber alles andere interessiert mich auch. Sagen Sie uns Ihre Meinung.«

Nachdem er einen Augenblick lang nachgedacht hatte, zuckte Hernandez die Achseln. »Mir ist nichts aufgefallen«, antwortete er dann. »Zum letzten Mal muss ich Don am Freitag gesehen haben. Etwa so um neun Uhr morgens, nach seiner Sicherheitsüberprüfung. Er wirkte ein bisschen still, aber so war er nun einmal. Ich würde nicht sagen, dass er griesgrämig geworden war. Gewöhnlich war er ein angenehmer Typ. Er gehörte einfach nicht zu denen, die über ihr Privatleben reden.«

»Das erwähnten Sie bereits«, sagte Nimec.

Hernandez zuckte erneut die Achseln. »Bei diesem Job wiederholt sich alles. Man kommt rein, dreht seine Runden, erledigt den Papierkram. Die meisten meiner Männer kommen morgens zur Tür rein, schenken sich Kaffee ein und können es gar nicht abwarten, den anderen zu erzählen, ob sie eine gute oder schlechte Nacht hinter sich haben, ob sie im Kino waren oder beim Pokern gewonnen haben, ob sie sich betrunken oder eine Frau rumgekriegt haben ... Und ich ermutige sie dazu.«

»Das hilft gegen die Langeweile«, bemerkte Nimec.

Hernandez nickte. »Mir ist's lieber, wenn meine Leute glücklich sind. Priorität hat allerdings, dass sie zuverlässig und gründlich sind. Und Don ist beides. *War.* Er war auf dem Damm.«

»Wie meinen Sie das?«

»Er hatte alle Qualitäten, die man sich beim Leiter eines Teams wünscht. Mit seinen Unterlagen hat er es immer sehr genau genommen. Die Ausrüstung hat er mit pedantischer Genauigkeit gewartet. Und keiner kannte sich so wie er mit den neuesten technischen Errungenschaften zur Entdeckung von Wanzen aus. Er wusste über die Technologie Bescheid und hat immer die neuesten Erfindungen angefordert.«

»Als wir uns zum ersten Mal unterhalten haben, wirkten sie nicht gerade so, als ob bei Ihnen die Alarmglocken geschrillt hätten, als Palardy nach Montag nicht mehr angerufen hat. Warum haben Sie nicht mehr dahinter vermutet, wenn er ein so ordnungsliebender Mensch war?«

Hernandez wirkte verlegen. »Ehrlich gesagt war ich verdammt beunruhigt. Wenn er sich so untypisch verhielt, musste das meiner Ansicht nach eine ziemlich ernsthafte Ursache haben, und ich wollte nicht gleich die Daumen-schrauben anlegen. Für den Fall, dass es eine persönliche Angelegenheit war, falls Sie verstehen.«

Ricci blickte ihn mit festem Blick an. »Er gehört zu Ihren Leuten, und deshalb sorgen Sie sich um ihn.«

Hernandez nickte. »Wenn Sie mir nicht zuvorgekommen wären, wäre ich heute Abend selbst zu seiner Wohnung gefahren. Dann hätte *ich* den Ärmsten gefunden.«

»Da habe ich ja Glück gehabt«, erwiderte Ricci seufzend. »Palardys Unterlagen … wo sind sie?«

Hernandez zeigte auf den Computer. »Alles da drin. Jeden Tag hat er seine Berichte eingetippt und sie am Ende der Woche auf meinen Rechner überspielt. Einmal im Monat hat er mich über seine Einschätzung der Qualität unserer Maßnahmen gegen mögliche Überwachung auf dem Laufenden gehalten. Das ist bei allen Teamleitern so üblich.«

»Hört sich an, als hätte er jede Menge tippen müssen«, sagte Nimec.

»Stimmt genau«, antwortete Hernandez. »Aber so stopfen wir Löcher und vermeiden neue.«

Ricci rieb sich das Kinn. »Werden die Berichte während der Bürostunden in diesem Gebäude geschrieben?«

»Kommt darauf an. Die monatliche Einschätzung unserer Sicherheitsmaßnahmen formulieren die Leiter der Teams manchmal auch zu Hause.«

»Palardy auch?«

»Natürlich«, antwortete Hernandez. »So detailliert, wie seine Bericht immer ausfielen, hätte er sonst das Büro nie mehr verlassen können.«

»Dann muss er zu Hause einen PC gehabt haben.«

Hernandez gestikulierte vage mit beiden Händen. »Außer Ihnen kenne ich niemanden, der in seiner Wohnung war«, sagte er. »Aber ich kann Ihnen versichern, dass er häufig ein Notebook mitgebracht hat.«

»Hat er es mal hier gelassen?«

»Keine Ahnung. Möglich ist es.«

Ricci blickte sich in dem kleinen Büro um. Keine Spur von einem Notebook, kaum Stellen, wo es sich befinden konnte. Er ging zum Computer hinüber, zog die Schreibtischschublade auf. Sie steckte voller sorgfältig beschrifteter Aktenhefter. Sonst befand sich nichts darin. Während mehrere Fragen zugleich seine Gedanken beschäftigten, erinnerte er sich an die beiden Kabel unter dem Schreibtisch in Palardys Schlafzimmer, die nirgendwo eingestöpselt waren.

Er wandte sich Hernandez zu. »Ich muss mich an seinen Computer setzen und überprüfen, was auf Palardys Festplatte abgespeichert ist«, sagte er. »Könnte eine Weile dauern.«

Hernandez' Zustimmung kam zögernd. »Hier haben Sie das Sagen. Würden Sie mir antworten, wenn ich Sie nach dem Grund frage?«

Ricci blickte Nimec an, und der nickte. Also wandte er sich wieder dem Sicherheitschef zu.

»Dem Boss geht's ziemlich dreckig«, sagte er. »Niemand weiß, was ihn umgehauen hat, aber wir befürchten, dass seine Krankheit vielleicht dieselbe Ursache hat wie die, die Palardy das Leben gekostet hat. Wir wollen herausfinden, zu wem Palardy Kontakt hatte, und versuchen, eine Verbindungslinie zwischen den verschiedenen Anhaltspunkten zu finden, bevor die Lage noch schlimmer wird.«

Einen Augenblick lang antwortete Hernandez nicht. Dann ging er zum Computer und schaltete ihn ein. »Fühlen Sie sich ganz wie zu Hause. Wenn Sie Hilfe brauchen, rufen Sie mich in meinem Büro an. Sollte ich nicht da sein, benutzen sie den Pager.«

Ricci nickte. Seiner Meinung nach war Hernandez in Ordnung. »Ich weiß das zu schätzen.« Er setzte sich vor den Monitor.

Lucio Salazar traf sie in Tecate, einer Kleinstadt und Durchgangsstation für Schmuggler auf der Baja-Halbinsel, ungefähr eine halbe Stunde Autofahrt östlich von Tijuana gelegen.

Dieser Ausflug war notwendig, aber erst als sein Fahrer vor dem tristen Motel an der Avenida Benito Juarez vorfuhr, glaubte sich Lucio wirklich der Tatsache bewusst zu werden, dass er im Begriff war, den Tod von Enrique Quiros zu arrangieren, dem Sohn seines alten Freundes Tomás, mit dem er auf den Straßenmärkten von Tijuana Früchte und Brot geklaut hatte, als sie noch zerlumpte Streuner ohne ein einziges Paar Schuhe gewesen waren. Schon vor der Pubertät hatte Lucio sich um seine jüngeren Brüder gekümmert und auf der Straße zu überleben versucht, lange Jahre vor der Zeit, als er zum Klanchef von ›Les Magots‹ geworden war. Er war nur ein weiterer verstoßener Sohn einer Hure und eines längst vergessenen Freiers gewesen, so unbedeutend wie ein Fleck auf einer dreckigen Straße. Vielleicht begriff sein Herz erst jetzt den Sinn seines Kommens, als er mit diesen Männern in dem Motelzimmer war und sich eine der Waffen ansah, die bei dem Mord benutzt werden sollten.

Es bestand Grund genug zu der Annahme, das es keine andere Lösung mehr gab. Erstens waren Lathrops Informationen immer verlässlich, und er hatte gesagt, dass Quiros ihn ins Grab bringen wolle. Und dann hatten die Männer, die er in der Nacht zuvor in den Balboa-Park geschickt hatte, durch puren Zufall vor dem Park eine Gruppe von Quiros Leuten entdeckt, die dort zwanzig Minuten verstohlen herumgelungert hatten, bevor sie sich wieder auf den Weg machten. Natürlich konnten sie aus dem gleichen Grund dort gewesen sein wie Lucios Männer: Sie wollten sich für den Fall mit dem Gelände vertraut machen, dass die andere Seite ein falsches Spiel spielte. Aber angesichts dessen, was er über Enriques jüngste Aktivitäten herausgefunden hatte, bezweifelte Lucio das. Und außerdem konnte er den Überfall vor dem Tunnel natürlich nicht ignorieren.

Dennoch dachte Lucio Salazar, dass irgendetwas in seinem Inneren sich immer noch an einen Funken Hoffnung klammerte, dass in diesem Fall Gewalt vermieden werden und sie ihre Differenzen aus Respekt vor dem verstorbenen Tomás ausräumen konnten. Aber hier ging es wieder einmal um das eigene Überleben, und da musste man jeden Preis zahlen.

Jetzt betrachtete er die Waffe, die ihm wie eine verlockende Rarität präsentiert wurde – ein Walther-2000-Scharfschützengewehr mit einem speziellen optischen Instrument auf dem Zielfernrohr. Nach ein paar Minuten blickte Lucio zu dem kleinen, dunkeläugigen Mann auf, der die Waffe auf die Bettdecke gelegt hatte.

»Lassen Sie uns übers Geld reden«, sagte er.

Der kleine Mann nickte. »Jeder von uns nimmt zwanzigtausend. Die Hälfte im Voraus, den Rest danach.«

»Achtzig Riesen sind viel …«

»Nicht für Profis wie uns. Und die Gesamtsumme beträgt *hunderttausend* Dollar, und die sind nicht verhandelbar. Unser Team hat ein fünftes Mitglied in der Kontrollstation.«

Salazar warf ihm einen harten, abschätzenden Blick zu. »Nicht verhandelbar«, wiederholte er.

»Genau.«

»Ihre Art gefällt mir nicht. Ich kann das Geschäft auch mit einem anderen abschließen.«

Die Augen des kleinen Mannes glänzten. »Klar«, antwortete er. »Aber da kriegen sie nicht die gleiche Gegenleistung.«

Noch immer blickte Salazar ihn an. Dann wies er auf das Scharfschützengewehr.

»Mit dem aufgemotzten Ding da können Sie mir nicht imponieren«, sagte er. »Mich interessieren einzig und allein die Resultate.«

»Verstehe. Aber hier geht's nicht um Aufschneiderei. Wir möchten einfach, dass unsere Kunden sich in etwa vorstellen können, wie unser Preis zustande kommt.«

Salazar schwieg. Dann seufzte er. »Okay«, sagte er. »Wir machen das Geschäft.«

Der kleine Mann nickte. »Dann sollten wir jetzt den Zeitplan für heute Nacht besprechen.«

Weil Ricci erst einmal nach Personen suchen wollte, zu denen der Tote Kontakt gehabt hatte, klickte er Palardys E-Mail-Programm an. Noch vor der Überprüfung des

Adressbuchs überflog er die Liste nicht geöffneter E-Mails. Die meisten hatten etwas mit der Ausrüstung für seine Sicherheitsoperationen zu tun, ein paar waren offensichtlich Werbesendungen. Dann folgte die Eingangsbestätigung einer Bestellung bei einem Online-Buchversand.

Erst die nächste Absenderadresse erregte Riccis Aufmerksamkeit:

VOM EMPFÄNGER DIESER E-MAIL
DPALARDY@UPLINK.COM NONE 14. 11. 2000
4 : 36

Ricci wandte sich dem neben ihm sitzenden Nimec zu und zeigte auf die Adresse. »Sieh dir das an«, sagte er. »Palardy hat die E-Mail an sich selbst geschickt.«

»Am Dienstagmorgen«, bemerkte Nimec.

»Am *frühen* Dienstagmorgen.«

Und fast einen ganzen Tag, nachdem jemand bei UpLink zum letzten Mal etwas von ihm gehört hat, dachten die beiden Männer gleichzeitig.

Nimec beugte sich vor. »Öffne sie. Worauf warten wir noch?«

Nachdem Ricci auf die Adresse geklickt hatte, las er die E-Mail:

RHJAJA00BHJM00WHRH ! JM00WHBHJA00
TJAJ00 ? ! CAJBJTRH
GWRHMVGCRHUGBHAJ00RHJBAJ00
RHBHCAJBITRHGCBHGWJA00TJ : CARHJA00
CATJJA00UG? ! NHJBJAMVGCRHJA00
RHJBJA00RHGW! !
RHJA" "ALRHMFTJJAUGRHBH
:MVGCRHJA00TJJGWH!
AJ00JPGCTJTJJA00UGRH! ?
JA00HUGBHMVBHJARHJTRH
JA00GWRHJB. JAMVJGTTJJA
00" "MVGCBHAJMV, TJGCJBJMJMRHJA
JGTJJA00 ! CA ! BHJTRHGWRH .

Wieder blickte er Nimec an. »Was zum Teufel ist *das*?«

Mit ihren Helmen und den Schutzanzügen gegen Biogefährdung hätte man die Männer für Astronauten halten können, die eine andere Welt erkundeten, aber dies war keine fremde Mondlandschaft, sondern das Grundstück von Gordian. Das Team bestand aus Virenjägern von den bundesstaatlichen Behörden und den Centers for Disease Control – es war von Dr. Eric Oh angefordert worden. Jetzt musste jeder Zentimeter des Hauses und des Grundstück auf der Suche nach jenen Ausscheidungen von Nagetieren abgesucht werden, die Hantaviren auf Menschen übertrugen.

Die weißen Raumanzüge mit allem erforderlichen Zubehör waren schwere und ermüdende Kleidungsstücke. Kommunikation zwischen den Teammitgliedern war nur über Funkgeräte möglich. Ihre Sauerstoffgeräte wogen etwa vierzig Pfund. Mit den dicken, aus mehreren Schutzschichten bestehenden Handschuhen konnte man nur schwer etwas anfassen, und die klobigen Stiefel mit den Stahlkappen machten das Gehen zur Qual.

Auch die Umgebung wurde in Mitleidenschaft gezogen. Bei der peinlich genauen Suche nach Verseuchungsstoffen nahm Ashley Gordians liebevoll gepflegter Garten Schaden. Es war wichtig, jeden Bereich des Grundstücks zu inspizieren, der von Feldmäusen oder ähnlichen Tieren aufgesucht oder bewohnt werden konnte. Das Kräuterbeet musste umgegraben, die gepflegten Rosen abgeschnitten und der Mulch um die Büsche herum ausgebuddelt und verpackt werden. Kletterpflanzen, die sich seit einem Jahrzehnt an Masten hochgerankt und dort geblüht hatten, wurden in Bodennähe gekappt, wo die kleinen Säugetiere vielleicht um die Wurzeln herum Nahrung suchten. In einigen Fällen mussten gar Lauben und Spaliere entfernt werden, damit die Biologen darunter nach Nestern und Höhlen suchen konnten. Dutzende von Fallen wurden gestellt, um lebende Tiere wegen einer eventuellen Virusinfektion testen zu können.

Auch das Innere des Hauses entging nicht dieser pedantischen, aber notwendigen Durchsuchung. In dieser Gegend übliche Mäuse und Wühlmäuse benutzten die kleinsten Öffnungen als Ein- und Ausgänge, und diese befanden sich oft an Stellen, die dem Auge verborgen blieben. Möbel mussten verrückt, Teppiche und Brücken aufgerollt, Bücherregale leer geräumt und die Holztäfelung von den Wänden entfernt werden. Im Keller wurde Gordians voll gestopfte Werkstatt Stück für Stück auseinander genommen. In der Küche mussten Schränke leer geräumt und Haushaltsgeräte von den Regalen entfernt werden. Der eingebaute Eisschrank, die Tiefkühltruhe, die Spülmaschine, die Eismaschine und der Weinschrank wurden herausgezogen und von der Außenisolierung befreit. Auch hier platzierten die Virenexperten Fallen, genau wie draußen.

Meilen weiter südlich, in und um Julia Gordian Ellis' neues Haus herum, suchte ein zweites Team mit Schutzanzügen auf dieselbe Art und Weise nach der Ursache der Verseuchung und der Infektion. Julia musste Haus und Grundstück verlassen und mit einem Koffer und ihren beiden Windhunden zu einer Freundin ziehen. Die größte Aufmerksamkeit galt hier jenem Teil des Gartens, wo ihr Vater an dem Hundezwinger gebaut hatte. Dabei ging das Team von der Theorie aus, dass Gordian vielleicht beim Ausheben der Erde für die Pfosten eine unterirdische Höhle zerstört haben könnte. Der bereits fertige Teil des Zwingers wurde demontiert, die mühsam eingesetzten Pfosten aus dem Boden gezogen.

Aber all diese Anstrengungen erwiesen sich als fruchtlos – es wurde keine Spur des Virus gefunden.

»Hallo, verbinden Sie mich bitte mit Dr. Eric Oh.«

»Am Apparat ...«

»Hier spricht Steve Karonis von Sobel Genetics. Ich habe nicht vergessen, dass Sie mich gebeten haben, die Durchwahl für Ihr Büro zu benutzen, aber ich muss die Nummer verlegt haben. Also musste ich mich verbinden lassen ...«

»Kein Problem. Was Neues über die Viren in Gordians Probe?«

»Diese Auskünfte sind strikt inoffizieller Natur. Auch wenn unsere ganze Belegschaft an der Sache arbeitet, brauchen wir mindestens vierundzwanzig Stunden für eine verlässliche Bestimmung, und bis jetzt sind noch nicht einmal ...«

»Es ist ja alles inoffiziell.«

»Okay, halten Sie sich fest. Die Polymerase Kettenreaktion hat ergeben, das keine Identität mit einem bereits bekannten Hantavirus besteht. Was Sie wahrscheinlich nicht weiter überraschen wird nach dem, was Sie mir erzählt haben ...«

»Warum sollte ich dann beunruhigt sein?«

»Weil ... Noch einmal, dies alles basiert nur auf den ersten Ergebnissen ... Aber es scheint da RNA-Sequenzen zu geben, die bei dieser Virenspezies oder ihrer Familie auf natürliche Weise nicht auftreten. Sie befinden sich genau an den Stellen des Genoms, wo man sie erwarten würde, wenn Bestandteile implantiert worden wären ...«

»Wollen Sie damit sagen, dass der Virus künstlich *modifiziert* wurde?«

»Ja, es gibt Anzeichen für eine genetische Manipulation.«

Den Telefonhörer zwischen Kinn und Schulter geklemmt, blickte Eric auf seine Hand hinab.

Er klammerte sich förmlich an der Lehne seines Bürostuhls fest, und die gespannte Haut über seinen Knöcheln war sehr weiß.

»Willst du es aussprechen, oder muss ich zuerst ins kalte Wasser springen?«, fragte Ricci, der immer noch vor Palardys Computer saß.

Nimec blickte weiter auf die E-Mail, die sie vor einiger Zeit geöffnet hatten.

»Sieht wie ein Code aus«, sagte er.

»Und wir tappen im Dunkeln.«

»Was für einem Reim machst du dir darauf?«

Ricci zuckte die Achseln, während er schweigend und nachdenklich auf den Monitor starrte.

»Hör zu«, sagte Nimec. »Als Hernandez noch hier war, hast du ihn gefragt, ob Palardy vielleicht ein Notebook hier gelassen haben könnte. Ich habe gesehen, dass du in der Schreibtischschublade danach gesucht hast. Und deshalb war ich mir ziemlich sicher, dass dir in Palardys Wohnung mehr aufgefallen ist, als du hier gesagt hast.«

Ricci wandte sich ihm zu. »Und wie kommt's, dass du nicht nachgefragt hast?«

»Ich habe vermutet, dass du Gründe hast, vorerst den Mund zu halten, und dass du schon darüber redest, wenn die Zeit reif ist.«

Ricci nickte. »Ich wollte keine Geheimnisse für mich behalten«, sagte er. »Aber ich mag es einfach, meine Gedanken zu ordnen, bevor ich den Mund aufmache. Und ich bin mir nicht sicher, ob ich sie bereits geordnet habe oder ob irgendetwas von dem, was ich im Kopf habe, überhaupt Sinn macht.«

»Du hast mich gefragt, ob ich ins kalte Wasser springen will, und ich habe es getan. Jetzt bist du an der Reihe.«

Nachdem Ricci Nimec noch einen Augenblick angeschaut hatte, nickte er erneut. Er erzählte ihm von den Kratzspuren an Palardys Tür, von der angesichts der vermuteten Todesursache seltsamen Körperhaltung der Leiche und von den nicht eingestöpselten Kabeln unter dem Schreibtisch.

»Bevor die Polizei auftauchte, habe ich überall nach einem Computer gesucht, Pete«, sagte Ricci. »Und ich kann dir versichern, dass es in der Wohnung keinen gab. Keinen Computer, keine einzige Diskette. Das hat mich beunruhigt, und jetzt, wo wir wissen, dass Palardy von einem Computer aus eine E-Mail geschickt hat, und zwar zu einem Zeitpunkt, zu dem er wahrscheinlich zu Hause war, beunruhigt es mich noch mehr.« Einen Augenblick lang schwieg er. »Noch was ist mir aufgefallen, bevor ich die Wohnung verlassen habe. Vor der Innenseite seiner Wohnungstür hatte Palardy unten einen Sicherheitsriegel angebracht. Wenn jemand klopft, kann man sehen, wer es ist, ohne befürchten zu müssen, dass ein Dieb gleich die Tür ganz aufstoßen kann. Man bedient ihn mit dem Fuß in der Wohnung. Du weißt, wovon ich rede?«

»Natürlich.«

»Also, der Riegel war nicht vorgelegt. Wenn jemand schon keine Mühen und Kosten scheut, so ein Ding anzubringen, wird er den Riegel doch wohl vorlegen, wenn er nachts allein zu Hause ist.«

»Du glaubst also, dass jemand die Tür mit einer Kreditkarte geöffnet, dann durch den Spalt den Riegel weggeschoben und in die Wohnung eingedrungen ist. Stimmt's?«

»Ein meisterhafter Einbrecher muss man dafür nicht gerade sein«, antwortete Ricci.

Nimec' Blick wirkte neugierig. »Okay, nehmen wir mal an, dass es so war. Was passierte dann? Hat der Einbrecher aus irgendeinem Grund anschließend Palardys Computer und seine Datenträger geklaut?«

»Ja. Vielleicht hat er Palardy auch erst umgelegt und sich dann damit aus dem Staub gemacht ...«

»Nun mal langsam. Du hast mir doch selbst erzählt, dass Palardy offensichtlich krank war.«

»Krank, nicht tot, Pete. Kranke können reden.« Er wies auf den Monitor. »Oder verschlüsselte Botschaften an ihr Büro senden.«

Eine Zeit lang schwieg Nimec. »Dann lass mich mal deine Theorie hören«, sagte er schließlich.

»Es gibt Gifte, die nicht leicht zu entdecken sind oder auch von einem Gerichtsmediziner übersehen werden können, wenn das Opfer bereits dem Ende nah war und irgendjemand den Exitus beschleunigen wollte. Du hattest doch mal den gleichen Job wie ich. Wie oft wird man wegen eines plötzlichen Todesfalls gerufen, sieht sich um und weiß bald, dass es sich um einen kaschierten Mord handelt, der als Unfall, Selbstmord oder Herzinfarkt erscheinen soll. Glaub mir – Palardys Leiche war entsprechend hergerichtet.«

»Okay, du hast diesen Eindruck vor Ort gewonnen, und ich stelle ihn nicht in Frage. Aber worin besteht die Verbindung zu Gords Fall? In seinen Blutproben wurden Viren gefunden, also ist er nicht vergiftet worden.«

Ricci warf ihm einen Blick zu. »Wir bewegen uns in dünner Luft, stimmt's? Also, nur mal so zwischen uns gesagt, was wäre denn, wenn der Boss und Palardy absichtlich beide mit dem Virus infiziert worden wären? Und wenn das so sein sollte, wissen wir nicht, was Palardy uns hätte erzählen können oder wer ihn daran hindern wollte, es uns zu erzählen.«

Nimec atmete tief durch.

»Die Polizei und die Leute vom Gesundheitsamt haben sofort mit Palardys Obduktion begonnen. Ich werde in ihrer Nähe bleiben und dafür sorgen, dass sie bei einer toxikologischen Analyse auf alles achten, was die Symptome der Krankheit kaschiert oder ihren tödlichen Ausgang beschleunigt haben könnte.«

»Hört sich gut an.«

Einen Augenblick lang dachte Nimec nach. »Okay, aber was dann? Nehmen wir mal an, sie finden heraus, dass Gord und Palardy mit dem gleichen Krankheitserreger in Berührung gekommen sind. Oder dass sie irgendwelche forensischen Beweise entdecken, die deine Vermutungen über die Umstände von Palardy Tod bestätigen ...«

Ricci unterbrach ihn. »Es gibt keinen Grund für uns, so lange zu warten, bis sie Resultate haben. Wir sollten lieber versuchen, einen Vorsprung zu gewinnen. Wir wissen, dass es mit Palardys komischer E-Mail etwas auf sich hat. Warum legen wir sie nicht unseren Kryptographie-Experten zur Entschlüsselung vor?«

»Die Idee ist mir auch schon gekommen«, antwortete Nimec. »Ich kann sie sofort damit beauftr...« Da wurde der Monitor plötzlich schwarz. Nimec überprüfte das Power-Lämpchen, um zu sehen, ob die Stromversorgung ausgefallen oder der Bildschirmschoner eingeschaltet worden war. Jetzt begannen gezeichnete Uhren mit Flügeln in zufälligen Mustern über den Monitor zu schweben. »Der

Bildschirmschoner«, kommentierte er. »Die Zeit fliegt nur so dahin.«

Ricci blickte auf dem Monitor. »Sehr treffend«, murmelte er.

20.

Verschiedene Schauplätze
16. November 2001

»Das ist auf den ersten Blick fast so viel sagend, wie es andererseits auch wieder nichts sagend ist«, bemerkte James Carmichael ohne weitere Erläuterung. Es saß vor Palardys Computer und studierte die rätselhafte Abfolge von Buchstaben und Zeichen in der E-Mail.

Zu beiden Seiten neben ihm standen Nimec und Ricci, die sich tatsächlich viel sagende Blicke zuwarfen. Carmichaels Äußerung an sich erschien ihnen schon etwas mysteriös, aber damit hatten sie fast gerechnet. Bevor Roger Gordian ihn eingestellt hatte, war Carmichael als Mitglied der dritten Generation seiner Familie Analytiker bei der National Security Agency gewesen. Schon sein Großvater hatte für deren nachrichtendienstliche Kryptologie-Abteilung gearbeitet, seit diese zu Beginn des Kalten Krieges infolge eines geheimen Memorandums des Präsidenten gegründet worden war. Damals bewahrte die Regierung über die Existenz der National Security Agency noch Stillschweigen, weshalb die Abkürzung ›NSA‹ von Insidern in Washington zu ›No Such Agency‹ umgedeutet wurde, da es die Einrichtung offiziell nicht gab.

»Wie wär's, wenn Sie uns das erklären würden?«, fragte Nimec. »Und lassen Sie uns davon ausgehen, dass dies tatsächlich ein Code ist, nicht das Hirngespinst eines Fieberkranken, der nicht ganz bei Sinnen ist und nicht weiß, was er da tippt.«

Carmichael war etwa Mitte dreißig – ein Mann in

Hemdsärmeln, mit intelligenten blauen Augen und einem dichten, welligen schwarzen Haarschopf. Er blickte Nimec über die Schulter an. »Tut mir Leid«, sagte er. »Wenn ich herablassend klingen sollte, können Sie mir ruhig einen Schlag auf den Hinterkopf verpassen.«

Nimec lächelte schwach. »Einen Ausrutscher können Sie sich leisten.«

»Abgemacht.« Carmichael wandte sich wieder dem Monitor zu. »Also – zuerst können wir meiner Ansicht nach ausschließen, dass dies das Produkt eines verwirrten Gehirns ist. Dafür ist der Text zu systematisch aufgebaut. Außerdem glaube ich, dass das, was wir hier vor uns sehen, genau genommen kein Code, sondern eine Geheimschrift ist. Man gebraucht diese Begriffe, als wären sie Synonyme, aber es gibt einen Unterschied, und der ist aus mehr als nur semantischen Gründen wichtig. Bei Codes werden ganze Wörter durch Buchstaben, Zahlen, Symbole, Redewendungen oder andere Worte ersetzt, bei chiffrierten Texten – Geheimschriften – wird ein Substitut für unabhängige Buchstaben oder Silben erfunden, was eine sehr viel komplexere Kommunikation ermöglicht. Sie sind die Basis moderner elektronischer Verschlüsselungstechniken. Eine gute Methode, beides auseinander zu halten, könnte darin bestehen, Codes mit antiken Hieroglyphen oder Piktogrammen zu vergleichen, Geheimschriften mit dem Alphabet. Stellen Sie sich vor, Shakespeare hätte versucht, *Hamlet* mit Bildern an der Wand zu schreiben, dann ist schon offensichtlich, warum eine Geheimschrift – ein chiffrierter Text – raffinierter und effizienter ist.«

»Können Sie den Unterschied eindeutig benennen?«, fragte Ricci.

»Gewöhnlich schon«, antwortete Carmichael, der nacheinander auf mehrere Textstellen zeigte. »Häufige Wiederholungen von Buchstabengruppen sind ein Anzeichen dafür, dass sie kleinere linguistische Einheiten vertreten. Sehen Sie dieses Buchstabenpaar hier, ›BH‹? Es taucht zehn-, nein elfmal auf. In einem relativ kurzen Text würde man nicht erwarten, dass das gleiche Wort so häufig wiederholt wird. Bei einem Buchstaben oder einer Silbe ist das etwas anderes. Und dann ist da diese Verwendung von Polygrammen wie ›JM00‹. Das steht wahrscheinlich für eine Doppelbuchstaben-Kombination in einem Klartext ...«

»Und was ist ein Klartext ...?«

»Die Worte, die Sie zu verbergen versuchen«, antwortete Carmichael. »Der Gegensatz dazu ist der chiffrierte Text, wo Sie mit Buchstaben die Worte verklausulieren wollen.«

Ricci nickte. »Wenn Palardy nicht mehr zu bieten hat, müsste die Nuss doch leicht zu knacken sein. Das Alphabet hat sechsundzwanzig Buchstaben, aus denen der Klartext besteht, und das heißt, dass wir dieselbe Anzahl von Geheimschriftgruppen haben, stimmt's? Eine Gruppe für jeden Buchstaben, von A bis Z. Wenn wir alle denkbaren Kombinationen durch einen Computer jagen, wie lange würde es dann dauern, den Schlüssel zu finden, der uns statt Unsinn Wörter an die Hand gibt, die sich zu sinnvollen Sätzen zusammenfügen? Simple Mathematik, es gibt viele, aber letztlich nur eine beschränkte Anzahl von Möglichkeiten.«

Carmichael blickte ihn an. »Bis zu einem gewissen Punkt macht Ihre Logik Sinn, aber dann bleiben doch zwei große Probleme. Erstens – lassen Sie uns einmal annehmen, dass Palardys Geheimschrift-Gruppen der Anzahl der Buchstaben des englischen Alphabets entsprechen und sich nicht auf irgendein anderes beziehen, das mehr oder weniger Buchstaben hat. Das könnte nur der erste Schritt auf dem Weg zur Erkenntnis der verborgenen Botschaft sein, weil wir nicht wissen, ob es nicht doch zusätzliche Stufen der Verschlüsselung gibt. Zweitens – jeder chiffrierte Text, der durch viel Nachdenken und Mühe zustande gekommen ist, beinhaltet nichts sagende Füllsel. Das können Buchstaben, Zahlen, Symbole oder vielleicht auch Interpunktionszeichen sein, die nicht in das System passen und die Dinge verkomplizieren können.«

»Ist Ihr Computer nicht in der Lage, sie aus genau diesem Grund zu identifizieren?«, fragte Nimec. »Kann er diese Füllsel nicht ignorieren, weil sie *nicht* in das System passen?«

»Das braucht Zeit«, antwortete Carmichael kurz, und sein Blick verriet, dass er nur allzu gut wusste, dass sie keine hatten.

Einen Augenblick lang herrschte Schweigen. »Es ist verrückt«, sagte Nimec dann. »Vor seinem Tod fabriziert Palardy diese geheime Botschaft und schickt sie per E-Mail hierher. Er muss *gewollt* haben, dass wir sie entschlüsseln. Ich verstehe nicht, warum er sich sonst so viel Mühe gegeben haben könnte.«

Carmichael nickte. »Einverstanden. Selbst wenn er die Absicht gehabt haben sollte, uns zu frustrieren und uns jede Menge Arbeit zu machen, wette ich trotzdem darauf, dass er uns einen Schlüssel zur Dechiffrierung zur Verfügung gestellt hat. Entweder separat oder als Bestandteil des Kryptogramms.«

»Glauben Sie, dass Sie den Schlüssel finden und die Chiffrierung knacken können, was immer auch Palardys Absicht gewesen sein mag?«, fragte Nimec.

»Ich werde meine Leute beauftragen, alle Daten auf dieser Festplatte zu sichten. Zusätzlich die auf anderen Datenträgern, die er eventuell zurückgelassen hat. Mal sehen, was wir damit anfangen können.« Carmichael seufzte. »Ich weiß, dass wir zu einer erfolgreichen Analyse von chiffrierten Texten in der Lage sind und das System auch ohne Schlüssel knacken können. Aber ehrlich gesagt kann ich nicht einschätzen, wie lange das dauert – stundenlang, tagelang, vielleicht sogar Wochen.«

»Verdammt.« Ricci blickte finster drein. »Wenn Palardy uns nicht einfach nur an der Nase herumführen und uns etwas mitteilen wollte, was zum Teufel hat er sich dann dabei gedacht? Warum hat er sich die Mühe gemacht, die Botschaft zu verschlüsseln?«

»Meiner Ansicht nach kann es dafür nur einen Grund geben«, sagte Nimec. »Die Botschaft sollte nicht jemandem in die Hände fallen, der eventuell in seine Wohnung eindringt und mit seinem Notebook verschwindet.«

»Wenn's darum ging, hätte er uns seinen Text auch unverschlüsselt senden und ihn dann von der Festplatte des Notebooks löschen können. Dann hätte er die Festplatte neu formatieren können, um sicher zu sein, dass der Text nicht mehr auffindbar ist.«

»Es sei denn, er traute es jemandem zu, sich den Text aus unserem Mainframe-Computer herauszuziehen.«

»Wenn unsere Sicherheitsmaßnahmen derart lückenhaft sind, sollten wir beide besser unseren Hut nehmen, Pete.«

Carmichael hatte schweigend zugehört. Während er weiter nachdachte, verengten sich seine Augen zu Schlitzen. »Irgendwelche Einwände, wenn ich meine eigene Hypothese formuliere?«, fragte er.

»Keine«, antwortete Nimec.

Carmichael blickte erst Nimec, dann Ricci an. »Eventuell sollte der Computerdieb wissen, dass Palardy uns eine Botschaft geschickt hat, und sich wegen des Inhalts der E-Mail Sorgen machen«, sagte er schließlich. »Mit anderen Worten – vielleicht hat Palardy nicht mit uns sein Spielchen getrieben, sondern mit *ihm*.«

Am Mittwochnachmittag waren Enrique Quiros' Augen bereits so mit der Botschaft aus der Sendeliste von Palardys E-Mail-Programm vertraut, das die Buchstaben und Zeichen genauso gut auch in seine Netzhaut eingebrannt hätten sein können. Stundenlang hatte er vergeblich versucht, sich einen Reim auf den chiffrierten Text zu machen.

Quiros schaltete das Notebook aus, das man ihm aus Palardys Wohnung mitgebracht hatte, klappte es zu und griff nach dem Glas mit Scotch, das auf seinem Schreibtisch stand. Normalerweise trank er vor der Abenddämmerung keinen Alkohol, aber seine Nerven brauchten dringend etwas Beruhigendes. Stück für Stück war in der letzten Zeit ein Problem zum anderen gekommen. Felix' idiotischer Überfall vor dem Tunnel, der Mord an seinem Neffen, die Notwendigkeit, das Treffen mit Salazar zu arrangieren, das heute Nacht stattfinden sollte. Und jetzt war alles eingetreten, was er von dem Augenblick an befürchtet hatte, als er mit der Blondine auf das Karussell gestiegen war. Sie hatte ihn in diese Verschwörung hineingezogen, bei der es darum ging, Roger Gordian zu töten, sie hatte ihn zum Komplizen gemacht. Und Quiros hatte gewusst, dass er das ein Leben lang bereuen würde.

Palardy war ein unterwürfiger und manipulierbarer Mensch gewesen, aber Enrique hatte ihn nie für einen Dummkopf gehalten. Die ganze Zeit über hatte er das Gefühl gehabt, dass Palardy zum Verrat bereit wäre, wenn er erst einmal begriffen hatte, dass er verloren war. Quiros hatte gewusst, dass Palardy die Leute bloßstellen würde, die ihn ausgenutzt und dann fallen gelassen hatten, und ihm war auch klar gewesen, dass er einen Weg finden würde, bevor man ihm Einhalt gebieten konnte.

Quiros führte das Glas an die Lippen und nahm einen großen Schluck. Er hatte nicht die geringste Ahnung, wie er diese Botschaft entschlüsseln sollte. Vielleicht wäre der große und unantastbare El Tío dazu in der Lage, aber Quiros war nicht gerade scharf darauf, ihm die E-Mail zukommen zu lassen und auf diese Weise Selbstmord zu begehen. Wenn Enrique die mit der E-Mail verbundene Absicht richtig einschätzte, konnte dabei für ihn nichts Gutes herauskommen. Wenngleich El Tíos Aufenthaltsorte und seine wahre Identität perfekt geheim gehalten wurden, hatte Palardy Enrique mit Sicherheit in die Sache hineingezogen und den Weg zu seiner Tür gewiesen, wo El Tío warten und schnell die Verbindungslinie zwischen sich und Enrique kappen würde.

Er stürzte den restlichen Whisky hinunter. Jetzt war alles außer Kontrolle geraten, völlig außer Kontrolle. Der verdammte Himmel würde erzittern.

Ihm blieb nichts anderes übrig, als bei seinen Plänen für diese Nacht zu bleiben, sich um Salazar zu kümmern und abzuwarten, ob er Deckung fand, wenn der Himmel einstürzte.

Im Licht der kalifornischen Sonne glänzte ihr Haar golden. Sie schlenderte mit einer Einkaufstasche am Arm auf das Reisebüro der Fluglinie zu, während ihr die männlichen Passanten auf der Straße anerkennende Blicke zuwarfen. Sie war sich der diskreten, frechen, passiven oder eindeutig anmachenden Blicke bewusst. Vor gar nicht so vielen Jahren, als sie noch als Model auf den Laufstegen von Paris und Mailand zu Hause gewesen war, hatte sie gelernt, dass Frauen Schönheit und Sex genauso ausnutzen konnten wie Männer Wohlstand und Macht. Die Bedingungen und Grenzen des Tauschhandels diktierte man selbst.

In Europa hatte sie auf den Partys in den Klubs und auf den Jachten, zu denen sie nach den Modeschauen eingeladen wurde, bald herausgefunden, dass es oftmals wahrhaft gefährliche Männer waren, die ihr geben konnten, was sie am meisten ersehnte. Hier herrschte das uralte Gesetz des Gebens und Nehmens, und sie hatte es ohne Zögern akzeptiert. Durch eine Reihe von Liebhabern war sie Leuten vorgestellt worden, die über versteckte Einflussmöglichkeiten und gigantische Vermögen verfügten. Ihr Lebensstil zog sie an, faszinierte, erregte sie.

Schließlich waren ihre Gefälligkeiten über das Körperliche hinausgegangen, wenngleich Sex weiterhin ein Teil des Geschäfts blieb. Das war mal mehr, mal weniger erfreulich. Aber kein Mann hatte sie je dazu zwingen können, etwas gegen ihren Willen zu tun. Ihre Aufträge, die sie unter verschiedenen Identitäten von einem Land zum anderen geführt hatten, steigerten nicht nur ihr Selbstwertgefühl, sondern auch die Erregung, die ihr das Wissen vermittelte, dass sie für jeden unter einem dieser Pseudonyme begangenen Gesetzesbrüchen lebenslänglich hätte kriegen können. Sie war den Behörden entwischt, ohne sich zu verstecken, und dieses Gefühl belebte sie.

Nachdem sie unter gefährlichen Leuten gelebt und die Einkünfte aus deren illegalen Geschäften genossen hatte, hatte sie bald die Gefahr als solche zu schätzen gelernt.

Siegfried Kuhl war mit Abstand der gefährlichste Mann, der ihr je begegnet war, und nachdem sie sich einmal mit ihm eingelassen hatte, hatten sie die anderen nicht mehr interessiert. Sie wusste, dass sich daran auch nichts mehr ändern würde. Er hatte sie in einer umfassenden Weise befriedigt, die sie sich in ihren kühnsten Träumen nicht hätte ausmalen können. Welche sinnlichen Freuden konnten größer sein als diejenigen, mit denen er sie so verschwenderisch bedachte? Und welche Verbrechen verdammenswerter als die, die sie für ihn ausführte?

Und jetzt hatte er sich endlich gemeldet. Wenngleich er seine Angelegenheiten in Kanada noch nicht abgeschlossen hatte, ergab sich die Gelegenheit, ein paar Tage das Land zu verlassen, und er hatte bereits Pläne für ihr Zusammensein geschmiedet. Kuhl hatte sein Versprechen gehalten – sie würden sich in der Stadt treffen, die ihm so viel bedeutete und die bald auch für sie ein ganz spezieller Ort sein würde.

Im Reisebüro musste sie kurz warten, bevor ein Angestellter frei war.

»Guten Tag.« Der Mann hinter der Theke lächelte sie an. Er wirkte schwach und eingesperrt wie ein Schaf. »Womit kann ich Ihnen behilflich sein?«

»Ich möchte gern einen Platz für einen Flug nach Madrid reservieren.« Sie nannte das gewünschte Datum.

Der Mann nickte und bearbeitete dann mit einem Finger seine Tastatur. »Reisen Sie allein?«

»Ja.«

Er blickte auf. »Madrid ist wunderschön, eine meiner Lieblingsstädte«, sagte er freundlich. »Waren Sie schon einmal dort?«

»Nur während einer kurzen Zwischenlandung. Aber ich werde dort jemanden treffen, der die Stadt sehr gut kennt.«

»Reisen Sie geschäftlich oder zum Vergnügen?«

Während sie den Angestellten anblickte, dachte sie, dass sein ganzes einfältiges Dasein nicht so viel wert war wie die kürzeste Existenz eines ihrer längst vergessenen Decknamen. »Zum Vergnügen«, antwortete sie lächelnd. »Ausschließlich zum Vergnügen.«

»Carmichael?« Ricci steckte den Kopf in den Raum in der Kryptographie-Abteilung. »Wie läuft's?«

»Immer noch genauso wie vor einer Viertelstunde, als Sie zum letzten Mal gefragt haben.« In seinem Drehstuhl wandte sich Carmichael Ricci zu. »Und immer noch genauso wie vor zehn Minuten, als Megan Breen und Vince Scull hier waren. Ganz zu schweigen von Pete Nimec' Anruf vor …«

Ricci hob eine Hand. »Gehen Sie nicht gleich in die Luft«, sagte er. »Schließlich habe ich nur eine Frage gestellt.«

»Jetzt hören Sie mal gut zu. Ich bin nicht derjenige, der die Ruhe bewahren muss.« Carmichael zeigte auf den Computer, den er aus Palardys Büro geholt hatte und der jetzt auf seinem grauen Stahlschreibtisch stand. »Ich sagte doch bereits, dass ich Sie über alle Fortschritte auf dem Laufenden halten werde. Von der Festplatte habe ich etliche Kopien gezogen, und mein Team überprüft sie Sektor für Sektor, Datei für Datei. Zugleich versuchen wir herauszufinden, ob die Botschaft vielleicht irgendeiner klassischen Verschlüsselungsmethode entspricht. Außerdem sichten wir die Literatur – die Schriften der Freimaurer, Vigenère, Arthur Conan Doyle. Um Himmels willen …«

Carmichael beendete den Satz nicht und stieß die Luft aus.

Ricci blickte ihn an. »Okay, ich habe verstanden. Kann ich Ihnen irgendwie helfen?«

»Sorgen Sie dafür, dass wir nicht abgelenkt werden. Diese Sache ist verdammt plötzlich gekommen. Ich weiß, dass alle gestresst sind, aber Sie müssen uns eine Chance geben. Lassen Sie uns unsere Arbeit tun.« Er schwieg eine Zeit lang, um sich zu beruhigen. »Ich habe da ein paar Ahnungen, die ich überprüfen muss. Wenn etwas dabei herauskommt, werden Sie als Erster davon erfahren.«

Ricci nickte und blickte sich dann schweigend einen Augenblick lang in dem Raum um. Carmichael hatte die CPU von Palardys Computer mit einem großen, breiten Flachbildschirm an der Wand über seinem Schreibtisch verbunden, über den jetzt die Uhren mit den Flügeln schwebten. Durch den blauen Hintergrund des Bildschirmschoners war die Wirkung mehr als nur ein bisschen surreal – es war, als würden die Uhren vor einem Fenster herfliegen.

»Da fliegen sie wieder«, sagte Ricci. »Auf und davon.«

Zuerst blickte Carmichael drein, als hätte er nicht verstanden, was Ricci meinte, aber dann begriff er, worauf der andere geblickt hatte, und drehte sich in seinem Bürostuhl herum. »Ich muss diesen Bildschirmschoner loswerden. Alle fünf Minuten springen mir die Bilder ins Auge.«

Ricci erinnerte sich an die alte Baseball-Uhr in Palardys Schlafzimmer, dann an die unheimlichen Geräusche der Kuckucksuhr in dem ansonsten totenstillen Wohnzimmer. »Ein Uhrentick«, schnaubte er.

Carmichael wandte sich ihm zu. »Was haben Sie gesagt?«

Ricci bemerkte, dass der Blick des Kryptographie-Experten plötzlich interessiert wirkte.

»Uhren.« Ricci hörte sich selbst tief durchatmen. »Palardy hatte einen Uhrentick.«

Megan Breen saß an ihrem Schreibtisch. Die ganze Zeit über hatte sie an ihren Boss denken müssen, aber sie erzählte allen, dass ihre Augen wegen einer Allergie gerötet seien. Einige Besucher ihres Büros waren sogar darauf hereingefallen.

Jetzt klingelte ihr Privattelefon, und sie nahm den Hörer ab, während sie mit der anderen Hand ein zerknülltes Papiertaschentuch in den Papierkorb warf.

Es war Ashley Gordian.

»Hallo, Ashley. Wie geht es ...?«

Megan hielt inne und wartete darauf, dass Gordians Frau am anderen Ende der Leitung etwas sagte. Wie konnte sie einerseits der Realität ins Auge blicken, sich andererseits aber nicht von ihrer Angst überwältigen lassen?

»Seit ein paar Stunden ist Gords Zustand unverändert«, sagte Ashley. Fast hätte Megan erleichtert aufgeatmet – wenigstens war es nicht schlimmer geworden. Es war schon seltsam, wie die Bedeutung des Ausdrucks ›gute Neuigkeiten‹ sich relativierte, wenn einem der Boden unter den Füßen wegzurutschen begann. »Um die Mittagszeit herum hat er die Augen kurz geöffnet. Die Krankenschwester konnte nicht erkennen, wie wach er wirklich war, und ich war nicht in seinem Zimmer. Ich kann … Ich darf nicht bei ihm bleiben. Aber das habe ich Ihnen ja bereits erzählt, stimmt's?«

»Ich glaube schon«, antwortete Megan. »Ja.« Tatsächlich hatte Ashley es ihr schon mehr als einmal erzählt. Sie wirkte einsam und verloren. »Sind Sie im Krankenhaus? Im Büro liegt im Moment nichts Dringendes an, und es würde mir gut tun, hier rauszukommen. Wir könnten zusammen eine Tasse Kaffee trinken …«

»Genau deshalb rufe ich an«, sagte Ashley. »Sie sollten *unbedingt* herkommen. Am besten bringen sie Pete oder einen von den anderen mit. Ich habe mit Dr. Eric Oh telefoniert, dem Epidemologen, und er hat etwas über Gords Krankheit gesagt, aber ich weiß nicht, was für einen Reim ich mir darauf machen soll. Begriffen habe ich allerdings, dass es wichtig ist.« Einen Moment lang schwieg sie. »Es tut mir Leid, dass ich etwas zusammenhanglos rede …«

»Machen Sie sich deswegen keine Gedanken. Die Richtlinien besagen, dass ich unter diesen Umständen kommen kann.«

Megan hörte, dass Ashley den Hörer von ihrem Mund weghielt und sich räusperte.

»Danke«, sagte sie nach einem Augenblick.

»Danken Sie dem Verfasser der Richtlinien.«

Erneut herrschte kurze Zeit Schweigen.

Als Ashley dann wieder das Wort ergriff, klang ihre Stimme etwas fester. »Eric kommt her, um sich mit mir und Dr. Lieberman zu treffen. Er ist Gords Arzt und hat hier im Krankenhaus ein Büro …«

»Ja.«

»Außerdem kommt jemand von Richard Sobels Genlabor. Bis jetzt haben die Tests kein definitives Resultat ergeben, und ich bin sicher, dass sie nicht bereit wären, irgendetwas preiszugeben, wenn sie uns nicht für verschwiegen halten würden. Ansonsten werden sie noch nichts sagen, nicht, bevor sie weitere Beweise haben. Die Leute würden sich auf sie stürzen, ihren Ruf in Frage stellen und sie mit Theoretikern in einen Topf werfen, die von fliegenden Untertassen schwafeln …«

»Was haben sie denn herausgefunden, Ashley?«

Gordians Frau atmete deutlich hörbar – das Sprechen fiel ihr nicht leicht. »Sie glauben, dass der Virus künstlich fabriziert wurde«, sagte sie schließlich. »Dass ihn irgendjemand entwickelt haben könnte, um Roger zu töten … zu *ermorden.*«

Einen Augenblick lang war Megan völlig verdutzt. »Bin gleich da«, sagte sie dann.

Zehn Minuten, nachdem er Ricci aus seinem Büro hinausgeworfen hatte, saß Carmichael wieder an seinem Schreibtisch. Er hatte die Tür abgeschlossen, das Telefonkabel herausgezogen und die Gegensprechanlage und das UpLink-Handy abgeschaltet. Bevor er diese Verbindungen zur Außenwelt abschnitt, hatte er den Analytikern, die sich mit Palardys geheimer Kommunikation beschäftigten, Anweisung gegeben, ihn im Falle einer Entdeckung über sein Privathandy anzurufen.

Jetzt musste er allein sein, um nachdenken und herausfinden zu können, was sich hinter diesem simplen – sogar primitiven – Kryptogramm verbarg. Er war sicher, dass Palardy gewusst hatte, dass die verschlüsselte E-Mail von UpLinks Spezialisten dechiffriert werden konnte, erfahrenen Profis, die daran gewöhnt waren, Botschaften zu knacken, die mit den subtilsten Mitteln algorithmischer Verschlüsselung hergestellt worden waren.

Mit diesen Buchstabenpaaren und Polygrammen musste es etwas auf sich haben, und das ließ ihm keine Ruhe. Carmichaels Hirn arbeitete jetzt fast auf Höchsttouren, und er versuchte wie ein Insekt, das sich durch eine dünne Erdschicht den Weg ins Helle bahnte, ans Licht der Erkenntnis zu gelangen. Bevor ihn Ricci und Konsorten permanent gestört hatten, war dieses Insekt fast schon zum Vorschein gekommen, aber sie hatten es verscheucht. Jetzt, wo es keine Ablenkungen mehr gab, hoffte er, es wieder aus seinem Versteck hervorlocken zu können.

Um sich besser konzentrieren zu können, hatte Carmichael dem chiffrierten Text, den Palardy als E-Mail geschickt hatte, ein Clipart-Icon aus seinem Textverarbeitungsprogramm hinzugefügt. Nun sah die verschlüsselte Botschaft auf dem Flachbildschirm an der Wand so aus:

RJHAJA00BHJM00WHRH ! JM00WHBHJA00
TJA00?!CAJBJTRH
GWRHMVGCRHUBGHAJ00RHJBAJ00 . RHBH
CAJBJTRHGCBHGWJA00TJ : CARHJA00
CATJJA00UG? !BHJBJAMVGCRHJA00RHJB
JA00RHGW ! ! RHJA««ALRHMFTJJAUGRHBH
:MVGCRHJA00TJJGWH !AJ00JPGCTJTJJA
00UGRH ! ? JA00RHUGBHMVBHJARHJTRH
JA00GWRHJB . JAMVJGTJJA00" "MVGC
BHAJMV,TJGCJBJMJMRHJAJGTJJA00 !
CA ! BHJTRHGWRH.

Carmichael starrte auf das Kryptogramm, das ihn stark an jene verschlüsselten Texte erinnerte, die in den Neunzigerjahren des neunzehnten Jahrhunderts in altmodischen Bestsellern enthalten waren, um den gewitzten Leser herauszufordern und zu amüsieren, wenn dieser über Grundkenntnisse in Dechiffrierverfahren verfügte. Und er hatte das Gefühl, dass Palardy genau das beabsichtigt hatte. Die Verschlüsselung sollte gerade so schwierig zu knacken sein, dass er genügend Zeit hatte, Vorsorge zu treffen. Und sie sollte, falls ihm etwas zustieß, den potenziellen Dieb seines Notebooks nervös machen.

Carmichael starrte auf den Bildschirm. Fast kam es ihm so vor, als wäre er mitten in einen Sherlock-Holmes-Roman oder in eine Detektivgeschichte von Poe hineingeraten. Das Vertrackte war – und das hätte er nie jemandem außerhalb der Kryptologie-Abteilung eingestanden –, dass er es tatsächlich unterhaltsam gefunden hätte, dieses Rätsel zu knacken, wenn hier nicht so fürchterlich viel auf dem Spiel gestanden hätte.

»Rück's schon raus, Palardy«, murmelte er in dem stillen Raum vor sich hin. »Gib mir einen Anhaltspunkt.«

Mit einem nachdenklichen Gesichtsausdruck und den Fingern auf der Tastatur beschloss Carmichael, alle Interpunktions- und Anführungszeichen aus dem Text zu entfernen. Schon bei seinem ersten Eindruck waren sie ihm als irrelevante Füllsel ins Auge gesprungen, und dieser Eindruck hatte sich seitdem noch verstärkt.

Nachdem er mehrfach die Löschtaste gedrückt hatte, sah der Geheimtext jetzt so aus:

RJHAJA00BHJM00WHRHJM00WHBHJA00
TJAJ00CAJBJTRH
GWRHMVGCRHUGBHAJ00RHJBAJ00RHBH
CAJBJTRHGCBHGWJA00TJCARHJA00
CATJJA00UGBHJBJAMVGCRHJA00RHJBJA
00RHGWRHJAALRHMFTJJAUGRHBH
MVGCRHJA00TJJGWHAJ00JPGCTJTJJA00
UGRHJA00RHUGBHMVBHJARHJTRH
JA00GWRHJBJAMVJGTJJA00MVGCBH
AJMVTJGCJBJMJMRHJAJGTJJA00
CABHJTRHGWRH

Carmichael versuchte, geistig entspannt und beweglich zu bleiben, wie ein Sportler, der sich im entscheidenden Augenblick nicht mehr hinterfragt, sondern sich nur noch den gleichsam automatisch ablaufenden kognitiven und sensorischen Prozessen anvertraut, die dem Instinkt gleichen.

»Komm schon, Palardy. Gib auf.«

Erneut bearbeitete er die Tastatur, und diesmal drückte er mit dem Daumen die Leertaste, um die offensichtlichen Buchstabengruppen zu trennen. Danach sah er folgenden Text auf dem Bildschirm:

RJ HA JA00 BH JM00 WH RH JM00 WH BH
JA00 TJ
AJ00 CA JB JT RH
GW RH MV GC RH UG BH AJ00 RH JB AJ00
RH BH CA JB JT RH GC BH GW JA00 TJ CA
RH JA00
CA TJ JA00 UG BH JB JA MV GC RH JA00 RH
JB JA00 RH GW RH JA AL RH MF TJ JA UG
RH BH
MV GC RH JA00 TJ JG WH AJ00 JP GC TJ TJ
JA00 UG RH JA00 RH UG BH MV BH JA RH JT
RH
JA00 GW RH JB JA MV JG JJA00 MV GC BH
AJ MV TJ GC JB JM JM RH JA JG TJ JA00 CA
BH
JT RH GW RH

Carmichael starrte auf den Monitor. Okay, dachte er, das ist ja schon mal etwas. Und da war wieder dieser Gedanke, der ihm keine Ruhe ließ. Einige dieser abstrakten Buchstabenpaare ... Was köderte ihn daran?

Nachdem er die Buchstabenkombinationen, die am stärksten seine Aufmerksamkeit erregten, am Bildschirm ausgeschnitten hatte, ließ er sie auf einem anderen Monitor erscheinen:

GW JA TJ JM AJ

»Komm schon, komm schon, lass dich blicken …«

Er reckte sich auf seinem Stuhl und saß ungefähr fünf Minuten lang sehr ruhig da. Dann griff er plötzlich in seine Tasche, schaltete das Handy ein und rief einen seiner Mitarbeiter an.

Eine Frau antwortete.

»Michelle?«

»Hallo, Jimmy. Was gibt's?«

»Kommen Sie mal in mein Büro rüber. Ich glaube, dass ich eine Idee habe.«

»Bin sofort da«, antwortete sie forsch.

»Danke.« Als Carmichael die Verbindung gerade unterbrechen wollte, fiel ihm auf, dass er in seiner Aufregung fast vergessen hätte, sie um etwas zu bitten. »Sind Sie noch dran, Michelle?«

»Ja. Ich wollte gerade auflegen.«

»Tun Sie mir bitte einen Gefallen. Keine große Sache. Wir können die Information ohne große Mühe online oder …«

»Jimmy …«, begann sie ungeduldig.

»Tut mir Leid, Michelle, ich bin etwas aufgekratzt. Aber wo Sie doch sowieso an der Bibliothek mit den Nachschlagewerken vorbeikommen – würden Sie mal nachsehen, ob Sie nicht dieses Buch über die amerikanischen Präsidenten finden können?«

Die Verkehrsschilder am Highway nannten ein Tempolimit von fünfundsechzig Meilen pro Stunde, aber der Tacho des pechschwarzen Beemer zeigte fast neunzig an. Am Steuer saß Megan Breen, und weil sie es eilig hatte, zum Krankenhaus zu kommen, scherte sie sich nicht um Radarkontrollen.

Auf dem Beifahrersitz hielt sich Rollie Thibodeau am Haltegriff fest, während sie auf die Überholspur ausscherte, um einen Suburban zu überholen, der im Schneckentempo von etwa fünfundsiebzig Meilen pro Stunde dahinkroch.

Durch ihre Sonnenbrille warf Megan Thibodeau einen

Blick zu, auf dessen Stirn sich eine tiefe Furche abzeichnete. Er war sehr schweigsam, und Megan kam der Gedanke, dass ein halbes Jahr keine besonders lange Zeit war, wenn man sich von solchen inneren Verletzungen erholte, wie Thibodeau sie in Brasilien erlitten hatte.

Sie widerstand der Versuchung, den Lincoln vor ihnen zu überholen.

»Alles in Ordnung, Rollie?«

Er nickte. »Ich denke nur nach. Wegen mir musst du nicht langsamer fahren.«

»Nicht deshalb habe ich …«

»Schon okay, mein Liebling.« Er tätschelte ihre Schulter. »Du bist meine erste Wahl.«

Megan blickte in den Rückspiegel und überholte dann. »Woran denkst du? Willst du darüber reden?«

Thibodeau wandte sich ihr zu. »Vermutlich wäre das besser.« Er zögerte. »Mir ist gerade eingefallen, was dem designierten Präsidenten Boliviens letzten Monat zugestoßen ist. Ich habe mich daran erinnert, wie dieser Colón krank wurde und dann so plötzlich starb. Seine Symptome, zumindest die, von denen wir wissen, weil seine Regierung nicht den Mantel des Schweigens darüber gebreitet hat …«

Thibodeau brauchte seine Worte nicht weiter auszuführen.

Colóns Symptome waren denen Gords in verblüffender Weise ähnlich, dachte Megan.

Sie spürte, wie sich ihr das Herz zusammenzog. »UpLink war im Begriff, ein Geschäft über Geländeerschließung mit seiner Administration abzuschließen, Rollie. Nur *Wochen* vor seinem Tod haben die Leute von unserer Vorhut sich mit ihm getroffen. Erinnerst du dich, wie wir an Bord der *Pomona* darüber gesprochen haben?«

Thibodeau gab ein zustimmendes Geräusch von sich. »Daran habe ich gedacht«, sagte er.

Megan nickte, trat aufs Gaspedal und jagte den Beemer wie des Teufels schwarzen Hengst die Straße hinunter.

»Megan hat angerufen«, sagte Nimec. »Sie ist mit Ashley und Rollie im Krankenhaus.«

Fast unmerklich strafften sich Riccis Schultern. »Ist der Boss ...?«

»Er hält durch.«

Ricci atmete auf. »Ich hatte keine Ahnung, dass mein Erzfeind mit zum Krankenhaus gefahren ist.«

Einen Augenblick lang schwieg der Sicherheitschef von UpLink. Sie saßen allein in seinem Büro, weil Nimec es so gewollt hatte. Bevor er bei Vince Scull anrief, wollte er alles mit Ricci durchsprechen.

»Megan hat ihn sich gepackt und ist mit ihm abgehauen.« Erneut schwieg Nimec einen Moment lang. »Die Ärzte und die Leute vom Genlabor haben irgendetwas entdeckt, Tom. Und ich kann dir versichern, dass es mich umgehauen hat.«

Ricci blickte ihn an. »Mit einem Wort ...?«

»Es sieht so aus, als wäre der Virus, mit dem sich Gord infiziert hat, künstlich in einem Labor produziert worden. Wir reden hier nicht über einen Virus, der in irgendeiner angeblichen ›Babymilch-Fabrik‹ im Irak oder im Sudan gezüchtet worden ist. Dieser Virus ist ein mit unbekannten Mitteln fabrizierter Mutant.«

»Und wie sicher ist diese Hypothese?«

»Auf jeden Fall so sicher, dass wir uns damit befassen müssen«, antwortete Nimec. »Ich habe Megan gebeten, mir auf allgemein verständliche Art und Weise zu erklären, was die Tests bisher ergeben haben. Nach dem, was ich verstanden habe, gibt es bewährte Techniken, mit denen man Pflanzen- und Tiergene auf Anzeichen einer Modifikation überprüfen kann. Bevor UpLink seine Biotechnologie-Abteilung an Richard Sobel verkauft hat, haben wir für das Landwirtschaftsministerium und andere Kunden diese Tests durchgeführt. Man nimmt eine Gurke, die sich von den anderen beim Gemüsehändler leicht unterscheidet, bringt sie ins Labor, und dort analysieren sie sie mittels einer Polymerasen Kettenreaktion, ganz so, wie man es auch mit dem genetischen Material eines Menschen tut, der im Verdacht steht, ein Verbrechen begangen zu haben. Wenn die DNA nicht mit der dieser Gurkenart übereinstimmt, werden die Tests auf einer anderen Ebene fortgesetzt. Die Wissenschaftler wissen, an welchen Stellen eines Genstrangs sie suchen müssen, wenn sie feststellen wollen, ob Genmanipulationen vorliegen …«

Ricci kratzte sich am Hals. »Eine Gurke ist kein Virus.«

»Aber die wissenschaftlichen Prinzipien, die hinter den Tests stehen, sind identisch, zumindest fast«, fuhr Nimec fort. »Megan könnte dich genauer informieren. Ich kann dir nur versichern, dass es zuverlässige Methoden sind. Bis jetzt hatten sie für die Arbeit im Labor nur einen oder zwei Tage Zeit, und deshalb weiß ich nicht, ob ihre Resultate schon so weit durch Beweise erhärtet sind, dass sie dem wissenschaftlichen Establishment gegenübertreten können. Aber das spielt auch keine Rolle. Niemand schreibt gerade an einem Beitrag für das *New England Journal of Medicine*. Wir haben eine Insiderinformation, und dabei bleibt's fürs Erste.«

Ricci saß reglos und schweigend auf seinem Stuhl. »Vermisst du das zwanzigste Jahrhundert manchmal?«, fragte er nach einem Augenblick.

»Immer mehr.«

»Das hier ist die Zukunft.«

»Stimmt.«

»Wenn wir mit diesem Unsinn klarkommen müssen, wo bleiben dann die fliegenden Autos? Oder die Roboter, die heißes Essen und Drinks aus ihrem Brustkorb zaubern?«

Nimec schaffte es, schwach zu lächeln. »Ich habe mich immer auf Rucksäcke mit Düsenantrieb gefreut.«

Einen Moment lang herrschte Schweigen.

»Und wie geht's jetzt weiter, Pete?«

»Meine Hoffnung war, dass du ein paar Ideen hast. Klar ist, dass wir herausfinden müssen, wer den Virus entwickelt und wie Gord sich infiziert hat.«

»Vielleicht führen uns die forensischen Analysen im Fall Palardy auf den richtigen Weg«, sagte Ricci. »Außerdem müssen wir in Erfahrung bringen, was es mit dieser E-Mail auf sich hat.« Er kratzte sich hinter dem Ohr. »Hast du etwas von unserem Genie gehört, das den Code knacken will?«

Nimec schüttelte den Kopf. »Ist schon etwas länger her. Er geht nicht mehr ans Telefon.«

»Mich hat er aus seinem Büro rausgeschmissen«, sagte Ricci. »Sollen wir ihm mal ein bisschen auf die Finger klopfen?«

Nimec' Telefon begann zu klingeln. Er nahm den Hörer ab, grunzte, nickte, grunzte erneut und legte auf. Dann erhob er sich abrupt. »Gutes Timing.«

Ricci blickte ihn an. »Carmichael?

Nimec nickte und klopfte Ricci auf die Schulter, während er eilig um seinen Schreibtisch herumkam. »Wir sollten uns auf die Socken machen. Er hat einen großen Fisch an der Angel.«

»Das Ganze ist schrullig, aber clever. Besonders, wenn man bedenkt, dass Palardy vielleicht schon dem Tode nah war, als er das ausgebrütet hat«, erklärte Carmichael gleich, als sie sein Büro erreicht hatten. »Eine Art Mischung zwischen einer polyalphabetischen und einer geometrischen Chiffrierung.«

Ricci und Nimec blickten auf den Flachbildschirm an der Wand, auf dem eine Art Tabelle zu sehen war:

PRÄSIDENTEN 1–26	PRÄSIDENTEN 1–26 (NEUE ANORDNUNG)	CHIFFRIERTER TEXT/ KLARTEXT
George Washington	James Buchanan	JB=1=A
John Adams	Abraham Lincoln	AL=2=B
Thomas Jefferson	Andrew Jackson	AJ=3=C
James Madison	Ulysses S. Grant	UG=4=D
James Monroe	Rutherford B. Hayes	RH=5=E
John Quincy Adams	James A. Garfield	JG=6=F
Andrew Jackson	Chester A. Arthur	CA=7=G

Martin Van Buren	Grover Cleveland	GC=8=H
William Henry Harrison	Benjamin Harrison	BH=9=1
John Tyler	William McKinley	WM=10=J
James Knox Polk	Theodore Roosevelt	TR=11=K
Zachary Taylor	William Howard Taft	WT=12=L
Millard Fillmore	George Washington	GW=13=M
Franklin Pierce	John Quincy Adams	JA=14=N
James Buchanan	Thomas Jefferson	TJ=15=O
Abraham Lincoln	John Monroe	JM=16=P
Andrew Johnson	James Madison	JM=17=Q
Ulysses S. Grant	John Adams	JA=18=R
Rutherford R. Hayes	Andrew Johnson	AJ=19=S
James A. Garfield	Martin Van Buren	MV=20=T
Chester A. Arthur	William Henry Harrison	WH=21=U
Grover Cleveland	John Tyler	JT=22=V
Benjamin Harrison	James Knox Polk	JP=23=W
William McKinley	Zachary Taylor	ZT=24=X
Theodore Roosevelt	Millard Fillmore	MF=25=Y
William Howard Taft	Franklin Pierce	FP=26=Z

00 = wiederholt auftretende Initialen
alle anderen Zeichen = Füllsel

KREIS-(UHR-)SCHEMA

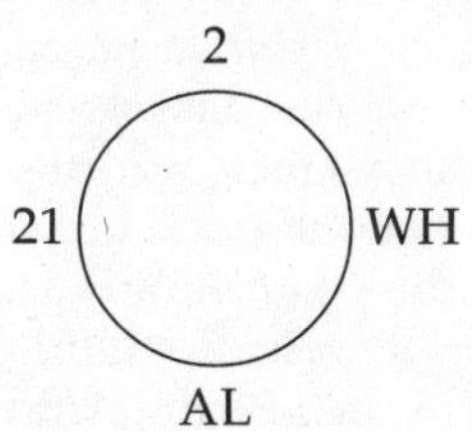

»Palardy *hatte* einen Uhrentick, Ricci, und es ist offensichtlich, dass er bei der Erarbeitung seiner Substitutionen an eine Uhr gedacht hat«, sagte Carmichael. »Früher oder später hätten die Computer dieses Problem mathematisch gelöst, selbst ohne Ihre Beobachtung. Und auch dann, wenn mir nicht diese Buchstabenkombinationen ins Auge gefallen wären, besonders die Initialen ›GW‹ ... Wie viele Menschen denken dabei *nicht* sofort an George Washington? Und als ich dieser Spur eingehender gefolgt bin, sind mir weitere Initialen amerikanischer Präsidenten aufgefallen. Die von Jefferson, Jackson und Teddy Roosevelt waren besonders auffällig.«

Einen Augenblick lang schwieg Carmichael. Dann zeigte er auf eine schlanke, blonde Frau, die etwa Mitte dreißig war und in der Mitte des Raums stand.

Sie streckte eine Hand aus. »Michelle Franks.«

Rasch stellten sich Nimec und Ricci vor.

»Lassen Sie uns keine wertvolle Zeit mit einer langwierigen Erklärung vergeuden ...«, sagte sie.

Eine gute Idee, dachten Ricci und Nimec gleichzeitig.

»... aber wir möchten, dass Sie verstehen, wie wir die Sache herausgefunden und diese Tabelle zusammengestellt haben.«

»Palardy hat einen Kreis durch diametrale Linien in sechzig gleich große Segmente unterteilt«, sagte Carmichael.

»Sechzig Teile, entsprechend den sechzig Minuten auf dem Zifferblatt einer *Uhr*«, fügte Michelle hinzu.

Carmichael nickte. »Für mich war offensichtlich, dass Palardys Buchstabengruppen Substitutionen sind, aber zuerst habe ich vermutet, dass sie für Buchstaben oder Silben stehen. Tatsächlich stehen sie für Zahlen.«

Okay, dachte Ricci. *Und jetzt zur Sache.*

»Als Jimmy dämmerte, dass es sich bei den Kombinationen aus zwei Buchstaben um die Initialen amerikanischer Präsidenten handelte ...«, begann Michelle.

»Und zwar um die von *frühen* Präsidenten«, unterbrach Carmichael. »Kein ›RR‹ für Ronald Reagan, kein ›RN‹ für Richard Nixon, kein ›BC‹ für Bill Clinton ...«

»Als ihm das aufgefallen war, haben wir die Initialen der ersten sechsundzwanzig amerikanischen Präsidenten herausgesucht ...«

»Ein Monogramm für jeden Buchstaben des Alphabets«, erläuterte Carmichael. »In Palardys Büro hätte ich vielleicht noch erwähnen sollen, dass die Interpunktionszeichen wahrscheinlich bloße Füllsel sind, und so war es dann auch. Sie haben nichts zu bedeuten. Palardy hat einige benutzt: Ausrufezeichen, Punkt, Fragezeichen ...«

Das hatten Nimec und Ricci auch schon selbst entdeckt.

»Wenn man die drei Füllsel zu den sechsundzwanzig Buchstabenpaaren addiert, kommt man auf neunundzwanzig Substitutions-Symbole«, sagte Michelle.

»Und dann addieren Sie die doppelte Null hinzu«, sagte Carmichael. »Bei gleichen Initialen wird so der chronologisch *spätere* Amtsinhaber bezeichnet, also James Monroe, John Quincy Adams und Andrew Johnson.«

»Damit haben wir insgesamt dreißig Chiffren der Geheimschrift«, sagte Michelle.

»Das ist die Hälfte von sechzig und folglich gleichfalls die Hälfte der sechzig Punkte an der Peripherie des Kreises oder auf dem Zifferblatt der Uhr«, erläuterte Carmichael. »Nachdem wir das wussten, mussten wir herausfinden, welches der Buchstabenpaare einer speziellen Zahl zwischen eins und sechsundzwanzig entspricht, weil diese Zahl einen Buchstaben in seiner richtigen alphabetischen Reihenfolge repräsentieren muss. Hier hätte Palardy es sich einfach machen können, indem die numerische Reihenfolge der chronologischen der Präsidenten gefolgt wäre ...«

»Nummer eins wäre dann George Washington gewesen, Nummer zwei John Adams, Nummer drei Thomas Jefferson ...«, präzisierte Michelle.

»Aber so leicht hat er es sich nicht gemacht, das war ihm wahrscheinlich zu simpel. Indem er die alphabetischen und numerischen Gegenstücke zufällig durcheinander würfelte, stellte er sicher, dass jeder, der hinter des Rätsels Lösung kommen wollte, genau das tun musste, was Sie vorhin erläutert haben, Ricci. Er hätte alle denkbaren Kombinationen durch einen Computer jagen müssen, bis mit dessen Hilfe die Kombination der Elemente zu verständlichen Sätzen möglich gewesen wäre. Ansonsten hätte man alles auf dem Papier herausfinden müssen, und das hätte eine Ewigkeit gedauert. Und auch das hätte zur Voraussetzung gehabt, dass der potenzielle Codeknacker die Buchstabenpaare, die Füllsel und das Muster insgesamt erkannt hätte.«

Michelle nickte. »Palardy muss das für unwahrscheinlich gehalten haben. Aber er muss gewusst haben, dass *wir* über das Wissen und die Erfahrung verfügen, das Rätsel zu lösen, der Dieb des Laptops aber nicht.«

»Meiner Ansicht nach hat Palardy sich einfach ein Blatt Papier und eine Schablone geschnappt, einen Kreis gezogen und dann dreißig sich schneidende Linien durch seinen Durchmesser gezogen. Dann hat er auf eine Seite des Kreises ein Buchstabenpaar geschrieben, eine Zahl aus dem Hut gezaubert und sie schließlich auf der diametral gegenüberliegenden Seite notiert, wie Sie es auf der Skizze unter der Tabelle mit den Namen der Präsidenten sehen. Und dann haben Sie ...«

Nimec blickte auf die Uhr und warf Ricci einen Blick zu. Fast fünf Minuten waren vergangen, seit sie das Büro betreten hatten. Das war lange genug. »Sind Sie bald so weit, Carmichael ...?«

Schweigen. Der Kryptologie-Experte wirkte irritiert. »Mist«, sagte er. »Es war nicht meine Absicht ...«

»Machen Sie sich deshalb keine Sorgen«, sagte Nimec. »Aber wir brauchen den Text, und zwar sofort.«

Carmichael nickte, ging zu seinem Computer und tippte etwas auf der Tastatur ein. »Er ist in einer separaten Textdatei abgelegt«, sagte er halb zu sich selbst. »Nur eine Sekunde, und ich habe sie geöffnet. Oben auf dem Bildschirm steht der Klartext, wie er nach der Dechiffrierung ausgesehen hat. Unten habe ich ihn mit Großbuchstaben, Leerstellen und Zeichen versehen, damit er besser lesbar ist ...«

Nimec und Ricci blickten auf den Flachbildschirm an der Wand.

Oben war zu lesen:

enriquequiroshatmichundichhabeinseinemauftragroger
gordianmitdemvirusinfizierthinterunsbeidenstehen
anderedrahtzieherdiedenbefehlgegebenhabenichhabedas
allessoniegewollt
verzeihensiemir

Darunter stand:

Enrique Quiros hat mich und ich habe in seinem Auftrag
Roger Gordian mit dem Virus infiziert. Hinter uns beiden
stehen andere Drahtzieher, die den Befehl gegeben
haben. Ich habe das alles so nie gewollt.
Verzeihen Sie mir.

Ricci und Nimec starrten sich an.

»Enrique Quiros«, sagte Ricci. »Dieser Name kommt mir irgendwie bekannt vor, Pete.«

»Allerdings«, antwortete Nimec. »Quiros ist der Boss der Drogengang da unten in San Diego.«

»Aber was will der von unserem Boss? Was zum Teufel könnte er …?«

»Keine Ahnung«, fiel ihm Ricci ins Wort. »Aber wir sollten es unbedingt herausfinden.«

21.

Kalifornien
16. November 2001

»Da ist es. Ungefähr drei Häuserblocks vor uns. Sehen Sie das hohe Bürogebäude da?« Riccis Kontaktperson nahm eine Hand vom Lenkrad und zeigte nach rechts. »Quiros'

Tarnfirma befindet sich im dritten Stock – Golden Triangle Services.«

Ricci blickte aus dem Seitenfenster. »Wahrscheinlich findet er das lustig.«

Im Schneckentempo steuerte der Fahrer den Wagen durch den starken Rush-Hour-Verkehr. Derek Glenn war ein breitschultriger Mann Anfang dreißig mit kurz geschnittenem schwarzem Haar. Die Farbe seiner Haut glich der von Röstkastanien.

»Meinen Sie den Namen seiner Firma?«, fragte er.

Ricci nickte. »Das Goldene Dreieck ist das Zentrum der weltweiten Heroinproduktion und des Drogenhandels. Thailand, Laos, Birma …«

»Myanmar«, korrigierte Glenn.

Ricci warf ihm einen Blick zu.

»So nennt sich Birma heutzutage«, erläuterte Glenn. »Wie auch immer – als Goldenes Dreieck bezeichnen die Stadtplaner das Gebiet nördlich der Stadt, wo die neuen Internet-Unternehmen aus dem Boden geschossen sind – inklusive UpLink.«

Ricci gab ein gleichgültiges, kehliges Geräusch von sich. Glenn gehörte zu einer Gruppe von Sword-Mitarbeitern, die einer hier ansässigen Abteilung von UpLink zugeteilt war. Sie hatte sich auf die Entwicklung sichererer Intranet-Sites für die Regierung und Unternehmen spezialisiert. Er kannte die Gegend und wollte helfen.

Aber die sich überschlagenden Ereignisse während der letzten zehn Stunden, die Ricci von Palardys Sterbezimmer in Sunnydale bis in diese Hunderte von Meilen entfernte, seltsame Stadt an der Küste geführt hatten, bewirkten, dass er sich unbehaglich fühlte und nörgelte. Ihm war es egal, ob das Zentrum des Drogengeschäfts Birma, Myanmar oder Brigadoon hieß, und es war ihm auch schnuppe, wie die Stadtentwickler potenziellen Kunden von Grundstücken und Immobilien gegenüber die Gegend nannten. Er dachte daran, dass der Büroturm mit den getönten Scheiben, in dem Enrique Quiros residierte, einem gläsernen, überdimensional vergrößerten Briefumschlag mit Heroin ähnelte.

»Hören Sie«, begann Glenn erneut. »Ich will damit sagen, dass Quiros nicht einfach irgendein aalglatter Typ ist. Ein bisschen schon, aber es gibt einen Unterschied. Sie müssen ihn respektvoll behandeln. Er hat einen Elite-Universitäts-Abschluss, aber seine Wurzeln liegen in seiner Familie. Und die kommt für ihn zuerst, er kümmert sich um sie. Wenn sein Vater ihn nicht schon vor seinem Tod gebeten hätte, die kriminellen Geschäfte zu übernehmen, hätte er sich vielleicht legalen Aktivitäten zugewandt. Aber danach hat er sich wahrscheinlich verpflichtet gefühlt ...«

»Ich habe mich während des Flugs über ihn informiert«, unterbrach ihn Ricci.

Glenn blickte starr geradeaus. »Der unternehmenseigene Learjet ist bestimmt nicht die schlechteste Art zu reisen«, sagte er. »Vielleicht kann ich ihn irgendwann selbst einmal ausprobieren. Endlich mal ein Passagierjet statt einer Karre, wo sich auf dem Rücksitz ein Kleinkind in die Windeln macht und sein flegelhafter älterer Bruder Kaugummiblasen vor meinem Ohr explodieren lässt.«

»Was soll das jetzt heißen?«

Glenn zuckte die Achseln. »Ich lebe schon lange in San Diego und habe gedacht, dass es Sie interessiert, was ich zu erzählen habe. Wenn's nicht so ist – kein Problem. Ich treffe Ihr Team am Flughafen, bringe Sie hierher, und dann ist der Job für mich erledigt. Anschließend kann ich in einer netten und ruhigen Bar ein Bier trinken gehen. Das ist das Beste an meinem Job.«

»Und das Schlechteste?«

»Nichts, über das es sich zu beschweren lohnte. Aber vielleicht sollten Sie sich vernünftigerweise daran erinnern, dass ich die gleiche Ausbildung genossen habe wie die glorreichen Jungs aus San José.« Er schwieg einen Augenblick. »Und davor habe ich auch noch was anderes gemacht.«

Ricci wandte sich ihm zu, zögerte dann aber. »Tut mir Leid, wenn ich Sie verletzt haben sollte«, sagte er schließlich. »Ich fühle mich ziemlich lausig. Hat nichts mit Ihnen zu tun.«

Glenn blickte weiter durch die Windschutzscheibe. »Es gibt Gerüchte, dass es dem Boss ziemlich dreckig geht.«

»Ja.«

»Wird er es überleben?«

»Weiß ich nicht. Ich hoffe, irgendetwas herauszufinden, dass den Ärzten hilft.«

Glenn schüttelte den Kopf und fuhr schweigend weiter.

»Was hat Quiros seit meinem Anruf gemacht?«, fragte Ricci nach einem Augenblick.

»Nicht viel«, antwortete Glenn. »Vor ungefähr drei Stunden hat er das Gebäude allein verlassen und einen Spaziergang gemacht. Dann ist er wieder reingegangen, und seitdem hat er sich nicht mehr vom Fleck gerührt. Sieht so aus, als wollte er seine Gedanken ordnen.«

»Glauben Sie, dass er Wind davon gekriegt hat, dass er beschattet wird?«

»Vielleicht, vielleicht auch nicht. Bei solchen Aktionen sind wir ziemlich gut. Wie auch immer, er hat nicht abzuhauen versucht.«

Ricci dachte darüber nach. Nachdem er sich aus der Sword-Datenbank in San José Informationen über Quiros besorgt hatte, kümmerte er sich um die Telefonnummer der Tarnfirma Golden Triangle Services und beschloss dann, dort anzurufen. Es war nur ein kurzes Telefonat, und Ricci versuchte, das Beste daraus zu machen. Nicht einen Augenblick lang dachte er daran, die Gründe seines Anrufs zu erklären oder irgendwelche Fragen zu stellen. Er stellte sich vor und sagte Quiros ohne Umschweife, dass er nach San Diego fliegen und ihn dort am Nachmittag persönlich aufsuchen würde. Außerdem riet er ihm nachdrücklich, in seinem Büro auf ihn zu warten. Trotz der Sorge, dass er Quiros so aufschreckte, fand er diese Vorgehensweise besser, als den einstündigen Flug auf sich nehmen und ihm dann durch die ganze Stadt nachjagen zu müssen, weil er sich aus dem Staub gemacht hatte. Ricci setzte darauf, dass Quiros begriff, dass es in seinem Interesse lag, wenn er in Erfahrung brachte, welche Informationen Ricci über ihn hatte und worüber er mit ihm sprechen wollte. Er hoffte, dass Quiros einem Treffen zustimmen würde – und er behielt Recht.

Doch jetzt wusste Quiros, dass er in Schwierigkeiten steckte, und es waren ihm etliche Stunden geblieben, über das Ausmaß seiner Probleme nachzudenken. Selbst wenn Palardy Quiros' Verstrickung in den Mordversuch an Roger Gordian übertrieben haben sollte, der vielleicht auch nur Teil eines größeren Plans war – falls Thibodeaus These über den Tod von Alberto Colón stichhaltig war –, ließ sich nicht voraussagen, wie Quiros unter Druck handeln würde. Oder wie irgendjemand sonst handeln würde. Ob Quiros der Hüter seiner Familie war oder nicht, Ricci hatte sich darauf eingestellt, dass er von der Bildfläche verschwunden war.

Jetzt riss Glenn das Lenkrad nach rechts herum und provozierte damit verärgertes Hupen, als er in dem dichten Verkehr zweimal die Fahrspur wechselte und dann in der zweiten Reihe vor ihrem Ziel hielt.

Ricci nickte und packte den Türgriff.

»He, Ricci«, sagte Glenn hinter seinem Rücken.

Er blickte über die Schulter.

»Brauchen Sie Verstärkung? Ich kann diese Karre in einer Garage parken.«

Einen Moment lang blickte Ricci ihn an. »Nein«, sagte er dann. »Vielleicht geht die Sache glatter über die Bühne, wenn ich allein bin. Aber ich würde Ihnen später gern das Bier spendieren, von dem Sie eben gesprochen haben. Wenn es Ihnen nichts ausmacht, dass der glorreiche Junge eine Cola trinkt.«

Glenn grinste schwach. »Firma bleibt Firma.«

Ricci stieg aus und schlenderte durch eine Menge von Angestellten, die Feierabend hatten und auf dem Weg nach Hause waren, auf den Büroturm zu. Nachdem ihn ein Mann von der Security in der Eingangshalle nach seinem Namen gefragt hatte, meldete er den Besuch über die Gegensprechanlage und zeigte dann auf die Aufzüge. Ricci vermutete, dass der Mann zum regulären Security-Team des Gebäudes gehörte. Quiros persönliche Bodyguards würden mit Sicherheit oben bei ihrem Boss auf ihn warten.

Ein paar Augenblicke später stand er im Flur vor den Golden-Triangle-Büroräumen, und bevor er auch nur klingeln konnte, öffnete sich die Tür bereits. Auf den reflektierenden graublauen Buchstaben auf der Eingangstür schienen seine Gesichtszüge zu zerfließen.

Der große Mann, der ihm die Tür geöffnet hatte, sah exakt so aus, wie Ricci sich Quiros' Leute vorgestellt hatte. Dasselbe galt auch für die sechs oder sieben anderen Muskelmänner, die sich im Büro ihres Chefs aufgepflanzt hatten. Nur Enrique Quiros selbst, der an seinem Schreibtisch am hinteren Ende des geräumigen Büros saß, entsprach nicht seinen Erwartungen. Er sah sogar noch jünger und geschniegelter aus als auf den Fotos in seiner Akte.

Ricci trat ein.

»Immer mit der Ruhe«, sagte der Türöffner und stellte sich Ricci mit ausgestreckten Händen in den Weg.

Ricci schüttelte den Kopf. »Keine Fragen, kein Geplauder«, sagte er, während er mit einer Geste auf das Büro zeigte. »Meiner Ansicht nach könnte das für alle hier Anwesenden die beste Devise sein.«

Der Türöffner blickte erst ihn, dann Quiros an.

»Jorge tut nur seinen Job«, sagte Quiros mit ruhiger Stimme.

»Natürlich. Ich weiß, dass es jede Menge erstklassiger Unternehmen gibt, die ein Ritual daraus machen, jeden an der Tür zu filzen.« Ricci blickte Jorge an. »Aber wenn er mich anrührt, steht er auf der Krankenliste.«

Noch immer stand Jorge Ricci eisern und mit einem nichts sagenden Gesichtsausdruck im Weg.

Schließlich seufzte Quiros. »Sie sind also gekommen, um mit mir zu reden«, sagte er. Seinem Tonfall war nicht ganz zu entnehmen, ob das eine Frage oder eine Feststellung sein sollte.

Ricci nickte.

»Dann können wir hinsichtlich unserer üblichen Sicherheitsmaßnahmen wohl eine Ausnahme machen, wenn Sie diese stören. Als Verbeugung vor einem Mitarbeiter von UpLink International.«

Mit immer noch ausdruckslosem Gesicht trat Jorge zur Seite, und Ricci trat zu Quiros' Schreibtisch, wo er darauf wartete, dass Quiros ihm einen Stuhl anbot.

Durch seine Brille blickte Quiros ihn an. »Also«, sagte er. »Ich habe mich schon gefragt, worum es geht.«

»Aber natürlich«, entgegnete Ricci. »Ich wette, dass mein Anruf völlig überraschend kam.«

Quiros antwortete nicht.

Auch Ricci schwieg einen Augenblick. »Reden Sie weiter«, fuhr er dann fort. »Sagen Sie noch mal, dass Sie nicht die geringste Ahnung haben, warum ich hier bin. Sagen Sie es zehnmal schnell hintereinander, falls Ihnen das helfen sollte, den Unsinn zu vergessen. Ich habe nicht vor, hier meine Zeit zu vergeuden.«

Quiros starrte ihn an. »Was wollen Sie?«

Mit einer kleinen, rückwärts gewandten Kopfbewegung wies Ricci auf die Männer hinter sich. »Ziehen Sie es vor, dass die hier bleiben, oder unterhalten wir uns allein?«

Noch immer starrte Quiros ihn an. »Sie bleiben.«

Ricci zuckte die Achseln. »Ich weiß, dass Palardy in Ihrem Auftrag Roger Gordian mit einem biologischen Wirkstoff infiziert hat«, sagte er. »Außerdem weiß ich, dass Sie Palardy umbringen ließen. Für den Fall, dass er auspacken würde, wenn man ihn geschnappt hätte. Oder dass sich sein Gewissen melden sollte. Und drittens weiß ich, dass Ihnen klar ist, dass wir Palardys Botschaft erhalten haben.«

Jetzt wirkte Quiros' Gesichtsausdruck schon angespannter. »Sie nehmen den Mund ziemlich voll«, erwiderte er. »Aber kein einziges Wort davon macht für mich Sinn. Von einem Typ namens Palardy habe ich noch nie etwas gehört. Das Ganze ist verrückt.«

»Korrekt. Höllisch verrückt. Weil es sich bei diesem Wirkstoff nämlich nicht um Anthrax, Lebensmittelvergiftungs-Bakterien, Ricin oder sonst etwas handelt, das Saddam Hussein in Muthanna und Al-Salman produziert haben mag. Auch nicht um einen jener Krankheitserreger, den die alten sowjetischen Biopräparat-Köche vielleicht verschwinden ließen, als sie nach dem Zusammenbruch des Kommunismus ihren Job verloren haben. Und dieses Pathogen hat definitiv nichts mit dem zu tun, was Sie als Crack, Heroin oder etwas in der Art mit irgendwelchen Küchengeräten in diesen Rattenlöchern zusammenbrauen lassen. Mittlerweile bin ich zu alt, um die Straßennamen der ganzen Drogen noch zu kennen. Nein, hier geht's um einen gentechnologisch produzierten Virus, dessen Existenz mit Sicherheit nicht an die große Glocke gehängt wird. Und deshalb frage ich mich, wie und warum Sie in dieses Geschäft verstrickt sind.«

Einen Augenblick lang schien Quiros darauf reagieren zu wollen, aber dann fing er sich wieder. Er schüttelte den Kopf. »Ich habe Ihnen gesagt, dass ich keinen blassen Schimmer habe, wovon Sie reden.«

Ricci blickte ihn an. »Denken Sie besser noch eine Sekunde darüber nach. Vielleicht hat es Gerüchte gegeben, die Sie abgetan haben, weil sie so verrückt zu sein schienen oder weil sie aus einer Sphäre außerhalb Ihres Einflusses kamen. Eventuell ist Ihnen irgendetwas zu Ohren gekommen, das mir weiterhelfen könnte. Wenn Sie es ausspucken, könnte ich mich überreden lassen, alles andere zu vergessen. Aber Sie müssen auf mein Angebot eingehen, solange es noch gilt. Wiederholen werde ich es nicht.«

Quiros atmete gemächlich durch. »Ich habe Ihnen nichts zu sagen.«

Ricci stand sehr ruhig da. »Vermutlich hätte ich doch darauf zählen sollen, dass Sie dümmer sind, als Sie aussehen.«

»Was wollen Sie damit sagen?«

»Dass Sie einen Fehler machen. Sie glauben, in der ersten Liga mitzuspielen, aber Sie sind genauso ein Handlanger wie Palardy und werden auch enden wie er. Sie, Ihr Geschäft und Ihre ach so geschätzte Familie – alles wird von einem Abgrund verschlungen und im Dreck begraben werden.«

Quiros beugte sich vor, die Hände auf der Schreibtischplatte, die Schultern angespannt. »Verschwinden Sie«, sagte er. »Für wen halten Sie sich eigentlich? Verschonen Sie mich mit Ihren Beleidigungen, Ihren Drohungen und dieser idiotischen Geschichte.«

Ricci stand auf, zog eine Visitenkarte aus seiner Brieftasche und schnippte sie Quiros zu. Sie landete so dicht neben dem Schreibtisch, dass es fast wie ein Versehen wirkte. »Vielleicht wollen Sie mich erreichen. Ein paar Stunden werde ich noch in der Stadt sein. Wie immer Sie sich auch entscheiden – wie werden uns wieder sehen, das garantiere ich Ihnen.«

Noch einen weiteren Moment lang blickte er Quiros an. Dann wandte er sich um, ging an Jorge und den anderen Leibwächtern vorbei, verließ das Büro und steuerte durch den Korridor auf die Aufzüge zu. Nachdem er in der Eingangshalle angekommen war, verließ er das Gebäude, ohne sich noch einmal umzublicken.

»Ich hatte schon gedacht, dass außer über Voice-Mail heute kein Kontakt mehr zwischen uns zustande kommen würde, Meg«, sagte Bob Lang, der aus Washington anrief.

»Diese blöden Anrufbeantworter«, antwortete Megan.

»Auf die Dauer macht einen das verrückt.«

»Ja.«

»Rufst du von zu Hause an?«

»Aus dem Büro.« Als sie auf die Uhr blickte, sah Megan, dass es schon fast halb sieben war. »Heute Nachmittag war ich fast die ganze Zeit über im Krankenhaus. Ich habe gedacht, dass ich noch mal im Büro vorbeischauen und ein paar Dinge erledigen sollte, die sich auf meinem Schreibtisch angesammelt haben.«

»Wie geht's Roger?«

»Nicht besser.« Sie bemühte sich, ihre Stimme fest klingen zu lassen. »Nach Aussage der Ärzte zeigen die Röntgenbilder, dass seine Lungen fast funktionsuntüchtig sind. Ich glaube nicht, dass er ohne künstliche Beatmung noch Luft kriegen würde.«

»Verdammt«, sagte Lang. »Wie hält Ashley sich?«

»Unglaublich gut, Bob. Du wärst beeindruckt, wenn du sie sehen könntest. Obwohl sie sich über Gords Zustand völlig im Klaren zu sein scheint, lässt sie sich kein bisschen entmutigen. Wann immer man es ihr gestattet, steht sie mit Gesichtsmaske und Schutzkleidung an seinem Bett und spricht zu ihm. Gord reagiert nicht, und es ist zweifelhaft, ob er überhaupt weiß, dass sie bei ihm ist, aber sie lässt sich nicht beirren.«

»Wissen die Ärzte jetzt mehr darüber, was seine Krankheit ausgelöst hat?«

Megan zögerte. Was hatte Ashley zu ihr gesagt? *Ich bin sicher, dass sie nicht bereit wären, irgendetwas preiszugeben, wenn sie uns nicht für verschwiegen halten würden.* »Nein«, log sie. »Nach dem, was ich begriffen habe, suchen sie immer noch nach einem Hantavirus oder einem damit verwandten Phänomen.«

Es entstand eine kurze Gesprächspause.

»Mir ist klar, dass das jetzt das Letzte ist, was dich gedanklich beschäftigt, Meg, aber ich habe auf die Schnelle die Sache mit der NCIC-2000-Datenbank geregelt. Sword hat jetzt freien Zugang, und das gilt für alle Geheimhaltungsstufen. Die Codes für die Zugangsberechtigung kann ich dir sofort als sichere E-Mail schicken.«

»Danke, Bob. Das ist sehr wichtig.« Plötzlich fragte sie sich, was für ein Mensch sie eigentlich war. »Pete Nimec ist noch im Haus, und er wird glücklich darüber sein.«

»Ich habe darüber nachgedacht, was du am letzten Wochenende gesagt hast. Dass meine Argumente falsch sind. Plötzlich erschien es mir absurd, dass ich mir keine richtige Entscheidung zutraue, obwohl jemand beteiligt war, dem ich mehr als jedem anderen auf dieser Welt vertraue.«

»Bob, du brauchst dich nicht zu …«

»Ich liebe dich, Meg. Wahrscheinlich hätte ich dir dieses Geständnis erst bei Champagner und Kerzenlicht machen sollen, aber angesichts der Umstände … Ich weiß nicht, wie lange es dauern wird, bis wir uns wieder sehen.

Innenstadt mit ihren Spezialitätenläden und Gourmet-Restaurants herum.

Während sie an einem der besser besuchten Lokale vorbeikamen, fuhr ein paar Meter vor Quiros vorderem Begleitwagen ein dunkelgrüner Saab 9-5 vom Bordstein auf die Straße.

Zur gleichen Zeit standen ein junger Mann und eine Frau plaudernd neben einem Cherokee, der neben dem Straßencafé des Restaurants geparkt war. Sie unterbrachen ihr Gespräch und stiegen in den Wagen. In den Augen aller anderen wirkten sie wie ein attraktives junges Paar, das an diesem angenehm kühlen Novemberabend zum Essen ausgegangen war. Der Mann am Steuer und seine Begleiterin auf dem Beifahrersitz folgten Quiros kleinem Konvoi, wobei sie einen gewissen Abstand wahrten, um keinen Verdacht zu erregen.

Direkt bevor sie das erste von mehreren Verkehrsschildern erreichten, die auf die Autobahnauffahrt hinwiesen, tauchte ein Toyota Prius mit Benzin- und Elektroantrieb auf einer Kreuzung auf. Zuvor hatte das Auto in einer Seitenstraße unter einer großen Palme gewartet. Jetzt fädelte es sich zwischen dem Cherokee und dem Lincoln hinter Quiros ein.

Der Fahrer des Cherokee blickte die Frau auf dem Sitz neben sich an. »Was ist denn mit dem elektrischen Rasierapparat los?«, fragte er.

»Vielleicht will der Pilot beweisen, dass man zugleich sparsam mit dem Sprit umgehen *und* ein Arschloch sein kann.«

»Vielleicht versucht er auch, uns die Tour zu vermasseln.«

Die Frau runzelte die Stirn. »Wir sollten besser auf Nummer Sicher gehen und Glenn benachrichtigen.«

Einen Augenblick, nachdem der Prius sich hinter den Lincoln gesetzt hatte, hob sein Fahrer unmerklich den Kopf, um in ein an der Decke befestigtes Funkgerät mit großer Reichweite zu sprechen.

»Alles bestens, wir haben unsere Position eingenommen«, sagte er in kastilischem Spanisch.

Vor einem ruhigen Häuserblock südwestlich des Balboa-Parks wartete in einer Parklücke ein Minivan. Anscheinend war das maßgeschneiderte Spezialmodell dort für die Nacht abgestellt worden. Die vergrößerte Ladefläche war vom vorderen Teil des Minivans abgetrennt. Das Lenkradschloss und das blinkende Licht der Einbruchssicherung am Armaturenbrett sollten jeden, der vielleicht einen interessierten Blick durch das Fenster warf, davon überzeugen, dass sich niemand in dem Auto befand. Sorgfältig angebrachte schwarze Jalousien vor dem Hinterfenster garantierten, dass das Licht der Computerbildschirme und LCD-Displays von der Straße aus nicht gesehen werden konnte.

Falls ein Autodieb auf die Idee kommen sollte, diesen Wagen zu knacken, und sich von den sichtbaren Sicherheitsvorkehrungen nicht abschrecken ließ, wäre das ein großer Fehler. Und zugleich sein Letzter.

Im hinteren Teil des Minivans empfing der kleine Mann vor der Kontrollstation zufrieden die Botschaft, die ihm der Fahrer des Prius übermittelt hatte. Nachdem er ihm gesagt hatte, dass er weitere Meldungen erwarte, wechselte er die Frequenzen seines Transmitters, um seine Scharfschützen im Balboa-Park über das Eintreffen ihrer Zielperson zu unterrichten.

»Was zum Teufel ist das denn für eine Karre?«, fragte Ricci.

»Ein Buick LeSabre T, Baujahr 1988«, antwortete Glenn. »Warum fragen Sie?«

»Zum Wagenpark von UpLink kann er nicht gehören.«

»Soll das eine Beleidigung sein?«

»Nein.«

»Eine Beschwerde?«

»Auch nicht.«

»Vielleicht erinnern Sie sich mal daran, dass diese Karre Sie den lieben langen Tag lang überallhin chauffiert hat und dass nicht jedes Auto in dieser North-County-Luxusgegend wie ein Überwachungswagen aussehen darf. Wenn man nicht auffallen will, muss man sich der Umgebung anpassen.«

Vom Beifahrersitz aus blickte Ricci Glenn an. »Mit anderen Worten – das ist Ihr Privatwagen.«

»Und mein Ein und Alles.« Zärtlich tätschelte Glenn die Lenksäule. »Ich habe den Buick gebraucht, aber in erstklassigem Zustand von einem Kumpel gekauft. Noch nie hat er mich im Stich gelassen.«

Sie schwiegen eine Weile, während sie in westlicher Richtung über den El Cajon Boulevard auf den Balboa-Park zufuhren.

»Wie lange dauert's noch bis zum Park?«

»Ungefähr zehn Minuten. Dort kenne ich in der Nähe ein paar Plätze, wo wir parken und warten können.«

Riccis Blick wirkte nachdenklich. »Dann sagen Sie unseren Überwachungswagen Bescheid. Mal sehen, was mit dem Prius los ist.«

Mittlerweile fuhr der Cherokee einige Wagenlängen vor Enrique Quiros' Trio über die mittlere Fahrspur der Interstate, und der Saab dahinter hatte sich zurückfallen lassen. Diese Taktik, gelegentlich die Führungs- und Nachfolgeposition zu wechseln, war ein schulmäßiges Beispiel für diese Art der Überwachung, durch die das Risiko einer Entdeckung verringert wurde.

Der Fahrer des Saab trug an seinem Revers einen winzigen Transmitter mit eingebautem Mikrofon und dazugehörigem Kopfhörer, der jetzt auf den Sprechmodus eingestellt war.

»Der Prius hält immer noch mit uns Schritt«, antwortete der Mann am Steuer auf Riccis Frage. Gerade hatte er in den Seitenspiegel geblickt. »Er fährt auf der rechten Spur, fast direkt vor mir.«

»Können Sie erkennen, wer in dem Auto sitzt?«

»Ein einzelner Mann, in den Dreißigern, glatt rasiert.

Die Scheiben des Wagens sind so dunkel getönt, dass ich nichts Näheres sagen kann.«

»So wie er die Fahrspuren wechselt, um nicht in Quiros' Blickfeld zu geraten, scheint er nicht zu dessen Leuten zu gehören«, sagte Ricci in das VHF-Funkgerät.

Der Fahrer nickte sich selbst zu. »Wenn ich es nicht besser wüsste, würde ich ihn für einen von unseren Leuten halten.«

In der mit Gras bewachsenen Gegend zwischen der Rückseite des Natural History Museum und dem Spanish Village Art Center hatten an vier Punkten Scharfschützen Position bezogen, die so eine weite, offene Fläche vor sich hatten. Einer von ihnen lag auf dem Dach des langen, dreistöckigen Museums, und der Lauf seiner Walther ragte über die barocken Ornamente hinaus. Ein zweiter Mann hielt sich in der riesigen Krone des exotischen Moreton-Bay-Feigenbaums versteckt, der schon fast seit einem Jahrhundert hinter dem Museum stand. Dem Museum gegenüber, an der nordöstlichen Ecke der Grünfläche, hatte ein dritter Scharfschütze auf dem niedrigen, stuckverzierten Gebäude einer Kunstgalerie Stellung bezogen. Der vierte Mann schließlich war an der nordwestlichen Ecke postiert, auf dem Dach eines Landhauses im altspanischen Stil.

Jedes ihrer hoch empfindlichen Nachtsicht-Zielfernrohre war mit einem Infrarotkamera-Objektiv ausgerüstet, das das Licht im Okular in einem Winkel von neunzig Grad brach, so dass das vom Schützen anvisierte Bild gleichzeitig im Zielfernrohr zu sehen war und über eine drahtlose Videoverbindung an den Kontrollwagen übermittelt wurde.

In dem Minivan, dem Kontrollwagen, verfügte der Boss des Teams somit über Echtzeitbilder dessen, was seine Scharfschützen aus ihren verschiedenen Perspektiven durch die Zielfernrohre sahen. Durch Funkkontakt zu ihren Headsets konnte er ihre Aktionen koordinieren, und zwar von dem Augenblick an, wo Quiros Salazar zu attackieren begann.

Bis zu dem Moment, wo Quiros und die Männer, die er in einem Hinterhalt positioniert haben mochte, tot zu Boden gingen.

Jetzt erinnerte sich der kleine Mann an der Kontrollstation daran, wie Lucio Salazar protestiert hatte, als ihm der Preis für die Dienste seines Teams genannt worden war. Zuerst war das häufig so bei ihren Kunden, aber Qualität war nie billig. Salazar hatte das Beste gekriegt, was man für Geld kaufen konnte, und das würde er schon noch dankbar erkennen, bevor die Dinge heute Nacht ihren Lauf nahmen.

Während er mit vier handverlesenen Bodyguards in dem geparkten Cadillac wartete, schob Lucio Salazar ungeduldig den Ärmel seines Jacketts hoch, um auf die Uhr zu blicken.

Es war fast halb elf. Er war schon früh eingetroffen, um sich zu vergewissern, dass die angeheuerten Scharfschützen an den richtigen Stellen Position bezogen hatten. Nachdem seine Männer ausgeschwärmt waren und die Anwesenheit der Killer bestätigt hatten, blieb Salazar nichts anderes mehr zu tun, als auf Quiros' Ankunft zu warten. Zwar war er auf diese Verabredung nicht scharf gewesen, aber jetzt konnte er es kaum noch abwarten, auf den Startknopf zu drücken und die Sache hinter sich zu bringen. Wirkliche Angst hatte er nicht – dafür hatte Lucio Salazar in seinen achtundfünfzig Lebensjahren schon viel zu häufig in Situationen gesteckt, wo es richtig eng geworden war. Auch in seinem fortgeschrittenen Alter hatte er, was das Töten anging, noch keinerlei Skrupel. Aber obgleich er alle Vorbereitungen getroffen hatte, am schwersten war die Ungewissheit zu ertragen, dass er nicht wusste, was ihn erwartete. Wenn er sich über Quiros' Absichten im Klaren gewesen wäre, hätte er keinerlei Zweifel gehabt, was zu tun war. Auf Vorbedacht legte er großen Wert, und sein Vorhaben war ein Resultat von reiflicher Überlegung, Planung und Kompromissbereitschaft. Innerhalb gewisser Grenzen hätte er sogar Verluste in Kauf genommen, was immer noch besser war, als mehr Ärger als nötig zu riskieren. Wenn sich die Umstände änderten, musste man die Situation sorgfältig analysieren und erkennen, wann Entgegenkommen angebracht war. Trotzdem steckte er jetzt in einer Lage, wo alles von Waffen und von Entscheidungen abhing, die innerhalb von Sekundenbruchteilen getroffen werden mussten. Und das gefiel ihm überhaupt nicht.

Salazar seufzte, blickte aus dem Fenster und wartete darauf, dass die Scheinwerfer von Enriques Wagen an der Einfahrt des Parkplatzes auftauchten.

Ob es ihm gefiel oder nicht – was gleich geschehen würde, war unausweichlich.

Jetzt wollte er nur noch alles hinter sich bringen und zur gewohnten Routine zurückkehren.

Als Enrique Quiros' Wagen sich dem Balboa-Park aus nordwestlicher Richtung näherte, trennte sich das dritte Auto seines Konvois von den anderen, um die Abfahrt zur Cabrillo Bridge zu nehmen. Quiros und der Fahrer des Wagens vor ihm fuhren weiterhin auf dem San Diego Freeway auf die Ausfahrt Pershing Drive zu, über die man Spanish Village am bequemsten und schnellsten erreichte.

In den Wagen hinter Quiros, die ihn seit seiner Abfahrt von seinem Landhaus verfolgt hatten, registrierten die Mitglieder der Überwachungsteams diese unerwartete Entwicklung und informierten sofort ihre Vorgesetzten.

»Was für einen Reim machen Sie sich darauf?«, fragte Ricci.

»Die Brücke führt zur Laurel Street, und auf der gelangt man zum Balboa-Park«, antwortete Glenn. Er hatte den LeSabre in Sichtweite des Parks auf einem dunklen, verwaisten Angestelltenparkplatz hinter einem Gebäude der Stadtverwaltung an der C Street abgestellt. »Ein ziemlich großer Umweg. ›Romantische Straße‹ nennt man so was, glaube ich. Sie führt zwischen den beiden bewaldeten Abhängen durch.«

»Ich glaube nicht, dass diese Typen Interesse daran haben, Bäume zu bestaunen«, sagte Ricci.

»Könnten sie in der Dunkelheit sowieso nicht.« Einen Augenblick lang schwieg Glenn nachdenklich. Dann wandte er sich Ricci zu. »Wie lautete noch mal der exakte Wortlaut der E-Mail?«

Ricci runzelte die Stirn, zog sein Handy aus der Tasche und drückte auf die Taste für die Beleuchtung des LCD-Displays. Dann betätigte er eine weitere Taste, um die gespeicherte E-Mail lesen zu können, die Nimec aus San José geschickt hatte. »Hier.« Er rechte Glenn das Mobiltelefon. »Lesen Sie selbst.«

Glenn tat es. Die E-Mail lautete:

QUIROS. ELF UHR. BALBOA-PARK. ENDGÜLTIGER SHOWDOWN, HIER STEHT ALLES AUF DEM SPIEL. BESORGEN SIE SICH, WAS SIE BRAUCHEN, BEVOR ER TOT IST.
JEMAND, DER BESCHEID WEISS.

»Kodierte Botschaften. Anonyme Tipps, die nichts zu bedeuten haben.« Durch die Windschutzscheibe betrachtete Ricci die hintere Betonwand des Bürogebäudes. »Ich hab's satt, mich an der Nase herumführen zu lassen.«

»Wenn Sie mich fragen, haben wir Glück, überhaupt mit von der Partie zu sein«, meinte Glenn, der immer noch auf das Display starrte.

»Vermutlich.« Ricci warf einen Blick auf die Uhr am Armaturenbrett – genau halb elf. »Es wäre schön, wenn wir etwas herausfinden könnten, bevor wir uns zum Handeln entscheiden müssen.«

Schweigen. Glenn schürzte die Lippen und gab Ricci das Handy zurück. »Die Laurel Street führt zu einem langen Streifen des Parks, der El Prado heißt. Das ist die große Fußgängerpromenade, und dort gibt es jede Menge leicht erkennbare Gebäude, einen beleuchteten Teich und so weiter.«

Ricci blickte ihn an. »Glauben Sie, dass es da stattfindet?«

»Keine Ahnung«, antwortete Glenn. »Aber es muss einen Grund dafür geben, dass der letzte Wagen von Quiros' Konvoi in diese Richtung davongefahren ist.«

Ricci zupfte an der Haut unter seinem Kinn. »Wenn man etwas arrangieren will, ist es immer gut, sich einen Ort auszusuchen, wo es auffällige Merkmale gibt.«

»Richtig. Genau dieser Ort ist dafür geradezu *beispielhaft*.«

»Haben wir in dem Bereich Leute postiert?«

»Ein paar. Aber wir können noch mehr hinschicken.«

Ricci nickte. »Wie weit ist es bis dort?«

»Nur ein Katzensprung.«

Ricci griff nach dem Türöffner. »Auf geht's. Meiner Ansicht nach haben wir jetzt ein Ziel.«

»Lucio.«

»Enrique.«

Quiros und Salazar reichten sich die Hand.

Es war ein paar Minuten vor elf Uhr. Sie standen auf dem dunklen Parkplatz hinter dem Spanish Village Art Center, zwischen Salazars Cadillac auf der einen Seite und Quiros Fiat Coupé und den beiden Lincolns auf der anderen, wo die Bodyguards warteten.

»Also – was nun?«, fragte Salazar.

Einen Augenblick lang blickte Quiros ihn an. Sein leichtes Sakko flatterte etwas in der kühlen, nächtlichen Brise. »Wir werden uns unterhalten. Vielleicht finden wir einen Weg, unsere Probleme zu lösen.«

Mit dem Kopf wies Salazar auf die Leibwächter. »Lass uns ein paar Schritte gehen, damit wir ungestört reden können«, sagte er.

Quiros nickte. »Ich schlage vor, dass wir als Vorsichtsmaßnahme jeder einen Mann mitnehmen. Die anderen warten hier bei den Autos.«

Salazar konnte sich ein Grinsen nicht verkneifen. »Na klar, eine Vorsichtsmaßnahme. Wir müssen natürlich dafür sorgen, dass wir uns auf dem Parkweg nicht gegenseitig umlegen.«

Enrique blickte ihn an. »Es macht mich glücklich, dich lächeln zu sehen, Lucio.«

Die Verhaltensweisen, die Sword-Beschattungsteams generell beachten mussten, waren dieselben, die auch verdeckt arbeitende Polizisten in amerikanischem Großstädten – sogar in der ganzen industrialisierten Welt – beachten. Einerseits bestand durchaus die Möglichkeit, dass jemand die Mitglieder des Teams sah, und zwar unabhängig davon, wie geschickt Tarnung, Versteck und heimliche Bewegungen waren, und es spielte in dieser Hinsicht auch keine Rolle, wie verlassen, einsam und abgelegen der Einsatzort sein mochte. Andererseits wussten die Teammitglieder, dass es ein Unterschied war, ob man gesehen oder wirklich wahrgenommen wurde. Und dass die Tarnung tatsächlich aufflog, war noch einmal ein ganz anderes Thema.

Jetzt, im Balboa-Park, bedeutete dies, dass das Team sich hinsichtlich der Verwendung von Kleidung, Waffen und Zubehör mit speziellen Einschränkungen konfrontiert sah. So konnten beispielsweise keine eng anliegenden Tarnanzüge, Westen mit Taschen für Ausrüstungsgegenstände, Nachtsichtbrillen oder kugelsichere Helme getragen werden, wenn man in einer Umgebung operierte, wo auch nur die kleinste Möglichkeit bestand, dass ein nächtlicher Spaziergänger sie für Terroristen hielt, oder – noch schlimmer – dass die Zielpersonen mitbekamen, dass sie sich einem Undercover-Team gegenübersahen.

Was die Waffen anging, waren sie etwas weniger eingeschränkt – die großen VVRS-Gewehre mit ihren über fünfzig Zentimeter langen Läufen waren praktisch nicht zu verbergen. Es waren modifizierte Modelle mit kleineren Verbesserungen, die von Riccis schneller Eingreiftruppe kürzlich getestet worden waren. Aber da es sich immer noch um Prototypen handelte, wurden diese Waffen nur als Vervollständigung der Ausrüstung an A-Teams ausgegeben, so an die Leute, die Ricci an diesem Nachmittag aus San José hierher begleitet hatten. Auch sonst war die Taskforce gut mit defensiven und offensiven Waffen ausgestattet: Sie verfügte über nicht lebensgefährliche chemische Waffen zur Ausschaltung ihrer Gegner – Sprays, Granaten, Schusswaffen –, aber auch über tödliche Revolver, automatische Pistolen und kompakte Maschinenpistolen.

Die taktischen Richtlinien für diesen Einsatz orientierten sich im Grunde genommen an einer gewissen Zurückhaltung. Über den obligatorischen, kugelsicheren Zylon-Westen trugen die Teammitglieder Straßenkleidung. Die Waffen mussten zwar leicht verstaut werden können, aber die Eröffnung des Feuers war nur als allerletzte Option vorgesehen.

Die Zivilkleidung, die das aus drei Leuten bestehende Team im Schatten des Gewächshauses trug, war so unauffällig, dass die Chance recht gering war, enttarnt zu werden. Wenn jemand einen Blick auf sie warf, waren sie unverdächtig genug, um kein zweites Hinsehen zu provozieren. Einer der Männer trug ein schwarzes Rugby-Hemd, Marine-Baumwollhosen und schwarze Segeltuchschuhe, der Zweite ein schiefergraues Sweatshirt, weit geschnittene Hosen und schwarze Turnschuhe. Das weibliche Teammitglied trug den dunkelgrünen Arbeitsanzug eines Mechanikers und dazu passende Joggingschuhe. Ihre Sword-Ausweisplaketten waren unter herunterziehbaren Stoffklappen verborgen.

Vor ihrer Zeit bei Sword waren alle drei in Zivilkleidung operierende Undervover-Agenten der Polizei gewesen. Deshalb waren sie mit den Überwachungstechniken bis ins letzte Detail vertraut.

Zwischen den grünen Bäumen und blühenden Beeten des Balboa-Parks schlenderten sie gemächlich nebeneinander her. Einer nippte an einer Mineralwasserflasche, ein anderer wickelte einen Kaugummi aus dem Papier, dann blieb einer kurz stehen, um sich den Schnürsenkel zuzubinden. Während sie sich bemühten, keine Geräusche zu verursachen und sich von Lichtquellen fern zu halten, versuchten sie zugleich, das Ganze nicht zu auffällig wirken zu lassen. Sie gingen nicht auf den Zehenspitzen, stürzten nicht hinter Laternenpfosten, spähten nicht um Ecken und erstarrten auch nicht wie Schaufensterpuppen, wenn sich jemand nach ihnen umwandte. Zwar gaben sie ihr Bestes, um nicht ins Blickfeld anderer zu geraten, aber sie bemühten sich dabei, sich so natürlich wie möglich zu verhalten.

Bei dem Auftrag, den sie in dieser Nacht zu erledigen hatten, zahlte sich ihre Erfahrung aus. Die vier Männer, mit deren Verfolgung sie in aller Eile beauftragt worden waren, waren gerade aus dem Lincoln gestiegen, der sich vom Konvoi ihres Chefs – Quiros – getrennt hatte. Der Wagen stand am westlichen Ende der El-Prado-Promenade. Jetzt näherten sie sich durch die Gärten und Wiesen im Norden der Durchgangsstraße, um dann zu beiden Seiten eines von dichten Hecken gesäumten Gehwegs endgültig Position zu beziehen. Die Verbrecher schienen nicht die geringste Ahnung zu haben, dass ihnen jemand im Nacken saß.

Wenngleich sie nicht wissen konnten, dass sie sahen, wie Lucio Salazar eine Falle gestellt wurde, begriffen die Sword-Mitarbeiter, dass sie hier auf etwas Wichtiges gestoßen waren. Folglich gaben sie Ricci und Glenn sofort über Funk ihre Position durch, nachdem sie sie über ihre Beobachtungen informiert hatten.

Was ihre Lage bald prekär machen sollte, war die Tatsache, dass nicht nur sie Beobachtungsposten bezogen hatten.

In dem Kontrollwagen saß der kleine Mann an seiner Monitoring-Station und sah, wie Quiros' Männer sich in den Hecken versteckten. Das war durch die drahtlose Videoverbindung zu dem Scharfschützen auf dem Dach des Museums möglich, dem die Bewegungen von Quiros' Gangstern aufgefallen waren, während er die Gegend durch sein leistungsstarkes Zielfernrohr beobachtet hatte ... Für Lucio Salazar war das eine glückliche Fügung des Schicksals.

Hätte es diese Observation nicht gegeben, wäre er dem Tod in die Arme gelaufen.

Nur wenige Worte wurden gewechselt, als Quiros und Salazar den Parkplatz verließen und am Spanish Village Art Center vorbei in südlicher Richtung auf den Rasen zugingen, der von dem Moreton-Bay-Feigenbaum beherrscht wurde. Wie stumme Roboter folgten ihnen ihre Leibwächter. Sie waren ihren Chefs zwar so nah, dass ihre Anwesenheit spürbar war, aber doch auch weit genug entfernt, um nicht zu stören. Quiros und Salazar tauschten nur belanglose Floskeln aus: *Eine wunderschöne Nacht, die Luft ist angenehm kühl, lange nicht gesehen, heutzutage trifft man sich nicht oft, aber du weißt ja, die Geschäfte …* Doch selbst wenn sie nicht beide Geheimnisse gehegt und eine Hinterlist geplant oder bedacht hätten, hätten sie es nicht eilig gehabt, zur Sache zu kommen. Es gab so etwas wie Timing, Zurückhaltung, ein fast formelles Ritual von Annäherungsversuchen und Vorspielen, an das sie beide gewöhnt waren und das für Männer ihres Schlags ein wichtiger Bestandteil der Überlebensstrategie war. Wenn man zu schnell zur Sache kam, konnte das den Eindruck von Schwäche oder Ängstlichkeit erwecken, tat man es zu spät, vermutete der andere Täuschung oder Unentschlossenheit.

Timing.

Am östlichen Rand der Grünfläche blieb Quiros einen Augenblick lang stehen. Er blickte sich um, als wollte er sich orientieren. Dann bog er schnell auf einen Weg ein, der am National History Museum vorbei zur Plaza de Balboa am östlichen Ende der El-Prado-Promenade führte.

Salazar berühte Quiros' Schulter, als er merkte, dass dieser schneller ging.

»Wenn wir über den Rasen gehen, ist es nicht so weit«, sagte er, während er mit der Hand auf den Bereich hinter dem Museum zeigte, zwischen dem großen australischen Baum und den Häusern. »Wenn's dir recht ist, würde ich lieber die Abkürzung nehmen.«

Schweigend warf Quiros ihm einen prüfenden Blick zu. Ihm war das Misstrauen in Salazars Tonfall aufgefal-

das vor dem Tunnel hätte Felix ohne deine Zustimmung nie gedreht.«

Quiros schüttelte den Kopf. »Er hat auf eigene Faust gehandelt.«

»Nein.« Plötzlich klang Salazars Stimme müde und verbittert. »Wo wir doch schon extra hierher gekommen sind, können wir auch genauso gut offen reden.«

Quiros atmete tief durch. »Das ist von Anfang an schief gelaufen, Lucio. Du beantwortest deine eigenen Fragen und bildest dir ein Urteil, bevor du die Fakten kennst. Ich habe die Wahrheit gesagt, und es ist deine Sache, ob du mir glaubst oder nicht. Mir ist das egal. Das ist noch nicht einmal mehr das wirklich wichtige Thema zwischen uns. Wenn du mir eine Chance gegeben hättest, hätte ich ihm die Hölle heiß gemacht und dir Wiedergutmachung angeboten. Aber du hast es anders gewollt und die Dinge in die eigene Hand genommen. Was du getan hast ... Wie konntest du glauben, dass sich die Probleme so lösen lassen?«

»Was ich getan habe ...?«

»Du hast meinen Neffen umgelegt, den einzigen Sohn meiner Schwester. Was hast du dir dabei gedacht?«

Salazar blickte ihn wutentbrannt an. »Selbst jetzt, wo wir uns unter vier Augen unterhalten, willst du mir immer noch diesen Unsinn verkaufen und ...« Er sollte seinen Satz nie beenden.

An vier verschiedenen Stellen über der Rasenfläche flackerte gleichzeitig Mündungsfeuer auf, und vier krachende Schüsse verschmolzen zu einem lauten, hallenden Geräusch, das wie ein Donner die nächtliche Stille zerriss. Salazar fuhr überrascht und verwirrt zusammen, als Quiros' blutender Kopf zur Seite gerissen wurde. Dann strömte das Blut auch aus einem Loch in seiner Brust, schließlich aus dem Mund, über Lippen und Kinn. Quiros ging zu Boden und blieb leblos vor Salazars Füßen auf dem Rasen liegen.

Als Salazar herumwirbelte, sah er, dass Quiros' Bodyguard ebenfalls auf der Erde lag, während sein eigener Leibwächter vor dem hingestreckten Körper stand.

Er blickte zum Dach des Museums hoch, auf den großen Feigenbaum, schließlich auf die Dächer der Häuser von Spanish Village. Da waren nur Schatten und das bleiche, silbrige Mondlicht – von den Scharfschützen nichts zu sehen.

Verwirrt riss er die Augen auf. Er hatte kein Zeichen gegeben. Was zum Teufel war geschehen? *Er hatte keinen Befehl gegeben!*

Als sie das Krachen der Scharfschützengewehre hörten, befanden sich Ricci und Glenn etwa fünfzehn Meter von den Hecken entfernt.

Weil sie Quiros' Männer, die sich in den Büschen versteckten hatten, nicht aufschrecken wollten, hatten sie ihren Schritt verlangsamt. Jetzt blieben sie wie angewurzelt stehen und blickten sich an.

»Das waren Gewehrschüsse.« Ricci nahm den Kopfhörer des Funkgeräts aus dem Ohr, um besser hören zu können. »Mehrere Schüsse, da bin ich mir ziemlich sicher.«

Glenn nickte. »Synchrones Feuer aus mehreren Waffen habe ich schon mal gehört. Das Geräusch vergisst man nicht.«

Ricci griff unter sein Sakko und zog seine Five-Seven aus dem Holster. Mittlerweile hielt Glenn eine 9mm-Beretta in der Hand.

»Wo kamen die Schüsse Ihrer Meinung nach her?«, fragte Ricci.

Als Glenn gerade antworten wollte, tippte er stattdessen plötzlich auf seinen Ohrstöpsel, um zu signalisieren, dass sich sein Funkgerät gemeldet hatte. Er lauschte. Sein Gesichtsausdruck wirkte verdutzt.

»Lassen Sie hören«, sagte Ricci.

Glenn blickte ihn an. »Quiros hat's erwischt.« Er zeigte auf den Bereich zwischen dem Weg und den Hecken. »Auf dem Rasen hinter dem Museum.«

»*Scheiße.*« Ricci stieß die Luft aus. »Und was ist mit Salazar und seinem Leibwächter?«

»Machen sich aus dem Staub.«

»Sagen Sie unseren Leuten, dass sie ihnen auf den Fersen bleiben sollen, aber ich will unter keinen Umständen, dass sie Salazar zu schnappen versuchen. Die Scharfschützen, die Quiros umgelegt haben, befinden sich auf irgendwelchen Dächern und werden ihm bei seinem Rückzug Feuerschutz geben.«

Glenn nickte und gab die Nachricht weiter.

Inzwischen zwang Ricci sich zum Nachdenken. »Wir müssen zu Quiros …«

Plötzlich hörte er, wie sich zu ihrer Rechten Zweige geräuschvoll bewegten.

Möglich, dass sie vor ein oder zwei Sekunden aus den Büschen gekommen waren. Ricci war sich nicht sicher. Durch die Ablenkung und seinen Willen, sich ganz zu konzentrieren, hätte ihm alles entgehen können, aber jetzt hatte er sie gehört.

Er wirbelte zu den Büschen herum und sah, dass Quiros' Männer ihn und Glenn erblickt hatten. Zwei von ihnen hatte er im Büro von Golden Triangle Services gesehen. Einer war Jorge, der bullige Türsteher.

Er erledigt nur seinen Job, dachte Ricci.

Innerhalb eines Sekundenbruchteils registrierte er, dass Jorge ihn erkannt und die Five-Seven in seiner Hand gesehen hatte …

Und dann zielte er auch schon auf Ricci.

Auf das Geräusch der sich bewegenden Büsche reagierte Glenn fast gleichzeitig mit Ricci. Er wirbelte auf dem Absatz herum und richtete seine Beretta auf die Gangster, während diese ihre Deckung verließen.

»Team eins herkommen!«, rief er in sein Mikrofon.

Aber seine Leute waren sowieso schon unterwegs.

Als er die auf sich gerichtete Waffe sah, reagierte Ricci völlig automatisch: Position, Bewegung, der Einsatz seiner Waffe – alles erfolgte wie aus einem Guss. Vor den Büschen zeichnete sich für sein geübtes Auge deutlich sichtbar die große Gestalt ab, wie eine Zielscheibe, die er an bestimmten Stellen treffen musste.

Er hielt die Five-Seven fest mit beiden Händen umklammert, mit ausgestreckten Armen, die Beine gespreizt. Dann nahm er die leicht kauernde Stellung eines Polizeischützen ein und drückte dreimal auf den Abzug. Drei Volltreffer, trotz der Dunkelheit.

Jorge wurde hart von den Füßen gerissen und kippte nach hinten. Bevor er mit einem lauten Krachen in den Büschen landete, war kurz das gähnende Loch in seiner Brust sichtbar.

Ricci hielt keinen Moment inne – in solchen Situationen gab es kein Zurück.

Mit der schussbereiten Waffe in der Hand wirbelte er nach rechts, wo ein weiterer Gangster die Büsche verlassen hatte und auf ihn zielte. Nachdem er kurz durchgeatmet hatte, schoss Ricci. Im gleichen Augenblick drang auch aus Glenns Beretta Mündungsfeuer. Nach einem grotesken Tanzschritt kippte der Verbrecher seitlich zu Boden.

Ricci wandte sich wieder den Hecken zu. Links von ihm hob ein dritter Mann seine Waffe, kurz darauf neben ihm ein weiterer.

Aber dann hörte er von weiter hinten aus der Finsternis heraus eine laute weibliche Stimme: »Geben Sie auf. Waffen hinwerfen, Hände hoch. *Sofort!*«

Als Ricci sich auf die Stelle konzentrierte, von der aus der Befehl gebrüllt worden war, sah er eine Frau mit einer halbautomatischen Pistole in der rechten Hand, die den Arbeitsanzug eines Mechanikers trug. Die lumineszierende Sword-Identifikationsplakette wies sie als eine seiner Mitarbeiterinnen aus.

Quälend lange Augenblicke verstrichen.

Zu beiden Seiten der Frau waren eilig zwei weitere Gestalten mit schussbereiten Waffen aus der Dunkelheit getreten. Jetzt bildeten die drei einen Halbkreis um die Hecken. Die Männer trugen dunkle Zivilkleidung, und an ihrer Brust funkelten die Sword-Abzeichen.

Während Ricci mit seiner Five-Seven weiterhin auf die

Gangster von Quiros zielte, sah er aus dem Augenwinkel, dass auch Glenn sie im Visier behielt.

Sie warteten, ob die Gangster clever waren oder sterben wollten.

Da ließen die Eingekreisten ihre Waffen fallen und hoben die Hände.

Also doch clever.

Aus seiner Kauerstellung sprang Ricci zu Glenn. Er überließ es seinem Team, die Männer zu filzen und ihnen Handschellen anzulegen.

»Der Rasen.« Er legte Glenn eine Hand auf den Arm. »Führen Sie mich hin.«

Zwar hatte Ricci gewusst, dass Quiros zu Boden gegangen war, aber er hatte trotzdem zu einem Gott gebetet, an dessen Existenz er nie mit Gewissheit geglaubt hatte, dass Quiros noch nicht tot war. Was er auf dem Rasen sah, würde keinen religiösen Menschen mehr aus ihm machen.

Ein kurzer Blick auf den Mann im Gras reichte, um zu erkennen, dass in Quiros Körper kein Funken Leben mehr glühte. Teile seines Gehirns waren auf den Rasen gespritzt, die Überbleibsel seines Kopfs eine einzige blutige Masse. Merkwürdigerweise hatte Quiros noch die Brille auf der Nase, und sie war nicht einmal verrutscht. Aber da Ricci schon bei vielen gewalttätigen Todesfällen zugegen gewesen war, wusste er, dass man häufig mit makabren Begleiterscheinungen rechnen musste.

Ricci kniete sich vor die Leiche, durchsuchte Quiros' Taschen, fand aber nichts Nützliches. Er fühlte sich wie betäubt.

Auf der anderen Seite des Rasens blickte Glenn auf die Dächer der umliegenden Gebäude. Die Hand mit der Waffe hing schlaff herab. Auf den Dächern schien sich niemand zu befinden, auch in dem riesigen Baum nicht. Ein großes Risiko war es nicht, dass sie sich hier aufhielten – mittlerweile waren die Scharfschützen sicher verschwunden. Aber auch wenn sie noch an Ort und Stelle waren, stellten sie keine Bedrohung dar. Ihre Arbeit bewies, dass sie erstklassige Profis waren, und der Job, für den sie angeheuert worden waren, war erledigt.

Glenn hob eine Hand und gab Ricci ein Zeichen, dass er sich umsehen wollte. Er zeigte auf die Vorderfront des Museums. Ricci signalisierte Einverständnis und sah, wie Glenn um die Ecke des Gebäudes bog und ihn mit der Leiche allein ließ.

Ricci blickte wieder auf Quiros hinab. Es war tiefe Nacht, und die Kälte drang durch seine Kleidungsstücke. »Du bist mir entwischt«, flüsterte er mit ausdrucksloser und heiserer Stimme. »Entwischt, du Hurensohn. Und ich weiß nicht, was ich machen soll.«

Er hörte nicht, dass jemand auf ihn zuschlich, nahm keinerlei Geräusch war. Trotz seiner natürlichen Wachsamkeit und seinen geschärften Sinnen begriff er erst als er dicht hinter sich eine Stimme hörte: *»Shazam.«*

»Guter Gott, was haben Ihre Leute sich denn *dabei* gedacht?«, bellte Lucio Salazar in sein Handy.

Er war erschüttert und verwirrt. Noch immer hatte er keinen blassen Schimmer, warum die angeheuerten Killer das Feuer eröffnet hatten. Mit rasender Geschwindigkeit ließ der Cadillac den Park hinter sich. Salazar hatte keine Ahnung, dass er gerade an der Stelle vorbeigekommen war, wo vor einigen Augenblicken die Enrique Quiros zugedachte Straßensperre des Sword-Teams aufgehoben worden war.

»Meine Männer haben ihren Auftrag erfüllt«, antwortete der kleine Mann in dem Kontrollwagen. »Der Beweis dafür ist, dass Sie noch am Leben sind.«

»Haben Sie den Verstand verloren? Ich wollte die Dinge mit Enrique regeln, mit ihm *reden* ... Ich habe keinen gottverdammten Befehl gegeben, dass ...«

»Es wäre besser, wenn Sie mich etwas respektvoller behandeln würden. In den Büschen vor ihnen hatten sich Quiros' Leute versteckt. Zumindest bei einem von ihnen habe ich gesehen, dass er eine Waffe in der Hand hielt.«

Salazar runzelte die Stirn. »Sind Sie sicher?«

»Ich beherrsche meinen Job. Hätte ich warten sollen, bis Sie vor diesen Männern standen? Hätte ich sie agieren lassen sollen? In diesem Fall lägen Sie jetzt in Ihrem Blut.«

Weil ihm darauf keine Antwort einfiel, brach Salazar das Gespräch ab. Er saß still da, während sein Fahrer in Richtung Highway abbog. In gewisser Weise war er nach diesem kurzen Gespräch noch verwirrter als davor. Wenn er jetzt auf die Ereignisse der letzten halben Stunde zurückblickte und sich an Quiros' Worte erinnerte, musste er zugeben, dass Enrique anscheinend tatsächlich geglaubt hatte, dass die Salazar-Familie diesen Bastard von seinem Neffen kaltgemacht hatte. Dann waren da seine Bemerkungen über Wiedergutmachung, die ihm im Nachhinein aufrichtig vorkamen. Andererseits hatte Quiros ihm offenbar eine Falle gestellt ...

Doch was hatte er davon, sich unsinnige Gedanken zu machen?

Die Sorgenfalten auf Salazars Stirn wurden tiefer. Seiner Ansicht nach zahlte es sich nicht aus, in diesem Stadium der Affäre alles noch einmal zu überdenken. Wahrscheinlich war es am besten, wenn er dankbar war, dass er es mit heiler Haut überstanden hatte. Aber die Fragen, was Quiros gewusst oder nicht gewusst und was er getan hatte, nagten weiter an ihm. Wenn an dem, was er vor seinem Tod gesagt hatte, nur etwas Wahres dran war, würde das ernsthafte Zweifel an der Verlässlichkeit von Lathrops Informationen aufkommen lassen. Und dann würde er darüber nachdenken müssen, wie Lathrop sich so geirrt haben konnte, und sich fragen müssen, was *seine* Motivation und Absichten waren ...

Der Cadillac fuhr nach der Autobahnauffahrt auf der Interstate 5 Richtung Del Mar, als plötzlich eine unter dem Benzintank angebrachte Sprengladung mit Zeitzünder krachend detonierte. Durch das Innere des Wagens schoss ein Flammenstoß, der die Stahlwände auswölbte und beide Windschutzscheiben sowie drei der vier Seitenfenster herausdrückte. Lucio Salazar, der Fahrer und die Bodyguards waren auf der Stelle tot, und Salazars Fragen verdunsteten in dem Rauch und der heißen Luft.

Aber wenn es um Leben oder Tod ging, konnte man auch schwerlich erwarten, auf alle Fragen eine Antwort zu bekommen.

Während er sich in der Hüfte drehte und hinter sich blickte, zog Ricci seine Pistole aus dem Holster.

Er sah einen ganz in Schwarz gekleideten Mann mit einem scharfen, intelligenten Blick. Seine Arme hingen schlaff herab. Eine Hand war leer, in der anderen hielt er einen flachen, rechteckigen Gegenstand, den Ricci unter anderen Umständen auf Anhieb als eine Box für CDs erkannt hätte. Aber in der gegenwärtigen Situation brauchte er eine oder zwei Sekunden dafür.

Ricci studierte den Gesichtsausdruck des Mannes. Falls ihm die Waffe, die er auf ihn richtete, Furcht einjagte, ließ er sich nichts davon anmerken. »Wer sind Sie?«

Der Mann hob seinen Kopf ein wenig und öffnete die Lippen, während er für einen Sekundenbruchteil in den nächtlichen Himmel zu blicken schien. Dann trafen sich ihre Blicke. »Jemand, der Bescheid weiß. Aber ich wette, dass Sie das mittlerweile kapiert haben.«

Noch immer hielt Ricci die Pistole fest in der Hand, aber plötzlich fühlte sie sich kalt an. »Zum Teufel, sagen Sie schon, was Sie wollen.«

Der Mann schüttelte den Kopf. »Wenn Sie an dem interessiert sind, was wichtig ist, so halte ich es hier in meiner Hand.« Er hob die CD-Box und streckte sie Ricci entgegen. »Nehmen Sie. Der arme Enrique hier ist eine Sackgasse, also können Sie sie genauso gut nehmen. Was haben Sie schon zu verlieren? Vielleicht haben Sie das Gefühl, mir einen Gefallen zu schulden, aber das ist Ihre Sache.«

Schweigen.

Einen langen Moment stand Ricci reglos da. Dann griff er langsam nach der CD-Box, während er mit seiner Pistole weiterhin auf die Brust seines Gegenübers zielte.

Der Mann ließ die Hand sinken. »Ich werde mich jetzt in die Nacht davonstehlen«, sagte er. »Versprechen Sie mir, dass ich mir keine Sorgen machen muss, dass Sie aus irgendeinem seltsamen Grund einen Ihrer Männer auf mich ansetzen.«

Noch immer betrachtete Ricci seine Augen. »Das haben Sie also mitbekommen.«

Lächelnd neigte der Mann seinen Kopf, und seine Geste erinnerte fast an eine Verbeugung. »Seien Sie jetzt vorsichtig«, sagte er.

Dann wandte er sich um und verschwand über den nahe gelegenen, von hohen Bäumen gesäumten Pfad in der Dunkelheit. Ricci blieb allein bei Quiros' Leiche zurück, in der einen Hand die Waffe, in der anderen ein Rätsel.

23.

Verschiedene Schauplätze
17. November 2001

Es ist ein Wunder, dass der Mensch in der Lage ist, gegensätzliche Emotionen auszubalancieren, wenngleich es scheint, als müsste ihr Widerstreit zu einer verheerenden Kollision führen.

Sie hatten sich schon so oft in diesem Raum versammelt, dass sich keiner mehr daran erinnerte, *wie* oft. UpLink International war ein riesiges Unternehmen, das geschäftliche Interessen in vielen Ländern verfolgte, die nur noch ein bewaffneter oder politischer Machtkampf vom Zusammenbruch trennte, und durch seine Präsenz in diesen instabilen Regionen wurde der Konzern häufig in gewalttätige Auseinandersetzungen hineingezogen. In diesem Raum hatten sie schon viele Strategien entworfen und Reaktionen auf sich schnell entfaltende Krisen in Afghanistan, der Türkei, Russland, Malaysia und Brasilien entwickelt. Selbst mit einem terroristischen Anschlag, dem in Amerikas größter Metropole Tausende von Menschen zum Opfer gefallen waren, hatten sie sich befassen müssen. In diesem Raum mit den zusätzlich durch Stahl verstärkten Betonwänden, der Schalldämmung, den Wanzen-Detektoren, der Telefon- und Faxverschlüsselung und zahllosen anderen Sicherheitsmaßnahmen gegen Abhöraktionen fanden sie die Ruhe und die Atmosphäre, um geheime Informationen auszutauschen. Er war ihr Allerheiligstes, reserviert für den engsten Kreis der wichtigsten UpLink-Mitarbeiter. Aber wenngleich rationale Überlegungen ihnen auch rieten, Paul Hernandez' beruhigenden Worten über die volle Funktionstüchtigkeit der Security-Maßnahmen zu vertrauen, meldeten ihre Gefühle doch Zweifel an. War nicht einer der Garanten ihrer Ungestörtheit zu ihrem größten Verräter geworden?

In dem fensterlosen, unter dem Erdgeschoss von UpLinks Hauptquartier in San José gelegenen Raum hatte sich früher immer der engste Mitarbeiterkreis des Unternehmenschefs Roger Gordian versammelt, wie die Ritter einer modernen Tafelrunde. Sie hatten ihrem Boss geholfen, seinen Traum von einer freieren, besseren Welt Gestalt annehmen zu lassen, und ihm vor wichtigen Entscheidungen mit ihren Insiderkenntnissen, ihrem Sachverstand und ihren Ratschlägen zur Seite gestanden.

Jetzt war sein Stuhl am Tisch leer, und die Anwesenden vermissten ihn schmerzlich. Wie sollte es auch anders sein, wo doch seine Visionen und Charakterstärke sie inspirierten? Dennoch vermittelte ihnen die schlichte Tatsache ihrer Anwesenheit ein befriedigendes Gefühl. Alle hatten einen unterschiedlichen Werdegang und unterschiedliche Charaktere, aber sie wurden durch das gemeinsam Ziel geeint, gegenüber allen Herausforderungen, mit denen sie konfrontiert waren, die Oberhand zu gewinnen. Und innerlich waren sich einige von ihnen – der eine mehr, der andere weniger – der Tatsache bewusst, dass für den Fall, dass das Unvorstellbare eintrat und Roger Gordians Stuhl leer bleiben würde, einer von ihnen das Zeug hatte, sie auch in Zukunft der Verwirklichung seines Traums näher zu bringen.

»Da jetzt alle hier sind, sollten wir zur Sache kommen«, sagte Megan Breen. Nacheinander blickte sie alle an, die an dem großen Konferenztisch saßen: Nimec, Scull, Ricci, Thibodeau, schließlich einen unerwarteten Gast. »Schön, dass Sie wieder bei uns sind, Alex. Von den entsetzlichen Umständen natürlich einmal abgesehen.«

Alex Nordstrums Lächeln war betrübt, aber aufrichtig. Er war ein schlanker, sportlicher, elegant gekleideter Mann Ende vierzig, und nach seiner Laser-Augenoperation war seine einst so vertraute Nickelbrille nur noch eine Erinnerung. Bevor er sich im letzten Jahr aus persönlichen Gründen zur Ruhe gesetzt hatte, war Nordstrum UpLinks oberster außenpolitischer Berater gewesen.

»Lieber wäre ich schon eher wieder bei euch gewesen«, sagte er. »Gord kämpft um sein Leben, und ich reise nichts ahnend in Marokko herum.«

»Ob Sie hier oder im Ausland sind, schlimme Dinge können immer passieren, Alex«, sagte Megan. »So ist das Leben.«

»Vielleicht«, antwortete er. »Vielleicht habe ich es aber auch einfach satt, nicht hier zu sein.«

Megans Worte waren weniger eine wirkliche Antwort als vielmehr ein Signal gewesen, dass sie zur Sache kommen wollte. Sie hatten viel zu besprechen, und die Zeit lief. »Wir alle sind über die auf dieser CD gespeicherten Informationen im Bilde, die Tom aus San Diego mitgebracht hat«, sagte sie. »Eine unglaubliche Masse an Informationen, die erst einmal verdaut werden muss. Ich hatte gehofft, das Material in einem Bericht zusammenzustellen oder es mit dem Digitalprojektor präsentieren zu können. Aber das war so schnell nicht möglich, so dass ich mich mit einer altmodischen Tafel und einem Zeigestock begnügen muss.« Megan zeigte auf die transparenten Schnellhefter, die sie verteilt hatte. »Wie Sie sehen, habe ich es aber geschafft ein Transkript der Audio-Aufnahmen anzufertigen. Dabei geht's um das Gespräch auf dem Karussell und die Unterhaltung zwischen Quiros und Palardy.«

»Wir brauchen nicht zu übertreiben«, sagte Ricci. »Anhand des Materials, das mir der Namenlose im Balboa-Park gegeben hat, lässt sich alles ziemlich leicht nachvollziehen.«

»Einige Leerstellen müssen schon noch ausgefüllt werden, bevor wir dem Boss helfen können«, gab Thibodeau zu bedenken. »Ansonsten kommt nur eine Verschlimmbesserung heraus.«

Alex nickte zustimmend. »Dasselbe habe ich meinen Publizistik-Studenten auch immer einzutrichtern versucht – die sechs Fragen, die für jede Story entscheidend sind: wer, was, wann, wo, warum und wie. Die meisten dieser Fragen können wir teilweise beantworten, bei den anderen ziemlich plausible Vermutungen anstellen. Aber wir müssen noch mehr herausfinden und entscheiden, was *zuerst* an die Reihe kommen muss.«

»Keine Einwände«, sagte Nimec. »Aber bevor wir zu diesem Thema kommen, könnte es sich lohnen, noch einmal alles schnell Revue passieren zu lassen, was wir bis jetzt wissen.«

»Ja«, sagte Ricci. »Und mit der Blondine fangen wir an.« Er zeigte auf die grüne Wandtafel hinter Megan.

Darauf stand:

???
↑
Wildkatze
↑
Melina Laval, auch unter den Namen Alison Kerry und
Janet Cardomon bekannt (wahre Identität unbekannt)
↑
Enrique Quiros
↑
Donald Palardy

Megan ging zur Tafel, hob den Zeigestock und wies mit dessen Spitze auf die Decknamen unter dem zweiten Pfeil. »Das ist die Blondine«, sagte sie. »Die digitalen Videoaufnahmen, die uns der Namenlose, wie Tom ihn nennt, zugespielt hat, zeigen, das sie Quiros etwas gegeben hat, was nach Meinung von Dr. Eric Oh irgendein Aktivator für den Virus war ...«

»Und dies ist das Gespräch zwischen Quiros und Palardy, stimmt's?«, fragte Nordstrum, der seine Kopie der Transskription durchblätterte. »Entschuldigung, aber ich bin immer noch nicht ganz auf dem letzten Stand ...«

»Ja«, bestätigte Megan. »Wir können vermuten, dass dieses Gespräch stattgefunden hat, als Quiros Palardy den Krankheitsauslöser gegeben hat.« Der Zeigestock glitt eine Zeile nach unten. »Einige der wichtigsten unbeantworteten Fragen drehen sich immer noch darum, wie Roger an den schlummernden Virus gekommen ist und wer ihn noch in sich tragen könnte. Eric arbeitet mit den Gentechnologie-Experten von Sobel zusammen, um sicherzustellen, dass wir bald im Besitz der Resultate eines Schnelltests des Krankheitserregers sind. Es ist ein beängstigender Gedanke, aber praktisch jeder von uns hätte infiziert werden können ... Bei Ihnen wäre das am unwahrscheinlichsten, Alex, weil Sie in Übersee waren. Ich hoffe, Sie haben deswegen aber kein schlechtes Gewissen.«

Wieder lächelte Nordstrum schwach. »Und der Auslöser der Krankheit?«

»Das ist eine andere Frage«, antwortete Megan. »Wenn Quiros Palardy nicht zugleich mit einem Virus und einem Trigger versorgt hat, wissen wir, dass der Krankheitsauslöser für verschiedene Zielpersonen mit verschiedenen genetischen Erbanlagen individuell produziert oder angepasst werden kann. Da eine Ampulle und eine Flüssigkeit erwähnt wurden, nehmen wir an, dass der Wirkstoff mit einer Spritze in Rogers Essen oder ein Getränk injiziert worden ist. Es wäre von großem Nutzen, wenn wir eine Probe davon hätten, und wir geben uns alle Mühe.«

»Waren die Typen in den Raumanzügen deshalb heute Morgen im Büro des Chefs?«, fragte Scull.

Megan nickte. »Und in der Cafeteria, der Küche und jedem anderen Raum des Gebäudes, wo Ess- und Trinkbares aufbewahrt wird. Im Morgengrauen habe ich mit Eric telefoniert, und er hat mich in einige Grundlagen der Virenforschung eingeweiht. Wahrscheinlich ist dies eine fürchterliche Vereinfachung, aber nach dem, was ich verstanden habe, infizieren Viren andere lebende Organismen, indem sie molekulare Proteine produzieren, durch die sie sich an die Wände der Zielzellen ankoppeln und diese dann durchdringen. Wer immer diesen Virus auch produziert haben mag – nach Erics Meinung hat er mit einem Hantavirus oder mit einem ähnlichen Krankheitserreger begonnen und den Virus dann auf entscheidende Weise modifiziert. Die Anzahl dieser Modifikationen kennen wir nicht, aber durch eine davon kann der Virus auch ohne den Kontakt mit Nagetieren auf Menschen übertragen werden. Wahrscheinlich bewirkt eine weitere Veränderung, dass der Virus so lange schlummert, bis der Trigger Binde- und Eintrittsproteine freisetzt. Wenn wir diesen Auslöser kennen, sollten die Wissenschaftler in der Lage sein, dessen chemische Beschaffenheit zu analysieren und herauszufinden, was den Ausbruch der Krankheit startet.«

»Noch eins«, sagte Scull. »Woher wissen wir denn, als was Quiros Palardy den Aktivator verkauft hat? Don hat den Boss infiziert, und jetzt ist er tot. Die Ärzte in der Leichenhalle haben bei der Obduktion nichts gefunden, was auf einen gewaltsamen Tod oder eine Vergiftung hinweist. Nach dem, was sie uns erzählt haben, sieht es so aus, als hätte sein Herz infolge der Krankheit versagt …«

»Das ist nur zur Hälfte richtig, Vince«, erläuterte Nimec. »Die Ärzte wissen, dass sein Herz versagt hat. Punkt. Es gibt Gifte, durch die ein Herzanfall simuliert werden kann, und einige dieser Gifte sind nur schwer zu entdecken. Vor allem dann, wenn der Körper des Opfers von der Krankheit schon schwer mitgenommen ist. Noch haben die Toxikologen ihre Tests nicht beendet.«

»Trotzdem«, insistierte Scull. »Wenn Quiros wollte, dass Palardy von der Bildfläche verschwindet, hat er ihn deswegen bestimmt nicht gewarnt. Wer immer Palardy auch getötet haben mag – Tatsache ist, dass er infiziert wurde. Vielleicht kann der Krankheitsauslöser bei allen der gleiche sein, und es ist der *Virus*, der sich von Mensch zu Mensch ändert. Möglich ist auch, dass sich beide nicht verändern. Es ist nicht meine Absicht, Verwirrung zu stiften, aber wir müssen mit unseren Annahmen vorsichtig sein. Das könnte für die Heilung unseres Chefs wichtig sein.«

Megan nickte. »Da haben Sie Recht. Wir sehen nichts als erwiesen an. Andererseits hat Erics Team aber bereits damit begonnen, Blut- und Gewebeproben von Palardy zu analysieren. Und sie arbeiten mit den bolivianischen Behörden zusammen, um etwa noch existierende Proben von Alberto Colón testen zu können. Eine vergleichende Studie der Viren, denen die beiden zum Opfer gefallen sind – im Fall Colón spekulieren wir nur, weil seine Regierung viele Umstände seines Todes kaschiert hat –, wird mehr über die Produktionsmechanismen ergeben, die die Bindezellen kreieren.«

Ricci hatte eine Zeit lang schweigend zugehört. »Wir sollten auf diese Blondine zurückkommen«, sagte er.

Megan wandte sich ihm zu. »Allerdings. Und das nicht nur, weil sie's einem leicht macht.«

Sie tauschten einen Blick. Megan lächelte zwar nicht, aber ihr etwas amüsierter Blick verriet Ricci, dass sie diese Bemerkung absichtlich so formuliert hatte. Überrascht stellte er fest, dass auch seine Stimmung sich ein bisschen aufgehellt hatte.

Megan bewegte den Zeigestock zwischen den verschiedenen Pseudonymen der Blondine und Quiros' Namen hin und her. »Durch die Videoüberwachung des Karussells im Balboa-Park ist die Verbindung der Frau zu Quiros offensichtlich. Aber über das Verhältnis Quiros–Palardy haben beide auch eine Verbindung nach Brasilien ... Wie lautet noch das genaue Zitat aus der Transkription?«

Ricci öffnete seinen Schnellhefter und überflog die Seiten. »Hier, etwa in der Mitte von Seite dreißig. Quiros spricht.« Nach ein paar Sekunden begann er vorzulesen: »›Als Sie Geld brauchten, um in Cuiabá ihre Spielschulden zu bezahlen, haben Sie vertrauliche Informationen über den Plan und die Sicherheit einer Anlage verkauft, die Sie von Berufs wegen eigentlich hätten schützen müssen.‹«

»Ende des Zitats«, sagte Megan.

»Die Welt ist klein«, kommentierte Ricci.

Der Zeigestock bewegte sich nach oben. »Brasilien und die Wildkatze – das passt gut zusammen. Schon durch dieses Zitat haben wir eine klare Vorstellung, wer die Blondine zu Quiros geschickt hat. Aber wir haben auch das Material, das die Computer über sie ausgespuckt haben, als wir das Profiler-Programm bei der NCIC-Datenbank laufen gelassen haben.« Megan blickte Nimec an. »Sie haben doch heute schon früh am Computer gesessen, um die Recherche durchzuführen, Pete. Geben Sie uns eine Zusammenfassung?«

»Unsere Blondine ist ein Terroristen-Groupie, wie wir es alle kennen«, begann Nimec. »Sie steht auf schwere Jungs und hübsche Sachen. Von Europol bis hin zur kanadischen Polizei haben sie alle schon mal festgenommen, um sie zu verhören, aber man konnte ihr nie etwas anhängen, und noch häufiger dürfte sie gar nicht erst aufgefallen sein. Das FBI hat sie einigermaßen regelmäßig überwacht, aber es hält sein Dossier unter Verschluss, und zwar aus Gründen, die niemand kennt. Vielleicht auch aus dem üblichen Grund, dass das *ihr* Material ist und dass sie anderen misstrauen …«

»Sie haben uns Einsicht nehmen lassen, Pete«, wandte Megan ein. »Das sollten wir nicht vergessen.«

Nimec verzog das Gesicht. »Nein, sollten wir nicht. Wie auch immer – die FBI-Leute halten sie für einen Kurier, der Material und Botschaften überbringt. Als sie ihnen im Jahr 1999 zum ersten Mal auffiel, war sie mit Amir Mamula zusammen, einem in Montreal ansässigen Algerier, der zu den Bewaffneten Islamischen Gruppen – der GIA – in Verbindung stand. Das ist dieselbe Gruppe, die ein Jahr später in Marokko die Maschine der Air Paris entführt hat, bei der die Wildkatze von dem französischen Diplomaten gesehen wurde. Und nachdem sie an Mamula das Interesse verloren hatte, hat unsere Blondine mit einer ganzen Reihe von hochkarätigen Rauschgifthändlern und Terroristen das Nachtleben genossen. Sie hat ihre Haare gefärbt und sich einer plastisch-chirurgischen Operation unterzogen, um ihren Gesichtszügen den letzten Schliff zu geben. Die obligatorische Schönheitsoperation am Busen brauche ich wohl gar nicht erst zu erwähnen. Die drei Pseudonyme da auf der Tafel sind nur die letzten Decknamen in einer langen Reihe. Vor ungefähr einem Monat hat sie unter dem Namen Melina Laval eine kleine Weltreise angetreten, die sie nach Europa, Südamerika und Kanada geführt hat. Und ich sollte nicht zu erwähnen vergessen, dass es etliche Kurzreisen nach Kanada gegeben hat. Acht, wenn nicht gar zehn im letzten halben Jahr.«

»Und wo war sie da?«, fragte Nordstrum.

»Meistens im westlichen Ontario«, antwortete Nimec. »Einmal auch in Québec, nur wenige Tage, bevor sie in San Diego auftauchte. Anschließend ist sie wieder von der Bildfläche verschwunden, und wahrscheinlich gab es seitdem auch keine Melina Laval mehr.«

Nordstrum runzelte die Stirn.

»Erzählen Sie uns, was sich da zusammenbraut, Alex«, sagte Megan.

Nordstrums Blick wanderte um den Konferenztisch. »Kann man sagen, dass alle hier Anwesenden finden, wir sollten Kanada als möglichen Standort für die Produktion des biologischen Wirkstoffs besonders im Auge behalten?«

Die anderen nickten.

»Okay«, sagte Nordstrum. »Als ich noch für das Außenministerium gearbeitet habe, war es schwierig oder gar unmöglich zu beweisen, ob ausländische Regierungen oder militante Gruppen in die Herstellung biologischer Waffen verwickelt waren, weil die Produktionstechnologie auch anderweitig genutzt werden kann. Spezielle Zentrifugen, Fermentiergeräte, Gefriertrockner, Behälter, in denen hochgradig gefährliche Bakterien aufbewahrt werden können, aber auch bekannte Krankheitserreger und Gifte – all das ist für legale medizinische, landwirtschaftliche oder industrielle Zwecke frei auf dem Exportmarkt erhältlich. Wir *wussten*, wer das Zeug aus den falschen Gründen gekauft hat. Aber Sie können sich ja vorstellen, was für Probleme wir hatten, als wir unseren Fall dem UNO-Weltsicherheitsrat vorgetragen haben. Einige Mitgliedsstaaten gehörten zu denen, die geheime Programme zur Herstellung biologischer Waffen laufen hatten.«

»Klingt wie ein Witz«, sagte Ricci.

»Ja.« Nordstrum zuckte die Achseln. »Es war ohnehin nur eine verfahrensrechtliche Formalität. Kooperation hatten wir sowieso nicht erwartet, aber wir wollten, dass unsere Erkenntnisse für den Fall festgehalten wurden, dass wir einseitige Aktionen starten mussten, wie etwa bei den Angriffen auf Osama bin Ladens angebliche Pharmafabrik. Und natürlich haben wir den Handel mit den Ausrüstungsgegenständen auch weiterhin verfolgt. Das ist nicht allzu schwer. Es gibt eine Auswahlliste der Unternehmen aus aller Welt, die Geräte vertreiben, mit denen natürlich auftretende Krankheitserreger oder Gifte stark vermehrt werden können. Aber bei nur einem Mikroorganismus, der das Resultat genetischer Veränderung ist, wird die damit verbundene Technologie zunehmend spezieller, und deshalb ist sie auch leichter aufzufinden. Kauf und Lieferung werden von unserer Regierung routinemäßig kontrolliert.«

Megan blickte ihn an. »*Regierung* ist ein großes Wort«, sagte sie. »Können wir uns wegen dieser Informationen an das FBI wenden?«

»Bei einem Vorfall mit chemischen oder biologischen Waffen auf amerikanischem Boden ist das FBI zuständig und verantwortlich, und deshalb verfügt es wahrscheinlich über gute nachrichtendienstliche Erkenntnisse. Aber für die Sammlung der Daten, die dann dem Außen- und

Verteidigungsministerium zugänglich gemacht werden, ist hauptsächlich das Nonproliferation Center der CIA zuständig.«

»Können Sie sofort überprüfen, was nach Kanada geliefert worden ist?«

»Ich werde es versuchen«, antwortete Nordstrum. »Vielleicht erinnern Sie sich, dass ich mit der gegenwärtigen Administration im Weißen Haus – von Präsident Ballard an abwärts – nicht gerade auf gutem Fuße stehe. Aber einem alten Regierungsbürokraten stehen vielleicht noch gewisse Hintertüren offen.«

Eine merkwürdige Methode für einen ehemaligen stellvertretenden Minister, dachte Megan, der nach seinen eigenen Worten praktisch als Chef des Ministeriums agiert hat. »Erwähnen Sie offen, was auf dem Spiel steht, wenn Sie an diese Hintertüren klopfen.«

Eine Zeit lang herrschte Schweigen.

»Wir sollten einen Hawkeye-Satelliten über unserem nördlichen Nachbarland positionieren«, sagte Nimec. »Falls es Alex gelingt, an die Informationen heranzukommen, können wir ihn auf die fraglichen Gegenden ausrichten.«

Ricci wies auf die Tafel. »... und Megan helfen, dass sie mit ihrem Zeigestock bald auf die drei großen Fragezeichen oben auf der Liste deuten kann«, sagte er.

Einen Augenblick lang sah Megan ihn an, dann nickte sie. »Genau das ist die Idee.«

»Ihre Bitte ist völlig unangemessen, Alex. Dieses ganze Gespräch ist mir sehr unangenehm ...«

»Kommen Sie schon, Neil«, sagte Nordstrum in sein Handy. Neil Blake war einer seiner früheren Studenten und mittlerweile Assistent des Staatssekretärs im Foreign Affairs Bureau. »Faxen Sie mir doch einfach die Liste über den Handel mit der Technologie zur Herstellung biologischer Waffen durch. Früher haben Sie mir schon größere Gefallen getan, ohne auch nur mit der Wimper zu zucken.«

»Früher schon. Aber im Moment sitze ich an meinem

Schreibtisch und blicke andauernd über meine Schulter. Ich schwöre bei Gott, Alex, wenn Sie hier Mäuschen spielen könnten, wüssten Sie, dass ich es ernst meine. Wenn jemand mitbekommt, dass ich mit Ihnen rede, sitze ich in der Scheiße. Im Weißen Haus hört man Ihren Namen nicht gerne, und daran wird sich auch nichts ändern, bevor diese Regierung aus dem Amt ist.«

»Wegen einer Pressekonferenz, durch die vielleicht etwas Sand ins Regierungsgetriebe gekommen ist?«, fragte Nordstrum. »Ich war Journalist und bin immer noch ein freier Bürger. Ballards Macht geht nicht so weit, als dass er mir die Rechte nehmen könnte, die mir im ersten Zusatzartikel der Verfassung garantiert sind. Ich bin überrascht, dass er nicht angeordnet hat, mich in eine Gefängniszelle sperren zu lassen.«

»Übertreiben Sie mal nicht …«

»Das brauche ich auch nicht. Möglicherweise geht's hier um Roger Gordians Leben.«

Blake seufzte. »Niemand schätzt ihn mehr als ich«, sagte er in einem halboffiziellen Tonfall. »Und Sie wissen, dass er hier in der Hauptstadt jede Menge Leute hat, die ihn unterstützen. Geben Sie mir einen oder zwei Tage Zeit. Ich werde sehen, wie ich ihre Bitte handhaben kann und mich dabei der angemessenen Wege bedienen.«

»Was ist das denn für eine lächerliche Phrase? Ich habe keine Zeit, nicht einmal eine oder zwei *Stunden*. Was ich brauche, brauche ich, und zwar sofort.«

»Bitte, Alex, ich versuche Ihnen doch gerade zu erklären …«

»Vergessen Sie's«, sagte Nordstrum ruhig. »Wie geht's der neuen Braut, Neil?«

Einen Augenblick lang herrschte Schweigen.

»Cynthia geht's gut«, antwortete Blake irritiert.

»Wie lange sind Sie jetzt verheiratet? Ein Jahr?«

»Ja. Fast. Einen Tag nach Weihnachten feiern wir unseren ersten Hochzeitstag.«

»Haben Sie vor, Ihre Frau anlässlich dieses romantischen Ereignisses in die heimelige kleine Wohnung in der

Euclid Street zu schleppen?«, fragte Nordstrum. »Oder ist die immer noch für andere Zwecke reserviert?«

Diesmal dauerte das Schweigen sehr viel länger.

»Wie kommt's, dass Sie danach fragen, Alex?«

»Einen besonderen Grund dafür gibt es nicht. Ich habe mich nur daran erinnert, dass Sie die Wohnung nie aufgegeben haben. Muss eine sentimentale Anhänglichkeit an die guten alten Zeiten sein, die Sie dort als Junggeselle verbracht haben.« Jetzt war es an Nordstrum, eine Zeit lang zu schweigen. »Hören Sie, vergessen Sie meine Bitte. Ich weiß, dass Sie unter Druck stehen. Stattdessen werde ich es bei einigen alten Kumpels von der *Washington Post* versuchen. Man kann nie wissen, vielleicht haben die etwas für mich. Wenn man denen was gibt, kriegt man auch was, das ist immer so.«

»Alex …«

»Ich muss jetzt Schluss machen …«

»Verdammt, warten Sie, Alex«

Nordstrum gehorchte.

»Geben Sie mir die Faxnummer von UpLink«, sagte Blake.

In seinem Büro in Sacramento lauschte Dr. Eric Oh gespannt den Ausführungen seines Stanford-Kollegen Todd Felson, der ihn im Detail über die ersten Analysen der Nahrungsmittelproben aus Roger Gordians Büro informierte.

»Kennen Sie diese Waffelröllchen, die wir auf seinem Schreibtisch gefunden haben?«, fragte er. »In Dreien davon haben wir winzige Polymerpartikel gefunden, etwa fünfzehn bis zwanzig Tausendstel Millimeter groß, und zwar eine riesige Menge.«

Zum dritten Mal innerhalb von zweiundsiebzig Stunden, in denen er von den Ereignissen mitgerissen worden war wie von einem reißenden Fluss, verschlug es Eric den Atem. »Mikrokapseln«, sagte er. »Ich glaube, Sie haben unseren Aktivator gefunden, Todd.«

»Sieht so aus«, entgegnete Felson. »Die Partikelwände

sind in Flüssigkeiten mit Körpertemperatur hochgradig löslich und zerfallen wegen der hohen pH-Werte im Verdauungstrakt eines Menschen. Oder in den Schleimhäuten.«

»Haben Sie schon damit begonnen, das Material in den Mikrokapseln zu analysieren?«

»Das kommt als Nächstes an die Reihe.«

Um zehn Uhr morgens, zwei Stunden nach dem Ende der Konferenz von Gordians engsten Mitarbeitern, nahm Megan einen Anruf entgegen – und hörte Axel Nordstrums aufgeregte Stimme.

»Es gibt Neuigkeiten, Meg.«

Sie richtete sich hinter ihrem Schreibtisch auf. »Ich höre.«

»Über die genauen Einzelheiten meiner Nachforschungen kann ich Sie später informieren, aber die Hauptsache ist jetzt, dass es in Ontario, westlich der Hudson Bay, eine private Einrichtung gibt, die in jeder Hinsicht zu der von uns gesuchten Fabrik für Pathogene passt. Es wird unglaublich viel biotechnologische Ausrüstung dorthin geliefert, mit der nicht jeder nach Belieben handeln kann. Mir liegt eine endlose Liste mit Einkäufen vor: Geräte zum Anlegen von Kulturen und zur Vermehrung biologischer Substanzen, Trockengefrierer, Behälter zur Aufbewahrung hochgradig gefährlicher Stufe-vier-Bakterien, Instrumente für die Rekombinations-Gentechnologie ... Und so weiter und so fort. Es ist eine von A bis Z bestens ausgerüstete Biotechnologie-Einrichtung, deren Bau immense Summen verschlungen haben muss, vermutlich um die hundert Millionen Dollar. So etwas werden Sie sonst in ganz Kanada vergeblich suchen, und auch hier in den Vereinigten Staaten gibt es allenfalls ein paar vergleichbare Einrichtungen.«

Megan atmete tief durch. »Wollen Sie damit sagen, dass niemand in Washington es für nötig befunden hat, im Sinne des nationalen Interesses nachzuforschen, was dort entwickelt wird?«

»Ich teile Ihren Sarkasmus, Meg. Tatsächlich machen wir sogar *Geschäfte* mit diesen Typen, und zwar jede Menge. Sie sind im Besitz von landwirtschaftlichen Patenten, die ihnen viele Verträge mit der Regierung eingebracht haben. Und kürzlich haben sie ein Riesengeschäft an Land gezogen, bei dem es um die Entwicklung eines genetisch modifizierten Strangs des *Fusarium oxysporum* geht, einem Pilz, der für Koka-Pflanzen tödlich ist.« Einen Augenblick lang schwieg er. »Das Außenministerium versucht, die Kolumbianer und Peruaner davon zu überzeugen, ihn gegen die Koka-Bauern einzusetzen, und es sieht ganz so aus, als würde es so kommen. Denken Sie mal einen Moment nach. Wenn wir von der Annahme ausgehen, dass diese Firma Verbindungen zur Quiros-Familie unterhält, deren Einnahmen in erster Linie aus dem Kokaingeschäft kommen, ist es durchaus begreiflich, dass sie einen speziellen Pilz kreieren, der die Koka-Pflanzen ihrer *Konkurrenten* vernichtet. Und das alles auf Rechnung unserer Regierung.«

Einen Augenblick lang schwieg Megan, während sie nachdachte und den Telefonhörer umklammerte. »Nennen Sie mir den Namen der Firma, Al«, sagte sie schließlich.

»Earthglow. Ein hübscher Name, finden Sie nicht?«

24.

Nördliches Ontario, Kanada
17. November 2001

»Abgelegen ist heutzutage ein relativer Begriff«, sagte Paul ›Pokey‹ Oskaboose, während er mit seiner Cessna 172 durch die Wolken nach unten stieß. »Vor einiger Zeit habe ich einen Artikel in einer Illustrierten gelesen, an dessen Autor ich mich nicht erinnere, aber ich glaube, dass darin stand, dass es heute vielleicht noch sechs oder acht Orte auf diesem Planeten gibt, wo man eine Stunde, vielleicht auch eine Nacht verbringen kann, ohne irgendein Motorengeräusch zu hören.« In Schräglage flog er auf die schneebedeckten Hügel zu.

Rechts neben ihm saß Ricci, der durch das Fenster aus der Sturzflugperspektive die Außenwelt vorbeischlingern sah. »Wie lange dauert's noch bis zu der Fabrik?«, fragte Ricci, dem sich der Magen umzudrehen drohte.

»Kann sich nur noch um ein paar Augenblicke handeln.« Oskaboose wies aus dem Fenster. Er war ein Cree-Objibway-Indianer mit einem breiten, knochigen Gesicht und sehr kurz geschnittenem dunklem Haar, der Ricci vom Sword-Team zur Verfügung gestellt worden war, das zwischen den Radarkuppeln und Satellitenschüsseln einer UpLink-Bodenstation im Südwesten einquartiert war, mitten zwischen der Big Nickel Mine in Sudbury und dem Lake Superior.

»Sehen Sie die abgerundeten beiden Berge mit den vielen Furchen dort?«

»Ja.«

»Die einheimischen Stämme nennen sie *Niish Obekwun*, die ›Zwei Schultern‹. Dahinter befindet sich eine Schlucht, durch die ein Fluss zum White River hinabfließt. Und dann ist da ein dritter, höherer, ziemlich steiler Berg.«

Ricci nickte.

»Auf der hinteren Seite, am Westhang, befindet sich unser Ziel«, sagte Oskaboose. »Sehen Sie sich die Karte auf dem Bildschirm an. Jemandem wie Ihnen, der immer nur auf der Erde herumkriecht, wird das die Orientierung erleichtern.«

Ricci blickte auf den entspiegelten Videomonitor, auf dem die Karte eines Echtzeitsystems für geografische Informationen Livebilder der rauen, gefrorenen Landschaft unter ihnen überlagerte. Der Kurs des Flugzeugs war mit einer Reihe flackernder roter Punkte markiert, die Lage der Earthglow-Gebäude mit einem hellgrünen Rechteck. Sehr nützlich, dachte Ricci. All das stimmte präzise mit seiner Erinnerung an jene Hawkeye-I-Satellitenaufnahmen überein, die er in San José studiert hatte. Mit einer Zoom-Auflösung von unter drei Zentimetern hatten sie detailgetreue

Nahaufnahmen des Biotechnologie-Unternehmens und der Sicherheitsvorkehrungen auf seinem Grundstück ermöglicht. Aber Ricci war an einem gleichsam instinktiven Gefühl für die Landschaft interessiert, und das war seiner Ansicht nach nur durch Beobachtung vor Ort erreichbar.

Jetzt flog die Maschine wieder gerade. »Heutzutage müsste sich Klein-Tarzan keine Sorgen mehr machen, dass ihn Affen verschleppen«, sagte Oskaboose. »In Afrika gibt es noch einige tausend Gorillas, inklusive Unterarten, und die werden häufiger fotografiert als Models oder Filmstars. Ein britisches Kind in Knickerbockers, das von einer Affenmutter gehegt und gepflegt wird, würde heute in null Komma nichts von reichen Touristen auf der Fotosafari entdeckt und in die zivilisierte Welt zurückgebracht werden. Gott helfe ihm.«

Der letzte Satz des Piloten entlockte Ricci einen irritierten Blick.

»Ich gebe Ihnen noch ein weiteres Beispiel, warum die Wildnis heute keine Wildnis mehr ist«, sagte Oskaboose, dem der Gesichtsausdruck seines Begleiters auffiel.

Ricci gab einen fragenden Laut von sich.

Oskaboose fuhr fort: »Wenn die Leute den Namen Tibet hören, denken sie an buddhistische Mönche in ausgefallenen Gewändern, die selig in transzendentalen Sphären schweben. Zumindest bei mir ist das so. Aber Tibet ist mittlerweile nur ein weiterer Zufluchtsort für Hollywoodstars mit persönlichen Problemen. Wenn man eine Million Dollar für die Kasse des Tempels spendet, drücken sie einem eine Liste mit den Chakras in die Hand und erklären, dass Sie einen reinen Geist haben. Und initiieren Sie ehrenhalber als Mönch ihres Ordens. Ich mache keine Witze.« Oskaboose produzierte ein trauriges Geräusch und zeigte dann erneut aus dem Fenster. »Gleich sind wir über dem Becken. Vielleicht möchten Sie sich das mal ansehen.«

Ricci blickte nach unten. Die Abhänge des Bergs unter ihnen waren dicht mit Kiefern bewaldet. An der sehr steilen Erhöhung am hinteren Ende des Beckens wurde die Vegetation spärlicher. Dort gab es nur noch widerstandsfähige, kleine Baum- und Gebüschgruppen zwischen großen weißen Schneefeldern. Direkt darunter lag der Nebenfluss, ein kristallinblaues, in der mittäglichen Sonne glänzendes Band.

»Ist die Eisdecke des Flusses fest?«, fragte Ricci.

Oskaboose zuckte die Schultern. »Von hier oben ist das schwer zu beurteilen. Sie sehen ja selbst, dass es eine geschlossene Eisschicht gibt, aber es bedarf nur eines kleinen Abflusses, und schon wird die Eisdecke stellenweise wieder dünn. Besonders in dieser Jahreszeit, wenn die Temperatur noch über dem Gefrierpunkt liegen kann.«

Ricci kniff die Lippen zusammen. »Haben Sie irgendeine Vorstellung, wie hoch der Schnee auf diesen Abhängen liegt?«

»Da es nicht allzu stark geschneit hat, etwa gut dreißig Zentimeter, bei Schneeverwehungen vielleicht kniehoch.« Er warf Ricci einen schnellen Blick zu. »Unerfahrene Bergsteiger müssen auf Spalten achten, die durch verkrusteten Schnee verdeckt werden. Wenn man da hineinstürzt, kann man ziemlich tief fallen.«

Ricci nickte nachdenklich.

»Okay«, sagte Oskaboose. »Wenn wir über den nächsten Hügel geflogen sind, werden Sie zu ihrer Rechten, auf einer Felsplatte am Fuße der Erhebung, Earthglow sehen.«

»Wir fliegen nur einmal drüber. Auf dem Rückweg nehmen wir eine andere Route.«

»Kapiert.« Erneut zuckte Oskaboose die Achseln. »Der Sinn meiner Erklärung war, dass ich Ihnen versichern wollte, dass ein Flugzeug hier kein verdächtiger Anblick ist. Nicht allzu weit im Süden liegt der Pukaskwa-Nationalpark. Die Wildhüter benutzen für Transportzwecke Flugzeuge oder Hubschrauber, aber auch für die Beobachtung, Suche und Rettung der dort lebenden Tiere. Außerdem wird die Post auf dem Luftweg gebracht. Wir brauchen uns also keine allzu große Sorgen machen, wenn uns jemand sieht.«

Ricci schwieg, während seine blassblauen Augen aus dem Fenster starrten.

damit rechnen, dass uns jemand im Nacken sitzt und das verhindern will.«

Ricci blickte ihn an. »Deshalb wird sich Ihr Team etwas einfallen lassen, um sie daran zu hindern.«

Thibodeau kratzte sich am Bart. »Ja«, antwortete er. »Ich glaube, dass ich da eine oder zwei Ideen habe.«

Erneut nickte Ricci. Dann wandte er sich dem Bild zu, um mit dem roten Punkt des Laserstrahls zuerst auf die Brücke zu zeigen, die den zugefrorenen Fluss überspannte, dessen Verlauf durch das Becken er dann nachfuhr. Der Fluss trennte die ›Zwei Schultern‹ von dem größeren Berg.

»Am kompliziertesten wird die Annäherung werden«, sagte er. »Von der Stelle bei den ›Zwei Schultern‹, wo wir unser Lager aufschlagen, muss mein Einsatzteam zum Fluss laufen, ihn überqueren, die nordöstliche Seite des Hügels erklimmen und ihn dann in nordwestlicher Richtung wieder hinabsteigen. Dann sind wir hinter dem Gebäude. Von dort werden wir uns an der Seite entlang zu dem Häuschen der Wachtposten am Tor schleichen, um diese auszuschalten. Dann geht's weiter im Programm.« Er neigte seinen Kopf Pokey Oskaboose zu. »Mir ist klar, dass es so scheint, als müsste man eine verdammte Spinne sein, um diesen großen Felsen zu erklimmen, aber Pokey hat ein paar Dinge erwähnt, die mir nicht aufgefallen wären.«

»Wer immer das Earthglow-Gebäude auch errichtet haben mag, er hat geglaubt, dass der Hügel an der Rückseite Schutz garantiert«, sagte Oskaboose. »Jeder, der diesen Landstrich kennt, weiß, dass der Job hart, aber nicht unlösbar ist. An den Abhängen dieses Hügels gibt es verschiedenste Pflanzen: Lärchen, Kiefern, Fichten, Zedern, Beerensträucher. Wegen deren Wurzelsysteme wird Ihnen der Boden nicht unter den Füßen wegrutschen. Außerdem können Sie sich überall fest halten, und wenn Sie ausgleiten, werden die Äste Ihren Fall stoppen.«

Thibodeau warf ihm einen Blick zu. »Und Sie werden an Ort und Stelle sein und ihnen zeigen, wo sie sich fest halten können und welche Äste ihren Sturz aufhalten werden?«

Der zweideutige Tonfall schien Oskaboose nicht weiter zu irritieren. »Lassen Sie es mich so ausdrücken«, sagte er. »In der Regel ziehe ich es vor, mir meine Kicks in luftigen Höhen im Pilotensessel zu holen, aber in der Gesellschaft von so großartigen Jungs mache ich gern eine Ausnahme.«

In dieser Nacht, kurz bevor seine Eingreiftruppe zu ihrem Geländemarsch aufbrach, trat Ricci aus dem aus metallisiertem Gewebe bestehenden Zelt, das an ein Iglu erinnerte. Um ihn herum ragten die buckligen *Niish-Obekwun*-Granithügel auf, deren zerfurchte Konturen irgendwie unirdisch wirkten. Zur Zeit des Sonnenuntergangs war die Temperatur deutlich unter den Gefrierpunkt gesunken, und jetzt fiel sie weiter mit jäher Schnelligkeit. Außerdem war mittlerweile Wind aufgekommen, der über die mit Schnee und Büschen bedeckte Hügellandschaft mit ihren Rissen und Felssimsen pfiff. In der Höhle unter ihm klang er wie die monotone Litanei eines Idioten, als wäre die Landschaft selbst durch ein unpersönliches, bedrohliches Ritual in Bewegung geraten.

Ricci war allein. Er trug einen Schnee-Tarnanzug mit Polarfütterung, eine kugelsichere Zylon-Weste und warme Unterwäsche. Außerdem hatte er das kleinere Modell des VVRS-Gewehrs geschultert und auf dem Rücken einen ALICE-Rucksack. Seine ultradünnen, isolierten Handschuhe würden ihn bei der Bedienung seiner Waffe nicht behindern. An den Füßen trug er weiße Gummistiefel und Schneeschuhe aus einer Aluminiumlegierung. Sein eng anliegender Helm war mit einem integrierten, drahtlosen Audio- und Videosystem ausgestattet, das er ohne Zuhilfenahme der Hände bedienen konnte. Die winzige Linse der digitalen Farbkamera war unsichtbar über seiner Stirn angebracht, das Mikrofon vor seinem Kinn in den Helm einmontiert. Das kugelsichere Polykarbonat-Visier war herabgelassen. Darunter trug er einen wollenen Kopfschutz, der nur mit Schlitzen für die Augen und zum Atmen versehen war, damit sein Gesicht vor der grimmigen Kälte geschützt war. Dennoch fühlte er den beißenden Frost, der bei jedem Atemzug seine Lungen streifte. Nicht einmal im frostigsten, trostlosesten Winter in Maine hatte er eine so feindselige Kälte kennen gelernt, der sich kein geistig gesunder Mensch ohne gute Gründe aussetzen würde. Aber Ricci empfand kein Bedürfnis, über seine Gründe nachzudenken. Vor dem Aufbruch hatte er ganz einfach allein sein wollen – still, ohne nachzudenken, innerlich ruhig.

Jetzt wandte er sich um, ging auf das Zelt zu und steckte seinen Kopf hinein, um seinen Männer das Signal zu geben, dass sie ihre Ausrüstung anlegen und sich dann sammeln sollten. Nach den einsamen Augenblicken war Ricci jetzt startbereit.

Die Eisdecke des Flusses gab gelegentlich etwas nach, während sie darüber stapften, und das Geräusch unter dem glitzernden Schnee erinnerte an zertrampeltes Zellophan. Sie gingen im Gänsemarsch hintereinander her: Oskaboose führte den Trupp an, gefolgt von Ricci und den Männern, die schon an der Cape-Green-Übung teilgenommen hatten: Seybold, Beatty, Rosander, Grillo, Simmons, Barnes, Harpswell und Nichols. Die Eingreiftruppe war um drei Männer verstärkt worden: Neil Perry war ein erfahrener Mann aus Kaliningrad, Dan Carlysle und Ron Newell waren schon in Brasilien dabei gewesen und von Thibodeau empfohlen worden.

Weil er auf dünnes Eis achtete, blickte Oskaboose permanent nach unten und testete jede verdächtige Stelle, indem er vorsichtig einen Fuß absetzte, dann sein Gewicht darauf verlagerte und mit dem Steigeisen seines Schneeschuhs Druck ausübte. Wachsam achtete er auf das geringste verräterische Anzeichen, ob das Eis brach oder nachgab, oder ob er Wasserbewegungen unter einer dünnen, schwachen Eiskruste wahrnahm. Obgleich die Mitglieder des Teams durch Kommunikationstechnologie zueinander in Kontakt standen, schwieg Oskaboose und signalisierte den anderen mittels Handzeichen, wo das Eis tragfähig und wo seine Stabilität zweifelhaft war. Ricci musste er das nicht weiter erklären. Es war die Gewohnheit eines Menschen, der sein ganzes Leben in dieser Gegend verbracht hatte und sie daher in- und auswendig kannte. Folglich verzichtete er auf Technologie, um bei der Suche nach möglichen Gefahren ganz seinen Sinnen vertrauen zu können.

Seitdem sie das Lager verlassen hatten, schien es mit der Kälte schlimmer geworden zu sein, und deshalb hatten sie es auf dem Eis bis jetzt nur mit einigen wenigen gefährlichen Stellen zu tun gehabt … Und doch brach einmal, nur wenige Meter vom westlichen Ufer entfernt, die Eisdecke unter Oskabooses Fuß. Das von den Felswänden der Schlucht zurückgeworfene Echo klang wie ein Gewehrschuss. Die Männer fuhren mit ihrer schweren Ausrüstung herum, und Ricci blickte kurz auf den Abhang, den Kolben seiner Waffe gegen die Schulter gepresst. Aber dann hörte er ein platschendes Geräusch und sah, wie Oskaboose den tropfenden Schneeschuh und das nasse Hosenbein aus einem Loch in der Eisdecke zog.

»Tut mir Leid, Kollegen«, sagte Oskaboose in sein Funkgerät. Das waren seine ersten Worte, seit sie das Eis betreten hatten.

Ricci löste den Klammergriff um den Kolben seiner Waffe. Die restliche Überquerung des Stroms verlief ohne weiteren Zwischenfall.

Später sollten Riccis Erinnerungen an den Aufstieg zu einem eher zufällig zusammengewürfelten Strom von Bildern und Eindrücken verschmelzen.

Er erinnerte sich daran, wie sie am Fuß des Hügels angehalten, ihre Schneeschuhe ausgezogen und sie dann über die Schulter geworfen hatten. Dann waren sie auf den unteren Felssimsen vom ersten Adrenalinstoß erfasst worden – ein Team, das nur noch sein eigenes Vorwärtskommen im Sinn hatte. Er erinnerte sich, wie sein Blick den die Felswand emporklimmenden Oskaboose gesucht hatte, und dann war er ihm gefolgt und hatte versucht, nicht zu weit zurückzufallen. Das Gefühl des rauen und kalten Felsens an seinem Körper fiel ihm wieder ein, der böige Wind, der ihn erfasst hatte, das Schneegestöber, die unter seinen behandschuhten Fingern zerbrechenden Eiszapfen. Er hatte seine Hände in Spalten gezwängt, sich an nadeligen Lärchenzweigen festgehalten, an kleinen Büschen, die gefährlich aus winzigen Rissen in der Felswand herauswuchsen. Einmal war ein verdutzter Vogel mit einem verdrossenen Kreischen und wildem Flügelschlag aufgeflogen.

Und Ricci erinnerte sich an den Augenblick, als er gehört hatte, wie unter ihm Seybolds Stiefel abrutschte. Nachdem er sich umgewandt hatte, sah er, wie Seybold ins Taumeln geriet und rückwärts von einem Felssims zu stürzen drohte. Sein Stiefel hatte das Eis und kleine Kiesel losgetreten, die in den Abgrund geschleudert wurden. Ricci packte sein Handgelenk und zog ihn nach oben. Dann, nachdem er tief durchgeatmet hatte, kletterte er weiter, immer weiter, den Blick auf Oskaboose gerichtet, von Wind und Schneegestöber geplagt.

Schließlich tauchte der Kamm des Berges über ihm auf. Er zog sich mit beiden Armen hoch, Stück um Stück, und stellte fast überrascht fest, dass er neben Oskaboose stand. Sie halfen Seybold und den anderen, die letzte Schwierigkeit zu überwinden, bis alle gemeinsam vom Berg aus den Earthglow-Gebäudekomplex betrachteten.

Nachdem sie sich eine kurze Pause gestattet hatten, nur zwei oder drei Minuten, um wieder zu Atem zu kommen, begann der Abstieg. Ja, sie kamen voran, aber damit hatten sie ihr Ziel noch lange nicht erreicht.

Noch lag ihre Aufgabe vor ihnen, und sie hatten keinerlei Zeit zu verlieren.

Wie beim Aufstieg bewegten sie sich hintereinander, und auch jetzt hielten sich Vor- und Nachteile des Geländes die Waage.

Weil der westliche Abhang des Berges im Gegensatz zu der gegenüberliegenden Felswand permanent dem Wind und dem Sturm ausgesetzt war, gab es hier fast keinerlei Vegetation, dafür bröckelnde Granitvorsprünge, und der Stein war zernarbt. Tiefe Furchen erweckten den Eindruck, als wären sie von einem riesigen, bösartigen Gebiss aus dem Fels herausgerissen worden. Für jeden, der nicht mit dieser Landschaft vertraut war, hätte jeder Einzelne dieser Risse eine ernsthafte Gefahr sein können. Aber Oskaboose sah in ihnen Stellen, wo Hände und Füße Halt fanden, und manchmal fand er auch geschützte Nischen, wo seine Kameraden einen Augenblick lang verschnaufen konnten.

Der Nachteil bestand darin, dass verwitterter, poröser Stein als unausweichliche Folge des Naturgesetzes der Schwerkraft nur nach unten stürzen konnte, und deshalb sah sich Oskaboose auf den letzten fünfzehn bis zwanzig Metern des Abstiegs zum Fuß des Berges großen Problemen gegenüber. Zwischen herabgestürzten Felsbrocken und über Geröll, Kiesel und Schnee musste er sich Schritt für Schritt mühsam seinen Weg bahnen. Das wurde dadurch verkompliziert, dass die Route so gewählt werden musste, dass sie für die anderen möglichst wenig beschwerlich war.

Aber für Ricci hatten sich die Mühen ihres Führers gelohnt. Als er am Fuß des Bergs auf das beleuchtete Zifferblatt seiner Uhr blickte, stellte er fest, dass über zwei Stunden vergangen waren, seit sie ihr Camp verlassen hatten. Das war vielleicht länger, als er erwartet hatte, aber dank Pokey Oskaboose hatten sie diese Strecke zurückgelegt, ohne dass sich jemand eine schlimmere Verletzung als einen blauen Fleck zugezogen hatte.

Jetzt lag der Earthglow-Gebäudekomplex in der pechschwarzen Finsternis direkt vor ihnen.

Bei den Übungen für den Ernstfall sollten die Gefahren real erscheinen, und tatsächlich war das auch in einem außergewöhnlichen Ausmaß der Fall gewesen. Aber es gibt Teile des menschlichen Geistes, die nicht freiwillig vor der Illusion kapitulieren, und simuliertes Blutvergießen ist immer etwas anderes als der reale Verlust von Menschenleben, wie täuschend echt das künstliche Blut auch aussehen mag.

Als Ricci, an die Rückwand des Earthglow-Gebäudes gepresst, beobachtete, wie Rosander mit seiner Teleskopsonde um die Ecke spähte, überkam ihn ein intensives Déjà-vu-Erlebnis. Dennoch war er sich der Tatsache bewusst, dass die Cape-Green-Übung nur wenig mehr als eine Theatervorstellung gewesen war, die vor wechselnden Bühnenbildern stattgefunden hatte. Bei solchen Manövern war es an einem Tag Afrika, am nächsten der Balkan, aber es konnte auch Detroit sein, wenn einem danach war. Das Hier und Jetzt ist so, wie es nun einmal ist, dachte er, und daran wird sich auch nie etwas ändern. Diesmal würde keiner seiner Männer wieder aufstehen, um Witze zu reißen, sich zu beschweren oder seine Strafe abzuwarten.

»Ist das Bild auf dem HUD-Display jetzt klarer?«, fragte Rosander. Er fingerte an einem Regler an dem an eine Pistole erinnernden Griff der Sonde herum, um die Infrarot-Helligkeitsstufe einzustellen. »Ich habe den Output maximiert, kriege aber nach ungefähr zehn Metern in dieser Finsternis keine bessere Auflösung hin.«

»Es wird schon reichen.« Das von dem Display in Riccis Visier über sein normales Sichtfeld gelegte Bild zeigte zwei Wachen mit Schutzbrillen, die Parkas und Wollschals trugen und entspannt an der nördlichen Seite des Gebäudes entlang patrouillierten. Sie hatten FN P90-Sturmgewehre geschultert, die mit derselben Munition wie Riccis Five-Seven-Pistole betrieben wurden. Kleine Patronen, große Wirkung. »Den Ton können Sie trotzdem abstellen. Den Unsinn, wie sie irgendwelche Highschool-Mädchen aus der Stadt aufgerissen haben, muss ich mir wirklich nicht anhören.«

Rosander drückte auf einen anderen Knopf, um das Mikrofon abzuschalten.

»Sie müssen schnell und leise ausgeschaltet werden«, sagte Ricci. Die Lautstärke ihrer Kommunikationsverbindung war so eingestellt, dass die anderen Mitglieder des

Teams sein Flüstern in normaler Lautstärke hörten. »Sie dürfen keinen Schuss abgeben können, aber noch besser wär's, wenn wir auch nicht schießen müssten.«

Er suchte in seiner Gürteltasche nach dem Behälter mit dem Betäubungsspray, blickte schnell über die Schulter und gab dann Seybold das Zeichen, ebenfalls nach seiner Spraydose zu greifen. »Auf mein Signal«, sagte er und hob die Faust.

Seybold nickte ihm zu, dann krochen sie zu Rosander hinüber.

Sie warteten. Die Wachtposten schienen es nicht besonders eilig zu haben, ihren Rundgang hinter sich zu bringen. Zwei bewaffnete Kumpel, die gemütlich durch die kanadische Nacht spazierten, wo Temperaturen wie in einer Tiefkühltruhe herrschten.

Nach einer scheinbaren Ewigkeit hatten sie die Ecke des Gebäudes erreicht.

Wie ein Eisenbahnsignal hob sich Riccis Arm.

Seybold bewegte sich im gleichen Moment wie er. Nachdem sie um die Ecke gebogen waren, pressten sie den Männern die Behälter ins Gesicht. Auf diese nahe Entfernung würde die mit Hochdruck versprühte Flüssigkeit sich nicht durch den Wind verteilen, und das durchlässige Gewebe der um ihre Münder geschlungenen Schals würde dem Sedativum nichts von seiner sofortigen Wirkung nehmen.

Ohne Schmerz zu empfinden, geräusch- und bewusstlos glitten die Wachtposten zu Boden, und dann wurden auch schon ihre Handgelenke gefesselt, bevor sie in die Dunkelheit am Fuß des Hügels gezerrt wurden. Sie waren für Stunden aus dem Verkehr gezogen.

Ricci wandte sich seinen Männern zu. »In Ordnung. Auf zum Wächterhäuschen am Tor.«

Pokey Oskabooses Teilnahme an der Aktion war nicht nur aus dem Grund ein Segen, weil er sich so gut mit dem Terrain auskannte. Schon im Planungsstadium der Mission hatte er einen wichtigen Tipp über den Transportweg in

de es keine Probleme geben. Nachdem er das Signal gegeben hatte, rannten sie los.

Schon kauerte Ricci unter dem Fenster, für die Wachtposten unsichtbar. Sein Puls raste, und die Epinephrine, die jetzt durch seinen Körper schossen, hinterließen einen Geschmack in seinem Mund, als hätte er auf eine Pille für Allergiker gebissen. Er wartete auf seine Männer, die hastig ihre Positionen einnahmen. Grillo und Barnes standen mit ihren VVRS-Gewehren rechts neben der Tür, Newell wartete direkt hinter Ricci auf der linken Seite. Gegenüber dem Eingang kauerte in der Dunkelheit Carlysle, der die Tür eintreten sollte.

Ricci hatte eine Hand mit drei ausgestreckten Fingern gehoben, mit der anderen zog er seinen ausziehbaren ASP-Schlagstock aus der Scheide am Gürtel. Dan begann er zu zählen, mit der Stimme und den Fingern. Er zog einen Finger ein.

»… zwei, *drei!*«

Blitzschnell sprang Carlysle auf. Mit zwei Riesenschritten war er an der Tür, und sein Stiefel traf unterhalb der Klinke dagegen. Krachend flog die Tür nach innen auf.

Ricci stürmte in das Wächterhäuschen, den Schaumstoffgriff seines Schlagstocks umklammernd. Dann drückte er mit dem Daumen auf den Knopf, und die röhrenförmigen Stahlsegmente schossen aus dem Griff. Die beiden Wachtposten vor den Monitoren wirbelten herum, verdutzt und mit vor Erstaunen aufgerissenem Mund. Aus dem Augenwinkel sah Ricci seine Männer in den Raum stürmen, dann fiel sein Blick auf die Sturmgewehre an den Stuhllehnen: eine P-90 für den linken Mann, eine Heckler & Koch für den rechts sitzenden.

Der Letztere schaltete schneller als sein Kollege und griff nach seiner Waffe, aber Riccis Schlagstock traf sein Handgelenk. Mit einer flüssigen Bewegung ließ er den Schlagstock den Unterarm hinaufgleiten, packte ihn dann an beiden Enden und drückte zu. Die Elle zerbrach wie morsches Holz. Schreiend wirbelte der Mann herum, aber schon wurde er erneut von Riccis Schlagstock getroffen, diesmal am Hals, direkt unter dem Ohr. Der Wachtposten gab ein gurgelndes Geräusch von sich, wie Wasser, das durch eine teilweise verstopfte Leitung sickert. Er ging zu Boden und lag reglos da, mit einem an zwei Stellen unnatürlich gekrümmten Arm.

Jetzt wirbelte Ricci mit dem Schlagstock in der Hand zu dem anderen Mann herum, aber der hatte bereits die Hände gehoben. Grillo und Barnes hatten ihn entwaffnet und pressten ihm ihre Schusswaffen in die Rippen. Unterdessen zielten Carlysle und Newell auf den Wachtposten, der im Schlaf überrascht worden war.

Ricci stand zwischen den ersten beiden Männern, blickte von einem zum anderen und zeigte dann auf die Regler vor den Monitoren. »Wer von euch lässt uns durch den Lieferanteneingang herein?«, fragte er.

Die Männer schwiegen.

Ricci wandte sich dem Linken zu, winkte Grillo und Barnes zur Seite und schlug dem Mann mit dem Schlagstock ins Gesicht. Blut strömte aus der gebrochenen Nase des Wachtpostens, und er krachte rückwärts zu Boden.

Jetzt wirbelte Ricci zu dem anderen Wächter herum, der ihn mit weit aufgerissenen Augen anstarrte. Er packte ihn am Hemd und zog ihn auf die Beine. »Dann müssen Sie das wohl erledigen.«

»Hören Sie uns noch, Thibodeau?«, fragte Ricci über die Kommunikationsverbindung.

»Alles in Ordnung«, antwortete Thibodeau aus dem Camp auf dem Hügel.

»Und wie sieht's mit Ihnen aus, Pokey? Alles unter Kontrolle?«

»Ja«, antwortete Oskaboose, der sich mittlerweile in dem Wächterhäuschen befand. »Trotzdem ist das hier ein ziemliches Chaos.«

»Beim nächsten Mal werde ich versuchen, alles ordentlicher zurückzulassen. Die beiden Wachtposten müssten noch für eine Weile aus dem Verkehr gezogen sein. Wenn einer von ihnen zu schreien beginnt, verabreichen Sie ihm noch eine Dosis von unserem Betäubungsspray. Das wird ihn wieder einschläfern.«

»Verstanden.«

»Sie und Harpswell kümmern sich um den dritten Mann. Wenn sich irgendjemand von der Firma über Funk meldet oder zu dem Häuschen kommt, muss er antworten oder den Besuch in Empfang nehmen. Sorgen Sie dafür, dass er in beiden Fällen lächelt. Außerdem sollte er nicht vergessen, was mit ihm passiert, wenn er die falsche Antwort gibt.«

»Alles klar.«

Um seine Gedanken zu ordnen, schwieg Ricci einen Augenblick. »Doktor?«, fragte er dann.

»Ja«, antwortete Dr. Eric Oh, der sich zusammen mit Nimec und Megan im UpLink-Hauptquartier in San José aufhielt. »Vor ein oder zwei Minuten hat man mich in die Audio-Video-Kommunikationsverbindung mit einbezogen.«

»Okay. Kommt das Signal klar und deutlich rüber?«

»Das Bild ist etwas unscharf, aber sie arbeiten daran«, antwortete der Arzt. »An welcher Stelle des Gebäudes befinden Sie sich? Sieht wie eine Küche aus.«

Ricci blickte sich um – vor seinem rechten Auge befand sich das ins Visier seines Helms eingelassene Video-Kameraauge. Nachdem er mit seinen Männern – von Oskaboose und Harpswell abgesehen – durch den Lieferanteneingang in des Earthglow-Gebäude eingedrungen war, gingen sie – auf der Suche nach dem Weg des geringsten Widerstandes in das Zentrum des Bauwerks – durch ein paar schwach beleuchtete und verwaiste Korridore. Die erste nicht verschlossene Tür führte sie in diesen Raum, der tatsächlich eine große Küche war. Offensichtlich wurde hier für die Belegschaft gekocht. Es gab schwere, professionelle Haushaltsgeräte, begehbare Kühlräume, Wasserbecken und an der Decke Stahlhaken, an denen Lebensmittel herabbaumelten. Auf Regalen wurden Gewürze, Kaffee und andere Vorräte aufbewahrt.

Aus einem unerklärlichen Grund erinnerte sich Ricci plötzlich an die Variante des Tischgebets, die sein Vater bevorzugt hatte: *Gute Freunde, eine gute Mahlzeit, ein guter Gott – lasst uns essen.* Es war Jahre her, dass dieser kleine Erinnerungsfetzen zum letzten Mal aus den Tiefen seines Gedächtnisses aufgestiegen war.

»Ja, es ist eine Küche, Doktor. Gucken Sie genau hin, wir gehen jetzt weiter.«

Ricci ging mit seinen Männern auf eine hohe Schwingtür am hinteren Ende des Raums zu, wobei sie durch einen Gang zwischen einer langen Theke und einer Reihe von Öfen, Grills und Herden schritten.

Ein flüchtiger Blick durch das in Augenhöhe in die Tür eingelassene Sichtfenster enthüllte, dass sich dahinter eine verdunkelte Kantine befand. Ricci sah Tische, Stühle, Getränkeautomaten und Anrichten mit Servietten, Gewürzen und Besteck.

Alles ganz alltäglich und unauffällig, wie in der Cafeteria einer Highschool.

Nachdem er mit seinen Männern im Schlepptau durch die Tür getreten war, sah er zu seiner Linken den Eingang für die Mitarbeiter – eine Schwingtür mit zwei Flügeln.

Als er an dieser Tür erneut stehen geblieben war, öffnete er mit seinen behandschuhten Fingern einen der Flügel einen Spalt weit. Dann steckte er langsam den Kopf durch die Öffnung.

Ein Flur, zu beiden Seiten von Türen mit Namensschildern gesäumt – Büroräume. An einem Ende des Korridors sah er etwas, das seinen Puls beschleunigte und ihm die Nackenhaare zu Berge stehen ließ.

An der Wand waren übereinander zwei Schilder angebracht – auf dem unteren sah er einen Pfeil, der auf einen kreuzenden Flur wies, auf dem oberen das dreiflügelige Symbol für Biogefährdung.

Rasch eilte Ricci mit seinen Männern den verdunkelten Korridor hinab, dann bogen sie in die Richtung des Pfeils ab, während die dicken Betonwände das dumpfe, verschwommene Geräusch ihrer Schritte zurückwarfen.

An der Stelle, wo der Gang auf den nächsten Korridor

traf, befand sich wiederum eine doppelflügelige Schwingtür, durch deren Sichtfenster man in regelmäßigen Abständen an der Decke angebrachte Neonleuchten glühen sah.

Ricci befahl seinen Männern, sich an den Wänden zu verteilen, ging dann zu der Schwingtür und spähte vorsichtig durch das Sichtfenster. Der von milchigem Licht erhellte Gang dahinter schien menschenleer zu sein. Er zwängte sich behutsam ein Stück weit durch die Tür.

Die Türen, die hier zu beiden Seiten den Flur säumten, waren nicht mehr von der Art, wie man sie in einem normalen Bürogebäude erwartete: Es waren kugelsicher Stahltüren, von denen die meisten mit Lesegeräten für Magnetkarten und kleinen Tastaturen für die Eingabe eines Codes versehen waren.

Nachdem er den anderen ein Zeichen gegeben hatte, ihm zu folgen, trat Ricci in den Flur. »Sagen Sie Bescheid, wenn Sie irgendeine Idee haben, Doktor«, sagte er in das Mikrofon in seinem Helm.

»Ich vermute, dass die Richtung stimmt. In der Regel sind die Gebäude von Biotechnologie-Unternehmen genauso konzipiert wie die anderer kommerzieller oder industrieller Einrichtungen. Das hängt von den Produktionsphasen ab …«

»Weil man den für das Schaufenster eines Autosalons bereiten Wagen nicht am gleichen Ort lagert wie die Einzelteile.«

»Genau.«

»Okay, was können Sie mir sonst noch erzählen?«

»Die beste Lösung wäre, wenn wir gegen den Virus wirksame Inhibitoren finden würden, chemische Blocker, die verhindern, dass sich die Bindeproteine an Gordians Zellrezeptoren ankoppeln. Wenn das nicht klappt, müssen wir uns Zugang zu Earthglows digitalisierter Genbank verschaffen, um an die Daten heranzukommen, die uns darüber informieren, wie der Virus seine Isoformen synthetisiert …«

»Kein Fachchinesisch, Doktor«, unterbrach Ricci leicht ungeduldig.

»Das sind die Proteine oder Peptide, die durch RNA-Splitting entstehen«, erklärte der Wissenschaftler. »Wenn wir an diese verschlüsselten Daten herankommen, können wir mittels dieser Informationen selbst Inhibitoren entwickeln und dem Virus Einhalt gebieten. Aber das würde eine Weile dauern, und wegen Gordians Gesundheitszustand bleibt uns keine Zeit ... Warten Sie, gehen Sie langsamer. Ich möchte einen Blick auf das Schild zu Ihrer Rechten werfen.«

Ricci richtete die in seinem Helm verborgene Kamera auf das Schild.

»Danke, das ist für uns uninteressant«, sagte Eric. »Zurück zu meiner Erklärung. Die Inhibitoren müssten ein Endprodukt sein, genauso in Mikrokapseln eingeschlossen wie die Trigger, die den Virus aus dem Schlummerzustand aufwecken. Und wahrscheinlich werden diese Inhibitoren auch in dem gleichen Bereich des Gebäudes aufbewahrt. Die Lagerung dürfte eigentlich nicht kompliziert sein, weil die Mikrokapseln bestimmt so entwickelt worden sind, dass sie bei Raumtemperatur in einem Regal in einer trockenen, sauberen Umgebung lange haltbar sind.«

Ricci eilte den Gang hinab. »Worauf soll ich besonders achten?«

»Auf Schilder, die auf die Mikroverkapselung hindeuten. In den Bereichen, wo die Inhibitoren oder Viren in Mikrokapseln eingeschlossen werden, benötigt man ein paar große Tanks oder Kammern, die in der Regel aus acrylsaurem, rostfreiem Stahl bestehen, dazu Pumpsysteme, Leitungen, Gebläse etc. Außerdem muss es eine Quelle für Druckluft geben. Kontrollregler für die Computer. Die verwendeten Materialien ...«

Plötzlich brach der Wissenschaftler mitten im Satz ab. Auf seinem Tausende von Meilen entfernten Monitor sah er, was Ricci gerade vor sich an einer Kreuzung zweier Flure erblickt hatte. Sein Herz begann zu rasen.

Auf Anhieb erkannte Ricci, das diese Männer besser ausgerüstet waren als die am Rande des Grundstück stationierten Wachtposten.

Gerade in dem Moment, als er sich der Ecke genähert hatte und Rosander mit seiner Teleskopsonde herbeiwinken wollte, waren die drei Männer aufgetaucht. Sie trugen hellgraue Uniformen und Maschinenpistolen über der Schulter. Er begriff sofort, dass dies Leute waren, die ihr Handwerk verstanden.

Bevor eines der beiden Teams reagieren konnte, standen sie sich schon in dem Korridor gegenüber, nur durch vier oder fünf Meter getrennt, ohne jede Möglichkeit, in Deckung zu gehen ... Und ohne jede andere Wahl, als den Kampf aufzunehmen.

Blitzschnell hob Ricci seine Waffe, deren MEMS-Regler auf ›tödlich‹ eingestellt war. Nur ein winziger Augenblick blieb ihm, um sich erneut an das Cape-Green-Manöver zu erinnern, und zwar mit dem seltsamen Gefühl, dass sich die Situationen glichen.

Der Gedanke hatte sich noch nicht ganz aus seinem Kopf verflüchtigt, als er bereits das Feuer eröffnete, womit er seinen Männern den Befehl gab, auszuschwärmen und gleichfalls zu schießen.

Der Mann von der Security, auf den Ricci gezielt hatte, hatte seinen Finger nur ein bisschen später am Abzug gehabt. Jetzt brach er mit blutverschmierter Uniformjacke zusammen, und die Waffe fiel ihm aus den Händen.

Ricci sah, wie ein zweiter Wachtposten mit seiner Maschinenpistole auf einen der Männer hinter ihm zielte. Sofort drehte er seine Waffe herum, um eine Salve von fünf Schüssen abzugeben, aber diesmal schaffte es der Gegner, das Feuer zu erwidern, bevor er rückwärts zu Boden fiel. Und selbst dann brachte er es noch fertig, einen Kugelhagel durch den Korridor zu jagen. Hinter sich hörte Ricci jemanden vor Schmerzen aufstöhnen, aber er drehte sich nicht um. Er wollte dem Hurensohn auf dem Boden den Gnadenschuss geben.

Während er mit dem nach unten gerichteten VVRS-Gewehr feuerte, schoss auch ein weiteres Mitglied seiner Eingreiftruppe. Aus dem Bauch des Manns strömte Blut, und als er sich umdrehte, sahen sie die roten Flecken auf seinem Rücken, wo die Kugeln wieder ausgetreten waren. Nachdem er noch kurz gezuckt hatte, lag er leblos da.

Zu seiner Linken und hinter ihm wurden weitere Schüsse abgegeben, und Ricci sah, wie der dritte Wachtposten einen Moment taumelte und dann kollabierte.

Okay, dachte er. *Okay, das waren alle.*

Als er sich umdrehte sah er, wer von seinen Männern getroffen worden war – Grillo. Er lag auf dem Rücken, und aus seiner Kehle strömte Blut. Vor ihm knieten Simmons und Beatty, die ihm den Helm abnahmen und den Kragen seiner Jacke aufknöpften, aber er bewegte sich nicht. Seine geöffneten Augen hatten diesen Ricci vertrauten Blick, der sich im Angesicht des Todes einstellte.

Ricci eilte zu ihm, kauerte sich nieder und fühlte am Hals seinen Puls. Über seine Handschuhe floss Grillos Blut.

Als er zu seinen Männern aufblickte, bemühte er sich zu überspielen, wie sehr ihn der Tod Grillos mitnahm. »Wir können nichts mehr für ihn tun und müssen möglichst schnell aus diesem verdammten Flur verschwinden.«

Weil Kuhl nur einen extrem leichten Schlaf hatte, nahm er den Anruf schon während des ersten Klingelns entgegen. »Was gibt's?«, fragte er.

Er lauschte dem Bericht des Mannes von der Security und schlug dann die Decke zurück. »Wo?«

Wieder lauschte er.

»Schicken Sie Verstärkung in diesen Bereich.« Dann beschloss er, dass es am besten wäre, DeVane zu benachrichtigen. »Ich komme sofort.«

»Doc, melden Sie sich!«, brüllte Ricci in sein Mikrofon. Sein Team entfernte sich rennend vom Ort des Schusswechsels.

Keine Reaktion.

»Nun kommen Sie schon …«

»Tom, ich bin's, Pete.«

»Wo zum Teufel steckt der Doktor? Wir rennen hier aufs Geratewohl in der Gegend herum.«

»Ich weiß. Eric hat alles gesehen. Die Schießerei und

was Grillo zugestoßen ist. Das hat ihn ganz schön mitgenommen.«

»Dann sorg dafür, dass er sich wieder zusammenreißt ...«

»Um Himmels willen, Tom, wir kennen Ihre Lage«, schaltete sich Megan mit angespannt klingender Stimme ein. »Geben Sie ihm eine halbe Sekunde Zeit...«

»Alles in Ordnung«, meldete sich Eric wieder zu Wort. »Tut mir Leid, ich war nur ...«

»Später«, sagte Ricci. »Wir kommen jetzt zu einem weiteren Korridor. Da gibt's ein paar Schilder. Können Sie sie erkennen?«

»Nein, Sie bewegen sich zu schnell. Das Bild ist verwischt und verwackelt.«

»Ich bleibe stehen, damit Sie einen Blick darauf werfen können. Aber viel Zeit haben wir nicht. Ich weiß nicht, ob irgendjemand die Schüsse gehört hat.«

»Verstehe.«

Nachdem Ricci das Zeichen zum Anhalten gegeben hatte, wandte er seinen Kopf den Schildern zu, damit die Digitalkamera in seinem Helm die Bilder übermitteln konnte. »Sehen Sie sie jetzt deutlich?«

»Ja ... warten Sie einen Augenblick. Das Schild zu Ihrer Linken. Nein, das darüber ... Okay, genau ...«

»Doktor?«, drängte Ricci.

»Das ist es«, antwortete Eric. »Das Schild weist auf den Mikroverkapselungsprozess mit Gelatine hin ...

Ricci blickte nach links, wo etwa einen Meter hinter der Kreuzung der Flure eine Stahltür den Weg versperrte, die aber nicht mit einem Lesegerät für eine Magnetkarte, sondern mit einem biometrischen Scanner für die Linien einer Hand ausgerüstet war. Die Sicherheitsmaßnahmen wurden aufwendiger, und das war an sich schon ein Anzeichen dafür, dass sie ihrem Ziel nahe waren. Zwar hatte er mit dem biometrischen Scanner gerechnet und sich darauf vorbereitet, ihn zu überlisten, aber so etwas brauchte Zeit, und jetzt war Tempo wichtiger als jede Tüftelei.

Er drehte sich zu seinen Männern um. »Hier macht's

keinen Sinn mehr, sich auf leisen Sohlen zu bewegen«, sagte er. »Wir sprengen uns den Weg frei.«

Johan Stuzinski war Spezialist auf dem Gebiet der Bioinformatik, der Verwendung statistischer und computeranalytischer Methoden, mit denen – einzig auf der Grundlage von DNA-Daten – die Funktion von in genetischem Material eingeschlossenen Proteinen vorhergesagt werden konnte. Die Anwendung dieser Methoden bei der Erforschung des menschlichen Genoms beinhaltete die Identifikation von Proteinen in Chromosomen, die für Erbkrankheiten und erblich bedingte Veranlagungen für Krankheiten verantwortlich waren, welche durch Umwelteinflüsse, Ernährungsgewohnheiten oder andere äußere Faktoren ausgelöst werden konnten.

Die Erfolge dieser Forschungsdisziplin versprachen, die moderne Medizin zu revolutionieren, weil sie den Wissenschaftlern bei der Entwicklung von Medikamenten und Therapien zugute kamen. Dabei wurden die für die Krankheiten verantwortlichen Proteine ins Visier genommen, attackiert und auf der zellulären – tatsächlich sogar molekularen – Ebene eliminiert. Ob Krebs, Diabetes, Herzgefäßerkrankungen, Muskeldystrophie, Alzheimer, Aids oder zahllose andere Krankheiten, die die Menschheit sei Urzeiten plagten – wenn hier in den nächsten Jahrzehnten Heilmittel oder sehr gute Therapien entwickelt wurden, dann war das nur der Anwendung der Resultate der Genomforschung zu verdanken.

Weil Johan Stuzinski der mit Abstand beste Wissenschaftler auf diesem Forschungsgebiet war, hätte er seinen Sachverstand Hunderten von medizinischen Forschungseinrichtungen oder Pharmaunternehmen zur Verfügung stellen können, die an der Verbesserung der menschlichen Gesundheit im einundzwanzigsten Jahrhundert und darüber hinaus arbeiteten. Im Januar des Jahres 2000 war Stuzinski eine hoch dotierte und darüber hinaus mit Zusatzleistungen versehene Stelle bei Sobel Genetics angeboten worden, einem der führenden Unternehmen auf dem Gebiet der Entwicklung von Therapien, die auf Genomforschung basierten. Fast hätte er die Offerte angenommen. Aber zur selben Zeit hatte Stuzinski auch ein Angebot von Earthglow erhalten, einer kanadischen Firma, deren Ziele, wie er glaubte, obskur und sogar ein bisschen illegal waren. Aber der Personalchef von Earthglow hatte ihm mit subtilen Andeutungen zusätzliche Einkünfte versprochen, die er nicht versteuern müsse.

Nach einigem Nachdenken hatte er schließlich Sobel Genetics Angebot abgelehnt. Er trennte sich von seinen moralischen Scheuklappen, als er die Koffer für den Aufbruch nach Ontario packte. Dort beschäftigte er sich ausschließlich mit seinem persönlichen Anteil an der Arbeit, die in dieser Einrichtung geleistet wurde, und nur ganz selten gestattete er es sich, über mögliche Anwendungen seiner Forschungen nachzugrübeln. Niemals jedoch hinterfragte er die Anwesenheit von ziemlich bedrohlich wirkendem, bewaffnetem Security-Personal, das in gewissen Bereichen des Gebäudes seine Runden drehte.

In dieser Hinsicht glich Stuzinski Hunderten von anderen hochkarätigen Professionals, die ihre außergewöhnlichen Fähigkeiten in den Dienst von Earthglow stellten. Und noch in einer zweiten Hinsicht ähnelte er diesen Kollegen: Als er in den frühen Morgenstunden dieses Donnerstags in seiner Wohnung in dem für die Unterbringung der Mitarbeiter reservierten Teil des Gebäudekomplexes rasche Schritte und dumpfe Geräusche hörte, die man für Schüsse halten konnte, außerdem etwas, das eine kleine Explosion gewesen sein mochte, stand der aus dem Schlaf gerissene Sturzinski nur kurz auf, um sich zu vergewissern, dass seine Tür abgeschlossen war. Dann wartete er etwas nervös an Ort und Stelle ab.

Johan Stuzinski stellte sich auf den Standpunkt, dass ihn all das, was da draußen passierte, nichts anging, so lange er nicht selbst bedroht wurde.

»Sechs Leute bleiben hier und bewachen den Eingang«, befahl Ricci, während er nacheinander auf Barnes, Seybold, Beatty, Carlysle, Perry und Newell zeigte. »Passen Sie gut auf sich auf. Die Explosion muss überall Alarm ausgelöst haben, und wir wissen nicht, wie viele Männer hierher unterwegs sind.«

Alle nickten zustimmend. Sie standen in der Nähe der Überbleibsel der Stahltür in dem Rauch und Nebel, den die Detonation ihrer Sprengstoffladung hinterlassen hatte.

Einen Augenblick lang studierte Ricci die Gesichter seiner Männer. Dann wandte er sich den anderen vier Mitgliedern seines Teams zu. »Okay, auf geht's«, sagte er und führte sie durch den zerstörten Eingang.

Im Hauptquartier der Earthglow-Security studierte Kuhl die flackernden Lichter auf dem Monitor, der den architektonischen Aufbau des Gebäudes zeigte. Der Ort der Explosion bestätigte seine Vermutungen über das Ziel der Eindringlinge, und der Rückschluss von ihrem Ziel auf ihre Identität war nur allzu nahe liegend.

Er blickte von dem Bildschirm auf und sah seinen Stellvertreter an. »Verfolgen Sie von hier aus die Entwicklungen an der Stelle der Explosion.« Er dachte über eine Alternative nach, wie er den betroffenen Bereich untersuchen konnte. »Ich werde Kontakt zu Ihnen halten.«

Ohne das zustimmende Nicken seines Stellvertreters abzuwarten, verließ den Raum.

Als er den Korridor hinabblickte, begriff Seybold, dass er nicht nur etwas gegen die zahlenmäßige Überlegenheit der Gegner ausgerichtet hatte, sondern dass sich die Dinge in dramatischer Weise zugunsten seines Teams geändert hatten.

Das erfüllte ihn zwar mit einiger Erleichterung, weil er für einen solchen Fall ausgebildet worden und darauf vorbereitet gewesen war. Aber er war immer noch ein Mensch, und Waffengewalt machte ihn krank.

Fünf oder sechs der gegnerischen Security-Leute lagen grotesk verrenkt am Boden, blutbesudelt wie der Fußboden um sie herum. Einige schrien vor Schmerzen. Ein weiterer Wachtposten klebte an der Wand wie ein Insekt an einem Fliegenstreifen. Seine Wange war zerfetzt, weil er sich in blinder Panik loszureißen versucht hatte. Ein anderer kniete auf dem Boden und starrte benommen auf das Loch in seinem Unterleib, das so groß wie ein Baseball war.

Nur ein kurzer Augenblick blieb Seybold, um den Schaden zu registrieren, den er angerichtet hatte. Hinter den am Boden liegenden Körpern näherten sich weitere Wachtposten, die aus allen Rohren feuerten. Und sein Job war es, ihnen Einhalt zu gebieten.

Er atmete tief durch, schulterte seine Benelli, griff nach dem kleineren Modell des VVRS-Gewehrs und feuerte eine Salve ab. Zu seiner Linken und seiner Rechten kauerten an den Wänden neben der explodierten Stahltür seine Kameraden, die gleichfalls das Feuer eröffnet hatten.

Weitere Wachtposten gingen zu Boden, aber dann stürmte einer los, wutentbrannt aus vollem Hals schreiend, mit knatternder Waffe. Dicht neben Seybold stöhnte Beatty auf. Er wurde gegen die Wand geschleudert und hinterließ eine Blutspur, als er an ihr zu Boden sank. Dann löste sich ein weiterer Kugelhagel aus einem der VVRS-Gewehre. Noch ein Mann wirbelt herum und fiel tot zu Boden. Weil er mit beiden Händen seine Brust umklammerte, war ihm die Waffe aus den Fingern geglitten.

Jetzt blieben noch zwei übrig. Weil er keine leicht zu treffende Zielscheibe abgeben wollte, ließ sich einer von ihnen auf den Bauch fallen. Er kroch über den vom Blut seiner Kumpane verschmierten Fußboden, um kurz darauf das Dauerfeuer zu eröffnen. Carlysle und Newell richteten ihre Waffen auf ihn und gaben gleichzeitig eine kurze Salve ab. Jetzt zahlte sich ihre Erfahrung aus und dass sie schon lange Partner waren. Der Mann von der Security zuckte noch einmal und blieb dann leblos liegen.

Mittlerweile war nur noch ein Wachtposten übrig, aber der war nicht bereit, freiwillig Selbstmord zu begehen. Er wandte sich um und rannte mit blutverschmierter Uniform den Flur hinab. Unklar blieb, ob es sein eigenes Blut oder dass seiner Kollegen war.

»Sollen wir ihn laufen lassen?«, fragte Carlysle.

Seybold blickte ihn an. Wegen des lauten Pochens des Pulses in seinen Ohren schien die Frage aus weiter Entfernung zu kommen. »Er ist unwichtig.« Seybold eilte zu Beatty, der auf dem Boden saß, mit dem Rücken an die Wand gelehnt. Barnes und Newell waren bereits bei ihm und zogen ihre Erste-Hilfe-Utensilien aus ihren Rucksäcken. Perry hatte das Visier seines Helms hochgeschoben.

»Wie schlimm ist es?«, fragte Seybold, der seinen Blick von Beattys blutverschmierter Schulter zu seinem Gesicht hochgleiten ließ.

»Sieht so aus, als hätte eine Kugel meinen Arm durchbohrt, aber es wird schon wieder werden«, erwiderte Beatty. Er benetzte seine Lippen. »Gefällt mir trotzdem ganz und gar nicht.«

Seybold atmete tief durch und nickte dann. »Wir werden dich schon wieder zusammenflicken.«

»Warten Sie«, sagte Dr. Eric Oh. »Die da. Nein, das ist die falsche CD. Zwei weiter oben. Okay, da haben wir sie.«

Ricci zog den Kasten mit der CD aus dem Regal und drehte ihn dann um, damit die Digitalkamera in seinem Helm das beschriftete Etikett erfasste.

Am anderen Ende herrschte Schweigen.

»Doktor ...«

»Sie müssen die CD in Ihren tragbaren Computer schieben und mir die Daten überspielen, damit ich einen Blick darauf werfen kann«, sagte Eric.

Ricci biss sich auf die Unterlippe. Irgendwo aus der Richtung der gesprengten Stahltür hörte er Schüsse.

Er griff nach dem Minicomputer an seinem Gürtel, öffnete das CD-Fach und legte die Silberscheibe ein. Dann wählte er die vorprogrammierte UpLink-Intranet-Verbindung und sandte die Daten der CD drahtlos als E-Mail-Anhang.

Die Sekunden verstrichen schmerzhaft langsam.

»Nun?«

»Die Daten kommen gerade. Ich werde sie online überprüfen, geben Sie mir einen Augenblick Zeit …«

Riccis Herz pochte. »Und?«

»Mein Gott«, sagte Eric. »O mein Gott, Ricci, das ist unglaublich.«

Für den Fall, dass der Feind neben der Tür des Aufzugs wartete, hielt Kuhl seine SIG-Sauer-P220 in der Hand, als er mit dem Lift aus dem Biofarm-Untergeschoss nach oben fuhr. Durch die unterirdischen Gänge hatte er den zerstörten Sicherheitseingang am Hauptkorridor umgehen können. Wenn sich die Kabine des Aufzugs öffnete, würde er sich in dem Bereich für die Produktion der Mikrokapseln befinden, ein paar Biegungen des Flurs von dem Raum entfernt, der mit Sicherheit das Ziel der Eindringlinge war.

Er wusste nicht, wie viele Männer es waren oder wie weit sie bereits vorgedrungen waren. Wenn sie an der Erfüllung ihrer Mission gehindert werden konnten, würde er das tun. Aber sein Überleben hatte schon immer davon abgehangen, dass er auf alle Eventualitäten vorbereitet war.

Der Lift hielt an.

Draußen hatten Simmons und Rosander, ihre VVRS-Gewehre im Anschlag, das leise Geräusch gehört, mit dem sich die Kabine des Aufzugs näherte.

Noch bevor sich die Türen des Lift ganz geöffnet hatte, hatte Kuhl einen Blick auf Riccis Männer erhascht. Dies mochte vielleicht nur ein kleiner Vorteil sein, aber er war ein gnadenloser, auf seine Art einzigartiger Killer.

Simmons befand sich links neben dem Aufzug, und als er sich gerade darauf vorbereitete, dessen Insassen zu warnen, lief Kuhl schon auf ihn zu. Geschickt schlüpfte er unter den Arm mit Simmons Waffe und presste ihm die Mündung seiner Pistole in die Seite, zwischen der vierten Rippe und dem Unterarm. Er wusste, dass es dort wegen der Riemen der kugelsicheren Weste eine ungeschützte Stelle gab. Kuhls Waffe war mit mit Teflon beschichteten A5ACP-Patronen geladen. Drei gedämpfte Geräusche, drei Kugeln, die sich durch die Winterkleidung bohrten. Simmons glitt zu Boden.

Da Kuhl sich dicht gegen Simmons Körper gepresst hatte, hatte Rosander nicht mit der Waffe reagieren können, weil er befürchten musste, seinen Kameraden zu treffen. Aber jetzt, wo Simmons zusammenbrach, lagen die Dinge anders.

Und fast wäre er auch schnell genug gewesen.

Auf dem Fußballen wirbelte Kuhl zu Rosander herum. Er kam auf ihn zu, packte sein Handgelenk – das des Arms mit der Waffe – und verdrehte es. Zugleich rammte er Rosander den Unterarm unter das Kinn, um seine Luftröhre zu zerschmettern.

Rosanders Augäpfel traten in die Höhlen zurück, während er gegen die Wand krachte und dann fiel.

Kuhl bückte sich gerade, um ihm das VVRS-Gewehr zu entwinden, als er hinter sich Geräusche hörte. Erneut wandte er sich nach links, in die Richtung des Laboratoriums, wo sich die Formeln für die Inhibitoren befanden. Wegen Simmons' Blut fühlte sich seine Seite klebrig und nass an. Noch immer klammerte sich Rosander verzweifelt an sein Leben, jetzt stemmte er sich mühsam auf den Ellbogen auf. Seine Finger tasteten nach dem Gewehr. Kuhl rammte ihm das Knie gegen das Zwerchfell, damit Rosander die Luft wegblieb, dann schob er das Visier seines Helms hoch und blickte ihm in die Augen. Der Schuss traf Rosander mitten in die Stirn.

Als Kuhl sich wieder aufrichtete, hörte er Schritte im Flur.

Aus dem Laborbereich näherte sich mit gezückter Waffe ein weiterer Feind in einem Wintertarnanzug.

Als die Schüsse aus dem Korridor zu seiner Rechten an sein Ohr drangen, eilte Nichols sofort in diese Richtung, weil er wusste, dass Ricci noch etwas Zeit brauchte.

Mit einem Blick sah er, dass ein Mann, in dem er sofort die Wildkatze erkannte, vor dem blutenden Simmons stand. Dahinter erblickte er den zusammengesunkenen

Rosander. Von Entsetzen überwältigt, eröffnete er das Feuer auf den Killer.

Mit eiskaltem Blick griff Kuhl nach Rosanders VVRS-Gewehr und drückte sofort auf den Abzug. Er zielte auf Nichols' Beine und riss den Lauf der Waffe beim Feuern von rechts nach links.

Nichols' Beine gaben nach, und aus seinen Knien spritzte Blut. Dann krachte er rückwärts auf den Boden.

Nachdem Kuhl drei weitere Salven abgefeuert hatte, sah er, dass die fünfzehn Kugeln Nichols' ganzen Körper erzittern ließen. Einen Augenblick lang dachte er darüber nach, ob er weiter den Flur hinabgehen sollte.

Kuhl presste die Zähne aufeinander. Aus dem Bereich, wo sich die Eindringlinge aufhielten, kamen Schritte auf ihn zu – Schritte von vier Männern. Ihre schweren Stiefel klangen anders als die seiner Leute. Offensichtlich war sein Trupp gestoppt worden, und er wusste nicht, wie viele Eindringlinge sich noch vor ihm befanden.

Kuhl dachte einen Augenblick nach und traf dann eine Entscheidung.

Er ging zum Aufzug zurück, öffnete ihn mit einem Knopfdruck und verschwand.

»O mein Gott, Ricci, das ist unglaublich!«

Riccis Gesicht troff vor Schweiß. »Spucken Sie's schnell aus, Doktor«, sagte er. »Haben wir, was wir brauchen?«

»Wir haben es, ja. Wir haben es, wir haben es. Verschiedene Typen von Inhibitoren. Vorerst existieren sie nur als Computermodelle, nicht als Pillen. Neue Heilmittel gegen neue Viren. Sie hatten keinen Grund, sie im Voraus zu produzieren, und folglich haben sie es auch unterlassen. Aber wir sind hier über etwas gestolpert, das unsere Erwartungen übertrifft. Es gibt Hunderte, vielleicht *Tausende* von Krankheitsauslösern. Der Virus ist unendlich variierbar, potenziell ein Virus fürs Jüngste Gericht, und wir haben herausgefunden ...«

Was immer Eric Oh auch weiter erzählen mochte, jetzt wurde Riccis Aufmerksamkeit abgelenkt, weil er aus dem

Flur Schüsse gehört hatte. Zwei Schüsse, eventuell drei. Dann ein vierter, ziemlich in der Nähe. Und dann, vielleicht fünf Sekunden später, verschiedene stakkatoartige Salven aus einer halbautomatischen Waffe, die denen aus einem VVRS-Gewehr glichen.

Er wandte sich abrupt um, rannte durch den Raum in den Flur hinaus, wo er nach links und rechts blickte.

Von Nichols nichts zu sehen.

Mit pochendem Herzen lief er durch den Korridor, bog hinter dem Labor für die Mikrokapseln um eine Ecke und rannte dann schneller. Aus dieser Richtung hatte er die Schüsse gehört.

Hinter einer weiteren Ecke sah Ricci, was sich vor dem Aufzug abgespielt hatte. Diesen Anblick würde er nie mehr vergessen.

Zwischen ihm und dem Aufzug lag Nichols auf dem Rücken da, direkt vor dem Lift sah er Simmons und Rosander. Seybold kniete vor Nichols. Er hatte ihm den Helm abgenommen und wiegte seinen Kopf. Barnes, Newell und Perry kauerten bei den beiden anderen Männern. Sie untersuchten sie und überprüften die Ernsthaftigkeit ihrer Verletzungen. Dann blickte Barnes von den Körpern auf, als Ricci sich näherte, und erkannte den fragenden Gesichtsausdruck ihres Chefs. Er schüttelte den Kopf.

Nein.

Ricci kniete sich neben Seybold nieder. »Wie schlimm ist es?«

Seybold blickte von dem jungen Mann auf, den er in seinen Armen hielt, und sah Ricci an, dem sein schmerzverzerrter Gesichtsausdruck alles verriet.

Da hob der geschwächte Nichols eine Hand, und Ricci spürte, wie sie seinen Arm berührte. »Sir ... ich ...« Die dünnen, schwachen Geräusche, die durch die Lippen des Sterbenden drangen, konnte man kaum noch als Flüstern bezeichnen.

Ricci schob sein Visier hoch, schluckte und beugte sich über ihn. »Ich höre«, sagte er. »Sprechen Sie weiter.«

Nichols blickte zu ihm auf, und seine sich noch immer

bewegenden Lippen formulierten unverständliche Wörter.

Nachdem Ricci seine Hand ergriffen hatte, beugte er sich noch dichter über ihn. Ihre Gesichter berührten sich jetzt fast. »Sprechen Sie. Reden Sie weiter. Ich bin bei Ihnen.«

Nichols verzog das Gesicht, brachte dann mühsam ein Geräusch hervor. »Die Wildkatze«, sagte er heiser. »Wild...«

Ricci spürte, wie irgendetwas in seinem Inneren langsam und knirschend wie ein großes Steinrad zu mahlen begann.

Noch immer hielt er Nichols' Hand.

»Okay, ich habe verstanden. Versuchen Sie, sich zu entspannen.«

Nichols senkte leicht die Augenlider, aber er versuchte weiter zu sprechen. »Haben ... haben wir ...«

Obwohl Nichols die Augen mittlerweile geschlossen hatte, nickte Ricci ihm zu. »Wir haben es, Nichols. Wir ...«

Der Sterbende erschauerte und gab ein leises, raschelndes Geräusch von sich. Ricci schwieg. Als er einatmete, schien die Luft seine Lungen nicht zu erreichen.

Der Junge war tot.

»Verstehen Sie mich, Pokey?«

»Ich höre, Ricci.«

»Sagen Sie mir, was auf dem Grundstück passiert.«

»Am Haupttor scheint sich was zu tun. Sieht so aus, als wären da ein paar Wachtposten eingetroffen, mit zwei Jeeps. Auf der Straße haben wir zwei andere Wagen gesehen. Keine Ahnung, wo die herkamen. Jedenfalls haben sie das Grundstück nicht durch eins der Tore verlassen. Es war, als wären sie direkt aus der verdammten nördlichen Wand des Hügels gekommen...«

Einen Augenblick lang dachte Ricci nach, während er neben den Leichen stand, die er zurücklassen musste. *Flüchte, Killer. Flüchte so weit du kannst, dann werden wir sehen, ob es weit genug war.*

»Darüber kann ich mir jetzt keine Gedanken machen«, sagte er. »Wie sieht's bei Ihnen aus?«

»Alles in Ordnung. Hier hat sich jemand über Funk gemeldet und befohlen, das Grundstück abzuriegeln. Unser Kanarienvogel hat geantwortet, und Harpswell hat dafür gesorgt, dass er so singt, wie wir es ihm beigebracht haben.«

»Gut. Sorgen Sie dafür, dass Sie das Tor für die Lieferanten öffnen. Wir treffen uns am Wächterhäuschen und gehen dann zusammen zu dem Kleinlaster.«

»Roger«, antwortete Pokey.

Ricci wandte sich Seybold zu. »Wir holen Carlysle und Beatty und verschwinden von hier.«

Mit elf Mann waren sie bei Earthglow eingedrungen, jetzt waren sie noch sieben, einschließlich eines Verwundeten, dem von seinen Kameraden geholfen wurde.

Zahlenmäßig geschwächt, aber zu allem entschlossen, verließen Riccis Männer das Gebäude auf dem gleichen Weg, den sie gekommen waren. Sie eilten durch helle und dunkle Korridore, dann gingen sie durch die Kantine und die Küche auf den Lieferanteneingang zu, durch den sie in der Nacht verschwanden. Dass sie dabei auf keinerlei Widerstand stießen, überraschte Ricci nicht weiter. So übel Earthglows Ziele auch sein mochten – letztlich war es eine wissenschaftliche Einrichtung, kein vor Waffen strotzendes Camp. Die Personaldecke der Security musste mittlerweile eher dünn sein – wahrscheinlich hatten die Männer sich im Gebäude verteilt oder waren als Verstärkung für die Bewachung der Peripherie des Geländes angefordert worden. Schließlich wussten sie nicht, wie Riccis Team sich Zugang verschafft hatte, und auch nicht, dass eins der Wächterhäuschen eingenommen worden war. Wahrscheinlich würden sie eher nach einem in die Wand gesprengten Loch suchen, als sich um den Lieferanteneingang zu kümmern.

Aber vor allem waren sie jetzt ohne Anführer. Ihr Befehlshaber war geflohen und hatte sie zurückgelassen, genau wie er damals seine Söldner in Kasachstan zurückgelassen hatte.

Oskaboose und Harpswell warteten in dem Wächterhäuschen auf ihre Kameraden, öffneten dann das Tor und eilten zu ihnen. Hinter dem Eingangstor herrschte bereits geschäftigeres Treiben: Stimmengewirr, aufblitzende Scheinwerfer, Motoren.

Durch das Tor schlichen sie auf das weiter unten an der Straße wartende Fluchtfahrzeug zu.

Über die Kommunikationsverbindung hatte Ricci den Fahrer benachrichtigt und ihm befohlen, sich startklar zu machen. Als das Team am Treffpunkt eintraf, löste sich der große, gepanzerte Lieferwagen mit weit geöffneter Hintertür aus dem Schatten der Bäume am Rand der Straße.

Die Männer kletterten hinein.

Dann fuhren sie los.

Ricci kauerte auf der Ladefläche des Lieferwagens und erspähte durch die kugelsichere Fensterscheibe zwei Scheinwerferpaare, die hinter ihnen um eine dunkle Kurve kamen.

Aber auch das war kein wirklicher Schock. Nur diese Straße führte über die Hügel zum Highway, und wahrscheinlich hatte es nicht lange gedauert, bis die Wachtposten den offenen Lieferanteneingang bemerkt hatten.

»Die beiden Jeeps kommen näher«, sagte er zum Fahrer. »Wie weit ist es noch bis zur Brücke?«

»Weniger als eine halbe Meile. Wenn die verdammte Straße nicht so kurvenreich wäre, würden wir die Brücke jetzt schon sehen.«

Ricci atmete tief durch. Der Lieferwagen hatte einen V-8-Turbomotor, aber wegen der schweren Panzerung waren die Jeeps schneller und holten bedrohlich auf.

Er drückte einen Klappsitz an der rechten hinteren Tür nieder, setzte sich, öffnete eine verborgene Schießscharte und schob den Lauf seines VVRS-Gewehrs hindurch. Auf sein Nicken hin folgte Seybold seinem Beispiel an der anderen Tür.

Die Jeeps kamen näher und näher, und ihre Scheinwerfer durchbohrten die Finsternis. Das erste Fahrzeug war noch etwa hundert Meter entfernt, dann neunzig, achtzig …

Ricci feuerte eine Salve ab, auch Seybold drückte auf den Abzug. Sie hofften, ihren Verfolgern durch den Kugelhagel Angst einzujagen.

Es funktionierte. Die Jeeps fielen zurück. Kugeln prallten an der gepanzerten Rückwand des Lieferwagens ab.

»Wie sieht's aus?«, brüllte Ricci dem Fahrer zu.

»Wir sind fast da, fast …«

Sie fuhren auf die kurze Betonbrücke.

Durch weitere Salven hielten Ricci und Seybold die Verfolger auf Distanz.

»Okay!«, rief der Fahrer, der noch immer Vollgas gab. »Die Brücke liegt hinter uns. Wir haben's geschafft, ich sehe den Hubschrauber schon!«

Ricci nickte, stellte das Feuer ein und wartete, bis die Vorderreifen des ersten Jeeps die Brücke berührten. »Jetzt, Thibodeau!«, brüllte er in sein Mikrofon.

Im Camp berührte Rollie Thibodeau sanft einen Schalter auf seiner Fernbedienung, durch die über Funk die Detonation der Minen ausgelöst wurde, die sein Team an den Stützpfeilern der Brücke angebracht hatten.

Hinter dem gepanzerten Lieferwagen flog die Brücke mit einem Blitz und einem gewaltigen Dröhnen in die Luft, dann riss eine von oben herabstürzende Betonlawine den in einem Feuerball explodierenden Jeep und seine Insassen mit sich in die Tiefe, auf den vereisten Fluss.

»Erledigt«, sagte Thibodeau.

25.

Verschiedene Schauplätze
18. November 2001

Während er nach dem Telefonhörer griff, stellte Harlan DeVane befriedigt fest, dass seine Hand nicht zitterte. Aber vielleicht war das auch bald wieder vorbei, wenn er erst die Konsequenzen begriffen hatte, die sich aus Kuhls Anruf ergaben.

Wahrscheinlich akzeptierte ein Teil seines Verstandes immer noch nicht, dass das Sleeper-Projekt fehlgeschlagen war. Er hatte so viel investiert, potenziellen Kunden Offerten gemacht, seinen Namen mit dem Erfolg des Projekts verknüpft. Und nun waren die Codes für die Inhibitoren von Männern gefunden worden, die nach Kuhls Überzeugung für Roger Gordian arbeiteten. Was blieb jetzt noch übrig?

DeVane drückte auf eine Taste seines Telefons und hörte, wie eine vorprogrammierte Sequenz von Pieptönen in den elektronischen Raum entschwand. Da draußen befanden sich auch die Codes, zumindest würde es bald so sein. Er stellte sie sich als mathematische Formeln auf kleinen Zetteln vor, die überall auf den Erdball herabregneten. Zahllose Hände griffen danach. Eine Heilung für diese Krankheit, eine für diese, eine für jene. Es war ein klares Bild, und Kuhl vermutete, dass es noch schärfer werden würde, wenn er erst einmal vollends begriffen hatte, was in Kanada geschehen war.

Ja, dachte DeVane, Zeus hat Blitz und Donner ausgelöst, und jetzt stürzte sein Wagen auf die Erde herab. Aber noch war nicht alles ein einziger Trümmerhaufen. Noch nicht. Noch immer konnte er eine Flammenspur am Himmel hinterlassen.

Jetzt hörte er einen Ton, der unterbrochen wurde, als sich eine männliche Stimme meldete.

»Ja?«

DeVane umklammerte den Hörer.

»Halten Sie sich an die alternative Option«, sagte er mit fester Stimme.

Von dem Dach gegenüber dem Fenster des Krankenzimmers von Roger Gordian im San José Mercy Hospital war nur eine kleine Ecke des Betts sichtbar – und auch sie nur aus einem ungünstigen Winkel. Aber die für Gordian zuständigen Security-Leute, deren Anzahl verstärkt worden war, hatten das Bett absichtlich an diese Position geschoben. Nachdem der Verdacht aufgekommen war, dass Gordian Opfer eines vorsätzlichen Anschlags mit einer biologischen Waffe geworden war, hatte man das Bett vom Fenster weggerückt, um das Risiko einer Observation und eines Anschlags durch einen Scharfschützen zu minimieren.

Der Schütze auf dem Dach hatte seine Befehle. Am Fußende von Gordians Krankenbett stand Ashley Gordian, die leise zu ihrem bewusstlosen Ehemann sprach. Und sie war ein deutlich sichtbares Ziel für den Mann, der gerade seine Waffe justierte.

»Sie sprechen die ganze Zeit über zu Gord, nicht wahr?«, fragte Megan Breen Gordians Frau jetzt. Sie saß, mit dem Rücken an die Wand gelehnt, links neben dem Fenster. Auf ihre Wange fiel ein warmer Sonnenstrahl. Wenn die erste Kugel in den Raum einschlug, würde sie haarscharf an ihrem Ohr vorbeipfeifen.

Ashley blickte Megan an. Wenn man von einem Sword-Mitarbeiter in Zivil absah, waren sie allein in dem Krankenzimmer. Der dunkelhaarige, dünne Mann saß mit verschränkten Armen, unter denen sich seine Waffe verbarg, neben der Tür. Sein Job war es, den Raum zu bewachen. Alle drei trugen gewöhnliche Straßenkleidung – keine Schutzkittel, Masken, Schutzbrillen, Handschuhe oder Überschuhe. Als entdeckt worden war, dass Gordians Symptome mit einem genetisch gesteuerten Trigger zusammenhingen, hatte man sich um eine Infektionsgefahr keine Sorge mehr machen müssen.

»Ich habe das Gefühl, dass er mehr mitkriegt, als wir

glauben«, antwortete Ashley. »Wir reißen Witze über Gott und die Welt, und Roger sagt, dass wir Mikrofone einschalten und unsere eigene Radio-Talkshow starten sollten.«

Megan lächelte leicht. »Ich kann mich an eine Zeit erinnern, und die liegt noch gar nicht so lange zurück, als es eine Qual war, auch nur ein Wort aus Gord hervorzulocken.«

Ashley nickte. »Im Verlauf der letzten zwei Jahre hat er sich wirklich stärker geöffnet, Meg. Seitdem wir unsere Probleme überwunden haben. Sie wären überrascht, aber an manchen Tagen redet er pausenlos.«

»Es muss schön für Sie sein, dass Sie sich zusammen so wohl fühlen.«

»Ja, ist es. Und zwar für uns beide.«

Sie betrachteten Gordian, der mit geschlossenen Augen unter seiner Decke lag. In der Stille hörte man das leise, pumpende Geräusch des Sauerstoffgeräts. Ein junger Medizinalassistent betrat den Raum, überprüfte den Beutel mit der intravenös zugeführten Nährlösung, bemerkte laut, dass er gewechselt werden müsse, und verließ das Krankenzimmer wieder. Etwa dreihundert Meter weit entfernt, hinter einer Brustwehr aus Beton, wartete der Scharfschütze auf das Signal.

Megan blickte auf die Uhr. »Uns bleibt noch etwa eine Stunde, bis Eric Oh und das Team von Sobel Genetics mit den Antivirus-Inhibitoren eintreffen.« Ihre Stimme verriet noch immer Erstaunen über und Bewunderung für die Fähigkeit der Wissenschaftler, praktisch über Nacht ein Mittel gegen den Virus zusammenzubrauen. »Wie wär's mit einem Frühstück, während wir auf sie warten?«

Plötzlich bekamen Ashleys Augen einen nüchternen, wissenden Blick, und zuerst war Megan nicht ganz sicher, was sie davon halten sollte.

Der auf dem Dach kniende Scharfschütze beobachtete, wie Ashley sich vom Fußende des Betts abwandte und vor das Fenster trat. Jetzt befand sie sich direkt im Fadenkreuz – ein Druck auf den Abzug, und das Herz in ihrem Brustkorb würde explodieren.

»Frühstück – das ist eine gute Idee«, sagte Ashley. Ihr Blick war noch immer ernst, und sie sprach sehr leise. »Wir müssen unter vier Augen reden, und meiner Meinung nach ist das jetzt die richtige Gelegenheit.«

Megan warf ihr einen fragenden Blick zu.

»Die Arbeit von Sword ist so, wie sie nun einmal ist«, fuhr Ashley fort. »Ich muss nicht jedes Detail kennen, wie Sie Ihre Arbeit erledigen. In vielerlei Hinsicht ziehe ich es sogar vor, nichts darüber zu wissen. Das ist ein Teil von Gordians Leben, der mich verängstigt. Und weil Sie und Pete für mich mit zur Familie gehören, habe ich auch um Sie Angst.«

»Aber Sie möchten, dass ich Ihnen jetzt etwas erzähle«, sagte Megan bedächtig.

Ashley nickte. »Wenn in Kanada Menschen gestorben sind, damit mein Mann weiterleben kann, würde ich gerne ihre Namen und so viel wie möglich über die Umstände ihres Todes erfahren«, sagte sie. Mittlerweile sprach sie noch eine Nuance leiser, und Megan begriff, dass sie nicht wollte, dass Gordian etwas hörte. »In wenigen Tagen ist Thanksgiving, und ich muss ihre Familien anrufen, ihnen meine Dankbarkeit versichern und dass ich in ihrer Schuld stehe. Ich muss meiner Trauer Ausdruck verleihen. Ihre Familien sollen wissen, wie wichtig sie mir sind, und dass ich immer für sie da sein und ihnen so gut wie möglich helfen werde.«

Megan blickte sie an. »Das wird schwierig werden«, sagte sie.

»Ja. Damit muss ich rechnen.«

Einen Augenblick lang studierte Megan Ashleys Gesichtsausdruck, dann griff sie nach ihrer Handtasche, die über der Stuhllehne hing. »Wir sollten besser in die Cafeteria hinuntergehen«, sagte sie.

Ashley nickte erneut und ging zum Bett hinüber, um gleichfalls ihre Handtasche zu holen. Dabei entfernte sie sich vom Fenster.

Der Scharfschütze atmete tief durch und umklammerte den Schaft seiner Waffe. Es gab einen Zeitpunkt, zu dem es mit einer enormen Willensanstrengung verbunden war, nicht auf den Abzug zu drücken. Wenn alles bestens vorbereitet war und man wusste, dass man leichtes Spiel hatte, lud einen die Zielperson förmlich zum Feuern ein. Aber hier ging's nicht um eine der beiden Frauen. Man hatte ihm befohlen, auf das Signal zu warten.

Ashley war schon fast aus seinem Blickfeld verschwunden, als endlich das Zeichen kam.

Megan erinnerte sich an drei Schüsse.

Drei Schüsse, direkt nacheinander abgefeuert. Mündungsfeuer hatte sie nicht gesehen, auch kein deutliches Krachen gehört. Um sie herum schien der Raum zu explodieren, aber hinsichtlich der Anzahl der Schüsse war sie sich ziemlich sicher.

Als sie gerade von ihrem Stuhl aufstehen wollte, zerschmetterte der erste Schuss einen Teil des Fensters. Ein Regen von Scherben ging nieder, und ein großer Glassplitter fuhr tief in ihre linke Schläfe. Sie warf sich zu Boden und sah, dass Ashley wie angewurzelt dastand und vom Fenster zu Gordian hinüberblickte, während der Putz von den Wänden rieselte und ihre Bluse beschmutzte. Dann der zweite Schuss. »Runter, Ashley!«, brüllte Megan, der das Blut übers Gesicht lief.

Nichts an Ashleys Verhalten verriet, dass sie Megans Worte gehört hatte. Geschockt, mit weit aufgerissenen Augen, ging sie auf das Krankenbett ihres Ehemanns zu.

»Ashley! Da drüben können ihn die Kugeln nicht treffen, es wird ihm nichts passieren. *Bitte,* werfen Sie sich zu Boden!«

»Nein!«, schrie Ashley. Noch immer war sie auf den Beinen, unbekümmert um ihr eigenes Wohl, ohne über die Flugbahn der Kugeln nachzudenken. Sie konnte nur einen Gedanken fassen – die Kugeln schlugen in das Krankenzimmer ein, in dem ihr hilfloser Mann lag, den sie um jeden Preis schützen wollte.

Vor dem Einschlag des dritten Schusses kroch Megan auf allen Vieren auf sie zu, aber der Wachtposten war bereits aufgesprungen und zu Ashley unterwegs. Er packte sie um die Taille und zog sie auf den Boden herab, wo er sie mit seinem Körper schützte.

Ein weiteres Krachen, weitere scharfe Glassplitter. Die vierte Kugel schlug nur Zentimeter neben der letzten in die Wand ein und hinterließ ein großes Loch.

Dann sah Megan, wie die Tür aufflog und Menschen in den Raum stürmten. Sword-Mitarbeiter, Krankenhauspersonal, vielleicht acht oder zehn Leute, die alle zugleich durch die Tür zu drängen schienen. Megan wusste nicht, ob sie durch die Schüsse oder durch die Bilder der unter der Decke angebrachten Überwachungskameras alarmiert worden waren, aber das war ihr auch ziemlich egal. Sie war nur froh, dass sie gekommen waren.

Irgendjemand brüllte, dass man Gordians Bett aus dem Zimmer schieben solle. *»Bringt ihn hier raus!«* Dann umringten Ärzte und Krankenschwestern Gordian, die hastig die Schläuche des Sauerstoffgeräts lösten und das Bett samt dem Ständer für die Beutel mit den Infusionen auf die Tür zurollten. Zwei Security-Leute mit gezückten Waffen begleiteten Gordian und die Krankenhausangestellten in das zweite Zimmer, das man ein Stück weit den Korridor hinunter bezugsfertig hergerichtet hatte. Einige andere Menschen verweilten noch in dem verwüsteten Raum – ein Mitglied des Sword-Teams kroch auf Megan zu, ein weiterer Mann bezog neben dem zerstörten Fenster Position. Vorsichtig, im Schutz der Wand, reckte er den Hals, um zu überprüfen, ob auf dem gegenüberliegenden Dach noch etwas von dem Scharfschützen zu sehen war.

»Scheint eine üble Schnittwunde zu sein«, sagte der Mann, der zu Megan geeilt war. Geduckt half er ihr vom Boden hoch. Unterdessen sah sie, wie Ashley aus dem Raum gedrängt wurde. »Wir werden Sie rausbringen und einen Arzt suchen, der sich um Sie kümmert …«

Megan wischte sich etwas Blut vom Gesicht und spürte einen beißenden Schmerz, als ihre Finger über die Wunde strichen. »Das hat Zeit«, sagte sie. »Ich möchte mich vergewissern, dass mit dem Boss alles in Ordnung ist.«

»Ich bin mir nicht sicher, ob das ratsam ist, Mrs. Breen …«

»Sie können mich sowieso nicht daran hindern.«

In seiner Jugend hatte Pete Nimec in South Philadelphia gelernt, wie grimmig und kämpferisch Menschen ihr Territorium verteidigen konnten. Diese harten Lektionen, mit der Erinnerung an Faustkämpfe und Schlagstöcke verbunden, hatten ihn auch später im Leben ständig begleitet. Wenn es bei Verhandlungen darum ging, Männer von Sword in einem fremden Revier zu stationieren, vergaß er nie die Gesetze der Straße. Man musste sich der Grenzen bewusst sein, anderen den nötigen Respekt zollen und spüren, wann man seinen Mann zu stehen hatte – aber auch, wann man dem anderen auf halbem Weg entgegenkommen musste.

Hinsichtlich seines Wunsches, auf dem Grundstück des Krankenhauses die Verantwortung für Roger Gordians Sicherheit zu übernehmen, hatten die Oberen des San José Mercy Hospital jede Menge Vorbehalte gehabt, wobei es meistens um zivilrechtliche Verantwortlichkeit gegangen war. Wenngleich sie bereit gewesen waren, routinemäßige Security-Maßnahmen zusammenzupfuschen, hatten sie sich doch argwöhnisch allen Versuchen widersetzt, ihnen die Verantwortung für die Sicherheit eines Patienten abzunehmen.

Also hatte Nimec ein modifiziertes Modell jenes Arrangements vorgeschlagen, das er mit vielen der Länder ausgearbeitet hatte, die UpLink-Einrichtungen Gastrecht gewährten. Die rechtlichen und ethischen Verpflichtungen des Krankenhauses sollten sorgfältig in alle Überlegungen einbezogen und alle Maßnahmen der Sword-Security dem Vorstand unterbreitet werden. Sein Plan sah vor, dass dem uniformierten Sicherheitspersonal des Krankenhauses an allen Ein- und Ausgängen ein UpLink-Mitarbeiter zugeteilt wurde. Dazu kamen ein Wachtposten im Flur vor Gordians Krankenzimmer sowie die Installation einer CCTV-Kamera, deren Aufnahmen von Sword ausgewertet wurden. Außerdem hatte Nimec die Bereitstellung eines zusätzlichen Raums verlangt, in den Gordian in einer Notsituation schnell verlegt werden konnte und über den nur die wichtigsten Leute des für den UpLink-Chef verantwortlichen Krankenhauspersonals informiert sein durften. Diese Forderungen waren ausnahmslos akzeptiert worden. Gegen die letzte Bitte – die Sicherheitsüberprüfung des Computer-Networks des Krankenhauses durch Sword-Techniker – war Einspruch erhoben worden, aber Nimec hatte schon erwartet, dass das ein heikles Thema sein würde. Folglich war er darauf vorbereitet gewesen, es im Dienste der Sache fallen zu lassen.

Weil Nimec es nicht geschafft hatte, die Verantwortlichen des Krankenhauses zu überreden, ihn die Daten schützen zu lassen – die einzige Einschränkung, die man ihm auferlegt hatte –, konnte der Eindringling eine schwache Stelle ausnutzen.

In einem Raum, der nicht weit von dem durch die Kugeln in Mitleidenschaft gezogenen Zimmer entfernt lag, hielt ein Mann, der den Kittel eines Medizinalassistenten trug, einen vorbereiteten Beutel für intravenöse Infusionen in der Hand. Er lauschte auf die Geräusche, die ihm verrieten, dass Roger Gordian zu ihm gebracht wurde. Die Lösung, die Kohlenhydrate, Vitamine und andere Nährstoffe enthielt, war mit einer massiven Konzentration von Digitalis versetzt, einem Glykosid, das einen zu schnellen Herzschlag verlangsamte, wenn es in therapeutisch angemessen Dosen verschrieben wurde. Aber diese Dosis reichte aus, um selbst bei dem gesündesten Patienten einen totalen Herzstillstand auszulösen. Angesichts seines prekären Gesundheitszustands würde Gordian bereits einige Minuten nach dem Eintreten des Wirkstoffs in seinen Blutkreislauf ein toter Mann sein.

Es war alles so einfach, dachte der Mann. Es hatte fast keiner Anstrengung bedurft. Das Eindringen in das Computersystem des Krankenhauses. Das Einfügen eines zusätzlichen Namens in die elektronisch erstellte Personalliste der für Roger Gordian zuständigen Mitarbeiter, die

Zugang zu seinem Zimmer hatten. Das Fälschen des Ausweises, einer laminierten Karte, die er an seiner Brusttasche trug. Auch das war nicht weiter kompliziert gewesen. Zwar hatte es keine offiziellen Unterlagen über den Raum gegeben, in den Roger Gordian in einer Notsituation verlegt werden sollte, aber die Nähe seines Zimmers zu einem verdächtig abgesperrten Teil der Station hatte diesen als wahrscheinliche Alternative in einem Notfall erscheinen lassen. Und seine Beobachtungen während der letzten paar Tage hatten diesen Verdacht bestärkt.

Jetzt wurden die Geräusche im Korridor lauter, kamen näher. Dann öffnete sich plötzlich die Tür, und Roger Gordians Bett wurde in den Raum geschoben. Begleitet wurde er von Krankenpflegern, Security-Leuten in Zivil, seiner Gattin und der Frau, die vorhin auch in dem anderen Krankenzimmer gewesen war, als der Eindringling per Funk dem Scharfschützen auf dem nahe gelegenen Dach das Signal gegeben hatte.

Während das Bett durch die Tür geschoben wurde, trat er von der Tür zurück, dann winkte er die Krankenpfleger zu einer Nische, in der Monitore, Infusionsständer und Sauerstoffgeräte standen.

Einfach, so einfach.

»Hierher!«, rief er, um den Tumult zu übertönen. »Wir müssen ihn anschließen.«

Megan dachte, dass das Ganze keinen Sinn machte.

Sie erreichte die Tür des für einen Notfall reservierten Zimmers und wurde von den Wachtposten und dem Krankenhauspersonal in den Raum gedrängt. Vor ihr befand sich Gordians Bett, das auf den Dienst habenden Medizinalassistenten zugeschoben wurde, der den Beutel mit der Infusionslösung kurz vor dem Anschlag überprüft hatte. Eine Frau aus der Menschentraube betupfte ihre offene Schnittwunde mit etwas Kühlem und Feuchtem, presste dann einen Wattebausch und einen Verband dagegen, um schließlich alles mit einem Klebestreifen zu befestigen. Danach trat sie zu den anderen an das Bett. Die Schläuche des Sauerstoffgeräts wurden mit den in die Wand eingelassenen Anschlüsse für die Luftzufuhr verbunden. Nachdem die Maschinen eingeschaltet waren, wurde der leere Beutel für die intravenös verabreichten Infusionen entfernt und von dem Medizinalassistenten durch einen neuen ersetzt.

Erneut dachte Megan, dass das Ganze keinen Sinn machte, überhaupt keinen. Auf wen hatte der Scharfschütze denn geschossen? Gordian hatte nicht getroffen werden können, und sie war für den Schützen nicht sichtbar gewesen. Ashley hätte es erwischen können, als sie vor dem Fenster gestanden hatte – wenn sie als Opfer vorgesehen war. Warum hatte der Täter also auf den Abzug gedrückt?

Diese Frage nagte weiter an ihr, während sie mit Ashley neben der Tür wartete. Sie standen abseits des emsig beschäftigten Krankenhauspersonals und beobachteten die Männer von der Security, die sich zurückzogen, um den Flur abzuriegeln. Auch das Häufchen von Krankenpflegern löste sich auf, als sie ihre Aufgaben erledigt hatten. Jetzt verließen alle den Raum, und zurück blieb der Medizinalassistent, der mit der intravenösen Infusion beginnen wollte …

Plötzlich schoss Megan wie ein Blitz ein nur ein paar Augenblicke altes Bild durch den Kopf. Der Medizinalassistent. Er hatte hier in diesem Zimmer gewartet. Allein. Mit dem Beutel mit der Infusionslösung in der Hand. Als Gordian hineingeschoben worden war.

Gewartet.

Während der letzten paar Tage hatte sie den Medizinalassistenten einige Male mit einem Schreibblock in der Hand im Flur gesehen, aber nie in Gordians Krankenzimmer. Er gehörte nicht zu den Leuten, die planmäßig mit Gordians Fall betraut waren, da war sich Megan sicher. Und doch hatte er über diesen Raum Bescheid gewusst, obwohl das Informationen waren, die nur ganz wenigen Menschen zugänglich waren. Außerdem war er als Erster hier gewesen, und er hatte den Krankenpflegern Anweisungen gegeben.

Sie blickte ihn an.

Der Medizinalassistent hatte den Infusionsständer dicht an das Bett geschoben, jetzt führte er den Katheter über das Seitengitter, um an Gordians Handgelenk die Nadel einzuführen.

»Warten Sie«, sagte Megan. Mit ausgetrocknetem Mund und pochendem Herzen trat sie auf den Mann zu. »Was tun Sie da?«

Der Assistent blickte sie an. »Der Beutel mit der Infusionslösung muss angeschlossen werden«, antwortete er. »Es wird nicht mal eine Minute dauern.«

Megan ging weiter auf ihn zu. Ashley blieb verwirrt an der Tür zurück. »Nein.« Megan schüttelte den Kopf. »Was tun sie *hier*?«

Der Mann richtete sich auf und blickte sie ohne jede erkennbare Reaktion an.

Megans Blick bohrte sich in seine Augen.

Sie studierte seinen Blick. »Ashley«, sagte sie dann, ohne sich auch nur einen Moment lang von dem Medizinalassistenten abzuwenden. »Öffnen Sie die Tür, und rufen Sie nach Hilfe. Der Mann hat hier nichts zu suchen …«

Die Hand des Mannes ließ den Schlauch los, ließ ihn einfach fallen. Dann griff er unter seinen weißen Kittel. Zwar konnte Megan nicht erkennen, wonach, aber sie brauchte es auch nicht zu sehen. Sie musste ihm Einhalt gebieten.

Mit erhobenen Fäusten und eingezogenem Kopf kam sie auf ihn zu, während sie sich an das erinnerte, was Pete Nimec ihr im Boxring erzählt hatte. Ihre Faust schoss vor, zielte mitten auf seine Brust. Sie legte ihre ganze Kraft in diesen Schlag, und ihre Knöchel bohrten sich hart zwischen seine Rippen.

Schmerz und Überraschung ließen den Mann aufgrunzen, dann brach er nach Luft schnappend zusammen. Die unter dem Kittel verborgene Hand kam wieder zum Vorschein, aber die automatische Pistole glitt ihm aus den Fingern und fiel zu Boden.

Vom Flur her hörte Megan Ashley aus vollem Hals

schreien, und nur einen Sekundenbruchteil später vernahm sie schnelle Schritte und eine männliche Stimme, die dem Mann im Kittel eines Medizinalassistenten befahl, sich nicht vom Fleck zu rühren. Sie fügte hinzu, dass er keinen Gedanken daran verschwenden solle, nach seiner Waffe zu greifen. Der Mann hustete und versuchte, wieder zu Atem zu kommen …

Dann erschien auch schon das Sword-Security-Team und überwältigte ihn.

26.

Verschiedene Schauplätze
23. November 2001

»Seit einer Stunde bewegt er sich wieder … Eine der Krankenschwestern hat es bemerkt … Er ist im Begriff, das Bewusstsein wiederzuerlangen. Ich habe Sie sofort angerufen.«

»Ich habe gestern schon geglaubt, dass es so weit wäre, Elliot. Ich war mir sicher. Er schien sich so zu bemühen.«

»Es ist hilfreich, dass Sie hier sind und zu ihm sprechen. Seine Reaktion auf die Inhibitoren war extrem positiv. Aber Sie sollten sich nicht entmutigen lassen, wenn es nicht gleich passiert …«

Gordian öffnete die Augen. Das Zimmer war von sehr hellem Sonnenlicht erfüllt. Neben seinem Bett stand Ashley in dem strahlenden Licht und blickte auf ihn herab. Sie war in Gesellschaft von Elliot Lieberman, der seinen weißen Arztkittel trug.

»Wenn was … nicht gleich passiert?«, fragte Gordian.

Überrascht blickte Ashley ihn an, dann beugte sie sich über das Gitter zu ihm herab. »*Das*«, flüsterte sie ihm ins Ohr. »O Gord, Gord …«

Schwerfällig hob er eine Hand vom Bettlaken, berührte

ihre Wange, spürte, dass sie feucht war. »Ich wusste ja, dass ein Engel auf meiner Schulter saß«, sagte er. »Aber ich wusste nicht, dass Engel weinen.«

Ashley küsste sein Gesicht, wieder und wieder, dann hob sie lächelnd den Kopf, während sie seine Hand hielt. Tränen strömten über ihr Gesicht, die auf ihre verschränkten Finger fielen, Tränen der Dankbarkeit, dass Roger lebte, der Trauer um die, die dafür den höchsten Preis gezahlt hatten.

»Man erlaubt es uns«, sagte sie. »Einmal im Jahr erlaubt man es uns.«

Er blickte sie an. »Wann?«

»An Thanksgiving.«

Tom Ricci saß allein an seinem Küchentisch, auf dem nur eine Literflasche Black Label stand, die er am Vorabend in einem Spirituosengeschäft gekauft hatte, das heute wegen des Feiertags geschlossen war. Es sollte ein denkwürdiges Thanksgiving-Dinner werden.

Jetzt war es fünf Uhr nachmittags, der Telefonhörer lag neben der Gabel, und in allen Zimmern seiner Wohnung waren die Jalousien zugezogen. Er war im Begriff, sich seiner flüssigen Nahrung zu widmen und so viel wie möglich von dem verbotenen Nektar hinunterzustürzen. Reiner Malt-Whisky, eine Flasche, Ritual der Verdammten.

Ja, Tom, dachte er. *Ja, stürz den Whisky runter. Kipp ihn runter.*

Er starrte auf die Flasche, während seine Hand langsam über den Tisch glitt, um sich um das glatte, kühle Glas zu schließen.

Ricci schloss die Augen, die Flasche umklammernd. Vor sich sah er eine Waage, wie auf diesen Bildern, die Justitia mit der Augenbinde zeigten. Auf der einen Waagschale befanden sich Nichols, Grillo, Simmons und Rosander, auf der anderen Roger Gordian und die restliche Bevölkerung dieses Planeten.

Genau, des ganzen verfluchten Planeten. Milliarden potenzieller Opfer eines Virus, der wegen der Opfer, die sein Team gebracht hatte, ansonsten nur das Leben eines einzigen anständigen Mannes irgendwo in Lateinamerika gefordert hatte.

Die Waage schien sich in die Richtung zu neigen, die anzeigte, dass Riccis Mission ein Erfolg gewesen war … Und tatsächlich wäre sie für ihn auch dann nicht weniger erfolgreich gewesen, wenn er selbst zusammen mit den Männern gestorben wäre, die hinter den grauen Betonmauern des Earthglow-Gebäudes ihr Leben gelassen hatten.

Das Ende der Welt. Die letzte Haltestelle für den Zivilisationsexpress.

Ricci umklammerte die Whiskyflasche. Mit dem Verlust seiner Kameraden konnte er fertig werden, mit dem Blutvergießen, das gelegentlich notwendig war, um das Gute und Wertvolle in diesem Leben zu retten, damit nicht alles in Finsternis versank. So brutal und ungerecht ihm diese Rechnung auch gelegentlich erscheinen mochte, er hatte sie immer zuverlässig bezahlt, trotz des bitteren Beigeschmacks.

Jetzt bestand das Problem darin, dass die Waage manipuliert worden war. Irgendjemand hatte mit den Gewichten herumgepfuscht, das Gleichgewicht durcheinander gebracht, das ganze verdammte Maßsystem in Unordnung gebracht.

Der Killer …

Nie wieder würde Ricci ihn ›Wildkatze‹ nennen, weil dieser Name noch etwas von Würde oder Kraft beinhaltete.

Der Killer befand sich auf freiem Fuß, irgendwo da draußen hinter den zugezogenen Jalousien, und er atmete die Luft, die seine Opfer nicht mehr einatmen konnten, fühlte die Sonnenstrahlen, die jetzt die Erde auf ihren Gräbern wärmten.

Der Killer … und sein namen- und gesichtsloser Auftraggeber.

Frohes Thanksgiving, dachte Ricci, während er die Flasche näher zu sich heranzog, bis an den Rand des Tischs, dicht vor seine Brust.

Wenn ich mal ein Glas Alkohol vor mir stehen habe, geht das immer so weiter, und drei Stunden später muss ich kämpfen, um aufzuhören. Das ist wie in dieser Erzählung in der Bibel, wo Christus in der Wüste mit dem Satan ringt.

Ricci starrte auf die Flasche, die er mit beiden Händen hielt, und benetzte dann seine Lippen mit der Zunge. Er war durstig, sehr durstig, sehnte sich danach, den quälenden innerlichen Schmerz zu betäuben.

Aber der Killer befand sich immer noch auf freiem Fuß. Er atmete da draußen im Sonnenlicht, in Freiheit.

Ricci blieb noch etwas länger am Küchentisch sitzen, er wusste nicht, wie lange. Dann schob er seufzend den Stuhl zurück und stand auf. Mit der teueren Literflasche Malzwhisky schlenderte er durch die Küche, dann legte er sie behutsam in den Abfalleimer neben seinem Spülbecken.

Was soll's, dachte er. *Zum Teufel damit.*

Nach dem langen Wochenende wartete Arbeit auf ihn, durch die vielleicht endlich das Gleichgewicht wiederhergestellt werden konnte, und bei einer solchen Aufgabe war ein Kater denkbar ungünstig.

Während er sich fragte, was er zu Abend essen würde, wo doch sein Eisschrank leer war und alle Supermärkte geschlossen hatten, ging er zum Fenster und öffnete die Jalousie, um das noch verbliebene Tageslicht hereinzulassen.

In einer Ecke des Bruegel-Gemäldes aus dem Prado sieht man einen Wagen mit den Dienern des Todes, dessen Räder unaufhaltsam auf eine gestürzte Frau zurollen, die einen Spinnrocken und eine Spindel in den Händen hält, Symbole der unvorhersehbar gesponnenen Fäden des Lebens, aber auch Symbole der Weiblichkeit, da das Spinnen in der Antike den Frauen vorbehalten gewesen war.

Weil er es nicht geschafft hatte, Spanien ohne einen weiteren Blick auf das Meisterwerk zu verlassen, stand Kuhl jetzt im Prado vor Bruegels Gemälde. Er dachte an seine Geliebte, an ihren weichen, zierlichen Körper, und rief sich ihre letzten gemeinsam verlebten Augenblicke ins Gedächtnis.

Er hatte sie nicht umbringen wollen.

Nur Stunden bevor er mit ihr aufs Land gefahren war, südwestlich von Madrid, hatten sich ihre Körper in dem abgeschlossenen Hotelzimmer in intimen Umarmungen aneinander geschmiegt. Weil er sich an ihr Fleisch erinnern wollte, hatte er ihren Körper gierig berührt. Danach hatte er einen langen Ausflug in die Castilla y León vorgeschlagen, wo alte Kirchen und Schlösser auf den Hügeln standen.

An einer einsamen und wunderschönen Stelle war Kuhl an den Straßenrand gefahren. Lange hatte er schweigend neben ihr gesessen und sie dann zu einem Spaziergang unter den herbstlich gefärbten Bäumen eingeladen. Nachdem sie aus dem Auto ausgestiegen waren, hatte er seinen Arm um ihre Taille gelegt.

Zum Sterben war es ein vorzüglicher Ort.

Weil er ihr keine langen Schmerzen zufügen wollte, brachte Kuhl die Sache schnell hinter sich. Mit einer Hand hielt er ihr den Mund zu, um ihre Schreie zu ersticken, mit der anderen erwürgte er sie.

Sie wehrte sich nur kurz.

Er erinnerte sich daran, dass Tränen in ihren Augen gestanden hatten. Selbst nach ihrem Tod, als ihr Gesichtsausdruck statt Überraschung und Angst nur noch Leere spiegelte, hatte er noch Tränen gesehen.

Kuhl schleppte die Leiche zu einer dicht bewaldeten Kuhle in den Hügeln und bedeckte sie so, dass sie vor irgendeinem Menschen von Tieren gefunden werden würde. Dann verließ er sie und fuhr nach Madrid zurück.

Er hatte sie nicht töten wollen, aber sie hatte zu viel gewusst. Was wäre geschehen, wenn sie gefasst worden wäre?

Die Gefahr für ihn war zu groß gewesen.

Unannehmbar groß.

Jetzt atmete Kuhl tief durch, während er das Bruegel-

Gemälde betrachtete. Dann schlenderte er durch den Korridor auf den Ausgang des Museums zu.

Auf dieser Erde musste man manchmal eine schwere Wahl treffen, aber immerhin lebte er noch.

Und alles andere spielte für ihn letztlich keine Rolle.

Epilog

Bolivien
23. November 2001

Er hatte Millionen investiert, Millionen und Abermillionen. Und jeder einzelne Dollar war eine Fehlinvestition gewesen.

Harlan DeVane saß auf der Veranda seiner kostspieligen, im spanischen Stil errichteten Ranch in der Region Chapare in Bolivien. Schweigend starrte er auf die Weiden, auf denen die Tiere mit rindviehhafter, dümmlicher Zufriedenheit grasten. Einst – vielleicht – musste doch einmal ein Vorfahre dieser Biester wenigstens einen Funken Feuer im Leib gehabt haben, aber der war der Spezies ausgetrieben worden, als aus frei herumstreunenden Herden Viehbestand geworden war. Jetzt waren die Zäune ihrer Weiden die Grenzen ihrer Welt, und statt mit der angeborenen Furcht vor dem Raubtier kamen diese eingelullten Viecher mit dem Versprechen auf die Welt, dass ihnen die Schlachtbank sicher war.

Während DeVane die Rinder beobachtete, dachte er darüber nach, dass er durch das Gras zu einer Gruppe dieser blöden Viecher gehen, aufs Geratewohl einem die Waffe an den Kopf pressen und es erschießen könnte. Seine Artgenossen würden träge weiter vor sich hinkauen oder höchstens ein Geräusch momentanen Erstaunens von sich geben, während das bisschen Hirn, das das Rindvieh besessen haben mochte, mit dem toten Tier im Dreck versank. Keines der anderen Rinder wäre sich der Tatsache bewusst, dass es diesem Schicksal knapp entgangen war und dass es sein Dasein nur einem simplen Zufall verdankte.

Sein Blick war zugleich bewegungslos und suchend, wie durch die Ahnung eines Gedankens in einem Schwebezustand gefangen. Plötzlich erinnerte sich DeVane an ein Zitat aus einem alten, in Leder gebundenen Band, der sich in seiner Bibliothek befand: *Was für ein irrsinniges Ziel? Was für eine Mühsal zu entkommen? Was für Dudelsäcke und Tamburine? Was für eine wilde Ekstase?*

Er atmete geräuschlos, so wie immer.

Aber das waren müßige Erwägungen, und es gab weitaus wichtigere Dinge, mit denen er sich beschäftigen musste. Themen, von denen seine Gedanken sich nur zeitweilig ablenken ließen und die ihn dann wieder einholten. Und diese Gedanken zerrten an seinem falschen Frieden wie Klauen in der Nacht.

Der Sleeper-Virus hatte ihm ein unvergleichliches Vermögen und unermessliches Prestige einbringen sollen, die Macht, den Sonnenwagen über den Himmel zu steuern. Stattdessen war er jämmerlich gedemütigt worden. Jetzt waren die Inhibitoren genauso leicht erhältlich wie Aspirin, und seine Kunden hatten riesige Summen für genetische Trigger bezahlt, die nun wertloser als Staub für sie waren. Einige hatten Hunderte von Menschen töten wollen, andere Tausende, wieder andere noch mehr. Er war nur am Tod eines Mannes interessiert gewesen, am Tod Roger Gordians ... Und niemand hatte das Ziel erreicht, für das er sein gutes Geld geopfert hatte, weder er noch die anderen.

Was blieb ihm jetzt noch? Welche gottverdammten Dudelsäcke und Tamburine?

Demütigung. Schande. Kunden, die sich in Feinde verwandelt hatten.

Und weil Siegfried Kuhl versagt hatte, weil er es nicht einmal geschafft hatte, Gordian durch schlichte Gewalt zu eliminieren, bestand eine sehr realistische Möglichkeit, dass seine sorgfältig arrangierte Tarnung abblättern würde, die bisher seine Anonymität garantiert und es ihm ermöglicht hatte, sich frei auf dieser Welt zu bewegen.

DeVane schloss die Augen und legte dann langsam, sehr langsam seinen Kopf in den Nacken, damit die heiße tropische Sonne sein Gesicht bescheinen konnte. Ihre

Strahlen trafen seine bleiche, fast farblose Haut, und er wusste, dass es nicht lange dauern würde, bis er einen Sonnenbrand bekommen würde.

Reglos saß er da.

LITERATURE, POLITICS, AND THE ENGLISH AVANT-GARDE

Accounts of the "historical avant-garde" and of "high modernism" often celebrate the former for its revolutionary aesthetics or denigrate the latter for its "proto-fascist" politics. In *Literature, Politics, and the English Avant-Garde*, Paul Peppis shows how neither interpretation explains the writings of avant-gardists in early twentieth-century England. Peppis reads texts by writers like Ford Madox Ford, Wyndham Lewis, Dora Marsden, and Ezra Pound alongside English political discourse between the death of Victoria and the end of the Great War. He traces the impact of nation and empire on the avant-garde, arguing that Vorticism, England's foremost avant-garde movement, used nationalism to advance literature and avant-garde literature to advance empire. Peppis's study demonstrates that these ambitions were enabled by the period's conception of nationality as an essence and construct. By recovering these neglected aspects of avant-garde politics, Peppis's book opens important new avenues for assessing modernist politics after the war.

PAUL PEPPIS is Assistant Professor of English at the University of Oregon. He has written a range of articles and reviews on modernist authors, modernist theories of race, and modernism and the Great War, in journals such as *Modernism/Modernity*, *Modern Philology*, *Twentieth-Century Literature*, and the *Yale Journal of Criticism*.

LITERATURE, POLITICS, AND THE ENGLISH AVANT-GARDE

Nation and Empire, 1901–1918

PAUL PEPPIS

CAMBRIDGE
UNIVERSITY PRESS

PUBLISHED BY THE PRESS SYNDICATE OF THE UNIVERSITY OF CAMBRIDGE
The Pitt Building, Trumpington Street, Cambridge, United Kingdom

CAMBRIDGE UNIVERSITY PRESS
The Edinburgh Building, Cambridge, CB2 2RU, UK http://www.cup.cam.ac.uk
40 West 20th Street, New York, NY 10011–4211, USA http://www.cup.org
10 Stamford Road, Oakleigh, Melbourne 3166, Australia

First published 2000

Printed in the United Kingdom at the University Press, Cambridge

Typeset in Baskerville 11/12.5pt [VN]

A catalogue record for this book is available from the British Library

Library of Congress Cataloguing in Publication data

Peppis, Paul, 1962–
Literature, politics, and the English avant garde: nation and empire, 1901–1918 / Paul Peppis.
p. cm.
Based on the author's thesis (University of Chicago)
Includes bibliographical references and index.
ISBN 0 521 66238 9 (hardback)
1. English literature – 20th century – History and criticism. 2. Politics and literature – Great Britain – History – 20th century. 3. Literature, Experimental – Great Britain – History and criticism. 4. Lewis, Wyndham, 1882–1957 – Criticism and interpretation. 5. National characteristics, English, in literature. 6. Great Britain – Politics and government – 1901–1936. 7. Modernism (Literature) – England. 8. Nationalism in literature. 9. Imperialism in literature. 10. Vorticism – England. I. Title.
PR478.P64P46 2000
82009'358–dc21 99–22648
CIP

ISBN 0 521 66238 9 hardback

For Tess, Cole, and Libby

Contents

Illustrations

Acknowledgments

In writing this book my thoughts and words have benefited from the wisdom and support of many. I wish first to thank my advisors at the University of Chicago, Robert von Hallberg and Loren Kruger, for their rigorous criticism, thoughtful advice, and generous encouragement in the early stages of the project. Other colleagues at the University of Chicago aided the evolution of my argument in myriad ways, especially Wayne Booth, Jessica Burstein, Lee Garver, David Kadlec, Mark Morrisson, and members of the Avant-Garde Workshop. At the University of Oregon, Ian Duncan, Karen Ford, John Gage, Dick Stein, and Richard Stevenson provided invaluable commentary and advice as I reconceived and revised the manuscript into its current form. For assistance with research, I am grateful to the Andrew W. Mellon Foundation for a dissertation fellowship, which assisted early on; to the librarians at the Division of Rare and Manuscripts Collections of the Carl A. Kroch Library at Cornell University for guidance and aid in the Ford Madox Ford and Wyndham Lewis Collections; and to the University of Oregon for a New Faculty Research Award, which helped bring the research to completion. My thanks to my anonymous readers at Cambridge University Press, and to my editor Ray Ryan, copy-editor Rachel Coldicutt, and publishing assistant, Jenny Landor, for their consistent aid, good humor, and hard work during the process to publication. I am especially indebted to Omar S. Pound, the Estate of Wyndham Lewis, the Estate of Mrs. G. A. Wyndham Lewis, and the Wyndham Lewis Memorial Trust for their generous permission to quote from the texts of Wyndham Lewis, (c) The Wyndham Lewis Memorial Trust, a registered Trust in the United Kingdom and to reproduce graphics featured in *BLAST*, (c) the Estate of Mrs. G. A. Wyndham Lewis, by permission. Earlier versions of two chapters have been published previously. Chapter 4 is an expanded version of "'Surrounded by a Multitude of other Blasts': Vorticism and the Great War," which originally appeared in *Modernism / Modernity* 4.2 (April 1997): 39–66, (c) 1997, The Johns Hopkins University Press. Chapter 5 is an expanded version of "Anti-Individualism and the Fictions of National Character in Wyndham Lewis's *Tarr*," which originally appeared in *Twentieth Century Literature* 40.2 (Summer 1994): 226–55. I am grateful to The Johns Hopkins University Press and to William McBrien, editor of *Twentieth Century Literature*, respectively, for permission to reproduce these essays.

To David Thompson, heartfelt thanks for incomparable hours of comment and debate. To Alex, Anne, and Phil, much love for years of faith and support. To Susy and Jack, love and thanks for interest, openness, and generosity. My deepest gratitude and love to Tess, Cole, and, above all, my wife, Libby Wadsworth, who has, throughout this long and often arduous process, shown her characteristic good humor, common sense, and commitment. Without her faith and friendship this book would never have been conceived, much less completed.

INTRODUCTION

Nations, empires, and the historical avant-garde

> I came to the conclusion that, however good a "Pole," a stray German, Lapp, Esquimau or other dim and hyperborean personage who had found his way to these parts might become, it took an authentic Slav to make a real "Pole."
>
> Wyndham Lewis, "The 'Pole'" (1909), 218

> Once this consciousness towards the new possibilities of expression in present life has come . . . it will be more the legitimate property of Englishmen than of any other people in Europe.
>
> "Manifesto," *BLAST* (1914): 41

Literature, Politics, and the English Avant-Garde concerns the persistent and thorny problem of modernist politics. Not only did a number of (mostly male) modernist writers from Britain and America produce literary and polemical works in which readers have identified "reactionary" or "protofascist" tendencies (aggression, elitism, racism, anti-Semitism, misogyny, homophobia);[1] not only were some attracted to, or even collaborators with, mid-century Europe's various radical right-wing political movements; but evidence of such attitudes in the works and lives of these writers – T. S. Eliot, Wyndham Lewis, and Ezra Pound in particular – has spawned one of the longest-lived and most contentious arguments in the history of the study of modernism in Britain and America. For over sixty years it has raged, at least since the publication of Lewis's somewhat enthralled study of Hitler and "Hitlerism" in 1931.[2] The intensity has ebbed and flowed, heating up in the face of Pound's wartime radio broadcasts from Italy and his subsequent receipt of the Bollingen Prize for the *Pisan Cantos* in 1949, dying down with the academic ascension of Eliot, New Criticism, and the autotelic aesthetic object in the fifties and sixties. Through the seventies, eighties, and nineties, it has flared again, fueled by demographic changes in the academy and the rise of critical and theoretical methodologies responsive to questions of context, psychology, and power. Throughout partisans and opponents have wrangled over what should be done about these politics; how their presence should affect our judgments of these writers and their works; what they should tell us more generally about modernism as a cultural and political movement.[3]

These problems invite interest in part because they remain unsettled, still nagging, regularly provoking new passion and anger. But some rather puzzling rhetorical tendencies recurring in the debate command particular attention. On one side, arguments motivated to expose and condemn modernist elitism, racism, and totalitarianism sometimes become totalizing and reductive, showing excessive indignation and contempt. On the other, arguments motivated to justify and praise modernist artistic innovations sometimes become aestheticizing, showing excessive disregard for questions of context and politics, while those aiming to explain the modernists' later politics sometimes become defensive and apologetic, tending toward special pleading and denial. This study begins with the assumption that the perseverance and the peculiarity of these debates has as much to do with us, our politics, and the way we construe the politics of modernism, as it has to do with what "reactionary" modernists originally thought and wrote.[4]

To avoid as far as possible the snares of condemnation and apology, this study takes as its field of inquiry a body of modernist politics that does not clearly fit the reigning terms of discussion. Its topic is not modernist anti-Semitism or fascist modernism. Nor is its tack to focus on those works in which reactionary politics and anti-Semitic animus are most often identified (Lewis's political tracts of the thirties, Pound's radio broadcasts or middle *Cantos*, Eliot's passing references to Jews or oblique comments on *L'Action française*, the French royalist movement led by Charles Maurras). I'm interested in the politics of modernism *before* any of these works were produced, before the Great War, when these writers were actively participating in that unprecedented international movement of artistic, social, and political experiment now known as the "historical avant-garde" and often celebrated for its more progressive art and political intentions.[5] I concur with an increasing number of analysts that credible accounting of modernist politics after the Great War must begin with an examination of those the avant-gardists supported before it.[6]

Literature, Politics, and the English Avant-Garde attempts to resist the temptation of anachronistically reading modernist statements about politics and aesthetics before the Great War through the lens of those made after it and thereby finding (not very surprisingly) that the early politics and aesthetics were, in effect, always already fascist.[7] By taking more seriously the avant-gardists' original claims about their political ambitions and the political significance of their works, and by contextualizing those claims in terms of the broad body of public discourse they originally engaged,[8] this study finds a politics and an aesthetics more complex and conflicted than many influential "political" analyses recognize.[9] I hope to show that these findings have significant implications for the way we understand the reputations of writers like Eliot, Lewis, and Pound, the politics of the avant-garde, modernist notions of race and gender, modernism's post-war politics, and the ways these authors and topics have been institutionalized in the academy.

The decade before the Great War witnessed an unprecedented surge of artistic activity across Europe. This phenomenon of the artistic avant-garde achieved a kind of cultural "critical mass" sometime between 1907, when Pablo Picasso painted *Les Demoiselles d'Avignon*, and 1909, when the French journal *Le Figaro* published F. T. Marinetti's first Futurist manifesto. Inspired by a Spanish painter and an Italian poet working in Paris, the avant-garde was cosmopolitan from inception. A generation of young artists and writers, sympathetic to aesthetic and social revolution and stimulated by the Cubists' experimental painting style and the Futurists' promotional and performative strategies, rapidly initiated their own rebellious art movements in nearly every European metropolis. In the next three or four years, self-consciously "modern" art and literature spread through Europe as avant-garde groups sprang up in London, Milan, Moscow, Munich, and Vienna.[10]

Since the early twentieth century, discussions of this international avant-garde have often focused on radical artists' efforts to alter the established relations between "art" and "life," in which the former is understood as detached from the latter. The Futurist painters insist in their first "Technical Manifesto" (1910) that they will "at any price re-enter into life."[11] The young Swiss writer Blaise Cendrars asserts in a 1913 manifesto that "[l]iterature is a part of life."[12] In a 1914 polemic, Lewis, then a leading spokesman for advanced English art, explains that "[i]t is necessary, in the profoundest sense, that humanity should live, and place their living above everything else, for Art to arrive at its goal."[13] Scholars like Peter Bürger, Terry Eagleton, Andreas Huyssen, and Marjorie Perloff have followed the avant-gardists' lead, emphasizing in various ways this desire to insert art into life and thereby transform both.[14] Perloff joins Raymond Williams in pointing out that the avant-garde's innovative literary form, the art manifesto, expresses that desire by appropriating a political genre and adapting it for revolutionary artistic purposes.[15] Bürger maintains that while the avant-gardists "failed" to achieve this revolutionary insertion of art into life, thwarted by the bourgeois institutionalization of aesthetic autonomy, they did succeed in revolutionizing art: by putting "life" into their art through the techniques of collage, often cited as the avant-garde's central artistic innovation, they challenged the status of the "aesthetic" as a category above and beyond "the praxis of life."[16] Bürger's account of failure notwithstanding, Perloff chooses to emphasize in the "formal ruptures" of the collage aesthetic the avant-gardists' most progressive political ambitions, "the larger desire . . . to break down existing economic and political structures and to transcend nationalist barriers."[17]

Perloff's conjunction of cultural internationalism and progressive reform of economic and political structures in her reading of avant-garde collage reveals an interpretive preference that helps explain a tendency common among previous interpretations of the historical avant-garde. While many accounts emphasize that the Europe in which the avant-gardists attempted their progressive transformations of art and life was the bourgeois, capitalist Europe of the late-nineteenth and early twentieth centuries, they often overlook or downplay the fact that the international nation-state system ruled that Europe.[18] Avant-gardist efforts to *épater la bourgeoisie* and undermine the bourgeois institution of art as well as the limits placed on those efforts by that institution have been usefully illuminated. But studies too often undervalue a fact that political historians insistently promote: the nation-state system and its attendant psychological category of nationality and collectivist sentiment of nationalism shaped late-nineteenth and early twentieth-century western history no less than class, democracy, socialism, even capitalism.[19] The age of the avant-garde was also, historians remind us, a moment when the imperial nation-state had become the prevailing category of international order and psychological community. It has been aptly dubbed the Age of Nationalism, the Age of Empire.

Given this historical context, it is unsurprising that the rebellious young artists and writers who were seeking to transform "art" and "life" in the early century deployed the rhetoric of imperialism and exploited the sentiments of nationalism in their polemics and performances. Even the most cursory reading of Italian Futurist and English Vorticist manifestos, for instance, cannot but reveal the centrality of these topics to the avant-gardists' artistic and social ambitions. "We wish to glorify War –

the only health giver of the world – militarism, patriotism," proclaims the "Initial Futurist Manifesto" (1909), "[i]t is in Italy that we launch this manifesto of violence, destructive and incendiary . . . we would deliver Italy from its canker of professors, archaeologists, cicerones and antiquaries."[20] The Futurist painters, their "Technical Manifesto" explains, joined the movement "to protect from certain death the genius of Italian Art."[21] The Vorticists countered the Futurists' formidable international popularity in their quarterly *BLAST* (July 1914) with their own brand of avant-garde patriotism: "BLESS ENGLAND"; the "Modern World is due almost entirely to Anglo-Saxon genius," thus the "consciousness towards the new possibilities of expression in present life" should "be more the legitimate property of Englishmen than of any other people in Europe."[22] These flamboyant proclamations confirm that the historical avant-garde, like western culture more generally during the period, was, as Edward Said puts it, "manifestly and unconcealedly a part" of the "imperial process."[23]

Coming to grips with such blunt nationalism, such bold-faced advocacy of empire in the writings of authors frequently cast as cosmopolitan, progressive, or revolutionary requires understanding the dynamics of cultural competition during the Age of Nationalism. Recovering those dynamics is one of this study's major aims. Tom Nairn's account of the role of "uneven development" in the history of modern nationalism provides a useful opening. During the nineteenth century, as Nairn explains, the spread of an acute consciousness of uneven development among nation-states compelled "under developed" states "to attempt radical, competitive short-cuts in order to avoid being trampled over or left behind" by the extreme economic and technological transformations being brought about by the world's "developed" nations.[24] Driven by the competitive dynamics of this disproportionate system, "under developed" states used nationalism to help "propel themselves forward." Nairn contends that this use of nationalism was typically motivated by a sense of uneven economic and industrial development.[25] My analysis complements Nairn's by showing that many of the young artists and writers who constituted Europe's avant-garde movements, especially those from Italy and England (for reasons this study will elucidate), shared an acute sensitivity to evidence of uneven development in the cultural sphere.[26] The avant-gardists responded to their perceptions of cultural inequality in much the same way that European governments responded to perceived economic, industrial, and military inequalities: they would bring nationalism to the aid of advanced art.[27]

Benedict Anderson has established the crucial role that print capitalism played in the rise of modern nationalism, especially in producing the "imagined community" of the nation and in fostering sentiments of national loyalty.[28] He argues that the nineteenth century's imperial monarchies used technologies of print capitalism to promote nationalism and thereby legitimate their imperial dynasties in the eyes of their domestic and colonial publics, in his words, "stretching the short, tight skin of the nation over the gigantic body of the empire."[29] Anderson terms this state strategy "official nationalism." I argue that avant-garde movements followed the lead of Europe's governments, appropriating the techniques of print capitalism and exploiting popular nationalist sentiments to advance the cause of new literature and art.[30]

During the Age of Empire, moreover, Europe's self consciously oppositional art movements worked to support, even lead, the official nationalist strategy that their governments were pursuing: the promotion of national prestige, a prestige that advanced artists and writers conceived as being not only military, imperial, and economic in nature, but cultural as well. Despite their commitments to transform established art and political institutions, despite their cosmopolitan interest in participating in an international effort of aesthetic and social revolution, Europe's avant-garde art groups were particularly motivated to elevate their own nation's prestige. Ernest Gellner has emphasized the central role that modern educational institutions played in producing national consciousness and loyalty.[31] Anderson and Said have studied the role of the novel in the process.[32] I show that avant-garde arts and polemics also contributed. Opposed in principle to state-controlled institutions of education and conventional forms of literature and art, however, the avant-gardists offered their artistic products as an alternative mode for defining, transforming, and promoting national culture.

Given the avant-gardists' historical context and the content of their polemics then, it is surprising that literary scholars have only recently begun paying serious attention to the significance for the history of the avant-garde of the nation-state system, the dynamics of cultural competition under that system, the institutions of empire, and the cult of the nation.[33] In the case of Vorticism, the group Lewis and Pound led, the defining roles of Vorticist aesthetics and interpersonal and artistic politics in the emergence of modern Anglo-American art and literature have been thoroughly examined. The effects of nationalist politics and international affairs on English avant-garde aesthetics and politics have not. So while studies correctly argue that the founding of Vorticism should be understood as a reaction against Futurist successes in England, they almost wholly neglect the fact that the reaction was comparably conditioned by period conceptions of Britain's (failing) international status and Italy's (expansionistic) imperial activities, and above all, by a commitment among both English and Italian avant-gardists to use modern writing and art to advance empire.[34] And while subsequent studies aim at ever more subtle understandings of the interactions between the Futurists and Vorticists, they view those relations almost exclusively through the lens of aesthetics, finding the basis of English modernist literary practice in Marinetti's *Parole in libertà* and *L'arte di far manifesti* or in the Vorticist theories and literary works of Lewis and Pound.[35] As this study shows, however, English avant-garde theory and aesthetic practice before the "high" modernist years *entre deux guerres* were structured at least as strongly by avant-gardist desires to achieve international success and defend national prestige.

Indeed, historians of twentieth-century Britain remind us that in prewar England, where Vorticism was born, political and cultural circumstances intensified both international ambition and national identification.[36] During the Edwardian and Georgian periods profound changes were occurring in the British empire's international status and in the way the English perceived it. In the political realm, English women and men were coming to recognize that their nation had moved from its nineteenth-century position as the world's supreme imperial and economic power to its early twentieth-century position as one among a number of competing powers. Looking toward the Continent, they confronted a German-backed annexation by Austria-Hungary of the Balkan provinces Bosnia and Herzegovina, a naval build-up and increasing population in Germany, and Italian and German moves to expand their imperial possessions;[37] while at home, they were witnessing the "strange death" of Liberal England, with all its indications of internal instability and decline: the Suffragette movement, trade union activism, parliamentary crises, working-class agitation, Irish rebellion, unemployment, rising poverty.[38]

And, if in the political realm the English were confronted with increasing evidence of national decline, in the cultural realm they were encountering formidable evidence of defeat: a proliferation of new European artistic and philosophical movements, a marked increase in Paris's influence on Europe's cultural activities, a domestic artistic community seemingly unable to compete with its European counterparts, and a generation of young English artists, writers, and critics who flocked to the Continent or embraced new European cultural movements rather than the literature, art, and philosophy of their own country. Combined with the prevailing intellectual view, codified by Matthew Arnold nearly half a century earlier, that the English "spirit" was essentially practical, provincial, even philistine, these indications of cultural imbalance magnified concerns over national decline and aspirations to international success, especially among ambitious writers, artists, and intellectuals. I read the works of England's avant-gardists as very specific responses to these anxieties and ambitions and to the authority of the Arnoldian account of English culture. Accordingly, this study takes as its principal evidence avant-gardist expressions of nationalism, analyses of nationality, and assertions of imperial ambition. Its contextualization of that evidence in terms of general Edwardian and Georgian discourse on the topics, especially concerning the interests and activities of Britain and its primary competitors (Germany in the imperial realm, the "Latin" nations of France and Italy in the cultural) sheds important light on the evolution of modernism in Britain and its complex relations to the evolution of modern nationalism in Britain and Europe generally.

This study treats the political engagements of numerous players (well known and not) active in the English cultural sphere during the years leading up (and in) to the Great War. Some, like Huntly Carter, Ford Madox Ford, Henri Gaudier-Brzeska, R. B. Cunninghame Graham, W. H. Hudson, James Joyce, J. M. Kennedy, Dora Marsden, Ezra Pound, George Bernard Shaw, and Helen Saunders receive sustained attention. Others, like Clive Bell, Arnold Bennett, Robert Bridges, Rupert Brooke, G. K. Chesterton, T. E. Hulme, F. T. Marinetti, John Middleton Murry, Alfred Orage, and H. G. Wells appear more briefly. Playing a particularly dominant role, though, is Wyndham Lewis. He bulks large in this reconsideration of avant-garde politics and modern nationalism not simply because of his alleged centrality in the phenomenon of "fascist" or "reactionary" modernism after the Great War. Of all the artists and writers who participated in England's avant-garde scene and in the development of modernist doctrine and practice before the war, he engaged most consistently the relations between nation and avant-garde, the competing claims of nationalism and internationalism in the activities of advanced art movements, and the role of national avant-gardes in the promotion of imperial prestige. Moreover, his typically Edwardian fascination with the phenomenon of "national character" – its complicated role enabling *and* constraining the activities of nations and national art movements – illuminates the complex of assumptions and expectations that underlay and structured the ways Edwardians and Georgians – even aggressive skeptics like Lewis – understood the world in which they lived and experienced national ambitions and anxieties.[39]

These views on national character also encourage some reconsideration of the familiar picture of Lewis and his closest comrades as essentially essentialists.[40] The first three chapters together argue that in the years before and during the Great War, numerous writers, especially Lewis and others nearest to him, wrestled with the notion that persons and nations have a fixed core identity. Even as their works reveal investments in conventional notions of racial and national hierarchy and determinism, they fitfully articulate a vision of national identity as a cultural construct, susceptible to modification by cultural training and individual will. This conception of nationality as (alternately) essence and construct underwrote the greatest (and for us perhaps paradoxical) ambition of England's self-consciously "advanced" writers and artists before the war: to create in England an imperialist avant-garde art group. The arrival of that group was boisterously proclaimed in the Vorticist movement's celebrated and patriotic journal, *BLAST* (Summer 1914).

As central to this study as any particular writer or artist, indeed, are the avant-garde magazines and movements so active and influential during the period. Numerous works and debates of early modernism originally appeared in these periodicals, contributing to and conditioned by their particular cultural and political policies. Because these reviews played such a crucial role in the promotion of avant-garde movements and in the early institutionalization of modernism, they serve as primary subjects and textual sources here. Each chapter focuses on and draws its principal evidence from a single modernist magazine at the moment of its greatest cultural influence, and the group or movement most closely associated with it. Chapter 1 examines *The English Review* of 1908–10 and the "Impressionist" writers affiliated with its editor, Ford Madox Ford. Chapter 2 studies Alfred Orage's "Independent" socialist organ *The New Age* during 1910–12 and its loose federation of radical left-wing intellectuals. Chapters 3 and 4 treat the Vorticist movement of 1914–15, and the two issues of its official periodical *BLAST*. Chapter 5 considers the radical "Individualists" associated with *The Egoist* of 1914–16, the celebrated anarcho-libertarian political and cultural review edited by the dissident feminist-turned-anarchist philosopher, Dora Marsden. When early modernist works are read in this journalistic context, with special attention paid to the political debates featured in the magazines and the avant-gardists' participation in them, it becomes clear that nation, nationality, and empire were the subjects of continuous, often heated, debate among self-consciously "advanced" writers and artists. And as I hope to show, these debates tell us things about the political history of modernism in Britain, its institutions, and institutionalization that complicate and enrich prevailing accounts.

By setting avant-gardist treatments of nationality, nationalism, and empire in the context of the public arguments they originally engaged (both intellectual and popular), *Literature, Politics, and the English Avant-Garde* makes two broader arguments. First, the conception of nationality as essence and construct was widespread among English intellectuals[41] and had significant repercussions for avant-garde aesthetics and politics. Second, the Vorticists' articulation of an explicitly nationalistic cultural doctrine in *BLAST* brought to the surface the hidden ambition of numerous (perhaps most) English intellectuals before the war: despite lingering commitments to the Arnoldian tradition of cultural internationalism and assertions of political disinterestedness or avant-garde critique, these artists and writers supported the aims of British imperialism, offering their works as a means of helping to consolidate or "revitalize" British power and prestige against rising foreign competition and domestic "degeneration" – a goal roughly consistent with popular patriotism and government policy.[42]

The background of this argument is developed in chapters 1 and 2. The first demonstrates that Ford Madox Ford's illustrious and insistently internationalistic and "disinterested" little magazine, *The English Review*, where the early works of Lawrence, Lewis, and Pound among others first appeared, betrays a nationalistic investment in British imperialism common among Edwardian intellectuals, including *les Jeunes* (as Ford dubbed them).[43] The second chapter shows that popular anxieties of national decline and ambitions for international success conditioned the responses of both older, more self-consciously "patriotic" intellectuals (who opposed increasing international contacts), and those younger and more self-consciously "cosmopolitan" (who advocated increasing such contacts) to evidence of foreign competition, whether in the imperial-military realm or the cultural. That conditioning, chapter 3 demonstrates, shaped the consolidation of Vorticism in 1914 as an explicitly nationalistic and imperialist avant-garde movement.

Yet while *BLAST* identifies Vorticism as an imperialist art movement, it also displays political commitments and national affiliations that oppose such a definition. On one hand, *BLAST*'s manifestos ally Vorticism with the anti-statist "Individualist" movement around Dora Marsden and *The Egoist*. Marsden's movement followed the lead of the German nominalist, Max Stirner, whose anti-liberal tract, *Der Einzige und sein Eigentum* (1844), became a touchstone for Anglo-American anarchists and libertarians soon after its translation into English as *The Ego and His Own* in 1907.[44] The Egoists celebrated the vital and autonomous individual, advocated an anarcho-libertarian politics, and promoted artists, writers, and art movements that manifested an appropriately "individualistic" temper. *The Egoist* implacably assailed the British state and its institutions as unnecessary restrictions on individuality, publishing positive analyses of art exhibits in which Vorticist artists were featured as well as critical and literary works by Pound, Lewis, and other contributors to *BLAST*. The Vorticists repaid the compliment. *BLAST* describes Vorticism as "an art of individuals" that will help "make individuals," and attacks, *à la* Marsden, those British persons and institutions the Vorticists deemed to be obstructing individual vitality and creativity.[45] Yet on the other hand, despite *BLAST*'s nationalistic assertions that the artworks it features display the "most fundamentally English" characteristics, and are thus England's "necessary native art," the majority of its polemical and literary pieces, as well as a number of the visual, were contributed by the movement's three most-celebrated figures, Lewis, Pound, and the sculptor Gaudier-Brzeska, all of whom lacked the pure "English blood" presumably necessary to establish credibility for such a project. By parental lineage, Lewis was Anglo-American (his father born in New York), Pound an American, and Gaudier French. I focus attention on these and other related contradictions, recovering and analyzing their entanglement with period notions of nationality and national competition, their various consequences, as well as what the Vorticists and their contemporaries made of them. For as we will see, the Vorticists were by no means oblivious to the complexity of their position. On the contrary, *BLAST* insists on it, loudly proclaiming Vorticism an anarcho-imperialist movement of vital individuals who have transcended the limits of nationality, even while affirming that Vorticist art is "fundamentally English" and will facilitate the pressing project of revitalizing the ailing empire.[46]

Accounts of modernist politics become unpersuasive, I would argue, when they underestimate or fail to acknowledge that modernism's early politics were not simply "protofascist," displaying certain anticipations of later "reactionary" or "fascist" tendencies (an elitist distance from the masses, a fascination with the charismatic individual, a distrust of parliamentary democracy), but were also, in a sense, anti-fascist, committed to the radical anti-statist politics of anarcho-libertarianism, which opposed in principle the sort of centralized, authoritarian state that would later develop in Hitler's Germany and – to a lesser extent – in Mussolini's Italy.[47] The coexistence of these competing, at times contradictory, political commitments helps explain Raymond Williams's productive observation that "the politics of the avant-garde, from the beginning, could go either way."[48] Mitigating or denying the presence of the radical streak in the early politics of modernism contributes to an appealing though ultimately unsubstantiated view that underwrites the posture of certain analyses that attack (reactionary) modernism as confidently and contemptuously as Pound attacked the world conspiracy of "kike" bankers and arms merchants: namely, that modern left-wing politics are categorically different from those of the right, immune to the temptations of intolerance to which a number of modern right-wing movements and thinkers have succumbed.[49] As this study emphasizes, the political trajectory of modernism had as much to do with its "progressive" commitments to anarchism, individualism, and artistic, social, and political change, as with its "reactionary" commitments to empire, nationalism, and "racial" renewal. To adapt Williams's formulation, in the beginning, the politics of the avant-garde (in England at least), went both ways at once. The failure to acknowledge this uncomfortable fact encourages reducing a deeply conflicted body of political beliefs and utterances to some monolithic and comfortably alien form of fascist reaction.

Once we acknowledge Vorticism's concatenation of seemingly incompatible political aims, in which a nationalistic conviction that empire must be revitalized vies with an anarcho-libertarian belief in the vital individual as the enemy of the (liberal) parliamentary state, we are confronted no longer with the problem of recovering modernism's protofascism, but rather with the need to account for its early anarcho-imperialism. And as this study shows, the Vorticists did not see these political aims as incompatible. Their conjunction was justified in part, we will see, by the period conception of nationality as construct and essence. It was further authorized by the cult of masculine vitality so dominant in prewar Britain, underwriting a vast range of political agendas and movements, including the government's official nationalist doctrine of imperial consolidation and domestic renewal, the Fabian-Socialists' advocacy of gradualist social and political reform led by an elite of "brain workers" and "efficiency men," the Tories' assault on Liberal government policies (especially the effort to implement Irish home rule), the popular press's promotion of worries about national "degeneration" and foreign (primarily German) invasion, as well as the avant-gardists' critique of calcified institutions and worship of the strong individual.[50] As others have demonstrated, the changes racking English society before the war – the rise of movements for working-class, colonial, and women's political rights; the growth of foreign economic, military, and imperial competition; the attendant sense of embattlement on the part of the largely upper-class, male, and English ruling elite and intelligentsia – provoked a masculinist backlash, in which perceived threats to British prestige were gendered female and denigrated, as the traditional upholders and bastions of such prestige were gendered male and celebrated.[51]

One of the histories recovered here is the English avant-garde's difficult effort to position itself as a vital and manly movement for cultural, social, and political renovation, militantly opposed to outdated, decrepit, and unmanly traditions and institutions, while at the same time, countering the accusation "patriotic" guardians of those same institutions kept leveling: that the avant-garde was basically just another effeminate, degenerate rabble (tainted by foreign origin and contact) threatening national "hygiene." This problematic negotiation illuminates both the extent and the limits of avant-gardist complicity in the prevailing politics of the Edwardian and Georgian moments. The Vorticists' embrace of masculine vitality facilitated their program of anarcho-imperialism, at least theoretically. In their eyes the anarchistic opposition to tradition and statist institutions, as well as the nationalist desire to revitalize the ailing empire by reforming English culture (making it "harder" and "colder"), were motivated by the same underlying desire: to defeat the effeminate forces of degeneration and decline (whether of domestic or alien origin), and reinject manly vitality into English art and life. To the extent that they supported the goal of imperial consolidation and bought into the masculinist system of values that underwrote that goal, the Vorticists collaborated, despite noisy rhetoric to the contrary, with the overriding ambitions of the British government and popular press.

But while this subscription to the cult of masculine vitality facilitated the Vorticists' political aims of anarchist revolution and imperial reform on the level of theory, on the level of practice, those aims were more difficult to reconcile. Not only were the avant-garde's experimentalist aesthetics, social non-conformity, and anti-statist politics practically incompatible with state mechanisms of imperial power. In addition, the empire's rulers and their allies in the intelligentsia and press believed that their interests would be better served by promoting a picture of the avant-garde not as part of the solution, but as part of the problem, yet another source or symptom of the alarming national decline the government and its supporters opposed. In the context of prewar England, *BLAST* was therefore unlikely to achieve either of its principal aims: to put English art at the forefront of European culture and to "Vorticize" the British empire.

This predicament instantiates the internal contradiction Renato Poggioli found, over thirty years ago, at the heart of the theory of the avant-garde: the ultimate incompatibility of its simultaneous effort to become, on one hand, the nation's anti-culture, the outsider society of artistic and political antagonism, non-conformity, and critique, and on the other, *the* culture of modernity and/or the future. If the avant-garde succeeds in the former aim how can it achieve the latter? If it succeeds in the latter how can it achieve the former?[52] My analysis confirms that this theoretical doublebind obtained before the Great War in England, when the most rebellious artists like the Vorticists could hope for, as Marinetti's Futurists had demonstrated, was to create a new aesthetic and promotional style, provoke controversy about that style in the press, and achieve a faddish level of public attention (by no means insignificant achievements). But as the Futurist case indicated, no such movement could, practically speaking, either significantly affect the imperial status of its home nation or create a truly populist politico-artistic movement. Try as the avant-gardists might, their achievements, their "conquests," remained primarily in the realms of discourse, performance, and art, enacted on pages of little magazines, in bohemian auditoriums, and on gallery walls.[53] During the *avant guerre*, to borrow Bürger's familiar formulation, the avant-garde's revolutionary effort to insert aesthetics into the "praxis of life" and thereby transform both was only partially successful: it could only "revolutionize" art.[54] In this context, the avant-gardists' fascination with violence, and especially their proclivity to fisticuffs, indicates a physical effort to overcome or deny this limitation.

Still, this study finds at least two ways in which the prewar effort on the part of avant-garde groups like the Vorticists in England and the Futurists in Italy to serve as their respective nations' leading modernist art movements had significant practical effects. First, their self-representations as imperial avant-gardes struggling against each other in the Darwinian realm of international competition actually structured that competition. Chapter 3 traces that structuring both in the Futurists' unprecedentedly successful "conquest" of the European art world and the consolidation of Vorticism in response to the extension of that project into England. Second, in the case of England, where a traditional commitment to cultural internationalism and an investment in the notion of "disinterestedness" had long restrained intellectual embraces of any baldly "partisan" political position, the Vorticists' noisy public promotion of an explicitly nationalist cultural policy helped to legitimate patriotism among an (at least overtly) hesitant intelligentsia. Vorticism thus played a real role in encouraging English intellectuals to greet the advent of European war in August of 1914 by rushing to their nation's cause, in Rupert Brooke's famous phrase (of which he became the national embodiment), "as swimmers into cleanness leaping."[55]

Chapter 4's analysis of the second issue of *BLAST*, the so-called *War Number*, published nearly a year into the Great War (July 1915) and still neglected in favor of its flashier predecessor, finds that during the earliest months of the conflict, in England at least, circumstances changed in such a way as to alleviate significantly the avant-garde's prewar inability to realize its most grandiose political ambitions (other formidable problems arose). In a context where the government was expanding control of public discourse, clamping down on dissent, and promoting an anti-modernist cultural policy,[56] the Vorticists' paradoxical project became considerably more appropriate. By reorienting the foreign target of their opposition from Italian Futurism to Prussian imperialism, the Vorticists could assert that their project was allied with the war effort against Germany. So while in the *avant guerre*, the wars, conquests, and battles the avant-gardists undertook remained metaphorical, always bracketed by quotation marks, the Great War allowed them to participate in an actual military conflict (not simply spectate on one, as Marinetti had at Tripoli and Adrianapolis). Suddenly the war the avant-gardists had so long fantasized was *real*. All they needed to do was convince themselves and their supporters that it was also a war for modernism – not an insignificant task, but one which, we will see, circumstances conspired to advance.

Chapter 4 argues that the dynamic whereby Vorticist doctrine dovetailed with wartime events in such a manner as to newly validate that doctrine, achieves its most intense and revealing expression in

"Vortex Gaudier-Brzeska," the central contribution to the *War Number* of the young French sculptor who was killed in action, June 1915. The "Vortex" is the culminating document of the *War Number*: it extends Vorticism's paradoxical program to its theoretical telos, recording and enacting the glorification of Gaudier-Brzeska in death. By sacrificing his life in the Vorticists' two-front war against Germany and *passéism*, Gaudier provides the ultimate authorization of Vorticist collaboration *and* resistance.

The Vortex's celebration of annihilation as the fullest proof of manly life anticipates, perhaps more than any other evidence one could cite from the early writings of Lewis, Pound, and their comrades, what has come to be called fascist modernism. Klaus Theweleit and others have argued that the German *Freikorps* novels and memoirs of the twenties, for example, similarly fetishize the moment of manly self-sacrifice in the national cause as the ultimate proof of personal and national vitality, a moment that epitomizes the masculinist psychosis of the so-called fascist unconscious.[57] In the context of this study, however, the striking resemblance reinforces two other points. First, the ideology of masculinist vitalism that would come to play such a critical part in the formation of Fascism in Italy, Nazism in Germany, and similarly oriented, if finally less popular, movements in England and France, was as much an inheritance from Europe's prewar political culture and cultural politics as it was a product of the Great War.[58] The death and idealization of "fallen soldiers" like Gaudier and Brooke suggests, indeed, that the Great War itself was the ultimate manifestation of that prewar ideology's internal logic, wherein ideology is relegitimated through the sacrifice of its most heroic agents. Second, avant-gardist investments in the imperial politics and nationalistic psychology of the *avant guerre* played at least as important a role in determining the modernists' post-war political ideals, as did their prewar aesthetics, racial attitudes, or intellectual elitism. Among other things, this study tracks the complicated ways in which the avant-gardists' commitments to nation and empire conditioned their conceptions of art, race, and social hierarchy.

Thus the fifth and final chapter develops the implications of these points for current understandings of modernist aesthetics and theories of group identity by bringing its revisionist analysis to bear on a major modernist novel, Lewis's *Tarr*, completed in November 1915, shortly before his departure for the front. By rereading *Tarr* in the context of *The Egoist*, where it originally appeared, chapter 5 finds, somewhat surprisingly, that Lewis's ungainly, satiric novel carries out a keen fictive critique of Marsden's individualist anarcho-libertarianism, a critique which importantly anticipates Lewis's later role as literary satirist and "enemy" of canonical modernism. Recovering this fictional assault on Egoism also makes clear that *Tarr* marks the point in Lewis's career as avant-gardist when his commitment to aesthetic and political opposition began to outstrip both his idealism about individual creativity and his patriotic investment in British imperialism. This intensification of skepticism regarding individualism and nationalism, the chapter demonstrates, encourages Lewis in *Tarr* to articulate a conception of national character that modifies and complicates the prewar moment's (double) vision of the category as essence and construct. At the heart of *Tarr* is a dark portrayal of human identity as a site of irreducible chaos, a picture that undermines the period's two competing and entangled conceptions of national character, both of which Lewis and numerous of his contemporaries often – sometimes simultaneously – embraced: the racialist view of nationality as an internal and essential category, the result of an "heredity" that fundamentally defines the character of individuals of a particular "race" or nation; and the individualist view of nationality as an external, non-essential category, the result of a restrictive regime of cultural training that persons of sufficient energy, insight, and will can and should overcome. What replaces – or rather supplements – this conception of nationality as essence and construct is a kind of "racial" determinism, if by race we understand not the different and competing (sub)species nineteenth-century racialists believed inhabited the nationalized, Darwinian world, but rather the race *in toto*.

This understanding of race urges further reconsideration of the problem of racism or racial determinism often identified as central to the development of fascist modernism. In certain accounts of modernist "protofascism," Lewis, Pound, Eliot, or others can seem to subscribe, relatively unambiguously, to the hierarchical, polygenic, racialist model of humanity popular among nineteenth-century anthropologists, viewing Jews (or blacks, or women) as permanent members of an alien "race," essentially different from, and lower on the bio-cultural scale than, the manly Aryan (or Nordic, or Anglo-Saxon) race to which Lewis (or Pound, or Eliot) believes he belongs. The first four chapters of this study demonstrate that even as avant-garde writers partake of that view, they also assail it. Chapter 5's analysis of *Tarr* further complicates the picture, indicating that by the early months of the Great War (if not before), English avant-gardist writers were also entertaining a more explicitly universalist brand of "racial" determinism – itself a paradoxical idea if you believe, as some do, that universalism ("all men are created equal") is in some sense antithetical to differential determinism. This study as a whole provides significant evidence, I believe, that at least part of the reason why early century modernists could think in ways that may seem to us deeply incoherent is because these three modes of thought are not nearly as incompatible with or separable from each other as we might like to suppose. Part of what enables their conjunction is the masculinist ideology that underwrites, in one way or another, all three conceptions (even *Tarr*'s universalist racism idealizes the manly courage of an author brave enough to confront humankind's essential ugliness). Part of what enables it is the three conceptions' complex and parasitic entanglement with each other. Thus, for example, all three accounts depend on some form of (masculinist) bio-cultural determinism: that all men are essentially chaotic; that all men are members of distinct "races," each of which has a particular and permanent character; or that all great men are inherently capable of escaping the biological or cultural forces that essentially define all other men.

As this chapter summary indicates, *Literature, Politics, and the English Avant-Garde* is less a work of literary or art criticism or of politico-aesthetic theory than of cultural history. My intention is not to argue for (or against) the aesthetic or political value of English avant-garde writing and art (tasks already performed by others), but to provide a fuller and more historically fine-grained accounting of the ways in which engaged writers and artists participated in and responded to the dynamic politics and political debates occurring in England between the death of Queen Victoria in 1901 and the end of the Great War in 1918. Adopting a methodology suited to its project of recovery and revision, this study employs documentary approaches to history, practicing a historicism that locates avant-garde political texts within the dense and lively public discourse of their period. Numerous such documents – many, now forgotten or neglected by canonical or familiar authors; many, by figures now forgotten or neglected – are examined in the context of the issues and events they originally engaged. I consider not only "literary" texts, like the travel tales of W. H. Hudson, R. B. Cunninghame Graham, and Norman Douglas (discussed in chapter 1) or novels like Joyce's *A Portrait of the Artist as a Young Man* or Lewis's *Tarr* (treated in chapter 5), but also political journalism, newspaper cartoons, art polemics, wartime propaganda, cultural criticism, anthropological studies, and magazine editorials published in avant-garde journals like *The English Review*, *The New Age*, *BLAST*, and *The Egoist* and in popular and mass-market periodicals like *Punch*, the *Times*, and the *Morning Post*. England's avant-garde writers and movements treated these texts and the political positions they articulate as central to their ambitions and achievements; I have taken them at their word, an approach that is also in line with current practices of cultural studies and historicism in modernist studies.

These methods are not intended to access "scientifically" early modernism's "objective existence," however. Needless to say, the sort of archival research and contextual reconstruction carried out here cannot provide unmediated access to the original intentions of the Vorticists, their contemporaries, or to the milieu in which they lived. No brand of historicism can eliminate fully the mediation of current concepts and analytical paradigms. Any late twentieth-century effort to use historicist procedures to question established accounts of the literature and politics of the early century will be shaped by today's academic politics, discourses on modernism, debates on historiography, not to mention such professional requirements as the need to distinguish an individual rhetorical position or establish an academic reputation. I am convinced, nonetheless, that the project of historical recovery *Literature, Politics, and the English Avant-Garde* attempts – limited and provisional though all such efforts must be – not only enriches established accounts of the English avant-garde, Edwardian and Georgian culture, the development of modernist politics, and the involvement of modern literature and art in nationalism and empire, but also helps unsettle the primacy of scholarly constructions ill-suited to register the complexity of literature and politics during the first two decades of the twentieth century.

My overriding effort to reassess the political commitments and gyrations of avant-gardists in early century England is ultimately intended as a means of continuing to open up the study of modernism and modernist politics to new possibilities. I finally hope to make persuasive the claim that once we more fully acknowledge the presence and articulate the significance of the myriad contradictions in modernism's early politics, we will both want and be in a better position to reconsider prevailing assessments of the "reactionary" modernists, especially the development of their political ideas and commitments. Such a reconsideration should also prompt a fuller analysis of the political investments we late twentieth-century academics bring to the study of writers and artists whose politics we do not much like (or like too much), and the ways those investments have over the years conditioned our evaluations.

CHAPTER 1:

Conjuring new character: The English Review, *Wyndham Lewis, and the reconstruction of Englishness*

> He was extraordinary in appearance . . . He seemed to be Russian. He was very dark in the shadows of the staircase. He wore an immense steeple-crowned hat. Long black locks fell from it. His coat was one of those Russian looking coats that have no revers. He had also an ample black cape of the type that villains in transpontine melodrama throw over their shoulders when they say "Ha-ha!" He said not a word.
>
> I exclaimed:
>
> "I don't want any Tzar's diaries. I don't want any Russian revelations. I don't want to see, hear or smell any Slavs." All the while I was pushing him down the stairs. He said nothing. His dark eyes rolled. He established himself immovably against the banisters and began fumbling in the pockets of his cape. He produced crumpled papers in rolls. He fumbled in the pockets of his strange coat. He produced crumpled papers in rolls. He produced them from all over his person – from inside his waistcoat, from against his skin beneath his brown jersey . . . All the time he said no word. I have never known any one else whose silence was a positive rather than a negative quality. At last he went slowly down those stairs. I had the impression that he was not any more Russian. He must be Guy Fawkes.
>
> He had thrust all those rolls into my arms. I went up again into the dining-room and dropped the rolls before Marwood. He looked at one of them for no more than a second and said:
>
> "We are saved."
>
> Ford Madox Ford, *Return to Yesterday* (1932), 389–90

Ford Madox Ford's story of Wyndham Lewis's theatrical arrival in 1909 at the offices of Ford's illustrious literary magazine, *The English Review*, is one of the great origin legends of British modernism. Reading today any of the numerous published versions of Lewis's sudden appearance on the Edwardian stage as a fully realized "avantgardiste," we are meant to recognize a number of portentous beginnings: of a single career, a literary movement, even a cultural epoch. In Ford's most elaborate retelling, this chapter's epigraph, the shocked Edwardian editor recognizes in the arrival of the alien and anarchistic personage on the stairway, the start of literary revolution in England.[1]

I begin with this tale of arrival not only because my book is concerned with the cultural events it announces – the careers of Ford and Lewis, the English avant-garde, British modernism – but also because this chapter examines the stories Lewis gave Ford on that apocryphal day and their role in fashioning the figure of the revolutionary, foreign-seeming avantgardiste who heralds the arrival of modernism in Britain. Since the book as a whole carries out a project of reconstruction and revision, the chapter works to excavate the myth, retrieve its sources, and to re-examine the event it narrates, the characters it portrays, the moment it reports. Because I am especially concerned to chart the (neglected) influences of nation, empire, and nationalism on the formulation of modernist politics, I will pay particular attention to the significance of Ford's representation of Lewis as a figure who appears a Russian anarchist but turns out to be a revolutionary English writer. As we will discover, the reasons behind that writer's particular appearance in the origin myth cast new – and distinctly nationalistic – light on the early formation of the avant-garde and modernism in England.

This chapter starts seeking those reasons by evoking the literary context where Lewis's earliest literary works originally appeared and found their meaning. Beginning with an analysis of Ford's *English Review*, it argues that the journal's voice, aesthetic ideals, and political commitments articulate the paradoxes of Edwardian liberalism. The *Review*'s editorials reveal Ford advocating an ideal of critical "disinterestedness" that draws on Matthew Arnold's universalist conception of "culture" as a category transcending nationality and the practical sphere, but which Ford instead bases on the practical, nationalistic ambition of bolstering Britain's flagging international status.[2] The *Review*'s travel literature is given particular attention because it makes especially clear the journal's participation in patriotic efforts to fix Englishness and better secure empire, because it is the genre in which Lewis first began fashioning his "modern" style and persona, and because it clarifies early avant-gardist involvements with Edwardian nationalism.

This chapter then turns to Lewis's *English Review* stories, the three travel tales that appear in the discovery myth on all those rolls of paper: "The 'Pole'" (May, 1909), "Some Innkeepers and Bestre" (June, 1909), and "Les Saltimbanques" (August, 1909). Reading these stories in the context of the *Review* helps clarify Lewis's early cultural interests and the ways they conditioned his initial literary efforts, as well as how those interests and efforts contributed to the early formulation of English modernism. Lewis's travel stories fitfully imitate, attack, affirm, and revise the literary modes and political ideals being celebrated in Ford's journal as cosmopolitan, civilized, and modern. They are also important literary origins for the general avant-garde project to reform English culture and character that is this book's central concern, a project which would lead Lewis and his collaborators alternately to question and affirm period constructions of national character.

To track the development of Lewis's cultural and political ambitions as his generation of artists and writers gained cultural stature, the chapter concludes by considering his neglected but illuminating comic polemic on sport and English character, "Our Wild Body," published nine months after the *Review* tales in the more programmatically radical *New Age*. This (national) character sketch-cum-cultural manifesto confirms that by 1910 Lewis had begun extending the agenda latent in his travel stories into a broader project to revitalize English character. "Our Wild Body" spurs the over-civilized and repressed English to imitate the more spontaneous, more bodily "Latins" as a means of re(dis)covering their own primitive passions and attachments to the body, violence, and irrationality. While this vital-irrationalist scheme to untame Englishness opposes *The English Review*'s cosmopolitan imperialism in a number of ways, its implied aim of untaming English character, making it healthier, more bodily, more wild, is as patriotic as Ford's, an affinity that reveals a common (Edwardian) politics which, we will see, will have a defining influence on modernist doctrine in England before the Great War.[3]

THE ENGLISH REVIEW AND THE PARADOXES OF EDWARDIAN LIBERALISM

[W]e need a national army, simply because we stand in a different plane of civilisation from almost all our neighbours, and, since we are more peace-loving, since we are more civilised, we must be prepared, for the sake of humanity to be able, not only to maintain ourselves but to maintain the integrity of the nations most allied to us in the love for peace and civilisation. That is . . . the duty of an Imperial race. (editorial, *The English Review* (April 1909): 144)

Ford's self-portrait in the origin myth as the prescient discoverer of the new English writer and the epochal shift he initiates conforms to expectations. We have come to think of him, to borrow Michael Levenson's phrase, as a crucial "link between two generations."[4] He appears most often as the author of an important Edwardian novel whose significance for the history of modernism derives more from his role in facilitating younger writers. After all, he discovered Lawrence, Lewis, and Pound, publishing their first works in *The English Review*. As a literary innovator, Ford seems to have been superseded by his protégés. Ford himself was the progenitor of the portrait. His autobiographical writings evoke the familiar figure. In a 1921 volume of memoirs, Ford describes *The English Review* as "an *aube de siècle* Yellow Book," a "movement-producer" aimed at promoting the art movements of the early twentieth century, just as Arthur Symons's late-Victorian *Yellow Book*, had promoted the Decadent and Symbolist movements of the closing nineteenth.[5] In a 1932 autobiography, Ford justifies his overthrow by *les Jeunes* as a natural and necessary step in a Darwinian struggle of artistic evolution. "That is Nature asserting itself," he writes, "[i]n the end the young cockerels must bring down the father of their barnyard. Without that the arts must stand still."[6] There is certainly truth in this portrait. But it is keyed more to a sense of the position Ford has come to occupy in the history of modernism, than to his position during the Edwardian moment. In mid-1909, however, when Lewis submitted the manuscripts of three comic travel stories for publication in *The English Review*, the journal and its editor *did* occupy, if but for a brief moment, a position at the apex of English intellectual culture, and articulated the paradoxical political, social, and literary standards of liberal England under Edward VII.[7]

Ford's cultural ideals, as expressed in his *Review* editorials, are largely derived from Matthew Arnold's mid-Victorian model of literary liberalism. When Ford writes in an 1909 piece that "The English Review stands for peace, for . . . it is only in times of peace that the arts flourish,"[8] he places British "culture" above its politics and thus returns to an argument Arnold had made over forty years earlier. In the 1860s, Arnold had positioned himself as a moderate but skeptical liberal intellectual. He criticized the Liberal right, which supported imperialism and leaned toward the Tories, by attacking nationalism as provincialism and comparing English culture unfavorably to its classical precursors and continental (especially French) contemporaries; he criticized the Liberal left, which assailed imperialism and advocated social and political reforms to improve the lot of the working classes, by attacking its efforts to inject criticism and art into the "practical" sphere, insisting on culture's position above practical life.

Ford presents *The English Review* as an effort to resuscitate Arnold's dream of an international literary culture detached from what the Victorian had called "the world of catchwords and party habits."[9] "The English Review," Ford's opening editorial puts it, "sets boldly upon its front the words 'No party bias' . . . [W]e are here not to cry out 'Go in this direction,' but simply to point out where we stand."[10] And by describing the *Review* as a literary "meeting-place" in England something like the "Academy . . . of the Immortal Forty" in France,[11] Ford implies that his journal will fill a cultural lacuna Arnold identified nearly half a century earlier. According to the Victorian, the "essential characteristics" of the English "spirit" have always impeded the formation in England of an institution like the French Academy.[12] He identified the English spirit's chief characteristics as "energy and honesty" as opposed to the French spirit's more "Athenian" characteristics of "[o]penness of mind and flexibility of intelligence."[13] Because "[g]enius is mainly an affair of energy," he explained, the energetic and honest English excel in "poetry and science," two fields requiring the "free activity of genius."[14] The French, on the other hand, excel in prose and support an academy because their "national bent" is "towards the things of the mind, towards culture, towards clearness, correctness, and propriety in thinking and speaking."[15] The English spirit's characteristic energy, in Arnold's view, thwarts the development of such Athenian fruits of intelligence: "energy . . . above everything demands and insists upon . . . freedom; entire independence of all authority, prescription, and routine . . . [A] nation whose chief spiritual characteristic is energy, will not be very apt to set up, in intellectual matters, a fixed standard, an authority, like an academy."[16]

Ford characterizes *The English Review* as the sort of elite literary institution his Victorian precursor claimed England could not maintain. Since the "English man of letters . . . has no Academy like that of the Immortal Forty," Ford explains, "[i]t is with the attempt to form some such meeting-place that *The English Review* has set out upon its career."[17] And when he asserts that the *Review* "set out to enjoin upon the Englishman a Critical Attitude,"[18] Ford resurrects Arnold's ideal of the "critical spirit." Defining criticism as "*a disinterested endeavour to learn and propagate the best that is known and thought in the world*,"[19] the Victorian insisted that the English are temperamentally ill-suited to satisfy the ideal. The "spirit" of England's "practical race" deters England's critics from achieving sufficient disinterestedness to "see . . . things as they are" and identify the best that is known and thought in the world.[20] Indeed, it is because English criticism has "so little kept in the pure intellectual sphere, has so little detached itself from practice, has been so directly polemical and controversial, that it has so ill accomplished . . . its best spiritual work."[21] The resulting "provinciality" leads England's critics to mistake their nation for the world, studying only the best that had been known and thought at home, ignoring the rest of the best.[22] Nationalistic fervor, under this view, inhibits cultural progress: "all mere glorification by ourselves of ourselves or our literature . . . is both vulgar, and besides being vulgar, retarding."[23] In response, the Victorian critic recommends a more internationalistic attitude: "[b]y the very nature of things, as England is not all the world, much of the best that is known and thought in the world cannot be of English growth, must be foreign . . . The English critic of literature, therefore, must dwell much on foreign thought."[24] While taking care to note the improbability of realizing the ideal, Ford fashions his journal as the sort of disinterested and internationalistic literary institution Arnold had called for; as its editorials affirm, *The English Review* seeks to speak "from a standpoint . . . as aloof and impartial as is practicable to mortal man"[25] and to promote "a greater comprehension of international characteristics."[26]

The English Review does not exactly fulfill Arnold's critical and cultural ideals, however.[27] For although the *Review* advocated an ideal of cultural cosmopolitanism, publishing texts by a number of European authors, Ford also featured literature particularly motivated to advance English interests; and although Ford cast the *Review* as a politically disinterested journal, with "No party bias," its non-literary second section, "The Month," served primarily as a forum for discussion among the liberal intelligentsia of the moment – Fabians, social imperialists, moderate Labourites, New Liberals. Much of the opening issue (December 1908), for example, is devoted to "the problem of the poor": Ford's own editorial on "The Unemployed," former Scottish Labour Party MP, socialist activist, and colonial adventurer, R. B. Cunninghame Graham's "Aspects of the Social Question," and Georgian poet W. H. Davies's "How It Feels to Be Out of Work." Even Ford's Tory co-editor Arthur Marwood contributed a rather socialistic polemic on how to better the lot of the poor, entitled "A Complete Actuarial Scheme for Insuring John Doe against All the Vicissitudes of Life." And during Ford's thirteen-month stint as editor, the *Review* featured works by a number of celebrated left-wing intellectuals: former Fabian H. G. Wells's *Tono-Bungay*, a satiric novel assailing modern capitalism; Graham's travel tales and essay on social unrest in Spain (September 1909); Fabian leader Sydney Webb's article on "The Economic Aspects of Poor Law Reform" (October 1909); radical Liberal elder Sir Charles Dilke's "Foreign Affairs" piece on Anglo-Russian relations (October 1909); radical journalist Henry W. Nevinson's article in support of militant suffragettes (November 1909); and essays by the New Liberal economist and analyst of imperialism J. A. Hobson, including one on "The Extension of Liberalism" (November 1909).

The *Review*'s appearance in 1908 as a politically liberal periodical reflects a resurgence of English liberalism following the Anglo-Boer war that swept the Liberal Party, after eleven years as the opposition, into governmental control in the victory of 1906. Under the leadership of the so-called New Liberals, men like H. H. Asquith and R. B. Haldane who favored a strong state and a strong empire, the Liberal government worked to defend the imperialist mission of the English nation, while extending the institutions of a progressive English state: they established a school meal program (1906) and a school medical service (1907), guaranteed miners an eight-hour day (1908), instituted an old-age pension system (1908), reformed the structure of the welfare bureaucracy (1909), and improved working conditions in factories (1909).[28] And because the Tory members of the House of Commons held only 157 seats to the Liberals' 377, Liberal control went relatively unchallenged, at least at first.

Frustrated by the Liberals' zeal yet unable to restrain their reforms in the House of Commons, the Tory leadership began encouraging the land-owning aristocrats in the House of Lords to thwart Liberal legislation. The Lords thus defeated an education bill and a plural voting bill (1906), a series of land reform bills (1907), and a new licensing bill (1908). The tension between Liberals and Lords intensified, coming to a head over Lloyd George's controversial budget bill of 1909. The Liberals' ensuing struggle to eliminate the Lords' veto power, mythologized in George Dangerfield's *Strange Death of Liberal England* (1935), provoked a constitutional crisis, led to two elections (in January and December, 1910), and lessened Liberal control of the Commons. But after two years of political strife, and in spite of greater constraints on their control of government, the Liberals managed to outmaneuver the Lords and restrict their veto power definitively.[29]

Historians have debated the significance of the Liberals' success in limiting Tory influence. R. K. Webb, a liberal himself, interprets the achievement as the culminating event in England's "great Liberal reforms."[30] Though he explains that Liberals had begun "destroying" the "traditional political power of the landed aristocracy" as early as the Third Reform Act of 1884, Webb suggests that the defeat of the Lords' veto completed the process, which he describes admiringly as the "break with the assumptions and theory of English politics" since the seventeenth century.[31] Under the account of the Marxist Tom Nairn, in contrast, the Liberals' defeat of the Lords' veto is part of a less overt, more sinister, process. He contends that by the nineteenth century, England's ruling elites – the urban bourgeoisie and the land-owning aristocracy – had formed a "joint front . . . against the proletariat which arose in the industrial revolution."[32] This "patrician class" responded to the mounting demands of the increasingly politicized lower classes with a "social strategy of containment" in which superficial reforms were implemented to improve the lot of the poor and the workers.[33] But these reforms did not, in fact, substantially threaten the hidden alliance between agrarian aristocrats and urban elites that insured upper-class control of the state, and ultimately "prevented the 'second bourgeois revolution' in the British Isles."[34] "Patrician liberalism" had thus "defeated radical liberalism."[35] The Edwardian Liberal party's defeat of the Lords' veto, under Nairn's sort of account, only shifts power slightly between different segments of the "patrician elites," leaving the plight of the working class essentially unaffected.

Ford initiated *The English Review* at a moment when, in Webb's terms, the Liberal Party was striving to reshape the English state from an aristocratic oligarchy to a modern social democracy, but when, in Nairn's terms, the ruling classes were making political concessions to contain the working classes yet were concerned about the effects of those concessions. Politically, the *Review* reflects the paradox: it endorses many New Liberal reforms, but worries about their consequences. So while Ford devotes much of the opening issue to addressing "the problem of the poor," recommending in his editorial on unemployment a new book by the little-known provincial writer Stephen Reynolds because it makes a "serious" attempt to render the realities of "the life of the poor man,"[36] the editorial also warns ominously: "[T]he poor are breaking in on us everywhere. They break in on us as we drive through the streets. We see them in their knots, in their bands, at street corners; the parks are full of them, the public squares. We drive past these broken knots with a touch of fear. If the winter is very hard – they may crowd together. They may sack West London."[37] This nightmare of English elites overthrown by a politicized poor seems excessively alarmist at a moment when the

Liberal government was actively engaged in extending state institutions to improve the lot of the lower classes. The intensity of the concern animating Ford's vision suggests that the editorial expresses not just a commitment to improve the lot of the poor, but also anxiety about lower-class empowerment.

This ambivalence on the part of liberal intellectuals like Ford and his collaborators at *The English Review* helps illuminate the modernist discovery myth, in which an urbane cultural guardian attempts to repel an unexpected, inscrutable, and threatening Russian revolutionary. The fictionalized editor's rejection of the Lewis figure on national and racial grounds – "'I don't want any Russian revelations [revolutions?]. I don't want to see, hear or smell any Slavs'" – presents in fictive form the Edwardian elite's worry that a violent political revolution, like that which had transpired in Russia in 1905 and 1906, might be pending in England. Along with many of his intellectual contemporaries, Ford knew and had supported Kropotkin, the exiled Russian prince-turned-anarchist who wrote and traveled widely to win support for the 1905 revolt among Europe's elites. But our reading of the discovery tale indicates that while Ford may have been willing to support a revolution in Russia, he was considerably less enthusiastic about the prospect of such a rebellion occurring at home.[38]

Indeed, *The English Review* portrayed Britain as threatened by the political radicalization not only of the English masses but also of its colonial subjects. Since the late-1800s westernized, educated colonial elites, inspired by European socialist movements, had been encouraging nationalistic resistance to European rule among their native masses. Upheavals in India, for example, provoked from Marwood a worried reconsideration of the English "endeavour" to "serve" India's "interests."[39] "Our position in India concerns us seriously," he explains, "because it is a great national responsibility, second only to our responsibility to England herself" (569). But despite a century of efforts, "sincere and intelligent we have always thought," to fulfill that national responsibility, "we are compelled to ask ourselves whether India repudiates us" (569). This worry about possible Indian "repudiation" prompts a defensive expression of the enlightened liberal "intentions" animating British imperium: "[s]urely our intentions are good. Every Englishman, who thinks about India, wishes that the native may be well fed, cared for in sickness, and protected from oppression either of the private enemy or the public official" (570).

The *Review*'s apprehensions about the politically organized subjects at home and in the colonies were augmented by those concerning the "European Powers," especially Germany. Though Ford chastises the government for a too-panicky reaction to Germany's efforts to expand its navy, he concurs that increasing German militarization threatened Britain's national security and naval supremacy: "attempting . . . to attain to an absolutely impartial standpoint, to an attitude that is absolutely critical, we seem to see Great Britain drifting inevitably towards a war with Germany. There are a hundred factors that make for it; we can observe none which makes for peace."[40] The same editor who favors a program of domestic reform more radical than any Tory would advocate, responds to the perceived German threat in a manner similar to that of the Tories and liberal imperialists in the face of Boer resistance a decade earlier. He asserts defensively Britain's imperial superiority and the need to maintain its international dominance:

> [A] strong, an invulnerable Great Britain is essential to the peace of the world and to the future of civilisation. We must be strong; we must be immensely strong; we must be invulnerable, so that we may be tranquilly confident. We must be tranquilly confident, so that we may have time to think of other things than war.[41]

The English Review's politics mirror the attitudes of the (New) Liberal government during this period of perceived internal unrest and external competition: domestically the *Review*'s policies are more progressive and socialistic; internationally its policies are closer to those of the Tories, more conservative, patriotic, and imperialist. Most important in our context is not that Ford's allegedly non-partisan journal would so candidly defend British imperium, however, but that it would go on to use that defense to underwrite an Arnoldian doctrine of "culture" and critical "disinterestedness." The *Review*'s ideal England is culturally urbane because it is imperially supreme: cultural excellence depends on and assists imperial dominion.

So while Ford presents *The English Review* as the sort of disinterested and internationalistic literary institution Arnold advocated, he "modernizes" the Victorian's universalist conception of "culture" as a category transcending nationality and the practical sphere. The *Review*'s ideal of critical disinterestedness is based on considerably more nationalistic and practical concerns: Ford's notion of "culture" requires and, in his account, will preserve Britain's increasingly contested international supremacy. Arnold's program reflected Britain's situation in the

1860s, a time when the empire's status as world leader was generally perceived as uncontested, but when the English state was gripped by a series of violent political actions by the poor and working classes. The most celebrated of these were the so-called Sheffield Outrages of 1865–66, in which unionized cutlery workers in the North harassed non-union workers (sometimes violently), and the "Hyde Park Riots" of 1866, in which government efforts to block a mass demonstration in favor of expanded male suffrage provoked working-class and trade-unionist members of the Reform League to "riot" through Hyde Park and some of the surrounding upper-class neighborhoods.[42] The violent tactics of the Sheffield strikers and the London rioters were reported widely and provoked a strong backlash among the upper classes. Arnold, whose *Culture and Anarchy* (1869) was prompted in part by these protests, reacted primarily to the domestic threats he recognized around him: an anarchic lower class, a philistine and provincial middle class, the Church's decline and the loss of a moral center it provided. The liberal Victorian critic would combat such evidence of domestic "decay" by substituting culture for religion, locating order and morality in the cultural sphere, advocating educational reforms to elevate the masses, and placing criticism firmly above and beyond the practical realm from where it could best help improve English art and society.

In contrast, the (new) liberal Edwardian editor, perceiving his nation as threatened both internally and externally, responds in the paradoxical manner we have come to expect from a leader of the prewar intelligentsia: like a member of the intellectual elite concerned with cultural decline, Ford resists provincialism and disdains the practical realm; but like a member of the ruling elite concerned with imperial decline, he advocates military build-up and imagines victory over foreign competition.[43] *The English Review* articulates the paradoxes of Edwardian liberalism because it displays at once the ruling classes' ambivalent commitment to internal social reform, in which progressive ideals are restrained by elitist fears, and the intelligentsia's conflicted commitment to cultural disinterestedness, in which universalist ideals are put in the service of a nationalistic desire for international supremacy.[44]

The unexpected appearance of a revolutionary English writer in Ford's legend reflects both period anxieties about domestic unrest and foreign competition and period ambitions for national success. The figure who arrives in the nick of time, at a moment of crisis, bearing revolutionary writing that "saves" Ford, English culture, even the empire, incarnates Ford's Edwardian hope that the young modernists he "discovered" would once more put English culture and Britain at the forefront of Europe. The legend expresses in its way the predicament of the Edwardian intelligentsia: the mythic modernist appears at once a dangerous foreign political revolutionary, who signals the intelligentsia's anxiety about domestic and colonial social revolt and foreign competition and contamination, and a revolutionary English writer, who heralds a needed cultural renaissance, embodying the intelligentsia's nationalistic hopes that English culture might be brinking on an epoch of unprecedented excellence.

RETRIEVING ENGLISHNESS; REVIVING EMPIRE

Ford's Arnoldian editorials on "The Functions of the Arts in the Republic" and "The Critical Attitude" cast the literary works featured in *The English Review* as products of a "certain school of Literature."[45] The writers composing this "school" practice in their own ways the brand of subjective realism Ford theorized in the *Review* and elsewhere termed "Impressionism."[46] Just as Flaubert had for the French, this "sober, sincere, conscientious, and scientific body of artists" will "crystallis[e] . . . modern life" for English readers.[47] Like the French novelist, the *Review*'s writers are "intent merely to register – to *constater.*"[48] Yet even as Ford evokes a "scientific" ideal of disinterested observation, he locates the value of the practice in the personality of the author. "The functions . . . of imaginative literature" are, he explains, "to record life in terms of the author."[49] The "actual and first desire" of the *constateur* of modern life "must always be the expression of himself [and] . . . of his view of life as it is."[50] Ford commends Henry James as such a disinterested, interesting writer. Most important for us, he grants this new school a *national* interest. Ford's writers register "the true characteristic of modern life" in order to (re)locate "England," to show it "where it stands" and "to what it tends."[51]

That Ford's new aesthetic reveals commitments to competing trends within Edwardian liberalism is consistent with *The English Review*'s paradoxical construction of a cosmopolitan ideal of cultural disinterestedness on the grounds of an "immensely strong" empire. His stress on the centrality to the aesthetic of the individual author's personality resonates with old Liberal individualism, while his view that the aesthetic's goal is to orient England and the English resonates with New Liberal efforts to reconstruct Englishness and expand the state to meet the competitive realities of twentieth-century life.[52] A consideration of the impressionistic travel stories Ford featured in *The English Review* during his tenure as editor clarifies the ways in which the literature of the *Review* participated in period efforts to construct a new Englishness based in the rural English past and use it to justify (an ailing) empire.[53]

The travel literature Ford featured in *The English Review* abides by his doctrine of subjective realism and the ideal of the *constateur* by rendering the subjectivity of a cosmopolitan tourist-naturalist/ethnographer who recounts his impressions as he travels to the margins of "civilization" – on the British Isles or the Continent – seeking places and peoples "primitive and undisturbed."[54] Because the *Review*'s travel tales "express" their authors' personalities and "view[s] of life," they expose ambivalences common among liberal intellectuals. The *Review*'s typical tourist-narrator displays, in his idealizing descriptions of unsullied nature and his negative representations of modern life, what A. M. Quinton terms "a hostility to the style of life in an urban mass" of "industrial society."[55] Yet when this narrator travels to the unsullied places of rural England (as in the stories of W. H. Hudson and J. W. Allen), his idealizing naturalism serves patriotically to locate an essential English place, the locus for a new Englishness. And when this narrator travels to the margins of civilization on the Continent (as in the stories of R. B. Cunninghame Graham and Norman Douglas), he responds equivocally to the foreign people he observes: even as he idealizes their innocence, lamenting the costs and complexities of modernity, he casts them as superstitious primitives, reaffirming (quietly) the nationalist type of the (liberal) Briton who, obeying what Ford terms "the duty . . . of an Imperial race," presides benevolently over an enlightened empire, an empire of the Spirit. Consistent with the *Review*'s lurking nationalism, indeed, its travel tales finally use such encounters with the primitive as a kind of literary therapy to purge the narrator's feelings of guilt and regret, re-enlivening commitment to British civilization.[56]

We can begin to chart the ideological work of the travel literature Ford selected for *The English Review* by considering *Review* stories by the celebrated naturalist W. H. Hudson. In a *Review* profile on Hudson, Ford portrays the writer as a naturalist version of the cosmopolitan *constateur* evoked in his "Functions of the Arts" editorials; a writer "who, having galloped with young gallantry through the thistle-down of early life on the pampas, comes with the fresh eyes of a stranger and the keen love of an exile into green and ancient lands, there to spend long hours in the delight of lying still, of gazing at common things, of giving himself up utterly to the spirit of the place."[57] But while Ford's description works to portray Hudson as a naturalist devoted to delighting in "the Green Mansions of the world" (158), its eager allusion to the "green and ancient lands" where Hudson journeys in the pages of *The English Review,* quietly links naturalism to nationalism. Hudson's pieces further articulate that conjunction. In these stories, "Stonehenge" (December 1908) and "Goldfinches at Ryme Intrinsica" (May 1909), Hudson's narrator travels to the peripheries and primitive places of England seeking a purifying experience of the natural through the act of reflective observing. But by locating his celebratory encounters with nature in England, specifically the rural south or "South Country," Hudson turns his naturalist *constateur* into cultural patriot, agent of the broader period project to fix Englishness. Alun Howkins has shown that Hudson contributed to the "discovery of Rural England," helping to "create . . . the world of the South Country and fix . . . it as part of national ideology";[58] our account establishes the part Ford's *English Review* played in the project and elucidates the particular contribution of Hudson's *Review* stories.

Early in "Stonehenge," Hudson's narrator recounts his responses as he first approaches the ancient stones on Salisbury plain. He is overwhelmed not by a sense of wonder at the monument as we might expect from Hudson's title, but by the power of what lies beneath it – the English landscape:

> Was *this* Stonehenge – this cluster of poor little grey stones, looking in the distance like a small flock of sheep or goats grazing on that immense down! How incredibly insignificant it appeared to me, dwarfed by its surroundings – woods and groves and farm-houses – and by that vast extent of rolling down country visible at that point.[59]

Here stretching out before him is an ideal England, a "construction" of "populated and cultivated landscapes";[60] natural, orderly, simple. Here lives a hardworking people who still reverence ancient customs; for them "The Stones" still compel obeisance:

> I gather from natives in the district that it is an old custom for people to go and watch for sunrise on the morning of June 21. A dozen or a score of natives, mostly old shepherds and labourers who lived near, would go and sit there for a few hours and after sunrise would trudge home . . . "How long has the custom existed?" I asked a field labourer. "From the time of the old people – the Druids," he answered. (63)

Hudson's narrator is strongly attracted to this image of dignified natives assembling to pay respect at the altar of a druidic Sun-cult. He finds in it a kind of spiritual belief nearly displaced by industrial modernity.

But when he attempts to participate in the ancient custom (curious act for a naturalist), he is disgusted by the spectacle of "The Stones" overrun by the crass inhabitants of Victorian modernity:

> Altogether about five to six hundred persons gathered at "The Stones," mostly young men on bicycles who came from all the Wiltshire towns within easy distance from Salisbury to Bath. I had a few good minutes at the ancient temple when the sight of the rude, upright stones looking black against the moonlit and star-sprinkled sky produced an expected feeling in me: but the mood could not last; the crowd was too big and noisy and the noises they made too suggestive of a Bank Holiday crowd at the Crystal Palace. (67)

This picture of an ancient and faithful Englishness under siege in the south country issues a quiet call to patriotic countrymen to return to this place, these ways, to come and reverse this defilement. Hudson's disillusioned evocation of a Bank Holiday crowd at the Crystal Palace on Salisbury plain underscores the ironic fact that this reverence for traditional rural England helps advance the interests of the modern British empire.

If Hudson's *Review* stories play a particularly important role in establishing the south country as a basis for modern English ideology, J. W. Allen's "The Back of Beyond" (March 1909), makes particularly clear the paradoxical configuration of the temporal narrative at the heart of that ideology.[61] Allen's story of a trip into the Black Mountains on the border between south Wales and the English counties of Hereford and Worcester, charts a course for Britain's future by way of a return to England's past. As Allen's narrator describes his journey through an unnamed "colliery village" we get a nearly official picture of the terrible effects of industrial modernity:

> On each side was a row of houses of grey sandstone, of a dismal natural colour, begrimed and neglected. Broken windows, heaps of rubbish in filthy little yards, not a green thing growing, not a flower-pot . . . The people were as dirty as their dwellings. Clothes, hands and faces, no less than the houses, were begrimed with coal-dust . . . Now and again we caught the reek of smoke or of oil. And between the houses we had glimpses of scarred mountain-sides, blackened and desolate, heaped with coal-tips and dotted with smoking chimneys. (620)

Allen's narrator shares with Edwardian sociologists a sense that living and working conditions in industrial England are dehumanizing and intolerable;[62] he does not advocate social or economic reform to remedy those conditions, however. Instead, Allen's narrator ascends to an older rural England; after "a long pull uphill . . . out of the city of furnaces" (622), he is transported ahead to the English past:

> It was as though I had entered a new world, an older world. The road narrowed as my wheels advanced. It became a rough lane between low hedges. On my left were swift visions of land-locked, rock-guarded bays, of rugged limestone cliffs, of cove within cove, of delicate, lonely, curved stretches of sand, of glittering, tumbled water. On my right a heathery saddle-black, green with bracken and grey with great stones. I began to think of those squalid streets and that forest of chimneys as of something already clean passed away from the earth. (623)

He experiences this ancient English landscape as a spiritual cleansing: liberal guilt is purged as the dirty squalor of modern England and concerns about the industrial working-class and the urban poor "pass away." No liberal hand wringing is expressed in response to the squalor, no expansion of the liberal state advocated to eliminate it. Allen's narrator discovers an unsullied rural England:

> Every half-mile deepened my sense of something primitive and undisturbed. I had entered a region as remote from the life of cities as the Happy Isles . . . The scattered farm-houses had an air of aloofness and self-sufficiency. All of stone, whitewashed, heavily thatched and gabled, they had been renewed from generation to generation and had never become modern. Ancestral dwellings, they vied in antiquity with our historic mansions but were more perfect in dignity, untouched by the vulgarity of conscious wealth. (632)

This "new world," this new England, is not, our narrator indicates, some utopian scheme of the liberal state, beyond reach. It is "an older world," an older England, that survives in secluded villages across a still "green and pleasant land." We have only to journey to these villages to find an ancient race of clean and self-sufficient men and women, paradigms for a new, older English race:

> Go about among these people and you will soon learn to admire. You will admire the specklessness of their homes, with the old dressers and ancestral china that is not for sale. You will take pleasure in their old-world appliances, their cupboard-beds, their brass sugar-cutters, the pack-saddles that their grandfathers used. You will respect their independence, their plain simplicity, the excellence of their manners. You will see old men and women among them with blue eyes as lucid and clear as the eyes of a child. In time you may come to envy the laborious and frugal dignity of their lives. (622–23)

The narrator's journey the "back of beyond" mimics the paradoxical trajectory of new liberal imperialism: the future of the empire can be insured by a return to England's past, to a new "older" Englishness grounded in rural places and "traditions." The independent, hardworking, clean, dignified Englishmen and women Allen's narrator discovers appear fit citizens for a world empire.

The terms of the *Review* travel narrative shift somewhat when the narrator goes to an idyllic place on the periphery of Europe. Here the idealization of (non-English) nature and natives is in tension with patriotic naturalism or the recovery of a rural population of "traditional" Englishmen. The remote places celebrated by R. B. Cunninghame Graham and Norman Douglas are not offered as the locus of a (nearly) lost but still retrievable English essence; the natives are not presented as paradigms of an ancient and industrious English race inviting emulation. But these continental outlands still prompt the narrator's disgust at industrial modernity, these natives still provoke his envy at the simplicity of their customs and lifestyles, these encounters still serve to purge disgust and envy. The stories are most important for us, however, because they present most clearly, through their representation of the relationship between the advanced traveler from the imperial center and the childlike natives of the periphery, how the travel stories Ford featured in *The English Review* use the primitive other to reaffirm British imperial privilege.

Philip Dodd reminds us that "the definition of the English is inseparable from that of the non-English," that "Englishness is not so much a category as a relationship."[63] The travel stories of Graham and Douglas show how *The English Review* represents Englishness as a conflicted relationship with primitive Europeans. Graham's story about a journey to an isolated republic in the Pyrenees, "Andorra" (January 1909), articulates this set of representational strategies and makes clear their role in underwriting British claims to empire.[64] Throughout the story, Graham's tourist-narrator swings between nostalgic yearning for intimacy with primitive Europe and a sense of imperial superiority to the people and customs he encounters. As he approaches the hidden republic from the mountains above, a sense of its mystical isolation overwhelms him: "Andorra yet survives and flourishes, one of the last of the innumerable small States that once were set as thick upon the map of Europe as stars in heaven on a clear winter's night."[65] His idealizing evocation of a lost Europe of liberty both confirms his anti-modernism and quietly conjures a vision of modern Europe as big and oppressive, consistent with the sometimes menacing Europe of the *Review*'s editorials. An unpleasant encounter with the locals raises the narrator's defenses, however, as he reasserts his status as a being more advanced and active, amused by the primitive and animalistic Andorrans: "the people have a look as of a Puritan bull-terrier, uncouth and awkward, but not encouraging, should any person happen to tread upon its tail" (206). The image of a British tourist attending an "uncouth and awkward" dog not only works to contain anxieties about Europe by representing Europeans as animals, but also exposes the racism at the heart of many Edwardian defenses of empire. Despite his candid assertion of (race) superiority, the narrator cannot shake feelings of wonder and desire in the face of this state of pre-modern peace:

> A priest assured me that there is no written law in the community, but that in spite of this the folk are honest and God-fearing, and as there are no laws to break, they never break them, which piece of reasoning upon his part seemed to me quite conclusive, and taken into consideration with the fact that public functionaries have no fixed salaries, but serve their valley all for the honour and the glory of the thing, makes up a state of things almost ideal in this transitory world, that is if transitory can be applied to places like Andorra, which never can have suffered any change since God was God or the sun first commenced to shine upon the hills. (222)

The Edenic scene – an enduring world of perfect order, where the folk live harmoniously abiding by ancient codes of "honour and glory" – predictably provokes from the narrator regret about the costs of tourism and modernization: "[t]he greatest piece of fortune that has happened to this happy valley lost in the hills, is that up to the present time it has had no roads. Want of communication has kept out the tourist, under whose foot all ancient customs wither, as certainly as did the grass under the horse's hoof of Attila" (206). In this overblown picture (penned by a tourist), tourists and travel writers are barbaric Huns, brutally overrunning the innocents' ancient customs. Here Graham turns Andorra into a receptacle for his jaded tourist's yearnings and regrets, his disillusionment about modernity.

Douglas's "The Island of Typhoëus" (February 1909) articulates further the privilege that authorizes a damning analysis of modern tourism even as it exempts the tourist-author from participation in the trampling of "ancient customs." Douglas's narrator concludes his account of a trip to Ischia, an island off the coast of Naples, with an analysis of the "native" character that delineates the cultural gulf separating the citizen of the British empire from the native of the European periphery. In the voice of a worldly and intellectually advanced modern, Douglas describes the Ischians as pre-modern innocents animated by "the simple desire for sunshine and family life, and a pantheism vague and charming, the impress of nature in her mildest moods upon the responsive human phantasy."[66] Yet despite his tone of charmed yearning, the narrator pictures Ischian people as less evolved beings, subject to instinct, indulging pagan religious urges. This narrator may be disillusioned with aspects of industrial modernity, but he still embodies English qualities of intellectual and cultural advancement – sympathy for the less fortunate, critical detachment, an active will, a skeptical attitude toward religion – that are central to Ford's editorial assertions that the English "stand in a different plane of civilisation" from their neighbors and thus have a "duty" to "maintain" their empire of "peace and civilisation."

Accordingly, the *Review*'s tourist-narrator at the margins of Europe does not take the radical option of "going primitive"; he recognizes its dangers – the loss of moral compass and connection to civilization embodied by Conrad's Kurtz – but also cannot evade his obligations as a member of an "Imperial race." Thus, he uses a confrontation with the primitive other to re-establish equilibrium, reaffirm connection to imperial civilization, and reconstruct the figure of the enlightened Briton fit to preside over the world's most advanced empire. These *Review* tales, like those of Hudson and Allen, are therapeutic: by encountering "primitive and undisturbed" places and peoples at the margins of Europe, the disillusioned (liberal) narrator from the imperial metropolis is not only able to vent doubts and regrets regarding modern civilization, but also ends up having relocated a sense of imperial entitlement through a relationship of sympathy for and superiority to the primitive European. Thus Graham's "Andorra" ends with a moment of reverie in which the world-trotting British narrator rejoices as much in his voyeuristic visit to this outpost of pre-modern Europe as in his impending departure from it:

> Next morning saw me early on the road, riding along and smoking, musing contentedly on this thing and on that, upon the fall of nations and of kings, creeds, principalities and powers, and why it is that fate had spared Andorra when it had eaten up Greece, Rome and Babylon, and also on the various ways in which men pass their lives struggling to do things quite impossible to do, when, after all, nothing is better than to jog along the road and to shout "Arre" loudly now and then when a mule lags behind. (222)

Despite expressing regrets about modernity's complexities and costs, the travel tales in Ford's *English Review* in the end reject neither empire nor "civilization." Like Ford's ambivalent editorials, they perform a strained negotiation between Edwardian liberalism's moral distaste for the violence and complexity of modernity and its defensive advocacy of Englishness, state expansion, and imperial consolidation. The narrators' encounters with rural England and with innocents at empire's margins expose regrets about modernity and imperialism, even as they use the primitive to purge guilt and reaffirm ideals of Englishness and empire.

INTO THE WILD

In the decidedly urbane context of *The English Review*, Lewis's three comic travel tales – "The 'Pole,'" "Some Innkeepers and Bestre," and "Les Saltimbanques" – present themselves as rather impolite interlopers.[67] While they share with *Review* travel stories a rough plot – all follow a cosmopolitan tourist-narrator as he impressionistically describes the locals and locales he observes at the margins of European civilization – Lewis's tales depart from the genre's conventions in particular ways.[68] First, unlike the typical tale, which has the tourist-narrator observing pre-modern natives, Lewis's narrator scrutinizes in addition a plethora of other types: not only Bretons, who basically fit the stereotype of superstitious innocents living a primitive life, but also Eastern European refugees, would-be-artists, and various other cosmopolitan eccentrics, who together compose a kind of traveling circus of exiles, émigrés, and vagabonds.[69] If most *Review* tales are concerned with the ambivalent modern's confrontation with the primitive other, Lewis's tales are more interested in cosmopolitan life and its most marginal participants. His narrator contemplates with fascination the complicated – and comic – tensions produced when persons from different races, nations, and social positions with different habits and behaviors come together in unfamiliar places.[70]

A reading of Lewis's stories in the context of other *Review* travel literature clarifies his efforts to manipulate the conventions of the genre in order to fashion himself a cosmopolitan *Review* writer, but one whose aims and techniques were more vital, more aggressive, more modern than those of the *Review*'s older, established authors. But even as Lewis's stories work to subvert the *Review*'s agenda by presenting themselves and their author as embodying aggressively *new* cultural ideals, they ultimately complement that agenda: while rejecting certain conventions of typical *Review* travel tales as expressing an overly repressed and traditional notion of Englishness, Lewis's stories likewise articulate a paradoxical ideal of cultural cosmopolitanism as the best means to strengthen English character; they too use the "primitive" other as a catalyst in that nationalistic project.

Like other *Review* travel stories, Lewis's tales condescendingly traffic in period stereotypes concerning foreigners ("primitives," Russians, Poles, Bretons, Jews, and Germans). But they differ in their paradoxical insistence on the particularity and uniqueness of the marginal individuals under observation. The first-published story, "The 'Pole'" presents itself as a comic study of a particular type of cosmopolitan refugee common in Brittany, a type the narrator terms a "Pole":

> A young Polish or Russian student, come to the end of his resources, knows two or three alternatives. One is to hang himself – a course generally adopted. But those who have no ties, who take a peaceful pleasure in life, are of a certain piety and mild disposition, borrow ten pounds from a friend and leave their country for ever – they take a ticket to Brest. They do this dreamily enough, and of late years almost instinctively. Once arrived there, they make the best of their way to some one of the many *pensions* that are to be found on the Breton coast . . . They pay two or three months' board and lodging, until the ten pounds is finished, and then, with a simple dignity all their own, stop paying. Their hosts take this quite as a matter of course. They henceforth become the regular, unobtrusive, respected inhabitants of the house.[71]

The characteristics the narrator attributes to these characters conform to stereotypes about (at least) two specific groups: Russians as psychologically unbalanced and suicidal, popularized in England through the contemporaneous translation of Dostoyevsky, Tolstoy, and Turgenev;[72] and Jews as rootless and parasitic refugees, periodically revived during the period whenever Eastern European immigration increased, as after the Russian revolution of 1905–06. Despite this dependence on stereotypes and the narrator's condescending tone, the story's agenda is not just that of ridiculing Jews, Poles, Russians, and Bretons. Lewis also plays against those types, injecting humor into the genre, sometimes calling into question the validity of the totalizing descriptions of primitive character he elsewhere perpetuates.

This more comic and interrogative approach is evidenced in the narrator's shifting use of the designation "Pole" in the opening of the story. In these paragraphs, a sociological analysis of the "Pole" phenomenon, the narrator's use of the term is elastic, as he shifts swiftly from one period signification to another. When the narrator first identifies a Pole as a "young Polish or Russian student," he uses the term to designate Slavic racial identity, a handling consistent with the contemporary view of Poles and Russians as members of a single race.[73] That use is confirmed when he explains that the "Slav cares little what his material environment may be, so wrapt is he in his thoughts" (209). But once the narrator has identified the "Poles" racially as Slavs, he uses the term to signify nationality, referring to the many "young Polish student[s]" who travel to Brittany. This sliding across competing accounts continues in an editorializing footnote, which claims to clarify things but only confuses them further by contradicting understandings of "Pole" as racial *and* national; now we are told that "'Polonais' or 'Pole,' means to a Breton peasant the member of no particular nation, but merely the kind of being leading the life" the story portrays (209). Is a "Pole," the story prompts readers to ask, a Slav, a Pole, or someone living a Pole-ish lifestyle?

While this sort of terminological flexibility reflects popular Edwardian usage – as George Stocking has demonstrated, the resilience of a Lamarckian conception of heredity led to a blending of forces of biology and culture in period accounts of personal and group identity[74] – Lewis's aims are somewhat more parodic. That the cumulative effect of the narrator's discussion of the "Pole" phenomenon is to confuse the differences between competing uses of the term is part of the story's comic point. By blurring the distinctions between race, nationality, and lifestyle – implying in short that the term "Pole" always be bracketed by inverted commas – the story questions deterministic accounts of group identity. And because these anarchical characters act out of a multitude of competing and confused motives and impulses, the tales undermine as often as they affirm determinism.

"The 'Pole'" continues calling into question the stereotypes it also perpetuates when the tourist-narrator offers, as evidence for his opening generalizations, a series of portraits or case studies of specific "Poles." But none of these quite fits the narrator's categorical parameters. There's Isoblitsky, "imbued with several passions more common and proper to men *dans le siècle* than to a 'Pole'" (212); his greatest preoccupation is not mooching off innkeepers, but compulsively demonstrating that he is "tremendously independent" (212–13). Another, "a great *farceur*," has as his distinguishing trait not a "simple dignity" in avoiding paying, but a desire to entertain his friends with outlandish comic antics, like "introduc[ing] . . . his forefinger" into the open mouths of sleeping strangers (215). And the German "Pole" is no "unobtrusive, respected inhabitant" of the pension, but the violent lover of its proprietress, who beats her nightly (216). By insisting on the uniqueness of the "Poles" even while portraying them as chaotic and inscrutable outcasts, Lewis's stories toy with the contemporaneous anthropological dilemma of how to reconcile evidence of individual human variation with the "scientifically" validated stereotypes of race and nationality.[75]

Lewis's travel tales also deviate from convention because their narrators do not filter observations exactly as other *English Review* narrators do. Their "egos," to borrow Ford's later terminology, are rather different.[76] Lewis's narrators act the civilized imperial observer like their counterparts, but they do not envy the innocence, purity, and simplicity of the natives. While Graham and Douglas nostalgically present the inhabitants of their tales in a state of pre-modern innocence, of intimate harmony with nature, the subjects of Lewis's narrators' attention – whether Breton peasants, exiled pseudo-artists, or refugees from European metropoli – exist in a state of psycho-physical compulsion, by turns violent, comic, pitiful; Ian Duncan has aptly called Lewis's Bretons "studies in atavism."[77]

Lewis's characters appear calculated to jostle *The English Review*'s ideal travel writer and alarm its ideal reader. Graham mourns for the lost victims of imperial aggression; Lewis's "Poles" and Bretons aggressively victimize each other. The portrait of the German "Pole" establishes the pattern. "Another of my fellow boarders last summer, a 'Pole' in the Breton sense, though a German by birth," the narrator explains, "used to throw Mademoiselle Batz down in the kitchen and stamp on her" (216). By making this brutish boarder a German who beats women, Lewis maximizes his original readers' confrontation with brutality: he exploits contemporary English views of Germans as especially violent and uncivilized people and of Germany as England's most threatening competitor and Europe's most aggressive state,[78] and violates the bourgeois liberal ideal – if not practice – of respectful admiration for women. Flaunting disagreement with the *Review*'s civilized and pacifistic ideals, Lewis's narrator studies the German precisely because of his misogynistic violence. He enjoys watching the German abuse Mademoiselle Batz nearly as much as she seems to enjoy being abused:

> She now gave herself up frankly for a few weeks to the pleasure of quarrelling with him, being hurled down on the floor – her Breton nature thoroughly appreciating this side of his character . . . Then the making it up, with its glows and titillations.
>
> After one of their quarrels, they organised a dance to celebrate its completion; their two gaunt and violent forms whirling round the narrow room, quite indifferent to the other dancers, giving them terrible blows with their driving elbows, their hair sweeping on the ceiling. (217)

Lewis's narrator is not interested in happy innocents; he finds these strange and brutal compulsives far more exciting: vital, bracing, dangerous. If Ford agreed with Arnold that "civilization" defined the "modern," then by assailing Ford's conception as too repressed, dispassionate, and rational, Lewis's stories propose an anti-civilized modernism that celebrates the vitalizing power of irrationality and aggression.[79] Yet the narrator's fascination with this spectacle of irrational violence – specifically violence against a woman – not only contests the Fordian cult of civilization; it also exposes, briefly but strikingly, the masculinist overtones of Lewis's prewar literary project and developing avant-garde politics.[80]

The final evidence of Lewis's break with *Review* convention is the way his tales conclude. They do not climax with a departure from civilization's margins that catharts imperial guilt or bolsters Edwardian ideals, but with some bizarre spectacle that leaves the tourist-narrator in a state of blank incomprehension, short-circuiting the ideals of rationality, civility, and order on which Ford's doctrine depends. The pattern is taken to its furthest extension at the end of Lewis's third-published piece, "Les Saltimbanques" (August 1909), the serio-comic story of a ramshackle Breton circus troupe, which culminates with a chaotic performance by the motley carnies. As the ringmaster, a man deeply depressed and dissatisfied by his work, performs an increasingly ridiculous set of antics to squeeze some modicum of appreciation from a surly audience, the narrator tells us that "a strange thing happened. A little boy in the front row began jeering at the proprietor. It was apparently a spontaneous and personal action, and very sudden" (246). In response

> [T]he showman prowled about the enclosure, grinning, and casting sidelong glances at his poet. His vanity was in some very profound and strange way tickled. But his face would suddenly darken and he would make a rush at the inexplicable boy. This latter, however, was strong in his inspiration. He would no doubt have met death with the exultation of a martyr, rather than renounce this transfigured image of an old and despondent mountebank – like some stubborn prophet that would not forego the splendour of his vision – always of the gloom of famine, of cracked and empty places, and the elements taking new and extremely destructive forms for the rapid extermination of man. (247)

This finale presents Lewis's assault on Fordian civilization in its most grandiose form: the enthralled narrator finds in this boy's antic laughter a modern apocalypse. Not all of Lewis's tales go this far. But in the refined and earnest context of *The English Review*, the stories and the persona they fashion of a new writer "behave," in effect, like anarchistic insurgents, subverting aesthetic conventions, questioning cultural stereotypes, disrupting political consensus.

The description of Lewis's travel stories and their attendant persona in terms similar to Ford's description of the avantgardiste in the legend is of course intentional. Following James Clifford's lead, we can think of the stories as a kind of field work from which Lewis "ethnographically" fashioned the avant-garde persona that inspired Ford's portrait.[81] The stories suggest that an ethnographic consciousness of cultural difference – in particular the differences between (over)civilized narrators from imperial metropoli and violent, atavistic outcasts and primitives at empire's margins – alerted Lewis to the possibility that identity was not rigidly determined by national training or racial imperatives, but might be subject to willed modification. This possibility was compelling, we will see, because it helped Lewis justify two of his early cultural-political ambitions: to fashion a new artistic persona, more vital and violent than the urbane *constateurs* of Ford's *Review*, and to refashion, along similar lines, a depleted English national character.

Lewis's tales roughly sketch two methods of personal transformation that depend on an understanding of identity as not rigidly determined by racial and cultural forces: one which uses modes of imitation, the other employing shock tactics. The first approach is evidenced in the portrayal of Isoblitsky, where Lewis casts this "Pole's" characteristic role-playing as a technique for personal change. In this description, Lewis's narrator speculates on the role of will and nationality in individual identity. Questioning a radical determinist account of personality, he initially presents Isoblitsky attempting to regulate his character through conscious effort: "He wanted one to believe . . . that he was tremendously independent. He put himself to great pains to prove it. He must have possessed some such simple axiom as: One is much more apt to bestow things upon a person who dislikes accepting anything, than upon one who would take all you offered him" (212–13). Despite the suggestion that Isoblitsky might be able to change himself by following the independence axiom, the narrator's explanation of Isoblitsky's aim in adopting an independent persona – to get as many "things" as possible – undermines the power of will in identity by asserting that Isoblitsky is ultimately defined by his parasitism, a trait the narrator has already identified as "racial," one which "young Polish or Russian student[s]" follow "almost instinctively" (209). Yet the narrator's analysis of Isoblitsky's other strategies for regulating behavior not only reiterates the importance of will in defining individual identity, but also extends the range of ways in which persons may modify themselves. Isoblitsky's case suggests to the narrator that individual character can be altered by repeated imitation of another person:

> He constantly spoke of a friend of his, a "Pole" also – not because he was rich, or famous or aristocratic, but because he was apparently a fellow who showed a great and startling independence of spirit, and who was prodigiously strong; far stronger than he, Isoblitsky. He looked upon this person's qualities as his own, and used them as such. This shadowy figure of the friend seemed indeed superimposed on Isoblitsky's own form and spirit. (214)

The process by which Isoblitsky changes his behavior depends on a regimen of willed imitation: he repeatedly mimics his friend's "qualities" until they become his "own," part of himself.[82]

Yet even as the narrator raises the possibility that individual agency has priority over national and racial categories, his description of Isoblitsky posits a divided notion of identity that circumscribes the possibilities of self-definition, reaffirming the stereotype of the irrational primitive. While Isoblitsky actively strives to act independently, his character is passively subject to another part of himself that will not conform to the axiom, a part he only half-recognizes and observes with incomprehension:

> His preoccupation to appear independent and strong-minded did not permit of any other conscious sentiment: but he had the suavity and natural coquetry of a pretty brute, that – as he was not aware of it – was constantly baffling him and relaxing his stern purposeful independent expression, sometimes at a crucial moment. His nature was the darkest of mysteries for him, and this enemy in the camp, this something that was constantly corrupting his implacable self under its very nose, perplexed him somewhat, and he mused about it. (213)

The narrator's paradoxical representation of Isoblitsky as, on one hand, self-aware and self-defining, and on the other, passively subject to forces beyond his ken or control, manifests an ambivalence at the center of Lewis's stories. They are animated by an avant-gardist desire to flaunt the conventions of the typical *English Review* travel tale, especially its binary opposition between peaceful primitive threatened by encroaching modernity and guilty modern in need of emotional catharsis, and the radically determinist account of (national) identity that freezes both types in a hierarchy of development. But the stories construct their own characterological binary – of the violent and irrational outcast performing incomprehensible acts for the enthralled and repressed modern needing revitalization – and never push the critique of determinism to the breaking point, where the hierarchy of modern over primitive would collapse. Despite their bracing and comic vitality, despite their flashes of characterological plasticity, Lewis's outcasts, émigrés, and vagabonds remain essentially underdeveloped: more passive, less rational than the narrators who describe them with rapt attention.

Reflecting this paradox, Lewis's tales propose another method of personal transformation that contests determinism, even as the agent of that contestation is a primitive type: the *farceur* – a "lonely hero" – who is, unlike the urbane English imagined by Ford's *Review*, in touch with his "primitive soul," and whose unexpected antics shock people into change. While Isoblitsky wants to change himself, the *farceur* changes others:

> The practical joker is a degenerate, who is exasperated by the uniformity of life. Or he is one who mystifies people, because only when suddenly perplexed or surprised do they become wildly and startlingly natural. He is a primitive soul, trying to get back to his element. Or it is the sign of a tremendous joy in people, and delight in seeing them put forth their vitality, and in practical joking of a physical nature a joy in the grotesqueness of the human form. (216)

The *farceur* taunts uniformity; this "primitive soul" is propelled by his primitive soul to assail social conventions with jokes and horseplay. These comic attacks mystify, perplex, and surprise people, shocking them back to nature, to their primitive souls, reawakening inherent vitality. Unlike Isoblitsky's self-transformation, which progresses incrementally as he consciously follows the independence maxim and repeatedly imitates his independent friend, the *farceur*'s transformation of others occurs in a startling moment of assault as his unexpected shenanigans break down and shake up their calcified characters.

Interestingly, we can find resonances of both these models for character change in Ford's arrival legend. The imitation approach to personality change is reflected in Ford's representation of the young English writer appearing in the guise of a Russian anarchist. The legend dramatizes an application of transformative shock tactics as the revolutionary writer startles, dumbfounds, and converts the Edwardian sage. The mythic modernist looks and acts very like the strange and inscrutable Slavs and Bretons of Lewis's stories, his passive–aggressive behavior a *farceur*-like attack on the Edwardian and the cultural ideals the latter embodies.[83] Indeed, the artistic interloper in the myth resembles closely the tales' favorite French innkeeper, the violently silent star of Lewis's second published story, "Some Innkeepers and Bestre." Like Ford's new writer, Bestre deploys a physical rhetoric of silent hostility, in which inexplicability becomes a mode of aggression:

> Bestre conducts long and bitter campaigns with some neighbour, that will consist almost entirely of dumb show, a few words only being exchanged – antagonisms that will become more and more acute through several weeks, burst forth and wear themselves out with their own violence – all without words, or even actions that could be remarked as distinctively hostile by an uninitiated observer. (229)

Because Ford had positioned his journal at the apex of English literary culture and himself as the epitome of urbanity and imperial civilization, he was an appropriate candidate for this sort of modernizing assault. The arrival myth reflects the benefits of these shocking tactics when the arriviste's strange appearance, inexplicable silence, and revolutionary writing jolt the muddled Edwardians into modern consciousness: once recovered from confusion, they recognize this strange figure as the great English writer who heralds the vital new cultural movement that will save them, their nation, even the empire.

Lewis's *English Review* travel tales indicate that he first became fascinated with the relations between individuals and categories of group identity as he worked to articulate an alternative literary style that celebrated violent irrationality as vitalism and to fashion a persona consistent with that style.[84] The stories fitfully ridicule a radically deterministic conception of identity, in which personality is seen as absolutely defined by racial essence or national character, occasionally raising the possibility of a more anti-determinist view, in which identity is seen as learned and transformable through will. But the tales do not dispense with determinism. Their aggressive humor depends on a hierarchy of "racial" development nearly as rigid as that on which other *Review* travel tales rely. The comic conclusion of "The 'Pole'" playfully pits anti-determinism against determinism, mocking the desire that animates such analyses, even as it reaffirms the foundational role of nationality and race in structuring identity: "I came to the conclusion that, however good a 'Pole', a stray German, Lapp, Esquimau [*sic*] or other dim and hyperborean personage who had found his way to these parts might become, it took an authentic Slav to make a real 'Pole'" (218).

This comic and conflicted moment helps clarify the stories' overall approach to the fictions of national character: they playfully question the determining influence of nationality and toy with the possibility of its cultural construction, yet just as often, they assert nationality's defining force, along with the racialist hierarchy of development used to justify both imperial conquest and British supremacy. The narrator's habitual tendency to conflate determinist and anti-determinist accounts may attest to a developing sense on Lewis's part that personal identity is defined through a struggle between individual prerogatives on one hand, and cultural and biological forces on the other. Yet, as we will see in our reading of Lewis's 1910 essay on sport and English character, his fascination with irrational foreigners and period constructions of nationality was also (perhaps primarily) driven by his embrace of Edwardian concerns about England and the English and ambitions for international success, concerns and ambitions also animating Ford's cosmopolitan imperialism.

UNTAMING ENGLISHNESS

> No one would be so indignant as the Englishman if you told him he ignored his body – outraged and amused, he would conduct you grimly to his bathroom. It has a room all to itself merely to be cleaned in! He would stride over to his bedroom, show you india-rubber implements dangling on the wall, Indian clubs, and a large coloured chart to direct his morning's exercises. But these things are only part of a vast Anglo-Saxon conspiracy against the body. The bath is, figuratively, to drown it in, the instruments on the wall to indebt it to science and tame it. With characteristic cunning, as in dealing with a native chief, the Anglo-Saxon pretends that he is working entirely in its interests. But he has reduced it at last to be the most practical symbol of the Anglo-Saxon world. Of all the triumphs of the English in substituting for imaginative vision a barren formula . . . this triumph is the greatest, the masterpiece of the modern Anglo-Saxon genius. (Wyndham Lewis, "Our Wild Body" (1910), 251)

The possibility of radical character change is vexed in Lewis's *English Review* stories and they never suggest altering more than an individual personality. Lewis's neglected national character sketch-cum-cultural polemic, "Our Wild Body" (*New Age*, 5 May 1910), confirms that in the nine months after his travel tales appeared, this vacillating attitude on the relations between individual identity and group character had solidified into a more radical anti-determinism. Lewis entertained a conception of character as changeable not only because of his interest in creating a new kind of artist. A brief analysis of "Our Wild Body" concludes this first chapter because Lewis's text turns his travel tales' vitalist urge to fashion an avant-garde persona toward the larger project of revitalizing an ailing nation.

Lewis created this proto-avant-garde manifesto by elaborating and repackaging concepts only tentatively formulated in his *English Review* travel tales; if the stories are interrogative and enthralled, "Our Wild Body" is declarative and hortatory. The piece may not, like F. T. Marinetti's Initial Futurist Manifesto of 1909, announce or promote a specific radical art group (Lewis was not yet associated with one), but it does, like many such texts, diagnose a national disease, suggest a cure, and project a renewed nation.[85] "Our Wild Body" deviates from the conventions of avant-garde polemic, however, by advocating a change not in aesthetic practice, or political and cultural institutions, but in national character: it urges England's repressed, over-civilized natives to overthrow the "vast Anglo-Saxon conspiracy against the body" and rediscover their own primitive passions and attachments to the "Wild Body," its violence and irrationality. To untame Englishness, Lewis's vitalist essay advises the English to behave more like the inhabitants of his travel tales.[86]

These modifications in ambition and rhetoric are reflected in a shift in journalistic venue. Lewis's first stories were published in Ford's liberal-imperialist *English Review*, the title of which alone indicates its commitment to the civilized evaluation of thought, literature, and culture. "Our Wild Body" appeared in a more programmatically radical journal edited by one of London's best-known intellectual rebels. As its title suggests, Alfred Orage's *New Age: an Independent Socialist Review of Politics, Literature, and Art* was committed editorially to the revolutionary political and cultural agenda of initiating a vital future. In the context of Orage's insurgent socialist periodical, which succeeded *The English Review* as the home of cutting-edge literature and theory, "Our Wild Body" became part of a developing movement of national reformation more radical than any articulated by Ford and his comrades. By recasting his project in "Our Wild Body" as an effort to reform both literature and national character, Lewis begins positioning himself explicitly as an avant-gardist. If his *Review* stories are the field work toward fashioning a new writer, *The New Age* essay is that writer's first revolutionary proclamation, an avant-garde effort at base nationalistic.

To promote its fantasy of national revitalization, "Our Wild Body" prods the English to imitate "Latins" because they are more physical people, who do not, like their counterparts across the channel, alienate their minds from their bodies. Because "Englishmen and women, essentially of much the same stuff as other men and women, have become proverbial for their virtuosity in withstanding temptation or pretending it is not there,"[87] the piece advises them to release their primitive souls. It analyzes the English obsession with sports as evidence of their alienation from the vitality of the Wild Body and mocks them for repressively channeling their natural instincts for sex and aggression into such foolish, "civilized" antics. Re-embrace physicality, reacknowledge the pleasures of violence, rediscover the "warlike spirit of the race" the essay urges:

> We perpetuate in our games the primitive art of war – the triumph that, relying on mere skill, and physical strength and courage, one man or company of men may gain over another. But it is artificial and no longer a vital and fundamental part of life, this exercise of our strength. So we have wiped out the old sentiment for the body and its eternal significance that still exists in France, for instance, by renewing and perpetuating our interest in it, but in connection only with a travesty of life, a game instead of war. Even when two Englishmen fall out and fight they are bound by certain rules, as though they were playing a game . . . "[T]he famous warlike spirit of the race" is diminished by these score of substitutes for war. It need not be, but it is. (253)

By asserting that this diminution of English bellicosity "need not be," the piece implies that the English should reverse the process by rediscovering their inherent vitality, aggression, and irrationality. "Our Wild Body" thus makes explicit what is only implicit in Lewis's *English Review* tales: that transforming identity is not only possible but also desirable, a necessary strategy, in fact, for national reform. While Lewis began his literary career opposing the "civilized" cultural ideals of Ford's *Review* and the liberal intelligentsia, "Our Wild Body" shows that he shared with his elders a nationalistic desire to reconstruct Englishness and restore English culture. Like other *Review* writers, Lewis thought his nation to be in decline and sought to use writing to revive it; but while Ford's *constateurs* believed that industrial modernity had left the English in a state of disillusioned alienation from the simplicity and dignity of an older, more innocent Englishness, Lewis believed that the values of Victorian civilization had, in effect, colonized the English, leaving them in a state of repressed alienation from the vital and unpredictable drives of the Wild Body. Lewis's remedy consisted therefore not in making the English more cultured and civilized, but more instinctual and unconscious.

Thus while Lewis's early stories and proto-polemic together question racial and national determinism, this plan to untame the English depends on a more general, biological essentialism. "Our Wild Body" claims that all men and women, regardless of race or nation, are "essentially of much the same stuff" (251), deploying a totalizing notion of human "instinct" that casts vitality as everything opposed to "civilization," in short, the very "primitive" qualities – desire, violence, pain – that Lewis's tourist narrators find compelling in his Slavs and Bretons.[88] In so doing, Lewis's earliest literary maneuvers toward avant-garde reform participate in the broad "reorientation in European social thought" occurring at that moment among young European artists and writers. Having discovered Nietzsche, Bergson, and Sorel, this generation rejects the nineteenth century's bourgeois ideals of rationalist evolution, arguing instead that the future of culture depends on re-accessing the destructive and vitalizing energies of human irrationality.[89] But even as Lewis's vision for national revitalization depends on a generalized biological essentialism, and partakes of a European wide cult of irrationality, it puts that vital essence of irrationality in the service of projects exclusively English. This dynamic is an important early instance of a recurrent – and neglected – configuration this book will track throughout the prewar period, in which avant-garde commitments to opposition, individuality, and revolution compete against and cohabit with patriotic commitments to national health, military potency, and imperial supremacy, a configuration that will, we will see, structure the trajectory of modernist doctrine and politics in *avant guerre* England.

Questioning somewhat the high-drama of Ford's arrival legend, this chapter has argued that Lewis's career as avant-garde provocateur and dissident modernist began somewhat more quietly in a series of comic travel stories that engaged and questioned the cultural ideals of Edwardian England as articulated in *The English Review*. Central to those efforts, we have seen, was a fascination with categories of group identity and an ambivalent literary investigation of their influence on persons. As Lewis's earliest works played with the competing claims of individuality and nationality, of hierarchy and movement, of determinism and transformation, they began to articulate a (for us perhaps contradictory) vision of nationality as at once an essence and a construct. Recovering this conception helps to specify Lewis's own agency in creating the mythic figure of the epoch-announcing avantgardiste who appears as a foreign revolutionary. He encouraged such a portrayal at the start of his career first, by fashioning tentatively an avant-garde persona through a number of travel tales focused on a motley crew of eccentric and inexplicable European outcasts, and second, by advocating in an early polemic that national reformation should begin with a revitalization of English character achieved through the imitation of such foreigners. So while Lewis may have rejected the anxious liberalism and urbane imperialism of Ford's *English Review*, he shared with his elders a sense that the "health" of England was at risk, and agreed with them that foreigners – albeit of a somewhat different type – could be used – albeit in a somewhat different way – to help inject new life into an enervated national culture. The following chapter's analysis of English views of Europe in *The New Age* will show that the intellectuals associated with *The English Review*, whether urbane *constateurs* like Ford or insurgent interlopers like Lewis, were not alone in holding such cosmopolitan–nationalist agendas. As we will see, a significant number of self-styled "cosmopolitan" intellectuals shared a sense that England and English culture were depleted, declining, on the defensive, and advocated in response the international exchange of art and ideas, a program hotly opposed by England's more programmatically "patriotic" intellectuals, who rejected such policies as threatening English cultural purity and national health, advocating instead heightened support for "native" cultural traditions and movements. The intensity of these debates only increased with the death of King Edward in May 1910 and the contemporaneous increase in evidence of European challenges to English cultural prestige and British imperial power. Chapter 2 examines the implications of these challenges and the debates they provoked among radical intellectuals for the development of modernist cultural and political doctrine between 1910 and 1912.

CHAPTER 2

Narratives of ambition and anxiety: confronting Europe in The New Age

> This country has been extremely prosperous, and prosperity unfortunately carries in itself the germ of decay. The son seldom rises to the energy and ability of his father, if the latter has been a very prominent man. Born with a silver spoon in his mouth, the son does not exert himself as much as the father, who was, perhaps, a self-made man. Necessity is the great teacher, and to feel the pinch is not unwholesome; being pushed by its rivals, England will learn a good lesson.
>
> Supplement, *The New Age* (20 January 1910): 3

This chapter considers a period of spirited public controversy in which English intellectuals argued vociferously over artistic and imperial developments occurring on the Continent between May 1910, when King Edward VII died, and March 1912, when the Italian Futurists' first international exhibition opened in London to a storm of controversy. In our context, this period appears a pre- or proto-avant-garde moment. Bounded by a death signaling the end of the brief but heady Edwardian moment with its reserved, urbane, and imperial modernism, and a modern art exhibition signaling the beginning of the brief but heady avant-garde moment with its aggressive, anarchic, and imperializing modernism, these two years find English intellectuals confronting a succession of conspicuously new continental cultural movements and imperial activities. They react to this evidence of rising European competition, we will see, in ways that make English culture and cultural doctrine both more cosmopolitan and more nationalistic, preparing the ground for the consolidation of a self-consciously English avant-garde movement that would occur in the summer of 1914. As self-styled cosmopolitan intellectuals advocate increasing Anglo-European contacts to advance England's art, literature, and cultural status, work to promote peaceful international exchange and introduce new continental movements into the English cultural sphere, programmatically patriotic critics oppose such contact as a source of danger, strive to prevent the assimilation of "alien" culture, and urge English cultural purity and British military supremacy. These antagonistic camps come into conflict over a series of events in Anglo-European relations between 1910 and 1912, two of which will be considered here: the arrival of "new" French cultural movements in England beginning with Roger Fry's controversial Post-Impressionist exhibition of 1910; and the "German Threat," culminating in the Agadir Crisis of 1911, when a Franco-German territorial dispute in northern Africa nearly precipitated a European war in which Britain would side with France against Germany.

To clarify the range of views of Europe and European cultural and imperial competition among "advanced" English intellectuals between 1910 and 1912, I examine responses to new French culture and the German Threat primarily from one literary context, Alfred Orage's "Independent Socialist Review of Politics, Literature, and Art," *The New Age*. *The New Age* is an appropriate source for examining intellectual attitudes during 1910–12 not only because it featured works by many of the period's advanced intellectuals: it also succeeded Ford's *English Review* as England's leading journal for "modern" cultural and political discussion after 1910,[1] and had an eclectic editorial policy, featuring articles by authors of varied political commitments, generations, nationalities, and aesthetic beliefs.[2] Overall, *The New Age* served as a forum for wide-ranging and lively discussion of the remarkable political events and cultural movements that engaged English attention before the Great War. Many of those events and movements took place on the Continent or were originated by continental writers and artists, many impacted Anglo-European relations, many deeply exercised engaged writers and artists in England.

Debates over Anglo-French cultural and Anglo-German political relations in *The New Age* reveal the ambitions and anxieties that governed English perceptions of Europe more generally. (Post-) Edwardian responses to Britain's continental competitors sprang out of a common world view that held England and the empire to be in decline and their European competitors – especially France (England's major cultural rival) and Germany (Britain's principal military and imperial rival) – to be in ascent.[3] While *New Age* debates over new French culture clarify the ways in which this world view conditioned intellectual perceptions of European art and literature, debates over German military and imperial maneuvers elucidate the structural dynamics of the world view, exposing the limits of the cosmopolitan intelligentsia's internationalistic cultural doctrine. Although cosmopolitans believed England "fit" enough to benefit from contact with European nations and culture without being contaminated, co-opted, or consumed, subscribing to the (post-) Edwardian world view entailed the possibility that if this conviction were to change, if a sense of Britain's position relative to its continental competitors were to shift and European contact came to seem a threat, cosmopolitans would become chauvinists. This potential should come as little surprise in our context because the cosmopolitan intelligentsia's doctrine of cultural internationalism was at base, as chapter 1 argues, patriotic and imperialist. It aimed to boost England's flagging cultural status and bolster Britain's flagging imperial status.

ENCOUNTERING FRENCH CULTURE

Sometime in late 1909 or early 1910, the increasing notoriety of a series of modern cultural movements in France – especially Post-Impressionism, Cubism, and "Bergsonism" – began inspiring England's self-styled "cosmopolitan" curators, translators, editors, and critics to defend, explain, and promote the French movements at home. These efforts provoked heated critical debate on the value and effects of exposure to French culture. Orage's *New Age,* with its editorial commitment to "new" culture and "independent" discussion, became a leading forum for the debate, which manifested the contradictory hopes and fears of England's intellectual elite in the wake of Edward's death.

The treatment of France and its artistic and philosophical movements in *The New Age* epitomizes the poles of the English controversy over French modernism. While "cosmopolitan" enthusiasts like Arnold Bennett, Huntly Carter, T. E. Hulme, and John Middleton Murry praise the French movements as "advanced," casting their absorption as necessary to revitalize a native culture in arrest or decline, "patriotic" antagonists like Ernest Belfort Bax, G. K. Chesterton, and Vincent O'Sullivan assail France and French culture as "decadent," figuring cultural assimilation at best a misguided project, at worst a contaminating one. Carter, *The New Age*'s regular art and theater critic and its most enthusiastic Francophile, celebrates the "intuitional philosophy" of Henri Bergson for its vital modernizing effects: "the intuitional idea of the assertion of personality, and the death of dogmatism, is . . . marvellously . . . changing the trend of thought, and affecting the artistic aims and methods in Paris . . . rapidly bringing new and vital men to the front, while placing others on a receding horizon."[4] He praises one exhibition of new French paintings for its vigorous authenticity, calling it "the manifestation of a movement tremendously big, tremendously vital; not the mere outcome of trickery and charlatanism, but of intensity of vision carried to the highest pitch, almost to madness."[5] He deems the works of the French "Rhythmist" painters as "the starting point of a new movement in painting, perhaps the most remarkable in modern times."[6] Carter's enthusiasm for French culture extends to his vision of Paris itself, as he articulates the Francophilic view of the City of Lights as the world's most exciting and creative metropolis, literally "vibrating" with vitality and creativity: "[i]n this city of sex, at this shrine of the satisfaction of senses, with its fretwork of open-air cafés carving vibrating pathways of fine gold . . . men are everywhere busy, consciously or unconsciously, lifting the jewel of human vision out of the mire of logic."[7] Indeed, the Francophilic picture of Paris and French culture was contrasted with one of London and English culture as lacking in vitality, behind the times, provincial. In the first installment of his series of "Notes on Bergson," T. E. Hulme, then at work on the "authorized" translation of the philosopher's *Introduction to Metaphysics*, portrays the potentially "explosive" effects of exposure to French cultural vitality on the depleted English critic. Casting himself as unsuited to provide a "compte rendu" of Bergson's theories due to "a certain lack of vitality," Hulme instead "giv[es] simply a personal confession" of his liberating discovery of the Frenchman's work, which provoked "the exhilaration that comes with the sudden change from a cramped and contracted to a free and expanded state . . . an almost physical sense of exhilaration, a sudden expansion, a kind of mental explosion."[8] Another contributor calls "the Englishman . . . the least likely person in Europe to look with eyes of understanding upon a picture."[9] And Carter in the first article of his series on "The New Idea of Dramatic Action" (written each week from a different European metropolis), portrays the Continent as more culturally evolved than England: "the influence on artists themselves of the new ideas in painting is certain. On the Continent it is everywhere strongly marked. In England it occupies the position of . . . being the backbone . . . which is slowly coming to the front."[10]

The New Age's Francophiles seek to encourage the formation of cultural movements in England as advanced as those they admire on the Continent. But their view that English character is, at best, less evolved or behind the times, at worst, *essentially* provincial or philistine, calls into question the possibility of that translation project. In an approving letter on Carter's article on Bergsonism, Murry captures these conflicted feelings, excitedly exhorting his compatriots to join their French contemporaries:

If every critic in England were sufficient of a philosopher to lay to heart the implications of the Bergsonian theories of time and change, creative art would receive a new lease of life. In France there can be no question that such a philosophy has had the most comprehensive and vital results, of which one alone, Post-impressionism, has sufficed at once to enrage and confound its critics here.[11]

Although Murry's use of the conditional tense to describe his desire that English critics should "lay to heart the implications" of Bergson's theories shows a hopeful sense of possibility, his sense of English provincialism raises doubts about his compatriots' ability to meet the challenge. Like Murry, other *New Age* Francophiles read as evidence of provincialism the rage and confusion provoked by Roger Fry's controversial art exhibition "Manet and the Post-Impressionists" (8 November 1910–15 January 1911). Arnold Bennett (writing under his *New Age* pseudonym Jacob Tonson) complains:

The attitude of the culture of London toward [the exhibition] is of course merely humiliating to any Englishman who has made an effort to cure himself of insularity. It is one proof that the negligent disdain of continental artists for English artistic opinion is fairly well founded. The mild tragedy of the thing is that London is infinitely too self-complacent even to suspect that it is London and not the exhibition which is making itself ridiculous . . . London may be unaware that the value of the best work of this new school is permanently and definitely settled – outside London. So much the worse for London.[12]

Bennett exhibits an ambivalence many culturally ambitious intellectuals experienced in the face of French achievement and English incomprehension. An "Englishman" disappointed that London seems unable to "cure" itself of "insularity," Bennett casts himself at the same time as a European who, like the continental artists he admires, disdains English opinion and dismisses London's provincial complacency.

The tension in Bennett's hybrid self-representation as both English and European identifies a more general paradox central to the ideal of cosmopolitanism that he and his internationalistic compatriots advocate. In an approving letter on Carter's piece on Paris, Murry articulates the conception:

> The atmosphere of Paris is not French; it is pre-eminently cosmopolitan. It is the students and artists of all European nationalities, whose meeting there makes Paris the very cross-roads of continental ideas. The advanced art, which has found a home in Paris, is not French: it is European. The political thought which has developed from Bergsonism is not Parisian; even the creative literature which has derived such philosophic inspiration from the new movement is cosmopolitan in character.[13]

Murry avoids identifying cultural advancement with any single nation, insisting instead that the ideal of cosmopolitanism requires the mixing of "all European nationalities." He thereby not only preserves the possibility that England's young intellectuals may join in the international project of advancing art, but also requires it as part of the definition of that advance. By thus ensuring English participation rhetorically, he works to make the dream of combining "all European nationalities" compatible with a commitment to Englishness. Recalling the arguments Ford Madox Ford had made in *The English Review*, *The New Age*'s internationalistic intellectuals do not seek a realm of "culture" above and beyond the provincializing effects of nationality as had Matthew Arnold before them. They seek to broaden England's cultural contacts in order to advance its culture. So Murry's conception of cosmopolitanism celebrates Europe as the locus of "advanced art" and advocates the Europeanization of English culture, even as it makes England an essential part of Europe and recommends a Europeanization of English culture that will preserve and strengthen England's international prestige.

While *New Age* cosmopolitans like Bennett, Carter, Hulme, and Murry idolize France as Europe's cultural hub and its mixing of nationalities as the key to cultural advance at home, more chauvinistic intellectuals like Bax, Chesterton, and O'Sullivan blast France's modern art and philosophy movements along with their English enthusiasts. *New Age* patriots invert the cosmopolitans' adoration of French creative vitality. Bax and O'Sullivan make Paris's delights the result of foreign creative dominance over France, evidence of French enervation. Bax, resident expert on philosophy, dons the guise of detached analyst and proceeds to demolish the Bergson cult. English philosophical genius rises from the rubble in the figure of Bax himself. "Reviewing Bergson objectively and impartially," he observes, "it is a little difficult to account for his sensational reputation at the present time by the intrinsic merit of his work alone."[14] Failing to find "what there is of newness or originality in the French thinker," he instructs instead that Bergson's treatment of the role of "purposive activity" in living beings, "approaches the lines of an hypothesis originally put forward by the present writer some twenty years ago and recurred to more than once since" (280). And as Bax dismisses a French philosopher for being out of date, aping the English, and plagiarizing his own theories, occasional contributor O'Sullivan, reviewing a book on "the Pleasures of Paris," turns the cosmopolitans' image of Paris as essentially European into evidence of French dullness, envy, and depletion. He dismisses as a "rather crude legend" the Francophilic idealization of Paris – in his words, "a perpetual carnival under the afternoon sun . . . a great capital existing and flourishing without work of any kind being done by its inhabitants"[15] – indulging and evoking anti-French sentiment along the way. O'Sullivan points out that the "gaiety" and "variety of energy" foreigners, "[e]specially that section of foreigners governed by artistic instincts . . . seek . . . in the Latin Quarter" is in fact the product of "the foreigners, not the natives": "If you hear a loud laughter in a Paris restaurant or theatre, it is probably English laughter; if you see people vigorously amusing themselves, they are probably Americans . . . Meanwhile the French look on with a smile of tolerance and pity, mingled perhaps with envy" (161). O'Sullivan overturns the Francophiles' vision of the Anglo-French cultural relationship in which insular English envy the vital French: his depleted Parisians are envious of their more vigorous and vital Anglo-American visitors. They realize, even if their English promoters do not, that the "Bohemia" of the Latin Quarter "has nothing French about it except that it exists in the heart of Paris" (162). Well-swollen with national pride, O'Sullivan tops off the analysis with a dash of English braggadocio: "we bring most of the entertainment with us: if we depended on the French for that kind of thing what a sodden time we should have of it!" (163).

G. K. Chesterton broadened the assault by targeting Cubism and Post-Impressionism. He perforates a Picasso study reproduced in *The New Age*:

> The eulogists of the latest artistic insanities (Cubism and Post-Impressionism and Mr Picasso) . . . circulate a piece of paper on which Mr Picasso has had the misfortune to upset the ink and tried to dry it with his boots, and they seek to terrify democracy by the good old anti-democratic muddlements; that "the public" does not understand these things.[16]

Chesterton's story of an English "public" immune to the appeal of Cubism and Post-Impressionism contrasts with his implication that the movements' English "eulogists" are anti-democratic elitists, duped by "artistic insanities." By casting Cubism and Post-Impressionism as a decadent French racket that elitist critics are trying to fob off on a sane and commonsensical English public, Chesterton re-presents the cosmopolitan ideal as a kind of crazy swindle, exploiting period stereotypes of French vice and corruption,[17] figuring himself an upstanding defender of a people wise and fit enough to resist such contaminating scams. Chesterton's piece typifies Edwardian attacks on the new French painting. England's self-styled patriotic critics, as Samuel Hynes puts it, "all saw Post-Impressionism as a foreign threat to native English art and essential English morality."[18] Accordingly, another *New Age* correspondent attacks the Picasso sketch along these lines with especial venom:

> While there are any deeper depths of degradation, inanity, or of sheer lunacy to be gone through the continental anarchists will drag the disheveled Goddess of Art through them . . . Post-Impressionism represented the art of the lunatic asylum fairly well; Picassoism represents a step lower; ingenuity will not stop there, and we may expect even worse things next year.[19]

The accusatory portrayal of Post-Impressionism and Cubism as aesthetically "anarchistic" movements and their European creators as political anarchists was contemporaneously being substantiated by increasing evidence of syndicalist violence in England and the reputed involvement of French artists in the Continent's anarchist movements.[20]

One of the most extravagant examples of the chauvinistic attack was supplied, as Hynes suggests, by Sir William Richmond, portrait painter and former Oxford professor of fine arts, in the pages of the *Morning Post*. Richmond rehearses the standard picture of the new French art as a threatening foreign contamination that the English are healthy enough to withstand. But Richmond's attack is notable in our context for its heated rhetoric, its gendering of the French–English opposition, and the defensive intensity of its distress. On first encountering Fry's exhibition, he recounts:

> For a moment there came a fierce feeling of terror lest the youth of England, young promising fellows, might be contaminated there. On reflection I was reassured that the youth of England, being healthy, mind and body, is far too virile to be moved save in resentment against the providers of this unmanly show.[21]

The appearance of a threatening and "unmanly" foreign art in England provokes from the male English viewer feelings of fear and disgust. He recovers by reasserting English health, virility, and inviolability. This pattern of xenophobic recoil succeeded by chauvinistic reassertion is evident, with varying degrees of intensity and flourish, in all the preceding examples of anti-French, pro-English criticism. Repetition of the pattern regardless of the example of French culture under consideration indicates that the criticisms reveal as much about the English critics as about the "character" of the movements they purport to evaluate. Consider the contrasting characteristics O'Sullivan, Bax, Chesterton, and Richmond attribute to the French and the English: the French are dull, envious, unmanly, derivative, insane, degraded, anarchistic; the English, vigorous, healthy, virile, advanced, original, sensible. The lists catalogue respectively the defensive accusations provoked by worries about French cultural competition and the idealizations called on to stave off those worries and the works that raise them.

Whether *New Age* intellectuals consider themselves cosmopolitan progressives sympathetic to continental advances or patriotic conservatives antagonistic to European decadence, however, they share a sense of English (cultural) weakness compared to France. *New Age* Francophiles exhibit this sense at moments of insecurity in their praise of French culture as Europe's most advanced, their view of English culture as provincial and behind the times, and their ambition to join in the Continent's cultural advances; they display it at moments of confidence by imagining England where France is, at the forefront of Europe's cultural life. *New Age* Francophobes – somewhat less secure than their internationalist compatriots – express it through moralistic attacks on the French movements, which ironically emphasize French cultural potency, and defensive idealizations of English culture and character, which ironically emphasize English insecurity and impotence. England's intellectuals, internationalist and patriot alike, cannot ignore evidence of increasing European political and cultural power and internal social instability, political unrest, and cultural inferiority. They share the belief that continental cultural movements are ahead or on the rise, worry that England and English art and literature are behind the times or in decline, and perceive their nation becoming increasingly entwined with the Continent's.

Indeed, subscribing to a world view in which British imperial power and English cultural prestige are flagging, even in decline, while continental nations and cultures, especially French and German, are strong and in ascent makes possible both the positive possibility that cosmopolitanism will advance English culture and the negative one that it will help continental movements contaminate, consume, even conquer that domestic culture. The crucial distinction between cosmopolitans and patriots is less intellectual than temperamental: the former are more optimistic than the latter. They believe that English intellectuals and culture are vital enough, despite evidence of current depletion, to absorb the lessons of French art without being co-opted or contaminated. But subscription to the (post-) Edwardian world view creates conceptual conditions which nearly guarantee that internationalists will become chauvinists: if their sense of England's position relative to continental nations were to change (and in the early teens how could it not?), if sufficient evidence was found that continental culture *did* threaten Englishness and English culture, then they too would embrace anti-continental attitudes. By examining English perceptions of changing German military and imperial power between 1910 and 1912, the following section confirms not only that such conceptual dynamics obtained as well in the realm of Anglo-European political relations, but also that threatening imperial maneuvers by Germany helped realize this theoretical potential for cultural realignment among cosmopolitan intellectuals of *The New Age*.

THE GERMAN THREAT AND THE POLITICS OF REALIGNMENT

Given the presence of a shared world-view figuring Britain in a (losing) competition with Europe, it is likely that the conflicted desires which underlay English arguments about new French culture would also characterize those concerning any continental nation perceived as challenging British power or prestige, whether the locus of power is construed as cultural, as in the French case, or military-imperial, as, we will see, in the German. Responses to Germany's changing military and imperial status in *The New Age* substantiate the possibility and provide an exemplary case of a specific occurrence of the radical realignment in cultural loyalty among internationalists that subscription to the (post-) Edwardian world-view made possible. If intellectual arguments over the new French culture expose underlying ambitions for success and anxieties of decline among English chauvinists and cosmopolitans alike, then the so-called Agadir Crisis of 1911 makes the threat of German military power appear so significant that even an emphatically cosmopolitan intellectual with especially strong ties to Germany and German culture is provoked to put aside internationalism in favor of nationalism: *The New Age*'s foreign affairs correspondent, J. M. Kennedy, aggressive publicist of Nietzsche, German culture, and aristocratic politics.[22] Kennedy's individual enactment of a realignment in cultural doctrine in response to European competition anticipates and illuminates the broader doctrinal shift that will occur among younger artists and writers with cosmopolitan sympathies in mid-1914 (the topic of chapter 3).

Invasion fantasies and internationalist rejoinders

The Edwardian years are marked, as others have established, by frequent and extreme expressions of national insecurity and international suspicion.[23] Politicians and popular writers, in particular those with a Tory affiliation or sympathy, publicly raise questions about the health and strength of their nation and empire and concerns about the activities and power of England's rivals, especially Germany, with its increasingly large navy and aggressive imperial policies. This literature of insecurity and suspicion finds a large and receptive popular audience, which the Tories and their allies exploit. The years 1900–14 witness a dramatic increase in the publication and the popularity of tales of decline and invasion. In these texts, Tory writers encourage popular anxieties about English decline and German aggression in part to advance their domestic and military policies, in part to cast the Liberals as morally suspect, soft on defense, and unpatriotic. The Tories ultimately dream of unseating the Liberal government. Unable to achieve that goal in a period of Liberal popularity, however, they settle for stirring up public fears to pressure their opponents into following a generally conservative military policy: to build up the fleet, consolidate Britain's imperial holdings, institute compulsory military service, and support the arms industry. General Baden-Powell, Tory military hero and former Inspector-General of the Cavalry, founds the Boy Scouts, as he puts it in the movement handbook, *Scouting for Boys* (1908), to counter "the deterioration of our race."[24] He figures this paramilitary organization, in Hynes words, "as a preparation for war and the defense of the empire."[25] "One cause which contributed to the downfall of the Roman empire," the handbook asserts, "was the fact that the soldiers fell away from the standard of their forefathers in bodily strength" (208). To avert the fate of Rome in Britain, Baden-Powell's scout masters will discipline the empire's youth into healthy and efficient soldiers – with Tory politics. The handbook implies – not particularly subtly – that no good scout would support the Liberals:

> There are always members of Parliament who try to make the Navy and Army smaller, so as to save money . . . These men are called "politicians." They do not look to the good of the country. Most of them know and care very little about our Colonies . . . [I]f they are allowed to have their way in the future we may as will learn German or Japanese, for we shall be conquered by these.
>
> But fortunately there are other better men in Parliament who are called "statesmen"; these are men who look out for the welfare of the country, and do not mind about being popular or not so long as they keep the country safe. (328)

Needless to say, Baden-Powell's "politicians" are Liberals, his "statesmen" Tories.

This anti-Liberal, pro-Tory argument is presented even more insistently in a typical scare novel of the period, *The Invasion of 1910* by popular author and amateur spy, William Le Queux. Like the novel's patriotic characters, Le Queux's narrator blames the imagined German invasion on the failings of Liberal government:

> The whole character of the nation and the Government had changed since the great days when, in the face of famine and immense peril, the country had fought Napoleon to the last and overthrown him. The strong aristocratic Government had been replaced by a weak administration, swayed by every breath of popular impulse.[26]

Le Queux's narrator articulates a paradox that characterizes many of these Tory propaganda texts. He appeals to patriotic sentiments and exploits anti-European anxieties in order to encourage his popular audience to support the Tories. But in scorning democracy and celebrating aristocratic government, he makes little effort to conceal loyalty to the ruling classes and antagonism to working-class social and political interests. Such Tory propaganda nevertheless strikes a popular nerve with its claim that Germany is an increasing, perhaps inevitable threat that Liberal England appears socially and militarily unprepared to meet.

Unsurprisingly, *The New Age*, with its cosmopolitan socialist bent and particular enthusiasm for German literature and philosophy (Orage and other regular contributors promoted Nietzsche with especial vigor), takes a strong stand against anti-German propaganda and popular literature. *New Age* internationalists consistently expose the ulterior motives and hidden agendas of the "scare-mongers," ridicule claims of inevitable war, dismiss the argument for military buildup, and criticize exploitation of "jingoism" for political gain. Anti-chauvinist arguments in *The New Age* tend to be of two sorts, which often overlap in individual accounts: some interpret the growth of anti-German suspicion and anxiety as part of a conspiracy on the part of Tories, Tory dupes, and industrialists to advance their militaristic interests and, as one contributor puts it, block the "growth of Socialism and of the Labour Party in this country";[27] others read it as the result of English chauvinism and attendant ignorance about Germany and the Germans. The conspiracy case is presented, for example, by C. H. Norman, *The New Age*'s former foreign affairs columnist who, it was rumored, had been such an outspoken critic of government policy that the Foreign Office pressured Orage to remove him from the post.[28] Norman prefaces an anti-scare piece titled "A Study in Jingoism" by asserting that:

> The following article summarises in parallel columns the arguments of the British and German Jingoes, by which they are driving the two countries into war. The similarity of the two cases as presented is very curious. The historical record of aggression by the two States is the same. The peoples of England and Germany were tools of their militarist and ruling oligarchies in the past; and only the greatest exertions will prevent them being tricked into war in the future.[29]

Although Norman assumes the familiar pose of (Arnoldian) disinterestedness, his account exposes the contradictory political and social commitments we have come to expect among (post-) Edwardian progressives. By characterizing England and Germany's rulers as "militarist . . . oligarchies," he reveals a pacifist, socialistic, anti-Tory bias. By describing the "peoples of England and Germany" as "tools" of those oligarchies, he exposes an upper-class sense of working-class inferiority. And by stating that "only the greatest exertions" will save those "peoples" from future war, he implies that only left-wing intellectuals – like him – can perform these heroic exertions, showing a sense of intellectual superiority to the masses.

Some *New Age* internationalists who interpret anti-German panic as the product of English insularity and chauvinism find in the Victorian tradition of Anglo-German racial relation a reason for optimism. C. R. Hennings, in a piece titled "Our German Cousins and the English Nation," argues that "[t]he prejudice of the English against the Germans" is due "a great deal to ignorance." He cites the fact that "few . . . in this country are masters of the German language," and asserts that "much remains to be done" to eliminate Anglo-German misunderstanding. He points to the hereditary links between the English and Germans as a source of hope: "England and Germany, coming from the same stock as they do, resemble one another more than any other nation. Differences there are many . . . Both, however, ought to love and esteem each other."[30] Hennings attempts to counter "the prejudice of the English against the Germans" and overcome English resistance to peaceful Anglo-German intercourse by reiterating the familiar Victorian claim that the English and the Germans are racially related.[31] Ironically, he strives to overcome anti-German prejudice, which depends on a negative stereotype of German character (as essentially expansionistic, militaristic, and untrustworthy), by recourse to the historical tradition of Anglo-German racial relation, which depends on a positive stereotype of German character (as essentially freedom loving and adventurous, linked by blood to their similarly constituted English "cousins").[32] This irony in Hennings's effort to counter anti-German prejudice by asserting an Anglo-German racial link, exposes friction between two pictures of German character competing for priority during the period; the first in historical decline, the second in ascent: while England's nineteenth-century historical tradition held the English and Germans to be racially related, most of its early twentieth-century political leaders, popular journalists, and imperialist intellectuals deemed Germans an essentially belligerent "race" and England's inevitable enemies.

These competing conceptions of Germany exert particular pressure on *New Age* internationalists because they advocate an ideal of cosmopolitan combination to advance English culture. The claim of Anglo-German racial relation is attractive because it counters the chauvinism that thwarts cosmopolitanism and encourages the international exchange of ideas and artworks. But because the internationalists' ideal also entails a risk to English cultural identity, they periodically worry about proliferating evidence of German expansion. One of the most interesting displays of the internationalists' paradoxical treatment of German character – in which a fair-minded tendency to defend Germans, competes with a defensive tendency to demonize them and aggrandize the English – occurs in a *New Age* piece by W. R. Titterton with the provocative title "Why Not Surrender to Germany?"[33] Titterton's article is a satiric attack on the "fervid flag-waving" and anti-Germanism of English chauvinists (562). It advocates the sort of Anglo-German cultural and political entente recommended by Norman and Hennings, though in rhetoric notably more extreme:

You keep on building "Dreadnoughts" and scrapping them. You keep on building soldiers and sailors and scrapping them. You keep on ranting and foaming and shouting and generally misconducting yourselves, and letting the government of the country and social reform go hang. The war scare, in fact, is a put-up job to keep the minds . . . of the people from the thought of oppressions nearer home . . . The union with Germany would stop all that. Jingo bulldogs of insular and continental breed could have a go at each other whenever they felt inclined, while the rest of us went on with our business of getting nearer and nearer to a mutual understanding. (563)

Titterton presents the pacifist–internationalist argument in satiric form: the hysterical tone of his attack against anti-German hysteria caricatures the attitudes he opposes, while his announced goal of English surrender to Germany ridicules the jingoists by recommending the very thing they most fear.

At the same time, however, Titterton's tactics complicate his criticism by partaking of the feelings he assails and indulging the fantasies he scorns. The traditional satiric technique of exaggerating the position under attack recurs throughout the piece, intensifying and undermining the force of its claims:

I am not much concerned with preserving the national boundaries, but I want very badly to preserve the national character, and I have been grieved to note that the English national character becomes year by year less clearly defined. This is an effect of our insularity that allows us to visit foreigners as tourists and prevents us from rubbing shoulders with them as neighbours. To be invaded and conquered is our only means of remedying this defect of nature, and invasion and conquest we have not enjoyed now for several centuries. I plead for a fresh conquest. (562)

Titterton mingles a chauvinist critique of English decadence and its underlying desire to "preserve" the national character with a radical version of the internationalist critique of English insularity, in which advocacy of international intercourse becomes advocacy of foreign conquest. He emphasizes and undercuts the arguments of both the Tory chauvinist and the internationalist anti-jingo. So his claim that, "we always have absorbed our conquerors" (562), stresses both English weakness, by flagging England's history of foreign invasion and conquest, and English strength, by re-presenting that history of domination *by* others as a history of assimilation *of* others.[34]

We have seen the simultaneous assertion of English weakness and strength around the topic of England "absorb[ing]" its foreign competitors before. Titterton's view recalls those of *The New Age*'s Francophiles and Francophobes concerning new French culture. As the former argue that cosmopolitan intercourse is the best means to achieve English cultural success, they worry that England is too weak to withstand the treatment; as the latter argue for English health and fortitude, they worry that England will not survive an influx of foreign culture. Like these examples of Edwardian anxieties of decline and fantasies of supremacy, Titterton's satiric strategy of intermingling and exaggerating internationalist and chauvinist arguments has the paradoxical effect of increasing the insecurities it aims to diffuse and undermining the confidence it seeks to bolster.

Thus Titterton's treatment of Germans and Germany shows an internationalistic desire to increase Anglo-German contacts competing with a chauvinistic distrust of "Prussia and Prussians" and an inclination to demonize German national character:

> The rigid and aggressive officialism of Prussia . . . grows more and more repugnant to the rest of the States . . . Prussia is a very powerful State, and the South German States, with Bavaria at their head, have difficulty in coping with . . . the Imperial Council. But say that England joined the Federation and took the side of South Germany! Where would Prussia be then? I want to save Germany from Prussia. (563)

Titterton resorts to the conventional – and fairly accurate – Edwardian argument, buttressed by the evidence of Prussia's role in the German wars of unification (1864–71), that the German empire is dominated by Prussia and its leaders.[35] Rhetorically, this separation of Prussians from Germans facilitates Titterton's satiric argument by allowing him to advocate entente with Germany at the same time that he accuses the "officialism of Prussia" of aggressiveness and rigidity. And Titterton's claim that England can "save Germany from Prussia" by "join[ing] the German federation," exhibits the period tendency to cover-up worries about national decline with assertions of English excellence. His exhortation aggrandizes England as embodiment and defender of freedom (a standard Victorian idealization)[36] and fantasizes a British victory over the nation the English were increasingly coming to believe they could not defeat.

Titterton's mixture of an internationalist's advocacy for Anglo-German intercourse and a chauvinist's defensive assertions of English excellence to counter worries about German strength parallels the Francophiles ambivalences toward French culture: their advocacy of cosmopolitan contact is finally motivated by a nationalist desire to supplant Paris as the capital of European art and France as the source of modern culture. Indeed, Titterton's announced aim parallels that of Francophiles like Bennett and Murry; he too recommends cosmopolitan combination to cure England's ills: "It is obvious, that *union with*

Germany is the only practical means of preserving and developing our national character" (563; italics original). By advocating Anglo-German union to "preserve and develop" English character, Titterton applies the cosmopolitan–nationalist program to the case of Anglo-German relations. That Francophilic and Germanophilic internationalists had the same overall aim adds weight to the argument that English responses to French culture and German politics exemplify English attitudes to the Continent more generally. The particular European nation with which the internationalists sought intercourse was less important than their nationalistic goal of "preserving or developing" English character, culture, and prestige.

Titterton's conclusion provides an exemplary case of the tendency of writings by cosmopolitan intellectuals to expose tensions between competing loyalties to internationalism and nationalism. He mingles cosmopolitan and chauvinist rhetoric in a paradoxical effort to support Anglo-German entente by exploiting the fear of German conquest:

> And let me warn you that if I have overestimated your intelligence, if in your blindness you do not surrender, a worse fate will befall you. You will be conquered piecemeal by alien ideas you do not understand. Wagner has conquered you, Ibsen (who was really German) has conquered you, Richard Strauss is conquering you, "The Merry Widow" has conquered you, State Socialism (a gross folly without the democratic spirit of the Germans) is conquering you, conscription is conquering you, German beer (a liquid insult in a stand-up bar) is conquering you . . . Surrender to the Germans! My dear fellow, you have surrendered long ago; it is only by a formal surrender you will get a quid pro quo for your humility. (563)

The intensity of Titterton's contempt for the English people and his evident glee in exploiting their fears of German invasion derives in part from his sense that they are essentially jingoistic. But by harping on all this alleged evidence of achieved German cultural conquest, he again fuels the attitude he ostensibly opposes. By now the pattern is familiar. Chauvinistic critics who attack Post-Impressionism as a foreign contamination and insist that the strong and vital people of England are immune to its infection emphasize both the foreign potency they seek to downplay and the national insecurity they seek to relieve. The recurrence of this pattern in responses of internationalists *and* chauvinists to Germany *and* France confirms two points central to this chapter's argument: English intellectuals regardless of cultural agenda share an anxiety about continental power and English weakness; they tend to expose national insecurities in response to evidence of continental potency regardless which European nation provides it or from what realm of prestige it comes. This chapter's concluding discussion traces the ways in which such concerns help provoke even an insistently internationalistic intellectual to a patriotic response when confronted with especially strong evidence of German imperial competition.

The Agadir Crisis and the realignment of the cosmopolitan intellectual

During the summer of 1911, in response to French and Spanish moves to protect their imperial interests during a revolt in Morocco, the Germans asserted their ambitions by sending the gunboat Panther to the south Moroccan port of Agadir. For a moment, Europe seemed poised on the brink of major war. If the Germans and the French were to declare war, treaty obligations would require Britain, Russia, Austria-Hungary, and Italy to join the conflict. By late September, however, French diplomacy and a warning that Britain would support France in the event of military conflict, convinced Germany to back down. Though the English public initially feared the conflict would precipitate the European conflagration that had haunted them for over a decade, they realized afterward that it had actually consolidated Britain's alliance with France in opposition to Germany. The crisis thus confirmed that Britain had moved from its Victorian position of independent international non-alliance to its post-Edwardian position as one member of the Triple Entente with France and Russia against the Triple Alliance of Germany, Austria-Hungary, and Italy.[37] War had been averted. But the decline of British power had not, a point not insignificant for the developments in English modernist doctrine considered here and in the following chapter.

For now, the treatment of the unfolding Agadir Crisis in *The New Age*'s "Foreign Affairs" column, written by the prolific cosmopolitan journalist and cultural critic, J. M. Kennedy, under the pseudonym "S. Verdad" (a play on the Portuguese for "it is true"), confirms two crucial points. It shows that changing Anglo-German political relations impacted negatively on the opinion of Germany held by one of England's most insistently pro-German intellectuals. Moreover, it instantiates the potential for realignment in cultural loyalties entailed by subscribing to the (post-) Edwardian world-view theorized above: when proclaimed internationalists become convinced that foreign competitors pose a serious threat to English interests or identity, they too will embrace nationalism and policies of cultural purity and military defense. Kennedy's columns on Agadir enact this re-alignment on an individual level in response to an international political event. A pro-German intellectual faced with sufficient evidence of German military aggression places his commitment to England before his commitment to Anglo-German entente and German culture. As the Crisis intensifies, Kennedy's discussion of German military aims and activities becomes increasingly negative as he more openly echoes the anti-German claims of the "scare-mongers," while his discussion of French military aims and activities becomes increasingly positive as he more openly praises France and embraces the emerging Anglo-French alliance.

Kennedy is particularly well suited to study on an individual level the effects of the Agadir Crisis because he came to it disinclined either to object to Germany and German culture or to celebrate France and French culture. As *The New Age*'s resident foreign affairs expert, he was at the center of the journal's political and cultural discussions. Besides the foreign affairs column, he contributed articles of cultural criticism under his own name and, as one of the most active members of the English Nietzsche movement, was sympathetic in particular to German philosophy and literature.[38] Most important, Kennedy's political bent was aristocratic and conservative; he was neither Liberal, Fabian, nor Francophile. He contributed the radical right-wing tract *Tory Democracy* to *The New Age* (May–September 1911). There and in his work of "Nietzschean" literary history, *English Literature, 1880–1905* (1912), he characterized the French revolution and nineteenth-century French literature and philosophy as key sources for the political liberalism and cultural romanticism he reviled.[39]

Like many of his intellectual colleagues, Kennedy disdains and distinguishes himself from the "scare-mongering" tactics of the popular press. He assumes in his foreign affairs column the posture of a level-headed realist, unswayed by popular emotions or prejudices:

> Whatever may be said about this page and its Editor, I think that even the worst enemies of its writer will admit that it has never degenerated into a mere scare-page. Any warnings which I have felt compelled to give from time to time, or complaints which I have felt it incumbent upon me to make, have invariably been supported by facts.[40]

In addition, and again like other "advanced" intellectuals, Kennedy positions himself ahead of the pack of analysts in the popular press. His formidable linguistic abilities (he was reputed to have mastered all European tongues) and his habit of reading European newspapers doubtless helped him beat popular journalists on some international scoops.[41] By his account, he had anticipated most press analyses of Germany's ambitions in Morocco, even before its gunship set sail for Agadir in early July. In the *New Age* of 13 July, he writes:

> It is often necessary for writers on this paper to slow down and let the ordinary daily Press catch up. It was so . . . in the case of Morocco . . . Germany's position and her various plans were referred to on this page weeks ago, and nothing has since been added to the information I have already given. Some authorities hold that Germany wants a coaling station on the Atlantic; others that she wants her African boundary lines better defined; others that she simply wants to drive as good a bargain as she can; others, again, that, in view of the approaching Reichstag elections and the Socialistic propaganda, she wants a little diversion abroad. These different points of view, I repeat, were all discussed in this paper weeks ago.[42]

Kennedy's catalogue is of general interest because it gives a sense of the range of competing readings of Germany's action being offered in English periodicals and intellectual circles. The catalogue is of particular interest because it indicates the existence among English students of foreign affairs, regardless of political affiliation, of a general consensus regarding Germany early in the Crisis. Though Kennedy positions himself as an especially informed and realistic analyst, who records only "facts," avoids "scare-mongering," and disdains popular negative readings of German national character, the picture of Germany he evokes is not so very different from that promoted by anti-German propagandists. Kennedy's Germany too is greedy ("Germany wants . . . she wants . . . she simply wants . . . she wants"), materialistic ("Germany wants a coaling station . . . to drive as good a bargain as she can"), expansionistic ("she wants her African boundary lines better defined"), and dominated by opportunistic imperialists ("in view of the . . . Reichstag elections and the Socialist propaganda, she wants a little diversion abroad").

But in the first days of the Crisis, before it was clear how France would respond to Germany's action, how Germany would react, and what position Britain would take, the aristocratically minded Kennedy differentiates himself from Germanophobes and Francophiles in the parliament, press, and intelligentsia. Applauding the Kaiser's government for aristocratic consistency, he criticizes France for democratic variability:

> What has undoubtedly strengthened Germany's power in her international dealings is the weakness of government in France. Democracy . . . does not suit a Latin country, particularly France. The people are too individualistic, and the struggle for power and "la gloire" is particularly bitter and continuous; hence the fifty or sixty Ministries in France since the formation of the Republic and

the consequent changes in policy . . . The ideal administration is that of Germany, where, no matter how many Foreign Secretaries may be in power, the Kaiser exercises full control.[43]

Yet Kennedy's distrust of "Latin" democracy and admiration for German autocracy are not as principled and absolute as his rhetoric of didactic certainty implies. Changing events at Agadir confirm that Kennedy's views of Britain's European competitors actually depend on the ways in which he conceives England and the empire in relation to these competitors.

Three weeks into the Crisis, antagonism between France and Germany had increased considerably; neither government seemed willing to compromise its claims, the possibility of a war which might involve Britain appeared more likely. In this atmosphere of heightened tension, Kennedy, who had praised the Germans for their resolve and criticized the French for their variability, now directs his ire against "certain Liberal" newspapers for accusing France of provoking the crisis. He counters such claims by modifying his earlier account; now France is the admirable, law-abiding, and consistent power, Germany the unworthy, treaty-violating, and unpredictable one. Kennedy dismisses efforts to "blame France" as the "solemn nonsense" of "leader-writers" ignorant of or oblivious to the "essential facts" of the situation, which the "real student of foreign affairs" carries "in his head." "France has really tried to abide by the spirit of the act of Algeciras," he continues, "the same cannot be said of her neighbours across the Rhine."[44] Kennedy, who had recently distinguished his account from anti-German reports in the popular press, now accuses an "expanding" Germany of having "no particular respect" for "treaties, diplomatic traditions, and international compacts," an accusation often used in the popular press to discourage Anglo-German entente.[45]

When the German government backed down in late September, Kennedy enthusiastically praised the French for their diplomatic victory, even expressing satisfaction at Germany's defeat. Refuting arguments in the popular press that the resolution of the crisis confirms France's status as the world's most peace-loving nation, he interprets it as evidence of a French return to warlike courage:

The German Government's gigantic bluff has collapsed. A settlement of the Moroccan question is now in sight, and that settlement will be favourable, more than favourable, to France . . . [T]he French people have recovered from their fright of Germany, a state of mind which has haunted them for years. The French are once again ready to fight, and it is all nonsense to try to make out –

as, of course, our old friends the "Daily News," the "Star," and "Reynolds's" attempt to do – that the French, above all nations, have come to look upon war as barbarous and inhuman.[46]

The particular emphasis Kennedy places on this French recovery from "fright of Germany" not only confirms a level of admiration for France and distrust of Germany inconsistent with his earlier comments about these nations, but also hints at a level of commitment to English nationalism inconsistent with his posture of cosmopolitan disinterestedness. For part of what animates Kennedy's admiration for the French is a patriotic wish that the English too will recover from *their* "fright of Germany."

Kennedy's political realignment in response to the Agadir Crisis shows that the period's increasingly antagonistic Anglo-German political relations impacted negatively even on the view of Germany of an especially pro-German intellectual. Before the crisis, Kennedy had publicly embraced a political and cultural doctrine that celebrated many of the values conventionally attributed in England to Germany and the Germans (aristocracy, aggressiveness, modernity) and had criticized many of the values conventionally attributed to France and the French (democracy, pacifism, romanticism). Indeed, he had defined his public identity largely through opposition to and aristocratic difference from the "masses," whether popular journalists, political liberals, cultural romanticists, philosophical anti-Nietzscheans, or even old-style Tories. Yet when faced with a credible threat of German imperial aggression and Anglo-German conflict, Kennedy put Englishness before elitism, before Germanophilia, before cosmopolitanism, and got into line with what he had referred to only months before in *The New Age* as "the stupid . . . greed[y] . . . masses."[47]

This is not to suggest that Kennedy's increasing conviction in the German threat leads him to embrace wholeheartedly the deterministic stereotype of German national character that so appealed to the English public during the period. Rather, Kennedy's view that the German threat at Agadir to English interests is sufficiently serious causes him to adopt a more explicitly anti-German, pro-French posture than he had publicly embraced before. That he occasionally reiterates anti-German arguments of the moment is not surprising. Our reading shows that both English chauvinists, who promulgate a determinist analysis of German character, and internationalists, who favor a pragmatic one, roughly agree on what Germany's national characteristics are (aggressiveness, autocracy, expansionism, militarism, and materialism). They disagree on the source of those characteristics: while chauvinists tend to view them as the result of the Germans' racial heritage, internationalists tend to interpret them as the result of the German empire's social, political, and historical circumstances. It is because Kennedy shares not only this view of Germany, but also the period concern with British decline that when faced with sufficient evidence of a German threat, he exchanges cosmopolitanism for patriotism.

The foregoing analysis of the (post-) Edwardian intelligentsia's ambivalent perceptions of Britain's European competitors as played out in the pages of *The New Age* confirms that the cosmopolitan intellectuals' strategy to modernize English culture and establish an English avant-garde – importing the Continent's new art, translating its new literature, imitating its new behaviors – succeeds in inspiring young artists and writers to emulate their continental counterparts and in internationalizing England's cultural sphere, but at the same time, that success intensifies English anxieties of vulnerability. These developments make possible the crucial shift in cultural doctrine among England's advanced intellectuals that will occur in 1914: when confronted with evidence of European competition – from, in this case, an Italian avant-garde art movement – the "advanced" intelligentsia, predominantly internationalistic since before the century's turn, organizes one of Europe's most insistently nationalistic avant-garde groups, the Vorticists, and embraces a cultural doctrine "fundamentally English." By identifying and anatomizing the anxieties and ambitions that governed English perceptions of England's continental competitors between the death of Edward and the "Futurist Invasion," this chapter has articulated the political and attitudinal dynamics that paved the way for that doctrinal realignment, the topic of chapter 3.

CHAPTER 3

Advancing art and empire: Futurism in England, Italy in Libya, and the founding of Vorticism

> Proud to feel that the war-like fervor which animates the whole country equals our own, we incite the Italian government, finally become Futurist, to magnify all national ambitions, scorning the stupid accusations of piracy and proclaiming the birth of PANITALIANISM.
>
> F. T. Marinetti, "Italian Tripoli" (October 1911), I: 32

> "Futurism" is largely Anglo-Saxon civilisation. It should not rest with others to be the Artists of this revolution and new possibilities in life. As modern life is the invention of the English, they should have something profounder to say on it than anybody else.
>
> Wyndham Lewis, "A Man of the Week: Marinetti" (May 1914), 32

In response to the opening of the Italian Futurists' first international exhibition at London's Sackville Gallery in March of 1912, Walter Sickert, English Impressionist painter, founder of the New English Art Club, and critic of Picasso and Matisse, wrote a surprisingly positive review. Like many English commentators, he condemned the Futurists' tendency to over-explain their paintings in print. But he did not resort to the other accusations most often leveled at the Italian painters. In the first month of the exhibition, critics writing in intellectual and popular publications had attacked the Futurists and their art on ethical grounds for being "anarchistic," "nihilistic," "morbid," "destructive," and "degenerate."[1] Sickert disagreed. "One thing the Futurist movement certainly is not," he wrote, "and that is, immoral." Instead, he found it "[a]ustere, bracing, patriotic, nationalist, positive, anti-archaistic, anti-sentimental, anti-feminist."[2] Sickert was following the lead of the movement's impresario, F. T. Marinetti. In the "Initial Manifesto of Futurism," translated in the exhibition catalogue, the Italian poet-propagandist had celebrated "militarism, patriotism" and attacked "museums," "libraries" and "feminism."[3] But of all the Futurists' official values, Sickert emphasized one in particular: "The Futurist movement is essentially a movement of Italian patriotism."[4] English press accounts of Italy's international activities at the moment of the exhibition indicate that Sickert had precise – and rather political – reasons for stressing above all the Futurists' patriotism.

When the Futurists stormed London in the spring of 1912, what the English were hearing and reading about Italy concerned its imperialist war with Turkey in North Africa. Initiated by Italy, the Turko-Italian War was an effort to wrest from Ottoman control the disputed North African regions of Tripolitania and Cyrenaica. Patriotic Italians had dreamed of restoring their nation's reputation ever since its humiliating defeat in Ethiopia of 1896. Nationalists had long argued that "Libya" was Italy's "fourth shore." So when domestic pressure for military action reached fever-pitch in late-September of 1911, Giolliti's government dispatched troops against the Turks.[5] The conflict was another in a series of imperial disputes that brought the "Powers" increasingly close to a European-wide conflagration in the years leading up to August 1914.[6] It was bloody (the Turks, their Arab allies, and the Italians were all accused of brutality), short (lasting just over a year), and inconclusive (victors on paper, the Italians succeeded in securing only a small portion of disputed territory, and the war's close was brought about primarily through European pressure and the Turks' need to respond to the more threatening aggression of Bulgaria, Serbia, and Greece).[7] English commentaries on the Libyan war confirm that English understandings of Futurism were entangled with perceptions of Italy and that those were importantly conditioned by the war. English avant-garde polemics, especially those in *BLAST* (July 1914), the periodical of the Vorticist movement, articulate both the ways this conditioning structured the founding of Vorticism as a programmatically anti-Futurist and nationalistic art group, and more generally, the lines of complicity and resistance between the historical avant-garde and early century imperialism.[8]

ITALIAN OCCUPATIONS

Two examples of the English literature prompted by the Turko-Italian conflict, Charles Lapworth's *Tripoli and Young Italy* (March 1912) and Francis McCullagh's *Italy's War for a Desert* (May 1912), plot the range of response and demonstrate the entwinement in English thinking of Futurism and Italian imperialism.[9] Both works give an extended analysis of the conflict and its significance, but from diametrically opposed positions. Lapworth's idealistic, pro-Italian account, written with the sanction of Italy's government, effectively translates the official Italian explanation of the war. In Lapworth's picture, "Young Italy" is a nation animated by a "new spirit" (5), determined "to count for something in international affairs, and to prevent herself from being hemmed in and stifled by other contending powers" (6). His Italy is driven to initiate the "Tripoli campaign" by Turkish "persecution of her subjects and the studied boycott of her business interests" in Tripoli (18), a region Italy's "right to" had "been acknowledged for many years by England and France" (41). This military action manifests Italy's "new-found strength" (32), "compel[s] . . . other nations to respect her," and proves that "she is in a fair way to becoming a World Power" (315). In contrast, McCullagh's "realistic," anti-Italian account, based on his first-hand observations as foreign correspondent for the *Westminster Gazette*, articulates the pacifist, anti-imperialist condemnation of the war. In McCullagh's picture, Italy, "the weakest of the Powers," has been misled by "jingoists" (4), who have stirred up an "intolerant Chauvinist spirit" (xx) and a "craze for militarism" (xxxiii). Combined with a "sentimental claim" (3) on "an enormous waste of bare rock and sand" (38), the craze had driven Italy and her people to attack Turkish Tripoli, breaking "diplomatic, international, hygienic, and strategical laws" (xxix).

Despite considerable differences in opinion, Lapworth and McCullagh concur that Italian nationalism and the so-called Young Nationalist movement are behind the conflict. Lapworth takes the positive view. "Nationalism, as a broad principle and not a narrow, political creed," he reports enthusiastically, "has come to be recognised as a driving force in Italy to-day, and it has played no small part in the recent stirring events" (285).[10] He describes the rise of nationalism before the war, as a group of "young men" grew increasingly alarmed by the "wave of Pan-Germanism, which threatened not only to Germanise Austrian Italy, but to spread itself right along the Adriatic" (296) and offended by Italy's "moribund" Parliament (296), with its "'peace-at-any-price" posture (296), "non-existent" foreign policy (297), and "cap-in-hand attitude towards Germany and Austria" (297). To counter these developments, "The Young Nationalists, as they called themselves," set "to work to outline a definite, positive policy" (297). Tireless propagandizing increased their cause's popularity, until eventually, "[t]he more responsible people in the land began to sit up and take notice; and . . . a large number of prominent public men, while declining directly to associate themselves as Nationalists . . . openly endorsed the[ir] principles" (301–02). In contrast, McCullagh's Nationalists helped breed the jingoistic spirit responsible for the barbarous war for a desert that he protests:

Almost unobserved, a new Chauvinist party has been growing up during the last few decades in Italy. The members of this party call themselves Nationalists . . . The[y] . . . are jingoists of an extreme and candid type. They believe in war for war's sake. They believe that the shedding of blood makes a nation virile, unifies it, intensifies the patriotism of its inhabitants. Their motto is: "If you feel decadent, go out and murder somebody." (3–4)

Moreover, both Lapworth and McCullagh, like Sickert writing at almost the same moment,[11] present Futurism as strongly patriotic and intimately involved with the Italian Nationalist movement. Calling Marinetti "one of the many minor poets who are now thumping the jingo drum," McCullagh explicitly equates the Nationalists' "extraordinary doctrine" of "war for war's sake" with the Futurist slogan, by mid-1912 already (in)famous in England: "'We wish to glorify war, – the only health-giver of the world'" (4 n.).[12] Lapworth in contrast approves the Futurists. But he too emphasizes their patriotism, praising them as "young ardent poets . . . men who turn towards life and movement, and whose distinguishing note is a buoyant hopefulness and confidence in their own and their country's future" (255). While Lapworth never explicitly equates the Futurists' celebration of war with the Young Nationalists', he suggests the connection. Explaining the Nationalist war policy, as propounded by Enrico Corradini, editor of the nationalist weekly *L'Idea Nazionale*, Lapworth's rhetoric becomes positively Marinettian:

Corradini has . . . written a great deal on the need for a quickening in Italian life by the development of a real Nationalist spirit . . . [Italy] must develop a combative spirit; what she wants is a tonic, and a war would do her health good. (299–300)

Indeed, throughout Lapworth's account – published in March 1912, the same month the Futurist exhibition opened in London – he attributes to Italy and the Young Nationalists the very values and characteristics that English visitors to the Sackville Gallery were reading about as belonging to the Futurists. While Marinetti was promoting a new art movement, "the young, the strong, and the living *Futurists!*,"[13] Lapworth was promoting a "new nation" (13), "Young Italy," "glor[ying] in a new found strength" (32), animated by "a potent breath of new life" (254), "her face towards the future" (316). While Marinetti was insisting that the Futurists "would free [Italy] from the numberless museums which cover her with as many cemeteries,"[14] Lapworth was asserting that "Italy is no longer merely a museum of past glories, but a factor of great potentiality in continental development – a Power indeed to be reckoned with" (13–14). While Marinetti was "sing[ing] . . . of factories suspended from the clouds by their strings of smoke; . . . of adventurous liners scenting the horizon; of broad-chested locomotives prancing on the rails,"[15] Lapworth was praising Italy's "surprising" "industrial development" (233), its "lines of first-class passenger-boats" (236), its "kilometres of light steam railways and electric tramways" (235).

As Lapworth's readers learn that the voluble young Italian artists whose exhibition at the Sackville Gallery is causing such a stir are animated by the same "patriotic spirit" that inspired Italy's Tripoli campaign, McCullagh's learn that the leader of those artists is a fanatical supporter of Italy's War for a Desert. "If the reader wants to get a good idea of the monstrous length to which the cult of the cannon has been carried by Italian jingoes," he explains sarcastically, "I would advise him to read 'la Bataille de Tripoli,' by the 'poet' Marinetti" (397). McCullagh then quotes a passage from this short volume of war correspondence from the Libyan front, in which Marinetti brings Futurism's theatrical enthusiasm to the celebration of Italian military feats: in this narrative, the patriotic polemicist feverishly "'embrace[s] the ensanguined brow of this soldier who hugs in his arms his hot rifle, as a mother embraces a feverish child,'" wonders as an "'artilleryman . . . stammers painfully, with his torn jaws: "Eight! I have killed eight of them!"'" but shows his greatest excitement at "'the epic splendour of this sergeant who, his mouth closed by bloody gashes, lifts his two hands towards me each instant to indicate by his ten outspread digits that he has killed ten'" (quoted on 397).

Attempting to exploit any anti-Futurist sentiment the Sackville exhibit inspired, McCullagh attacks Marinetti's "wild paean" and Italy itself with the same rhetoric of ethical corruption disapproving English critics had used to assail the Futurists' artwork and action. As the critics were calling Futurism "degenerate," "a morbid form of destructive revolution,"[16] McCullagh was arguing that Marinetti's

> adoration of slaughter is almost as great a sign of degeneracy as the Futurist movement itself. Healthy nations take it for granted that their soldiers and their

sailors have ordinary male courage: it is only morbid and cowardly degenerates who go into paroxysms of excitement and sing wild paeans when they see an artillerist pointing a cannon at an enemy three miles off and unable to reply. (397)

McCullagh presents Futurism as yet another symptom of the national corruption that has gripped Italy, driving its government and people to wage a useless war with unparalleled "butchery." The wild paeans of one "jingo poet" have global repercussions, especially for those living in an aging empire itself perhaps degenerating. "When we realise that the men who write this sort of drivel are not only circulating without a keeper, but are dictating the policy of Italy," he warns, "we shall understand the danger to which Europe is exposed" (398).

To understand why McCullagh casts as so threatening the spirit animating a small group of Italian artists and the effort of Europe's "weakest Power" to conquer "an enormous waste of bare rock and sand," we need to understand the Young Nationalist doctrine of *Pan-Italianismo*. Pan-Italianism was an extension of the earlier nationalist doctrine of *Irredentismo*, first popularized during the years of Italian unification (1859–70). While Irredentists advocated Italy's incorporation of all foreign dominated territories populated by a majority of "ethnic" Italians, especially Austrian-controlled Trentino and Trieste, Pan-Italianists went further, advocating not only the "redemption" of Trentino and Trieste, but also a policy of general imperial expansion to make Italy another of Europe's "Great Powers."[17] To clarify such ambitions, Lapworth quotes a Young Nationalist "philosopher" who had argued that, " 'Italy must be Imperialist in order to prevent the closing up of all those openings whence the nation receives its oxygen' " (quoted on 303–04).[18]

The danger McCullagh warns against is a series of additional reckless and destabilizing imperialist wars under the banner of Pan-Italianism, which might precipitate the European conflict the English had been dreaming of and dreading for over a decade.[19] To underscore the threat, McCullagh tellingly quotes Marinetti's neglected political manifesto, "Italian Tripoli," first declaimed in the conflict's early days:

"The tiresome memory of Roman glory must at length be wiped out by an Italian grandeur a hundred times greater . . . We invite the Italian Government, now become Futurist, to increase all the national ambitions by despising the stupid accusations of piracy and proclaiming the birth of Panitalianism."[20] (quoted on 399)

The quotation confirms both that Marinetti himself publicly affiliated Futurism with the Young Nationalists' Pan-Italianist advocacy of war and imperial expansion and that evidence of the affiliation was available in England by mid-1912. This neglected association between the Futurists and the Nationalists suggests that Marinetti's advocacy of war as "the only hygiene of the world" expresses not only the general fascination among young Europeans with violence and irrationality,[21] but also a particular national political attitude determined by Italy's unique domestic and international situation.

Whether or not they approve Italy's military action, English analyses of the Turko-Italian War present the Futurists as active collaborators in Italian imperial policy. Such accounts contend that in Italy the nationalistic desire to transform a "young" nation into a "Great Power," a modern nation-state which could compete economically, imperially, and culturally with its European neighbors, animated new political groups like the Young Nationalists *and* new art groups like the Futurists. As the Italian government invaded North Africa to put Italy on the map imperially, in this view, the Futurists "invaded" Europe's capitals and art markets to put Italy on the map culturally. Both projects aimed to extend Italy's influence beyond its borders; the government's war would increase its imperial reach, Futurism's European tours would increase its cultural reach.

This image of the Futurists as imperialists casts interesting light on the founding of Vorticism in 1914 as an aggressively nationalistic art movement. Viewed with a consciousness of the expansionist military policies epitomized in the Turko-Italian war, the Futurists' theatrically aggressive appearance in London, only five months after the conflict began, might well have appeared the first move in a campaign to "colonize" England's art market.[22] That conquest would require not guns and lives, of course, but modern methods of propaganda, promotion, and performance. Understood in this way, the Futurists' three promotional tours in England – during spring 1912, fall 1913, and spring–summer 1914 – might well have seemed an application of Pan-Italianism to the realm of art – a strategy in effect of art imperialism.[23]

It was just such an understanding of Futurism at a time of perceived imperial decline and increasing international competition in England, we will see, that helped push the English Vorticists in the early summer of 1914 to reject Marinetti's effort to recruit them by mocking Futurism in their patriotic art quarterly, *BLAST*, as "AUTOMOBILISM,"[24] excoriating "Latins" generally as "the most romantic and sentimental 'moderns' to be found" and Italians in particular for "their Futuristic gush over machines" (41), and asserting defensively that modern art is "more the legitimate property of Englishmen than of any other people in Europe" (41) – a dubious claim at best since England could boast of no modern art movement as aggressively successful as Futurism. Animated by a sense of patriotic indignation at Futurist pretensions to being Europe's leading art movement, and mobilized by a sense of cultural defense, *BLAST* sought to overthrow Futurism, place its superior "native" movement at the forefront of modern European art, and thereby bolster Britain's (artistic) prestige.[25] The Vorticists ultimately based this nationalist program on the argument that Britain was by rights the world's "Greatest Power," a tactic that illuminates not only the hazy lines of complicity between avant-garde movements and European imperialism, but also the limits of that complicity.

VITALIZING BRITANNIA

It is now well-established that the Vorticist movement finally consolidated itself in response to Marinetti's public effort to identify the so-called English Rebel Artists as "Futurists" in his controversial "Vital English Art" manifesto of late May 1914 (co-authored by the Italian's only self-proclaimed English disciple, the painter Christopher Nevinson).[26] As has been noted frequently, the Rebels reacted angrily to this unexpected honor by composing a letter that denounced Marinetti and Futurism, sternly "dissociat[ing]" the Rebels from the Italian movement.[27] Less studied is Wyndham Lewis's jingoistic polemic, "Automobilism" (*New Weekly*, 20 June 1914), which continued the attack, confirming that a reading of the Futurists as art imperialists played a crucial part in Vorticism's formation.[28]

Lewis's neglected anti-Futurist screed shows that the Rebels understood Marinetti's attempt to co-opt them as an imperialistic act, and responded to that attempt publicly by embracing a nationalistic cultural policy. "Automobilism" assails Marinetti's celebration of "Motor-cars" and "Aeroplanes" (33) and "his contempt and abjurations" for the English as "absurd" (34). It dismisses Futurist claims of artistic advancement by describing Italy as a cultural backwater: "[w]hile Italy was still a Borgia-haunted swamp of intrigue, England was buckling on the brilliant and electric armour of the modern world" (33). And by excoriating "Latins" for the "extraordinary childishness" of their love for "mechanical inventions" (33), Lewis's article denigrates the Futurists as modernity's gushing children and positions the Rebels as its only true representatives: "For everything that is rubbishly puerile in the Latin temperament, machinery has come as an immense toy. They are in a perpetual state of vulgar and gesticulating '*émerveillement*'" (33). So when Lewis calls Marinetti and Nevinson's "Vital English Art" a "stupid polemic" and asserts that "it is time for definition" (34), he is calling on his comrades to counter Italian art imperialism by founding a nationalist art group. Seen in this light, the Rebels' decision sometime in June to change their movement's name to Vorticism and revise their soon-to-be-published periodical to reflect the anti-Futurist tenor of the moment,[29] confirms not only that the Rebels embraced Lewis's patriotic plan, but that his exploitation of national loyalty helped consolidate the movement.

To appreciate the significance of the promotion of this aggressively nationalistic cultural doctrine, it is helpful to recall that at the time Lewis's chauvinistic polemic appeared a consensus existed among a broad-range of English intellectuals – among others, Ford Madox Ford's circle of Edwardian literati, the contributors to Harold Monro's *Poetry and Drama*, Roger Fry's Omega Workshop aesthetes, the radical socialists at Alfred Orage's *New Age*, as well as the Rebel Artists – that England's art and letters were less "developed," less "modern" than those being created on the Continent.[30] Many agreed with Matthew Arnold that English culture was fundamentally provincial.[31] Some viewed their continental contemporaries as allies in a global effort to revolutionize "art" and "life" – to transform artistic practice and cultural institutions, on one hand, and social and political order, on the other. Most shared the opinion that English artists and writers needed to learn from their European contemporaries, so they advocated a policy of cultural internationalism as the proper way to "modernize" English art and literature. As chapters 1 and 2 argue, however, the underlying ambition of this internationalistic doctrine was the rather nationalistic one of using new art and literature to bolster Britain's flagging international status and relieve fears of national decline and foreign competition. This lurking nationalism paved the way for the radical doctrinal realignment which the Rebel Artists began initiating in response to mounting evidence of Futurist success.

Thus *BLAST: The Review of the Great English Vortex* (July 1914) is of historical significance not simply because it marks the apex of the avant-garde in prewar England or features works that anticipate later modernist aesthetics.[32] Equally important, the periodical confirms that

England's most militantly oppositional art movement also portrayed itself as an active though critical collaborator in Britain's "official nationalism," the contemporaneous effort on the part of the government to counter rising evidence of domestic "degeneration" and imperial decline by revitalizing English society and fortifying Britain's increasingly contested imperial, military, and economic power.[33]

Such an understanding clarifies *BLAST*'s opening polemics. These three manifestos – "Long Live the Vortex!," "Manifesto I," and "Manifesto II" – indicate that the Vorticists' periodical had three intertwined nationalist goals: to publicize their movement as England's – and possibly Europe's – premier art group; to revitalize a declining empire as a defense against foreign competition and encroachment – especially the Futurists' efforts to "occupy" the English art market; and to place England's art and literature on a level commensurate with its status as the world's "greatest" power (a level of prestige, according to Lewis, similar to that England enjoyed when Chaucer and Shakespeare wrote). As articulated in *BLAST*, these three goals would reinforce one another: promoting Vorticism would modernize England's art and letters, revitalize English society, and elevate British prestige.

Taken seriously, the Rebels' nationalistic commitment to displace Futurism with a native movement helps us recognize that *BLAST*'s opening manifestos articulate a rough and somewhat elusive theory of English art and a program of national reform.[34] "Long Live the Vortex!" lays the groundwork for the theory and the program: it defines the Vorticists' philosophical, aesthetic, and ethical preferences. "Manifesto I" practices the theory and further develops the program: it "blasts" the characteristics, people, and institutions that the Vorticists oppose, "blesses" those they support, and thereby projects a renewed Vorticist nation. "Manifesto II" further articulates the theory and explains the program: it elucidates the previous manifestos, identifies the "most fundamentally English" "qualities and characteristics," and uses those "diagnostics" of the English "race" (35) to describe "the specific nature of the art destined to grow up in this country" (36), England's "necessary native art" (37).

BLAST's opening manifesto, "Long Live the Vortex!" (7–8), introduces the patriotic Vorticists as anti-Futurist defenders of the present. After celebrating the "great art vortex sprung up in the centre of this town" (7), it distinguishes the Vorticists from their contemptible Italian counterparts, whose excessive adoration of the future is deemed inappropriate for an art group native to modern England: "We stand for the

Reality of the Present – not for the sentimental future, or the sacripant Past" (7). Continuing the attack, it scorns the Futurists' frantic celebration of motorcars, "AUTOMOBILISM (Marinetteism) bores us. We don't want to go about making a hullo=bullo about motor cars, anymore than about knives and forks, elephants or gas=pipes" (8). While Lewis's *New Weekly* polemic had used chauvinistic anger to attack Futurism, *BLAST* uses patriotic humor. "Long Live the Vortex" ridicules the Futurists' "hullo=bullo about motor cars" by mimicking Marinetti's polemical enthusiasm even while emphasizing the familiarity – for the English – of everything Italians find so amazingly new. "Elephants are VERY BIG," it jokes deflatingly, "Motor cars go quickly" (8). This first manifesto evokes pro-English and anti-Futurist sentiment by suggesting that nothing about modern life, be it exotic animals or automobiles, can surprise the inhabitants of a nation so industrially developed, so imperially dominant.

"Long Live the Vortex," positions Vorticism not only as a presentist and anti-Futurist art movement, but also an "Individualist" one. When the polemic takes a swipe at the Fabian Socialists' patronizing obsession with the poor, it explicitly aligns Vorticism with the English Individualist movement, led by the former suffragette and anarcho-libertarian theorist, Dora Marsden. "Blast . . . will not appeal to any particular class," it explains, "but to the fundamental and popular instincts in every class and description of people, TO THE INDIVIDUAL" (7). This reference, and later assertions that the periodical aims "to make individuals" and present "an art of Individuals" (8) confirm the Vorticists' embrace of social and political ideals shared by the young intellectuals around Marsden's "Individualist Review," *The Egoist*, a group which included Lewis's fellow Vorticists Ezra Pound and Henri Gaudier-Brzeska, and their Imagist ally, Richard Aldington.[35] Marsden's journal propounded the anarcho-libertarian doctrine of the German nominalist Max Stirner, as articulated in his 1844 work *Das Einzige und Sein Eigentum* (translated as *The Ego and his Own* in 1907), and became a leading organ for radical politics and advanced art. Not only did it articulate a system of "individualist" political beliefs shared by many of England's leading young artists and writers, but also promoted the Imagist and Vorticist movements, publishing works by Aldington, Gaudier-Brzeska, Lewis, Pound, and others. As Marsden embraced these artistic rebels, they embraced her politics, especially her opposition to socialism, liberalism, and state institutions as repressive constraints on the unique and vital individual.[36] Following Marsden, the Vorticists' periodical assails a host of established ideals and institutions that obstruct individual vitality and creativity. "Long Live the Vortex," declares the Vorticists' "task" to be the effort "[t]o make the rich of the community shed their education skin, to destroy politeness, standardization and academic, that is civilized, vision" (7).

Subscribing to the Individualist movement's vitalist anti-statism, the Vorticists sought to maintain their avant-garde opposition to the established, institutionalized organs of the state and all those persons and parties responsible, in their view, for maintaining England's decrepit, academic, and sentimental culture. When "Manifesto II" (30–43) claims that the Vorticists intend to "Stir up Civil War among peaceful apes" (31), it announces a grand struggle over the fate of England between two alliances of opposed forces. On the side of reaction and decline are arrayed the "established powers" – Fabian socialists, Royal Academicians, Bloomsburyites and all others who defend the calcified state or promote *passéism* and sentimentality in art and life. On the side of reform and revolution fight a coalition of radical forces, like-minded "individuals" from all walks of life who embody the "fundamentally English" characteristics, and politics, of vitality, presentism, rebelliousness, and opposition to established art and political institutions.[37]

Identifying England's reactionary forces, the closing page of "Manifesto I" blasts over fifty persons and institutions that the Vorticists combat. It names Fabians and socialists for their paternalistic politics and sentimental obsession with the poor: Reverend Bernard Vaughan, a mission worker in the London slums (he termed the controversial Strand statues by the Vorticists' ally, Jacob Epstein "indecent and inartistic");[38] the "Socialist Countess" of Warwick (she promulgated socialism among the nobility); and Sidney Webb, the leader of the Fabian movement. Conservative writers and artists, who defend academicism and *passéist* art and literature, are also condemned: Cambridge lecturer and poet, A. C. Benson; popular Royal Academy painter, Frank Brangwyn; National Portrait Gallery director and editor of the academic *Burlington Magazine*, Lionel Cust; and Tory editor of the *Spectator*, John St. Loe Strachey. Finally, "Manifesto I" blasts a series of religious leaders and occultists Lewis and his cohorts deem sentimentalists: Abdul Bahai, the founder of the universalist Bahai faith; the socialist mystic, Annie Besant (lecturing at the Queen's Hall during May and June); popular Nonconformist minister, R. J. Campbell; author of religious romance novels, Marie Corelli; and the Indian Nobel laureate, Rhabindranath Tagore.

Against these sentimental reactionaries, *BLAST* conjures an alliance of vital revolutionaries, including not only political agitators like the Suffragettes, Ulster Protestants, and unionized workers, but also radical cultural groups like the Egoists, Imagists, and literary Impressionists, even prize-fighters, who express rebelliousness through acts of physical violence, and the aviators piloting England's conquest of the skies. "Manifesto I" blesses heroic Suffragettes: Lady Aberconway (she presided over a March Suffragist meeting); Freida Graham (recently sentenced to six months in prison for damaging pictures at the National Gallery); and the imprisoned Lillie Lenton (she repeatedly committed arson and had undertaken a hunger strike in May). It venerates the leaders of the Ulster unionist movement, Sir Edward Carson and Captain James Craig (they were fomenting armed rebellion in Northern Ireland to deter passage of the Liberals' Home Rule bill), as well as the *éminence gris* of the trade union movement, Robert Applegarth (he had celebrated his eightieth birthday in January). The prizefighters Collin Bell, Dick Burge, Petty Officer Curran, and Bandsman Rice are blessed as well, along with aviators Claude Grahame-White, England's most renowned flyer, and the missing Swedish expatriate Gustav Hamel, who had performed aerial stunts for the king in February but had disappeared during a channel flight in May. The manifesto also celebrates advanced cultural figures like James Joyce (whose *Portrait of the Artist* had been appearing in *The Egoist* since February), and *New Weekly* art critic Frank Rutter (as curator of the Leeds Art Club, he had sponsored the Rebel Artists' exhibition in May).[39] In addition to blessing its cultural allies, *BLAST* features works by a number of non-Vorticist authors and artists deemed to be fighting for the cause of national revival: Ford Madox Ford, the literary Impressionist; dissident feminist writer, Rebecca West; English Post-Impressionist painter, Spencer Gore; and the controversial sculptor, Jacob Epstein.

Though the Vorticists positioned their anarchistic art movement as part of an imagined coalition of oppositional groups all working for the common goal of national revitalization, utopianism and political naivety led them to ignore the vast differences among these radical movements' respective agendas and their practical incompatibility with Vorticism's conjunction of anti-statist politics and elitist aesthetics.[40] While Emmeline Pankhurst's militant Women's Social and Political Union committed numerous acts of violence against institutions of state-power (tactics far more radical in practice than any rhetorical or pictorial "anarchism" in Vorticist art and polemics), their political goal was by no means anarchist; they sought not the abolition of the English state like the Egoists, but the vote for bourgeois women.[41] Carson's Ulster Protestants advocated armed resistance to the Liberal government's efforts to establish Irish Home Rule, and even began running guns to Northern Ireland in the early summer of 1914, but their politics ultimately weren't anti-statist either; they sought to derail the Liberal government's Home Rule policy and restore Tory control. While some sectors of the trade union movement were anarcho-syndicalist, practicing forms of violent mass action, their political goals were comparatively modest: to secure fair labor laws and expand workers' rights. This coalition of contentious reformist groups exists only in *BLAST*'s pages: notwithstanding their different locations across the political spectrum, the Suffragettes, Ulstermen, and unionized workers were pragmatic gradualist political movements with little use for a utopian art movement like Vorticism.

Despite *BLAST*'s radical (if naive) political ambitions and its explicit alliance with Marsden's anti-statist movement, its polemics patriotically defend certain statist modes of British prestige, namely the navy, industry, and empire.[42] Given the historical commonplace that avant-garde movements are by definition opposed to established institutions, this effort to maintain oppositional politics while embracing a nationalistic artistic agenda seems contradictory. Avant-gardism's intellectual elitism, antagonism to established institutions, and artistic experimentalism clashes with official nationalism's populist ambitions and state control of national prestige. In England this tension was heightened by the intellectual heritage of anti-provincialism and the anarchist politics of those segments of the intelligentsia from which Lewis, Pound, and other Vorticists came.

To resolve these contradictions, *BLAST* practices a long-standing technique of nationalist polemic: it recasts the modes of state power it praises as national characteristics. Naval power, technological accomplishment, and imperial predominance become, in this view, expressions of national genius, "fundamentally English" traits. "Manifesto I" exemplifies the ways *BLAST* utilizes such tactics to win support for the movement: it recalls the doctrine of British naval supremacy to incite readers' national pride in Vorticism, justifying that supremacy on the grounds that the English are a race of "SEAFARERS" (22). Because, as Benedict Anderson puts it, the "British empire . . . was a grab-bag of primarily tropical possessions scattered over every continent,"[43] the government depended especially on naval power to protect its interests. During the nineteenth century, politicians and historians had made this military fact into a central tenet of British nationalism. "Britannia rules the waves" became a hallmark not only of imperial policy but also of the government campaign to win support for naval buildup to counter foreign competition (especially from Germany). Pursuing a similar strategy, *BLAST* drums up support for Vorticism with a pattern-poem that celebrates English ships:

BLESS ENGLAND!
BLESS ENGLAND
FOR ITS SHIPS
which switchback on Blue, Green and
Red SEAS all around the PINK
EARTH-BALL,

BIG BETS ON EACH. (22)

As the government had promoted empire, *BLAST* provokes patriotism to promote Vorticism.

The Vorticist aesthetic of pictorial abstraction is likewise justified when *BLAST* naturalizes the technique as essentially English. "Manifesto I" associates England and the English with the "abstract" ocean and blesses "ALL SEAFARERS" because "THEY exchange not one LAND for another, but one element for ANOTHER. The MORE against the LESS ABSTRACT" (22). "Manifesto II" pursues the argument, asserting that the "English Character is based on the Sea . . . The particular qualities and characteristics that the sea always engenders in men are those that are, among the many diagnostics of our race, the most fundamentally English" (35). By associating abstraction with the sea and the sea with English character – a connection buttressed by the doctrine of British naval supremacy – the Vorticists annex abstraction as property exclusively English.

The end of "Manifesto II" most extravagantly manipulates nationalist doctrine to present Vorticism as England's "necessary native art." To prove England the only nation truly "fit" to lead the world's artistic revolution, it cites British imperial and industrial supremacy:

1 The Modern World is due almost entirely to Anglo-Saxon genius, – its appearance and its spirit.
2 Machinery, trains, steam-ships, all that distinguishes externally our time, came far more from here than anywhere else. (39)

The claim that "Anglo-Saxon genius" created modernity recalls the earlier nationalist tradition of Anglo-Saxonism, which nineteenth-century statesman, historians, and men-of-letters had used to justify enlarging the empire on the grounds of "racial" superiority. Because their forefathers had been courageous, freedom-loving, and nomadic Teutons, the argument ran, the modern English are the world's most individualistic, energetic, and freedom-loving people, racially destined to control its most powerful navy and largest, most "civilized" empire.[44] *BLAST* uses similar tactics to make supporting Vorticism a matter of "racial" pride and to predict England's inevitable conquest of international advanced art. "Manifesto II" closes by asserting imperialistically that the "consciousness towards the new possibilities of expression in present life" should "be more the legitimate property of Englishmen than of any other people in Europe" because "Englishmen have spread themselves all over the Earth," bringing "all the hemispheres about them in their original island" (39–40).

Not surprisingly, *BLAST*'s polemics expose tensions generated by this attempt to promote radical forms of art and life using official nationalist tactics. To make clear Vorticism's fundamental difference from the conservative state, "Manifesto II" sometimes works defensively to distinguish its revolutionary nationalism from statist nationalism. When the polemic insists "that there is nothing Chauvinistic or picturesquely patriotic about our contentions" (34), it opposes Vorticism to what Tom Nairn calls "romantic nationalism," epitomized by the archaic pastoral poetry of A. E. Housman and the Georgian poets and the historical painting of Academy artists like Frank Brangwyn.[45] So "Manifesto I" blasts Brangwyn (21) and criticizes England's poet laureate, Robert Bridges (12), who often wrote in the "picturesquely patriotic" fashion the Vorticists scorn. In "Dunstone Hill," for example, Bridges had nostalgically contrasted England's idyllic rural past to its lurid industrial present:

> Far down across the valley deep
> The town is hid in smoky sleep,
> At moonless nightfall wakening slow
> Upon the dark with lurid glow:
>
> Beyond, afar the widening view
> Merges into the soften'd blue,
> Cornfield and forest, hill and stream,
> Fair England in her pastoral dream.[46]

"Long Live the Vortex" counters by insisting that the Vorticists "want to make in England not a popular art, not a revival of lost folk art, or a romantic fostering of such unactual conditions, but to make individuals"

(8), while "Manifesto 1" blesses modern England as an "industrial island machine" (23). By assailing the pastoral strain of nationalist doctrine while celebrating the more "modern" tenet of industrial supremacy, *BLAST* works to reconcile its competing ambitions to mythologize England's past and to celebrate modernity and initiate the future.

Despite this use of official nationalist tactics to inspire artists and the art public to embrace Vorticism, the Vorticists' aesthetic experimentalism limited significantly the movement's popularity, and therefore its ability to realize its program of revitalizing English culture and thereby elevating British prestige. Even associates and partisans like Ford and Aldington had difficulty dealing with Vorticist visual art and categorizing the movement's literary showpiece, Lewis's Vorticist "play" *Enemy of the Stars*. In a contemporary review of the piece, Ford explained that "I don't just figure out what it means, but I get from it ferociously odd sensations."[47] In his review for *The Egoist*, Aldington called *Enemy of the Stars*, "the most portentous, the surprising piece of work in the whole volume . . . It stirs one up like a red-hot poker. Of course, I don't 'understand' it, in the sense that I cannot tell you exactly what the characters looked like, what they dressed in, or quite what they did."[48]

For the Vorticists' coterie such antagonistic qualities were evidence of their art's value, compatible with a sense of nationalistic pride in the movement and support for its project of cultural revitalization. Aldington confirmed that, despite his intellectual resistance to chauvinism, he viewed *BLAST* as a major *national* achievement that inspired strong patriotic feelings:

> It seems incredible but there must be in all of us something of what is known as national sentiment. We are the children of our soil and climate, and however much we may detest them, however much we may feel that we really belong to other latitudes, something in this island – its soil and climate, as I say – still compels us to prefer those who are like us to any other people . . . I am extremely glad to welcome the appearance of "Blast" – a periodical which is designed to be the organ for new, vigorous art in England . . . [T]he paper is an effort to look at art from an Anglo-Saxon point of view instead of from a borrowed foreign standpoint.[49]

Responding initially with competing feelings of loyalty to England's tradition of cultural internationalism and the Vorticists' nationalistic call, Aldington is ultimately convinced by the periodical's "Anglo-Saxon point of view" and "vigorous" new art to exchange internationalism for nationalism. *BLAST*'s willful compounding of nationalistic rhetoric and experimentalist art provoked national pride in at least one of the Vorticists' allies.

For the most part, however, *BLAST*'s "necessary native art" did not succeed in winning partisans, inspiring patriotic loyalty, or elevating national prestige. Because the Great War displaced nearly all other concerns within two months of *BLAST*'s publication, it is difficult to evaluate the reception of the periodical and Vorticism. But initial responses indicate that for the few who commented on the journal at all, the paradoxical compounding of nationalist rhetoric and elitist art failed to inspire any sense of patriotic pride in this new English art. Commentators in the popular press most often reprimanded *BLAST* for being "Futurist," harsh criticism for a movement founded as a militantly English alternative to the Italian movement.[50] The periodical's contents were described as "irrepressible imbecility which is not easily distinguishable from the words and works of Marinetti's disciples," its contributors cast as "desperate iconoclasts infected by Milan."[51] And while *BLAST* did generate some support among segments of the art public usually drawn to the current *cause célèbre*, such support probably had less to do with a view of the Vorticists as innovators or patriots than with a view of them as fashionable and amusing oddities.[52]

While *BLAST*'s failure to generate much intellectual support or national loyalty confirms the practical incompatibility of Vorticism's competing aims, it also indicates an unwillingness to compromise avant-gardist aesthetic ideals even at the expense of nationalist politics. David Graver has anatomized *Enemy of the Stars*' "aesthetic turbulence," charting Lewis's yoking in the play of competing "aesthetic fields and clashing forms" to create a spinning literary Vortex that "does not converge."[53] Graver notes that in *Enemy of the Stars*, Lewis "is not so much defending an aesthetic position as playing with the idea of aesthetic positioning."[54] Similarly, *BLAST* aggravates the contradictions between Vorticism's agenda of social transformation and cultural elitism and its effort to win support for national consolidation, in part to play with the idea of positioning an avant-garde movement as an instrument of nationalist politics. While Marinetti tried to resolve those contradictions by creating a populist avant-garde movement, which used advertising and promotional techniques to win a mass audience,[55] Lewis and his comrades responded to the challenge by refusing to resolve them: they placed the competing claims of avant-gardism and nationalism at the core of Vorticist theory and practice, making *BLAST* an arena for their contention.

BLAST thereby articulated the structural contradictions of a nationalist avant-garde, positioning Vorticism as at once England's most insistently nationalistic and avant-gardist art group, but in so doing, also drastically foreclosed the possibility that Vorticism would ever achieve its political aims. In the end, *BLAST* did little if anything to elevate Britain's international prestige, failing even to put English art and artists at the forefront of modern European culture. But its promotion of a nationalistic doctrine of modern art did help legitimate patriotism among a group of artists and writers who had long championed cultural internationalism. When war exploded across Europe a few weeks after *BLAST*'s publication, some of those same young men rushed to their nation's call "as swimmers into cleanness leaping"[56]; the cultural competition which spawned Vorticism and helped legitimate cultural nationalism also prepared them to take that leap.

More importantly, the Vorticists shared with the British government a cynical sense that nationalism had strategic value as a tool to manipulate public opinion. Anderson argues that the governments under Victoria and Edward used state-controlled educational institutions and the technologies of print capitalism to stretch "the short, tight skin of the nation over the gigantic body of the empire," as a means of assuring increasingly rebellious colonial publics, especially in Ireland, Scotland, and India, that they were "'British," despite the fact that they could never enjoy the rights and privileges reserved for the empire's "native" rulers.[57] While related, the Vorticists' ambitions were neither as cynical nor grandiose. They used advertising and propaganda techniques to promote nationalism as a means of persuading England's art public to support their movement, and to that extent, were complicit with government strategies of nationalist manipulation. But the Vorticists' spontaneous patriotic reaction to Futurist encroachment suggests that their consciousness of nationalism's tactical value was limited by their genuine loyalty to Englishness and empire.

In general terms, then, this chapter has attempted to extend the point Renato Poggioli first made over thirty years ago, that European avant-garde art movements of the early-twentieth century were all to some extent parasitic on the liberal capitalist regimes in which they arose.[58] But by emphasizing in particular the engagement and complicity of these two radical art movements with the imperial politics of their respective nations, I have not been attempting to accuse them of hypocrisy or bad faith. Rather, I have been trying to point out, as the Futurists and Vorticists so often did, that their movements embraced nationalism and avant-gardism as a matter of policy, casting modern art as an instrument of imperial politics.

Realizing such a doctrine was not the same as formulating it, however. The Futurists' comparative success in promoting their movement internationally – in only three years most European capitals had held Futurist exhibitions and performances and developed their own "native" Futurist groups – throws into relief not only the Vorticists' comparative failure to popularize their movement and thereby elevate British (artistic) prestige, but the comparative failure of the Futurists' fatherland to transform itself into a great power by projecting either armed or artistic forces abroad. And that fact, in turn, throws into relief the all-too-concrete limits of avant-gardist art generally – with its aggressive commitment to experiment and individuality – to advance imperial power.

So even while stressing the neglected significance of early modernist commitments to official nationalism and complicity with European imperial politics, I have been trying to articulate the limits of that significance. It is in part because the outcome of the Great War so highlighted those limits, I suspect, that writers and artists like Marinetti, Lewis, and Pound, who during the *avant guerre* had been drawn to radical left-wing or anti-statist politics like syndicalism and anarchism,[59] became increasingly enamored by the charismatic leaders of Europe's emerging right-wing authoritarian parties. Perhaps men like Mussolini and Hitler would be better able to appreciate the value of modern art and the wisdom of modernists; perhaps their regimes would be better equipped to translate modernist political ambitions into reality. Unfortunately for these writers and artists, Europe's fascist and national socialist regimes in the end only reconfirmed their political marginality. No amount of artistic vision, political will, or polemical heat, it seems, could overcome the limitations of modernist art and writing to serve the goals of modern authoritarian politics.[60] As the following chapter shows, however, the startling explosion of the Great War did create – for a time – cultural and political circumstances in England that confirmed the Vorticists' doctrine of anarcho-imperialism in art and life more powerfully than at any time before the conflict; the reasons for and implications of that confluence of circumstance and doctrine, we will see, call on us to reassess certain aspects of the most familiar stories told about the politics of modernism.

CHAPTER 4

"Surrounded by a multitude of other Blasts": Vorticism and the Great War

> [T]here is certainly a new type of energy arrayed against them [the Germans] which they, with their eyes fixed on the past, had not suspected the growth of.
>
> Wyndham Lewis, "A Later Arm than Barbarity" (September 1914), 299

> [T]hat the Vorticist movement should have survived a year such as that we have just passed through argues a grimness and tenacity of purpose such as must needs reflect itself in the works of these contributors.
>
> Ford Madox Ford, "On a Notice of 'BLAST' " (July 1915), 144

A story is often told about the First World War and the politics of Anglo-American modernism. Following the lead of writers like Wyndham Lewis and Ezra Pound, it figures the war's impact on the Vorticist movement, which Lewis and Pound led, as a (if not the) critical factor in shaping the modernists' post-war politics. The war's senseless destruction, it explains, intensified the Vorticists' critique of Britain's liberal, parliamentary government, which they held responsible for all that waste, encouraging them to support the radical right-wing parties that arose across Europe between the wars. Given the ubiquity of the tale, one expects to find numerous studies of *BLAST* II: *War Number*, the second issue of the Vorticist periodical, published almost a year into the conflict (July 1915). Even a cursory reading reveals the journal's active and complex engagement with the war and home-front life, especially politics and popular culture: it provides a wealth of valuable evidence of the war's influence on the Vorticist movement, evidence that illuminates the trajectory of modernist art and politics. So it comes as something of a surprise that we find comparatively little critical interest in *BLAST* II, particularly in its political art and polemics.[1]

The scant discussion *BLAST* II has provoked sketches another, related story about Vorticism and the Great War. In this narrative, the *War Number* is a rather tragic document of artistic (and political) concession in the face of war; its less radical, less innovative artworks and polemics demonstrate not just a decline from *BLAST* I's more genuinely oppositional and progressive standards, or even the lamentable death of Vorticism (or the avant-garde), but perhaps, and most disturbingly, a tendency to anticipate modernism's later retrograde politics. At best, the *War Number* is a casualty of war, at worst, an ur-text of fascist modernism.[2]

There is truth in both of these accounts. Still, I concur with Samuel Hynes that *BLAST* II is more productively examined in light of British public discourse and popular culture during the first year of the Great War.[3] When read in this way, the document tells a different story about the transformations of modernist art and politics during the conflict, a story that raises its own interesting questions about the other two, more common tales. Insisting on the importance of its wartime context, the *War Number*'s opening editorial describes a magazine and a movement "surrounded by a multitude of other Blasts."[4] This chapter recovers a number of those other "Blasts" and articulates some of their consequences for our understanding of Vorticism and the development of modernist politics. Reading *BLAST* II as a failure – of aesthetic will or progressive politics – is to misunderstand its proclaimed doctrine, artistic practice, and the ways they dovetailed with the realities of British life during the war's first year. Because the Vorticists had from the start placed at the center of their doctrine the allegedly incompatible aims of avant-garde critique and nationalist politics, *BLAST* II turns out to have been well suited to the circumstances of the early war: the conflict created a cultural and political environment that validated more powerfully than at any time before the war the Vorticists' program of dissenting patriotism in art and politics.

The Vorticists responded to a wartime context in which the British government was expanding control of public discourse, clamping down on dissent, and promoting an anti-modernist cultural policy, by reorienting the principal foreign target of their opposition from Italian Futurism to German (or Prussian) imperialism. The accusations of *passéism*, sentimentality, and effeminacy that the Vorticists had aimed at the Futurists in *BLAST* I are now turned on Germany, which becomes in *BLAST* II the international locus of the cult of the past and romance, an account used to buttress the new argument that Vorticism is allied with Britain against Germany. This opportunistic assertion of alliance affirms that modern English art and artists are participating in life for the highest stakes – the Vorticists, *BLAST* II repeatedly implies, are willing to fight for modernism *to the death.* And at the same time, the realities of wartime life validate the Vorticists' aims in a new and more potent way. The government-sponsored war against modernism gives them a clear and implacable home-front enemy, ensuring that their art will never become too-fashionable (as, in their eyes, Futurism had), and thereby demonstrating more clearly than ever before the integrity of their opposition. The war against Germany, now cast as the principal foreign enemy of the only true modernist empire, gives the Vorticists a new means of affirming their patriotism: in their willingness to die for the nation's cause – also the cause of modernism – they can prove, beyond doubt, the integrity of their support for empire. And when the movement's resident sculptor, the Frenchman (hence British ally) Henri Gaudier-Brzeska, is killed in action, the Vorticists' paradoxical program receives its ultimate confirmation: the death of the modern soldier-artist in the two-front war against Germany and *passéism.*

THE HOME-FRONT WARS AND THE AUTHORIZATION OF VORTICIST DOCTRINE

Like most intellectuals who remain in England during the war's first year, the Vorticists participate actively in the period's public controversies. The configuration of their participation articulates the confluence of Vorticist doctrine and home-front life. This company of rebellious artists and writers take up arms in three competing polemical "wars" raging on the home front: the government-sponsored propaganda war against Germany and German *Kultur* directed by the Edwardian literary establishment, in which the Vorticists endeavor to stand alongside their elders as spokesmen for their generation in the battle against Germany; the avant-gardist war against established social, political, and artistic institutions, in which they try to maintain the prewar effort to revolutionize English "art" and "life"; and, lastly, the polemical war against modernism, also led by older artists and writers, in which *BLAST*'s contributors strive to defend modern art and literature against accusations of irrelevance, decadence, even "Junkerism." To affirm their dissenting patriotism while defending modernism, the Vorticists argue in *BLAST* II that their war against artistic and political *passéism* is an extension of the war against Germany. They fight against the German forces of reaction for the future of modern Britain and modern art.

The Department of Information's propaganda war against Germany and *Kultur* was directed by the well-known writer and Liberal MP, Charles Masterman.[5] Within a month of the declaration of hostilities, he held a meeting of "well-known men of letters" for the "organisation of public statements of the strength of the British case and principles in the war."[6] Two weeks later, the *Times* published a "Declaration by Authors" on "Britain's Destiny and Duty" in which fifty-two leading writers publicly proclaim their support for "the cause of the Allies . . . with a full conviction of its righteousness," declaring Germany an outlaw nation driven to aggression by the "iron military bureaucracy of Prussia."[7] Among the worthies whose names conclude the Declaration are H. Granville Barker, J. M. Barrie, Arnold Bennett, Robert Bridges, G. K. Chesterton, Arthur Conan Doyle, John Galsworthy, Thomas Hardy, Rudyard Kipling, Arthur Pinero, May Sinclair, and H. G. Wells, a veritable Who's Who of Edwardian culture.

True to their word, these patriotic literati take up their pens in support of the cause. In a letter to the *Times* (2 September 1914), Poet Laureate Robert Bridges defines the moral stakes of the conflict, pronouncing it "a holy war . . . between Christ and the Devil." The Laureate leaves little doubt as to the proper response: "The infernal machine which has been scientifically preparing for the last 25 years is now on its wild career like one of Mr. Wells's inventions, and wherever it goes it will leave desolation behind it and put all material progress back for at least half a century. There was never anything in the world worthier of extermination, and it is the plain duty of all civilized nations to unite to drive it back into its home and exterminate it there."[8] Bridges's comparison between Germany's war machine and "Mr. Wells's inventions," would not offend the author of *The War of the Worlds*. From the declaration of war, Wells too had adopted the persona of patriotic journalist, churning out in less than a month eleven propaganda pieces, one of which sums up the official case against "Prussian Imperialism":

> Ever since the crushing of the French in 1871 the evil thing has grown and cast its spreading shadow over Europe. Germany has preached a propaganda of ruthless force and political materialism to the whole uneasy world. "Blood and iron," she boasted, was the cement of her unity, and almost as openly the little, mean, aggressive statesmen and professors who have guided her destinies to this present conflict have professed cynicism and an utter disregard of any ends but nationally selfish ends, as though it were religion.[9]

Figure 1 Wyndham Lewis, *Before Antwerp, BLAST* II (July 1915), cover.

This diagnosis of German "evil" – a policy of imperialism, ruthless force, and materialism orchestrated by a Prussian elite of little, mean, aggressive statesman and professors – is reiterated, in one form or another, in nearly every patriotic article, poem, and poster produced during the first year of war.

Not surprisingly, the Vorticists join the fight, claiming that their avant-gardist war against *passéist* art and life is not only compatible with the war against Germany, but also an extension of it. The *War Number*'s cover articulates the argument visually with a Vorticist vision of the Allied defense by Lewis, its title, *Before Antwerp*, identifying the modernist soldiers as defenders of the Belgian city against German assault (fig. 1).[10] *Before Antwerp* is Lewis's pictorial rejoinder to a celebrated war painting by one of the nation's best-known painters, Walter Sickert, entitled *Soldiers of King Albert the Ready* (fig. 2).[11] Sickert's impressionistic tableau of Belgians poised for battle against German invaders appeared in a December 1914 exhibition at the New English Art Club, winning praise as a major work of war art.[12] Lewis's visual counterattack expresses commitment to the war against Germany and the war for modernism: his angular military men appear at once Allied soldiers braced against German assault and artistic soldiers braced against established art, especially the impressionistic realism that dominated prewar art, and lingered in works like Sickert's *Soldiers*. Little wonder Lewis's soldiers are placed to oppose Sickert's.

The *War Number*'s opening Editorial continues the strategy, going so far as to suggest that because "Romance" inspired Germany's aggression, *BLAST*, with its long-standing antagonism to all things romantic, is an essential weapon in the conflict: "Germany has stood for the old Poetry, for Romance, more steadfastly and profoundly than any other people in Europe . . . This paper wishes to stand rigidly opposed, from start to finish, to every form that the Poetry of a former condition of life, no longer existing, has foisted upon us" (5). Lewis had first begun developing this argument in a neglected polemic entitled "A Later Arm than Barbarity," published in *The Outlook* of September 1914. "Germany is sleep-walking in a bombastic dream of another time," he argues there, "German romance . . . is the goddess whose deity is just now at stake." Pursuing this logic, he reasons that the "nations allied against Germany are in reality opposing the interference of the past,"[13] but stops short of following the analysis to its implied conclusion, never explicitly identifying the avant-garde as one of the "later arms" arrayed against German "barbarity." What Lewis only implies in September of 1914, *BLAST* declares in July 1915: Germans fight for the past; the Allies and the forces of advanced art fight for the future.

The argument failed to convince most British journalists and intellectuals. Older writers generally attacked modernism, casting it a decadent distraction from the pressing realities of war, a symptom of the national

Figure 2 Walter Richard Sickert, *Soldiers of King Albert the Ready* (1914), oil on canvas.

malaise that contributed to Britain's international decline and Germany's attendant rise, or a product of the same alien *Kultur* menacing Europe.[14] Predictably, England's popular humor magazine, *Punch*, takes up arms in this war. An October 1914 issue, for example, includes an anti-modernist cartoon, entitled "How the Cubist, By A Mere Alteration of Titles, Achieved a Ready Sale of Unmarketable Pictures" (fig. 3).[15] It portrays a near-sighted, scrawny, slope-shouldered "Cubist," who succeeds in selling his abstract paintings (which in fact look more Futurist than Cubist) to an overweight, hook-nosed, richly dressed – that is stereotypically Jewish – art collector by retitling them, "Ruin of Window of Rheims Cathedral," "Louvain 1914," and "In the Wake of the Huns." The cartoon ridicules modernism, charging modern artists with taking advantage of the war to advance their careers, and exploits visual stereotypes to accuse them of degeneracy and their patrons of stupidity and Semitic origin. The "Cubist's" poor physique, weak chin, and receding forehead were conventional indicators in prewar poster art of the dissipated lunatic, while the collector's big nose, bald head, and facial hair were markers of the Jew.[16] This use of anti-Semitism to assail modernism shows that the modernists had no monopoly on this prejudice.

Anti-modernists fired polemical salvoes at the Vorticists in particular in a *Times*' review of a March 1915 art exhibition in which Lewis and his comrades Henri Gaudier-Brzeska, William Roberts, and Edward Wadsworth had shown works. Under the telling title, "Junkerism in Art," the anonymous reviewer pronounces the wartime case against the Vorticists, terming their "rigid" pictures "Prussian in . . . spirit": "These painters seem to execute a kind of goose-step . . . [I]f the Junkers could be induced to take to art, instead of disturbing the peace of Europe, they would paint so and enjoy it."[17] Lewis responds directly to this attack in *BLAST* II: "if [the Junker] . . . painted, [he] would do florid and disreputable canvasses of nymphs and dryads, or very sentimental 'portraits of the Junker's mother' . . . As to goose-steps . . . as an antidote to the slop of Cambridge Post Aestheticism . . . or the Gypsy Botticellis of Mill Street, may not such 'rigidity' be welcomed?" (78–79). Lewis repudiates accusations of Junkerism by reiterating the Vorticist line: the movement's sternly anti-sentimental pictures oppose the spirit animating both *passéist* art and the German war effort.

That *BLAST* II opportunistically casts Germany as a prisoner of the past helps clarify the lines of alliance that did exist between Vorticism and state policy. Historians like Modris Eksteins and Eric Hobsbawm have argued that understanding British responses to perceived German aggression during the period requires recognizing that by 1914 a consensus existed throughout Europe that, as Eksteins puts it, "in economic and military terms Germany constituted the most powerful country in

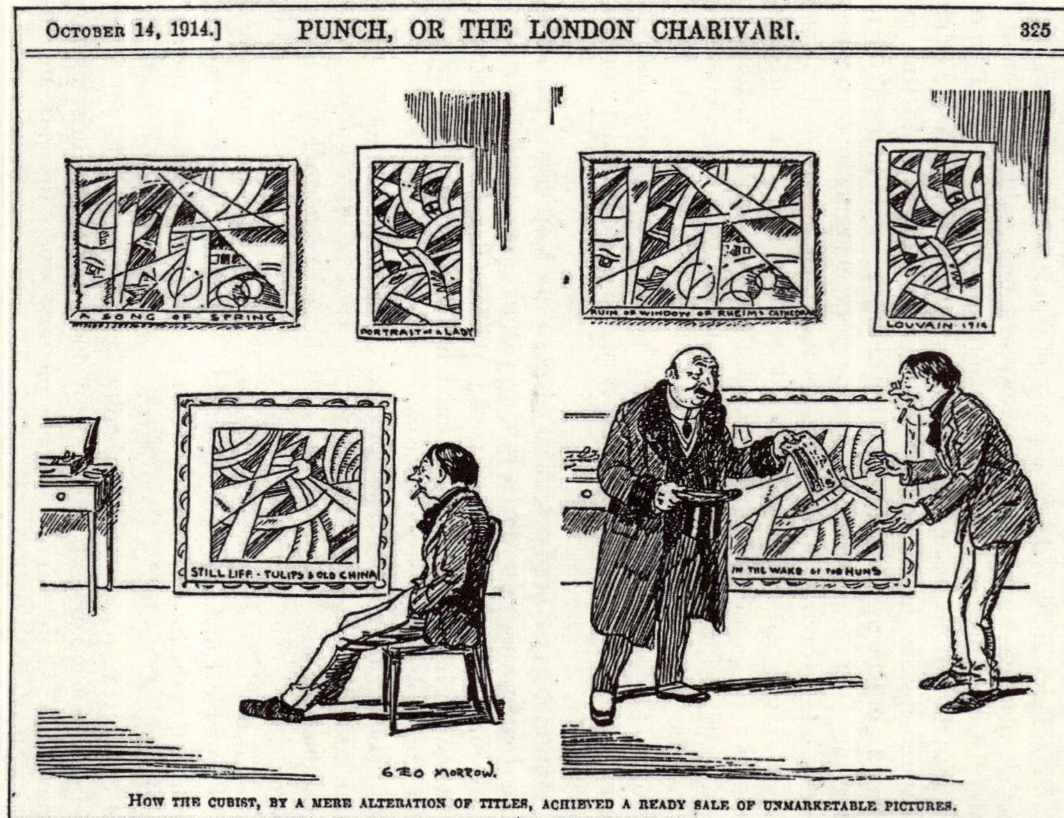

Figure 3 George Morrow, "How the Cubist . . . ," *Punch* 147 (14 October 1914): 325.

the world."[18] These perceptions led Germans to resent Britain in particular as the "archconservative power, intent on maintaining the status quo" against the "progressive, liberating force" that Germany represented.[19] In contrast, most Englishwomen and men, equating the rise of German power with the decline of British, resented Germany as an upstart nation, overly militaristic, materialist, and expansionistic. By associating Junkerism with *passéism* in *BLAST* II, the Vorticists work to affirm their avant-garde credentials while denying Germany's formidable, and for the British, ominous military and industrial achievements. This argument does not exactly replicate the government account of Germany as the world's evil aggressor, but it aims at the same goal: the containment of Britain's most threatening competitor.

The Vorticists' involvement with such official aims leads them at times to deploy the government's arsenal of propaganda tactics to defend modernism and assert their alliance with the national cause. In another *BLAST* polemic, Lewis attempts to channel popular repulsion at alleged German "atrocities" into support for modernism. Early in the war, examples of a potent new genre of propaganda began appearing, which lent the authority of fact to the popular picture of Germans as brutal barbarians – the Kaiser's Huns.[20] These works purport to supply documentary evidence of crimes the German army committed against innocent civilians and cultural treasures. By adducing additional "facts" of German barbarism, Lewis adapts the tactic to justify support for modern art:

> A fact not generally known in England, is that the Kaiser, long before he entered into the war with Great Britain, had declared merciless war on Cubism and Expressionism . . . I expect among his orders to his troops is one to "spare no Cubist prisoners, wounded or otherwise." – I am not implying that this should be a bond of sympathy between the British Nation and Cubists or Vorticists. I only mention it as an interesting fact. (9)

Yet as we will see, the war against modernism propels the Vorticists elsewhere in *BLAST* to protest the very strategy pursued here.

Because *BLAST* II insists that the Vorticists fight with the nation against Germany, its polemics assail in particular those attacks on modernism that exploit anti-German feeling. One of Lewis's "War Notes" aggressively opposes the tactic, which he deems the "Exploitation of Blood": "[t]here is a sort of blackguard that this time has produced – as an earthquake produces looters – who uses the blood of the Soldier for his own everyday domestic uses . . . [C]ritics . . . on the side of lucrative and established forms of art . . . who take this opportunity . . . to attack the [modern] movement in Painting . . . are an exact parallel to the Burglar in the earthquake" (24). By protesting such opportunism, Lewis slams both "patriotic" antagonists of new art, and intellectuals who sacrifice creative independence at the government's behest. But as we have seen, he too "exploits blood," using evidence of German atrocities to promote modernism. That such contradictory negotiations recur repeatedly in *BLAST* II demonstrates not just opportunism or hypocrisy, however, but also design: they map the dynamics of Vorticism's two-front war against Germany and *passéism*.

Accordingly, the *War Number* features polemics that deploy propaganda tactics alongside others animated by dissent. We can assess that dissension through *BLAST*'s responses to two questions especially pressing for British intellectuals priding themselves on their political commitment and cultural scope: how to justify war against Germany, and how to evaluate German culture in light of war. The answers *BLAST* provides show that the Vorticists believed it possible to support the national cause while resisting the official explanation. In their view, indeed, this paradoxical strategy is the necessary means to realize their politico-artistic project.

Despite its popularity, the British government's Manichean account of the conflict was disputed by a small number of dissenting writers of varying political persuasions. The most controversial such polemic of the early war is Bernard Shaw's "Common Sense about the War," a supplement to the *New Statesman* of 14 November 1914. In keeping with his reputation as socialist gadfly, Shaw rejects the official line that a Good England is morally obligated to defeat an Evil Germany, arguing that both nations are ruled by Junkers and Militarists bent on exploiting the poor. Still Shaw defends the socialist cause in terms as ethically polar as those of the war propagandists: "[w]ill you now at last believe, O stupid British, German, and French patriots, what the Socialists have been telling you for so many years: that your Union Jacks and tricolors and Imperial Eagles . . . are only toys to keep you amused, and that there are only two real flags in the world henceforth: the red flag of Democratic Socialism and the black flag of Capitalism, the flag of God and the flag of Mammon?"[21] Recognizing, nonetheless, that war against Germany had effectively suspended the war for socialism, Shaw concludes that the former conflict will have to be resolved before the latter can be resumed: his rejection of the government's justification as "hypocrisy and cant and humbug" has as its goal not the defeat of the international cartel of capitalist Junkers and Militarists as we might expect, but the efficient destruction of German power: "we in England are fighting to shew the Prussians that they shall not trample on us nor on our neighbors if we can help it, and that if they are fools enough to make fighting efficiency the test for civilization, we can play that game as destructively as they. That is simple, and the truth, and by far the jolliest and most inspiring ground to recruit on."[22] Not all dissident intellectuals of the early-war share Shaw's skeptical militarism, however. Members of the Cambridge and Bloomsbury circles embrace militant pacifism.[23] Among Bloomsbury pacifists, Clive Bell, for example, publishes the pamphlet, *Peace at Once*, which argues that no recourse to international law or power politics can justify the conflict: "War is mere destruction and butchery, a certain means to endless ill but never a means to more than a little adventitious good. Everyone suffers; . . . Everybody loses; sorrow, suffering, and death are the only winners. War is just a state of active and organised evil."[24] Bell turns against the government its tale of Holy War. In his account, peace becomes the necessary weapon to defeat the real evil menacing Europe; not Germany: war itself. In his editorials throughout *BLAST* II, Lewis too presents himself as a dissident, but one unique among leading dissenters. He concurs with his radical counterparts in certain respects. Like Shaw, he argues that German defeat is a military necessity; like Bell, he contends that war can not be justified on moral grounds.

What distinguishes Lewis's analysis, however, is its antagonism to conventional morality. For him, the conflict's devastation proves not the senselessness or immorality of war as such, but the human race's "fundamental" urge to murder and destroy. Considering Wells's oft-debated suggestion that the Great War will "end war," Lewis asserts:

> I feel that War won't go. It will be the large communities that make war so unmanageable, unreal and unsatisfactory, that will go . . . Everything will be arranged for the best convenience of War. Murder and destruction is man's fundamental occupation. (16)

When Lewis adopts the voice of the dissident in *BLAST* II, he does so not to evaluate the war's moral status but to acknowledge its existential reality. He finds in it dark and exhilarating truths about human aggression that confirm the Vorticists' prewar celebration of vitalizing violence, discrediting the categories of morality on which most arguments about the war, both for and against, depend.[25]

BLAST also departs from the official line on German culture. Whereas support for the war led many to totalizing dismissals of *Kultur*, the *War Number* defends Germany's artistic achievements even as those expressing similar views grow silent over time. The war posed a problem for cosmopolitan commentators, who before the declaration of hostilities had defended German art and literature, pitting their former devotion to cultural internationalism against a new-found patriotism. To reconcile these competing loyalties, such writers often bifurcate German history, distinguishing an older, better type of "German culture" from a more recent, more dangerous "Prussian *Kultur*." Ford Madox Ford, one of the Vorticists' closest allies in the Edwardian intelligentsia, employs the tactic in his anti-German polemic, *When Blood is Their Argument* (March 1915), praising "the old-fashioned German virtues of sentimentality, idealism, and romanticism," while excoriating the Prussian State for spreading "a religion of materialism and of egotism."[26] Written at Masterman's request, Ford's tract is a rejoinder to Shaw's "Common Sense" pamphlet. Predictably, Masterman viewed Shaw's polemic the way it came to be pictured popularly, as an unpatriotic, even treasonous document. He asked the Anglo-German Ford (then Hueffer) to respond to Shaw because of the former's intimate knowledge of Germany. No doubt Ford's background put him under particular pressure to verify his patriotism by obliging Masterman. At a time of increasing public suspicion of "alien enemies" – German spies in England – he could demonstrate his national loyalty by answering the government's call to action. But that decision would require maligning the nation of his father's birth, a nation he had defended until the eve of war.[27] In the end, Ford would choose England over Germany: his particular contribution to the propaganda war is a detailed assault on German culture, especially those "little, mean, aggressive . . . professors" officially deemed the architects of German aggression.[28]

Showing loyalty to Ford and the national cause, the *War Number* praises *When Blood is Their Argument* as a "Blast" against Germany (7). Yet while *BLAST* II implies support for Ford's negative reckoning of *Kultur*, it does not exactly reiterate the official denunciation. To be sure, it criticizes Germany, even divides German cultural history. But *BLAST* II splits Germany along somewhat unconventional lines, insisting that the official account unjustly ignores Germany's significant contributions to modern art and literature. The opening Editorial differentiates between "Official Germany [which] stands for . . . Traditional Poetry and the Romantic Spirit" and "unofficial Germany" (5). Though the populace of this "unofficial" nation is never clearly identified, the Editorial maintains that it had "done more for the movement" *BLAST* was "founded to propagate, and for all branches of contemporary activity in Science and Art, than any other country" (5). While the Vorticists are not unique in offering such a positive assessment of German culture, the timing of their argument makes it more provocative than similar claims made earlier. This kind of defense was originally formulated by a few dissident intellectuals in the war's opening months,[29] but by the time *BLAST* II appeared in mid-1915, with battle bogging down and the government clamping down on dissent, such praise for German culture ran more strongly against English opinion than had earlier defenses.

That a journal so devoted to defending modernism against allegations of cultural treason would begin with a polemic that invites just those indictments confirms both the Vorticists' commitment to political and artistic independence and their conviction that such dissent is compatible with the war against Germany. And as I hope to show, they were more correct in that contention than has been previously acknowledged. Because the government enlisted the aid of the intelligentsia in promoting its account of the conflict, it helped create a cultural environment that in forbidding political and artistic dissent authorized expressions of opposition. So by using their talents to resist Britain's official anti-modernist wartime culture, even as they supported the Allied cause, the Vorticists and their allies managed to produce a body of literary and artistic works that were at once propagandistic and experimental, imperialistic and avant-garde, Georgian and modernist. These works are further evidence of Vorticism's wartime fulfillment.

THE ARTS OF WAR

Lewis's principal literary contribution to *BLAST* II is the ambitious but incomplete war fiction, "The Crowd Master," an experimental-realist hybrid that modernistically portrays British mobilization on the homefront. Like much of the art and literature featured in the *War Number*, "The Crowd Master" engages wartime life, supports the war cause, but dissents in its literary and political approach.[30] Previous accounts tend to simplify and totalize this ambivalent, discontinuous, and incomplete text, treating it as univocally elitist in order to support a reading of the fragment as proto-reactionary.[31] It is better understood as a work that elucidates the conflicted responses of Lewis and his comrades to the huge crowds that rallied to support the British cause in late July and early August 1914, and the attendant claims of wartime patriotism.

Fictionalizing Vorticism's initial response to the stirrings of war, the story stages stylistic and thematic competition between mass patriotism and avant-garde critique, corporate action and intellectual elitism, conformity to state narratives and formal experiment. "The Crowd Master" deploys experimental literary techniques to affirm and interrogate the competing aims of Vorticist doctrine in war time.

Unlike press treatments of the British war crowds, which sought rhetorically to stir up patriotism and rally public support, Lewis's rendering in "The Crowd Master" works to analyze mass patriotism. Echoing period works of social psychology by English writers like Martin Conway, William McDougall, Wilfred Trotter, and Graham Wallas,[32] Lewis's text examines the role of mass behavior in the rush of popular support that attended war's approach. As historians like Eksteins and Hobsbawm have shown, the tumultuous days of late July, 1914, with their flurry of ultimatums and mobilization orders, provoked massive public demonstrations across Europe. These spontaneous displays surprised many European governments, which had expected greater popular resistance, and thus played a crucial role in encouraging the declarations of war that soon followed.[33] Anxieties about such resistance were especially pronounced in England due to an all-volunteer military policy, an over-dependence on foreign imports, and a prewar public mood of unprecedented dissent and agitation. Because politicians and members of the press were worried about public support, even when confronted with overwhelming evidence of it, they persisted in efforts to rally patriotism. Thus the *Times*' description of the London crowds that gathered in anticipation of war on 5 August, 1914, emphasizes above all the need for national unity:

> Towards midnight Trafalgar square, Whitehall, Parliament street, and Parliament square were filled with a solid mass of people. The cheering and singing which had marked the earlier hours of the evening died away as the hour approached at which the British demand must be answered by Germany. A profound silence fell upon the crowd just before midnight. Then as the first strokes rang out from the Clock Tower, a vast cheer burst out and echoed and re-echoed for nearly 20 minutes. The National Anthem was then sung with an emotion and solemnity which manifested the gravity and sense of responsibility with which the people regard the great issues before them.[34]

This report encourages the same patriotic "gravity and sense of responsibility" it describes. Recruitment propaganda disguised as objective reportage, the piece summons readers to join the mobilized crowd.

In comparison, Lewis's treatment of these public demonstrations is stylistically experimental and analytically penetrating. Translating the image of the mobilized crowd into a mode closer to the clipped declarative style of *BLAST* 1's manifestos, Lewis's text moves beyond encouraging national unity to explaining the patriotic willingness to die for one's country:

> THE CROWD
>
> THE CROWD Is the first mobilisation of a country.
>
> THE CROWD now is formed in London. It is established with all its vague profound organs au grand complet.
>
> It serpentines every night, in thick well-nourished coils, all over town, in tropic degustation of news and "stimmung."
>
> THE INDIVIDUAL and THE CROWD: PEACE and WAR
>
> Man's solitude and Peace; Man's Community and Row . . .
>
> We all shed our small skin periodically or are apt to sometime, and are purged in big being: an empty throb. (94)

As Paul Edwards notes, this mini-manifesto on crowd psychology conforms to period analyses.[35] Resembling theories like those of Conway, McDougall, Trotter, and Wallas that focused on the centrality of "impulse" or "instinct" in human social behavior, Lewis's text defines participation in a crowd as a state in which more primitive instincts subdue the promptings of reason. Wallas's groundbreaking work of political psychology, *Human Nature in Politics* (1908), for example, explains that "[i]n the case of human beings . . . the simpler impulses – especially those of fear and anger – when they are consciously shared by many physically associated individuals, may become enormously exalted, and may give rise to violent nervous disturbances."[36] Echoing especially Trotter's work on the role of the "herd instinct" in human social behavior, "The Crowd Master" attends in particular to the role of crowd psychology in mass patriotism. Trotter contends that in social animals, the "impulse to be in and always to remain with the herd will have the strongest instinctive weight,"[37] overwhelming even the "primitive instincts" of nutrition, sex, and self-preservation (47–48); Lewis argues similarly in "The Crowd Master" that the surrender of individuality entailed by participation in a crowd is an "anesthetizing" of self that can inspire persons willingly to die for country:

> [T]he Crowd in Life spells death . . . very often. The Crowd is an immense anaesthetic towards death. Duty flings the selfish will into this relaxed vortex . . . Wars begin with this huge indefinite Interment in the cities. (94)

These words can be read as exposing an elitist disdain for the unconscious feminized masses that manifests the besieged masculinism of the Edwardian establishment and anticipates what recent theorists have deemed the fascist unconscious.[38] But they can also be understood to initiate a rather prophetic analysis of the war's causes. Viewed in light of the government's rapid conquest of the public sphere during the war's opening months, and the attendant spread of propaganda and suppression of dissent, Lewis's effort to analyze rather than exploit crowd psychology seems an expression less of sexist psychosis or retrograde politics than of legitimate suspicion at expanding government control. It is perhaps not so surprising, then, that the key finding of Lewis's analysis – that "Wars begin" with the gathering of crowds – anticipates the account of mass patriotism's role in precipitating the Great War provided by today's historians.[39]

"The Crowd Master" is noteworthy not just because it analyzes rather than exploits mass patriotism. Through its rendering of Blenner, the soldier-turned-bohemian-egoist, it also portrays the effects of such patriotism on an oppositional Englishman like Lewis, divided between loyalty to nation and the individual ego. This "retired 1st Lieutenant" who now "writes a little, abusively as regards the army" learns of war (95), like his creator, while vacationing in northern Britain.[40] But upon reading the *Daily Mail* headline that "GERMANY DECLARES WAR ON RUSSIA," the skeptical Blenner cannot avoid feelings of dread and excitement:

> With the words came a dark rush of hot humanity in his mind. An immense human gesture swept its shadow across him like a smoky cloud. "Germany Declares War on Russia," seemed a roar of guns. He saw active Mephistophelian specks in Chancelleries. He saw a rush of papers, a frowning race. "'Ça y est," thought Blenner, with innate military exultation. The ground seemed swaying a little. He limped away from the paper-shop, gulping this big morsel down with delighted stony dignity. (95)

As Blenner assimilates the earth-shaking information with the reserve of a military professional, he feels exultation and delight at the prospect of national mobilization. Lewis's fragment responds similarly: fascinated by the swirl of patriotic activity of Britons being mobilized, it strives to maintain a critical distance.[41]

"The Crowd Master" shows this analytical fascination in its treatment of the type of the dutiful, good-humored, self-effacing British soldier portrayed in popular war literature. While the "Tommy Atkins" figure was originally idealized by Kipling and others before the century's turn, younger combatant writers like Herman Cyril McNeile and

Ian Hay Beith venerated the type in their efforts to portray the facts of the Great War realistically. These works render naturalistically war's trenches, mud, bullets, death, and the young men who confront them.[42] But Lewis's approach to the "Tommy Atkins" figure thematizes the complications of his paradoxical position as a civilian who had not yet joined the fighting troops and an avant-gardist trying to maintain commitment to artistic and political independence in the face of mass-patriotism and the pressure for national unity. Blenner's responses to the mobilized Scottish coal miners he encounters on the train to London epitomize the competition the text enacts between patriotic engagement and avant-garde critique. On one hand, Lewis's protagonist views the "pitmen" as embodying Britain's best qualities: "[h]ere were fellows to whom he could point to back up his chauvinistic enthusiasm for the country, and not doubt their shining and showing handsomely beside any men alive" (97). On the other, Blenner admires the pitmen because they remain individuals despite the patriotic crowds around them: "These Crowd-proof sailors were the first break in the continuity of the Crowd-spirit that Blenner had met since war began blowing up seriously" (97).

Confronted with the tumultuous realities of war's opening, Lewis was pulled, like his ambivalent protagonist, by the competing claims of self and nation, dissent and patriotism, nonconformity and collectivism. "The Crowd Master" is an illuminating document of the early war and the emergence of modernist politics because it does not resolve that competition in an unambiguous embrace of the elite ego. The contention between these claims, thrown into particular relief by mobilization, fascinates Lewis; he uses "The Crowd Master" to portray and probe it. The fragment is titled "The Crowd Master" less to celebrate such a person than to prompt readers to respond to the text as Blenner does to the identically named avant-garde manifesto by his egotistical friend Brown Bryan Multum, the "American poet" and provocateur:

> THE CROWD MASTER. What might that mean? . . . An opposition of and welding of the two heaviest words that stand for the multitudes on the one hand, the Ego on the other.
> That should be something!
> Did it really mean Master of the Crowd in the sense of a possessive domination by an individual? It meant something else, it seemed evident. (99–100)[43]

Taken as a whole, "The Crowd Master" neither celebrates a Crowd

Master nor masters the crowd. Like Blenner encountering the "opposition . . . and welding of" the two antithetical terms, it interrogates the dichotomy of individual and collective. By doing so Lewis's fragment expresses his vision of Vorticist doctrine in literary form: "The Crowd Master" works formally and thematically to show that avant-garde critique is compatible with patriotic collaboration. By embracing that ideal as an editorial policy, we will see, Lewis also managed to assemble a series of patriotic pictorial and literary works that, while by no means great, did depart aesthetically and politically from the pictures and poems sanctioned by the government, and to that extent validated (to the Vorticists at least) *BLAST*'s doctrine of patriotic dissent in art and politics.

The majority of visual works featured in *BLAST* II are formally comparable to those in *BLAST* I – dense angular fields of form, combining modes of abstraction and representation. Most do not engage the war (many were completed before it began): of the seventeen attributed illustrations, only five refer to the war at all, while just three portray war subjects. This imbalance demonstrates in part Lewis's claim that war poses no threat to modernism's prewar innovations: modern art "will be exactly the same after the War as before it," since "[a]ll art that matters is already so far ahead that it is beyond the sphere of these disturbances" (13). Yet the inclusion of war art in *BLAST* 2 also manifests the Vorticists' wartime conviction that art can and should engage the conflict using modernist visual techniques.

To appreciate *BLAST* II's war art as its contributors would have us, we need first to recover the popular war art the Vorticists oppose, the "weak and sentimentalized reactive" works the *War Number*'s commentaries assail (24). Generally speaking, four types of war art were produced during the conflict's first year: (1) commemorative history paintings of traditional military subjects – battles, on land and sea, often drawn from past wars England had won; (2) allegorical representations of combatant nations or the ideals at stake; (3) comic caricatures of unsavory German types; and (4) posters of heroic Allied soldiers and innocent victims of German aggression.[44] The first exhibition of war art, "Some Modern War Pictures" (New English Art Club, October 1914), featured grandiose renderings of great British military actions by the well-known history painters, A. Chevallier Tayler and R. Caton-Woodville. These paintings would, it was hoped, stir up patriotism and help recruit volunteers (Britain's military depended on volunteers until full conscription was mandated in May 1916).[45] More common and influential were the allegorical cartoons featured in popular magazines and newspapers like *Punch*. These typically portray Germany as the diabolical Kaiser being brutal and Britain as either the chubby and defiant John Bull or the British Soldier displaying loyalty and pluck (figs. 4 and 5). Some allegorical illustrations discourage class difference and encourage working-class volunteers by depicting conversations between the Soldier and the Worker in which the former appeals to the latter's sense of national duty (fig. 6). The best-known producer of allegorical cartoons was Bernard Partridge, who won immense notoriety during the war for illustrations in *Punch*.[46] Popular journals like *Punch* also featured the third category of war art: comic cartoons that caricature the enemy as a race of rigid militarists, filled with hate and adorned with various accoutrements of stereotypical Germanness – dachshunds, spiked helmets, beer steins, sausages (fig. 7). Making up the final category are war posters that work to recruit volunteers and solicit material support for the British military and for Belgian and French refugees. Typically, these portray gallant Allied soldiers resisting German aggression or innocent women and children displaced by it (fig. 8). The most renowned producer of this type of war art was the Academy painter Frank Brangwyn, who created scores of propaganda posters,[47] including one of the first, *Britain's Call To Arms*, which renders a soldier standing beside Belgian refugees pointing dramatically toward ruins from which, amidst the innocent dead, war victims flee.[48]

In his commentaries on art in the *War Number*, Lewis assails all these modes of war art, calling posters and popular art too representational (47) and modern caricature too literary and naturalistic (79). He blasts art that is "the ornament and current commentary of every day life," suggesting that "politically souled" artists who create naturalistic propaganda pictures at the government's behest reduce art's function to reflecting the status quo (72). Arguing against such a diminution, Lewis calls for an "abstract and universal" art (72) that refuses "plastic compromise" (70). Accordingly, *BLAST* II criticizes especially strongly three leading war artists: Caton-Woodville, whose historical paintings are deemed inane and formulaic (24); Partridge, whose *Punch* illustrations are assailed for their "endless tiresomeness and art school neutrality" (79); and Brangwyn, who is singled out above all English artists for assault – his is the first name on the list of those blasted (92).

But *BLAST* II doesn't just attack popular war art. It also features artworks that pursue the two front war against Germany and *passéism* by using techniques of pictorial modernism to render soldiers in scenes of

Figure 4 Bernard Partridge, "The Triumph of 'Culture,'" *Punch* 147 (23 August 1914): 185.

Figure 5 F. H. Townsend, "The Incorrigibles," *Punch* 147 (7 October 1914): 291.

"A GLORIOUS EXAMPLE."

Able-bodied Civilian (*to Territorial*). "THAT OUGHT TO GIVE YOU A GOOD LEAD, MATE."
Territorial. "YES—AND I MEAN TO TAKE IT! WHAT ABOUT *YOU?*"

Figure 6 Bernard Partridge, "A Glorious Example," *Punch* 147 (11 November 1914): 399.

Figure 7 Frank Reynolds, "Study of a Prussian Household Having its Morning Hate," *Punch* 148 (24 February 1915): 150.

Figure 8 John Hassall, *Belgian Canal Boat Fund* (poster).

war: Lewis's *Before Antwerp* (fig. 1), Christopher Nevinson's *On the Way to the Trenches* (fig. 9), and Jacob Kramer's *Types of the Russian Army* (fig. 10). Though formally inconsistent, these works share the common goal of presenting a modernist war art; Nevinson's *Trenches*, like Lewis's *Antwerp*, is a modern war poster, while Kramer's *Types* is a modern war caricature.

Kramer's cartoon can serve to clarify both the Vorticist view of it as an example of modern war art and the achievement of *BLAST* II's war art generally. *Types of the Russian Army* conforms well to Lewis's description, in "Modern Caricature and Impressionism" (79), of how modern war caricatures should look. The essay begins by criticizing English caricature art for relying too heavily on the techniques of Impressionism and naturalism, and goes on to argue, echoing Vorticism's prewar polemics, that the "naturalistic method, with its atmospheric slop and verisimilitude, makes a drab academic study of the best notion" (79). The piece deems *Punch*, England's major venue for war cartoons, a "national disgrace, from the point of view of drawing" and praises the late-nineteenth-century caricatures of Aubrey Beardsley – the only "important figure" England has "produced in the matter of imaginative drawing in the last generation" – for avoiding naturalism: "Beardsley's several versions of John Bull would be a good model to set against the endless tiresomeness and art school neutrality of some Albion or Lord Kitchener by Bernard Partridge" (79). In this light, Kramer's *Types* appears a modern caricature that avoids naturalist failings. It too rejects "the method employed by the degenerate Punch cartoonist" of finding a model, dressing-up and posing him, and "carefully cop[ying] . . . the required attitude" (79), portraying instead three Russian soldiers as freakish, unnatural grotesques: in the foreground, a large-headed, pigeon-toed midget; in the midground, a square-headed, hairy-faced cavalry man atop a tiny-legged horse; in the background, a rail-thin giant wearing a sword. Unlike most war art, Kramer's caricature is not an image to inspire faith in Britain's Russian allies or a willingness to die for the fatherland. In this it shares the Vorticist resistance to turning art into government propaganda.

Yet at the same time, Kramer's cartoon departs in particular ways from Vorticist visual practice and from certain political views announced in the *War Number*. Though the caricature inhabits a pictorial landscape occupied almost exclusively by abstractionist works, it is, as others have noted, neither particularly abstract nor Vorticist in pictorial technique.[49] And the disjunctiveness of Kramer's image does not end

Figure 9 Christopher Nevinson, *On the Way to the Trenches, BLAST* II (July 1915): 89.

with its visual style. Its apparently anti-Russian politics too are inconsistent with Lewis's proclaimed support for Russia. Endorsing Anglo-Russian alliance in one of his "War Notes," Lewis predicts hopefully that the "Slavic" empire will "get Constantinople," a principal aim of the Russian Government. The European incorporation of the artistically rich capital of the old Byzantine empire will, he explains, benefit "every good artist in Europe" (11). Kramer's rendering of Russian soldiers as distorted primitives is more consistent with the position of England's anti-Russian writers. For socialist intellectuals in particular, who had long-opposed the Tsar's regime as anti-democratic, aided the exiled Russian aristocrat-anarchist, Prince Kropotkin, and supported the first revolution of 1905–06, alliance with the Tsar's government seemed a serious mistake.[50] Bernard Shaw had made that case in the "Common Sense" pamphlet by excoriating the Tsar's autocratic government in terms as intense as those he used to condemn capitalism: "I . . . hate the infamous tyranny of which he is the figurehead as I hate the devil."[51] By rendering Russians freakishly, Kramer questions the government line aesthetically and politically, departing from the naturalistic conventions of popular war pictures as well as the pro-Russian policy

Figure 10 Jacob Kramer, *Types of the Russian Army, BLAST* II (July 1915): 31.

of the government and established press. The presence of Kramer's work in *BLAST* II also demonstrates Lewis's editorial willingness to feature dissident works even if they depart from the Vorticists' announced political views and aesthetic practice.

By including Kramer's *Types of the Russian Army*, Nevinson's *On the Way to the Trenches*, and his own *Before Antwerp*, Lewis placed engaged and fairly representational pictures into a body of artworks primarily abstract and aestheticist, non-Vorticist works into the propaganda organ of Vorticism, and artworks that voice contrasting political views at a time when only one political narrative, the government's account of the war, dominated public discourse. While these aesthetic and political inconsistencies have been read as evidence of Vorticism's wartime decline, Lewis and his cohorts would have taken them as indicators of aesthetic and political integrity: for them, such diversity measures the intensity of their modernist resistance to conformity at a time of rigid (artistic) consensus.

Reading *BLAST* II's war poems in the context of popular war poetry suggests that the Vorticists understood them too as demonstrating the movement's twin aims of patriotic political participation and modernist aesthetic experiment. While a few of the *War Number*'s non-political poems have been studied and praised, its war poetry is generally downplayed or dismissed.[52] Admittedly, when compared to prewar Imagism and the poetic masterpieces of high modernism, these sometimes blunt and polemical poems seem less aesthetically innovative and historically significant. But when the war poems are compared to the occasional poetry produced during the conflict's first year, we can begin to understand them as the Vorticists would have: as poems engaged in the serious work of demonstrating poetically Vorticism's competing commitments to art and politics, collaboration and dissent, patriotism and innovation at a time of political and poetic conformity.

Among the most celebrated patriotic poems of the early war are the "War Sonnets" of Rupert Brooke, the promising young Georgian poet, whose death in April on a boat to Gallipoli nearly coincided with the poems' publication, enhancing immensely both Brooke's stature as English patriot and the Sonnets' stature as major war poetry. We will have reason to return to the interesting subject of Brooke's death and its implications for wartime patriotism and for subsequent readings of Vorticism. For now, the "War Sonnets" will serve to represent the best that popular English poetry had to offer in response to the start of war. Brooke's most famous poem, "The Soldier," for instance, so earnestly brings the idealizing tropes of prewar ruralism and (new) Englishness to the (government's) wartime agenda of justifying the conflict, encouraging (especially upper-class) volunteerism, and celebrating patriotic self-sacrifice that it largely avoids the artlessness of most propagandistic poetry of the period.[53] Here is a Georgian pastoral patriotism at its most expressive:

> If I should die, think only this of me:
> That there's some corner of a foreign field
> That is forever England. There shall be
> In that rich earth a richer dust concealed;
> A dust whom England bore, shaped, made aware,
> Gave, once, her flowers to love, her ways to roam,
> A body of England's, breathing English air,
> Washed by the rivers, blest by suns of home.

And think, this heart, all evil shed away,
  A pulse in the eternal mind, no less
    Gives somewhere back the thoughts by England given;
Her sights and sounds; dreams happy as her day;
  And laughter, learnt of friends; and gentleness,
    In hearts at peace, under an English heaven.[54]

Brooke may not have signed Masterman's "Declaration of Authors," but the publication of the "Sonnets" confirms a comparable willingness to put his creative talents at the service of official propaganda.[55]

The majority of popular early war poetry lacks the aesthetic dimension that Brooke brings to defending the English cause: most is little more than government propaganda in rhyme that exhorts the public to join the fight at home or on the front lines by bluntly celebrating England and the Allied cause, or demonizing Germany, the Kaiser, and the conduct of the German troops.[56] Typical is humorist Barry Pain's "The Kaiser and God," which uses the Kaiser's public assertion that "God supported" the German army as an occasion to catalogue, in strutting tetrameter couplets, Germany's diabolical crimes:

Broken pledges, treaties torn,
Your first page of war adorn;
We on fouler things must look
Who read further in that book,
Where you did in time of war
All that you in peace forswore,
Where you, barbarously wise,
Bade your soldiers terrorize,
Where you made – the deed was fine –
Women screen your firing line,
Villages burned down to dust,
Torture, murder, bestial lust, . . .
Strange the offerings that you press
On the God of Righteousness![57]

In the context of poems like this, the war poetry of *BLAST* II is distinguished aesthetically and politically. Ford's *BLAST* II poem, "The Old Houses of Flanders" (37), for instance, would have been read by the Vorticists and their allies as an articulate and moving elegy on war's loss. Ford responded to the conflict using the modernist techniques of free verse and literary "Impressionism." He had recently described Impressionism in print as "a frank expression of personality,"[58] in which the "Impressionist gives you his own views, expecting you to draw deductions, since presumably you know the sort of chap he is" (168). If successful, the Impressionist would transmit "the sort of odd vibration that scenes in real life really have . . . giv[ing the] reader the impression that he was witnessing something real" (175). "The Old Houses of Flanders" strives to fulfill the Impressionist credo by personifying the destruction of the old Belgian houses. It thus renders war's destruction if not more "real," at least more affecting, than any list of atrocities in tetrameter:

The old houses of Flanders,
They watch by the high cathedrals;
They have eyes, mournful, tolerant and sardonic, for the ways of men,
In the high, white, tiled gables.
The rain and the night have settled down on Flanders;
It is all wetness and darkness; you can see nothing.
Then those old eyes, mournful, tolerant and sardonic,
Look at great, sudden, red lights,
Look upon the shades of the cathedral
And the golden rods of the illuminated rain,
For a second . . . .
And those old eyes,
Very old eyes that have watched the ways of men for generations,
Close for ever.
The high white shoulders of the gables
Slouch together for a consultation,
Slant drunkenly over in the lea of the flaming cathedrals.
They are no more, the old houses of Flanders. (37)

Because it portrays the speaker's feelings of personal regret rather than caricatures of German soldiers, descriptions of war crimes, or accusations of war guilt, Ford's elegy for Belgian culture distinguishes itself from much British war poetry in form and content. And when read in light of his own damning analysis of German culture in *When Blood is Their Argument*, the poem suggests that *BLAST* provided its contributors, more than many other journalistic venues, with a forum to express heterodox responses to the war.

It is not so surprising, then, that the *War Number* features one of the most unsettled and unsettling dissident poems of the early war: Helen Saunders's "A Vision of Mud" (73–74), a discordant, hallucinatory meditation on mud and poetry in wartime.[59] Saunders's particular poetic contribution is a restless reverie on the urge to bridge the chasm between home and the front in verse, and the ultimate impossibility of doing so. Consistent with *BLAST*'s attack on the sentimental realist techniques of war propaganda, Saunders's poem uses tropes of poetic naturalism to incite and then deny the empathy that propaganda art and poetry is supposed to provide.

"A Vision of Mud" proffers a disorienting series of images evoking facts of war: recruiting bands, beating drums, struggle, sickness, mud, bodies, blood, death. It opens, somewhat as the conflict did, on a note of exhilaration. Mud is presented as a medium of "mighty life": "There is mud all round / This is favourable to the eclosion of mighty life: thank God for small mercies!" (73). But the mud turns dangerous, overwhelming, as aggressors try to drown the speaker:

I lie quite still: hands are spreading mud everywhere: they plaster it on what should be a body.
They fill my mouth with it. I am sick. They shovel it all back again.
My eyes are full of it; nose and ears, too. (73)

The poem presses us to read its images as representations of front life: here, a soldier suffocated in trench-mud by the enemy. The gambit recurs throughout the poem's first half. A whirl of images invites but never declares war; one moment a soldier seems to struggle in mud, the next, we hear sounds of mobilization: "It seems to be a recruiting band, / The drums thud and the fifes pipe on tip-toe" (73). For the poem's original audience, it would have been difficult not to read such lines as referring to the war. And as a "giant cloud like a black bladder with holes in it hovers overhead," pouring mud with "a little red" onto the narrator (73), remaining doubts about the poem's representational and rhetorical aims would disappear. Months after the war began, the German government launched a series of zeppelin attacks on Britain. April and May of 1915 witnessed eight air-raids; bombs rained down on Tyneside, East Anglia, Southend, Leigh, Westcliff, Ramsgate, and London.[60] These terrifying raids captured English imaginations. Few Britons could read Saunders's lines without recalling the deadly airships.

Yet as the narrator contemplates this rising "black mud" of war, the poem unexpectedly swerves:

This mud has curious properties.
It makes you dream. It is like poisoned arrows.
(Such mud, naturally, is medicinal: that is why they have set up this vulgar "Hydro" here.
It is a health-resort.) (73)

By matter-of-factly identifying the poem's mud as that of the "health-resort," Saunders startles her readers, rebuking those who would interpret her verse as providing access to the trenches, calling into question the basic assumptions of such an understanding: that reading about mud is in any way like being in it, that a mention of mud during wartime refers to the mud of the battlefield, that reading poetry is a political act, a form of participation in a distant and incomprehensible conflict. As most English poetry works insistently to support or render the conflict, "A Vision of Mud" questions the possibility of that project in a journal aimed to demonstrate it not only possible, but for modern writers and artists especially, necessary. The presence of Saunders's poem in *BLAST* II like that of Kramer's caricature of Russian soldiers, shows an editorial willingness to feature dissident artworks that deviate from the Vorticist line.

As Ford uses verse to lament war's cultural cost, as Saunders makes it question the project of writing war poetry, Ezra Pound turns it to protesting the war against modernism. "Et Faim Sallir Le Loup Des Boys" (22), presents poetry as a tool for rebutting period attacks like those of Alfred Orage, the dissident socialist writer and editor of *The New Age*. Before the war, as chapter 2 points out, Orage's *New Age* had been a leading organ for the promotion and analysis of modernism, publishing and praising works by numerous radical writers and artists, including Pound and Lewis. Yet Orage's wartime attacks on Imagism and Vorticism confirm that the conflict led him to take up arms against modernism. Like many of his contemporaries, Orage came to feel that the war made the modernists' grandiose claims for art seem at best overblown, at worst politically irresponsible. He begins the assault in early September of 1914, affirming that "Vorticism is dead": "It was, at best, only a big name for a little thing, that in the simmering of the prewar period suddenly became a bubble, and is now burst." Orage then applies to *BLAST* I the standard anti-modernist line of irrelevance: "[c]ompared with the war, it is incomparably feeble."[61] The polemic reaches its greatest intensity in an October assault on Imagism, however, where Orage further articulates his vision of modernism's extinction, going so far as to voice the "hope" that the Imagists might "all perish in the war,"[62] a wish more theatrically extreme than most found in the period's numerous anti-modernist polemics.

"Et Faim Sallir Le Loup Des Boys" responds by refusing poetically to abandon the modernist cause as the Vorticists defined it. Assailing in particular anti-modernist editors, Pound's narrator defends his closest allies by name, scorning dreams of dead Imagists:

> Cowardly editors threaten: "If I dare"
> Say this or that, or speak my open mind,

Say that I hate my hates,
    Say that I love my friends,
Say I believe in Lewis, spit out the later Rodin,
Say that Epstein can carve in stone,
That Brzeska can use the chisel,
Or Wadsworth paint;
                                Then they will have my guts;
They will cut down my wage, force me to sing their cant,
Uphold the press, and be before all a model of literary decorum.
                                                                Merde! (22)

This defense resembles popular war poems in its use of poetry as a medium for polemic and anti-modernist polemic in its tendency to demonize antagonists. But the poem also distinguishes itself from the generalizations of both genres by asserting its emergence from a nexus of personal relationships.

In its closing tercet, as the narrator faces war's costs with defiance, "Et Faim Sallir Le Loup Des Boys" turns the besieged (but noncombatant) modern poet into modernist war hero:

Cowardly editors threaten,
Friends fall off at the pinch, the loveliest die.
That is the path of life, this is my forest. (22)

Acknowledging such costs is not the same as arresting them, however. Despite the speaker's determined embrace of artistic exile as the title's starving wolf in the woods, this poetic defense finally serves to emphasize the dynamic it seeks to resist: by admitting death into the poem, Pound articulates more powerfully than most anti-modernist polemics the limits of modern poetry in the face of war. Nonetheless, because Ford, Saunders, and Pound respond to the call to creative arms by resisting the conventions of popular war poetry, exploring instead their personal reactions to war's tumult, they uphold in poetry a modernist commitment to dissenting aesthetics at a time of militant political and aesthetic consensus. They manage thereby to produce distinguished war verse that expresses poetically the Vorticists' ideal of engaged dissent.

The broad dynamic this chapter has been tracing, in which Vorticist doctrine dovetails with wartime circumstances in such a manner as to authorize newly that doctrine, achieves its most intense and revealing expression in "Vortex Gaudier-Brzeska: (Written from the Trenches)" (33–34), the central polemical contribution of the talented young French sculptor whose death at the front in June 1915 casts a chastening pall over *BLAST* II. Rather than disputing the scholarly consensus that Gaudier's death, announced at the end of the polemic, anticipates and even symbolizes Vorticism's decline or demise during the Great War, I want to point out that his death was not understood by the Vorticists as merely a confirmation of one or another kind of failure or loss. On the contrary, "Vortex Gaudier-Brzeska" is the *War Number*'s culminating document: it extends Vorticism's program to its theoretical telos, recording and enacting the glorification of Gaudier in death, who by sacrificing his life in the Vorticists' two-front war against Germany and *passéism*, provides the ultimate authorization of Vorticist collaboration in the national cause and resistance to old-fashioned art.

"Vortex Gaudier-Brzeska" recreates in Vorticism's paradoxical image what George Mosse terms the "Myth of the War Experience"; it appropriates the myth's cult of the fallen young soldier whose death authorizes the national cause,[63] but makes its heroic soldier a modern artist. Robert Wohl has traced the development of the Myth in Britain through the case of Brooke, who made the perfect war hero, despite the fact that the cause of Brooke's death was less than heroic (blood poisoning attending the clap).[64] For as the First Lord of the Admiralty, Winston Churchill, explained in his eulogy, Brooke, "the poet-soldier," embodied all the best English qualities required for victory: "[j]oyous, fearless, versatile, deeply instructed, with classic symmetry of mind and body, he was all that one would wish England's noblest sons to be in days when no sacrifice but the most precious is acceptable, and the most precious is that which is most freely proffered."[65] In death, Brooke became a symbol for the generation of young Britons that he himself had praised for jumping into battle "as swimmers into cleanness leaping."[66] Wohl shows how Brooke's death validated the national cause, transforming him into "a patriotic monument of marble," "an icon in which an entire class could recognize itself and by means of which it could justify the sacrifice of its sons."[67] Similarly, by celebrating destruction even while insisting on his – and by extension Vorticism's – invincibility, Gaudier's "Vortex from the Trenches" lays the groundwork for the myth his death would fulfill: "WITH ALL THE DESTRUCTION that works around us NOTHING IS CHANGED, EVEN SUPERFICIALLY. <u>LIFE IS THE SAME STRENGTH</u>, the moving agent that permits the small individual to assert himself" (33). The demise of this defiant soldier-artist recuperates Vorticism's contradictory doctrine: his destruction is the final validation of his cause, transforming him into one of the heroic and monumental soldier-artists celebrated on the *War*

Number's cover, who dies in the fight for modern art and life against Germany and *passéism.*

In our context then, the Vortex's celebration of annihilation as the fullest proof of manly life does not serve to anticipate fascist modernism or uncover the masculinist psychosis of the fascist unconscious.[68] Instead, it bolsters the argument that during the early months of the Great War, England's leading modernist art movement positioned itself as an eager but critical collaborator with the British government. The crucial difference in their respective doctrines, as we have seen, is the role assigned to modern art and letters in the war for a British future. For the government, modernism plays a minor role, useful only insofar as its denigration validates official art and the official attack on Germany. For the Vorticists in contrast, it plays an essential role; they fight for a future in which Britannia rules not only waves, markets, and industry, but culture as well. As the *War Number* repeatedly insists, only the Vorticists, with their recognition that modernity requires a culture as advanced as it is patriotic, can lead the world's greatest empire against the forces of reaction to achieve that goal.

Such policy differences notwithstanding, however, the war exposes a deeper affinity. Gaudier's sacrificial death, like those of Brooke and other fallen soldiers across Europe, instantiates the paradoxical terminus of the prewar cult of masculine vitality that undergirds both Vorticism's project of avant-garde imperialism and the ideological edifice of the prewar nation-state system: the ultimate destruction of vitality as its ultimate affirmation.[69] This neglected affiliation calls into further question the still influential account of the avant-garde as a progressive – though only somewhat successful – antagonist of the nineteenth-century international system of bourgeois capitalism.[70] Not only does it extend the point Renato Poggioli first made over thirty years ago, that the avant-garde was always also a parasitic collaborator with that regime,[71] but suggests as well that the avant-gardists' neglected investments in the imperial politics and nationalistic psychology of the period played a role in facilitating their post-war political gyrations, at least as important as the opticalist aesthetics, (latent) anti-Semitism, or intellectual elitism usually cited.

The past four chapters have traced the complex articulation of an anarcho-imperialist politics among avant-garde artists and writers in England up and into the Great War as a means of opening some new avenues for understanding their post-war political interests. The following chapter moves closer still to the question of modernist theories of culture, power, and identity after the war by studying a fully-fledged modernist novel completed during the conflict which deals extensively with and further complicates period discourses of nationality, individuality, and sexuality. Chapter 5 clarifies avant-garde race thinking during the Great War as a means of enriching discussions of the ex-Vorticists' post-war involvements with radical forms of rac(ial)ism, racial intolerance, and race paranoia.

CHAPTER 5

Anti-Individualism and fictions of national character in Lewis's Tarr

> The causes at the root of Tarr's present thrusting of himself upon Kreisler were the same as his later visits at the Lipmann's. A sort of bath of Germans was his prescription for himself, a voluptuous immersion. To heighten the effect, he was being German himself: being Bertha as well.
>
> But he was more German than the Germans. Many aspects of his conduct were so un-German that Kreisler did not recognize the portrait or hail him as a fellow.
>
> Wyndham Lewis, *Tarr*, 221

> Such was Kreisler, but he was *himself* very cynically. He had explained this to Volker after the following manner: "I am a hundred different things; I am as many people as the different types of people I have lived amongst."
>
> Lewis, *Tarr*, 256

No reader of *Tarr*, Wyndham Lewis's first-published, most-studied, and arguably best novel, can ignore the central role nationality plays. As its international characters interact chaotically on the streets and in the cafés of prewar Paris, they spend endless time contemplating their national characteristics and justifying their actions in terms of national character. They make so much of these topics that ever since *Tarr*'s first publication critics have periodically taken them as pivotal to the novel's meaning. Most such readings focus on the psychological drama of the novel's two German characters: Bertha Lunken, the over-sentimental lover of the English painter Frederick Tarr, and Otto Kreisler, the failed artist and financial parasite, whose obsession with the unattainable Russian-German beauty Anastasya Vasek drives him to rape Bertha, to kill accidentally Soltyk (the Russian-Pole he means to kill on purpose), and finally to hang himself. Critics analyzing the novel during times of anti-German sentiment in England and America – after the First and

Second World Wars – interpret *Tarr* as an anti-German tract, reading Lewis's overly-romantic and brutal Germans as literary instruments in a "racial critique," allegorical representations of their destructive fatherland. Rebecca West, in one of the earliest and most frequently cited commentaries on *Tarr,* deems it "a work of art of power and distinction" and Kreisler a "figure of vast moral significance."[1] Nonetheless, she reads the actions of Lewis's German characters as manifestations of national "ugliness":

> In watching Bertha Lunken, the acquiescent sentimentalist, and Kreisler, the murderous clown, whom she evokes by her spurious passions and inspires by her inertia to his most violent atrocity, we have the same baffled feeling with which Europe has watched Germany for the last four years: here are people the whole of whose beings are oriented towards ugliness.[2]

Writing after the Second World War, Geoffrey Wagner echoes West:

> Bertha and Kreisler . . . personify together the German romantic nihilism that is the racial criticism of the work . . . [T]hey are tellingly brought together in a brutal erotic clash, symbolic of the social rape Lewis thinks the Germans would like to effect in the society of nations.[3]

But by attributing a fixed repertoire of "German" traits to Bertha and Kreisler, West and Wagner simplify Lewis's bizarre characters and *Tarr*'s rather thick analysis of nationality and character, reducing thereby the novel's peculiar complexity, its interpretive challenge.

Wary of such limitations, Fredric Jameson, in his provocative 1979 study *Fables of Aggression*, offers a challenging new approach to *Tarr*'s treatment of nationality.[4] Like West and Wagner, Jameson interprets *Tarr* as a "national allegory" in which "the individual characters figure . . . more abstract national characteristics which are read as their inner essence." But he criticizes partisan interpretations like West's and Wagner's that focus on "a single foreign national essence alone" because such readings use "allegory . . . as the instrument of cultural critique." Lewis's treatment of national allegory is, he contends, more complicated: "a more complex network of interrelations and collisions emerges . . . [N]arrative meaning becomes relational, as momentary alliances develop and disintegrate."[5] Jameson introduces this complex conception of allegory to support his argument that *Tarr* enacts a transition from "national allegory to libidinal apparatus," an argument finally intended, he explains, to advance his larger project of studying the "political unconscious."[6] So while Jameson's is the most sophisticated and interesting analysis of nationality in *Tarr*, it is keyed more to his own preoccupations than to the novel's project.

In contrast, this chapter historicizes *Tarr* more finely, working to recover its critical aims and situate its treatment of nationality within the intellectual debates and literary practices of Lewis's closest contemporaries during the opening months of the second year of the Great War, when he was completing the novel. My reading draws on and is meant to complement Michael Levenson's, which begins the project of historicizing *Tarr* by analyzing it in the context of other modernist novels.[7] Levenson persuasively describes Lewis's fictional attack on nineteenth-century notions of personal identity. He locates Lewis with other practitioners of the modern British novel – James, Forster, Lawrence, Woolf – whose works "engage in self-conscious assault on a notion of character persistently associated with the nineteenth century."[8] Nevertheless Levenson differentiates Lewis's novel from those of his contemporaries because they still "sustain nostalgic longing for a whole self," while *Tarr* refuses such nostalgia. *Tarr* attacks the nineteenth-century ideal of "the autonomous ego, free and integral," Levenson maintains, as relentlessly as Lewis and his contemporaries attacked nineteenth-century conventions of narrative form.[9] *Tarr's* rendering of personal identity and social interaction certainly assails nineteenth-century novelistic orthodoxies but Lewis aimed its fictional assault, we will see, more precisely than Levenson acknowledges.

Previous accounts of *Tarr* neglect the significance of its original appearance in Dora Marsden and Harriet Shaw Weaver's "Individualist Review," *The Egoist.* Though it has often been noted that the novel first appeared in serial form in *The Egoist,* very little effort has been made to relate its formal strategies and thematic concerns to the works appearing there. When *Tarr* is viewed in its original context, a number of the qualities that often trouble critics and readers (its two heroes, double plot, seemingly anti-German politics) become comprehensible – somewhat surprisingly – as strategies in a literary critique of the "Individualist" aesthetic, philosophical, and political positions articulated in *The Egoist* by some of Lewis's closest allies and contemporaries, including Marsden, Pound, and Joyce.

In *The Egoist, Tarr* acts as a harsh satire of a contemporary novel sub-genre that would later be canonized as one of that generation's central contributions to modern British letters, a sub-genre that articulates and idealizes the Individualist world-view. Not surprisingly, the best and most celebrated example of that genre, which can be considered an Individualist *Bildungsroman,* first appeared in *The Egoist.* Joyce's *A Portrait of the Artist as a Young Man* was serialized in the "Individualist Review" between February 1914 and September 1915. While Joyce's novel questions a number of the movement's tenets,[10] in the pages of *The Egoist, Portrait of the Artist* appears almost a translation of Individualist ideals into modern novel form: a *Bildungsroman* that portrays Stephen Dedalus's maturation into a deeply creative and fiercely independent artist – an ideal Individualist hero.[11] About six months after Joyce's novel began to appear in *The Egoist,* Lewis returned to an unfinished novel begun seven years earlier. He completed *Tarr* in November 1915; it appeared serially in *The Egoist* between April 1916 and November 1917.[12] In this context, *Tarr* works as a literary corrosive to the Individualist ideals *Portrait* seems to have embodied,[13] refuting the Egoists' representation of persons as self-defining beings capable of personal liberation, their narrative of such persons transcending the constricting forces of personal history to achieve independence, and their model of the novel as a *Bildungsroman* narrating the progressive education of a single subjectivity.[14]

Once the specificity of this novelistic assault on English Individualism is recovered, it becomes clear that *Tarr*'s rendering of nationality's relations to personal identity does not serve the reductive and partisan goals of racial critique. Lewis's novel deploys, scrutinizes, and disputes the two competing conceptions of national character being defended in intellectual and popular debates at the start of the war, both of which Lewis had himself previously (and sometimes simultaneously) embraced: on one hand, the racialist view of nationality as an internal and essential category, the result of an "heredity" that fundamentally defines the character of individuals of a particular "race" or nation; on the other, the Individualist view of nationality as an external, non-essential category, the result of a restrictive regime of cultural training that persons of sufficient energy, insight, and will can and should overcome.[15] *Tarr* portrays both of these accounts as reductive, simplifying, and inadequate to explain the disorderly facts of human identity and activity. The familiar critical picture of Lewis as essentially a racial essentialist, on which even Jameson's useful and complicating analysis relies, does not comport with the rendering of nationality in Lewis's first-published novel. If *Tarr* reiterates English stereotypes of Germans as members of a particularly brutal, aggressive "race," it also aggressively undermines the radically deterministic account of nationality reconquering popular and intellectual discourse throughout wartime Europe.

EGOISM AND THE INDIVIDUALIST NOVEL

According to the essays of its editor Dora Marsden, *The Egoist* was a libertarian and anti-socialist journal promoting the radical individualist philosophy of the German nominalist Max Stirner (1806–56). Stirnerian individualism had been popular with Anglo-American libertarians and anarchists since Stirner's anti-liberal tract, *Der Einzige und sein Eigentum* (1844), was first translated into English as *The Ego and his Own* in 1907.[16] The polemic assails "fixed ideas" like "God, immortality, freedom, humanity etc . . . drilled into us from childhood,"[17] as alien constraints on individual freedom: "a 'fixed idea' [is] . . . [a]n idea that has subjected . . . man to itself" (55). Stirner's egoist exposes all such false and restricting ideals by "putting to th[em] . . . the searching knife of criticism" (56); his ultimate aim is to release the individual ego from social and conceptual shackles: "[when] I no longer serve any idea, any 'higher essence,' then it is clear of itself that I no longer serve any man either, but – under all circumstances – *myself*" (482; original italics). Stirner's emancipated ego thus becomes the sole locus of value in the modern world: "I am *owner* of my might, and I am so when I know myself as *unique*" (490; original italics).[18] Inspired by Stirner, Marsden deployed similarly iconoclastic analytical methods to expose false ideas, escape repressive institutions, and empower the unique, decidedly manly, individual:

> The irony of "standing for" a thing lies in the fact that the first return the thing stood for makes is to bring its advocates kneeling before it. A man will lie down prone before the thing he "stands for" and serve it, and the one assertion of egoism is . . . that a man shall make it his concern with things to force them to minister to him. Standing for anything whatsoever means setting that thing on a pedestal, demanding that all around it shall pay it tribute . . . The egoist stands for nothing: his affair is to see to it that he shall not be compelled to kneel.[19]

The Egoists' idealization of the (manly) individual and attendant distrust of external constraints leads them to advocate a radical form of "Anarchistic" politics that opposes all conventionalizing collectives – especially the liberal state and its various institutions – in favor of a utopian social organization based on the independent coexistence of strong individuals.[20] Marsden's editorials relentlessly criticize the British state for inhibiting individuality. The Egoists, she affirms, "strive after the abolition of 'The State' . . . [and] the subtler and far more perniciously repressive agency of Conscience with its windy words and ideals."[21] Huntly Carter, a regular contributor on art and literature, uses

Stirner's language of self-possession in describing the goal of Egoist politics: "If human beings are to move significantly in any direction they must not be tied up in inseparable bundles, called groups, guilds, and communities. Each must belong wholly to himself or herself. Each must be free to feel, act and choose a path of his or her own."[22]

This distrust of the state and faith in the individual encourages the Egoists to read nationality as another of the repressive and conventionalizing external forces that strong persons can and should overcome in the struggle for egoistic liberation. Their view opposes the determinist conception of nationality prevalent in the late-nineteenth century and given "scientific" sanction by "eugenicists" and "anthropo-sociologists":[23] an hereditary category that essentially defines the character of individuals of a particular nation or "race." Sir Francis Galton, father of English eugenics, had encapsulated this radical hereditarian account in a founding document of eugenic theory, his 1865 "Hereditary Talent and Character." "The Hindu, the Arab, the Mongol, the Teuton, and very many more," Galton explains, "have each of them their peculiar characters . . . [which] are transmitted, generation after generation, as truly as their physical forms."[24] In contrast, the Egoists interpret nationality as a cultural construct, the result of the institutional training persons receive in particular national contexts. Such training is inherently anti-individual, in their view, because it aims to conventionalize persons, to replace unique characteristics with "national" traits validated by the state. As Stirner had rejected obedience to "the fatherland" (37) on the grounds that it was yet another "'fixed idea' . . . that has subjected . . . man to itself," Marsden, in an editorial at the start of the war, attacks the "State's men" for exploiting patriotism in order to defend the "status quo" and discourage individuality:

> [A] steady pressure . . . latterly has been put upon the young (the old matter less) to substitute without questioning *l'esprit de corps* for the egoistic spirit . . . Th[e] constructive sense which the cult of *esprit de corps* utilises with such widespreading effects . . . provides the underlying design of "Order," of which laws, regulations, the entire maintenance of the status quo, are but the subsequent steps taken to keep such orders permanent.[25]

According to *The Egoist,* artists are especially inclined toward individualism and resistant to restrictions on creativity and action. Leigh Henry, the journal's music critic, describes artistic creation as an essentially individualistic process: "The works of a creative artist are necessarily the statement of his personal desires and the record of his personal experience and achievement, and their value is proportionate to the development of his individuality." Since creativity is "proportionate" to individuality, "it is absurd to attempt to limit creative activity by existing standards, as such limitation can result only in an inadequate mode of expression."[26] The task of the modern artist must be to realize the ideal of personal liberation in art, to resist and overcome any and all external and conventionalizing influences. Occasional contributor and Imagist poet John Cournos, in an article celebrating the recently deceased Gaudier-Brzeska, casts the late sculptor's life as such a struggle for creative independence against external constraints: "Gaudier-Brzeska's career . . . illustrates the difficulties which beset the path of the modern artist, groping to extricate his personality from the existing confusion of influences and movements."[27] Reflecting this vision, *The Egoist* promotes artistic and literary movements similarly committed to creative independence and resistance to established aesthetic conventions and cultural institutions, especially Imagism and Vorticism.[28]

Given *The Egoist*'s agenda, it is little wonder that Marsden and Weaver agreed to serialize *A Portrait of the Artist as a Young Man*.[29] They easily could read *Portrait* as a translation of the movement's ideals into the form of a modern novel, the Individualist education story of Joyce's young provincial protagonist, Stephen Dedalus. In Joyce's *Bildungsroman*, the Egoists could find a formal correlate to their narrative of the autonomous, individuating ego: *Portrait* follows Stephen from his childhood to young adulthood, tracing his development from the son of a conventional middle-class, Irish Catholic family into a creative, unique, and fiercely independent young artist. In his search for a "mode of life or of art whereby [his] spirit could express itself in unfettered freedom,"[30] Stephen follows Satan's (Stirnerian) motto, *"non serviam: I will not serve"* (117). He successively "frees" himself from the constraining "nets" of family and religion. And as Stephen prepares to begin a last liberating flight from the constraints of fatherland, he explains his distrust of the Irish nationalist cause to his patriotic friend, Davin, in terms consistent with an Egoist critique of national training: "[w]hen the soul of a man is born in this country there are nets flung at it to hold it back from flight . . . nationality, language, religion. I shall try to fly by those nets" (203).[31] Stephen believes exile will fulfill his personal and artistic destiny. Reflecting its protagonist's optimistic spirit, *Portrait* concludes with an ending that is a beginning; time opens outward onto a vital future, full of hope and the promise of individual, creative potential:

26 *April:* Mother is putting my new secondhand clothes in order. She prays now, she says, that I may learn in my own life and away from home and friends what the heart is and what it feels. Amen. So be it. Welcome, O life! I go to encounter for the millionth time the reality of experience and to forge in the smithy of my soul the uncreated conscience of my race.

27 *April*: Old father, old artificer, stand me now and ever in good stead. (252–53)[32]

Of course, *Portrait* prompts a skeptical reading of these words and of Stephen's ability to realize his ideals.[33] But because it first appeared in *The Egoist,* Stephen's dream of artistic liberation and the novel that portrays his personal journey were given the Individualist movement's sanction and publicly affiliated with their doctrine. By undermining the tenets of Individualist *Bildungsroman* as demonstrated in *Portrait*, *Tarr* could thus strike at the heart of Egoist theory.

THE ANTI-INDIVIDUALIST NOVEL

As chapter 3's discussion of *BLAST*'s first issue confirms, Lewis had associated himself publicly with the ideals of his Individualist compatriots at least since the Summer of 1914. *BLAST*'s opening manifesto insists that the journal will appeal "TO THE INDIVIDUAL" and will "make individuals" by presenting "an art of individuals."[34] The periodical proceeds, in a fashion more dramatic but no less iconoclastic than Marsden's, to "BLAST" a slew of hallowed English ideals and institutions that allegedly obstruct individual vitality and creativity, patriotically exhorting readers to overthrow England's conventionalizing class system, educational establishment, and provincial cultural heritage in order to revitalize English art and society, and create a nation of hard-boiled and independent individuals.[35] And while chapter 4's account of Vorticism during the opening year of the Great War shows that wartime circumstances dovetailed with Vorticist doctrine in ways that newly authorized it, this chapter's reading of *Tarr* in *The Egoist* context indicates that the facts of wartime life also provoked Lewis to question Individualist theories of character, society, and politics. We know that as early as 1907, he had begun writing a self-consciously "European" novel, with a Goethian German hero and a Dostoyevskian sense of life's absurdity.[36] The following account suggests strongly that part of what drew Lewis back to the unfinished novel, aside from a desire to leave some major literary work behind him in the event of death at the front, was a (new-found?) desire to refute the Individualist ideals he periodically affirmed in *BLAST* 1. While revising the novel for publication in the autumn of 1915, Lewis seems to have expanded it to reflect that desire. Because the Egoists had sanctioned the genre of the novel as an appropriate literary form to articulate and celebrate their ideals,[37] it would serve well as an instrument with which to attack Individualism. And since the form had traditionally been used to render the lives of characters inhabiting dense social environments, it could be used to assail at once Individualist approaches to psychology, social interaction, politics, and aesthetics.

By the time Lewis completed *Tarr* in November 1915, it had become (in part) a rigorous fictional critique of the Individualist world-view, a satire of the Individualist *Bildungsroman* as epitomized in *The Egoist* by Joyce's *Portrait of the Artist.* To the Individualist view of persons as autonomous beings capable of independent action and personal liberation, *Tarr* opposes a picture of persons as overdetermined beings incapable of controlling the maelstrom of competing forces that constitute human identity. To the Individualist narrative of persons transcending the restrictions of personal history and national training to become creative and independent individuals, it opposes a narrative of persons struggling vainly to stabilize their disorderly lives in an equally chaotic social world. To the Individualist vision of the modern novel as an optimistic *Bildungsroman* that represents the continuously developing subjectivity of a single protagonist, it opposes a disjunctive formal hybrid which yokes together two contrary novel sub-genres – the education story of psychological development and the *Sturm und Drang* novel of psychological disintegration – assailing the formal conventions of narrative and psychological continuity that had dominated the genre since the early-eighteenth century.[38]

Tarr's fictive assault begins by extending the Individualist *Bildungsroman* beyond its open-ended conclusion to show the protagonist failing to fulfill the Egoists' ideal of personal and artistic liberation, and thereby challenging the autonomous ego at the heart of Individualism. *Tarr* begins where *Portrait of the Artist* ends; its "Overture" is, in effect, an epilogue to the Individualist novel. *Portrait* concludes with Stephen Dedalus poised to begin a new life on the Continent as an autonomous artist; *Tarr* takes up the story of its intellectually precocious young artist-protagonist, Frederick Tarr, after he has been living on the Continent for some time. Tarr finds himself in an exemplary Individualist predicament: embroiled in a stifling romantic relationship with an overly dependent young German woman, the "bourgeois-bohemian" art student Bertha Lunken. According to Individualist doctrine, artists achieve personal and artistic freedom by eliminating all restrictive attachments. Yet despite Tarr's rhetoric of artistic independence and antagonism to bourgeois conventions, he fails to fulfill the ideal: he is exposed as a deeply insecure and conflicted young man, unsure of his desires, attracted to the allure of bourgeois-bohemianism, incapable of separating himself from Bertha.

On a Paris street, Tarr unexpectedly encounters Alan Hobson, a Cambridge educated compatriot. During their antagonistic give-and-take, Tarr keeps positioning himself as an Individualist artist, immune to the appeals of conventional bourgeois life, and Hobson keeps assailing those claims, casting Tarr as a self-aggrandizing hypocrite. Tarr responds so angrily to Hobson's accusations and so many of his explanations sound defensive that by the end of the conversation he seems less a true Individualist than a person playing at Individualism. At first he assumes a posture of imperious superiority, blasting Hobson's bohemian accoutrements: shabby tweeds, German acquaintances, and long hair. "'[W]hy so much hair?'" Tarr prods. "'I don't wear my hair long. If you had as many reasons for wearing it long as I have, we'd see it flowing round your ankles!'"[39] To counter this pose of detached superiority, Hobson introduces incriminating evidence of Tarr's own bohemian entanglements:

"Tut! Do you still see Fräulein Lunken – is it? – as much as ever?"

"Oh, you know her? = Yes, I forgot that. = Yes, I still see her."

"It seems to me you know more Germans than I do. = But *you're ashamed of it.* You do everything you can to hide it. Hence your attack on me a moment ago. = I met a Fräulein Brandenbourg the other day, a German, who claimed to know you. I am always meeting Germans who know you. She also referred to you as the 'official fiancé of Fräulein Lunken.' = Are you an 'official fiancé?' And if so, what is that, may I ask?"

Tarr was taken aback, it was evident.

Hobson laughed stridently. (24)

As Tarr scrambles to counter Hobson's palpable hit, the text flags his infantile defensiveness:

"As you know," he soon replied, "'engagement' is an euphemism. And as a matter of fact my girl publicly announced the breaking off of our engagement yesterday."

He looked a complete child, head thrown up as though proclaiming something he had reason to be particularly proud of. = Hobson laughed convulsively, cracking his yellow fingers. (24–25)

Hobson's exposure of the engagement provokes from Tarr a rapid-fire series of theories intended to explain his "association" with Bertha while reaffirming his status as independent artist. Despite these efforts, Tarr's defensive theorizing discloses a model of personal identity far more encumbered than the Individualists' autonomous ego. His first account echoes *The Egoist* line that artists are especially individualistic beings, more resistant to constraints than others. "'I am an artist,'" he proclaims, mouthing the conviction that persons define their own identities. Next he distinguishes artists as especially vital and self-creating beings, immune even to the physical claims of sexuality: "'With most people, not describable as artists, all the finer part of their vitality goes into sex . . . The artist is he in whom this emotionality normally absorbed by sex is so strong that it claims a newer and more exclusive field of deployment. = Its first creation is *the Artist* himself, a new sort of person; the creative man'" (29).[40] This account threatens Tarr's proclaimed identity as a "creative man," however, by contradicting the fact that he is "'associated sexually'" with Bertha (29). How can this sexually engaged young man be an artist, if artists' vitality expresses itself in art rather than sex? To resolve that problem, Tarr proposes a more complex theory of artists' sexuality that inversely correlates visual style with sexual behavior. Artists "'whose work is very sensuous or human,'" he explains, have a "'sex instinct'" that is "'more discriminating,'" while those whose work is "'ascetic rather than sensuous'" are less discriminating sexually. Under this account, Tarr cites the "'invariable severity'" of his painting to justify his "'coarse . . . foolish, slovenly taste . . . in women'" (30). This rationale evidently fails to alleviate his worries about artistic integrity, however. Within moments of proposing a theory to reinforce his status as "creative man," Tarr acknowledges the "secret" that his identity is in fact deeply conflicted:

> "You have understood the nature of my secret? = Half of myself I have to hide. I am bitterly ashamed of a slovenly, common portion of my life that has been isolated and repudiated by the energies I am so proud of. 'I am *ashamed* of the number of Germans I know,' as you put it. = I have in that role to cower and slink away even from an old fruit-tin like you." (31)

Tarr's description of his identity as split, a divided entity in which one "portion" struggles to "hide," "isolate . . . and repudiate" another, overturns the Individualist picture of the autonomous ego as an integral and coherent entity that must resist not internal selves but external constraints.

In a subsequent discussion with his friend Butcher, Tarr embraces an exemplary Individualist strategy to reaffirm autonomy and salvage his battered persona as "creative man": he resolves to "*dis-engage*" himself from Bertha. But Butcher's cautionary response to the plan casts serious doubt on Tarr's ability to realize it. Butcher knows that the disorderly facts of human life tend to confound such stratagems:

> Butcher filled his pipe, then he began laughing. He laughed theatrically until Tarr stopped him.
>
> "What are you laughing at?" . . .
>
> "I was laughing at you. You repent of your thoughtlessness and all that. Your next step is to put it right. I was laughing at the way you go about it. You now proceed kindly but firmly to break off your engagement and discard the girl. That is very neat."
>
> "Do you think so? Well, perhaps it is a trifle overtidy." (43)

The specter of complexity Butcher raises begins haunting Tarr as soon as he attempts to execute the "overtidy" scheme. His tumultuous meeting with Bertha defers all disengagement plans, plunging him into a chaos of human intimacy.

Positioned as the climactic scene of the "Overture," Tarr's encounter with Bertha undermines the Individualist ideal of self-liberation. Were *Tarr* an Individualist *Bildungsroman*, this scene between lovers would have come at or near the end of the story, climaxing with the protagonist's separation from the unwanted woman, a symbolic assumption of emotional, sexual, and artistic independence. Another celebrated *Bildungsroman* of the *avant guerre,* Lawrence's *Sons and Lovers* (1913), defines the pattern. In the final pages of Lawrence's novel, the artist-hero, Paul Morel, courageously terminates his dependent relationship with the intense, devoted Miriam despite her love for him and his lingering desires for her. Though Morel recognizes that by leaving Miriam, he is "defrauding her of life," he also knows that staying will "stifl[e] . . . the inner . . . man," even "deny . . . his own life." Refusing "to give life to her by denying his own," Morel separates from Miriam, thereby fulfilling the Individualist ideal of personal liberation.[41] Tarr fails miserably to follow Morel's example. He keeps trying to escape the stifling relationship with Bertha, but each effort is subverted by his own internal confusion and her perplexing responses. Lawrence's individualistic picture of a dependent young woman who obediently submits to the superior will of an independent young man is countered with a bleak emotional stalemate in which neither woman nor man can triumph over inter-dependency:

They progressed from stage to stage of this weary farce. Confusion increased. It resembled a combat between two wrestlers of mathematically equal strength. Neither could win. One or other of them was usually wallowing warily or lifelessly on his stomach, the other tugging at him or examining and prodding his carcase. (60)

Tarr's debate with Hobson assails the Individualist ego from within by exposing the self as a fractured entity; his exchange with Bertha attacks that ego from without by rendering human intimacy an infectious contagion that can penetrate and distort the self. After extensive wrangling – Tarr striving to evade his emotional attachment to Bertha; she striving to maintain relations despite his "callous" (73) efforts at separation – Tarr begins to acknowledge Lewis's frigid vision of intimacy. To account for his inability "to walk out of the door at once and never come back" (59), Tarr entertains one bleak and paranoiac interpretation of intimacy after another. First, love is a contagious mental disease, spreading obsession from lover to beloved:

What is *love?* he began reasoning. It is either *possession* or a possessive madness. In the case of men and women, it is the obsession of a personality. He had presumably been endowed with the power of awaking love in her. He had something to accuse himself of. He had been *afraid of giving up* or repudiating this particular madness. (72)

Under this account, Tarr cannot break off the relationship with Bertha because he is infected by her obsession, having in effect internalized her fear of separation. Recognizing that fear in himself, Tarr attempts to explain its sources. He moves from a conception of love as a communicable form of madness, to one of the lover as a thief of personality; from the figure of the lover as thief, he moves to that of the beloved as hostage:

His tenderness for Bertha was due to her having purloined some part of himself, and covered herself superficially with it as a shield. Her skin at least was Tarr. She had captured a bit of him, and held it as a hostage. (72)

This vision of the beloved as the lover's victim not only contradicts the Individualist picture of the active ego, free and independent, but casts a new and grisly light on love. The romantic notion of love as a union between two persons spawns a picture of separation as a form of mutilation:

People can wound by loving; the sympathy of this affection is interpenetrative. Love performs its natural miracle, and they become part of us; it is a dismemberment to cast them off. Our own blood flows after them when they go. (72)

And in a final morbid effort to explain his failure to act and exculpate himself for that failure, Tarr re-embraces a theory of love as communicable disease, but this time as a physical illness. Under this account, he can blame his inability to "walk out . . . the door . . . and never come back" on a diseased and contagious Bertha:

> Or love was a malady; it was dangerous to live with those consumed by it. He felt an uneasiness. Might not a wasting and restlessness ensue? It would not, if he caught it, be recognisable as love. Perhaps he had already got it slightly. That might account for his hanging about her. He evidently was suffering from something that came from Bertha. (72)

The spread of this contagion of intimacy is not limited to persons in love, however. As Tarr contemplates the disease, it contaminates *all* human contact: "Everybody . . . all personality, was catching. We are all sicknesses for each other. Such contact as he had with Bertha was particularly risky" (72).

Thwarted by uncooperative inner selves and contaminating others, the would-be Individualist never establishes independence. This conflicted, porous, and shifting subjectivity effectively forecloses Tarr's ability to take *any* definitive action. In *Tarr*, human subjectivity appears dynamic, as in *Portrait of the Artist* and *Sons and Lovers*, but its movement is always tortuous, futile: a vortex of conflicting forces that spins violently and gets nowhere, sweeping away the Individualists' advancing ego. The meeting between Bertha and Tarr can only conclude inconclusively. He leaves Bertha's flat without leaving her, still attracted to the bourgeois-bohemian conventions he reviles, hounded by doubts and recriminations, "[s]omething follow[ing] him like a restless dog" (74).

With the start of *Tarr*'s second section, "Doomed, Evidently – the Frac," the aesthetic form of the Individualist novel comes under attack. The model of the modern novel as a *Bildungsroman* recording the developing identity of a single hero is displaced as the narrative of a would-be Individualist is displaced by another, alien and antagonistic to the education story: a pessimistic German Romantic tale of *Sturm und Drang*. Once called a novel of *zerrissenheit*, or disintegration, this sub-genre typically records the trials of an oversensitive young artist, full of storm and stress, being slowly torn apart by the conflicting claims of the social world he inhabits and his tumultuous inner-life. His disintegration is provoked by an inability either to win the ideal woman who obsesses him, as in Goethe's *The Sorrows of Young Werther* (1774, final version 1787), or to reconcile a dream of creating transcendental art with the philistine realities of bourgeois life and taste, as in the works of E. T. A. Hoffmann, especially those concerning the eccentric musician-composer Johannes Kreisler – the "Kreisleriana" (1810–14) and *Murr* (1820–21).[42] Lewis's tale of *zerrissenheit* features a disintegrating German "artist" who shares the surname of Hoffmann's too-romantic composer and the suicidal fate of Goethe's too-romantic lover:[43] the expatriate Otto Kreisler, whose sick and unrequited obsession with Anastasya Vasek eventually drives him to take his own life. Hoffmann's influence pervades Lewis's narrative of disintegration; Otto's story shares with Johannes's a number of themes and formal strategies: mental life as chaos, human behavior mechanized by passion, and personal conflict as strange theater.[44]

In *The Egoist*'s pages, this yoking of antithetical narrative types into one conflicted whole not only refutes the agenda of the Individualist *Bildungsroman* formally, but questions more general conventions of narrative and psychological continuity that underlay the *Bildungsroman and* the tale of *zerrissenheit.* In *Tarr*'s shadow, both narratives appear unjustifiably to simplify and stabilize human identity and interaction. Though each represents the protagonist in an opposing trajectory of action – one's ego in ascent; the other's in decline – both assume an integral and dynamic self. *Tarr*'s fractured narrative pulls identity apart.

Otto Kreisler's sudden appearance intensifies *Tarr*'s critique of Individualism, as individual psycho(patho)logy contaminates social interaction. In the argument with Hobson, Tarr describes his identity as torn between two antagonistic selves, one artistic, the other sexual. During the struggle with Bertha, that identity is further split as intimacy with a lover subdivides the shattering ego between self-involvement and dependence on another. With the arrival of Kreisler, personal identity and social life sink into a maelstrom of transitory and disjunctive "selves" colliding within individual minds and upon the social stage of bourgeois-bohemian Paris.

"Doomed, Evidently – the Frac" plunges the reader into Kreisler's tumultuous life. The failed artist desperately wants to get his evening coat out of hock. He needs the "frac" to attend a dance where he hopes to encounter the mysterious woman he has recently met and become obsessed with, the Russian-German beauty Anastasya Vasek. Kreisler fantasizes himself and Anastasya as the principals in a tale of *zerrissenheit:* he the oversensitive artist overwhelmed by hopeless love; she the ideal and unattainable dream-woman. But his efforts to see Anastasya again and fulfill the fantasy are foiled by internal compulsions and unexpected external events. He has no money to recover the frac. Having abused the generosity of his rich (Jewish) friend Volker and hocked nearly all his possessions, Kreisler awaits a check from his father in Germany. This predicament fills him with rage.[45] He hates his father not just because of financial dependence, but also because his father has just married Kreisler's own former fiancée. Of course, the check fails to come in time, leading an increasingly incensed Otto to attempt ever more drastic means of acquiring funds. He tries to hock a suitcase, but cannot get enough for it. He runs into an English acquaintance and contemplates asking him for the cash. They converse, but Kreisler paranoiacly imagines his request rejected and drops the idea, filled with boundless anger for the oblivious Briton (112–15).

Just as the German reaches a state of raging distraction, overwhelmed by feelings of persecution and resentment, he runs into Anastasya. She is accompanied by the suave Russian-Polish art-dealer, Soltyk, who has superseded Kreisler as the honored recipient of Volker's money. This fact, for Otto, is a last straw. Having spoken with Anastasya very briefly only once before and knowing nothing about her relations with Soltyk, he jumps to the conclusion that she and the Russian-Pole are romantically involved, taking the encounter as ocular proof that she – a woman he barely knows – has betrayed *his* affections. Outraged and humiliated, Kreisler changes plans. He will still attend the dance, but now with the purpose of punishing Anastasya and Soltyk. The inability to get the frock out of hock now becomes a distinct advantage: his shoddy appearance will only intensify the "indignity" he intends for Anastasya and Soltyk (133). On his way to the dance, Kreisler gleefully rubs against a newly painted wall in hopes that the stain will enhance his planned "misconduct" (125).

The Bonnington Club dance is the textual event where *Tarr*'s critique of Individualism achieves its fullest and most comic articulation: the scene assails at once Individualist notions of identity, interaction, and politics. During the dance, Kreisler spreads disorder, venting his rage on nearly everyone at the dance. He abuses his dance partners: "Several young women . . . he lured to the conservatory. = They all came out with scarlet faces" (151). Twice he goes so far as to turn himself and his partner into a "disturbing meteor" (148), which he drives violently into groups of unsuspecting guests. He turns a well-planned social event, where multi-national bourgeois-bohemians are meant to interact in an orderly and respectful fashion according to codes of cosmopolitan etiquette, into a comic and turbulent chaos:

Their hostess also was dancing. Kreisler noted her with a wink of recognition. =

Dancing very slowly, almost mournfully, he and his partner bumped into her each time they passed. The widow felt the impact, but it was only at the third round that she perceived the method and intention inducing these bumps. She realised they were going to collide with the other lady. The collision could not be avoided. But she shrank away, made herself as small as possible, bumped gently and apologized over her shoulder, with a smile and screwing up of the eyes, full of meaning. = At the fourth turn of the room, however, Kreisler having increased her speed sensibly, she was on her guard, and in fact already suggesting that she should be taken back to her seat. He pretended to be giving their hostess a wide berth this time, but suddenly and gently swerved, and bore down upon her. The widow veered frantically, took a false step, tripped on her dress, tearing it, and fell to the ground. – They caused a circular undulating commotion throughout the neighbouring dancers, like a stone falling in a pond. (155–56)

Metaphorically, the "maelstrom" Kreisler is "producing and conducting" (154) collides with the Egoists' anarcho-libertarian politics. In *Tarr*, anarchy is not the utopian form of social order that maximizes individual liberty the Egoists imagine. It is the defining condition of human identity, a state of turbulent and destructive *dis*order. The psychological bedlam and social commotion of Lewis's humanity forecloses all possibility of realizing the anarchist dream of independent egoists inhabiting a stateless society.[46]

As the Individualists' ideal of political anarchism is displaced by this picture of psychological anarchism, their notion of the authentic self is displaced by that of the theatrical self. In Individualist narrative, the hero's ultimate task is to discover his true identity, to achieve authenticity. In *Tarr*, because identity is a transitory concatenation of contradictory desires and compulsions, the task of personality becomes a desperate but ultimately futile series of efforts to find such an authentic self. Unable to locate it within, characters keep trying-on social identities they wish were authentic in hopes that by performing such pseudo-selves they might somehow acquire real ones.[47] So Tarr, by no means an Individualist artist, keeps pretending to be one, and Kreisler, who is no Romantic hero, keeps trying to play that part.

These frantic but finally futile efforts to adopt an authentic identity turn social life itself into a theater of anarchy, a chaotic spectacle of missteps and misperformances. As *Tarr*'s characters frantically don roles they think appropriate to the social "scenes" they encounter, unexpected disturbances always render their roles obsolete. All performances flop. Sometimes a disturbance comes from outside a character: others, involved in their own private dramas, may subvert a performance. As Kreisler searches the dance-floor to punish the treacherous Soltyk, he caught sight of Anastasya dancing with (he supposed) some Englishman.

> He stopped, paralysed by her appearance. = This reality intercepted the course of his imaginary life (of which his pursuit of Soltyk was a portion). He stood like somebody surprised in a questionable act. (153)

Such disturbances also originate within: a character's determination to maintain a chosen role may be overwhelmed by the swarm of conflicting drives infesting identity. On discovering Anastasya in the arms of yet another man, Kreisler is overwhelmed by a fury so potent that it literally takes control of him:

> He had not reckoned on being met by her before his present errand was finished. = The next moment he was furious at this interference; at her having the power to draw him up . . . Hell and Heavens! he was not going to stop there looking at her . . . He took her partner roughly by the arm, pushing him against her, hustling him, fixing him with his eye. He passed beyond them then, through the passage he had made. His blood was flooding him . . . *He was . . . as surprised at his action . . . as she was.* (153; emphasis added)

Since persons can control neither their raging desires nor the actions of others, social activity becomes as chaotic as Kreisler's fanatic dances. Every scene, every interpretation, every plan of action invariably goes horribly wrong.

Thus while Kreisler arrives at the dance intending to inflict "some indignity or other" on Anastasya and Soltyk, he fails miserably to do so. Despite all the abusive behavior, he punishes everyone *except* the pair he means to abuse. Soltyk pays no attention and Anastasya finds Kreisler's antics curious and finally laughable:

> Anastasya freed herself at once from her partner, and pale and frowning . . . was looking after Kreisler curiously. She would have liked him to stop. He had done something strange and was as suddenly going away. That was unsatisfactory. = They looked at each other blankly. He showed no sign of stopping: she just stared. = Suddenly it was comic. She burst out laughing. (153)

An evening Kreisler planned would end in "a climax, of blows, words, definite things" (159), unravels instead in a typical Lewisian anti-climax, leaving him the primary victim of his own cruel shenanigans. Echoing Tarr's slinking departure from Bertha's flat in the "Overture," Kreisler beats a hasty retreat from the dance: "[t]he turmoil of the evening remained his, the solid part of it, unshared by anybody else . . . All he wanted now was to get away from the English Club as soon as possible" (159).

In *Tarr*'s anarchic medium the ideals of Individualism, though illusory, still exert immense appeal. Anastasya becomes the locus of desire for Kreisler and (later) Tarr because she shows the self-possession they lack. Yet her individualist appearance is misleading. Because *Tarr* exposes the autonomous and authentic ego as a hoax, self-realization in Lewis's text, if such a concept has meaning at all, can consist only in the consummate performance of pseudo-selves. During her first conversation with Tarr, Anastasya cockily describes her identity as a series of such performances: "'I don't like being anything out and out, life is so varied. I like wearing a dress with which I can enter into any milieu or circumstances. That is the only real self worth the name'" (133). Anastasya's casting of identity as a kind of costume which covers an absent self suggests the limits of her "individualism." She appears a self-realized individualist because she is the best performer in *Tarr*'s theater of personality, revealing little evidence of subjection to the chaos that mars other characters' role playing. She is the idol of Individualism that Kreisler and Tarr worship; her appearance of stability offers them the illusion of fixity in a world of flux. "[T]he maelstrom" that Kreisler "produc[es] and conduct[s]" at the Bonnington Club "require[s] her for its heart" (154); while for Tarr, she is "a touch-wood and harbour from his perplexed interior life" (314). Yet Anastasya is a consummate performer less because she has defined herself as such, more because she has been pushed into the role by the objectifying treatment of men: "[q]uite used to being looked at, she had become resigned to inability to avoid performing" (100). As the passivity of this language confirms, Anastasya's facility as a performer is the result of being made the subject and locus of male desire. Her final appearance on Lewis's stage only confirms her victimization.

The closing paragraphs bring *Tarr*'s corrosive project to its culmination in a vision of dehumanization and temporal compression that mocks the open-ended conclusion of the Individualist *Bildungsroman*. Stephen Dedalus emerges at the end of *Portrait of the Artist* believing himself a creative and independent individual on the threshold of a promising new life. Joyce's novel concludes with the story of its hero's future still to be told, narrative suspension enacting formally Stephen's hopes for the life to come. *Tarr* counters that open-ended finish with a pinched conclusion that squeezes years of Tarr's future into six terse sentences:

> Tarr and Anastasya did not marry. = They had no children.
> Tarr, however, had three children by a lady of the name of Rose Fawcett,

who consoled him eventually for the splendours of his "perfect woman." = But yet beyond the dim though solid figure of Rose Fawcett, another rises. This one represents the swing back of the pendulum once more to the swagger side. The cheerless and stodgy absurdity of Rose Fawcett required the painted, fine and inquiring face of Prism Dirkes. (320)

This contracted finale not only renders Tarr's future one of degradation and dependence, but contorts the novel's characters into anonymous and attenuated figures in a mechanical process of sexual and narrative repetition.[48] As would-be-Individualist becomes a mindless instrument of his own schizophrenic sexual desires, caught swinging between dehumanizing "relationships," Bertha and Anastasya are reduced to sex objects, no more than clever names in a bleak scheme of sexual reiteration, destined for replacement by an endlessly alternating series of bourgeois-bohemians like Rose Fawcett and swagger-sexes like Prism Dirkes (whose names themselves suggest endless replication).[49] *Tarr*'s characters end up grotesques trapped in a disjunctive and distorting narrative that scorns Individualism and its dreams of psychological, social, and aesthetic continuity and progress.

FICTIONS OF NATIONAL CHARACTER

Tarr treats literary form and conceptions of nationality similarly. As it conjoins two opposing models of the modern novel to challenge the assumptions underlying both, it brings together in a corrosive clash the opposing conceptions of national identity competing for authority at the start of the Great War. Discrediting Individualist *and* determinist views of nationality's influence in personal identity, *Tarr* portrays both as inadequate to explain the facts of human life. Tarr functions to undermine the Individualist view that self-realized persons can escape nationality, while Kreisler and Bertha together undermine the determinist view that persons are defined by nationality: Tarr fails to overcome "Englishness" as Kreisler and Bertha fail to conform to "Germanness." Each succumbs, in his or her own way, to Lewis's maelstrom of personal identity, that dynamic and distorting "condition" in which the vagaries of individual psychology, social intercourse, and national training converge, transforming persons into human grotesques.

During the debate with Hobson, Tarr plays the Individualist part by ridiculing the conventionality of English character. But his attack masks an envy for Hobson that springs from a fascination with the bourgeois-bohemian life he condemns. Animated in part by an Individualist contempt for what he calls the "'whole of English training'" (42), Tarr lambastes Hobson for submitting to England's standardizing systems of education and class in terms that strongly echo Marsden:

" – You have bought for eight hundred pounds at an aristocratic Educational establishment a complete mental outfit, a programme of manners. For four years you trained with other recruits. You are now a perfectly disciplined social unit, with a profound esprit de corps." (34)

Yet Tarr's personal history as a young man lacking Hobson's financial support and educational pedigree (he resembles the young Lewis in this), complicates his efforts to overcome the influence of English training. He has the ambivalences of the outsider. He resents Hobson's bourgeois accoutrements because he lacks them, enthralled by those institutionally inculcated national traits because he has not been fully trained as an "Englishman."

Tarr's relations with Bertha expose these ambivalences. Attempting to explain his involvement with her to Butcher, he articulates the dilemma. He is embroiled with the German bourgeoise, he tells his friend, because she displays at once the exoticism of a foreigner and the banality of the Englishwoman:

"That bourgeois, spoiled, ridiculous element was the trap. I was innocently depraved enough to find it irresistible. It had the charm of a vulgar wall paper, a gimcrack ornament. A cosy banality set in the midst of a rough life. Youthful exoticism has done it, the something different to oneself." (39)

For Stephen Dedalus defining personal liberation is a comparatively uncomplicated task; it consists in rejecting the oppressive sources of Irish training (family, religion, fatherland). For Tarr, whose national training is incomplete, the desire to "fly by those nets" is always tainted by attraction for them. His individualistic efforts at self-liberation, including the aim of transcending nationality, are always thwarted by a desire for the "cosy banality" of bourgeois life, epitomized for him above all by England and Englishness.

Disgusted by this continuing attraction for persons and things English and bourgeois, Tarr gravitates to the exotic Anastasya. She becomes the locus of his desire to escape Englishness because she seems so un-English. Her "racial" differences become for him a source of erotic attraction:

He felt immensely pleased with himself as he walked down the Boulevard Clichy with this perfect article rolling and sweeping beside him. No bourgeoise this time! = He could be proud of this anywhere! Absolute perfection! Highest quality obtainable. " – The face that launched a thousand ships." A thousand ships crowded in her gait. There was nothing high-falutin' about her, Burne-Jonesesque, Grail-lady or Irish-romantic. Perfect meat, perfect sense, accent of Minnesota, music of the Steppes! And all that was included under the one inadequate but pleasantly familiar heading, *German.* He became more and more impressed with what was *German* about her. (297)

The humor of this analysis derives from the disjunction between Tarr's increasing impression of Anastasya's "Germanness" and the fact, which he glimpses, that none of her enthralling characteristics appear even remotely to result from her birth in Berlin (213). By subsuming all that she represents for him – an alternative to the bloodless, pre-Raphaelite image of the ideal English woman – under the inadequate rubric "German," Tarr confirms that he desires Anastasya less because she is German, more because she is not English. He hopes that through intimacy with this cosmopolitan woman ("No bourgeoise this time!"), he will achieve finally the elusive goal of individual liberation.

Of course, Tarr never realizes the Individualist dream through intimacy with Anastasya. Their relationship does not facilitate his transcendence of emotional dependence, sexual obsession, or nationality; it culminates by exposing him as a mindless sexual mechanism, swinging schizophrenically between relationships with swagger sex and bourgeois-bohemian women. That Tarr's sexual life has this contradictory structure confirms his ultimate failure as an Individualist. The ambivalences exposed during the opening debate with Hobson define Tarr's sex life at the novel's conclusion. On one hand, he wants to become an independent artist and so despises everyone and everything English and bourgeois-bohemian; on the other, he is attracted compulsively to bourgeois-bohemia because he lacks the proper educational, class, and financial pedigree. Thus he alternatively desires women like Anastasya, who have nothing English or bourgeois about them, and women like Bertha, who display the "cheerless and stodgy absurdity" so common to his compatriots. It is no coincidence that Anastasya is succeeded in Tarr's personal history by Rose Fawcett, a bourgeoise with a very English-sounding name.[50]

If Tarr serves to discredit the Individualist account of nationality, Kreisler and Bertha function to attack the determinist view that nationality fundamentally defines identity. *Tarr* begins to erode that account by showing that conventional national stereotypes, which may seem especially desirable "roles" through which to constitute a stable identity, are often, like the humans who construct them, incoherent and unstable. Kreisler's efforts to fix his identity by playing the role of the ideal German fail in part because a single monolithic conception of German national character did not exist. Two contradictory models of Germanness had been competing in the English imagination for historical authority since the wars of unification: Germans as sensitive romantics; Germans as patriotic militants.[51] As we have seen, the first conception was older and based on the Romantic cultural tradition, in which writers like Hoffmann portrayed Germans as sentimental idealists, full of storm and stress, being slowly torn apart by the conflicts between their minds and environments. The authoritarian conception, on the other hand, was less literary or cultural in origin than ideological and institutional: it was based on Bismarck's code of "blood and iron" and the ideals of the educational establishment that Germany's Prussian rulers consolidated after unification. Under that account, Germans were a "race" of disciplined, obedient soldiers, committed to making Germany the world's greatest military and imperial power, and thereby securing for their fatherland, in Kaiser Wilhelm's famous words, "a place in the sun."[52]

Even *Tarr*'s readers have been tempted, we have seen, to stabilize Lewis's complex Germans by interpreting them as national stereotypes. But Kreisler and Bertha resist such efforts at containment: their traits and behaviors are reducible to neither the passive and self-destructive sentimentality of the Romantic model of German character, nor the aggressive militarism of the Prussian model. While Kreisler and Bertha repeatedly try to conform to these stereotypes, displaying certain conventional "national" characteristics, their lives are far less stable, far more complex than either stereotype permits.[53] They suffer their respective fates not because of nationality, as a reading of *Tarr* as an anti-German tract requires, but because they are individuals whose particular personal histories, psychological compulsions, and social experiences lead them to try to fix the chaotic flux of identity on the ground of national training, an effort that in Lewis's anarchical world is doomed to failure.

Kreisler has a psychological complexity that foils any account of him as simply an allegorical manifestation of either German romanticism or Prussian militarism. *Tarr* locates the origin of his brutality more in personal history than nationality. The troubled relationship with his father accounts not only for his acts of spiteful aggression but also for other traits that do not fit the stereotype: his peculiar obsession with money, his special antagonism toward Soltyk, his compulsive attraction for Anastasya. As Paul O'Keeffe has argued, Kreisler's behavior springs from the conflicted emotions he feels toward the father who has usurped his fiancée and withholds needed money and the former fiancée who has married his father. O'Keeffe explains that this "Oedipal nightmare" drives Kreisler to channel his compulsive feelings of hatred, envy, and desire toward surrogate fathers and surrogate fiancées. His emotions regarding his father are displaced onto his wealthy compatriot, Volker, for withholding money and onto Soltyk for usurping Anastasya, while those regarding his ex-fiancée are displaced onto Soltyk for usurping the role as recipient of Volker's money and onto Anastasya for "preferring" Soltyk.[54]

Kreisler is rendered compulsive and confused to show that while humans may attempt to fix the chaotic flux of identity by conforming to national stereotypes, they will always finally perplex and confound those conventionalizing forms. In the frantic struggle to secure identity, persons will try to surrender their agency to any role that promises a sense of substantiality. Though a dizzying array of candidate roles may present themselves, the stereotypes of nationality exert particular allure owing to their institutional construction, cultural authority, and popular appeal. But when Lewis's characters attempt to fit national stereotypes, they find themselves enmeshed in the process of deformation that *Tarr*'s conception of identity entails: all efforts to conform are thwarted by their particular psychological compulsions, transforming them into national caricatures, distortions of national types. Despite his best efforts to fulfill a monolithic national ideal, Lewis's unstable German appears by turns a militaristic Prussian officer devoted to a heartless honor cult, a hopeless Goethian suicide self-destructively obsessed with an unattainable woman, and a Freudian case study tormented by an Oedipal nightmare that leads him compulsively to envy and despise men, to worship and abuse women. Thus a character who strives mightily to embody Germanness, turns into the kind of wildly unstable psychological compulsive more familiar to English readers (especially via Dostoyevsky) as "Russian."[55]

Kreisler's efforts to stabilize himself upon the conventions of German nationality, whether the passive Romantic or the active Prussian model, are repeatedly thwarted by the action of his "very complicated, mysterious and turbulent existence" (251). During his frantic ratiocinations on the pending duel with Soltyk, he invokes his German training and pedigree, "arbitrarily reviv[ing] the title of Freiherr that, it was rumoured in his family, his ancestors had borne" (263), to justify his jealous and destructive rage against the Russian-Pole. But as "Freiherr" Kreisler plays the role of honorable Prussian nobleman, his compulsive hatred for Soltyk twists his desire to act with honor into a chaotic practice of senseless brutality. His pursuit of Soltyk climaxes not in the exemplary chivalric duel, with two men meeting at an appointed time, choosing their weapons, marching twenty paces in opposite directions, and firing. Instead, the "duel" degenerates into a farcical parody of its chivalric model, contorted by Kreisler's fickle mind. Once the German finds himself at the appointed time and place, facing his adversary, he loses interest: "'I am willing to forego the duel at once on one condition. If Herr Soltyk will give me a kiss, I will forego the duel!'" (272). This bizarre offer, which both insults Soltyk's "manhood" and exposes the conflicted nature of Kreisler's feelings for his opponent, provokes the Pole to fury. He lunges at Kreisler. They scuffle briefly, but are soon separated. Soltyk and his friends begin to withdraw. Kreisler, his mind changing again, stops them to resume the duel. He levels a gun at Soltyk, ordering him to take up a weapon. Soltyk's second, Saretsky, rejects the offer. As Kreisler bends to pick up a gun and give it to his opponent,

> Saretsky aimed a blow at his head. It caught him just in front of the ear, on the right cheek bone. He staggered sideways, tripped and fell. The moment he felt the blow he pulled the trigger of the Browning, which still pointed towards his principal adversary. Soltyk threw his arms up, Kreisler was struggling towards his feet. He fell face forwards on top of him. (275)

This "climax" would be wildly funny if it were not so grotesque: the "honorable" Prussian nobleman struggles in the dirt with the corpse of an innocent man he had steamrolled into a meaningless "duel" and shot by mistake.

This bleak dynamic, whereby circumstance, psychology, and national training converge, disfiguring personality and behavior, achieves its most disturbing manifestation in Kreisler's rape of Bertha. The rape marks the culmination of the trajectory begun on their walk to the Bonnington Club dance. During that fateful trip, Bertha, inspired by the atmosphere of the dark Parisian night, had embraced the role of a self-sacrificing romantic:

> For Bertha the darkened trees rustled with the delicious and tragic suggestions of the passing of time and lapse of life. The black unlighted windows of the tall houses, held within, for her, breathless and passionate forms, engulfed in intense eternities of darkness and whispers . . . Her strange companion's

dreamy roughness, this romantic enigma of the evening, suddenly captured her fancy . . . She took his hand. = Rapid, soft and humble she struck the deep German chord, vibrating rudimentarily in the midst of his cynicism.

"You are suffering! I know you are suffering. I wish I could do something for you. = Can not I?" (141)

The text identifies Bertha's embrace of sentimentality as a submission to national training by identifying her act with "the deep German chord." This sentimental young woman who aims to sacrifice herself in order to save her "suffering" companion does not end up the heroic martyr for love that the Romantic stereotype dictates, however. Even though she distrusts Kreisler, Bertha unwisely pursues the sacrificial role by agreeing to pose for him. In Kreisler's flat, the illusion is abruptly shattered: unprovoked, he assaults her. And by a similarly twisted logic, Kreisler is driven to rape Bertha, a woman he has no real feelings for, by a schizophrenic desire to love and destroy an entirely different woman. As Kreisler seizes her, Bertha glimpses the distorting dynamics of human agency in *Tarr:* "[h]er tardy words, furious struggling and all her contradictory emotions disappeared in the whirlpool towards which they had, with a strange deliberateness and yet aimlessness, been steering" (193–94).[56] Bertha and Kreisler are not stereotypical Germans. Caught between personal compulsions and national conventions, between Individualist activity and determinist passivity, they become human grotesques, farcical caricatures of the national types of the self-sacrificing romantic and the disciplined militarist. No "racial critique" of Germans then, *Tarr* renders its moment's accounts of nationality the comforting fictions of a race of beings too chaotic to realize their dreams of stability.

Ever since the appearance of Hugh Kenner's groundbreaking 1954 study of Lewis's works,[57] an increasing number of critics, including among others Jameson, Levenson, and Peter Bürger, have argued for the significance of *Tarr* and for Lewis's crucial role in the history of British modernism. Despite such efforts, the novel, though generally viewed as one of Lewis's best, has, as Bürger states, "still not been admitted to the canon of modernist literature by writers concerned with the subject."[58] Lewis's achievement in *Tarr* has been underestimated in part because critics have not historicized the work adequately, failing to acknowledge the novel's active engagement with specific debates among leaders of the English avant-garde concerning issues of personal identity, political action, literary aesthetics, and national character.

Retrieving *Tarr*'s assault on the English Individualist movement has allowed us to recognize Lewis as an antagonist within the Egoist circle, a kind of Kreisler figure disturbing their doctrinal consensus, willing to pursue his critical vision despite their contrary views. As Marsden and her comrades strove to preserve the prerogatives of the free and autonomous individual, to defend an anarcho-libertarian politics, and to articulate an Individualist aesthetics, Lewis offered in *Tarr* a pessimistic alternative to their vision, insisting on the chaos and complexity of personal identity, social life, and modern literature. Engaged in this fictive assault on Individualist doctrine, *Tarr* was a powerfully oppositional work, critical even of the views of Lewis's closest associates in the avant-garde. In this, our account revises the prevailing consensus that Lewis became the "enemy" of literary modernism only in the late-twenties.[59] As we've seen, he began disputing the opinions and literary practices of his artistic contemporaries before the end of the Great War, before the orthodoxies of modernism had solidified.

And by recovering in particular Lewis's literary attack on the Individualist *Bildungsroman*, as epitomized in *The Egoist* by Joyce's *A Portrait of the Artist as a Young Man,* we have been able to better assess *Tarr*'s formal achievement. This disjunctive, hybrid novel should be seen as an important modern text not only because it questions the conventions of narrative and psychological continuity that had prevailed in novels since the early-eighteenth century, but also because it was among the earliest Anglo-American literary works to apply to literature the formal techniques of fragmentation and assemblage that visual artists had been deploying for nearly a decade before the Great War. Years before Joyce, Eliot, and Pound wrote their major works, Lewis, by combining two different narrative forms in a single novel, had created a text characterized, as Bürger puts it, by "radical discontinuities" of the sort that would eventually distinguish the canonical works of literary modernism.[60]

Lewis's achievement in *Tarr* has also been misunderstood because analysts have not accompanied him to the conclusion of his critical journey. That failing has usually taken two forms. Most often, critics – including insightful readers like Jameson and Bürger – have taken the novel's English protagonist not as Lewis portrayed him, but as Tarr wants to be read, namely as a successful Individualist artist.[61] By exempting Tarr from Lewis's corrosive attack, such readers have been able to interpret the novel as a more straightforward and positive work than the text itself indicates. As we have seen, no character escapes the corrosive implications of *Tarr*'s anti-individualist vision.[62] Other analysts, like

West and Wagner, have restricted the scope of Lewis's critical assault to characters of only one nationality, interpreting the novel as a racial critique of Germans. These readings neglect the ways in which *Tarr*'s German characters fail to conform to national stereotypes, ignore the novel's criticisms of its English characters, and thus, misconstrue Lewis's complex analysis of nationality's role in personal identity.

Readings of *Tarr* as a racial critique portray Lewis at best as a jingoistic advocate of anti-German stereotypes and at worst as an unreflective dupe of "racial" determinism. Our reading of the novel challenges both portraits: in context, Lewis's literary treatment of nationality is as striking as his attack on Individualism. *Tarr* refutes both the Individualist and determinist analyses that defined the range of orthodox views of nationality during the *avant guerre*. One might even argue that Lewis's literary investigation of national character anticipates much later "deconstructions" of the category of nationality and its reductive stereotypes by uncovering their implication in established regimes of power, by exposing their inadequacy to account for and determine human activity, and by explaining their persistent appeal. As we have seen, *Tarr* diagnoses the allure of national determinism *and* English Individualism. Persons embrace and attempt to conform to such simplifying accounts of human identity and activity, according to Lewis's novel, because they promise coherence and order. But since human life is irreducibly chaotic, implacably antagonistic to all such efforts of explanation and containment, those efforts are doomed to fail. That Lewis in *Tarr* resolutely disputed the nineteenth-century groundwork of Individualism, the emerging aesthetic and political consensus of British modernism, and the *avant guerre*'s orthodox analyses of nationality, could be offered, it seems to me, as compelling evidence that *Tarr* deserves to be recognized as a major modern novel and Lewis as a major modern author.[63] But our reading of *Tarr* is finally motivated less by a desire to demonstrate the novel's literary value, despite its arguably brutal ideological content, than to provide a fuller and more finely grained explanation of the ways in which the novel responds to particular debates on literary form, identity, and nationality among Lewis's closest contemporaries. I want to conclude therefore by making a final point about the novel's treatment of period theories of race.

This chapter began with the claim that when properly contextualized *Tarr* calls into question the familiar picture of Lewis as essentially an essentialist. That claim now needs some clarification. Our account indicates that even as Lewis's novel disputes the theory that persons are essentially defined by nationality, it also confirms that Lewis was a kind of "racial" determinist, if by "race" we understand not the different and competing (sub)species nineteenth-century racialists believed inhabited the nationalized, Darwinian world, but rather the single human race. *Tarr* portrays human nature as a kind of racial virus, a force rendering the whole human species irredeemably chaotic, ugly, and absurd. The predominance of this more explicitly universalist brand racial determinism in Lewis's novel helps underscore two (neglected) points concerning early modernist theories of nationality more generally. First, there were at least three quite different (some might say incompatible) conceptions of human character that avant-garde writers and artists could (and did) subscribe to (sometimes simultaneously): identity as defined by blood heredity, identity as defined by individual will and cultural training, identity as defined by human nature. And thus second, if we want to provide convincing accounts of the evidence of radical racial determinism found in the writings of particular modernists after the Great War, we must first acknowledge the presence and analyze the consequences of this early-century ability to believe, at (nearly) the same time, that all human beings are essentially the same, that different groups of humans are essentially different (some superior to others), and that a few select individuals are essentially different from and superior to all other individuals and races.

Conclusion

The last chapter concluded with a fairly specific argument about the particularities of race thinking in Lewis's novel *Tarr*, an argument that is, I tried to demonstrate, more responsive to the text and its original (political) context than previous accounts; one that shows Lewis's views on nationality and race during the early war to be more nuanced and interesting than any construal of modernist race thinking as straightforwardly racist would allow. By taking into account such complexities in a particular writer's political ambitions and the ideological universe where they were originally articulated, moreover, this argument points to the need for continued reconfiguration of the discursive field around modernism, and in particular of the analytical categories through which modernist race thinking and politics are often discussed. I want to conclude by suggesting how the methodology and findings of this study contribute to such a reconfiguration, how they help yield new accounts of avant-garde politics, modernist notions of race and nationality, and modernism's post-war political complexities.

As we have seen, *Tarr* entertains, ridicules, and ultimately rejects period conceptions of national identity either as the permanent product of blood heredity or as a cultural construct susceptible to modification, even overcoming, by persons of sufficient character and determination. The basis for this double rejection is a theory of human racial character as essentially anarchical, antithetical to the stability necessary to sustain both a racialized national identity or a self-realized ego free of cultural accoutrements. That the novel carries out a fairly elaborate fictive critique of period conceptions of nationality but ends up embracing a vision of the human race as fundamentally ugly and anarchic, at once radically determined and radically unstable, suggests why accounts of modernist race thinking as simply essentializing and discriminatory can only fail to account for the early views of at least one of the most notorious "reactionary" modernists.

The implications of this finding for current discussions of modernism and modernist politics and theories of race seem to me fairly significant; it suggests that far from being either flat-footed essentialists or heroic self-liberators, these writers, during the early century at least, are better described as at once, or alternately, totalizers and atomizers, essentialists and constructionists, collaborators and resistants. This point gives some interesting perspective on the accusation of high-modernist racism: it prompts us less to ask whether a specific modernist was racist, more to consider the implications of evidence of modernist race thinking more conflicted, less coherent, more complicated than straightforward racial determinism and discrimination. Even if we entertain for a moment the view that Lewis and Pound eventually did become full-fledged racists, this evidence urges us to consider how their earlier, more mongrelized conceptions of nationality might have contributed to that later development. Alternately, one might respond to our argument about representations of national character in *Tarr* by asking whether the "reactionary" modernists' post-war views on nationality and race ever were any less complex and unstable than those we have discovered in Lewis's novel and the writings of other self-consciously avant-garde writers during the *avant guerre*. Perhaps the modernists' later, more notorious claims about race, and the hatreds that fuel them, depend in part upon an ability to hold antithetical visions of human identity simultaneously: to celebrate the strong individual (whether politician or artist), even while stereotyping Jews or blacks.

The point is not to deny the presence or downplay the significance of essentializing, deterministic, or discriminatory claims or attitudes about other races in the post-war writings of Lewis, Pound, or others, but to question whether an analysis of such claims as demonstrating racism is adequate. We may be too tempted to embrace condemnatory readings – of a particular author's poetry, fiction, or political theory or of modernism in *toto* – that attribute foundational significance to racism because they seem to offer the opportunity to demonstrate in a comparably foundational manner our own exemption from racism. I am wary of taking such a position because it encourages the belief, in my view a fiction, that by condemning modernism or racism we have in any sense escaped them; that we are therefore immune to errors of arrogance, confusion, and intolerance of the sort to which numerous modernist writers – and, not coincidentally, modern nations – succumbed. I am fascinated by the possibility that, for example, even when Pound was at his most offensive, raving incoherently about conspiracies of Jewish financiers contaminating economic health and freedom, he still displayed (political) commitments that in other contexts might seem enlightened, progressive, good: to improve the condition of workers; to devise new forms of government and economic organization that are just and efficient; to facilitate the careers of talented artists and writers and thereby enrich culture; to support the cause of one's (adopted) nation; to avoid the sort of senseless waste of life and youth perpetuated during the Great War. This more complex understanding is, I believe, more interesting and challenging than the rather uncomplicated, and comforting, charge of racism because it makes it more difficult to close the questions of modernist race thinking and modernist politics; more difficult to suppose that we are in any necessary sense immune to falling into comparable errors in judgment. This study's findings compel me, at least, because they discourage too complacent an approach to modernism's most perplexing problems.

The shifting and paradoxical political commitments we have recovered in avant-garde writings are, I would affirm, more interesting than those more commonly described in part because they complicate the problem of understanding how radical writers could come to admire the regimes of Hitler and Mussolini. What happens to the anarcho-libertarian distrust of the state, the Egoist idolatry of the creative individual as constitutionally antagonistic to all and any restrictions on creativity and action once we decide that these writers are fascist? What happens to the mongrel vision of (national) identity as construct and essence, which affirms the primacy of the individual as often as it reaffirms the primacy of heredity? Can we hope to comprehend "fascist modernism" without answering these questions?

Even as my findings irritate the challenges of coming to terms with modernist politics, I think they deepen and nuance understandings of those politics. The avant-gardists' early investments in empire and the cult of the nation certainly illuminate their later attractions to the militantly nationalist, aggressively imperializing regimes of Nazism and Fascism. Their prewar linking of radical (left-wing) political modes (anarchism, syndicalism) to the cause of nation and empire surely helps explain a post-war interest in political movements that couple, in particular ways, socialism and radical nationalism. Their prewar construal of identity as hybrid and unstable – which enabled the Vorticists to term themselves "Individuals" unfettered by nationality, even while proclaiming their creative works "fundamentally English" – doubtless sheds light on later attractions for right wing movements *not* of English or American origin – radical nationalist regimes in relation to which Anglo-American writers like Lewis, Pound, or Eliot, as non-natives, would always, in some crucial sense, be alien and alienated.

In early twentieth-century England, avant-garde writers and artists were obsessed, like the larger society in which they lived, by the topics of nation, empire, and nationality. Their boisterous polemics defined a radical artistic subculture in terms of these topics, conjuring eventually and paradoxically an anarchistic art movement avowedly imperialist in ambitions. This study has been motivated primarily to demonstrate how these young thinkers came to understand that paradoxical project as logical, necessary, and patriotic, how their political ambitions shaped avant-garde cultural doctrine from the death of Victoria through to the conclusion of European war nearly twenty dizzying years later. That task has been successful if our analysis has made more clear the lines of complicity and resistance between the historical avant-garde and early century imperialism and has clarified the ways in which period debates about nationality, group character, and individual identity shaped emerging modernist doctrine and practice in the years leading up and into the Great War.

By retrieving avant-garde views on nationality and radical culture, by reconstructing some more properly political aspects of English literary doctrine, by tracking the extent and limits of collaboration between the avant-garde and Britain's political establishment, between avant-garde polemics and popular discourse before and during the Great War, this study has also worked to complicate, at times contest, both heroizing accounts of the avant-garde as aesthetically and politically internationalistic, anti-establishment, and progressive, and more negative readings of it as at best a failure of radical will, at worst elitist, authoritarian, protofascist, and thereby to supplement familiar explanations of the ex-Vorticists' interest in rightwing, authoritarian politics. The works of the early century's self-styled cultural revolutionaries continuously and vigorously demand to be understood in relation to period political debates and discussions of nationality and empire. By reading their most political writings in that way, *Literature, Politics, and the English Avant-Garde* has attempted to supplement prevailing accounts of the phenomenon of the avant-garde, early modernist conceptions of group character, and their roles in the formulation of modernist politics and doctrine after the Great War. If the book also furthers reflection on the ways in which continuing investments in the debates, categories, and terminology of modernism condition the ways in which we discuss it, it will have exceeded my best expectations.

Notes

INTRODUCTION: NATIONS, EMPIRES, AND THE HISTORICAL AVANT-GARDE

1 The most influential articulation of this kind of account is Fredric Jameson, *Fables of Aggression: Wyndham Lewis, the Modernist as Fascist* (Berkeley: University of California Press, 1979).

2 Wyndham Lewis, *Hitler* (London: Chatto & Windus, 1931).

3 For a sense of the extent and duration of this debate, see the bibliography to Robert Casillo, *The Genealogy of Demons: Anti-Semitism, Fascism, and the Myths of Ezra Pound* (Evanston: Northwestern University Press, 1988). Not only is this bibliography the most complete on the subject, but Casillo's effort to demonstrate the centrality of Pound's anti-Semitism to his fascism and his poetics is also, to date, the most comprehensive (one might say obsessive) critical condemnation of modernist reaction.

4 Alan Munton, "'Imputing Noxiousness': Aggression and Mutilation in Recent Lewis Criticism," *Wyndham Lewis Annual 1997*, ed. Paul Edwards (Bath: Wyndham Lewis Society, 1997): 5–20, provides an intelligent analysis of such projection in recent criticism on Lewis; Munton writes that "Lewis is so widely reviled that almost any claim about him, or his work, can be made. That he, or his work, is violent, fascist, misogynist and pathologically insane has become, not the end-point of argument, but the point of departure . . . Lewis criticism, like no other in the study of modernism, is the arena in which critics have found that they can act out their desires. The nature of those desires is consistently antipathetic towards understanding, sympathy or tolerance" (5). David Peters Corbett, "Introduction: 'The Subject of Modern War,'" in *Wyndham Lewis and the Art of Modern War*, ed. Corbett (Cambridge University Press, 1998), proposes as a solution to such antipathetic readings a responsible historicism, explaining that "Lewis may have been concerned with violence and aggression as central themes and principles of his work, he may have had anti-Semitic views, but the only way of gaining an understanding of these things and judging them properly, is to see them historically" (5; see also 13). As this introduction indicates, I concur with Corbett's suggestions.

5 See, for example, Peter Bürger, *The Theory of the Avant-Garde*, trans. Michael Shaw (1974; Minneapolis: University of Minnesota Press, 1987), and Andreas Huyssen, *After the Great Divide: Modernism, Mass Culture, Postmodernism* (Bloomington: Indiana University Press, 1986).

6 See Miriam Hansen, "T. E. Hulme, Mercenary of Modernism, or, Fragments of Avantgarde Sensibility in Pre-World War I Britain," *ELH* 47 (1980): 355–85; Alan Robinson, *Symbol to Vortex: Poetry, Painting and Ideas, 1885–1914* (New York: St. Martins Press, 1985), esp. 90–118; Tim Redman, *Ezra Pound and Italian Fascism* (Cambridge University Press, 1991), esp. 17–50; Charles Ferrall, "*The New Age* and the Emergence of Reactionary Modernism Before the Great War," *Modern Fiction Studies* 38 (Autumn 1992): 653–67; Andrew Hewitt, *Fascist Modernism: Aesthetics, Politics, and the Avant-Garde* (Stanford University Press, 1993); Robert von Hallberg, "Libertarian Imagism," *Modernism/Modernity* 2 (April 1993): 63–79; David Kadlec, "Pound, *BLAST*, and Syndicalism," *ELH* 60 (Winter 1993): 1015–31; Michael Tratner, *Modernism and Mass Politics: Joyce, Woolf, Eliot, Yeats* (Stanford University Press, 1995); Cinzia Sartini Blum, *The Other Modernism: F. T. Marinetti's Futurist Fiction of Power* (Berkeley: University of California Press, 1996); Bruce Clark, *Dora Marsden and Early Modernism: Gender, Individualism, Science* (Ann Arbor: University of Michigan Press, 1996).

7 Giovanni Cianci, "A Man at War: Lewis's Vital Geometries," in *Volcanic Heaven: Essays on Wyndham Lewis's Painting and Writing*, ed. Paul Edwards (Santa Rosa: Black Sparrow, 1996), 11–24, wisely warns, "[w]e must guard against projecting back on to these euphoric years [before the First World War] what happened in the twenties and thirties. These were not yet the years of social and political organization, but the exuberant, heroic years of the avant-garde's utopian phase" (14). I am a bit less sanguine than Cianci, though, about the avant-garde's Utopian phase.

8 I concur with Josephine M. Guy, *The British Avant-Garde* (London: Harvester Wheatsheaf, 1991), that it is time "to view avant-garde politics in their cultural and historical specificity" and that "the achievements of radical and innovative artists and writers" are best "measured in terms of their *own* culture and not ours – in terms, that is, of the specific intellectual, political, or aesthetic orthodoxies to which those artists and writers were opposing themselves" (2).

9 Even recent revisionist studies on the politics of Anglo-American modernism, which usefully recover neglected sources for the postwar political commitments of writers like Lewis and Pound, still tend to underestimate the influence for English avant-garde politics and aesthetics of the most popular political concerns and obsessions of prewar Britain. Vincent Sherry, *Ezra Pound, Wyndham Lewis and Radical Modernism* (Oxford University Press, 1993) retrieves the important role played by continental (mostly French) theorists of aesthetic style and art's social functions – especially Benda, de Gourmont, le Bon, and Sorel – in the modernists' "new standard of visual immediacy in words," a standard which, Sherry contends, encour-

aged them "to esteem (what they saw as) a superior directness in the political cultures of Nazism and fascism" (7). But because Sherry's story aims (internationalistically) to establish the influence of a nineteenth-century continental intellectual tradition on English modernist politics, it overlooks the equally important influence of early twentieth-century British politics and political argument.

10 One can get a sense of the breadth of the avant-garde phenomenon by consulting the massive exhibition catalogue, *Futurism and Futurisms*, ed. Pontus Hulten, trans. various hands (New York: Abbeville, 1986).

11 Umberto Boccioni, Carlo D. Carrà, Luigi Russolo, Giacomo Balla, Gino Severini, "Futurist Painting: Technical Manifesto" (11 April 1910), *Exhibition of Works of the Italian Futurist Painters* (London: Sackville Gallery, 1912); rpt. in *Futurism*, ed. Joshua C. Taylor (New York: Museum of Modern Art, 1961), 126.

12 Blaise Cendrars, *Inédits secrets*, ed. Miriam Cendrars, vol. 16, *Oeuvres complètes*, 16 vols., ed. Raymond Dumay and Nino Frank (Paris: Le Club français du livre, 1968–71): 16: 360–61; quoted in Marjorie Perloff, *The Futurist Moment: Avant-Garde, Avant Guerre, and the Language of Rupture* (University of Chicago Press, 1986), 9–10.

13 Lewis, "A Man of the Week: Marinetti," *New Weekly* 1 (30 May 1914): 328–29; rpt. Lewis, *Creatures of Habit and Creatures of Change: Essays on Art, Literature and Society 1914–1956*, ed. Paul Edwards (Santa Rosa: Black Sparrow, 1989), 31.

14 The most influential articulation of this view is Bürger, *Theory of the Avant-Garde.* Other accounts that draw on Bürger include Perloff, *Futurist Moment*, Huyssen, *After the Great Divide*, Terry Eagleton, *The Ideology of the Aesthetic* (Oxford: Basil Blackwell, 1990), 366–417, esp. 370–72.

15 Perloff, "Violence and Precision: The Manifesto as Art Form," *Futurist Moment*, 80–115; compare Raymond Williams, *The Politics of Modernism: Against the New Conformists* (London: Verso, 1989), 33.

16 Bürger, *Theory of the Avant-Garde*, explains that "the attack of the historical avant-garde movements on art as an institution has failed, and art has not been integrated into the praxis of life" (57); Eagleton, *Ideology of the Aesthetic*, concurs with Bürger that the "revolutionary" avant-garde's "attempt to hook art up once again with social praxis" (370) ultimately "failed, rolled back by Stalinism and fascism" (372). Perloff, *Futurist Moment*, echoes Bürger's claim that "montage may be considered the fundamental principle of avant-gardiste art" (72), when she calls "collage and its cognates (montage, assemblage, construction)," perhaps "the central artistic invention of the *avant guerre*" (xviii).

17 Perloff, *Futurist Moment*, xviii.

18 Among scholars who emphasize that the avant-garde should be understood in the context of bourgeois capitalism and its institutions are Bürger, *Theory of the Avant-Garde*; Eagleton, *Ideology of the Aesthetic*; Ferrall, "'Melodramas of Modernity': The Interaction of Vorticism and Futurism before the Great

War," *University of Toronto Quarterly* 63 (Winter 1993/94): 347–68; Huyssen, *After the Great Divide*; Perloff, *Futurist Moment*; Renato Poggioli, *The Theory of the Avant-Garde*, trans. Gerald Fitzgerald (1962; Cambridge University Press, 1968); and Williams, *Politics of Modernism*; of these only Williams shows much appreciation of the significance of nation, nationality, and empire in the avant-garde phenomenon. In *Politics of Modernism*, 49–63, he acknowledges wisely that "[w]ithin the range of general possibilities [of political direction available to avant-gardists] it mattered greatly what was happening in the different countries in which the avant-garde movements were based, or in which they found refuge" (59), but does not carry out a case study of the avant-garde within a single national context, as I do here. Williams's emphasis on the national specificity of avant-garde movements is echoed by Guy, *British Avant-Garde*, 41, 43–44.

19 See Tom Nairn, *The Break-up of Britain* (London: Verso, 1977); Ernest Gellner, *Nations and Nationalism* (Ithaca: Cornell University Press, 1983); Benedict Anderson, *Imagined Communities: Reflections on the Origin and Spread of Nationalism* (London: Verso, 1983); E. J. Hobsbawm, *Nations and Nationalism Since 1780* (Cambridge University Press, 1990).

20 F. T. Marinetti, "Initial Manifesto of Futurism" (20 February 1909), *Exhibition of Works of the Italian Futurist Painters*, rpt. in Taylor (ed.) *Futurism*, 124.

21 Boccioni *et al.*, "Futurist Painting: Technical Manifesto," 125.

22 Lewis (ed.), *BLAST*, 22, 39, 41. Italian Futurists and English Vorticists were not alone in proclaiming their nationalistic aims; the Russian "Cubo-Futurists" were also aggressive patriots. Alexei [Aleksander] Kruchenykh, "New Ways of the Word (the Language of the Future, Death of Symbolism)" (1913), rpt. in *Russian Futurism through its Manifestos, 1912–1928*, ed. Anna Lawton, trans. Anna Lawton and Herbert Eagle (Ithaca: Cornell University Press, 1988), asserts: "[w]e hold a high opinion of our motherland! Do not give yourself to the imitation of things foreign. Do not use foreign words in your literary works, they are fitting only in one case: when you want to give them a pettily derogatory meaning" (76–77).

23 Edward W. Said, *Culture and Imperialism*, (New York: Knopf, 1994), xiv. Jameson, "Modernism and Imperialism," in Eagleton, Jameson, and Said, *Nationalism, Colonialism, and Literature* (Minneapolis: University of Minnesota Press, 1990), 43–66, contends that "the structure of imperialism also makes its mark on the inner forms and structures of that new mutation in literary and artistic language to which the term modernism is loosely applied" (44). My study supplements efforts by a number of scholars of British modernism to analyze the responses of modernist writers – especially, and for obvious reasons, Conrad, Forster, Joyce, Woolf, and Yeats – to nationalism and imperialism; it differs from most others in its exclusive focus on the early century avant-garde moment and its consideration of writers and artists who were less skeptical of British imperialism than Conrad, Forster, Joyce, or Woolf, and who, unlike Joyce and Yeats, theorized self-consciously *English* forms of nationalist art. See Patrick Brantlinger, "*Heart of Darkness*:

Anti-Imperialism, Racism or Impressionism?," *Criticism* 4 (Fall 1985): 363–85; Eagleton, Jameson, and Said, *Nationalism, Colonialism, and Literature*; Michael North, "W. B. Yeats: Cultural Nationalism," *The Political Aesthetic of Yeats, Eliot, and Pound* (Cambridge University Press, 1991), 21–73; Emer Nolan, *James Joyce and Nationalism* (New York: Routledge, 1994); Kathy Phillips, *Virginia Woolf against empire* (Knoxville: University of Tennessee Press, 1994); Said, *Culture and Imperialism*, 19–30 (on Conrad), 186–90 (on Modernism), 200–6 (on Forster), 220–38 (on Yeats); Stephen Regan, "W. B. Yeats and Irish cultural politics," in *Cultural Politics at the Fin de Siècle*, ed. Sally Ledger and Scott McCracken (Cambridge University Press, 1995), 66–84.

24 Nairn, *Break-up of Britain*, 341.

25 Nairn, *Ibid.*, 348.

26 Throughout this study, I use the term "imperialism" as it was most often used at the time; as Jameson, "Modernism and Imperialism," explains "during this period the word 'imperialism' designates, not the relationship of metropolis to colony [as it usually does in postcolonial discourse and theory], but rather the rivalry of the various imperial and metropolitan nation-states among themselves" (47).

27 Williams, *Politics of Modernism*, affirms that "the late nineteenth-century was the occasion for the greatest changes ever seen in the media of cultural production" and that "in response" to these changes "there arise . . . defensive cultural groupings, rapidly if partially becoming competitively self-promoting" (33); my study confirms that these "defensive" and "competitively self-promoting" cultural groupings also arose in response to perceived changes in the relative international prestige of the different nations from which they came.

28 Anderson, *Imagined Communities*, 41–9.

29 Anderson, *Ibid.*, 82.

30 Accounts that detail Futurism's complicity with Italian Imperialism include Walter Adamson, *Avant-Garde Florence: From Modernism to Fascism* (Cambridge: Harvard University Press, 1993); Hewitt, *Fascist Modernism*; George Mosse, "The Political Culture of Italian Futurism," *Confronting the Nation: Jewish and Western Nationalism* (Hanover and London: Brandeis University Press, 1993), 91–105; Emilio Gentile, "The Conquest of Modernity: From Modernist Nationalism to Fascism," trans. Lawrence Rainey, *Modernism/Modernity* 1 (September 1994): 55–87. I have found no comparable accounting of avant-garde imperialism in England.

31 Gellner, *Nations and Nationalism*, 48

32 Anderson, *Imagined Communities*, contends that the "idea of a sociological organism moving calendrically through homogeneous, empty time," upon which the "old-fashioned novel" depends, "is a precise analogue of the idea of the nation, which also is conceived as a solid community moving steadily down (or up) history" (31); Said's account in *Culture and Imperialism* argues that "cultural forms like the novel" were "immensely important in the

formation of imperial attitudes, references, and experiences" (xii).

33 Scholars of Italian Futurism like Adamson and Hewitt have led the trend, but some of the most influential accounts of the avant-garde downplay or ignore these aspects. Perloff, *Futurist Moment*, convincingly traces the cosmopolitan ambitions of the avant-gardists and the internationalistic nature of the avant-garde phenomenon, but underestimates the competing influence of nationalism. While Perloff acknowledges that the "hostile statements Lewis and Pound made about Marinetti and the Futurists" were marked by "the aggressive nationalism of the *avant guerre*" (171), her declared interest in the dynamics of international creative exchange encourages her to leave unexamined the ways in which nationalism cohabited with internationalism in the avant-garde and to describe the "stubborn nationalism" of the *avant guerre* as little more than the source of the "poignancy" in the poetry of the period (xix). And because Perloff's treatment of the British avant-garde aims to elaborate the links between Futurism and Vorticism (an internationalist argument I accept), she overlooks the importance of English nationalism and British imperialism for the development of Vorticism in particular and British modernism in general.

34 William C. Wees, *Vorticism and the English Avant-Garde* (University of Toronto Press, 1972), and Richard Cork, *Vorticism and Abstract Art in the First Machine Age*, 2 vols. (London: Gordon Fraser, 1976), were the first Anglo-American studies to recover the role of the Futurists' success in the formation of Vorticism, but neither is much interested in the nationalism of the Vorticists or Futurists. Compare Giovanni Cianci, "Futurism and the English Avant-Garde: The Early Pound Between Imagism and Vorticism," *Arbeiten aus Anglistik und Amerikanistik* 1 (1981): 17–27.

35 See Perloff, *Futurist Moment*, 162–93, and Reed Way Dasenbrock, *The Literary Vorticism of Ezra Pound and Wyndham Lewis* (Baltimore: Johns Hopkins University Press, 1985), 28–85. A more recent, explicitly political, reassessment of the relations between Vorticism and Futurism, like Ferrall's " 'Melodramas of Modernity,' " underestimates the importance of nationalism and imperialism to the avant-garde; while Ferrall concludes that "in the end, Futurism and Vorticism do not so much oppose the Capitalist societies of prewar Europe as exemplify their most militarist, nationalist, and misogynist tendencies" (364–65) – a view not entirely incompatible with the argument of chapter 3 below – his account, like his formulation here, grants priority to capitalism (Marxist style), and tends to treat militarism, nationalism, and misogyny as secondary symptoms of "modern industrial society" (364), a view which does not adequately acknowledge the priority the Futurists and Vorticists (like the societies from which they came) granted to nation, empire, and nationality.

36 See R. K. Webb, *Modern England From the 18th Century to the Present* (New York: Harper & Row, 1968); Richard Shannon, *The Crisis of Imperialism 1865–1915* (London: Paladin, 1974); Jonathan Rose, *The Edwardian Temperament, 1895–1919* (Athens: Ohio University Press, 1986).

37 On the European politics of the moment, see Eric Hobsbawm, *The Age of empire 1875–1914* (New York: Random House, 1987).

38 George Dangerfield, *The Strange Death of Liberal England* (1935; New York: G. P. Putnam, 1980).

39 Tratner, *Modernism and Mass Politics*, considers the role played by continental (mostly French) theorists of mass psychology and modern collectivism – especially le Bon and Sorel – in the development of postwar modernist writing of both the left (Joyce, Woolf) and right (Eliot, Yeats), and even discusses the anti-imperialism of Joyce and Woolf and the shifting nationalism of Yeats and Joyce. But Tratner's (conventional) decision to focus on Joyce, Woolf, Eliot, and Yeats – writers today canonized as comprising the great tradition of British (high) modernism – leads him to underestimate the significance of the important prewar manifestation of collectivism in art and politics, the "historical avant-garde" with its collectivist movements, magazines, and manifestos. My more tightly focused account of the English avant-garde and its leading figures – writers now viewed as minor modernists, like Huntly Carter, Ford Madox Ford, Dora Marsden, Alfred Orage, and Wyndham Lewis – shows that the collectivist experiments of the avant-garde in England, which certainly influenced the development of British modernist art and politics after the war, were inextricably involved with the anxious nationalism and defensive imperialism of Edwardian and Georgian Britain.

40 Studies that contribute, in one way or another, to this view, include David Ayers, *Wyndham Lewis and Western Man* (New York: St. Martins, 1992); Andrea Freud Loewenstein, "The Molten Column Within: Wyndham Lewis," in *Loathsome Jews and Engulfing Women: Metaphors of Projection in the Works of Wyndham Lewis, Charles Williams, and Graham Greene* (New York University Press, 1993), 119–87; Casillo, *Genealogy of Demons*; Anthony Julius, *T. S. Eliot, Anti-Semitism, and Literary Form* (Cambridge University Press, 1995). See Muton's "'Imputing Noxiousness,'" for a rejoinder to such criticism. Paul Edwards, "'The Strange Actor' and 'Semitic Discourse,'" in *Wyndham Lewis Annual 1997*, 32–38, grapples with Lewis's complex involvement with "Semitic Discourse" in "The Strange Actor" (an essay published in the *New Statesman* of 1924 and reprinted in Lewis, *Creatures of Habit and Creatures of Change*, 89–95), and comments smartly that "the idea of modernist writing expressing any 'essence' . . . seems false to the procedures and spirit of modernism, particularly as practised by Lewis; though being a 'modernist' doesn't mean that a writer cannot be the dupe of an idea" (33). For another helpful account of Lewis's entanglements with period anti-Semitism, see Geoff Gilbert, "Shellshock, Anti-Semitism, and the Agency of the Avant-Garde," in *Wyndham Lewis and the Art of Modern War*, 78–97.

41 George W. Stocking, Jr., "The Persistence of Polygenist Thought in Post-Darwinian Anthropology," in *Race, Culture, and Evolution: Essays in the History of Anthropology*, 2nd. edn. (1968; University of Chicago Press, 1982), 42–68; provides ample evidence that this conception was widespread among Vic-

torian anthropologists and argues that the notion was enabled by the resilience of older Lamarckian and polygenist notions into the age of Darwin; compare Stocking, "The Turn-of-the-Century Concept of Race," *Modernism/Modernity* 1 (January 1994): 4–16. For an invaluable collection of essays that explore constructions of Englishness during the period and the varied ideological work to which they were put, see Robert Colls and Philip Dodd (eds.), *Englishness: Politics and Culture 1880–1920* (London: Croom Helm, 1986).

42 For a sense of Edwardian anxieties about national decline and "degeneration," see Samuel Hynes, *The Edwardian Turn of Mind* (1968; London: Pimlico, 1991), 15–53; for a sense of Edwardian efforts to counter decline by vitalizing British life, see Rose, *Edwardian Temperament*, 74–116. On the tradition of intellectual collaboration with imperialism in Britain, see Nairn, *Break-up of Britain*, 38–44, and Said, *Culture and Imperialism.*

43 Ford Madox Ford, *Thus to Revisit* (1921; New York: Octagon, 1966), 59.

44 On the influence of Stirner's text on British modernism, see Michael Levenson, *A Genealogy of Modernism: A Study of English Literary Doctrine 1908–1922* (Cambridge University Press, 1984), 63–8; von Hallberg, "Libertarian Imagism"; and Clark, *Dora Marsden and Early Modernism.*

45 Lewis (ed.), *BLAST*, 7–8, 11–20.

46 Robert Crawford's account of "Modernism as Provincialism," in *Devolving English Literature* (Oxford University Press, 1992), 216–70, is scrupulously attentive to comparable paradoxes in the alleged "Englishness" of the "High Modernism" of Eliot, Lawrence, and Pound; I find Crawford's account of Eliot's "poetics of the *metoikos*" especially compelling (219–34).

47 While Ferrall, "*The New Age* and the Emergence of Reactionary Modernism Before the Great War," for example, notes the "contradictory combination of the traditional and radical" that "characterizes the culture of reactionary modernism," he reads it as a combination of "right-wing politics and experimental aesthetics" (665), neglecting that the politics themselves combined right- and left-wing elements. William Chase, *The Political Identities of Ezra Pound and T. S. Eliot* (Stanford University Press, 1973), is distinguished among "political" analyses of Anglo-American modernists (especially given its publication date) because it begins by "confront[ing]" not only the "well-known" fact that Pound and Eliot were "reactionaries" (xiii), but also the seemingly contradictory fact, "often not confronted," that Pound and Eliot were "also radicals" (xiii–xiv). More recently, Kadlec, "Pound, *BLAST*, and Syndicalism," has attended to the ideological complexity of Pound's aesthetic ambitions before the war, explaining that Pound's "technical efforts to restore ethical power to poetry, and his frustration with the marginal place of the arts in British society, were conceived not only along militant anarcho-syndicalist lines, but also in terms similar to those of reactionary political efforts to construct a more richly 'organic' society" (1024). For a summary of the ways in which the Italian Fascist state failed to fulfill the "authoritarian" statism epitomized by Hitler's National Socialist

state, see Paul Morrison, *The Poetics of Fascism: Ezra Pound, T. S. Eliot, Paul de Man* (Oxford University Press, 1996), 6.

48 Williams, *Politics of Modernism*, 62.

49 Compare Morrison, *Poetics of Fascism*, 4; among other analyses that argue against this view of left-wing politics as categorically different from and immune to the errors of right-wing authoritarianism are Marc Shell, *Children of the Earth: Literature, Politics, Nationhood* (Oxford University Press, 1993); Etienne Balibar and Immanuel Wallerstein, *Race, Nation, Class: Ambiguous Identities*, trans. Etienne Balibar, Chris Turner (1988; London: Verso, 1991).

50 On the Edwardian cult of vitality, see Rose, *Edwardian Temperament*, 74–116; on the ubiquity of a masculinist ideology in late-Victorian and Edwardian culture, see Philip Dodd, "Englishness and the National Culture," in *Englishness: Politics and Culture*, 5–7; Robert Colls, "Englishness and the Political Culture," in *Englishness: Politics and Culture*, 37–38; and Jane Mackay and Pat Thane, "The Englishwoman," in *Englishness: Politics and Culture*, 191–229.

51 Doubtless the most influential of such accounts is Sandra M. Gilbert and Susan Gubar, *No Man's Land: The Place of the Woman Writer in the Twentieth Century*, 3 vols. (New Haven: Yale University Press, 1988–1993). Huyssen, *After the Great Divide*, contends that such defensive masculinist dynamics characterize the responses of "high modernism" in general to mass culture (44–62). Lisa Tickner, "Men's Work? Masculinity and Modernism," *differences: A Journal of Feminist Cultural Studies* 4.3 (1992): 1–37, examines these dynamics in British modernist visual art before the Great War.

52 Poggioli, *Theory of the Avant-Garde*, 220–21.

53 Cianci, "A Man at War," explains that the avant-gardists "adopted a strategy of confrontation, and were quite relentless and uncompromising in their agitation. Where they met resistance, they made an open declaration of war, albeit only a metaphorical war, without bloodshed. They waged it through an art politics whose militaristic connotations were already implicit in the term 'avant-garde'" (13).

54 Bürger, *Theory of the Avant-Garde*, 91–92.

55 Rupert Brooke, "Peace," in *The Collected Poems of Rupert Brooke: With a Memoir* (London: Sidgwick & Jackson, 1918), 5.

56 Hynes, *A War Imagined: The First World War and English Culture* (New York: Macmillan, 1990), 65–67.

57 Klaus Theweleit, *Male Fantasies*, vol. 2, *Male Bodies: Psychoanalyzing the White Terror*, trans. Erica Carter, Chris Turner, and Stephen Conway (Minneapolis: University of Minnesota Press, 1989); for a recent reading of Futurism in this mode see, Blum, *Other Modernism*.

58 For an exemplary articulation of this argument, often made by historians but only recently taken up by literary scholars, see Mosse, *Nationalism and Sexuality: Middle-Class Morality and Sexual Norms in Modern Europe* (Madison: University of Wisconsin Press, 1985); compare Mosse, *The Image of Man: The*

Creation of Modern Masculinity (Oxford University Press, 1996).

1 CONJURING NEW CHARACTER

1 The *Return to Yesterday* version is almost identical in detail (except for the comparison to Guy Fawkes) to the first version of the tale Ford published, "Mr. Wyndham Lewis and 'Blast,'" *Outlook* 34 (4 July 1914): 15–16. When Ford edited *The English Review*, he was still known as Hueffer; I follow current convention of using the surname Ford. Arthur Marwood was Ford's co-editor at the *Review*.

2 The best treatment of Ford's effort to embody through *The English Review* the (Arnoldian) ideal of "disinterestedness" is Mark Morrisson, "The Myth of the Whole: Ford's *English Review*, the *Mercure de France*, and Early British Modernism," *ELH* 63 (1996): 513–33.

3 Philip Dodd, "Englishness and the National Culture," in *Englishness: Politics and Culture 1880–1920*, ed. Robert Colls and Philip Dodd (London: Croom Helm, 1986), 1–28, provides an accounting of the preoccupation of "the institutions and practices of a cultural politics" in Englishness and the "English Spirit" between 1880–1920.

4 Michael Levenson, *A Genealogy of Modernism: A Study of English Literary Doctrine 1908–1922* (Cambridge University Press, 1984), 49.

5 Ford, *Thus to Revisit* (1921; New York: Octagon, 1966), 58, 60.

6 Ford, *Return to Yesterday*, 391.

7 Throughout this chapter, I use the capitalized form of Liberal to indicate the political party that came to power in the election of 1906 and the lowercase forms of liberal and liberalism to indicate the moderate left-wing political ideology that prevailed among English elites between 1906 and 1910.

8 F[ord], "The Critical Attitude: Blue Water and the Thin Red Line," *English Review* 2 (April 1909): 137.

9 Arnold, "The Function of Criticism at the Present Time," *Essays in Criticism, First Series*, ed. Sister Thomas Marion Hoctor (1875; University of Chicago Press, 1968), 15. See Dodd, "Englishness and the National Culture," 11–14, for an account of the ways Arnold used his "culturalist argument" to facilitate the "colonisation by the English of the Celts," the "bestowal of identity by the core on the periphery" (14).

10 [Ford], "The Functions of the Arts in the Republic. I. Literature," *English Review* 1 (December 1908): 159.

11 [Ford] E. R., "The Functions of the Arts in the Republic. IV. The Plastic Arts," *English Review* 1 (March 1909): 797.

12 Arnold, "The Literary Influence of Academies," *Essays in Criticism*, 35.

13 *Ibid.*, 35.

14 *Ibid.*, 36 and 37.

15 *Ibid.*, 39.

16 *Ibid.*, 36 and 37.

17 [Ford], "Functions of the Arts in the Republic. IV. The Plastic Arts," 797.
18 [Ford] E. R., "The Critical Attitude: On the Objection to the Critical Attitude," *English Review* 4 (February 1910): 531.
19 Arnold, "Function of Criticism," 29; italics original.
20 *Ibid.*, 25 and 21.
21 *Ibid.*, 19.
22 Arnold, "Literary Influence of Academies," 41.
23 *Ibid.*, 52.
24 Arnold, "Function of Criticism," 28.
25 F[ord], "Blue Water and the Thin Red Line," 135.
26 *Ibid.*, 139.
27 I agree in part with Morrisson, "The Myth of the Whole," that "Ford attempted to create a discursive space in *The English Review* that would embody his conception of disinterestedness," a conception "predicated upon Ford's vision of French letters as an expression of the Enlightenment, and . . . ultimately in the service of . . . the desire for a social and cultural cohesion based neither on middle-class philistinism nor on mass-market taste" (514). But, as will become clear, I think Morrisson reads Ford's "disinterestedness" as more disinterested than certain *Review* editorials indicate.
28 R. K. Webb, *Modern England From the Eighteenth Century to the Present* (New York: Harper & Row, 1968), 456–7; Webb describes this "record of Liberal accomplishment" as "remarkable" (456); compare Dennis Smith, "Englishness and the Liberal Inheritance After 1886," in *Englishness: Politics and Culture*, 258–64, esp. 261; and Colls, "Englishness and the Political Culture," *Englishness: Politics and Culture*, 5–54.
29 Webb, *Modern England*, 458–61.
30 *Ibid.*, 455.
31 *Ibid.*, 400; Webb points out, however, that despite the fact that "[i]n 1911 . . . the Liberals destroyed the veto by which the House of Lords could wreck their legislation, and passed the most sweeping welfare measure yet imaginable," the period 1911–14 was "as good as barren of progressive legislation." Webb accounts for this paradox in part as the result of "a strange political apathy which came over the country . . . born, in some at least, of well-being, in others, of exhaustion"; in part as the result the "great complexity" of passing Irish Home Rule and Welsh Disestablishment legislation; and in part because of "alarming international tension building up" and a series of "violent, irrational, dangerous and incomprehensible revolts" at home against "what had seemed the most solidly planted parliamentary democracy in the world" (460–61).
32 Nairn, *Break-up of Britain*, 29.
33 *Ibid.*, 30–33.
34 *Ibid.*, 31.
35 *Ibid.*, 32.
36 [Ford], "Political and Diplomatic: The Unemployed," *English Review* 1

(December 1908): 163, 161; the book Ford recommends by Stephen Reynolds is *A Poor Man's House* (1908; London: John Cape, 1928).

37 [Ford], "The Unemployed," 161–2.

38 Colls, "Englishness and the Political Culture," explains that the "English State took the same view of revolution as the Roman Church took of miracles. It believed in them – indeed it was founded on one albeit one of a different order – but it did not welcome them, and was in no hurry to acknowledge them" (34).

39 A[rthur] M[arwood], "British India," *English Review* 1 (February 1909): 569; further citations included in the text.

40 F[ord], "Blue Water and the Thin Red Line," 136.

41 *Ibid.*, 135–36.

42 On the Sheffield Outrages, see Webb, *Modern England*, 319–20; on the Hyde Park Riots, see Webb, *Modern England*, 324.

43 Nairn, *Break-up of Britain*, contends that "[u]nder British conditions the intellectuals were not radicalized: they moved more and more into that peculiar service of the old order . . . as an extensive, civil-based, autonomous corps of *chiens de garde*. Without the leadership of a militant radicalism, the masses were unable to break the system" (39).

44 For a related argument about how Ford, in *The Spirit of the People: an Analysis of the English Mind* (London: Alston Rivers, 1907), works to exsanguinate British imperial doctrine, making it more compatible with the prewar period's anxious liberalism, while preserving its principal tenet of Britain's "natural" supremacy, see my "Thinking Race in the *Avant Guerre*: Typological Negotiations in Ford and Stein," *Yale Journal of Criticism* 10.2 (1997): 376–81.

45 [Ford] E. R., "On the Objection to the Critical Attitude," 531.

46 See Ford, "On Impressionism," *Poetry and Drama* 2 (2 June 1914): 167–75, and "On Impressionism (Second Article)," *Poetry and Drama* 2 (December 1914): 323–34; for a fuller discussion of Fordian Impressionism, see Levenson, *Genealogy of Modernism*, 105–119. My understanding of Fordian realism has also benefited from comments in David M. Thompson, "Calling in the Realists: The Reputation and Revision of Lawrence's *Sons and Lovers*," *Novel* (Spring 1994): 246.

47 Ford, *The Critical Attitude* (London: Duckworth, 1911), 29. *The Critical Attitude* is a revised collection of Ford's editorials from *The English Review*.

48 [Ford] "Functions of the Arts in the Republic. 1. Literature," 160.

49 *Ibid.*, 159.

50 *Ibid.*, 160.

51 *Ibid.*, 160.

52 Colls, "Englishness and the Political Culture," esp. 49–54; Smith, "Englishness and the Liberal Inheritance After 1886," esp. 258–64.

53 Peter Brooker and Peter Widdowson, "A Literature for England," in *Englishness: Politics and Culture*, 116–63, provides an account of the ways in which a "sentimental love of the mother-country, particularly when traced

to recollections of youth and perceptions of rural England, proves central to expressions of Englishness in the literature of the period" (117).

54 J. W. Allen, "The Back of Beyond," *English Review* 1 (March 1909): 623.

55 A. M. Quinton, "Social Thought in Britain," in *The Twentieth Century Mind: History, Ideas, and Literature in Britain*, 3 vols., ed. C. B. Cox and A. E. Dyson (Oxford University Press, 1972), 1: 129.

56 As Marianna Torgovnick, *Gone Primitive: Savage Intellects, Modern Lives* (University of Chicago Press, 1990), explains "the needs of the present determine the value and nature of the primitive. The primitive does what we ask it to do. Voiceless, it lets us speak for it. It is our ventriloquist's dummy" (9).

57 [Ford] E. R., "The Work of W. H. Hudson," *English Review* 2 (April 1909): 157–64 (161).

58 Alun Howkins, "The Discovery of Rural England," in *Englishness: Politics and Culture*, 74.

59 W. H. Hudson, "Stonehenge," *English Review* 1 (December 1908): 62; further citations included in the text.

60 Howkins, "The Discovery of Rural England," 74.

61 Allen, "Back of Beyond," 618–24; further citations included in the text.

62 See Charles Booth, *Life and Labour of the People of London* (1880–1903; London: Macmillan, 1902–03); B. Seebohm Rowntree, *Poverty: A Study of Town Life* (1901; London: Macmillan, 1902); L. G. Chiozza Money, *Riches and Poverty* (1905; London: Methuen, 1906); Will Reason, *Poverty* (London: Headley Brothers, 1909). For further discussion of these texts, see Samuel Hynes, *Edwardian Turn of Mind* (1968; London: Pimlico, 1991), 54–57; Reba Soffer, "The Revolution in English Social Thought, 1880–1914," *American Historical Review* 75.7 (Dec. 1970): 1957–58; and Dodd, "Englishness and the National Culture," 7–11.

63 Dodd, "Englishness and the National Culture," 12.

64 The complicity I identify between Graham's "Andorra" and *The English Review*'s cosmopolitan imperialism is complicated by Graham's Scottish nationality and political history as socialist activist and Scottish Labour Party MP. Indeed, Chris GoGwilt, "Broadcasting News from Nowhere: R. B. Cunninghame Graham and the Geography of Politics in the 1890s," in *High and Low Moderns: Literature and Culture, 1889–1938*, ed. Maria DiBattista and Lucy McDiarmid (Oxford University Press, 1996), differentiates Graham's "nostalgic, utopian view of the South American pampa" from that of "his friend W. H. Hudson," because the former's persona and political ideals register "resistance to the global political realignments following the Spanish–American War – a resistance to a whole range of Anglo-Saxon imaginings, most notably Rudyard Kipling's address to Americans to 'take up the white man's burden'" (251). My account suggests, however, that despite Graham's personal history of such "resistance" to late nineteenth-century imperialism, his early-twentieth century travel writing in *The English Review* helped to support Ford's more "civilised" version of imperial privilege.

65 R. B. Cunninghame Graham, "Andorra," *English Review* 1 (January 1909): 205; further citations included in the text.

66 Norman Douglas, "The Island of Typhoëus," *English Review* 1 (February 1909): 414.

67 The best accounts of Lewis's early stories I have found are: Ian Duncan, "Towards a Modernist Poetic: Wyndham Lewis's Early Fiction," in *Wyndham Lewis: Letteratura/Pittura*, ed. Giovanni Cianci (Palermo, 1982), 67–85; and Walter Michel, " 'Inferior Religions,' the Wild Bod(ies), and the Early Stories," in *Wyndham Lewis Annual 1994* (Bath College of Higher Education): 15–23; see also, Paul Edwards, "Lewis's Myth of the Artist: from Bohemia to the Underground," in *Volcanic Heaven: Essays on Wyndham Lewis's Painting and Writing*, ed. Edwards (Santa Rosa: Black Sparrow, 1996), 27–30.

68 Compare Edwards, "Lewis's Myth of the Artist," 28.

69 Compare Giovanni Cianci, "A Man at War: Lewis's Vital Geometries," in *Volcanic Heaven*, 16.

70 Duncan, "Towards a Modernist Poetic," explains that "Lewis's Breton countryside in these early stories could not be further from a pre-industrial celtic pastoral; it is a clearly perceived post-industrial landscape, economically emarginated and stagnant, all sense of community as fragmented and dispossessed as in the metropolis" (77).

71 Wyndham Lewis, "The 'Pole,'" *English Review* 2 (May 1909): 255–65, rpt. Lewis, *The Complete Wild Body*, ed. Bernard Lafourcade (Santa Barbara: Black Sparrow, 1982), 209. Lafourcade's edition reprints all of the Lewis texts under consideration in this chapter: "The 'Pole,'" "Some Innkeepers and Bestre," *English Review* 2 (June 1909): 471–84; "Les Saltimbanques," *English Review* 3 (August 1909): 76–87; and "Our Wild Body," *New Age* 2 (5 May 1910): 8–10; further citations will be included in the text, page numbers will be from Lafourcade's edition.

72 Duncan, "Towards a Modernist Poetic," 79. Under Ford's editorship *The English Review* published two such translations: Leo Tolstoi, "The Raid (A Volunteer's Story. 1852)," trans. Constance Garnett, *English Review* 1 (December 1908; January 1909); Fyodor Dostoyevsky, "An Honest Thief," trans. Garnett, *English Review* 2 (May 1909) (the same issue in which Lewis's, "The 'Pole'" was published).

73 For a contemporary taxonomy of the constituent races of world nations, see Henry W. Nevinson, "Notes on the Balkans, with a Table," *English Review* 1 (December 1908): 187.

74 George W. Stocking, Jr., "The Persistence of Polygenist Thought in Post-Darwinian Anthropology," *Race, Culture, and Evolution: Essays in the History of Anthropology*, 2nd. edn. (1968; University of Chicago Press, 1982), 42–68.

75 Stocking, *Race, Culture, and Evolution*, 56–59.

76 Ford, "On Impressionism," 167–68.

77 Duncan, "Towards a Modernist Poetic," 78.

78 Hynes, *Edwardian Turn of Mind*, 15–53.

79 Duncan, "Towards a Modernist Poetic," thus speculates that "although

Lewis registered . . . alienation and antipathy as regards the contemporary post-industrial and technological culture, he is perhaps the first major English novelist to depart fundamentally from th[e] by now extreme and often vitiated romanticism" that "dominated English letters throughout the nineteenth and early twentieth centuries" (75–76).

80 Dennis Brown, *Intertextual Dynamics within the Literary Group – Joyce, Lewis, Pound, and Eliot: The Men of 1914* (London: Macmillan, 1990), explains that "[i]t is, in particular, Lewis's focus on masculinist assertion which makes his eccentrics somehow 'barometric' representatives of a powerful underlying aggression in society at large. In this world the sex-war is conducted almost entirely at the expense of women, whose most effective form of revenge on the tyrannical males is to cook badly. So although Lewis chooses the Breton countryside as setting, and eccentrics as characters, his tales resonate with the implications of contemporary European gendering" (32–33); I am less confident than Brown seems to be that Lewis's satirical anatomizing of "contemporary European gendering" overcomes his participation in and exaggerated replication of that gendering. See Dodd, "Englishness and the National Culture," 5–7, for a discussion of the ways in which the English public school system contributed to the period "identification of the English with the masculine" (5) and the "dominant English licensed to other groups and to other nationalities those 'female' qualities which it did not acknowledge itself to possess" (6). For a discussion of the ways in which Edwardian Liberalism gendered "Liberal freedom" masculine, see Colls, "Englishness and the Political Culture," 37.

81 James Clifford, *The Predicament of Culture: Twentieth-Century Ethnography, Literature, and Art* (Cambridge, Mass.: Harvard University Press, 1988), 92–113.

82 Compare Duncan, "Towards a Modernist Poetic," 74–75.

83 Accordingly, Ford, *Return to Yesterday*, continues the tale of Lewis's arrival by noting that "The 'Pole,'" "was about the indigent Slavs or make-believe Slavs who victimise willing boarding-house keepers in the French capital and Provinces. I became certain that Mr. D. Z. [as this version names Lewis] was himself a Pole" (390).

84 Edwards, "Lewis's Myth of the Artist," explains that "[w]hen it was no longer possible for artists to find examples of 'primitive' people uncontaminated by industrial and bourgeois values, they attempted to become such people themselves, managing to create in their own way of life a kind of urban version of the authentic, unscripted freedom they had looked for elsewhere. The decision that a way of life, particularly the way of life of artists, rather than works of art representing it, is to be the medium of creativity, is crucial to the history of the Avant-Garde" (30). For an account of the ways in which the aggression of Lewis's Bretons, especially Bestre, signifies a "revolt against rationality," see David A. Wragg, "Aggression, Aesthetics, Modernity: Wyndham Lewis and the Fate of Art," in *Wyndham Lewis and the Art of Modern War*, ed. David Peters Corbett (Cambridge University Press, 1998), 195–97.